KB003725

노래와 시의 울림과 그 내면

– 한국 고전시가의 존재 양상과 그 지향 –

노래와 시의 울림과 그 내면

- 한국 고전시가의 존재 양상과 그 지향 -

최재남 지음

보고사

책머리에

가슴을 울리는 노래가 그 뜻에서 말미암은 것인지 그 곡조에서 말미암은 것인지 선뜻 답을 내리기 어려울 때가 있다. 노랫말의 뜻과 노래의 곡조가 아울러 작동하고 있는 것으로 이해하면 사실에 가까울 수 있을 것이다. 수십 년이 지난 일이지만, 십리가 넘는 하굣길에 어쩌다가 산을 타고 들려오던 달구질소리가 사설은 아스라해졌지만 그 곡조는 가슴속에 남아 있는 듯하고, 큰 배미 논둑에 앉아 듣던 모내기노래는 앞소리꾼이 앞머리를 매우 높게 질렀던 것으로 기억이 남아 있다. 그런 노래와 가락이 내성천 모래펄의 유년 체험과 함께 아직도 근대화하지 못한 나의 밑바탕을 차지하고 있는 셈이다.

월명사가 죽은 누이를 위해 노래를 부르자 광풍이 일어 종이돈을 서쪽으로 날려가게 하였고, 기파랑을 기린 노래에 대하여 경덕왕도 그 뜻이 매우 높다고 동의하였다. 그리고 남악 길을 가로막던 강호들에게 영재의 노래는 공감을 불러일으켰고, 균여가 노래로 풀이한 〈보현시원가〉는 최행귀가 번역하여 중국에까지 전해지고 그들의 높은 평가를 받기도 했다. 조선시대 〈쌍화점〉을 들으면서 춤을 추며 펄쩍펄쩍 뛰던 사람들이 〈어부가〉를 듣게 되면 지겨워서 졸게 된다고도 한 시대에, 농암 선생은 〈어부가〉를 산정하고 그 속에서 신선처럼 살고자 하였다.

서울에서 벼슬살이를 하면서 풍류를 즐기던 사람들은 일과 시간이 끝난 다음에 여러 차례 자리를 옮기면서 재능이 있는 악공의 반주와 가기(歌妓)의 노래를 듣기도 하고 스스로 노래를 부르기도 하였다. 서울의 번잡스러움이 자연스럽게 그런 일상을 마련한 것이라 할 수 있다. 향촌으로 돌아간 사람들은 열심히 일을 하는 농민들을 배려하여, 자연과 어우러진 곳에서 고요한 노래를 부르기도 하였다. 고요함과 번잡스러움의 차이가 노래의 향방을 갈랐다고 할 것이다.

뜻을 말하는 시는 중국에서 이룩한 수준에 가깝게 갈 수 있었지만, 사람이 만든 제도로는 꾸밈이 없는 우리들의 가슴을 울리기에는 모자람이 있었다. 꾸미지 않은 내면을 깨달은 사람들이 민(民)이 부르는 노래를 주목하기도 했고, 옹호하기도 했지만 표현 언어인 한문(漢文)을 포기하지 않으면서 새로운 큰 길을 열지는 못한 점이 못내 아쉽다.

전문적인 가객(歌客)이 등장하여 노래의 방향을 전환하고 곡조의 분화를 통하여 다양한 레퍼토리를 제공하면서, 노래를 풍성하게 하기도 하였다. 그들은 가집을 엮기도 하고, 사설을 촘촘하게 배치하면서 한 편의 노래 속에 많은 내용을 담기도 하였다. 이러한 전변은 사회의 변화와 함께 거스를 수 없는 흐름으로 이해할 수 있을 터인데, 다른 한편 사회의 상층을 차지하는 쪽에서는 아음(雅音)을 지키는 쪽으로 방향을 잡고 있었다. 아(雅)와 속(俗)을 추동하고 있었던 각 담당층에 대한 관심은 새로운 과제로 제기할 수 있을 것이다.

노래의 울림과 시의 내면은 일견 대립적인 층위로 받아들일 수도 있는 영역이다. 그러나 한국고전시가가 노래와 시의 만남을 통하여 조화로운 길을 추구하고 있었던 점을 환기하면, 노래와 시의 울림과 그 내면을 살피는 일은 고전시가 연구의 기본적인 방향이라 할 것이다. 이 책에 수록한 글은 처음부터 일관되게 준비한 것이 아니라 사실 전체적인 구성이 매끄럽지 못하다고 할 수 있다. 그럼에도 불구하고 그 밑바탕에는 늘 노래의 울림과 시의 내면에 대한 관심이 자리하고 있는 것으로 볼 수 있다.

작은 인연을 소중히 생각하며 언제나 기꺼운 마음으로 출판해 주시는 보고사의 대표님께 고마움을 전하면서, 아울러 편집부 이순민 님께도 감사의 뜻을 표하고자 한다.

2015년 3월
최 재 남

차례

책머리에 / 5

❧제1부❧ 노래와 시의 만남, 그 울림

Ⅰ. 노래와 시의 만남 ·· 15
  1. 서언 ·· 15
  2. 노래의 울림과 그 전통 ································ 18
  3. 시의 내면에 대한 인식의 추이 ···················· 21
  4. 노래와 시의 만남 ····································· 24
  5. 소결 ··· 25

Ⅱ. 국문시가와 한시의 존재 기반과 미의식의 층위 ·············· 28
  1. 서언 ·· 28
  2. 유배 체험의 시적 형상 ································ 32
  3. 사물 인식을 표현하는 방법 ························· 38
  4. 소결 ··· 42

Ⅲ. 조선전기 향촌 체험 한시와 시가 향유 ·················· 45
  1. 향촌 담론의 의미 ····································· 45
  2. 향촌 체험 한시의 실상과 시가 향유 ·············· 47
  3. 시와 노래의 서정성 확보 방향 ···················· 70
  4. 소결 ··· 74

Ⅳ. 체험시의 전통과 시조의 서정미학 ·················· 77

　　1. 서언 ··· 77

　　2. 천성으로서의 효와 인륜으로서의 효 ·············· 79

　　3. 실천적 체험의 정서적 감동과 그 의미화 ··········· 86

　　4. 주제 연구로서의 효와 장르 연구로서의 감동과 교훈 ····· 97

　　5. 소결 ·· 100

Ⅴ. 윤동야의 〈용가〉와 며느리 형상의 해석 방향 ·············· 102

　　1. 서언 ·· 102

　　2. 〈용가〉의 며느리 형상과 민요 해석의 새로운 방향 ··· 106

　　3. 〈용가〉의 전통과 지역 민요의 수용 ············· 114

　　4. 소결 ·· 120

Ⅵ. 윤동야의 〈앙가〉의 구성과 모내기 노래의 수용 양상 ········· 122

　　1. 서언 ·· 122

　　2. 〈앙가〉의 구성적 특성과 시 해석의 방향 ········· 126

　　3. 〈앙가〉의 자료적 성격과 지역 민요 수용 양상 ····· 136

　　4. 소결 ·· 142

Ⅶ. 조선후기 민요 연행의 실상과 서정시가의 향방 ··········· 144

　　1. 서언 ·· 144

　　2. 민요에 대한 관심의 방향과 그 의미 ············· 146

　　3. 조선후기 민요 연행의 실상과 시적 구성의 방향 ····· 150

　　4. 서정의 현실성과 서정성의 확보 ················ 169

　　5. 소결 ·· 172

❀제2부❀ 노래의 지향과 그 내면

Ⅰ. 어부 지향 공간으로서 여강의 인식 ·················· 177

　　1. 서언 ·· 177

2. 〈어부가〉의 전승과 어부 세계의 지향 ·············· 179

3. 어부 지향 공간의 구성 요소 ······················ 185

4. 어부 지향 공간으로서의 여강 ···················· 190

5. 소결 ······························· 201

Ⅱ. 송흠 귀향의 반향과 송순 문학의 기반 ·················· 203

1. 서언 ······························· 203

2. 송흠의 귀향과 그 반향 ························ 205

3. 송흠의 훈도와 송순의 태도 ····················· 224

4. 소결-송순 문학의 기반과 변모 과정 ················ 230

Ⅲ. 송순 연구의 과제와 전망 ······················· 232

1. 송순 연구의 출발 ··························· 232

2. 연구의 추이 ····························· 233

3. 새로운 가능성 또는 전망 ······················ 234

4. 소결 ······························· 242

[부록] 송순 관련 참고 자료 ······················ 244

Ⅳ. 〈관동별곡〉과 〈사미인곡〉의 형상화와 진술방식의 차이 ······· 248

1. 서언 ······························· 248

2. 〈관동별곡〉과 〈사미인곡〉의 형상화와 진술방식 ·········· 250

3. 소결 ······························· 270

Ⅴ. 〈훈민가〉 보급의 경과와 그 의미 ··················· 272

1. 서언 ······························· 272

2. 〈훈민가〉 보급의 경과 ························ 275

3. 〈훈민가〉의 구성과 그 의미 ···················· 282

4. 작가와 작품의 효용에 대한 이해 ·················· 286

5. 소결 ······························· 292

Ⅵ. 윤선도 시가의 풍류와 그 내면 ···················· 293

1. 서언 ······························· 293

2. 〈어부사시사〉의 풍류 ························ 294

3. 풍류의 내면 ·· 299

4. 소결 ·· 301

∞제3부∞ 시의 세계, 그 내면의 깊이

Ⅰ. 영남 선비들의 시 세계 ······································ 305

1. 서언 ·· 305

2. 영남 사림의 정신적 기반 ······························· 306

3. 분강가단의 풍류와 흔들리지 않는 여유 ··········· 309

4. 깊고 넓은 도학과 높은 기절 ························· 311

5. 풍류와 학문을 이어가기 ······························· 315

6. 소결 ·· 323

Ⅱ. 남유 노정과 지리산·섬진강 권역의 한시 ············ 324

1. 서언 ·· 324

2. 남유 노정의 문화적 이해 ······························· 327

3. 한시를 통한 각 지역의 특성 이해 ··················· 331

4. 지리산·섬진강 권역 한시의 특성과 앞으로의 과제 ······ 347

∞제4부∞ 연구사 검토

Ⅰ. 일석 이희승 선생의 고전시가 연구 ··················· 351

1. 서언 ·· 351

2. 고전시가 연구의 태도와 방향 ························· 353

3. 고전시가 자료의 선정과 배열 ························· 357

4. 시조 연구와 감상의 방향 ······························· 362

5. 가사와 잡가 연구의 시각 ······························· 371

6. 소결 ·· 375

Ⅱ. 고전시가 연구의 현황과 과제 ·· 377

   1. 서언 ··· 377

   2. 최근 연구의 추이 ·· 378

   3. 갈래별 연구를 보는 입장 ··· 383

   4. 시가 연구의 기본 방향 ··· 391

   5. 소결 ··· 395

Ⅲ. [서평] 향가의 해석과 미학의 맞물림 ······························· 396

   1. 서언 ··· 396

   2. 이 책의 구성과 그 성격 ·· 397

   3. 향가 연구에의 신선한 도전과 기본 인식에 대한 점검 ·········· 413

참고문헌 / 417

찾아보기 / 425

∞ 제1부 ∞

노래와 시의 만남, 그 울림

I

노래와 시의 만남

1. 서언

　이황(1501~1570)이 「도산십이곡발(陶山十二曲跋)」에서 "오늘날의 시는 옛날의 시와 달라서 읊을 수는 있어도 노래할 수는 없다. 만약 노래하고자 하면 반드시 이속의 말로 엮어야 한다. 대개 국속의 음절이 그렇지 않을 수 없는 것이다."[1]라고 한 진술에서 오랜 기간 노래 지향의 전통을 이해할 수 있고, 아울러 시대의 차이에 따라 노래로 부를 수 있는 시와 노래로 부를 수 없는 시로 갈라지게 된 것이 표현 매체인 언어의 차이 때문이라는 사실을 깨달을 수 있다.

　『서경』 「순전(舜典)」에서 "시는 뜻을 말한 것이요, 노래는 말을 길게 읊는 것이다.(詩言志 歌永言)"라는 진술 속에 시와 노래가 지닌 성격의 차이가 드러나고 있다. 그런데 노래에서 출발한 것이 시로 인식되면서 둘 사이의 만남이 이루어진 것이다. 『시경』에 수록된 노래가 바로 그러한 만남의 예라고 할 것이다. 『시경』에 수록된 풍(風)·아(雅)·송(頌)에서 각 나라의 민요를 모은 풍을 더욱 주목할 수 있는데, 일을 하면서 부른 노래, 연애의 노래,

---

1) 『退溪集』 권43, 「陶山十二曲跋」, 然今之詩, 異於古之詩, 可詠而不可歌也. 如欲歌之, 必綴以俚俗之語. 蓋國俗音節, 所不得不然也.

슬픔과 아쉬움을 드러낸 노래 등이 풍의 내용을 이루고 있는 것이다.

『시경』「국풍(國風)」에서는 "풍(風)은 민속가요(民俗歌謠)의 시이다."2)라고 하였다. 시경의 풍은 민속가요인데 뒤에 시로 인식하게 된 것으로 볼 수 있다. 첫 출발은 민속가요 즉 민요(民謠)인데 이것을 채시(采詩)의 과정을 통하여 시로 받아들였다고 할 수 있다.

「당풍(唐風)」〈갈생(葛生)〉5장 중에서 첫 장이다.

> 칡넝쿨이 가시나무를 덮고
> 거지덩굴은 벌판에 뻗어나가네.
> 내 님이 이곳에 계시지 않으니
> 누구와 더불어 홀로 지내랴?
> 葛生蒙楚　蘝蔓于野　子美亡此　誰與獨處

『시전(詩傳)』에서는 흥(興)으로 풀이하고 있다. 흥은 다른 사물을 미리 말하여 읊을 바를 끌어 일으키는 것3)이다. 이 노래의 화자는 3·4구에서 자신의 내면을 말하려고 하는데, 1·2구에서 미리 가시나무를 덮은 칡넝쿨과 벌판에 뻗어나간 거지덩굴을 제시하고 있는 것이다. 님과 함께 지내고 싶은 화자의 간절한 마음이 선연한데, 화자의 눈에 들어오는 주변의 사물인 칡넝쿨은 가시나무를 감고 올라가고 거지덩굴은 들판에 뻗어 있어서 화자의 마음을 더욱 안타깝게 하고 있는 것이다. 이러한 마음과 주변 사물의 모습이 이 노래를 부르게 한 것이다. 그런데 『시전(詩傳)』에서는 정역(征役)에 나가서 돌아오지 못하는 남편을 생각하면서 부른 것이라고 해석을 하였다. 노래를 부르게 된 사정과 시로 해석하는 사이에 계기의 발상과 내면의 연관이라는 고리가 생기게 된 것이다.

---

2) 『詩經』「國風」, 風者, 民俗歌謠之詩也.
3) 『詩經』「周南」〈關雎〉, 興者, 先言他物, 以引起所詠之詞也.

풍(風)의 노래를 시(詩)로 해석하고 정리하면서 노래에서 시로의 인식 전환이 이루어졌다고 할 수 있다. 공자의 산시(刪詩)는 바로 이러한 인식 전환의 계기라고 할 수 있는 것이다.

그런데 「시전서(詩傳序)」에서 시를 짓게 되는 이유를 다음과 같이 풀이하고 있다.

> 시는 어떻게 하여 짓는 것인가? 사람이 살면서 고요한 것은 하늘의 성이다. 사물에 감응하여 움직이는 것은 성이 하고자 하는 바이다. 대저 이미 하고자 하는 바가 있으면 생각이 없을 수 없고, 이미 생각하는 것이 있으면 말이 없을 수 없으며, 이미 말이 있으면 말로는 다할 수 없는 것이니, 탄식하고 영탄하는 나머지에서 생기는 것은 반드시 절로 음향과 절주가 있어서, 그만둘 수 없는 것이다. 이것이 시를 짓게 되는 까닭인 것이다.4)

위의 내용을 도표로 나타내면 다음과 같다.

대상[物] → 느낌[感] → 일렁임[動] → 바람[欲] → 생각[思] → 표현[言]
　　　　　　　　　　　　　　　 → 탄식·영탄[咨嗟·詠歎]
　　　　　　　　　　　　　　　 → 음향·절주[音響·節奏]

한편 「모시대서(毛詩大序)」에서는 다음과 같이 설명하고 있다.

> 시는 뜻이 가는 것이다. 마음속에 있으면 뜻이 되고 말로 드러내면 시가 된다. 정은 속에서 움직여서 말로 나타나며, 말이 넉넉하지 않아서 탄식하고 영탄하며, 탄식하고 영탄하여 넉넉하지 않으면 읊고 노래하며

---

4) 「詩傳序」, 詩何爲而作也. 人生而靜, 天之性也. 感於物而動, 性之欲也. 夫旣欲矣, 則不能無思, 旣有思矣, 則不能無言, 旣有言矣, 則言之所不能盡, 而發於咨嗟詠歎之餘者, 必有自然之音響節族, 而不能已焉. 此詩之所以作也.

읊고 노래하여 넉넉하지 않으면 깨닫지 못하는 사이에 손이 춤을 추고 발이 뛰게 되는 것이다.5)

이상의 진술을 통해서 정리할 때, 시는 사람의 내면에 있는 뜻이나 욕망이 사물을 매개로 움직여 언어로 형상화한 것으로 정의할 수 있다. 그런데 언어로 형상화하는 것만으로 모자랄 때 영탄하게 되고 그래도 모자라게 되면 읊고 노래하게 되는데 이것이 노래이다. 그리고 읊고 노래하는 것으로도 모자라면 깨닫지 못하는 사이에 춤을 추고 발이 뛰게 되기도 한다.

이제 한국고전시가의 존재 양상과 그 지향을 노래의 울림과 시의 내면이라는 구도로 정리하면서 그 실상을 살피도록 한다.

2. 노래의 울림과 그 전통

이미 향가 「월명사도솔가(月明師兜率歌)」에서 향가가 천지(天地)와 귀신(鬼神)을 감동시킬 수 있다고 했는데, 이는 노래의 울림이 사람에 한정하지 않고 자연에까지 확산되었다고 이해할 수 있다. 민요에 바탕을 두고 있거나 민요적 발상에 바탕을 두고 있는 노래들은 노래의 기능에 대해 긍정적인 시선을 보이고 있을 뿐만 아니라, 노래를 통해 내면의 깊이까지 보여주고 있다. 그리고 사뇌가계 향가에서는 시적 발상에 있어서 편차를 보이고 있기는 하지만, 시적 수준에 있어서 〈찬기파랑가〉에 대한 인식처럼 매우 높은 단계에 다다르고 있음을 알 수 있다.

고려의 우리말 노래들은 민간의 노래를 바탕에 두고 속악의 정재에 사용하면서 노래와 가악(歌樂)의 만남이 이루어졌다고 할 것이다.

한편 시조는 그 출발에서 노래를 지향하는 것임을 알 수 있지만, 개별

---

5)「毛詩大序」, 詩者, 志之所之也. 在心爲志, 發言爲詩. 情動於中, 而形於言, 言之不足, 故嗟歎之, 嗟歎之不足, 故永歌之, 永歌之不足, 不覺手之舞之足之蹈之也.

작품에 따라서 내적 일렁임이 응집되기도 한다.

널리 알려진 신흠(申欽, 1566~1628)의 다음 시조는 시와 노래의 특성을 명쾌하게 변별한 것이라 할 수 있다.

> 노래 삼긴 사룸 시름도 하도 할샤
> 닐러 다 못 닐러 불러나 푸돗든가
> 眞實로 풀릴 거시면 나도 불러 보리라.
>
> ―『靑丘永言(珍本)』 144

> 步虛子 뭇춘後에 與民樂을 니어ᄒ니
> 羽調界面調에 客興이 더어세라
> 아희야 商聲을 마라 히져물가 ᄒ노라
>
> ―『靑丘永言(珍本)』 145

시는 이르는 것으로 노래는 부르는 것으로 변별하면서 노래가 시름과 연결되어 있다고 간파한 것이다. "시언지 가영언(詩言志歌永言)"에 대한 인식을 바탕에 깔면서 노래가 시름을 푸는 역할을 맡고 있다고 파악한 것인데, 실제 흥과 시름[6]의 두 축에서 시름에 초점을 맞춘 것이다. 이러한 시각은 흥의 노래와 시름의 노래를 변별하는 계기가 될 수 있고 실제 곡조에서 우조(羽調)와 계면조(界面調)의 구별을 가져온 것이라 할 수 있다. 인용한 둘째 시조에서 〈보허자(步虛子)〉와 〈여민락(與民樂)〉을 연창하면서 우조와 계면조를 변별한 것이 그것이다. 그런데 상성(商聲)을 하지 말라고 한 것은 가을의 소리이면서 애달프고 구슬픈 가락인 상음(商音)에 대한 배제라고 할 수 있다. 「방옹시여서(放翁詩餘序)」의 진술을 보도록 한다.

---

6) 최재남, 「흥과 시름의 구현 양상 연구」, 『고시가연구』 24집, 한국고시가문학회, 2009, 287~288면.

중국의 노래는 풍아가 갖추어지고 책에 올려 실렸는데, 우리나라의 이른바 노래라는 것은 다만 손님을 위한 자리의 즐거움으로 여기기에 그치고, 풍아와 책에 쓰이지 않는데, 대개 말과 소리가 다르기 때문이다. 중화의 소리는 말이 글이 되는데, 우리나라의 소리는 번역을 기다려야 글이 되는 까닭이고, 우리 동방에 재주 있는 선비가 모자라는 것은 아니다. 악부신성이 전함이 없는 것은 탄식할 만하고 또한 거칠다고 할 만하다. 내가 이미 전사로 돌아옴은, 세상이 진실로 나를 버렸고, 나 또한 세상살이에 피곤한 까닭이다. 지난날의 영예와 현달을 돌아보니 이미 쭉정이와 흙과 풀이 되어서, 오직 사물을 만나서 비유하여 읊조리면 풍부(馮夫)의 수레에서 내려 온 병폐가 있고, 마음에 맞는 것이 있으면 문득 시장으로 형상화하고 남음이 있으면 이어서 방언으로 곡조를 부쳐서 우리말로 기록하였다. 이것이 하리(下里)7)의 절양에 가까워서 낙단(駱壇)의 한 얼룩을 얻지는 못해도 유희에는 나온 것이어서 혹여 볼만한 것이 없지 않을 것이다. 만력 계축년 하지에 방옹이 검포의 전사에서 쓰다.8)

노래가 손님을 위한 자리의 즐거움과 관련되어 있다는 것은 여기(餘技)로서 풍류에 쓰이고 있음을 환기한 것이다. 정두경(1597~1673)의 다음 노래가 풍류 모임의 자리에서 부른 것임을 알 수 있다. 무신년인 현종 9년(1668) 여름에 정두경, 임유후(1601~1673), 김득신(1604~1684), 홍석기(1606~1680), 홍만종 등이 모인 자리에서 가기를 부르고 함께 즐기는 자리에서 이루어진 것이다. 사대부들이 동료들과 모인 자리에서 그들의 즐거움을 위하여 노래를 부르는 전통을 이해할 수 있다.

---

7) 下里는 下里巴人의 준말로 수준이 매우 낮은 노래이다.
8) 『靑丘永言(珍本)』, 「放翁詩餘序」, 中國之歌, 備風雅而登載籍, 我國所謂歌者, 只足以爲賓筵之娛, 用之風雅籍則否焉, 盖語音殊也. 中華之音, 以言爲文, 我國之音, 待譯乃文故, 我東非才彦之乏, 而如樂府新聲無傳焉. 可慨而亦可謂野矣. 余旣歸田, 世固棄我, 而我且倦於世故矣. 顧平昔榮顯已糠粃土苴, 惟遇物諷詠則, 有馮夫下車之病, 有所會心, 輒形詩章而有餘, 繼以方言而腔之而記之以諺. 此僅下里折楊, 無得駱壇一斑, 而其出於遊戱, 惑不無可觀. 萬曆癸丑長至, 放翁書于黔浦田舍.

I. 노래와 시의 만남 21

金樽에 フ득호 술을 슬커장 거후로고
醉호 後 긴 노래에 즐거오미 그지 업다
어즈버 夕陽이 盡타마라 돌이 조차 오노매

한편 중인층이 중심을 이루는 전문적인 가자(歌者)가 등장하면서 악곡이
분화되고 각기 자신의 장기를 드러내는 상황이 되면서 노래는 마음을 울
리는 길보다 이들 전문 집단의 재능과 풍류를 좇는 방향으로 움직이게
되었다. 김수장의 다음 노래가 연행 현장의 정보를 제공한다.

노리 갓치 됴코 됴흔 거슬 벗님늬야 아돗던가
春花柳 夏淸風과 秋明月 冬雪景에 弼雲 昭格 蕩春臺와 南北 漢北 絶勝
處에 酒肴 爛漫호디 죠흔 벗 가즌 稽笛 아름다온 아모가히 第一名唱드리
추례로 벌어 안즈 엇결어 불을쎡에 中한님 數大葉은 堯舜 禹湯 文武 조고
後庭花 樂時調는 漢唐宋이 되엿는듸 搔聳이 編樂은 戰國이 되여이셔 刀
槍 劍術이 各自騰揚호야 管絃聲에 어리엿다 功名도 富貴도 나몰리라
男兒의 이 豪氣를 나는 됴하 호노라.
                                    *金壽長(1690~?), 『海東歌謠(周氏本)』 598.

중한님[중대엽], 삭대엽, 후정화, 낙시조, 소용, 편락 등 분화된 악곡을
바탕으로 노래를 잘 부르는 가객(歌客)들이 필운대, 소격대, 탕춘대 등 절
승처를 다니면서 호방한 기개를 펼치는 것이다.
전문 집단이 재능을 발휘하고 많은 사람들이 이러한 풍류에 호의를 보는
방향으로 나아가자 대중성이라는 측면이 강화되는 길을 걷기도 하였다.

3. 시의 내면에 대한 인식의 추이

시의 내면은 뜻을 언어로 표현하는 과정에서 뜻과 관련되어 있다. 서정

시에서 개인의 개별성과 일반성에서 어느 쪽에 비중을 두고 있느냐 하는
점이 관심의 대상이 될 수 있다.

시의 내면에 대한 태도는 개별 시에 대한 관심의 추이보다 시화(詩話)나
시선집(詩選集)을 통해 확인할 수 있을 것이다.

고려 중기의 이규보는 『백운소설(白雲小說)』에서 기존의 태도와는 변별
되는 입장을 취하여 시는 의(意)를 주로 하고, 의는 기(氣)를 주로 하며,
기는 하늘[天]에 근본을 둔다고 한 바 있다.

이러한 태도의 변화와 함께 나말여초에 만당(晚唐)의 영향에 놓였다가
고려 중엽에는 송시학(宋詩學)을 수용하였던 점을 확인할 수 있고, 고려
후기가 되면서 성리학의 수입과 뒷날 한시의 본령으로 인식한 당시(唐詩)로
의 방향 전환을 하였고, 해동의 강서시파(江西詩派) 등이 등장하는 등 다양한
전개 양상9)을 보이면서 시의 내면에 대한 관심의 추이를 살펴볼 수 있다.

시의 내면에 대한 인식의 기저에는 늘 중국의 시가 놓여 있었고 시경의
시에서 고시로, 고시에서 근체시로 바뀌는 과정과, 한위(漢魏)에서 수당(隋
唐)으로, 다시 송(宋)으로 이어지는 시대적 변모까지 고려했던 것으로 이해
할 수 있다.

한국한시의 추이를 중심으로 인식의 변화를 살필 수 있는 것이 아니라,
중국한시와 관련하여 그 인식이 바뀌는 구체적 실상을 파악하는 일이 중
요한 과제가 되는 셈이다.

그 가운데 『동인지문(東人之文)』, 『동문선(東文選)』, 『청구풍아(靑丘風雅)』,
『국조시산(國朝詩刪)』 등의 시선집에 수록된 시를 통해 시의 내면에 대한
인식의 추이를 점검하는 일이 핵심적인 과제가 될 수 있을 것이다. 다만
이이(李珥)가 중국의 시를 뽑아서 엮은 〈정언묘선〉을 주목할 수도 있다.
「정언묘선서」에서 시선집의 전체적인 성격을, 「정언묘선총서」에서 8권으

---

9) 민병수, 『한국한시사』, 태학사, 1996.

로 이루어진 각 권의 특성을 진술하고 있는데, 우리가 관심을 가질 수 있는 부분은 주희의 〈무이도가(武夷棹歌)〉를 한미청적(閒美淸適)을 요체로 하는 형자집(亨字集)에 수록하고 있다는 점인데, 원자집(元字集)은 충담소산(沖澹蕭散)을 요체로 삼고 있다는 점과 견줄 수 있다. 이이는 〈고산구곡가〉를 지으면서 원자집(元字集)의 충담소산(沖澹蕭散)을 지향한 것으로 추정할 수 있어서 〈고산구곡가〉의 서정성을 이해하는 데 하나의 지침이 될 수 있다. 참고로 〈고산구곡가〉를 두고 "덤덤하다"[10]라고 이해한 시각이 이러한 지향과 맞물리는 것으로 볼 수 있다.

허균(1569~1618) 이후 김만중이나 홍대용 등의 태도에서 확인할 수 있듯이, 말과 글이 다른 표현 언어의 한계 때문에 삶의 다양성을 포괄할 수 없는 한시에 대한 비판적인 진술이 제기되었고, 시의 본질이나 시적 감동의 핵심에 대한 이해가 달라지기도 하였다.

결국 마음에서 우러나는 것을 있는 그대로 자연스럽게 드러내는 데에 시적 감동의 핵심이 있다는 인식은 시의 내면에 대한 인식에서 매우 커다란 변화라 할 수 있다. 이른바 천기(天機)를 주목하게 되고, 천기를 드러낸 것이 진시(眞詩)라는 전환을 꾀하게 된 것이다.

시론의 방향에서 전환을 꾀하고 악부시풍의 기속시가 출현하는 등 노래를 지향하는 등 커다란 변화가 드러났지만, 가장 핵심적인 요소라 할 수 있는 표현 언어의 문제에 걸려 시적 감동의 진폭에 제한이 따르게 된 것이다. 목릉성세에 중국의 한시를 따라갈 수는 있었지만, 우리들 마음을 울리는 진정한 시를 창작하는 일은 태생적인 한계에 부딪히게 된 셈이다.

---

10) 최진원, 「고산구곡가와 담박」, 『한국고전시가의 형상성』, 성균관대학교 대동문화연구원, 1988, 43면.

4. 노래와 시의 만남

노래와 시의 만남은 이른바 시가일도(詩歌一道)[11]와 닿아 있는 것이다. "시는 뜻을 말한 것이요, 노래는 말을 읊는 것이다.(詩言志 歌永言)"라는 진술에서, 시가 뜻을 지향하고 노래는 시의 뜻을 지향하면서 흥취를 얻는 역할까지 맡고 있기 때문이다. 한국고전시가가 노래[歌]와 시(詩)가 지닌 함의를 모두 추구하고 있기 때문에 노래와 시의 만남은 자연스러운 현상이라 할 수 있다.

노래와 시의 만남은 노래에 대한 관심과 노래를 수집하고 정리하는 과정에서 그 태도가 분명하게 드러난다. 고려 말에 이제현과 민사평은 당시에 불리던 민간의 노래를 소악부(小樂府)로 정리한 바 있는데, 이제현은 역시로 옮기면서 마음에서 느끼는 새로운 정서를 주목했고, 민사평은 말이 겹치는 부분에 대해 조심하는 자세를 보였다. 이제현이 민사평에게 거듭 소악부로 만들기를 권한 것은 노래의 기록이라는 측면도 있지만, 노래를 시로 정착시키는 데 대한 의지가 있었다고 할 수 있다.

조선 초기에 민가 수집, 강희맹이 농구(農謳)를 선발하면서 만조(慢調)와 촉조(促調)까지 고려한 것, 김정국이 이영차[呼耶]를 이야웅[呼應]으로 바꾸고자 한 것 등에서도 노래에 대한 관심의 추이를 읽어낼 수 있다.

조선 후기 시경에 대한 재해석은 풍(風)에 대한 인식의 변화를 보여주는 것이지만, 내면적으로 노래에 대한 새로운 주목이라고 할 수 있다. 풍을 평성으로 읽을 때와 거성으로 읽을 때에 노래에 내포된 의미에 낙차가 있다고 본 것이다. 거성의 풍(風)이 풍자의 뜻이 있어서 아래의 사람들이 사물에 비유하여 간하여 위의 사람을 찌른다는 것이다.[12] 노래를 부를 때와 이 노래를 수용하고 해석하는 과정에 차이가 있을 수 있다는 것인데,

---

11) 최재남, 「시적 구성과 관습성과 형상화의 보편성」, 『천봉이능우박사칠순기념논총』, 논총간행위원회, 1990, 322~334면.
12) 下以風刺上

이는 노래 자체가 자연스럽게 그런 특성을 지니고 있음을 깨달은 것이다.

그리하여 조선 후기에 시를 창작하던 담당층이 민요에 대해 적극적인 관심을 보이게 되는데, 공동의 체험에 바탕을 둔 민요를 받아들이면서 그들 삶의 참모습에 공감하고 이를 언어로 형상화하면서 정서적 감동으로 연결시키고자 한 것[13]으로 평가할 수 있다.

그러나 한시 담당층들은 천진(天眞)을 강조하거나, 천진을 강조하는 사람들을 응원하면서도 실제로는 우리말 노래로 방향을 잡은 것이 아니라 지속적으로 한시(漢詩) 중심으로 나아갔기 때문에 새로운 단계로 나아갈 수 있는 길을 스스로 봉쇄하고 만 것이다. 현실에서 제기될 수 있는 문제를 발견하는 일은 정확했다고 할 수 있지만 형상화의 도구인 언어의 문제에 있어서 한계를 지녔던 셈이다.

그리고 조선후기 시조와 잡가 등의 우리말 노래가 노래를 지향하고 있다는 점에서는 민요와 공통성을 인정할 수 있음에도 불구하고, 일의 호흡과 연결되거나 마음을 울리는 노래가 아니라 악곡과 재능이 앞서는 풍류쪽으로 기울게 된 점에서 새로운 진전을 이루어내지 못한 것으로 보인다.

5. 소결

이상에서 살펴본 바와 같이 노래와 시의 만남은 한 개인의 내면의 일렁임이 여러 사람에게 울림이 될 수 있도록 하면서 동시에 내면의 깊이를 가질 수 있도록 배려하는 데서 이루어진다.

언어와 표현의 차이가 노래와 시 사이의 변별을 만들게 되었고, 그리하여 우리말 노래를 통하여 노랫말의 깊이까지 유념하게 되면서 노래와 시

---

13) 최재남, 「조선후기 민요의 실상과 한시의 민풍 수용」, 김병국 외, 『장르교섭과 고전시가』, 월인, 1999, 229면.

의 상관성을 주목할 수 있게 된 것이다. 오늘날 우리 연구자들은 노래로 부른 대상을 울림으로 느끼는 일보다 노랫말의 깊이를 따지는 일에 골몰하면서 시학(詩學)의 성과를 올릴 수는 있게 되었지만, 시와 노래의 만남이 이루는 울림과 내면을 동시에 터득하려는 노력을 소홀히 하고 있는 것은 아닌지 되돌아보아야 할 것이다.

그러므로 노래와 시의 실질적인 만남을 이해하고 살피기 위해서 노래와 시를 함께 남기거나 노래와 시에 대한 관심을 아울러 보인 사례를 통하여 구체적 실상을 논의할 수 있게 되는 것이다.

본서에 수록한 내용을 일별하면서 노래의 울림과 시의 내면 그리고 노래와 시의 만남에 대해 여러 가지 관점에서 생각할 수 있을 것으로 기대한다.

제1부에서 수록한 내용은, 16세기에 유배 생활을 하면서 경기체가 〈화전별곡〉과 한시를 남긴 김구, 해마다 춘첩시를 쓰면서 〈정과정〉과 〈강월곡〉을 향유했던 김안국, 〈향촌십일가〉를 한역하고 민농(憫農)의 입장에서 호야(呼耶)를 호응(呼應)으로 바꾸고자 했던 김정국, 〈생일가〉 등을 짓고 〈어부가〉를 산정하면서 분강의 풍류를 즐긴 이현보, 벼슬살이의 삶과 향촌의 승경 형상화에 일정한 차이를 보이는 송순, 〈독락팔곡〉과 〈한거십팔곡〉을 통하여 내면적 추이를 보인 권호문 등이 구체적 사례에 해당한다.

한편 18~19세기 윤동야의 〈용가〉와 〈앙가〉는 민요와 한시의 연관 즉 노래와 시의 만남에 대한 실상을 확인할 수 있을 것이며, 아울러 조선후기 민요 연행의 실상과 서정시의 향방에 대한 검토는 지역의 정서, 연행 상황, 가창 방식 등을 통하여 민요를 중심으로 서정시의 향방을 찾자는 제안이라 할 수 있다.

제2부에서 다룰 노래의 지향과 그 내면에서는, 여강을 중심으로 어부 지향의 구체적 실상을 확인할 수 있고, 송흠의 귀향과 송순 문학의 기반을 살필 수 있을 것이다. 다음으로 정철의 〈관동별곡〉과 〈사미인곡〉을 견주면서 시적 발상법, 시적 진술, 내면의 층위를 짚어내고자 하였다. 이어서

〈훈민가〉 보급의 경과를 보면서 예술 작품이 지닌 효용성을 통하여 작가에 대한 호감을 키우고, 긍정적이고 호의적인 태도를 가질 수 있는 방향을 모색할 수 있는 것이다. 이어서 윤선도의 〈어부사시사〉를 살피면서 풍류의 내면에 대한 이해의 편폭을 넓힐 수 있을 것이다.

한편 제3부에서는 내면의 깊이로 시를 이해한 것으로, 영남 선비들의 시 세계를 개괄하면서 정신의 오롯함이 오랜 기간 문화의 큰 줄기를 이어가고 있는 실상을 이해할 수 있고, 지리산과 섬진강 권역 한시를 통하여 남유의 동선에서 바라보려는 문화적 시각의 한 시론을 읽어낼 수 있을 것이다.

그리고 제4부는 연구사와 서평을 수록한 것인데, 국어학자인 일석 이희승 선생의 고전시가 연구를 살피면서 확인한 몇몇 사례를 시가 연구자들이 경청해야 할 내용이라 주목해야 할 것이고, 고전시가 연구사는 2000년 초반 연구의 진전 상황을 이해할 수 있을 것으로 기대한다. 마지막으로 수록한 서평은 신재홍 교수의 『향가의 미학』을 읽으면서 느낀 마음을 솔직하게 드러낸 것으로 신 교수의 인증을 받은 것이다.

[미발표]

Ⅱ
국문시가와 한시의 존재 기반과 미의식의 층위

1. 서언

이 글의 목표는 노래를 중심으로 하는 국문시가와 뜻을 중심으로 하는 한시의 존재 방식과 미의식의 층위를 해명하는 것이다. 과제 자체가 일반적이고 원론적이며 심도 있는 논의를 요구하고 있지만, 실제 연구를 진행하는 방법은 몇몇 작가와 작품의 사례를 통하여 국문시가와 한시를 견주도록 한다. 논의의 방향은 크게 두 가닥을 설정할 수 있는데, 하나는 커다란 충격이라고 할 수 있는 유배 체험을 내면화하는 경우 국문시가와 한시에 있어서 어떠한 변별이 나타나는가 검토하는 것이고, 다른 하나는 사물인식의 태도와 관련하여 노래와 시로 표현하는 경우 그 차이가 무엇인지 밝히는 것이다. 전자의 예로 기묘사화로 남해로 귀양살이를 갔던 김구(金絿, 1488~1534)의 〈화전별곡〉과 남해에서 지은 한시를, 후자의 예로 성리학적 물관(物觀)을 드러낸 시조 담당층의 한시와 시조를 다루도록 한다.

국문시가와 한시의 존재 기반에 대한 검토는 이미 시(詩)와 가(歌)에 대하여 '시언지(詩言志)', '가영언(歌永言)'이라고 파악했던 변별적 인식의 전통과 닿아 있다. 그리하여 시와 가를 같은 축에서 바라보고자 하는 관점도 제시되었고, 또 때로는 시와 가의 차이를 강조하면서 대립적인 성격으로

이해하고자 하는 태도도 나타났다. 이러한 태도는 각 시대마다 시와 가의
관계가 일정하게 고정되어 있지 않고 유동적인 경향을 보였던 것과 무관
하지 않다. 시의 축은 하나의 랑그(langue)가 형성되었다고 할 수 있는 반
면에 가의 축은 다양한 빠롤(parole)로 나타났다고 할 수 있다. 그리하여
각 시대마다 다른 빠롤에 해당하는 국문시가의 역사적 갈래가 어떤 경우
에는 시와 동일시되는 경우도 있고, 어떤 경우에는 시와 대립되는 경우도
있어서 일관된 규명이 쉽지 않았던 것이다. 이와 같은 현상은 시를 담당했
던 담당층과 가를 담당했던 담당층이 어떤 시기에는 동일한 담당층이었음
에 비해 어떤 시기에는 그 담당층의 성격이 판이하게 다르게 나타나고
있다는 문제와도 관련이 있다.

이러한 관점은 실제로 한시에서는 시대의 차이에도 불구하고 그 내적
자질이 온전하게 유지되었다고 파악하고 세부의 편차에 관심을 가진 반면
에, 국문시가에 있어서는 각 시대마다 향가, 속악가사, 경기체가, 시조,
가사 등으로 달리 명명되는 것처럼, 노래를 지향한다는 공통의 속성을 제
외하면 그 내질에 있어서 오히려 상당한 차이가 드러난다고 이해하는 자
세와 닿아 있는 것이다. 이렇게 볼 때 실제 국문시가와 한시의 존재 방식
과 그 미의식의 층위를 살피고자 하는 목표를 설정하고자 하면, 초점을
어디에 두어야 할 것인가 하는 근원적인 질문에 부딪치게 되는 것이다.

한시를 시(poetry)로 파악하는 데 대부분의 논자들이 이의를 제기하지
않지만, 시가의 경우에는 잠정적으로 '노래를 위한 시(poetry for song)'로
보면서도, 초기의 연구자[1]들이 '가시(歌詩)', '시가(詩歌)', '가요(歌謠)'와 같
이 명명한 것에서 드러난 차이처럼 시에 대한 경사와 노래에 대한 경사,
혹은 그 절충적인 태도 등으로 그 인식이 갈라지기도 했던 것이다.

그리고 중국의 경우 '시(詩)/악부(樂府)'의 변별이 뚜렷하게 확인되는 것

---

[1] 오늘날 '詩歌'로 통칭되는 용어는 국문학 연구 초기에 '歌詩'(安自山), '詩歌'(趙潤濟),
'歌謠'(金台俊) 등의 명칭으로 불리어졌다.

에 견주어, 우리의 국문시가는 '시/향가', '시/속악가사', '시/사(詞)', '시/시조' 등에 있어서 일률적이고 명확한 변별이 쉽지 않다는 현실적 문제가 남아 있다. 『삼국유사』 「월명사도솔가」에서 '성범(聲梵)/향가(鄕歌)'를 변별한 뒤에, "신라 사람들이 향가를 숭상하게 된 것이 오래되었다. 대개 시송(詩頌)과 같은 종류이며, 그리하여 자주 천지와 귀신을 감동시키는 일이 한두 번이 아니었다."[2]라고 한 내용에서 '시송(詩頌)/향가(鄕歌)'의 공통적 인식과 변별을 확인할 수 있으며, 「도산십이곡발」에서 "오늘날의 시는 옛날의 시와 달라서 읊을 수는 있어도 노래할 수는 없다. 만약 노래하고자 하면 반드시 이속의 말로 엮어야 한다. 대개 국속의 음절이 그렇지 않을 수 없는 것이다."[3]라고 한 진술에서도, '시(詩)/가(歌)'의 변별을 '발어시(發於詩)/철이이속지어(綴以俚俗之語)'와 같이 파악하면서 동시에 그 실현에 있어서 '영(詠)/가(歌)'로 나타난다고 보았다. 이러한 태도에는 이미 시가 확고한 자리를 확보한 상황에서 노래의 기능을 맡을 수 있는 우리말 노래인 시조의 역할을 제시한 것으로 볼 수 있다. 이와 함께 「서어부가후(書漁父歌後)」에서 국문시가 안에 포괄되는 〈상화점(霜花店)〉과 〈어부가(漁父歌)〉를 견주면서, 수용자들이 '수무족도(手舞足蹈)/권이사수(倦而思睡)'와 같이 서로 다른 반응을 보인다고 진술한 것은, '속악가사/어부가'의 변별을 포함하여 국문시가의 존재 기반과 미의식을 설명할 수 있는 일관된 원리의 발견이 쉽지 않다는 것을 반증하는 것이다. 더구나 〈어부가〉는 기생으로 하여금 부르게 하여 수석(壽席)의 즐거움을 도왔던 것[4]이기에, 시대에 따

---

2) 『三國遺事』 권5, 「月明師兜率歌」, 羅人尙鄕歌者尙矣. 蓋詩頌之類歟. 故往往能感動天地鬼神者, 非一.

3) 『退溪集』 권43, 「陶山十二曲跋」, 然今之詩, 異於古之詩, 可詠而不可歌也. 如欲歌之, 必綴以俚俗之語, 蓋國俗音節, 所不得不然也.

4) 『退溪集』 권43, 「書漁父歌後」, 世所傳漁父詞, 集古人漁父之詠, 間綴俚俗語, 而爲之長言者. 凡十二章, 而作者名姓無聞焉. 往者, 安東府有老妓, 能唱此詞, 叔父松齋先生, 時召此妓, 使歌之以助壽席之歡.

라 혹은 담당층의 성격이 바뀜에 따라 국문시가에 대한 수용자의 반응에 큰 차이가 발생할 수 있고, 실제로 그런 사실을 염두에 두고 국문시가와 한시의 존재 기반을 이해하는 안목을 마련해야 할 것으로 보인다.

한편 노래를 지향하는 사(詞)와 관련하여 허생의 〈탄시사(歎時詞)〉 뒤에 붙여서 지은 신완(申琓, 1646~1707)의 「수조가두 병서(水調歌頭幷序)」에서,

> 대저 시와 노래는 한 몸이다. 사람의 기쁨과 노여워함, 슬픔과 즐거움 이 마음 속에서 일어나 밖으로 나타나면 반드시 언어에 의해 드러난다. 말로서 다하지 못하면 반드시 노래로 불러서 그 뜻을 편다. 그리고 그 사이에 또한 절로 그렇게 되는 소리의 곡절이 있어서, 그만둘 수 없게 된다. 곧 이것이 시와 노래를 짓는 이유이다.5)

라고 하여 시와 가가 일체임을 강조한 내용이나, 신흠(申欽, 1566~1628)의 다음 시조와 같은 것이 시와 노래의 공통점과 차이점을 함께 말하고 있는 것이다.

> 노래 삼긴 사롬 시름도 하도할샤
> 닐러 다 못닐러 불러나 푸돗돈가
> 진실로 풀릴 거시면 나도 불러 보리라

내면의 슬픔과 즐거움을 언어로 표현하는 것이 시인데, 시로 다하지 못할 경우 노래로 불러서 그 뜻을 펼친다는 것인데, 노래가 시의 미진한 부분을 보충한다고 보는 것이다.

따라서 국문시가와 한시의 존재 기반과 미의식의 층위를 검증하기 위해서는 시대와 담당층, 그리고 역사적 갈래의 성격에 따라 접근하는 시각이

---

5) 『絅菴草稿』 권3, 「題許生歎時詞後水調歌頭一闋 幷序」, 夫詩歌一體也, 人之喜怒哀樂, 感於中而形於外, 必發之於言語. 言之不盡則, 必永嘆以宣其志, 而其間亦有自然節奏, 而不能已焉. 則此詩歌之所由作也.

다를 수 있음을 인정해야 할 것으로 보인다.

이러한 사정을 감안하여 이 글은 두 가지 축에서 논의의 실마리를 풀어 나가도록 한다. 하나는 체험의 내면화 과정에 국문시가인 경기체가와 한시의 차이를 살펴보는 것이고, 다른 하나는 인식의 방향에서 시조와 한시의 연관을 관찰하는 것이다. 전자는 차이점에 관심을 둘 것이고, 후자는 공통점에 주목하게 될 것이다.

2. 유배 체험의 시적 형상

서정시가 본질적으로 '자기 상황 발언(Selbstausprache)'이라는 점에서 시인의 사실적 체험(Real Erlebnis)은 일종의 '확실한 체험(Authentisches Erlebnis)'6) 이라고 할 수 있다. 그 가운데 정치적인 이유에서 비롯되는 유배 체험은 사실적 체험이면서 동시에 확실한 체험의 좋은 예가 된다. 그러므로 유배 생활을 통하여 내면화된 정서를 형상화하는 유배시(流配詩)에 대한 관심은 체험시의 전통과 관련하여 매우 중요한 과제라 할 수 있다. 유배 체험이란 현실적으로 정치적 실각이라는 좌절을 겪으면서 아픔을 느끼기도 하지만, 전혀 새로운 지역 혹은 문화권에서 지내야 하기 때문에 새로운 문화의 체험으로 볼 수도 있다. 실제 유배 생활에서는 새로운 문화를 체험하면서 적극적인 입장에서 유배지의 풍광이나 그곳 사람들의 삶에 주목하기도 하고, 한편으로는 심리적으로 위축된 상황이나 현실을 내면화하기도 한다.

중종 14년(1519)의 기묘사화로 남해에서 유배 생활을 했던 김구는 경기체가인 〈화전별곡〉과 시조를 비롯하여 여러 편의 한시 작품을 남겼다. 이제 〈화전별곡〉과 한시에 유배 체험이 어떤 가닥으로 내면화되고 있는지 확인하도록 한다.

---

6) Dieter Lamping, 장영태 옮김, 『서정시 : 이론과 역사』, 문학과 지성사, 1994, 164면.

1) 〈화전별곡〉과 시조의 내면 풍경

〈화전별곡〉[7]은 6장으로 이루어진 경기체가이다. 여기에서 '화전(花田)'은 남해의 다른 이름인데 유배지가 꽃밭으로 인식되고 있다.

경기체가가 벼슬살이와 공락을 전제로 한 갈래인데, 정치적 사정에서 야기된 유배 체험은 벼슬살이에서 파생된 것으로 이해할 수 있고, 그 유배의 현장에서 공락의 분위기를 이어가고 있는 것이 〈화전별곡〉이 지닌 특성이다.

6장으로 이루어진 〈화전별곡〉은 표면적으로 1장은 남해의 경치, 2장은 품관들과의 모임 및 창화, 3장은 여러 가지 꽃 이름을 가진 기녀들이 동원된 풍류의 현장, 4장은 여러 악기가 등장하는 현장의 도도한 분위기, 5장은 각종 술과 안주가 마련된 술자리의 풍경, 6장은 경락번화를 상상하면서 향촌회집의 즐거움을 각각 노래하고 있어서, 유배 생활의 아픔이나 고통은 쉽게 드러나지 않는다.

1장은 전절에서 남해의 위치와 승경을 제시하고 있고, 후절에서 풍류주색(風流酒色)과 일시인걸(一時人傑)로 받아내면서 난만한 풍류의 기반을 마련하고 있다. 홍문관 등에서 일과 후에 〈한림별곡〉을 향유한 것이나, 사헌부 등에서 〈상대별곡〉을 향유한 기반을 염두에 두고 있는 셈이다.

2장은 그 풍류에 모인 유향품관들의 면면과 그들의 일탈적인 풍류의 구체적 내용을 제시하고 있다. 별시 하 아무개, 교수 박완, 강륜, 방훈, 정기, 하세연 등이 그들인데, 그들의 일탈적인 특징이 풍류의 특성으로 제시되어 있다. 어수리와 지치로 띠를 두른 별시 하(河) 아무개, 술이 취하면 "손지이"를 하는 교수 박완(朴緩), 장황하게 말을 늘어놓는 강륜(姜綸), 코를 고는 방훈(方勳), 마시고 먹는 정기(鄭機) 등의 품관이 모인 광경이

---

7) 〈화전별곡〉에 대한 연구는 최재남, 「자암 김구의 남해생활과 〈화전별곡〉」, 『사림의 향촌생활과 시가문학』, 국학자료원, 1997 참조.

전절의 모습이다. 조금은 익살스럽고 정돈되지 않은 듯한데, 후절에서는
청수(淸叟)라는 자를 가진 하세연(河世涓)의 "발버훈" 풍월로 창화하는 광경
까지 보태고 있다. 익살꾼들이 장기를 자랑하는 듯한 모습으로 일탈의 풍
류를 제시하고 있는 셈이다.

河別侍(하별시) 芷芝帶(지지대) 齒爵兼尊(치작겸존)
朴敎授(박교수) 손지이 醉中(취중) 새롯
姜綸雜談(강륜잡담) 方勳鼾睡(방훈한수) 鄭機飮食(정기음식)
偉(위) 品官齊會(품관제회) 景(경) 긔엇더ᄒᆞ닝잇고
河世涓氏(하세연씨) 발버훈風月(풍월) 再唱(재창)
偉(위) 唱和(창화) 景(경) 긔엇더ᄒᆞ닝잇고

3장은 꽃 이름을 가진 기녀들을 동원하여 풍류의 현장을 더욱 질탕하게
하고 있다. 서옥비(徐玉非), 고옥비(高玉非), 대은덕(大銀德), 소은덕(小銀德),
강금(姜今), 녹금(綠今), 학비(學非), 옥지(玉只) 등의 기녀들이 총동원되어 풍
류의 흥을 돋우고 있다. 피부의 색깔도 다르고, 나이도 차이가 나며, 각각
의 특기도 다른 이들 기녀들이 동원되어 앞의 2장의 유향품관들의 익살스
런 풍류에 호응하고 있는 셈이다. 그런데 이를 두고 후절에서는 이러한
모임이 남해의 다른 이름인 화전(花田)의 이름과 실제가 서로 부합한다고
보고 있다. 제목에서 제시한 꽃밭의 상징적 의미가 드러난 셈이다.

4장은 각종 악기를 등장시켜 2·3장에서 이어지는 흐드러진 분위기를
고조시키고 있다. 그런데 그 악기가 앞의 2장의 경우와 대응될 수 있도록
제시되고 있다. 풀피리를 불거나, 바리때와 반 혹은 잔대 등을 두드리고
머리를 흔들고 몸을 비꼬면서 온갖 취한 모습을 보이고 있다. 마치 오늘날
의 난타 공연을 보는 듯하다. 여기에다가 후절에서는 강윤원(姜允元)이라
는 사람의 "스르렝딩"하는 거문고 소리를 들어야 잠을 잔다는 것이다.

5장에는 각종 술과 안주가 나온다. 녹파주(綠波酒), 소국주(小麯酒), 맥주(麥

酒), 탁주(濁酒) 등의 술과 황금계(黃金鷄), 백문어(白文魚) 등의 안주에 유자잔
(柚子盞)과 첩시대(貼匙臺)가 준비되어 있으며, 술잔에 술을 가득 부어서 이를
의례의 절차인 권상(勸觴)으로 보겠다는 것이다. 그리고 후절에서 보리밭만
지나도 술에 취한다는 정희철(鄭希哲)을 등장시켜 슬픔을 환기하고 있다.

6장은 경락번화와 주문주육에 견준 향촌회집을 말하고 있다.

> 京洛繁華(경락번화) ㅣ야 너는 불오냐
> 朱門酒肉(주문주육)이야 너는 됴ᄒᆞ야
> 石田茅屋(석전모옥) 時和歲豊(시화세풍)
> 鄕村會集(향촌회집)이야 나는됴하 ᄒᆞ노라8)

그러나 차근차근 다시 검토하면, 1장은 풍류와 주색으로 정서의 방향을
잡고 있고, 2장은 건전하지 못한 유흥적인 풍류를 강조하며, 3장은 기녀
들과의 놀이를 통해 향락의 극점을 향하고 있으며, 4장에서의 술자리는
절제가 빠진 난장판에 가까운데, 5장에서는 오히려 술을 마시지 못하는
정희철이라는 인물을 통하여 슬픔의 정서를 환기하여, 6장에서 표면적으
로 향촌회집을 강조하면서도 내면적으로 경락번화를 강렬하게 희구하는
것으로도 해석할 수 있다.

한편 시조에서는 자연의 풍취에 잠기는 평온한 모습을 읽을 수 있다.

> 山水(산수) ᄂᆞ린골래 三色桃花(삼색도화) 뼈오거늘
> 내셩은 豪傑(호걸)이라 옷니븐재 들옹이다
> 고ᄌᆞ란 건뎌안고 므레들어 속과라

이렇게 보면 〈화전별곡〉과 시조는 유배 생활의 아픔과 같은 구체적 현
실보다는 현지의 사람들과 함께 어울리는 흐드러진 분위기나 개인적으로

<hr/>

8) 『自菴集』 권2, 『한국문집총간』 24, 민족문화추진회, 1988, 273~274면.

평온한 모습을 그리고 있어서, 한 개인이 현실에 대응하는 구체적인 모습보다는 삶의 현장과 자연에서 지내면서 어떤 방향을 잡아야 할 것인가, 혹은 노래로 부르면서 듣는 사람은 어떤 생각을 할 것인가 하는 점을 고려한 여과된 모습을 제시하는 것으로 이해할 수 있다. 슬픔이나 아픔 등을 겉으로 드러내지 않으려는, 주체의 내면을 감추려는 포석으로 해석할 수도 있을 것이다.

2) 유배 한시의 현실 인식

〈화전별곡〉과는 달리 한시에 있어서 남해는 산천에 나쁜 기운이 있는 바다인 "장해(瘴海)"(〈贈別崔生二首 又〉, 〈丹陽叔父挽〉)이거나 거친 고을인 "장향(瘴鄉)"(〈謫裡贈權正字〉)·"남황(南荒)"(〈偶吟贈翰之 二首〉)이다.

풍토에 익숙하지 못하여 몸이 괴로운데다, 임금, 부모, 동료에 대한 그리움으로 마음까지 아픈 것이다. 그리하여 이러한 상황을 중화시키는 촉매의 역할로 술이 등장한다. 슬픔이나 아픔을 직설적으로 토로하면서, 일시적으로 고통을 해소할 수 있는 방법을 강구하고 있는 셈이다. 유배객으로 붙여 살던 집의 주인이 서울에 갔다가 돌아온 것을 보고 지은 작품에서, 궁금한 서울 소식도 알아보고 술잔을 나누면서 회포도 풀고 싶은데 그것마저 쉽지 않음에 안타까워하고 있다.

> 봄바람이 불어와 버드나무 가지를 흔드는데
> 행차 소리를 들으니 기뻐서 미칠 것 같네.
> 안타깝게도 나는 갇힌 죄인이라 드나들 수 없으니
> 강 머리에서 술잔을 달랠 방법이 없네.
> 春風吹盡柳條楊　聞道行聲喜欲狂
> 恨我幽囚防出入　江頭無計慰壺觴
>
> 　　　　　　　　　　　－〈聞主人還以詩迎之〉9)

〈화전별곡〉 2장에서는 품관들과의 모임 및 이들의 일탈적인 행위를 제시하는데, 몇 편의 시에서는 일상적 삶의 모습이 중심을 이룬다. 〈희증하청수 *명세연(戲贈河淸叟 *名世涓)〉을 보도록 한다.

> 한 표주박 맑은 모임이 청류에 가까운데
> 손에 온 남은 술잔을 삼가 머무르지 말게나.
> 안타깝게도 그대가 시에 기대고 술의 힘을 비니
> 이전의 피가 벌써 먼저 가을이네.
> 一壺淸會近淸流　到手杯殘愼莫留
> 恨子詩憑酒借力　從前稊稗已先秋

이외에도 〈향교석전후음 차강륜운 *자리지(鄕校釋奠後飮 次姜綸韻 *字理之)〉, 〈송별교수박완 신묘오월십구일(送別敎授朴綄 辛卯五月十九日)〉 등에서 〈화전별곡〉과는 다른 내용을 확인할 수 있다. 〈화전별곡〉에서는 "손지이", "잡담", "발버훈" 등 일탈의 측면에 초점을 맞추고 있는데 비해, 한시에서는 구체적인 역할과 일상적 삶을 형상화하고 있는 것이다.

그리고 일상의 삶 속에 어버이 생각, 서울 생각이 잠시도 떠나지 않고 있다.

> 겨울옷을 손수 바느질하는 어머니가 슬프고
> 짧은 편지로 마음을 보이니 옛 친구에게 부끄럽네.
> 슬프게 서울을 바라보니 하늘은 아득한데
> 시름겨운 살쩍에 서리를 보태니 몇 가닥이 새로울까?
> 寒衣手線悲慈母　短札心懷媿故人
> 恨望長安天北極　霜添愁鬢幾莖新
>
> － 〈秋夜書懷〉

---

9) 『自菴集』 권1, 한국문집총간 24, 민족문화추진회, 1988, 256면.

이외에도 "홀로 앉아 어버이 생각 임금님 생각(獨坐思親戀君)"(〈寓懷〉), "응당 대흥 고을을 지나면 늙으신 어버이를 보리.(應過興衛見老親)"(〈送別太守李煥〉), "유학의 성대한 모임에 성균관을 떠올리네.(斯文高會憶成均)"(〈鄉校釋奠後飲 次姜綸韻 字理之〉), "고향의 시름(故園愁)"(〈次韻送別徐兌元再任遞歸〉), "고향의 가을(故園秋)"(〈重陽〉), "집을 생각하니 두 곳이 너무 멀고, 그림자를 마주하니 일신이 어긋났네.(思家兩地隔 對影一身違)"(〈峽雲示翰之〉), "궁궐을 그리워함과 어버이 생각함을 이미 막을 수 없어(戀闕思親已不禁)"(〈偶吟贈翰之二首〉) 등에서 이러한 내면의 추이를 쉽게 확인할 수 있다.

이렇듯 한시의 경우에는 귀양살이의 충격 및 유배지에서 겪는 고통과 내면의 아픔이 직설적으로 또는 반복적으로 진술되고 있다. 누가 듣고 있다거나 보고 있을 것이라는 염려를 고려하여 내면화의 과정을 통해 여과한 정서라기보다 자신의 입장에서 일방적으로 표출한 것이 대부분이다.

유배 체험의 내면화 양상은 김구의 경우에서 보듯 경기체가와 한시에 있어서 매우 다른 모습으로 나타난다. 거의 대립적인 양상을 보이고 있는 것이다.

이러한 대립 양상은 표면적인 것인가? 아니면 내면화의 과정을 거치면서 결합될 수 있는 것인가? 단정적으로 말하기는 쉽지 않지만 국문시가인 경기체가와 한시의 존재 기반에 큰 차이가 있음을 반증하는 것으로 이해할 수는 있을 것이다.

3. 사물 인식을 표현하는 방법

외물에 대한 인식을 물관(物觀)10)이라고 한다. 실제 시가 연구에서 외부

---

10) 物觀에 바탕을 두고 시조의 경우를 살핀 최재남, 「시조의 인식 기반과 미의식의 특성」, 『국문학연구』 제7호, 국문학회, 2002, 91~99면 참조.

의 사물을 개별 대상으로서의 자연이 아니라 포괄적 개념으로 해명하여
'강호가도론'이라는 괄목할만한 성과가 이루어졌다.[11] 사물을 관찰하는
과정을 통해 물관을 구체적으로 확인할 수 있으며, 성리학자 소옹(邵雍,
1011~1077)의 '관물(觀物)'에서 촉발되어, 주관이나 감정이 개입된 나[我]를
배제해야만 본연의 도와 나, 그리고 대상이 삼위일체가 되어 진리를 발견
할 수 있다고 본다. 그리하여 외물에 접촉하여 서정적 인식인 흥취가 일어
나고, 미적 감동인 참된 즐거움[眞樂]을 누릴 수 있다고 보는 것이다. 이러
한 관점에서 보면 한시 담당층과 시조 담당층의 사물 인식은 같은 층위에
있는 것으로 이해할 수 있다.

1) 공감을 향한 시가의 발화

사물을 관찰하면서 일반의 원리를 관찰하고 이를 바탕으로 사람살이의
일에 활용하려는 방법을 공감을 향한 시가의 발화라고 할 수 있다. 산과
물의 움직임에서 푸르름과 그치지 않음을 발견하고 우리의 삶에 적용시키
고자 하는 태도를 읽을 수 있는데, 청산과 유수를 통하여 만고상청의 상수
를 인식하는 것으로 이해할 수 있다.

> 靑山(청산)는 엇뎨흐야 萬古(만고)애 프르르며
> 流水(유수)는 엇뎨흐야 晝夜(주야)애 긋디 아니는고
> 우리도 그치디 마라 萬古常靑(만고상청) 호리라 (李滉)

푸르른 청산과 그치지 아니하는 유수를 보면서 만고상청하는 삶의 자세
를 말하고 있는데, 구체적인 사물이나 자연의 일상적인 현상을 통하여 많

---

11) 조윤제, 「자연미의 발견」, 『국문학사』, 동방문화사, 1949, 130~142면; 조윤제, 「국문
학과 자연」, 『국문학개설』, 동국문화사, 1955, 390~426면; 최진원, 「강호가도연구」,
『국문학과 자연』, 성균관대학교 출판부, 1977, 1~115면 등이 중요한 업적이다.

은 사람들이 공감할 수 있는 삶의 방향을 제시하는 것이다. 이러한 공감을
위한 발화는 대상을 어떻게 인식할 것인가 하는 입장보다, 인식한 대상을
어떻게 수용할 것인가에 중점을 두는 것이라고 할 수 있다. 이러한 공감의
발화를 통해 노래를 부르는 사람과 노래를 듣는 사람이 함께 어울릴 수
있는 발판이 마련되는 것이다. 이황이 「도산십이곡발」에서 제시한 '감발
융통(感發融通)'의 단계에 이르도록 하는 것이다. 이러한 단계에 이르기 위
한 장치로 표현의 관습성과 구성의 관습성[12] 등이 활용될 수 있다. 이미
있어 온 표현을 이용하여 독자들의 마음에 잠재한 이미지를 환기시키고
연행의 현장에서 공감을 느낄 수 있도록 배려하는 것이다.

　이러한 공감을 향한 발화는 경기체가의 난만한 풍류를 내면적 풍류로
전환하면서 소옹의 〈청야음(淸夜吟)〉의 의경을 받아들인 이현보(李賢輔)의
〈어부단가〉에서도 확인되는 것이다.

> 靑荷(청하)애 바블 빳고 祿柳(녹류)에 고기 삐녜여
> 蘆荻花叢(노적화총)에 빈믜야 두고
> 一般淸意味(일반 청의미)를 어닉부니 아릭실고　(李賢輔)

　여러 가닥으로 나뉘어지지 않고 한결같은 원리로 포괄되는 맑은 의취인
'일반 청의미(一般 淸意味)'가 공감을 위한 선언이라고 할 수 있다. 경기체가
의 풍류에서 시조의 풍류로의 전환이 이러한 과정을 통해 이루어지는 것
이다.

---

12) 최재남, 「시적 구성의 관습성과 형상화의 보편성」, 『천봉이능우박사칠순기념논총』,
　　1990에서 한국시가 형성의 원리를 첫째, 시가일도(詩歌一道)의 원리, 둘째, 포괄화의
　　원리, 셋째, 공감의 원리로 제시하고 이 원리를 바탕으로 실제 작품에서 주제적 관습,
　　구성적 관습, 장르 선택의 관습으로 구현된다고 파악한 바 있다.

2) 일반 원리와 삶의 현실에 대한 한시의 대응

앞에서 인용한 시조와 대응될 수 있는 인식으로 다음 한시를 들 수 있다.

> 생생(生生)의 자연 이치를 아직 이름 지을 수 없는데
> 그윽한 곳에서 사물을 보니 마음 속이 즐겁네.
> 그대에게 청하나니 동쪽으로 흐르는 물을 보게나
> 밤낮으로 이와 같이 잠시도 쉬지 않네.
> 天理生生未可名　幽居觀物樂襟靈
> 請君來看東流水　晝夜如斯不暫停
>
> － 〈觀物〉(『退溪續集』 권1)

이 시에서는 앞의 시조와는 달리 일반적인 원리를 발견하는 방법 및 그 방향을 제기하고 있다. 앞의 시조가 적용이나 반응에 중점을 두고 있다면 이 시는 발견이나 해석에 초점을 맞추고 있다. 밤낮으로 쉬지 않고 동쪽으로 흐르는 물에서 만물이 생겨 퍼져나가는 자연의 이치를 발견할 수 있도록 깨닫는 것, 다시 말해 사물의 자연스러운 움직임을 통해 '일리(一理)'를 체득하는 것에 초점이 놓이는 것이다.

그리고 이와 같은 관점은 하수일(河受一, 1553~1612)의 〈관물(觀物)〉에서 사물의 이치와 사람의 마음이 같은 이치라고 보는 것으로 이어진다.

> 각각의 사물이 끊임없이 생기는 것은 절로 하나의 근본인데
> 만약 그 근본이 없으면 곧 이룸이 없네.
> 샘에 근원이 있으면 물은 쉬지 않고
> 나무에 뿌리가 없으면 잎이 돋기 어렵네.
> 흐름이 쉬지 않으면 샘은 반드시 몸을 형성하고
> 잎이 돋지 않으면 나무는 뜻을 상할 수 있네.
> 사물의 이치와 사람의 마음은 같은 이치이니
> 누가 사물을 밝혀 사람의 밝음을 생각할 수 있으랴?

物物生生自一本　若無其本卽無成
泉有源來流不息　木無根處葉難生
流不息泉須體己　葉難生木可傷情
物理人心同一理　誰能明物反人明

－(『松亭集』권2)

　　하나의 근본에 바탕을 두고 있는 사물의 이치를 밝혀 사람살이의 이치
를 생각하는 방향까지 나아가고자 하였다. 그리하여 "임금에게 의리를 지
키고 어버이를 섬기는 것[義君親父]"과 같은 사람살이의 일도 같은 원리에
있다는 인식[13]으로 전환할 수 있는 길을 열어준다.

　　일리(一理)에 근거하여 다양한 현상[萬殊]을 보이는 사물을 관찰하는 성
리학적 물관에 바탕을 둔 한시는 사물의 일상적인 현상에서 발견과 탐구
쪽으로 방향을 잡아, 이를 통해 흥취를 촉발하는 서정적 인식으로 이어져
서 참된 즐거움[眞樂]을 추구하게 된다. 근원에 대한 탐구가 서정적 인식으
로 이어질 수 있는 통로도 마련해 놓은 것이다.

4. 소결

　　국문시가와 한시의 존재 기반과 미의식의 층위를 설정하기 위하여 두
가지 축에서 논의를 진행했다. 한 방법으로 개인의 유배 체험에서 촉발된
김구의 경기체가인 〈화전별곡〉과 한시를 살피고, 다른 방법으로 사물을
인식하는 태도와 그 과정을 다룬 이황의 시조인 〈도산십이곡〉과 몇몇 사

---

13) 河受一, 〈觀物〉(『松亭集』권2)에서는, "임금에게 의리를 지키고 어버이를 섬김을 어
　찌 억지로 힘쓰랴? 말을 타고 소로 갈이 모두 스스로 그러하네. 누가 알랴? 이 세상의
　끝없는 일이, 일찍이 모두 이 한 하늘에서 말미암음을.(義君親父豈强勉 乘馬耕牛摠自然
　誰知天下無窮事 曾是都由此一天)"이라고 하여, 충효(忠孝)가 일천(一天)에 근거하고 있
　음을 밝히고 있다. 충효의 서정적 인식에 주목할 수 있는 대목이다.

람의 한시를 검토했다. 전자가 개인의 체험에 중점을 두었다면, 후자는
사물의 인식 방법에 중점을 둔 경우라 할 수 있는데, 위에서 거칠게 살펴
본 결과 두 축에는 상당한 차이가 있는 것으로 확인되었다.

지금까지 논의한 것을 바탕으로 국문시가와 한시의 관련 양상을 정리할
단계가 되었다. 결론적으로 말하면 국문시가와 한시의 관련을 일률적으로
규정하는 일은 쉽지 않다는 것이다. 다만 각 시기에 따라서 또 담당층의
성격에 따라서, 역사적 갈래에 따라서 접근하는 시각을 다르게 설정해야
할 것으로 보인다.

경기체가는 집단 체험의 정서 표출이 중심을 이루며, 집단적 정서의 핵
심은 감격스러움이라고 할 수 있는 것으로, 서울 생활과 관련하여 벼슬살
이의 일과가 끝나고 난 뒤에 누리는 난만한 풍류라고 할 수 있다. 여기에
는 개인의 주관적이고 사적인 정서가 자리할 겨를이 없다. 비록 유배 체험
과 같은 극한적인 상황에 있어서도 경기체가를 통해서는 정서가 구체적으
로 변모하는 양상을 확인하기 어렵다. 이에 비해 한시를 통해서는 그 정서
의 추이를 관찰하기에 용이한 측면이 있다.

시조 특히 연시조의 미의식은 경기체가와는 다른 흥취를 지향하는 내면
적 풍류로 정리할 수 있는데, 구체적으로 산수의 자연 속에서 자연과의
교감을 통하여 실현되고 있다. 실제 외물에 대한 인식인 물관(物觀)에 있어
서 '일리(一理)'로 '분수(分殊)'를 포괄하는 인식에 바탕을 두고 있어서, 그러
한 인식에 바탕을 두고 지은 한시의 미의식과 크게 다르지 않은 것으로
확인된다. 다만 그 기능의 측면에서 노래를 지향하느냐 그렇지 않느냐에
따라 변별이 가능할 것으로 보인다.

실제 시조의 경우에 향촌 체험과 시정 체험의 차이, 혹은 창작 미학과
연행 미학의 차이, 풍류와 흥취의 방향에 중점을 두느냐 풍류와 흥취의
내용에 중점을 두느냐에 따라, 단시조와 장시조, 조선 전기 시조와 조선
후기 시조의 성격에 변화가 일어나고 있는 듯하나, 사실 담당층의 인식

체계가 달라진 것은 아니라고 본다. 다만 체험의 내용이 추가되거나 소재가 확산되는 현상은 그 나름대로 주목할 수 있을 것이다.

여기서 하나 덧붙이자면, 조선 후기에 악곡의 레퍼토리에 바탕을 두고 집단적인 연행 공간에서 전문적인 연행자인 가객이 잘 짜여진 레퍼토리를 음악과 함께 연행하는 경우는 오히려 난만한 풍류에 가까운 것으로 볼 수 있어서, 이것이 인식 체계의 변화에서 말미암은 것인지, 연행 환경의 차이에서 말미암은 것인지 간단하게 말할 수 있는 성질의 해답이 마련되어 있지 않은 실정이다.

결국 국문시가와 한시의 존재 기반과 미의식의 층위를 살피는 일은 시와 노래의 본질적 성격, 화자(작가)의 태도와 청자(독자)에 대한 인식, 사물을 인식하는 방법, 창작 현장과 연행 현장의 상황 등을 고려하여 여러 가지 매개 변수를 설정하고, 이를 참조의 틀로 삼아 시간, 담당층, 역사적 갈래의 성격에 따라 접근하는 시각에 차별성을 부여할 때 그 실상이 하나씩 정리될 수 있을 것으로 보인다. 왜냐하면 섣부른 일반론이 끊임없는 예외와 재질문을 촉발하고 있기 때문이다.

『고전문학연구의 쟁점적 과제와 전망』 하(2003)

Ⅲ

조선전기 향촌 체험 한시와 시가 향유

1. 향촌 담론의 의미

향촌은 근본지지(根本之地)[1]라고 할 수 있는 서울[京洛, 京華]과 대립되는 개념이다.[2] 그러면서 평온하게 쉴[3] 수 있고, 부모를 모시고 효도를 실천할[4] 수 있으며, 자연에서 즐거운 일을 마음껏 누릴[5] 수 있는 곳이기도 하다. 그리고 서울에서는 친붕(親朋) 또는 구유(舊遊)에 중점을 두고 있음에 비하여 향촌에서는 부로(父老)에 비중을 두는 점도 차이[6]가 있기도 하다.

---

1) 黃愼, 「上牛溪先生書」, 『秋浦集』 권2, 京師根本之地, 尙不自保, 況鄕村乎.
2) 서울과 향촌의 대립은 조선전기보다 17세기 후반 이후 강화되었다고 할 수 있다. 宋時烈이 경화사족에 비중을 두고 朴世采가 향촌유생을 마음에 두면서 쟁론을 벌인 바 있는데(申暻, 「外祖考玄石朴先生遺事」, 『直菴集』 권20), 그 내용은 경화사족이 文識講解에 開通敏給한 데에 비하여 鄕村儒生은 志篤行專과 踐履淳實에서 돋보인다는 것인데, 이러한 측면은 조선후기에만 한정할 것이 아니라 조선전기에도 공통적으로 적용될 수 있을 것이다.
3) 李穡, 「次裴錦山詩韻」, 『亨齋集』 권3, 穩臥鄕村兩鬢秋.
4) 李穡, 「送舍弟如京」, 『亨齋集』 권2, 鄕村綵衣舞 獨立不勝悲.
5) 權文海, 「送權子迷繼昌還鄕」, 『草澗集』 권1, 鄕村多樂事 隨意踏靑春.
6) 申翊聖, 「客中志苦」, 『樂全堂集』 권3, 京洛舊遊書斷絶 鄕村父老語團欒, 林泳, 「龍淵村」, 『滄溪集』 권1, 鄕村父老如曾識 京洛親朋已自來.

조선전기 특히 16세기 향촌 체험은 사림 또는 사족이 향촌에 재지적 기반을 두고 생활한 경우와 유배나 은거 등의 이유로 오랜 기간 향촌에서 지내게 된 경우 등으로 나누어 살필 수 있다. 엄밀하게 두 경우는 변별하여 살펴야 하겠지만, 향촌생활에 비중을 두면 함께 살필 수 있는 이점도 있다. 이들은 모두 벼슬살이와 관련한 서울생활을 체험하거나 내면적으로 염두에 두고 있기 때문에, 실제 그들의 향촌 체험은 서울생활과 일정한 연관을 맺고 있거나 간접적 영향에 놓인 것으로 파악할 수 있다.

체험시는 체험에 바탕을 두고 쓴 시로 시를 쓴 사람이 그 안에서 스스로 말하고 있으며, 그의 말들이 확실한 삶의 연관성을 가지고 있는 시를 말한다.[7]

이 글에서는 16세기 향촌 체험을 다룬 한시와 이와 관련한 시가를 대상으로 하여, 크게 두 축으로 나누어 다음과 같은 인물을 중심으로 논의를 진행하도록 한다.

첫째, 서울에 기반을 둔 사림의 향촌생활 체험을 형상화한 한시와 그와 관련된 시가를 1차 대상으로 한다. 기묘사화로 서울 가까운 곳에서 은거하면서 향촌생활을 체험한 김안국(金安國, 1478~1543)과 김정국(金正國, 1485~1541)의 경우와 남해에서 유배 생활을 한 김구(金絿, 1488~1534)를 대상으로 한다. 이 축은 서울 가까운 향촌에서 서울을 염두에 둔 태도와 서울과 멀리 떨어진 곳에서 서울을 그리워하는 내용을 확인할 수 있을 것이다. 이들의 공통점은 기묘사화[중종 14, 1519] 직후 20여년에 걸친 기간이라는 점이다.

둘째, 향촌에 기반을 둔 사림이 향촌에서 지내면서 그들의 삶을 형상화한 한시와 이와 관련된 시가를 검토하기 위하여, 서울 생활을 체험하면서도 귀거래를 염원하면서 지내고 실제 귀전하고 난 뒤에는 향촌에서 느긋하게 지낸 이현보(李賢輔, 1467~1555)와 서울과 향촌의 두 축에 상대적인 비중을

---

7) 최재남, 「체험시의 전통과 시조의 서정미학」, 『한국시가연구』 15집, 한국시가학회, 2004, 71면.

두면서 지낸 송순(宋純, 1493~1583)과 처음부터 향촌에서 지낸 권호문(權好文, 1532~1587)의 경우를 대상으로 한다. 이 축은 서울과 멀리 떨어진 향촌인 영남 지역과 호남 지역에서 향촌 생활을 통하여 그들의 실천을 통한 내면의 성취와 주변의 승경에 대한 반응 등에 초점을 둘 수 있다. 이들은 16세기 초반부터 16세기 후반에 걸쳐 있어서 변폭 설정에 차이가 있을 수 있다.

2. 향촌 체험 한시의 실상과 시가 향유

1) 은거와 유배 체험

(1) 호산한적(湖山閑適) 속의 우시연주(憂時戀主) – 김안국

김굉필(金宏弼, 1454~1504)의 문하인 김안국은 벼슬에 있는 동안에도 풍속의 변혁을 포함한 향촌사회에 대한 관심과 향촌 사회에 대한 개혁에 집중하였다. 경상도관찰사에 부임하여 『삼강행실도』에다 장유[형제]와 붕우를 보탠 『이륜행실도』를 수찬[8]한 것이라든가, 『여씨향약언해』의 보급에 힘쓴 것을 들 수 있다.

고을을 순행하면서 각 고을마다 향유(鄕儒)를 면려한 시를 지었는데, 그 가운데 스승인 김굉필의 고향에서 그곳 유생을 면려한 시를 보면 다음과 같다.

> 김선생의 학문을 세상에서 마루로 받드는데
> 염락이 남긴 풍범(風範)이 해동을 떨치네.
> 향읍에서 몸소 훈도하셔서 응당 터득함이 있으리니
> 반드시 『소학』으로 더욱 연마하고 궁구하라.[9]

---

8) 후일에 兄弟에 親戚을 朋友에 師生을 추가한 점도 현실의 요구와 변화를 반영한 것이라 할 수 있다. 『중종실록』 권87, 33년 7월 무인 참조.

　　　金先生學世推宗　濂洛餘風振海東
　　　鄕邑親薰應有得　須將小學益硏窮
　　　　　　　　　　－〈示玄風學者〉(『慕齋集』 권1)

　평소 김굉필이 강조했던『소학』을 내세우면서 현풍의 유생들이 실천해
야 할 방향을 제시하고 있다.

　기묘사화로 밀려난 뒤에는 이천의 주촌(注村)과 여주의 이호촌(梨湖村)에
서 지내면서 복직될 때까지 스무 해 정도 향촌 체험을 하게 되는데, 이
기간 동안에 지어진 한시와 우리말 시가에 대한 관심의 추이를 확인하도
록 한다.

　이곳에서의 생활을 호산한적(湖山閑適)[10]이라 요약할 수 있다.

　호산한적의 구체적 내용은 사마소의 구성원들과 시회를 즐기고, 은일정
(恩逸亭)·동고정(東皐亭)·범사정(泛槎亭)·팔이정(八怡亭) 등의 유식 공간도
마련하며, 이호(梨湖)에서 뱃놀이도 가진다. 강에서 뱃놀이를 하거나 산사
를 찾아 술자리를 마련하고 거문고나 단적 등의 악기가 준비된 가운데
시를 짓기도 하고 흥이 오르면 노래를 부르기도 한다. 「구일에 또 향촌의
여러 분과 높은 곳에 올라서 많이 마시고 취하여 김기의 시에 차운하다(九
日 又與鄕村諸君登高劇飮 醉次金器韻)」(『모재집』 권2), 「임진년 시월 보름에 서자
적 중무, 박원량 거경, 최광한 자징, 공서린 응성, 박희량 준경, 신희눌
사민, 박감 언택 유한명과 이호에서 달밤에 뱃놀이를 하고 사경까지 통음
하고 글로 여러 분에게 보이다. *이날 밤에 공군은 단적을 불고 여러 분이
길게 노래하며 서로 화답하다(壬辰十月之望 與徐自適仲武·朴元良巨卿·崔光瀚子

─────────────────────────

　9)　"김굉필 선생이 처음으로 성리의 학문을 인도하여, 오늘날까지 배우는 사람들이 따라
　　야 할 바라고 알고 있다. 정주를 배우기를 바라는 것은 모두 선생이 힘쓴 바이다. 공은
　　고을 사람이다.(金先生宏弼 首倡性理之學至今學者知所趨向 願學程朱 皆先生之力也 公
　　邑人也)"라는 협주가 있다.
10)　金安國, 「書梨湖十六景後」, 『慕齋先生集』 권12.

澄·孔祥麟應聖·朴希良峻卿·愼希訥士敏·朴敢彦擇·劉漢明 泛月梨湖 痛飮至四更 書示諸
君 *是夜 孔君吹短笛 諸君長歌互和)」(『모재집』 권6)를 비롯한 많은 시편이 이러한
교유와 놀이를 형상화한 것이다.

　다음은 사마소의 구성원들과 함께 효양산에 올라서 모임을 서술한 것이
다. 이들과 기미(氣味)가 같다고 함으로써 은거 생활이지만 달빛 속에서
이들과의 놀이를 통하여 자신의 마음을 가라앉히고 있는 셈이다.

　　　　들판은 가랑비에 젖는데
　　　　좋은 그늘로 향기로운 바람이 오네.
　　　　짐승과 새는 좋은 소리를 남기며
　　　　뒤섞이어 서쪽에서 동쪽으로 옮기네.
　　　　이에 시절의 경물이 아름다움을 기뻐하며
　　　　말을 타고 높은 언덕에 오르네.
　　　　좋은 벗이 또한 모여서 머무르고
　　　　나물 향기에 술 또한 짙네.
　　　　우리들은 기미가 같은데
　　　　다행히 문운이 융성함을 만났네.
　　　　유유자적하니 한가한 시간이 많고
　　　　읊으면서 마음 속 생각까지 여네.
　　　　뿔잔과 산가지를 어찌 다시 헤아리랴?
　　　　기쁘게 취하니 한창 무르녹네.
　　　　밤놀이에 촛불을 잡을 수 있는데
　　　　하물며 달빛이 밝아옴에랴?
　　　　굴대를 던지고 돌아간다고 말하지 말라.
　　　　이 즐거움은 참으로 끝이 없네.
　　　　原六潤微雨　嘉蔭來薰風　禽鳥遺好音　交交西復東
　　　　欣玆時物佳　駕言陟崗崇　良朋亦萃止　蔬香酒又濃
　　　　吾曹同氣味　幸値文運隆　優游多暇豫　言詠開襟衷
　　　　觥籌豈復第　歡醉方融融　夜遊燭可秉　娥輝況朣朧

投轄莫言歸　此樂良無窮
　　　　　－〈與鄕中進士生員輩 登孝養山設會〉(『慕齋集』 권4)

　그리고 이호에서의 뱃놀이 광경을 읊은 작품에서는 소식(蘇軾)의「후적
벽부(後赤壁賦)」의 정경을 연상할 수 있다. 이렇듯 산과 물에서 이천과 여
주 지역의 선비들과 교유하면서 호산한적(湖山閑適)의 여유를 누리기도 한
것이다.

　　시월에 강에서 노니니 마침 임년인데
　　중천의 작은 달이 뿔잔과 배를 비추네.
　　두 손님을 서로 좇다가 보태어 아홉이 되는데
　　짧게 피리를 불고 길게 노래하며 취하면 뱃전을 두드리네.
　　十月江遊屬壬年　中天小月照觥舡
　　相從二客添成九　短笛長歌醉叩舷
　　　　　　　　　　　　－〈壬辰十月之望…〉(『모재집』 권6)

　다른 한편으로는 해마다 춘첩시(春帖詩)를 써서 자신을 돌아보고 임금에
대한 마음을 새롭게 다짐하기도 한다. 은거의 나날이 길어지면 길어질수
록 서울로 돌아갈 날이 늦어지고 있다는 점을 절감하게 되는 것이다. 그럴
때일수록 임금의 은혜를 되새기면서 자신을 더욱 다독이고 자중하는 자세
를 보이는 것이다. 내면에 배인 임금에 대한 그리움을 읽어낼 수 있는 것
이다.
　은일정에 붙인 시에서는 호산한적(湖山閑適)이 임금께서 내려주신 것으
로 말한다.

　　은일정에서 열 번째 봄인데
　　범사정 위에서 좋은 날을 맞이하네.
　　호수와 산의 꽃과 달은 끝없는 즐거움인데

만세토록 군왕께서 逸民에게 내려주시네.
恩逸亭中第十春　泛槎亭上迓良辰
湖山花月無窮樂　萬歲君王賜逸民

- 〈己丑春帖〉11)(『慕齋集』 권5)

호산한적이라 요약할 수 있는 이천과 여주의 향촌 체험에서 내면에 잠복
한 임금에 대한 그리움을 우리말 노래를 통하여 여러 차례 들추어내기도
한다. 시(詩)와 노래[歌]가 만나는 지점인 셈이다. 장가(長歌) 〈정과정(鄭瓜
亭)〉과 이가(俚歌) 〈강월곡(江月曲)〉 등이 그것이다.
장가 〈정과정〉12)을 통하여 먼 곳에 떨어진 신하가 임금을 향한 마음을
전달하려고 하는데, 직접적인 언술보다 다른 사람의 목소리를 차용하기도
한다. 중종 18년(1523)에 최광한(崔光瀚, ?~1533)의 시에 차운한 것이다.

누런 국화가 물러나고 두꺼비도 장차 이지러지려는데
가을비가 새로 개니 물이 논에 가득하네.
〈정과정〉 한 곡조를 누가 함께 부르랴?
달빛을 밟으며 꽃향기를 맡으니 유독 가엾게 여길 만하네.
黃花欲謝蟾將缺　秋雨新晴水滿田
一曲瓜亭誰共唱　嗅花步月獨矜憐13)

- 〈次崔子澄韻〉(『모재집』 권4)

---

11) 한편 범사정에 붙인 춘첩에는 임금을 향한 그리움이 배어 있다. "정자 아래 긴 강은
한강 나루에 닿는데, 샛바람에 새로 녹으니 푸른빛이 맑네. 단심을 따르지 못하고 조종
에서 떠나서, 멀리 풍신(楓宸)을 향해 만춘을 축수하네.(亭下長江接漢津 東風新泮綠㲱
㲱 丹心未逐朝宗去 遙向楓宸祝萬春"
12) 〈정과정〉의 전반적 성격에 대하여, 양태순, 『고려가요의 음악적 연구』, 이회, 1997
참조.
13) "최군이 취하면 문득 〈정과정〉 곡을 노래했는데, 음조가 맑고 씩씩하며 격앙되었다.
(崔君醉輒唱鄭瓜亭曲 音調淸壯慷慨)"라는 협주가 있다.

그런데 남이 부르는 〈정과정〉을 통하여 자신의 내면에 빗대기도 하지만, 당시에 유행하게 된 우리말 노래 〈강월곡〉을 통하여 자신의 마음을 투사하기도 한다.

> 봄빛은 오직 두셋으로 나뉘는데
> 그대에게 권하나니 황혼이 다한다고 말하지 말라.
> 온갖 일 한 평생을 한 바탕 웃음으로 견디니
> 새 노래 〈강월곡〉는 그대에게 빌려 들었네.
> 韶光唯有兩三分　勸子休辭竟夕曛
> 萬事百年堪一笑　新腔江月債君聞[14]
> 　　　　－〈崔子澄持酒來訪共飮桃花下 次子澄韻〉(『모재집』 권4)

이렇듯 달을 매개로 하여 그리운 대상에 대해 마음을 토로하고 있는데, 대상을 향한 그리움의 표현으로 우리말 노래를 활용하고 있다는 점은 주목할 수 있는 것이다.

달을 매개로 하여 내심의 추이를 드러내고자 하는 태도는 박은(朴誾)의 아들인 박인량(朴寅亮)과 〈강월곡〉을 잘 불렀던 최광한(崔光瀚) 등과 함께 달밤에 술자리를 함께 하면서 내면을 토로한 데에서도 확인할 수 있다.

「임오년 삼월 열이틀 밤에 달이 대낮같이 밝아서, 지난해 오늘에 진사 박인량 조경, 진사 최광한 자징과 함께 달빛을 마주하여 통음하고, 밤중에 헤어지고 작은 절구를 지어서 기록하였던 일을 떠올렸다. 오늘 저녁은 달빛이 비록 옛날같이 밝은데 두 사람이 오지 않아서 다만 홀로 마시고 자노

---

14) "근래 우리말 노래 〈강월곡〉을 노래하는 사람이 있는데, 듣고 느낌이 있어서 시구로 풀어서 이르기를, '만 이랑 푸른 물결이 눈썹달 같은데, 너는 나를 볼 수 있듯이 또한 저를 보네. 나는 둘 다 볼 수 있는 너와 같지 않아, 밤마다 저와 너를 볼 수 있기를 부질없이 바라네.' 이 날에 노래로 술을 권하였기에 시를 지은 것이다.(近有人唱俚歌江月曲 聽而有感以句解之曰 滄江萬頃如眉月 爾得看儂亦見伊 儂不似爾能兩見 宵宵空望見伊爾 是日唱以侑酒故韻)"라는 협주가 있다.

라니, 좋은 일을 잇기 어려움을 알 수 있다.(壬午三月十二日夜 月白如晝 因憶去
年此日 與朴進士寅亮調卿·崔進士光瀚子澄 共對月痛飮 夜分乃罷 因有小絕記之 今夕 月雖
依舊明朗 兩君不至 只獨酌而睡 可知好事難續也)」[15]라는 긴 제목이 붙은 시이다.

> 지난 해 오늘 밤은 봄 경치가 아름다워서
> 최와 박과 함께 달빛 아래에서 술잔을 기울였네.
> 올해 이 밤도 옛날과 같은 달인데
> 한 동이 술을 두 사람과 마주하여 열기 어렵네.
> 去年今夜春妍好　崔朴同傾月下杯
> 今歲此宵依舊月　一尊難對兩君開
>
> － (『모재집』 권3)

기묘년(1519) 동짓달 보름에 사화가 일어나면서 사림들이 밀려나고, 김안
국은 이듬해 늦봄에 이천으로 은거하여 지내게 된 것인데, 신사년(1521) 삼월
열 이튿날에 박인량·최광한과 함께 달빛 아래에서 술잔을 기울이면서 자신
의 마음을 털어놓고 울적한 심회를 달래면서 신사년의 다짐을 한 셈이다.

김안국은 이천과 여주의 향촌에서 사마소의 구성원을 포함하여 뜻이
맞는 사람들과 지내는 동안 호산한적의 생활을 누리고 있지만, 임금에 비
정될 수 있는 그리운 대상을 향해서는 달을 매개로 한 우리말 노래 〈정과
정〉과 〈강월곡〉을 통하여 마음을 투사하고 있음을 확인할 수 있다.

(2) 안신자성(安身自省) 속의 민농애민(憫農愛民) - 김정국

김안국의 동생이면서 기묘사화 이후 황해도관찰사에서 물러난 뒤에 20

---

15) 그런데 이 시는 「春夜 與朴寅亮調卿·崔光瀚子澄 坐月酌濁醪 相勸至醉而罷 夜已分矣
戱書以爲後日之記」(권2)와 연결되어 있는 것으로 볼 수 있다. "늦봄의 남은 날은 오직
열여드레인데, 좋은 밤의 밝은 달이 둥글려고 하네. 막걸리를 서로 권하니 더욱 한밤중
이 되려는데, 함께 기억하면서 신사년을 잊지 말라.(餘日殘春唯二九 良宵明月欲團圓
濁醪相勸更將半 共記毋忘辛巳年"

여 년 동안 고양의 망동리에서 지내게 된 김정국은, 지난날 벼슬살이를
스스로 돌아보면서 그곳 주변 사람들에 대하여 친밀한 관심을 보이고, 그
들의 농사와 세금 등 생활 전반에 대해 폭넓은 관심을 드러내고 있다. 황
해도관찰사로 있는 동안에는 『소학』을 면려하고, 효자와 효녀를 공궤(供
饋)하며16), 『경민편(警民編)』17)을 마련하는 등 백성들을 교화하고 면려하
기 위하여 많은 노력을 아끼지 않았다.

고양의 향촌에서 지내면서 시제가 「민농(憫農)」(『사재집』 권1)으로 노출된
여러 편의 작품을 포함하여, 농사일을 하는 사람들의 입장에서 그들의 힘
겨운 삶을 형상화하고 정사를 제대로 펴지 못하는 부분에 대한 비판의
시각을 보여주고 있다.

> 거친 밭 갈기를 마치고 차조와 메벼를 씨 뿌리고
> 돌아와 한가롭게 누워서 가시 사립을 닫았네.
> 부르는 사람이 없으니 봄 침상에 잠이 달콤하고
> 빗소리에 놀라서 점심 들밥이 바빠지네.
> 반찬에 이바지함은 다만 나물과 조가비를 삶음에 기대고
> 집터를 받음에 애오라지 민정이 됨을 기뻐하네.
> 영화로운 벼슬이 도리도 욕됨이 많음을 익히 알거니와
> 어찌 전원에 살면서 성정을 마음대로 함과 같으랴?
> 耕盡荒田種秫秕　歸來閑臥閉柴荊
> 春牀眠穩無人喚　午饁吹忙訝雨聲
> 供饌只憑烹菜甲　受廛聊喜作民丁
> 熟知榮宦還多辱　爭似田居任性情
>
> 　　　　　　　　　　－〈田居書事〉(『思齋集』 권1)

---

16) 「贈孝女敬非」, 「贈殷栗孝子朴薰」, 『思齋集』 권1.
17) 「警民編跋」, 『思齋集』 권3.

이들 농민들에 대한 애정은 사회적인 성격을 띨 수 있는 것이기도 하지만, 실제 자신이 구체적 노동에 참여함으로써 체험으로서의 의의를 확보할 수 있게 된다. 다음과 같은 작품에서도 구체적 노동에 대해 말하고 있다. 일반적으로 은거 생활이 한거(閑居)에 해당한다고 말할 수 있지만, 실제 노동에 참여하는 생활이 되고 보니 결코 한가로운 것만은 아니라는 것이다.

> 망혜와 단갈에 아침 이슬이 침노하는데
> 또 마른 지팡이를 세워놓고 손수 스스로 김을 매네.
> 김을 매고 북을 돋움을 점검함을 일과로 삼으니
> 한거(閑居)가 도리어 한거(閑居)가 아니네.
> 芒鞋短褐侵晨露　也植枯笻手自鋤
> 點檢耘耔爲日課　閑居却是不閑居
>
> – 〈手鋤〉(『思齋集』 권1)

이러한 과정에서 농민들이 부르는 민요에 주목하게 된 것이라 할 수 있다. 김정국은 시와 노래가 만나는 지점을 민요에서 찾고 있는 셈이다. 농민들의 삶에 깊은 관심을 가지고 그들의 노래를 들으면서 시의 방향을 제시하기도 하였다. 민요에 대한 인식의 추이를 짐작하게 하는 대목이다.

> 바람과 사물이 맑고 화창하여 한낮이 되려는데
> 푸른 버들과 그늘이 작은 마을 앞에서 만나네.
> 구름에 이어진 보리 이랑은 물결이 번득이고
> 잎 사이의 꾀꼬리 소리는 관현에 시끄럽네.
> 때때로 들 바깥에서 요란한 농가를 듣고
> 또 밭가에 엎드려 우는 소를 바라보네.
> 쫓겨나서 덤으로 몸을 편안하게 하는 방법을 터득하였으니
> 청운을 향하여 다시 채찍을 잡지 말라.

風物淸和欲午天　綠楊陰合小村前
連雲麥壟翻波浪　隔葉鸎聲鬧管絃
時聽農謳喧野外　更看牛吼臥田邊
放來贏得安身術　休向靑雲復着鞭

- 〈初夏〉(『思齋集』 권1)

　그리고 이석형(李石亨, 1415~1477)의 「호야가(呼耶歌)」에 화운하기도 하면
서, 민요의 가창 방식에 대한 이해를 통하여 백성들의 삶에 변화가 오기를
기대하기도 하였다.

　　　'이영차', '이영차' 유독 남과 북에만 들리는 것이 아니라
　　　나라 안에 가득 퍼져 쉴 틈이 없네.
　　　'이영차', '이영차' 유독 산기슭에만 있는 것이 아니라
　　　멀리 바다의 섬 끝까지 나무와 돌을 나르네.
　　　화산(華山)의 돌과 백운대(白雲臺)의 나무를
　　　지척에서 얼마나 힘써 뽑고 벗겼는가?
　　　마룻대에 타고 군함에 싣고 바다를 건너오니
　　　바람과 물결에 반죽음이 되어 더욱 가엾네.
　　　일을 감독함이 불보다 급하고
　　　노를 잡음에 머무름과 부딪힘이 없네.
　　　물로 운반하기도 어렵고 뭍으로 옮기기도 괴로운데
　　　날을 허비하고도 또 전대가 빌까 시름이 많네.
　　　높은 다락과 큰 누각은 대궐까지 이었으니
　　　어느 곳에서 '이영차' 소리 부르지 않으랴?
　　　중인의 열 집터를 깨뜨려 얻어도
　　　한 집을 짓기에도 오히려 넉넉하지 않네.
　　　나는 바라네, 집 없는 재상을 불러내어
　　　날마다 곁에서 궁실을 작게 짓고 선을 권하게 하기를.
　　　인하여 '이영차' 소리를 '이야응' 소리로 바꾸어

먹을 것을 물고 임금의 은덕을 잊으리.

호미를 잡고 노래를 부르고 또 화답하니

우레같이 쩡쩡 울리어 들과 골짜기에 퍼지네.

呼耶呼耶不獨聞南北　遍滿國中無休息

呼耶呼耶不獨在山麓　遠窮海島輸木石

華山石白雲木　咫尺何勞拔且禿

乘桴載艦跨海來　半死風濤尤可惜

程督急於火　把檝無停擊

水運艱陸輸苦　費日又多愁罄橐

高樓傑閣連紫禁　何處不唱呼耶作

破得中人十家基　構成一屋猶未足

我願喚起無宅相　日日獻替卑宮側

坐令呼耶變呼應[18]　含哺忘帝力

提鋤唱復和　振脣如雷[19]騰野谷

- 〈續呼耶歌 次李相國石亨韻〉(『思齋集』 권2)

나무를 베면서 부르는 벌채소리와 나무와 돌을 운반하면서 부르는 운반
노동요인 '이영차[呼耶]' 소리를 멈추고 들판에서 함께 일을 하면서 부르는
'이야응[呼應]' 소리로 바꾸고자 하는 화자의 태도가 배어 있다. 이석형의
「호야가」에서는 '이영차' 소리가 들리지 않기를 바라는 입장에 머물렀는
데 비하여, 김정국의 「속호야가」에서는 농민들이 함께 일을 하면서 부르
는 노래로 바꾸어서 생산주체인 이들 농민의 삶이 윤택해지기를 바라는
것으로 전환시키고 있다. '이영차'가 선후창에 해당하는 것이라면 '이야응'
은 호응창에 해당하는 것으로 볼 수 있어서, 일의 성격과 노래하는 방식의
대응에 있어서 중요한 시사점을 제공하기도 한다.

한편 같은 마을에 사는 박세구(朴世矩)가 지은 연시조 〈향촌십일가(鄕村十

---

18) "속언으로 '이야응'은 농가이다.(俗言呼應 伊農歌也)"라는 협주가 있다.

19) "속언으로 두레농인데, 화응하는 소리이다.(俗言頭妻農 和歌聲也)"라는 협주가 있다.

一歌)〉를 시장(詩章)으로 만들기도 하였다. 〈향촌십일가〉에서 가운데 6수
는 한거자적지취(閑居自適之趣)를 서술하고 있다고 밝히고 있는데, 실제 '긴
호미[長鋤]와 짧은 낫[短鎌]', '들밥[午饁]', '남쪽 이랑[南畝]', '밭갈이와 김매
기[耕耘]', '갈건(葛巾)' 등 직접 농사일에 참여하는 향촌의 생활을 말하고
있고, 그 생활에 대하여 화자는 '즐김[樂]', '망정(忘情)' 등으로 그 속에서
만족하면서 살아가는 모습을 제시하고 있다.[20]

민농(憫農)의 입장에서 백성들의 어려운 현실에 주목하고 있는 김정국의
향촌 체험 한시는 「가정 기축년과 경인년에 해를 거듭하여 가뭄과 흉년이
들고, 금년 신묘년에는 봄부터 유월까지 비가 내리지 않았다. … (嘉靖己丑
庚寅 仍歲旱荒 今年辛卯 自春初至六月不雨…)」(『사재집』권1)와 같은 장편에서 피폐
한 향촌의 형편을 매우 핍진하게 형상화하고 있다. 이렇듯 김정국은 농민
의 삶에 대하여 주목할 뿐만 아니라 민요를 통해서도 풍족한 생활을 누릴
수 있는 방향을 기대하고 있다. 부역과 착취에만 시달리는 이영차[呼耶]에
서, 공동 노동을 통하여 배를 불릴 수 있는 이야옹[呼應]으로의 전환을 꾀
하고 있는 것이 그것이다.

(3) 향촌회집(鄉村會集) 속의 창망장안(悵望長安) - 김구

김안국과 김정국의 은거와는 달리 기묘사화로 경상도 남해로 유배되었
던 김구의 경우, 향촌 체험은 동시에 유배 체험이기도 한 것이어서 앞의
두 사람과 일정한 차이가 나타난다. 김구는 유향품관(留鄉品官)들과 지내면
서 경기체가 〈화전별곡〉을 짓기도 하였다.

유향품관과 남해의 관리와의 교유에서는 우선 일상적 삶의 모습을 확인
할 수 있고, 유배 생활의 고통을 여과 없이 직설적으로 토로하기도 한다.

---

20) 최재남, 「〈향촌십일가〉의 성격과 김정국의 고양생활」, 『사림의 향촌생활과 시가문학』,
　　국학자료원, 1997 참조.

유배의 향촌 생활에서 성균관의 기억을 떠올리고 있는데, 남해에서 지내는 동안에도 늘 서울의 벼슬살이에 대한 기억을 반추하고 있는 것으로 이해할 수 있다.

> 귤나무 담장 단풍 숲에서 몇 봄을 보냈던가?
> 사문의 고아한 모임에 성균관을 떠올리네.
> 곁 사람아, 긴 피리를 불게 하지 말라.
> 한 곡조를 들으면 짧은 머리카락이 새롭네.
> 橘樹楓林過幾春　斯文高會憶成均
> 傍人莫教吹長笛　一曲聞來種髮新
>   － 〈鄕校釋奠後飮 次姜綸韻 字理之〉(『자암집』 권1)

    그리하여 어버이와 임금에 대한 그리움을 감추지 않고 있다. 유배 생활을 하는 자신의 내면이 군친에 대한 그리움으로 바로 연결되도록 구성한 것이다.

> 날이 저무는데 빗소리는 끊어지지 아니하고
> 밤이 깊으니 사람들의 말이 들리지 아니하네.
> 어찌하여 만 리에 외로운 나그네가
> 홀로 앉아서 어버이 생각하고 임금님 그리는가?
> 日暮雨聲不絶　夜深人語無聞
> 如何萬里孤客　獨坐思親戀君
>   － 「寓懷」(『자암집』 권1)

    한편 이곳에서 유향품관들과의 교유를 형상화한 경기체가 〈화전별곡〉은 표면적으로는 향촌회집(鄕村會集)을 긍정하고 있으면서, 내면적으로는 경락번화(京洛繁華)에 대한 그리움을 짙게 드리우고 있다. 경기체가 갈래가 향촌 생활에 해당하는 것이 아니라 서울의 벼슬살이와 밀접하게 연결되어

있기 때문이다.21)

〈화전별곡〉에서 표면적으로 향촌회집을 내세우면서 이면적으로 경락 변화를 희구하고 있다고 할 수 있다면, 향촌에서 지은 시조에서는 한가로운 모습이 그려져 있다.

> 山水 느린 골래 三色桃花 뼈오거늘
> 내셩은 豪傑이라 옷니븐재 들옹이다
> 고즈란 건뎌안고 므레 들어 속과라

김구는 유배 생활인 향촌 체험을 드러낸 한시에서 고통을 직설적으로 토로하거나 시간의 경과에 따라 매개물인 술을 통하여 위안을 삼거나 심리적 고통을 완화시키려고 노력하기도 한다. 경기체가 〈화전별곡〉을 통하여 표면의 삶과 이면의 갈등을 대립시키면서 서울 생활에 대한 그리움을 간접화하기도 하지만, 시조에서는 오히려 향촌 생활의 한가로움을 자연스럽게 표출하기도 한다.

2) 실천과 향촌 생활

(1) 귀전애일(歸田愛日) - 이현보

이현보는 벼슬에 있는 동안 내직보다 외직을 맡으면서 늘 고향으로 돌아가기를 바랐고, 이러한 마음이 당대의 많은 사람들에게 부러움을 샀다. 만년에 고향으로 돌아가고 난 뒤에는 마을 앞 분강에 배를 띄우고 신선처럼 살면서, 〈생일가〉에서 효의 실천에 대한 기쁨을 노래하고, 〈어부가〉를 산정하면서 현실 세계를 넘어서는 곳에 서정 공간을 확보하는 성과를 이

---

21) 최재남, 『사림의 향촌생활과 시가문학』, 국학자료원, 1997; 「국문시가와 한시의 존재 기반과 미의식의 층위」, 『고전문학연구의 쟁점적 과제와 전망』 하, 월인, 2003.12, 135~152면 참조.

룩했다.

이현보는 서울에서 향촌출신의 모임을 종남회집(終南會集)[22])이라고 했다. 그리고 서울 생활을 정리하는 입장을 「제종남유록후(題終南遊錄後)」(『농암집』권1), 「분어행(盆魚行)」(『농암집』권1) 등의 장편에서 곡진하게 밝히고 있다.

이현보가 어릴 때 글을 읽던 용수산(龍壽山)과 고향 마을 앞의 분강(汾江)은 객지에서 지내는 동안 늘 마음속에 자리 잡고 있었다.

> 용수산 앞 분강 귀퉁이에
> 새로 은거지를 세울 계획이 없는 것은 아니라네.
> 서울 생활 십년에 서리가 살쩍에 침노하여
> 벽 가득 부질없이 〈귀거래도〉만 이루었네.
> 龍壽山前汾水隅　　菟裘新築計非無
> 東華十載霜侵鬢　　滿壁虛成歸去圖
>
> 　　　　　　　　　　　－〈明農堂〉(『농암집』권1)[23])

이러한 내면은 만년에 귀향하면서 〈효빈가〉에서,

> 歸去來 歸去來 말 쑌이오 가리 업시
> 田園이 將蕪ᄒᆞ니 아니 가고 엇뎰고
> 草堂애 淸風明月이 나명들명 기ᄃᆞ리ᄂᆞ니

라고 노래한 것과 이어지는 것으로 볼 수 있다.

46세이던 중종 7년(1512)에 애일당을 세우고 두 수의 시를 지었는데, 둘째 수이다. 애일은 해를 아낀다는 뜻으로 어버이가 오래 사시기를 바라는 효심을 담고 있는 것이다.

---

22) 「題終南遊錄後」, 『聾巖集』권1.

23) 이 시에 대하여 李墹, 金安國, 金正國 등이 차운하였고, 중종 37년(1542) 완전히 물러난 뒤에 李瀣, 李滉, 金緣, 周世鵬 등이 또 차운하였다.

어버이가 늙으신데 어찌 서울을 그리워하랴?
고인은 오히려 君長 섬기기를 말하였네.
대대로 汾川 구비에서 살아
새로 바위 가에 경사스러운 집을 갖추었네.
親老那堪戀帝鄕　古人猶說事君長
平泉世業汾川曲　新作巖邊具慶堂

— 〈聾巖愛日堂〉(『농암집』권1)[24]

　한편 고향에서 가까운 안동부사로 부임한 뒤에 고을을 부로들을 초대하여 마련한 양로연의 자리에서 지은 작품이다.

곡식이 한창 익고 시절이 맑은 구월 하늘에
公堂에서 잔치를 베풀고 어른들을 모시네.
허연 구레나룻과 흰 살쩍이 붙들고 이끌고
붉은 잎 누른 꽃이 흐드러졌네.
높고 낮은 자리를 마련하여 술잔이 두루 퍼지고
안과 바깥에 청을 나누어 음악이 이어지네.
술동이 앞에서 색동옷 입고 춤춘다고 괴이하게 생각하지 말라.
태수의 어버이도 잔치마당에 계신다네.
歲稔時淸九月天　公堂開宴會高年
霜髥雪鬂扶携處　赤葉黃花爛漫邊
位設尊卑酬酢遍　廳分內外管絃連
樽前綵戱人休怪　太守雙親亦在筵

— 〈花山養老宴詩〉(『농암집』권1)[25]

<hr>

24) 이 시는 南袞, 朴祥, 金世弼, 金瑛, 曺伸, 鄭士龍, 李荇, 蘇世讓, 李希輔, 金安國, 李迨, 李長坤, 洪彦國, 柳希齡 등이 차운하고 있다.

25) 이 시에 대하여 朴祥, 權橃, 金瑛, 曺伸, 黃壽獻, 鄭士龍, 李荇, 蘇世讓, 魚得江, 李希輔, 金安國, 李迨, 李長坤, 張玉 등이 차운하였다.

부모에 대한 성효와 어른에 대한 양로의 내면은 귀향 뒤 자식들이 마련한 생일잔치에서 〈생일가〉와 같이 드러내기도 한다.

> 功名이 그지 이실가 壽夭도 天定이라
> 金犀씌 구븐 허리예 八十逢春 긔 몃히오
> 年年에 오ᄂ 나리 亦君恩이샷다

이러한 경우는 감동의 실체가 시적 진술에 있는 것이 아니라 서정적 자아 혹은 주체의 태도에 놓여 있기 때문에, 실천적 효의 정서적 감동으로 이해해야 할 것이고, 체험 미학의 서정적 인식으로 범주화할 수 있는 것이다.[26]

그리고 「명농당」, 「애일당」, 「화산양로연」에 대하여 차운한 면면을 보면 이들 대부분이 16세기 초반 정계와 시단의 중심을 차지하는 것으로 확인할 수 있어서, 이현보가 실천하려고 한 귀전(歸田), 성효(誠孝), 양로(養老)의 영향이 매우 크게 작용하고 있었음을 알 수 있다.

이렇듯 이현보의 귀향이 지닌 당대에 끼친 반향의 의미는 제천정(濟川亭)에서 전별[27]하던 조정의 사대부들의 태도에서나 실록의 기록에서도 확인할 수 있다.

> 동지중추부사 이현보가 병 때문에 전리로 돌아가고자 하니, 급유하라고 전교하였다. 이현보는 호조참판에서 병으로 체직되어 동지중추부사에 제수되었다. 지금에 이르러 정사하고 전리로 돌아가니 조정의 사대부들이 강가에 나와 전송하였는데, 이는 영원히 돌아가기 때문이다.

---

26) 최재남, 「체험시의 전통과 시조의 서정미학」, 『한국시가연구』 15집, 한국시가학회, 2004, 80~83면 참조.

27) 「濟川亭次餞別諸公」, 『농암집』 권1; 「濟川亭送李參判辭還」, 『농암집』 권5, 전별의 자리에 참석한 관리는 愼居寬, 尹任, 鄭士龍, 尹思翼, 尹漑, 李希輔, 尹溪, 尹汝弼, 柳灌, 權橃, 李彦迪, 柳仁淑, 李芑, 李霖, 鄭順朋, 洪景霖, 鄭世虎, 權應挺, 金光準 등이고 贈詩를 남긴 사람은 曹繼商, 金安國, 成世昌, 宋麟壽, 張籍, 趙士秀, 李滉 등이다.

사신은 논한다.

이현보는 일찍이 늙은 어버이를 위해 외직을 요청하여 여덟 군현을 다
스렸는데 모든 곳에서 명성과 치적이 있었다. 늙어서 부모의 상을 당해
예를 다했고, 상을 마치자 다시 조정에 들어와 여러 벼슬을 거쳐서 참판
에 이르렀다. 하루아침에 호연히 고향으로 돌아가려 하자, 사람들이 다투
어 말렸으나 소매를 뿌리치고 하직하고는 배를 타고 자유로이 떠났다.
배 안에는 오직 화분 몇 개와 바둑판 하나뿐이었다. 집에 있으면서는 담
담하게 지냈고, 틈이 있으면 이웃을 찾아가 도보로 상종하면서 전사옹으
로 자처하였다. 집 앞에 큰 시내가 있어 배를 띄울 만했는데, 가끔 손님과
더불어 중류에서 노를 두드리며 두건을 뒤로 높이 제쳐 쓰고 서성거리니,
사람들이 바라보기에 마치 신선과 같았다.28)

이현보의 이러한 실천은 이현보 집안을 중심으로 후대29)에도 계속되는
데, 주인공이 그 자리에 함께 있지 않아도 그 내면(정신)이 지속적으로 이
어져 풍류로 인식되거나 문화로 자리 잡게 되는 것이 향촌 문화의 중요한
특성이라 할 수 있다.

(2) 안저풍광(眼底風光)과 자경(自警) - 송순

송순은 41세이던 중종 28년(1533)에 서울의 정치상황이 나빠지자 향촌
으로 돌아가 면앙정(俛仰亭)30)을 세우고 고을의 사람들과 눈앞에 펼쳐지
는 광경을 시로 읊거나 가사로 노래하였다. 벼슬살이를 하고 있는 동안에
는 벼슬살이의 현실에 충실하여 향촌에 대한 그리움을 언뜻언뜻 비치기만
하다가, 향촌으로 돌아간 뒤에는 정치 현실에 대한 관심은 드러내지 않은
채 오로지 주변의 승경에만 관심을 표명하는 양상을 보인다.

---

28)『중종실록』권98, 37년 7월 3일(신해),『국역중종실록』49, 민족문화추진회, 1989,
261면.
29) 최재남,「분강가단의 풍류와 후대의 수용」,『서정시가의 인식과 미학』, 보고사, 2003.
30)「俛仰亭年譜」,『면앙집』권5,「俛仰亭歌」,『俛仰集』권3 참조.

면앙정을 세우고 그 뜻을 새기고자 한 것으로 확인되는 작품이다.

> 굽어보면 땅이고, 우러러보면 하늘인데
> 그 가운데에 정자가 있어, 흥취가 호방하네.
> 바람과 달을 부르고, 산과 내를 당겨서
> 명아주 지팡이를 짚고, 백년을 보내리라.
> 俛有地　仰有天　亭其中　興浩然
> 招風月　挹山川　扶藜杖　送百年
>
> 　　　　　　　　　　　　　　　　　－〈俛仰亭歌〉31)(『俛仰集』 권3)

그런데 실제 정치현실에 대한 입장에서는 내면 심리에서 여러 가지 갈등을 겪고 있었던 것으로 볼 수 있다. 다음 시는 중종 24년(1529) 37세에 독서당에서 지내면서 지은 작품인데, 정치적 입지 문제를 포함하여 내면적 고민이 노출되고 있기도 하다. 그리고 「산야영회(山夜詠懷)」, 「효음이수(曉吟二首)」, 「모사(暮思)」(『면앙집』 권1) 등을 포함한 여러 편에서 내면의 추이가 드러나고 있는 점과도 견줄 수 있을 것이다.

> 평소에 헛되이 뇌락(磊落)의 뜻을 일으키어
> 한 사다리로 문득 높은 하늘에 들고자 하였네.
> 아침에는 양곡에서 놀고 저녁에는 몽사에서 노닐며
> 곧바로 해와 달과 서로 뒤지거니 앞서거니 하네.
> 용을 타고 봉을 끼고 사방을 유력하면
> 만 리에 바람을 따라 얼마나 아득하랴?
> 산은 몇 점 구이가 되고 바다는 구기가 되는데
> 눈이 다하는 어느 곳에서 머뭇거리랴?
> 쓸데없는 계획을 널리 펼치지 못함이 안타깝거니와

---

31) 俛仰亭과 관련한 한시로 「次俛仰亭題二首」, 『면앙집』 권1, 「俛仰亭題詠」, 『면앙집』 권2 등이 더 있다.

배 밑에는 쇠잔한 삶이 서른 해이네.
귀에는 들어서 아는 것이 끊어지고 눈에는 보이는 것이 없는데
우매한 성명은 굳어짐을 달게 여기네.
고초를 겪으며 장대한 뜻이 이미 사라져 없어지는데
다행히 이 마음은 물질을 추구하며 옮겨 다님을 벗어나네.
천지는 아득하고 세월은 고른데
처음부터 끝까지 금석처럼 단단하기를 바라네.

平生枉作磊落意　一梯便欲窮高天
朝遊暘谷夕濛汜　直與日月相後先
乘龍挾鳳歷四方　從風萬里何茫然
山爲點灸海爲勺　眼窮何處成迤遭
可憐虛計未廣張　篷底殘生三十年
耳絕聞知目無見　庸庸性命甘拘攣
崎嶇壯志已消磨　此心幸免從物遷
乾坤悠久歲月稠　終始願如金石堅

－〈詠思〉(『면앙집』 권1)

한편 동생 인(絪)이 면앙정에서 십리쯤 떨어진 곳에 마련한 제승정(制勝亭)에 대하여 읊은 시에서는, 다른 사람이나 세상의 일에 대한 언급은 모두 빠지고 주변 승경을 드러내는 데에만 신경을 쏟고 있다.

　면앙정의 구름이 제승정의 놀과 이어지는데
　한 교외의 풍물에 길은 멀지 아니하네.
　봄이 깊은 그대의 섬돌에는 새로 내린 비가 보태고
　물이 불어난 나의 시내에는 떨어진 꽃이 떠다니네.
　늙으매 점점 그윽한 흥취가 좋음을 깨닫고
　흥이 이니 어찌 술잔을 더함을 피하랴?
　서로 찾아서 절로 이르면 돌아갈 곳을 모르고
　늘 앞 수풀에서 저녁 까마귀가 지저귀는 소리를 듣네.

俛仰雲連濟勝霞　一郊風物路非賖
春深君砌添新雨　水漲吾溪泛落花
老去漸知幽趣好　興來寧避酒杯加
相尋自到忘歸地　每聽前林噪暮鴉
　　－〈題濟勝亭 仲翁沖和絪所作在俛仰上流十里許〉(『면앙집』 권3)

　이렇듯 풍광을 읊은 시에서는 눈앞에 펼쳐지는 형상만 그리고 있다. 실제로 가사 〈면앙정가〉에서 주변에 펼쳐지는 경물을 서술하고 있는 것과 상통한다. 향촌에서 지내는 동안 향촌 주변의 풍광을 그리는 경우, 공통적으로 확인할 수 있는 내용이다. 눈앞에 풍경화를 그리고 있는 것과 같다. 사물로 인한 흥취보다 대상의 서술에 초점을 두고 있는 것으로 평가할 수 있다.

　　　일곱 구비흔디 움쳐 믄득믄득 버러는 듯
　　　가온대 구비는 굼긔 든 늘근 뇽이
　　　선줌을 ᄀᆞᆺ 씨야 머리를 안쳐시니
　　　너ᄅᆞ바회 우희 송죽을 헤혀고 정자를 안쳐시니

　이렇듯 송순은 서울의 생활이나 벼슬살이에서의 삶을 형상화하는 경우와 향촌에서 승경을 제시하는 경우 일정한 차이가 드러나는 것으로 볼 수 있다.[32] 눈앞에 펼쳐지는 승경의 제시에는 계기적 서술이라는 특성을 지닌 가사 갈래가 더욱 유용했을 것으로 추정할 수 있는 시각이 마련된다.

---

32) 송순은 「謫中論乙巳事實」(『속집』 권1)에서 을사사화에 대한 심회를 "有鳥曉曉 傷彼落花 春風無情 悲惜奈何"와 같은 노래로 부르기도 하였는데, 이는 정치현실에 대한 발언이라고 볼 수 있다.

(3) 회보미방(懷寶迷邦)과 한거자락(閑居自樂) - 권호문

권호문은 과거를 위하여 몇 번 서울길에 나서기는 했지만 벼슬에 나아가지 아니하고 향촌에서만 지낸 선비이다. 한시에서는 「단오일(端午日)」(『송암집』 권2), 「서당입춘(書堂立春)」(권3), 「한식일에 백담이 보낸 책력을 받고 사례하여 읊다(寒食日 得栢潭送曆謝吟)」(권3), 「답청일에 우연히 점을 보고 삼가 죽사 아저씨께 드리다(踏青日 偶占謹呈竹舍叔)」(『속집』 권1), 「청명일대우(清明日對雨)」(『속집』 권1), 「중양일에 낙모봉에서 모일 것을 약속하고 두사인의 운을 쓰고, 추가로 응정에게 보이다(重陽會約落帽峰用杜舍人韻 追示應靜)」(『속집』 권4) 등 표제에서 확인할 수 있는 것을 포함하여 실제 시의 내용에서 입춘, 답청, 한식, 중양 등 절후에 따라 자연 속에서 지내는 삶을 형상화하고, 그 속에서 느끼는 참된 즐거움을 강조하고 있다.

> 시를 지으면서 스스로 〈陽春〉을 노래함에 비기는데
> 곡조에 맞추면서 어떤 사람이 뜻을 더욱 새롭게 하랴?
> 한가로이 지냄에 본래 참된 즐거움이 많거니와
> 낙수 가에는 물고기와 새가 서로 이어지네.
> 題詩自擬唱陽春　和調何人意更新
> 閑居自是多眞樂　魚鳥相尋洛水濱
>
> 　　　　　　　　　- 〈閑居 次李松齋〉(『松巖集』 권1)

이와 함께 「설창유감(雪窓有感)」(『송암집』 권1)의 둘째 수, 미련에서는 "생애가 쓸쓸함도 참된 즐거움이니, 밭은 스스로 갈 수 있고 산은 나무할 수 있다네.(生涯寥落亦眞樂 田可自耕山可樵)"라고 하여 선비로서 살아가는 자신의 삶이 참된 즐거움에 해당하는 것임을 표출하고 있다.

그리고 자신이 살아가는 방법과 세상 사람들의 태도에 차이가 있음을 인식하고 있고, 자신의 태도와 결정이 근기(根基)에 해당함을 강조하기도 하였다.

세상에서 보는 것이 내가 보는 것과 다르고
내가 아는 것을 세상에서는 알지 못하네.
내가 알고 내가 보는 것이
참으로 뿌리와 터가 마땅하네.
世見異吾見　吾知世莫知　吾知吾見處　眞是好根基
― 〈自警〉(『송암집』 권3)

 그리고 세월이 더 흐르고 난 다음에는 출처(出處) 사이에서 고민했던 일
과 벼슬길로 이끌려는 동료들의 끈질긴 노력에 대하여 자신의 확고한 태
도를 표명하고 있다.

이름을 감춤이 도리어 이름을 파는 것임을 어찌 헤아렸으랴?
여러 번 많은 영재와 함께 조정에 천거되었네.
설령 성은을 입어도 몸이 이미 늙었거니와
흰 머리에 비녀와 갓끈을 연이은들 얼마나 도움이 되랴?
藏名何料反沽名　屢薦朝端竝衆英
縱荷聖恩身己老　白頭何補綴簪纓
― 〈記懷二首〉(『송암속집』 권5)

 큰 스승에게 같이 배운 동학들이 서울에서 벼슬살이를 하면서, 향촌에
서 숨어 지내는 권호문에게 여러 차례 천거를 하자, 확고한 자신의 태도를
선언한 것이라 할 수 있다. 실제 권호문은 자연에서 홀로 지내는 즐거움을
경기체가 〈독락팔곡〉으로 형상화하고, 또 벼슬에 나아가지 않겠다는 자
신의 뜻을 「한거록」으로 써서 구봉령(具鳳齡, 1526~1586)에게 보내고, 또한
연시조 〈한거십팔곡〉을 지어서 내심의 추이를 보여주었다. 그런데 〈독락
팔곡〉은 체험하지 않은 벼슬살이에 대한 관념적 지향 때문에 경기체가
일반이 지닌 속성과 달라졌으며, 오히려 〈한거십팔곡〉을 통하여 통합적
으로 제시하고 있다.

行藏 有道ᄒ니 ᄇ리면 구테 구ᄒ랴
山之南 水之北 병 들고 늘근 날를
뉘라셔 懷寶迷邦ᄒ니 오라말라 ᄒᄂ뇨

- 〈한거십팔곡〉 19-17

앞의 한시가 겸손의 뜻을 드러냈다면 이 노래는 거절의 뜻을 분명히
한 셈이다. 동문들을 향해 자신을 회보미방(懷寶迷邦)이라고 생각하고 자꾸
환로로 불러내는 일을 하지 말라는 것이다. 『논어(論語)』 「양화(陽貨)」에서
말하고 있는 것처럼, 재능이 있으면서 국가를 위하여 쓰지 않는 것은 인
(仁)이라 할 수 없다고 했지만, 권호문은 진세에 대한 마음을 거두고 자연
속에서 즐거움을 누리겠다고 다짐을 하는 것이다.

향촌에서만 지낸 권호문은 실제 향촌에서 지내는 삶을 진락(眞樂)이라고
하면서 구체적 생활을 한시로 형상화하였지만, 이면적으로는 출처 사이의
갈등과 고뇌가 지속되었던 것으로 확인된다. 이러한 갈등과 고뇌의 과정
을 연시조 〈한거십팔곡〉을 통해 보여주면서, 그 속에서 한거로 귀착시킨
50대의 오롯한 자존심을 강조하고 있다. 연시조를 통하여 오랜 기간의
내면의 추이를 핍진하게 그 과정까지 노래하고 있는 것이다.

3. 시와 노래의 서정성 확보 방향

자연과 함께 하는 향촌 체험을 통하여 주변을 돌아보고, 이를 근간으로
자연에서 참된 즐거움을 추구하는 방향을 설정하는 것이 향촌 체험 한시
와 시가의 핵심으로 부각된 것으로 이해할 수 있다.

김구는 중종 28년(1533)에 유배에서 풀려났지만 이듬해에 죽었고, 김안
국과 김정국은 중종 33년(1538) 경에 서울의 벼슬자리로 돌아가게 되었다.

김안국은 복직이 된 뒤인 중종 37년(1542)에 「노기 상림춘이 거문고를

타는 것을 듣고 느낌이 있어서 앞의 시에 차운하다(聽老妓上林春彈琴有感次前
韻)」(권3)에서 〈야심사(夜深詞)〉를 말하고 있다.

> 얼굴은 쇠락해도 아직 나라를 기울일 솜씨가 있어서
> 애조를 띤 거문고로 〈야심사〉를 타네.
> 소리마다 원망하는 듯하고 세월은 저무는데
> 어찌 네가 뜬세상에서 노년을 기대하랴?
> 容謝尙存傾國手　哀絃彈出夜深詞
> 聲聲似怨年華暮　奈爾浮生與老期
>
> — (『모재집』 권3)

『고려사』「악지」의 기록에 의하면 〈야심사(夜深詞)〉는 임금과 신하가 서
로 즐기는 뜻을 노래한 것으로 연회가 끝난 뒤에 부르는 것이다.[33] 여주
와 이천에서 지내는 동안 달을 매개로 하여 임금으로 상징되는 임을 향해
지속적으로 내면을 드러내었던 것과 견주면, 임과 함께 할 수 있는 길이
보장된 상황에서 드러난 표면이라고 할 수 있다.

이에 비해 중종 37년(1542) 이현보의 귀향 이후에는 시조 특히 연시조
갈래를 중심으로 향촌의 생활을 형상화하면서 서정성의 방향에 큰 전환을
이루었다.

향촌 생활을 통하여 벼슬살이의 일과 뒤 잔치자리에서 누리던 경기체가
의 난만한 풍류를 내면적 풍류로 전환시킨 예를 이현보의 〈어부단가〉의
"일반 청의미(一般 淸意味)"에서 확인할 수 있다. 이것은 시조 담당층의 문관
(物觀)의 근거가 되는 소옹(邵雍, 1011~1077)의 「청야음(淸夜吟)」의 "달이 하
늘 가운데에 이르고, 바람은 물 위에 불어오네. 일반의 맑은 뜻을, 헤아려
아는 사람이 적네.(月到天心處 風來水面時 一般淸意味 料得少人知)"의 의경을 받
아들인 것으로 이해할 수 있다.

────────

33)『고려사』 권71, 「악지」.

靑荷애 바블 빗고 綠柳에 고기 뻬여
蘆荻 花叢에 빈 미야 두고
一般 淸意味를 어닉 부니 아른실고

- (『농암집』 권3)

〈한림별곡〉을 중심으로 하는 경기체가는 서울의 벼슬살이와 밀접한 관련을 가지는 것이고, 권력의 중심이 이동하여 〈상대별곡〉으로 대치되는 경우가 있기는 하지만, 벼슬살이의 공적인 업무를 마친 잔치자리에서 그들의 집단적 흥취를 드러내는 것으로 기능하고 있었다. 이황이 「도산십이곡발」에서 〈한림별곡〉에 대하여 비판적인 시각을 보였던 것도 바로 경기체가가 지닌 이러한 성격 때문이었을 것으로 이해된다. 그것이 일시적 즐거움이 될 수는 있어도 참된 즐거움으로 받아들일 수는 없었던 셈이다. 서울에서의 일시적 즐거움은 상황이 바뀌면 새로운 양식이나 갈래로 대치될 수 있는 것이고, 향촌에서는 자연에 대응할 수 있는 변하지 않는 상수(常數)를 제시할 수 있어야 하는 것이다.

다음의 한시와 시조에서 대응될 수 있는 인식을 확인할 수 있다.

生生의 자연 이치를 아직 이름 지을 수 없는데
그윽한 곳에서 사물을 보니 마음속이 즐겁네.
그대에게 청하나니 동쪽으로 흐르는 물을 보게나
이와 같이 밤낮으로 잠시도 쉬지 않네.
天理生生未可名　幽居觀物樂襟靈
請君來看東流水　晝夜如斯不暫停

- 〈觀物〉(『退溪續集』 권1)

靑山ᄂᆞᆫ 엇뎨ᄒᆞ야 萬古에 프르르며
流水ᄂᆞᆫ 엇뎨ᄒᆞ야 晝夜애 긋디 아니ᄂᆞᆫ고
우리도 그치디 마라 萬古常靑 호리라

- (「도산십이곡」)

이 시에서는 일반적인 원리를 발견하는 방법 및 그 방향을 제기하고 있다. 이 시는 밤낮으로 쉬지 않고 동쪽으로 흐르는 물에서 만물이 생겨 퍼져나가는 자연의 이치를 발견할 수 있도록 깨닫는 것, 다시 말해 사물의 자연스러운 움직임을 통해 '일리(一理)'를 체득하는 것에 초점을 두고 있다.

한편 하수일(河受一, 1553~1612)은 「관물(觀物)」(『松亭集』 권2)에서 "사물의 이치와 사람의 마음은 같은 이치이니, 누가 사물을 밝혀 사람의 밝음을 생각할 수 있으랴?(物理人心同一理 誰能明物反人明)"라고 하여, 사물의 이치와 사람의 마음이 같은 이치라고 말하고 있고, 또 다른 「관물(觀物)」에서는 "임금에게 의리를 지키고 어버이를 섬기는 것[義君親父]"과 같은 사람살이의 일도 같은 원리에 있다는 인식으로 전환할 수 있는 길을 열어준다.

> 임금에게 의리를 지키고 어버이를 섬김을 어찌 억지로 힘쓰랴?
> 말에게 수레를 메움과 소에게 밭을 갈게 함이 모두 절로 그러하네.
> 누가 알랴? 이 세상의 끝없는 일이,
> 일찍이 모두 이 한 하늘에서 말미암음을.
> 義君親父豈强勉　乘馬耕牛摠自然
> 誰知天下無窮事　曾是都由此一天
> 　　　　　　　　　　　　　　　－〈觀物〉(『松亭集』 권2)

충효(忠孝)가 일천(一天)에 근거하고 있음을 밝히고 있는 것이다. 일천은 하나의 영역 또는 일종의 경계에 해당한다고 할 수 있는데, 충효로 대표되는 실천적 덕목이 정서적 감동으로 이어지고, 여기에 서정의 핵심을 찾을 수 있는 길을 열고 있는 것이다.

이러한 서정성의 방향이 자연과 어우러지는 향촌 생활과 밀접하게 연결되고 있고, 성리학적 사물 인식에 기반을 두고 있다는 점은 시(詩)와 노래[歌]의 통합적 이해에 중요한 시사점이 될 수 있다. 주관이나 감정이 개입된 나[我]를 배제할 때, 본연의 도와 나, 그리고 대상이 삼위일체가 되어

진리를 발견할 수 있다고 보는 것이다. 그리하여 외물에 접촉하여 서정적 인식인 흥취가 일어나고, 미적 감동인 참된 즐거움[眞樂]을 누릴 수 있게 되는 것이다.

4. 소결

시언지(詩言志) 가영언(歌永言)이라고 한 바와 같이 향촌 체험과 관련한 한시와 시가는 매우 상보적인 역할을 하는 것으로 정리할 수 있다. 전문적 인 시인(詩人)으로 평가한다거나 전문적인 가인(歌人)에 소속시킬 수 있는 변별력은 없어도, 향촌 체험에 바탕을 두고 시(詩)와 노래[歌]를 함께 향유 한 경우에 한시와 시가는 매우 긴밀하게 연결되어 있는 것으로 이해할 수 있다.

서울에 기반을 둔 사림의 향촌 체험과 향촌에 기반을 둔 사림의 향촌 체험은 일정한 차이를 보이기도 한다.

김안국은 실제 어려운 상황에서도 서울에 있는 임금을 향한 그리움을 드러내기도 하는데 여기에는 달이 중요한 매개항으로 등장한다. 자신의 내면의 괴로움이나 시름을 완화하는 방법으로 술이 동원되기도 한다. 〈정 과정〉이나 〈강월곡〉과 같은 달을 매개로 한 노래의 활용은 이러한 상황에 서 매우 긴요한 역할을 맡게 된다.

김정국은 자기 자신을 돌아보면서 생산주체인 농민에게로 관심의 방향 을 돌리는 것은 어느 시기든지 한시 담당층이 농민에 대한 애정을 반영하 는 것이라 할 수 있지만, 특히 농민이 부르는 민요에 주목하고 아울러 호 야(呼耶)와 호응(呼應)의 차이처럼 가창 방식의 차이를 염두에 두면서 정서 의 방향을 가늠하기도 한다. 「속호야가」와 향촌 생활을 형상화한 연시조 〈향촌십일가〉와 같은 것이 바로 이러한 의미를 지닌다.

김구는 남해에서 유배 생활을 하면서 지역의 유향품관들과 교유하기도 하지만 자신의 현실을 돌아보면서 직설적으로 고통을 토로하기도 한다. 그리고 경기체가 갈래인 〈화전별곡〉을 통하여 홍문관 생활로 대표되는 경락번화에 대한 그리움을 간접화하기도 한다.

이현보는 유년의 체험이 배어 있는 고향으로 돌아가고자 하는 귀전(歸田)의 의지를 한결같이 드러내면서 아울러 부모에 대한 효도(孝道)와 어른들을 모시는 양로(養老)를 실천하고자 하는 태도를 강조한다. 스스로 실천한 이러한 덕목을 자식들이 마련한 자리에서 부르는 〈생일가〉와 같은 작품에서는 스스로 감동하는 서정적 지평을 보이기도 한다. 한편 고려중기 이후 어부 지향의 오랜 전통과 연결된 〈어부가〉의 세계에서는 현실 세계 너머에 서정 공간을 확보하는 성과를 이루기도 한다.

송순은 정치 현실과 향촌의 풍광을 아울러 소중히 여기는 경우, 정치 현실의 여러 국면에 대하여 자기 자신을 돌아보면서 상황을 관찰하기도 하지만, 눈앞에 펼쳐지는 고향의 풍광을 대하면 아주 정밀하게 경개를 제시하고 그림을 펼치듯이 보여주고 있다. 〈면앙정가〉와 같은 가사 작품이 여기에 해당한다.

권호문은 어느 시점까지 출처에 대하여 고심하다가도, 벼슬에 대한 마음을 접고 난 뒤에는 향촌에서 한거(閑居)하면서 누리는 진락(眞樂)을 강조하게 된다. 서울의 벼슬살이와 밀접하게 연관된 경기체가 갈래를 〈독락팔곡〉과 같이 실험하기도 하지만 도리어 갈래의 해체를 초래하고, 연시조 〈한거십팔곡〉으로 통합되는 결과를 보이기도 한다.

위에서 몇몇 사례를 점검한 결과 시가의 경우 향촌 체험이나 향촌 생활을 직접 다루거나 노래로 부르는 경우 경기체가 갈래는 뒷전으로 밀리고 민요는 긍정적으로 인식되지만 서정 갈래에서 시조나 연시조가 중심 영역을 차지하는 것을 파악할 수 있다. 향촌 체험과 관련한 갈래 선택의 방향이 확인되는 셈이다.

한편 이러한 한시와 시가의 풍류와 서정성의 방향에서, 향촌 체험이 중요한 역할을 한 것으로 볼 수 있는 것은 첫째, 난만한 풍류를 내면의 풍류로 전환하고 있는 점과, 둘째, 사물을 통하여 흥취를 일으켜 참된 즐거움[眞樂]을 추구하는 서정의 방향성을 확립하는 것을 지적할 수 있다. 향촌 체험이 성리학적 인식과 통합하는 과정에서 도출된 결과라고 할 수 있을 것이다.

　충효로 대표되는 실천적 덕목을 정서적 감동으로 연결시키고, 이를 통하여 서정적 인식을 설명할 수 있는 고리가 마련되는 셈이다.

『한국한시연구』 16집(2008)

Ⅳ
체험시의 전통과 시조의 서정미학

1. 서언

이 글의 목표는 시조의 서정미학을 체험시의 전통과 관련하여 해명하되, 서정미학의 범주와 그 변화 양상을 밝히려는 것이다. 그리고 이러한 연구 목표와 관련하여 주제 연구로서 효의 서정적 인식 변화에 주목하면서 장르 연구의 일환으로 정서적 감동과 교훈적 특성을 변별하여 살피고자 하는 것이다.

체험시[1]는 체험에 바탕을 두고 쓴 시로 시를 쓴 사람이 그 안에서 스스로 말하고 있으며, 그의 말들이 확실한 삶의 연관성을 가지고 있는 시를 말한다.

서정시가 근본적으로 체험 문학의 성격을 지니고 있음을 환기할 때, 시

---

1) 체험 문학으로서 서정시의 특성에 대하여, 디이터 람핑, 장영태 역, 『서정시 : 이론과 역사』, 문학과 지성사, 1994, 164면 이하 참조. 딜타이(W. Dilthey)의 경우 체험(Erlebnis, lived experience)은 일반적인 경험을 뜻하는 Erfahrung과 변별되는 것으로 삶과 관련된 개별적인 또는 개성적인 경험에 한정하여 사용하는 말이다. 곧 삶의 본질과 관련해서 겪게 되는 아주 독특하고 고유한 경험이 Erlebnis이다. 그리고 체험시의 유형 및 영역은 발화의 성격에 따라 정리할 수도 있고, 체험의 내용에 따라 설정할 수도 있다. 체험의 내용을 고려할 때 효 체험과 함께 유배 체험도 중요한 내용에 해당한다.

조의 서정적 특성을 해명하기 위하여 시조 담당층의 생활 체험 혹은 실천적 체험[2]을 중심으로 서정미학의 범주를 살피는 태도가 유효한 방법이 될 수 있다. 이러한 관점에 기반을 두면서 실제 사람살이의 과정에서 실천적 삶의 내용을 면밀하게 분석하여 체험과 시적 형상을 잇는 핵심적인 고리를 밝히고, 이를 바탕으로 시조의 서정적 특성을 해명하는 새로운 잣대를 설정할 수 있을 것이다. 실제 실천적 체험의 내용과 관련하여 효(孝)로 포괄되는 부모에 대한 내면적 토로 혹은 그리움이 핵심적인 고리로 확인된다. 이와 같은 정서적 감동, 혹은 서정적 인식은 효를 천성(天性)으로 받아들이면서 생활 속에서 구체적으로 실천적으로 체험하고 있기 때문에 가능한 것이다. 그리고 이러한 인식은 또 이들 시조 담당층의 생활문화의 핵심 내용을 이루는 것이다. 그러므로 효의 정서적 감동을 핵심으로, 생활문화로서의 실천적이고 체험적인 삶을 중심축으로 설정하여, 기본적인 성격 및 파생되는 변화에 주목하면서 시조의 서정미학을 해명하려는 본 과제는, 삶과 밀접하게 연결된 시조의 본질을 밝히는 데 중요한 의의를 확보할 수 있는 것이다.

아울러 제기되는 과제는 체험으로서의 서정적 인식과 이러한 인식이 다시 의미화의 과정을 거치면서 이념항으로 설정되는 점에 주목하는 것이다. 이러한 과정에서 사회적인 성격을 띠게 되는데 이러한 변화와 관련하여 시조의 서정미학의 변용을 확인할 수 있다. 체험으로서의 서정적 인식이 정서적 감동을 유발하게 되어, 효로 포괄될 수 있는 서정적 범주를 설

---

2) 실천적 체험의 서정적 인식의 전통을 시가사의 전개와 관련하여 통시적으로 검토하되, 우선 시에서 체험시가 차지하는 역할을 확인하고, 나아가 실천적 체험을 서정적 인식으로 전환하는 과정 및 그 특성을 정리할 필요가 있다. 또 서정시의 전개 과정을 점검하면서 각각의 문화권에 따라 서정적 인식의 층위가 다르게 나타나는 점도 고려할 필요가 있다. 실천적 체험이란 바로 시인 또는 주체가 삶의 전 과정을 통하여 생활 속에서 지속적으로 경험하는 것을 뜻한다. 시적 진술에서 청자나 독자에게 권장하거나 강요하는 실천과는 다른 개념이다.

정할 수 있으리라는 일차적 과제가 해결되면, 시조를 담당했던 담당층의 현실에 대한 태도와 향촌 사회를 변혁하고자 하는 자세와 관련하여 체험적 서정에 의미를 부여하면서 이러한 의미를 하나의 이념으로 수립하는 과정을 함께 고찰할 수 있다. '오륜가', '훈민시조'3) 등으로 불리는 일군의 작품이 바로 이러한 예에 해당하는데, 이런 작품이 지닌 교훈적인 성격을 이념적인 잣대로만 이해할 것이 아니라 집단의 사실적 체험이 서정적 인식과 이루는 교직(交織)으로 이해하면, 사회적인 성격을 띠는 시조의 미학이 보이는 변모를 재해석할 수 있는 발판이 마련되는 것이다.

따라서 체험시의 전통과 관련하여 시조의 서정미학을 해명하려는 본 연구는 실천적 체험의 서정적 인식으로서의 효와 의미화의 과정을 거쳐 이념항으로 제시된 경우 등을 변별적으로 해석할 수 있으며, 나아가 시조의 서정미학이 생활문화의 변화와 함께 어떻게 다른 범주로 드러나고 있는지 그 양상과 의미까지 밝힐 수 있을 것이다.

2. 천성으로서의 효와 인륜으로서의 효

효는 부모에 대한 자식의 태도로 그 의미망은 개인적인 경우도 있고, 사회적인 경우도 있으며, 포괄적으로 문화적으로 설명할 수도 있다. 그러므로 개인에 따라서 또 상황에 따라서 다양한 변주가 나타날 수 있다. 부

---

3) 지금까지 훈민시조에 접근하는 주류적인 시각은 교훈이나 이념 등에 초점을 맞추거나 향촌 사회의 개혁과 관련하여 사회적인 성격을 살피는 것이었다. 윤성근, 「훈민시조연구」, 1971; 권두환, 「송강의 훈민가에 대하여」, 1976; 윤영옥, 「훈민가계 시조의 일 표현」, 1986; 조태흠, 「훈민시조연구」, 1989; 김용철, 「훈민시조연구」, 1990; 최규수, 「훈민형 시가에서 말하기 방식의 특징과 효 윤리의 의미」, 2003; 최현재, 「교훈시조의 전통과 박인로의 〈오륜가〉」, 『한국시가연구』 14집, 한국시가학회, 2003 등 참조. 이와는 달리 몇몇 작품을 대상으로 정감성과 교훈성의 대립에서 살핀 김열규, 「한국 시가의 서정의 몇 국면」, 1972가 있다.

모에 대한 자식의 태도를 표현하는 방법은 매우 다양한 진폭을 보이는데, 기본적인 성향은 자식이 부모를 위해서 희생을 하거나, 편안하고 즐거운 자리를 마련하는 등 일방적인 방향을 보인다. 『삼국유사』「효선(孝善)」에 수록된 〈진정사효선쌍미(眞定師孝善雙美)〉를 비롯한 다섯 편의 이야기는, 각기 다른 문맥으로 해석할 가능성은 있지만 기본 축은 자식이 부모를 생각하고 염려하는 일방적인 방향을 잡고 있어서, 이러한 전통이 특정한 어느 한 시대의 산물이 아니라 오랜 세월 연면하게 이어져 온 것으로 이해할 수 있다. 이러한 특성을 인정하면서 개인의 입장에서 스스로 이러한 일방적인 방향을 수긍하면서 몸소 그 내용을 실천하고 즐거움을 누리는 경우도 있을 수 있고, 한편으로 일방적인 방향인 효의 본질을 전제로 삼아 자식의 입장에서 부모에게 이런 방향으로 나아가야 한다고 규범을 설정할 수도 있다. 본 논의에서는 앞의 경우를 천성으로서의 효로 규정하고 뒤의 경우를 인륜으로서의 효로 설정하여 그 변별적인 성격을 살피고자 한다.

천성으로서의 효는 실천적 체험과 관련되어 있는 것으로 자식 또는 주체의 태도에 중심이 있다. 부모를 위한 효도에서 실제 그 즐거움이나 감동은 실천하는 주체의 몫에 속하는 경우가 대부분이다. 이에 비해 인륜으로서의 효는 사회적 성격과 관련되어 있는 것으로 효의 내용이 지니는 규범에 중심이 있다. 그러한 규범은 사회적 효용을 포함하고 있으며 주체의 즐거움이나 감동보다는 청자나 독자의 행동이나 내면의 변화를 추구하는 방향으로 나아간다.

그리하여 천성으로서의 효는 감동(感動)을 그 본질로 삼고 때로는 독자와 청자를 감화(感化)시킬 수 있는데 비해, 인륜으로서의 효는 교화(敎化)를 핵심으로 삼게 된다.

천성으로서의 효를 통한 정서적 감동은 서정 문학에 있어서 시인이나 시적 자아의 감동으로 발현되며, 독자와 청자는 이러한 감동에 공감하거나 감화를 받을 수 있다. 한편 인륜으로서의 효를 강조하는 경우 시인이나 시적 자아의 감동이나 감격보다는 독자와 청자가 반응하거나 행동의 변화를 추구하는 쪽으로 나아가게 한다. 독자와 청자는 시인이나 시적 자아의 태도에 공감하기보다 시적 진술의 내용에 따라 변화하게 되는 것이다.

그러나 실제 현실적인 삶과 실천에 있어서 이 두 축이 엄격하게 구별되지 않기도 한다. 실제 시인이나 주체는 실천적인 체험에서 즐거운 마음으로 부모에게 한 행동이 추후에 사회적인 포상(褒賞)을 받거나 수용의 과정에서 그 성격이 사회적인 의미를 띠는 경우가 있을 수 있고, 이른 나이에 부모를 여읜 탓에 실천적 체험을 할 수 없는 상황에서 다른 사람의 실천적 체험을 간접적으로 받아들이는 경우 부러움이나 안타까움으로 나타나고 있어서, 사회적인 성격의 이면까지 고려할 필요가 있을 것이기 때문이다.

천성으로서의 효를 통한 정서적 감동은 양로연(養老宴)이나 수친연(壽親宴) 등의 잔치 자리에서 분명하게 확인된다. 이현보(李賢輔, 1467~1555)가 중종 14년(1519)에 안동부사로 재직하면서 양로연을 마련하고 쓴 「화산양로연시 병서(花山養老宴詩 幷序)」와 효문(孝門)으로 칭송을 받은 이자(李耔) 집안의 사실을 바탕으로 강맹경(姜孟卿, 1410~1461) 등이 그 내용을 적은 『수서시(壽瑞詩)』를 보고 이현보가 쓴 「수서시서(壽瑞詩序)」 등을 통하여 천성(天性)으로서의 효와 감동의 미학을 설정할 수 있는 근거를 마련할 수 있다.

「화산양로연시 병서(花山養老宴詩 幷序)」를 보도록 한다.

> 기묘년 가을에 맡은 고을에서 양로연을 베풀어 경내의 여든 이상 노인을 찾아 사족에서 천예에 이르기까지 남녀를 따지지 않고 진실로 나이에 해당하는 사람은 다 모이게 했다. 마침 수백 명에 이르렀다. 이때 나의 어버이도 화산의 이웃 고을에 계시고 한나절의 거리이며 연세도 팔순이었다. … (중략) … 기물을 크게 차리고 마음을 다하여 기쁘게 하니 보는 사람들이 아름답다 칭찬하고 나 또한 스스로 만족할 따름이다. 대개 벼슬살이로 장상에 이르러 여러 대신을 누리고 그 어버이를 영화롭게 하고 봉양하는 사람이 세상에 어찌 없으랴마는, 이웃 고을의 수령이 되어 고을

<u>의</u> 노인들을 불러 모아 어버이를 받들며 함께 즐김을 나와 같이 하는 사람
이 마땅히 많지는 않을 것이다. 나 또한 이다음에 다시 이러한 모임을
다시 가질 수 있을지 알 수 없어서, <u>한 편으로는 기쁘고 한 편으로는 두려</u>
<u>운 마음이 기쁘게 느끼는</u> 나머지에 저절로 일어나 드디어 4운시를 지어
앉은자리에 보여주면서 화답을 구하고 그리하여 뒷날 영원히 남을 자료
로 삼고자 한다.

　　곡식이 한창 익고 시절이 맑은 구월 하늘에
　　공당에서 잔치를 베풀고 나이 많은 어른을 모시네.
　　허연 구레나룻과 흰 살쩍이 붙들고 이끄는 곳이요
　　붉은 잎과 누른 꽃이 흐드러진 가이네.
　　높고 낮은 자리를 마련하여 술잔이 두루 퍼지고
　　안과 바깥에 청을 나누어 음악이 이어지네.
　　술 동이 앞에서 색동옷 입고 춤춘다고 괴이하게 생각하지 말라.
　　태수의 어버이도 잔치마당에 계신다네.[4]

　위의 글과 시에서 밑줄 친 부분을 주목하면, 마음을 다하여 기쁘게 하여
남들이 칭송하고 나도 또한 스스로 만족하며, 모신 어른들과 함께 즐기며,
앞으로 계속 이러한 자리를 마련할 수 있을까 걱정하면서 한편으로는 기
쁘면서 다른 한편으로 두렵기도 하다는 것이다. 누가 시켜서 하는 것이

---

4) 李賢輔, 『聾巖集』 권1, 「花山養老宴詩 幷序」, 己卯秋, 設養老宴於任府, 搜訪境內年八
十以上老, 自士族至賤隷, 無問男女, 苟準齒者咸與焉. 多至數百人. 時余之雙親, 在花之
鄰縣, 距半日程, 年且八旬. … 大張供具, 極盡歡欣, 觀者稱美, 予亦自多焉. 盖仕宦而至
將相, 享列鼎, 榮養其親者, 世豈無之, 作宰鄰邑, 聚會鄕老, 奉兩親同歡如予者, 宜未多
得. 予亦不識, 此後能更作此會否, 一喜一懼之懷, 自然生於歡感之餘, 遂成四韻詩. 示座
中救和, 因以爲他日永留之資焉. 歲稔時淸九月天, 公堂開宴會高年. 霜髯雪鬢扶携處,
赤葉黃花爛漫邊. 位設尊卑酬酢遍, 廳分內外管絃連. 樽前綵戲人休怪, 太守雙親亦在筵.
　이 시에 대해 당대의 朴祥·權橃·金瑛·曹伸·黃孝獻·鄭士龍·李荇·蘇世讓·魚得江·
李希輔·金安國·李迨·李長坤·張玉 등이 차운하면서(『농암집』 권5 부록), 대부분 勝事,
怡愉, 華筵 등으로 받아들이는데, 실천적 체험으로 이어질 수 없는 경우에는 "觀感惟應動
十連 自嘆早罹風樹恨"(金安國)과 같이 안타까움으로 나타나기도 한다.

아니라 스스로 나서서 나이 많은 어른을 위한 잔치 자리를 마련하고, 시인의 어버이까지 모시고 그 즐거움과 기쁨을 함께 나누고 있어서, 실천적 체험, 즐거움과 기쁨, 정서적 감동 등이 모두 시인이나 이러한 자리를 마련한 주체의 태도에 속하는 것임을 알 수 있다.

다음 「수서시서(壽瑞詩序)」는 이자(李秏) 집안이 효문(孝門)으로 칭송을 받은 사실과, 강맹경(姜孟卿, 1410~1461) 등이 그 내용을 적은 『수서시(壽瑞詩)』를 보면서 실천으로서의 효를 면려한 것이다. 우리가 주목할 수 있는 내용은, "어른을 공경하고 착한 일을 좋아하는 마음이 천성에서 우러난 것"이며, "글의 공졸 때문이 아니라 나이 많은 것을 높이는 것이니, 그 마음은 곧 상국의 어른을 공경하는 마음이요, 그 뜻은 조상의 효를 숭상하는 뜻"이고, "문경공이 장본(張本)의 공경으로 자기 집안에 대대로 전하는 효를 닦아, 한 고을을 감화시키고 착하고 어질게 하여, 집집마다 모두 이씨의 효문이 됨에 의심이 없을 것"이라고 한 부분인데, 이를 주목하여 살피면, 어른을 공경하고 착한 일을 좋아하는 마음이 천성에서 우러나며, 남을 대접함에는 글보다 사람을 높임이 우선이고, 또 집안 대대로 효를 닦아 고을을 감화시키게 되고 이어서 집집마다 효문을 이룰 수 있다는 것이다.5)

이 두 편의 글을 통하여 15~16세기에 실천적 체험으로서 효가 중요하게 인식될 수 있는 계기를 설정한 것으로 이해할 수 있다. 이러한 천성으로서의 효는 정서적 감동으로 연결되어 서정적 인식으로 받아들여질 수 있으

---

5) 『壽瑞詩』는 李賢輔의 序와 姜孟卿의 題詩를 비롯하여 鄭陟·安知歸·趙孝仝·李淑瑊·鄭穰·朴孟智·鄭秧·裵樞·崔宗復·姜孟達·李懼·趙珪·金益壽·趙瓚·姜繼楨·周世鵬·李滉·黃孝恭·金澗石·魚得江·黃俊良·任鼐臣·金鸞祥·柳仲郢·金振宗·金珣·李無彊·金彦琚·鄭遍·盧景麟·鄭思良·李夢良·周怡頓·安瑋 등의 차운과 李滉의 「後跋」과 李楨의 「敬書先祖詩卷後」로 이루어졌고, 『壽瑞詩續集』은 韓浚謙·李恒福·李德馨·李廷龜·沈喜壽·李好閔·尹根壽·曺友仁·崔晛·金允安·河溍의 차운으로 이루어졌다. 「수서시서」의 구체적 내용에 대해서는 최재남, 「시조의 인식 기반과 미의식의 특성」, 『국문학연구』 7호, 2002, 100~102면 참조.

며, 나아가 천성으로서의 효가 생활문화의 중요한 역할을 맡으면서 서정적 주제 및 감동의 체험 미학이 될 것이라는 전망을 할 수 있다.

　이와 견주어 인륜으로서의 효를 통하여 사회적 변화를 추구하는 예는 김정국의 『경민편(警民編)』과 「경민편발(警民編跋)」, 주세붕의 「고곤양이민문(告昆陽吏民文)」·「고풍기부로돈유소민문(告豊基父老敦諭小民文)」과 〈오륜가〉 등을 통해서 확인할 수 있다. 모두 목민관의 입장에서 각 고을이 처한 상황을 고려하여 고을의 백성이나 아전의 교화를 꾀하고 있는 것이어서, 인륜으로서의 효와 교화의 미학을 설정할 수 있을 것이다. 실제로 효에 한정한 것이 아니라 백성들의 생활 전반에 걸쳐 있지만 그 출발이 효에 있기 때문에 포괄적으로 다루고자 한다.

　「고풍기부로돈유소민문(告豊基父老敦諭小民文)」을 보도록 한다.

　　사람이 짐승과 다른 것은 오륜이 중하기 때문이다. 오늘날 궁벽한 시골의 서민들은 하늘의 이치를 좇지 않고 오직 사람의 욕심만 좇는다. 사람의 자식이 되어서도 혹 그 몸이 그 아비에서 나온 줄을 알지 못하고 봉양하는 것이 도리어 개와 말만도 못하는데, 하물며 공경할 수 있겠는가? 심지어 집에 노인이 있는 것을 참지 못하여 차마 그 아비가 된 자가 앞뒤에서 서로 바라보게 하여, 늘 성스러운 왕조의 부끄러움이 되게 한다. 아, 이 무리들로 하여금 그 몸이 그 아비에게서 나온 것임을 알게 하면 반드시 이러한 일은 없을 것이다. 대저 짐승은 어미가 있는 줄은 알지만 아비가 있는 줄을 알지 못한다. 그러므로 성인이 걱정을 하여 예법을 만든 것이다. 아비를 존중하는 것을 중하게 여기면 이에 사람이 비로소 짐승에서 벗어날 수 있다. 아, 이 사람들이 고르게, 한 번 바뀌어 오랑캐가 되고 두 번 바뀌어 올빼미와 같은 짐승이 되면 어찌 슬프지 않겠는가. 또 아내 된 사람은 밥상을 듦에 손님 같은 예로 함에 어두워 닭과 오리가 가까운 것 같이 서로 화합하며, 아우 된 사람은 형의 뜻을 공경하고 따르는 의리에 어둡고 어리석어, 문과 담에서 다투어도 상심하지 아니하고, 줄달음쳐가 먼저 어른노릇하고, 젊은 사람은 나쁜 행동을 알지 못하여 머리에 쓰는 관 위에 신발을 얻고, 낮은 사람도 또한 높은 사람을 속이고 능가하는 일이 많다. 세속에 유행하는 병폐가 이보다 더 고통스러운 것이 없어 고치는 방책을 마땅히 먼저 힘써야 한다. 이에 도임하는 날에 곧 좋은 말로서 이정 등에게 깨우치게 한다. 이 다섯 가지는 그 길을 얻자면 <u>아비는 자애롭고 자식은 효도하며</u>, 형은 우애 있고 동생은 공순하며, 남편과 아내는 분별이 있고, 늙은이와 젊은이는 차례가 있어서, 화목하고 온화하면 이른바 하늘과 땅 가운데의 따뜻한 기운이 상서로움에 이르는 근본이며 또 풍년이 들 징조인 것이다. 사람은 모두 타고난 재주가 있으며, 깨닫지 못하는 사람은 가려진 바가 있는 것이다. 구름이 걷히면 해가 밝게 빛나고, 가린 것을 걷으면 처음으로 되돌릴 수 있다. 울어대는 꾀꼬리도 언덕 모퉁이에 그치는데, 아, 사람으로서 머무는 바를 알지 못하는가. 이것이 짐짓 태수가 알리는 바이고, 그리고 또한 스스로 두려워하는 까닭이라. <u>만약 사람의 자식으로서 그 어버이를 봉양함에 공경하지 아니하고, 아내로서 그 지아비를 섬기는데 공경하지 아니하고, 동생으로서 그 형을 따르는데 공경하지 아니하고, 나이 어린 사람이 나이 많은 사람을 대접하는데 공경하지 아니하고, 낮은 사람이 높은 사람의 말을 듣는데 공경하지 아니하면, 태수가 마땅히 몸소 나서서 이끌어주고, 끝까지 고치지 아니하면 반드시 법으로 고통스럽게 묶을 따름이다.</u> 서민들을 힘써 깨우치는데 도움이 되는데 참고하여, 각자 스스로의 잘못을 고치는데 게으르지 말지어다.[6]

---

6) 周世鵬, 『武陵雜稿』 『別集』 권6, 『한국문집총간』 27, 162~163면, 人之異於禽獸, 五倫爲重. 今者窮巷小民, 不循天理, 唯人欲是循, 至於爲子者, 或不知其身之出於其父, 養之反不如犬馬, 況能敬乎? 甚者, 不忍於其家之老畜, 而忍其父者前後相望, 每爲聖朝羞. 嗚呼, 使是輩, 知是身之出於是父, 則必無是事. 夫禽獸, 知有母而不知其父. 故聖人有憂之, 制爲禮法. 尊父爲重, 於是焉, 人始免於禽獸矣. 噫, 均是人也, 一變爲夷狄, 再變爲梟獍, 豈不悲夫? 且爲妻者, 昧擧案如賓之禮, 以鷄鴨之昵爲相和, 爲弟者, 暗庸敬從兄之義, 以門墻之鬩爲無傷 疾行先長, 小者, 不知行桀之行, 可履於冠, 賤者, 亦多作奸陵貴. 俗尙之病, 莫痛於此, 致豎之方, 所當先務. 玆於到任之日, 卽以話言, 曉諭里正等. 斯五者, 得其道則, 父慈子孝, 兄友弟恭, 夫婦別, 長幼序, 睦睦雍雍, 所謂天地中間和氣致祥之本, 而豊年之所由兆也. 人皆有良知良能, 其不悟者, 有所蔽也. 雲捲則日昭昭矣, 蔽去而初可復也. 綿蠻黃鳥, 止于丘隅, 嗚呼, 可以人而不知所止乎? 此固太守之所告, 而亦所以自懼也. 如有爲子而不敬養其親, 妻而不敬事其夫, 弟而不敬從其兄, 小而不敬禮

밑줄 친 부분은 효의 내용이나 방법을 직접 말하고 있는 것으로, 부모와 자식 사이의 관계를 선언적으로 규정하고 각각 지켜야 할 예법을 제시하고 있다. 오랜 세월 동안 자식에서 부모로 일방적인 방향으로 인식되어 온 효의 일반적 인식에 효도, 봉양, 공경 등의 선언적이고 강제적인 규범을 지키도록 가르치며, 나아가 그대로 하지 않을 경우 제재까지 따를 것이라고 강압적인 진술까지 하고 있다. 이러한 인륜으로서의 효는 비록 발화 주체가 심각하게 받아들이고 있을지라도, 발화 주체의 정서적 감동이나 감격보다는, 이 글을 읽고 듣는 독자나 청자의 내면이나 행동의 변화를 기대하는 교화(敎化)를 기본 속성으로 하고 있다. 이러한 경우 주체의 내적 인식보다 객체의 움직임이나 변화에 초점이 놓이게 되는 것이다.

이상에서 천성으로서의 효와 인륜으로서의 효를 변별하여 그 특성을 살펴본 바, 천성으로서의 효는 즐거움이나 감동을 핵심으로 하면서 실천적 체험을 한 주체의 태도에 초점이 놓이는 것으로, 인륜으로서의 효는 교화를 그 핵심의 고리로 삼아 청자와 독자의 행동이나 내면의 변화를 기대하는 것으로 정리할 수 있다.

이제 천성으로서의 효와 인륜으로서의 효가 실천적 체험을 통한 정서적 감동과 시적 진술의 수용을 중시하는 사회적 교화로 실현되는 양상을 구체적 작품을 통해 점검할 차례가 되었다.

3. 실천적 체험의 정서적 감동과 그 의미화

본 장은 실천적 삶을 통한 정서적 감동을 일차적으로 체험 미학의 서정적 인식으로 해석하고, 이러한 서정적 인식이 집단의 사실적 체험을 바탕

其長, 賤而不敬承其貴者, 太守當躬親開導, 其終不改, 必如法痛繩乃已, 考翼其敦諭小民, 俾各自新無怠.

으로 의미화의 과정을 거치면서 사회적 교화의 역할까지 맡게 되는 양상을 살피도록 한다. 시조에서 흔하게 드러나는 효(孝)의 내용을 일차적으로 정서적 감동의 체험 미학으로 이해하고, 이를 바탕으로 이차적으로 교훈적 성격으로 변모되는 양상을 검토하면, 지금까지 이념적인 항목으로 보고자 했던 태도와는 사뭇 다른 온전한 실상을 밝힐 수 있을 것이다.[7]

그런데 서정시가 본질적으로 체험과 연결되어 있다고 보면 정서적 감동은 사실적이고 구체적인 확실한 체험에 근거하고 있음을 알 수 있다. 시조의 서정시로서의 성격도 이러한 실천적인 체험과 연결되어 있는 것으로 이해할 때, 허구의 영역에서 상정할 수 있는 정서보다 현실의 영역에서 느낄 수 있는 감동을 순리적으로 설명할 수 있는 것이다.

1) 실천적 효의 정서적 감동

천성으로서의 효를 체득하고 「화산양로연시 병서」와 「수서시서」 등에서 즐거움과 만족의 정서적 감동의 실체를 제시한 이현보는 일생의 삶을 통해 효를 실천하였다. 그는 성품이 효성스럽고 우애가 있었으며 담박하고 욕심이 없이 살면서, 중종 5년(1510)의 성친을 비롯하여 그 뒤에도 끊임없이 성친을 실천하면서, 노인연, 애일당 건립, 양로연, 구로회, 족친연 등을 통하여 생활문화의 중요한 과정으로 천성에서 우러나는 효를 실천하였으며, 효절(孝節)이라는 시호를 받았다.

중종 37년(1542)에 영구히 귀향한 이현보는, 85세인 명종 6년(1551)에 자식들이 마련한 생일잔치에서 〈생일가〉를 지었다. 이러한 삶은 분강의 뱃놀이와 〈어부가〉 산정 등과 함께 분강가단의 중요한 생활문화로 자리잡은 것으로 볼 수 있다.

7) 체험시의 전통과 관련하여 시조를 이해하고자 한 내용은, 최재남, 「시조의 인식 기반과 미의식의 특성」, 『국문학연구』 7호, 2002 참조.

功名이 그지 이실가 壽夭도 天定이라
金犀씌 구븐 허리예 八十逢春 긔 몃히오
年年에 오ᄂᆞᆺ 나리 亦君恩ㅣ샷다 (李賢輔)

 부귀와 공명에 대한 마음도 끝이 없고, 오래 살고 못 사는 것이 하늘이
정한 법인데, 벼슬길에서 지내느라 허리가 굽었지만 여든의 넘은 나이에
도 몇 번의 봄을 맞았다는 것이다. 그리하여 생일잔치를 임금의 은혜로
생각하고 있다. 평생 어버이를 극진히 모시는 생활을 실천하면서 지낸 삶
과 그 실천적 삶을 이어받은 자식들이 마련한 잔치 자리에서, 85세의 노인
이 느끼는 감회가 "구븐 허리"와 "팔십봉춘"의 시적 형상에 무르녹아 있다.
그런데 우리가 주목하는 것은 감동의 실체가 시적 진술에 있는 것이 아니
라 서정적 자아 혹은 주체의 태도에 놓여 있음을 확인하는 것이다. 따라서
이러한 작품은 교훈성으로 설명할 것이 아니라 정서적 감동에 핵심이 놓
이는 체험 미학의 서정적 인식의 범주에서 다룰 때, 그 실체가 분명히 드
러나고 가슴에 느끼는 감동이 진실해질 수 있는 것이다. 이러한 감동의
실체는 감격스러움[8]이라 규정할 수 있다.
 그리고 그의 실천은 그 자신에게 머물지 않고 자손에게 이어져 집안이
효문을 이루고, 이현보가 죽은 뒤에 자손들은 선친에 대한 그리움과 형제
간의 우애를 절실하게 드러내면서 분강가단의 풍류[9]로 이어지게 했다.
이러한 실천적 삶 속에 아들 이숙량(李叔樑, 1519~1592)의 〈분천강호가〉가
자리하는데, 핵심적인 내용은 천성으로서의 효와 실천적 삶으로 파악할
수 있다.

---

8) 이러한 감격스러움은 김구(金絿)가 홍문관에서 직숙하면서 중종을 모신 자리에서 불
  렀던 〈나온다~〉의 감격스러움, 이현보의 어머니가 지은 〈선반가〉의 그것과 견줄 수
  있는 범주이다.
9) 최재남, 「분강가단의 풍류와 후대의 수용」, 『배달말』 30집, 배달말학회, 2002.

> 父母님 겨신제는 父母ㄴ주룰 모르더니
> 父母님 여흰 후에 父母ㄴ줄 아로라
> 이제사 이ㅁᄋᆷ 가지고 어듸다가 베프료 (李叔樑)

부모가 살아계실 때에는 부모의 고마움을 알지 못했는데 부모님이 돌아가신 뒤에야 깨닫게 되었다는 것이다. 그리하여 안타까운 마음을 어디에도 풀 수 없다고 토로하고 있다. 이숙량의 삶에서 지나간 상황을 고려하고 현재의 형편을 살필 때, 모두 사실이며 시인의 삶과 직접 연관되고 있는 셈이다.

이렇듯 이현보의 삶과 그 자손들의 생활에서 확인할 수 있는 것은 체험을 통한 실천과 그 시적 형상화를 통한 감동이고 더욱이 이를 풍류로 받아들이고 있다는 점이다. 체험의 현장에서 풍류로 받아들이는 정서적 감동의 핵심은 효를 포함한 실천적 삶의 내용인데, 지금까지 이러한 범주를 교훈성이라고 인식하면서 이념성으로 치닫는 해석을 했던 점을 반성적으로 되새기면서, 정서적 감동을 핵심으로 하는 서정적 범주로 이해하고자 한다. 그리고 그리움의 체험 미학으로 명명하면 그 실체적 진실이 보다 분명해질 수 있는 것이다.

한편 노진(盧禛, 1518~1578)이 어머니를 위해 마련한 수연에서 어머니가 부른 답가[10]는, 이현보의 〈생일가〉와 마찬가지로 시적 진술에 그 핵심이 있는 것이 아니라, 자식의 성효와 잔치 자리에서 느끼는 체험적 서정에 그 무게 중심이 놓여 있는 것으로 볼 수 있다.

---

10) 최규수는 노진의 시조와 모부인의 답가를 들고, "일상적인 차원에서 자연스럽게 풀어내고 있"는 것으로 보면서도 효 윤리를 드러내는 훈민형 시가로 파악하고 있다. 「훈민형 시가에서 말하기 방식의 특징과 효 윤리의 의미」, 『고전시가 엮어 읽기』 하, 태학사, 2003.

> 國家 太平ㅎ고 萱堂에 날이 긴졔
> 머리 흰 判書 아기 萬壽盃 드리ㄴ고
> 每日이 오늘ㄳ튼면 셩이 무슴 가싀리 (盧禛 母夫人)

나라가 태평하고 원추리가 피어 있는 집에 날이 긴 때에, 머리가 희끗희끗하면서 판서가 된 아들이 어머니의 만수무강을 기원하며 술잔을 올리고 있는 것이다. 날마다 오늘만 같다면 무슨 성가신 일이 있겠느냐고 반문한다. 자식이 천성에서 우러나는 효를 실천하면서 인식하는 것은 그리움의 미학이라 할 수 있는데, 천성에서 우러나는 성효를 받게 되는 어버이의 입장은 감격의 미학이 더 큰 비중을 차지한다고 할 수 있다.

이상에서 이현보와 그 후손들의 삶과 시조, 노진 어머니의 답가에서 살핀 바와 같이, 실천을 통한 체험과 그 실천적 삶을 시적으로 형상화하는 과정을 체험 미학의 서정적 인식으로 해석하면서, 체험서정시로 시조를 해석하는 중요한 발판을 마련한 셈이다.

한편 실천적 효와 직접 연결시킬 수는 없지만 유배 생활에서 어버이를 그리워하는 내면을 드러낸 작품도 삶의 연관성과 관련시킬 수 있다. 이담명(李聃命, 1646~1701)의 〈사노친곡〉 가운데 한 수이다.

> 天涯 絶域의 새 히를 네 번 보니
> 寸草 深情은 니르도 말려니와
> 아마도 鶴髮 倚閭를 어이ㅎ야 慰勞홀고 (李聃命)

이 시조는 숙종 6년(1680)에 경신대출척으로 파직되고 아버지의 유배지 초산(楚山)으로 가서 지내면서 늙으신 어머니에 대한 안타까움을 매우 간절하게 형상화한 것이다. 하늘 끝 먼 곳에서 네 번이나 새해를 맞으면서, 한 마디 풀과 같은 깊은 정은 말할 필요도 없지만, 고향에 계신 어버이가 문에 기대어 자식을 기다리고 있을 것을 생각하니 무슨 수로 위로할 수 있겠느냐고 안타까워하고 있는데 실천적 효를 할 수 없는 유배 체험에서 그리움의 미학으로 설정할 수 있는 부분이다.

2) 정서적 공감에 바탕을 둔 교화의 향방

실천을 통한 체험이 집단적 체험의 정서적 공감을 자극하면, 이 정서적 공감을 바탕으로 새로운 의미를 부여할 수 있는 가능성이 열리어, 이념적인 것으로 재인식되면서 사회적인 교화의 성격으로 전환하기도 한다. 이러한 정서적 공감의 자극에는 『소학』의 실천과 향약의 시행 등과 관련한 구체적인 현실 문제가 놓여 있다. 또 『소학』이나 향약의 내용이 정서적 공감의 집단적 체험을 자극할 수 있도록 많은 사람들에게 널리 알려져 있었던 셈이다. 여기서 말하는 집단적 체험의 정서적 공감이란 훈민시조가 "독자의 마음의 태세"를 유발하거나[11], "강원도 백성 및 보편적 인간이 지니고 있는 인간관계를 설정하고 그들 사이에 관류하고 있는 인정 어린 어휘를 선택"[12]하는 방향으로 나아간 것처럼, 이미 많은 사람들이 공유하고 있거나 보편적으로 수용할 수 있는 범주를 가리킨다. 이러한 집단적 체험의 정서적 공감이 추후에 의미성(Bedeutsamkeit)[13]을 확보하게 되면서, 시조의 경우 사림의 향촌사회 문화 조절이라는 큰 역할을 담당하는 것으로 이해할 수 있다. 현실적 문제 해결이나 사회적 교화를 위해 정서적 공감을 자극하는데, 이면적으로는 효가 지닌 정서적 감동을 밑바탕으로 하게 된 셈이다.

이러한 과정을 통해 집단 체험이 변용되는 것을 볼 수 있는데, 향촌 생활에서 〈오륜가〉 등의 훈민시조도 집단 체험의 변용으로 이해할 수 있다.

---

11) 김열규, 「한국 시가의 서정의 몇 국면」, 『동양학』 2집, 1972, 14면.
12) 권두환, 「송강의 훈민가에 대하여」, 『진단학보』 42집, 1976, 『고전시가론』, 새문사, 1984, 430면.
13) 디이터 람핑, 장영태 역, 『서정시 : 이론과 역사』, 문학과 지성사, 1994, 164면.

훈민시조를 지은 사람이 재관인인 경우도 있고, 지주의 입장도 있지만 공통적인 것은 모두 노래를 통해 깨우치고 있다는 점이다.14) 이때 노래의 효용성은 정서적 공감을 바탕으로 하면서 집단의 사실적 체험에 기대고 있는 것으로 파악할 수 있다. 집단의 사실적 체험이란 〈오륜가〉 등의 작품을 통해 향촌 사회의 질서를 확립하고 공동체적 기반을 확고하게 하는 것을 말한다. 향촌의 현실적 상황에 따라 '군신(君臣)'이 '주노(主奴)'로, '장유(長幼)'가 '형제(兄弟)'로 바뀌는 등 집단 체험의 내용이 달라져도, 〈오륜가〉 등에 진술된 내용은 공동적 표현으로 볼 수 있다. 실제 〈오륜가〉 등의 훈민시조가 16세기 중반 주세붕(周世鵬, 1495~1554) 의 〈오륜가〉 이후 지속적으로 향촌을 중심으로 창작되고 있다는 점에서 이러한 집단의 사실적 체험이 지닌 성격을 보다 분명하게 확인할 수 있다.

교훈적인 성격을 띠게 된 시조는 그 시적 진술에서도 "~ᄒᆞ여라", "~ᄒᆞ노라", "~ᄒᆞ리라" 등과 같이 선언적인 발화15)로 이어진다. 다음과 같은 작품이 그러한 예에 해당하는데, 천성에서 우러나는 체험에 감동하는 것이 아니라 공동의 기반을 이루는 집단의 규범으로서 진술된 내용을 다시 실천해야 한다는 목소리로 느껴진다.

> 아버님 날 나ᄒᆞ시고 어마님 랄 기ᄅᆞ시니
> 父母옷 아니시면 내 몸이 업실낫다
> 이 德을 갑ᄒᆞ려 하니 하늘 ᄀᆞ이 업스샷다 (周世鵬)

---

14) 노래를 통한 깨우침은, 최재남, 「주세붕의 목민관 생활과 〈오륜가〉」, 『사림의 향촌생활과 시가문학』, 국학자료원, 1997 참조

15) 시조 종결의 선언적인 태도에 대하여, 최재남, 「시조 종결의 발화상황과 화자의 태도」, 『고전문학연구』 4, 1988 참조. 한편 조태흠(1989)에서는 훈민시조 종장의 특이성으로 종장의 첫 음보가 실사로 나타나고 있고, 넷째 음보의 종결에서 명령형, 의문형, 의도형 등이 중심을 차지한다고 밝히고 있다.

父母 섬기기를 至誠으로 섬기리라
鷄鳴에 盥漱ᄒ고 燠寒을 뭇ᄌ오며
날마다 侍側奉養을 沒身不衰 ᄒ오리라 (朴仁老)

어버이 子息ᄉ이 하늘 삼긴 至親이라
부모 곳 아니면 이 몸이 이실소냐
烏鳥도 反哺를ᄒ니 父母孝道ᄒ여라 (金尙容)

　주세붕의 시조는 낳아주신 아버님과 길러주신 어머님 덕분에 내가 존재
하는 것이니 이 은덕을 갚아야 한다는 것이고, 박인로의 시조는 부모를
지성으로 섬기는 방법으로 이른 아침에 일어나 잠자리가 불편하지 않았는
지 여쭈고 날마다 곁에서 모셔야 한다는 것이며, 김상용의 시조는 부모와
자식 사이는 하늘이 준 지친이기에 반포하는 까마귀와 같이 효도를 해야
한다는 것이다. “업스샷다”, “ᄒ오리라”, “ᄒ여라”의 종결이 실천의 방향을
제시하는 것이다.
　위의 시조는 시인이나 서정적 주체의 실천적 효에서 출발한 정서적 감
동에 핵심이 있는 것이 아니라, 시적 진술의 내용을 수용하여 독자나 청자
가 행동으로 옮겨야 할 방향으로 전환을 요구하는 것이다. 비록 정서적
공감에 바탕을 두고 있어도 미학의 내용을 다른 층위에서 해석해야 그
실상을 온전하게 파악할 수 있다. 핵심은 시적 진술로 드러난 담론의 내용
에 있고 정서의 방향은 독자나 청자에게로 옮아가고 있어서 교화의 미학
이라 규정할 수 있을 것이다. 구체적으로 자식과 부모와의 관계를 규정하
고 그 관계에서 자식이 해야 할 역할을 진술하는 방향으로 나아가는데,
“덕(德)을 갑ᄒ려 하”고, “욱한(燠寒)을 뭇ᄌ오며”, “시측봉양”, “반포(反哺)”,
“효도” 등의 행동을 수반하는 언어나 관념적인 시적 진술이 두드러지게
되는 것이다.
　실제 이러한 교화의 미학이 중심을 이루는 시조는 이른바 ‘오륜가’, ‘훈민

시조'로 분류되는, 주세붕의 〈오륜가〉, 정철(鄭澈, 1536~1617)의 〈훈민가〉,
박선장(朴善長, 1555~1617)의 〈오륜가〉, 김상용(金尙容, 1561~1637)의 〈오륜
가〉, 박인로(朴仁老, 1561~1642)의 〈오륜가〉 등으로, 16~17세기에 목민관의
입장이거나 향촌사림의 입장에서 연시조로 창작한 것이며, 그 목표와 지향
에 있어서 공통적인 특성을 보이고 있다. 그러므로 이들 시조가 보여주는
효에 바탕을 둔 교화의 미학은 16~17세기 사회의 성격을 반영하는 중요한
특성으로 이해할 수는 있지만, 이러한 미학이 시조의 본질이라기보다 사회
적 교화를 위해 시조를 활용하고 있는 것으로 설명할 수 있을 것이다.

　이러한 시각에서 살피면 정철(鄭澈, 1536~1593)의 〈훈민가〉 가운데 다음
작품을 이해하는 태도가 달라질 수 있을 것이다. 근본적으로 체험에서 우
러나는 그리움의 정서를 바탕에 깔고 있기 때문에 감동을 준다. 이러한
감동은 집단 체험의 정서적 공감에 근거하는 것이며 서정적 주제 영역에
서 중요한 위상을 차지한다.

　　　어버이 사라신 제 셤길 일란 다ᄒᆞ여라
　　　디나간 後ㅣ면 애ᄃᆞ라 엇디 ᄒᆞ리
　　　평ᄉᆡᆼ애 고텨 못홀 이리 이ᄲᅮᆫ인가 ᄒᆞ노라　　(鄭澈)

어버이가 살아계실 때에 잘 섬겨야지, 돌아가신 뒤에는 애닯음만 남는
다는 것이다. 어버이가 살아계실 때에 정성껏 섬기지 못한 안타까움이라
는 체험에 기대고 있어서, 집단 체험의 정서적 공감으로 확산된 것이다.

　이상에서 실천적 효에서 출발한 체험 미학의 서정적 인식이 정서적 공
감에 바탕을 두고 의미화의 과정을 거치면서 이념항으로 재인식되어 사회
적 교화의 방향으로 나아가는 것을 확인했는데, 시조에서 흔하게 드러나
는 효의 내용을 기본적으로 체험 미학의 서정적 인식으로 이해하면서 아
울러 의미화의 과정을 거쳐 이념항으로 제시된 것과 변별하여 해석할 수

있는 발판을 마련한 셈이다. 정서적 공감에 바탕을 둘 때라야 교화의 미학이 효용성을 확보할 수 있기 때문이다.

3) 개별 체험의 다양성과 연행의 관습

15~16세기에 실천적 체험에 바탕을 둔 정서적 감동으로, 16~17세기에 이르러 사회적 변화와 그 성격을 반영하는 단계를 넘어서면, 효에 관한 시조는 개별 체험에 따라 다양한 양상을 보이고 있다. 위에서 실천적 효의 정서적 감동을 기본으로 설정하고, 정서적 공감에 바탕을 둔 교화의 향방을 살폈지만 그 이후에는 실제 시조의 창작 및 연행에서 각 개인에 따라 여러 가지 변모를 보인다.

이미 2장에서 문제를 제기한 바 있지만, 실천적 효가 사후에 포상을 받는 경우 그 의미가 달라지기도 하고, 부모를 일찍 여의어 실천적 효를 안타까움이나 그리움으로 간접화하는 경우도 있기 때문에 개별 상황에 따른 편차를 고려할 필요가 있다. 그리하여 부모가 베푼 구체적 일에 대한 보답의 의미를 강조하기도 하고, 부모와 자식 사이의 관계를 고려하면서 양자(養子)와 사친(事親)을 견주어 말하는 작품이 나타나기도 한다.

한편 비슷한 내용을 여러 사람이 되풀이해서 말하거나 규범적 내용을 연행의 공간에서 진술하고 있는 경우, 그 바탕에 깔려 있는 문화의 공감대와 이를 통한 환기적 효과를 생각할 수 있다. 앞에서 살핀 주세붕의 〈오륜가〉의 내용이 정철·낭원군·김천택·김수장 등 여러 사람의 입을 통해 되풀이되고 있는 경우가 그러하다. 이른바 부생모육지은에 대한 보답을 강조하는 것인데, 이미 사회적 공인을 얻은 것으로 볼 수 있어서 이념적 긴장이나 교화의 성격은 약화되어 있는 것으로 파악된다. 낭원군의 작품과 김수장의 작품이다.

어버이 날 나흐셔 어질과쟈 길러내어
이 두 分 아니시면 내 몸 나셔 어질소냐
아마도 至極흔 恩德을 못내 가파 ᄒᆞ노라 (郎原君)

父兮 날 나흐시니 恩惠밧긔 恩惠로다
母兮 날 기르시니 德밧긔 德이로다
아마도 하늘 ᄀᆞ튼 恩德을 어디혀 갑사올고 (金壽長)

그리고 다음과 같은 작품은 규범적인 내용이 연행의 공간에서 진술되는
것으로 이해할 수 있다.

父母 사라신제 愁心을 뵈지 말며
樂其心 養其體ᄒᆞ야 百歲를 지닌 後에
뭇ᄎᆞᆷᄂᆡ 香火 不絶이 그 올흔가 ᄒᆞ노라 (金壽長)

孝子의 히올 일을 曾子ᄭᅴ 뭇ᄌᆞ온대
曾子 ㅣ ᄀᆞᄅᆞ샤대 事親은 敬之而已矣라
敬之ᄒᆞ고 餘力이 잇거든 學文ᄒᆞ라 ᄒᆞ시더라 (金壽長)

앞의 시조는 부모 앞에서 해야 할 행동지침을 열거한 것인데, 근심을
보이지 말고, 마음을 즐겁게 하여, 몸을 길러서 오랜 세월이 지난 뒤에
향화가 끊어지지 않도록 해야 한다는 것이다. 뒤의 시조는 효자의 할 일이
무엇인지 물으니 증자가 어버이 섬길 일은 공경뿐이라고 일러준다. 공경
하고 남은 힘이 있으면 학문을 하라는 것이다. 전거에 바탕을 둔 진술인
셈이다. 이러한 규범적인 내용은 이미 사회적 공감대를 확보한 것으로,
한 개인의 절실한 체험으로 볼 수도 없을 뿐만 아니라 이념적 긴장이나
사회의 개혁과도 다른 층위에서 설명해야 할 것이다. 연행 현장의 분위기
나 상황에 따른 진술이라는 평가까지 내릴 수 있을 것이다. 또 개별 작품

을 통해 규범에 대한 인식을 피력하고 있어서 연시조의 계기적 구성과도 일정한 차이가 있는 것으로 파악된다.

지금까지 천성으로서의 효에 바탕을 둔 실천적 효의 감동의 미학을 중심에 두고, 인륜으로서의 효를 강조하면서 집단적 사실적 체험을 거쳐 정서적 공감에 바탕을 둔 교화의 미학으로 전환하는 양상을 살피고, 아울러 개별 체험의 다양성과 연행의 관습을 고려한 효의 시적 진술을 검토했다. 위에서 살펴본 바와 같이 그 중심에는 언제나 실천적 효의 정서적 감동이 직접적이거나 간접적으로 작용하고 있음을 확인했다. 그 정서의 방향이 시인이나 주체, 독자나 청중, 연행 현장의 상황이냐에 따라 그 반향이나 파장이 달라질 수 있음도 알게 되었다.

4. 주제 연구로서의 효와 장르 연구로서의 감동과 교훈

부모에 대한 자식의 태도는 일방적인 방향이지만 천성으로서의 효와 인륜으로서의 효에 대한 변별에서 확인할 수 있듯이, 실제 사람살이에서나 문학적 전통에서는 개인적이거나 사회적인 성격으로 나누어 이해하거나 문화적인 성격까지 포괄하여 다양한 방향으로 변용되어 나타난다.

위에서 효의 범주를, 실천적 체험을 정서적 감동으로 연결시키는 경우와 이를 바탕으로 정서적 공감을 자극하여 의미화의 과정을 거치면서 이념적·교훈적 성격을 띠게 되는 경우로 나누어 양상을 살폈는데, 포괄적으로 묶을 수 있는 동일한 주제가 같은 장르 내에서 다른 면모를 띠고 나타남을 알 수 있고, 역사적 상황에 따라 변모하는 양상까지도 확인하게 되었다. 이러한 다양한 변모를 통합적으로 검토하여 주제사적 연구로서의 효에 관한 논의를 정리할 필요가 있다.

시조에 한정하여 논의를 진행하게 된 까닭에 다루는 범위를 확장하면서 주제사적 연구로서의 효의 항목에 관한 논의를 심화시킬 필요가 있는 것이다. 예를 들면 한 축은 주제 연구로 다루고, 다른 한 축은 장르 연구로 다루면서, 이를 통합하여 이해할 때 그 성과를 기대할 수 있을 것이기 때문이다. 주제 연구는 효에 관한 내용이 될 것이고, 장르 연구는 정서적 감동이나 교훈적인 성격이 개별 작품과 문학 장르에서 어떤 방식으로 실현되고 있는지 점검하는 것이 될 것이다. 포괄적인 하나의 주제가 어느 한 가지의 장르로만 구현되지 않고 여러 가지 장르에 두루 나타나게 되는 것은 이 포괄적인 주제가 지닌 삶의 연관성 때문이다. 효라는 주제 항목이 지닌 중요성 때문에, 개인적인 측면, 사회적인 성격, 포괄적으로 문화적인 의미망까지 투사하고 있는 것이다.

부모에 대한 자식의 태도가 일방적인 방향을 보이고 있으면서, 개인적인 측면에서 실천적인 체험을 통하여 정서적 감동을 느끼고, 상황에 따라 그리움이나 안타까움 등으로 그 범주가 정리되지만, 사람살이 전반이나 사회 변화와 관련하여 사회적인 성격을 띠면서 오히려 독자나 청중을 향한 교화의 범주로 전환하기도 한 것이다. 이러한 맥락에서 각 시기에 따라 시조, 가사 등에 효의 내용이 중심을 이루는 사람살이의 보편적인 면면이 다루어지고 있는 것이다.

넓은 의미로 효와 관련한 시조와 가사 연구의 몇 사례에서 주제 및 장르 연구의 방향을 잡을 수 있는 해결의 실마리를 마련할 수 있다. 훈민시조에 대한 연구에서 연구 범위를 제한하면서, "이에 따라 지주사족이 자제를 훈계하기 위해 짓거나 조선후기에 가객들이 지은 윤리에 대한 시조는 여기에 포함시키지 않기로 한다. 왜냐하면 이 시조들은 더 이상 사회적 의미를 가지지 않고 개인 의식의 영역에서 창작된 것이기 때문이다."[16]라고 했을 때, 시조의 "사회적 의미"와 "개인 의식의 영역"이 전혀 양립할 수 없는 것인지, 또한 시조 장르의 본질이 전자에 속하는지 후자에 속하는지 다시

---

16) 김용철, 「훈민시조연구」, 고려대학교 석사학위논문, 1990, 1면, 주 1)

한 번 고심해야 할 것이고, 이에 따라 장르 연구의 범위도 달라질 수 있을 것이다. 또한 『장편가집』 소재 가사 〈오륜가〉에 대한 연구의 서론에서, "대부분의 〈오륜가〉류는 그 서술에 있어 '-해라', '-하자' 등의 명령형이나 청유형 서술어미가 지배적이어서 독자에게 애절함과 안타까움의 정서 공감을 주지 못하는 것 같다."[17]라고 했을 때, "명령형이나 청유형의 서술어미"와 "애절함과 안타까움의 정서"가 다른 장르의 속성을 드러낸 것이라고 보면, 가사라는 역사적 장르가 지닌 복합성과 주제와의 연결 고리를 어떤 방향으로 풀어가야 할 것인지 새로운 숙제를 떠안게 되는 것이다.

효와 관련한 시조 작품의 기본 속성을 실천을 통한 서정 주체의 정서적 감동으로 설정하고, 정서적 공감을 바탕으로 사회적 교화의 방향으로 전환하는 것을 확인했고, 실천을 통한 감동의 미학과 독자와 청자를 겨냥하는 교화의 미학은 서로 다른 장르의 속성이라는 사실도 밝혔지만, 그러나 문제는 감동의 미학과 교화의 미학의 차이에 대한 이해보다 보편적 주제를 구현하는 과정에서 드러나는 이들 사이의 관련에 관한 해명이 필요하다는 것이다. 감동의 미학은 시인이나 주체의 태도에 중심이 있고, 교화의 미학은 독자와 청자의 움직임이나 내면의 변화에 중심이 있다고 했는데, 작자와 독자의 두 축을 연결하는 것은 사회 구성원의 집단적 체험을 염두에 둔 정서적 공감이라는 고리이다. 이 고리는 효가 지닌 일방적인 방향성에서 기인하는 것으로, 효의 주제가 지닌 본질적이고 구조적인 특성에 대한 선이해를 통해서 추출할 수 있게 된다. 결국 주제로서의 효가 지닌 본질적인 특성이 장르적 성격의 변별성 및 그 연결 고리까지 결정하게 된 셈이다.

천성으로서의 효와 인륜으로서의 효의 변별, 시인이나 주체의 정서적 감동에서 독자나 청자의 사회적 교화로의 전환이라는 가시적인 해석을 도출하는 과정의 이면에는 시인과 독자를 포함하는 일반 사람들이 집단적

---

17) 육민수, 「가사 〈오륜가〉의 담론 양상」, 『한국시가연구』 9집, 한국시가학회, 2001, 393면.

이고 사실적으로 체험하면서 발견한 정서적 공감의 축이 자리하고 있다. 효의 주제 연구와 감동과 교화의 장르 연구는 바로 이 축을 제대로 파악하는 데서 온당한 결과를 얻을 수 있는 것이다. 감동의 미학과 교화의 미학 모두 이 축이 온전하지 않으면 설득력을 잃게 될 것이다. 16~17세기에는 훈민시조를 통하여, 18~19세기에는 교훈가사[18]를 통하여 교화의 미학을 강조하고 있는 점도, 주제 연구와 장르 연구를 동시에 수행하면서 검토해야 할 과제일 것이다.

5. 소결

부모와 자식 사이의 관계가 사회적 관계에서 말미암은 것이 아니듯이 내면의 태도와 관련된 효의 본질을 이념적 긴장이나 사회적 교화에서만 풀어갈 수는 없는 것이다.

김정국이 『경민편』을 짓고 주세붕이 〈오륜가〉를 지어 황해도 백성을 교화시키고자 했어도 그 뚜렷한 성과를 확인할 수 없고, 정철이 〈훈민가〉를 지어 강원도 백성을 가르치려고 했어도 목표에 도달할 수 있었는지 의문이다. 이에 반하여 이현보의 실천적 체험은 자식들에게 이어져 분강가단의 풍류가 지속되게 했고, 특히 구로회의 전통은 광무 6년(1902)까지 이어져 그 자리에 모인 37명의 나이를 합하면 2,650세가 되었다고 한다.[19]

주제로서의 효의 본질이 실천적 체험에 있음을 인식하고 스스로 체득하면서 정서적 감동으로 즐거움과 만족을 느낄 때 그 서정의 실체도 확인할 수 있는 것이다. 아울러 이러한 정서적 감동이 잔잔한 물결을 일으키며 정서적 공감대를 형성하면 남의 실천에 감화를 받을 수도 있고, 나 자신의

---

18) 박연호, 「19세기 오륜가사 연구」, 『19세기 시가문학의 탐구』, 집문당, 1995; 「조선후기 교훈가사 연구」, 고려대학교 박사학위논문, 1996.
19) 『愛日堂續老會帖』.

실천으로 남을 감화시킬 수도 있을 것이다. 교화를 염두에 두는 경우에도 이러한 정서적 공감을 기저에 깔고 있는 것으로 해석할 수 있다.

지금까지 주제 연구와 장르 연구를 동시에 염두에 두면서 검토한 결과에 기댈 때, 어떤 주제가 지닌 본질과 속성을 실상에 맞게 제대로 파악할 때라야만, 그 주제와 관련한 문학적 진술의 장르적 특성을 이해할 수 있고, 나아가 장르적 특성이 보여주는 미세한 차이까지 아울러 해석할 수 있는 시각을 마련할 수 있게 될 것으로 보인다.

『한국시가연구』 15집(2004)

V

윤동야의 〈용가〉와 며느리 형상의 해석 방향

1. 서언

　윤동야(尹東野, 1757~1827)의 〈용가구절(舂歌九絕)〉[1]은 방아 찧기 노래[방아타령]를 5언 절구의 형태로 한역한 것인데, 18~19세기 경상도 거창(居昌) 지역에서 연행되던 민요를 수습한 것으로 추정된다.

　이 민요를 수습하여 한역한 윤동야는 조선 후기 거창 지역의 재야 학자로 본관은 파평, 자는 성교(聖郊), 처음 호는 소심(小心)인데 나중에 현와(弦窩)로 고쳤다. 현감을 지낸 9대조 자선(尹孜善)이 거창에 심소대(心蘇臺)라는 누대를 마련하여 염퇴자수(恬退自守)하였으며, 감찰을 지낸 6대조 시남(尹時男)이 동계 정온(桐溪 鄭蘊, 1569~1641)을 좇아 놀면서 거창·안의(安義) 지역에 기반을 가지게 되었고, 조부는 상임(尹商任)이고 부는 석로(尹碩老)이다. 어머니는 경주인 최형석(崔衡錫)의 따님이며, 윤동야는 문화인 유인로(柳仁老)의 따님을 첫 부인으로 맞았고, 동래인 정시형(鄭始亨)의 따님을 둘째 부인으로 맞이하였으며, 3남 1녀를 두었다. 그는 당시에 영남의 대학자

---

　1) 尹東野, 『弦窩集』 권1, 서울대학교 도서관 소장; 최재남, 「조선후기 민요의 실상과 한시의 민풍 수용」, 『장르교섭과 고전시가』, 월인, 1999, 202~203면 참조.

인 백불암 최흥원(百弗庵 崔興遠, 1705~1786)[2]・입재 정종로(立齋 鄭宗魯, 1738
~1816)[3]・묵헌 이만운(黙軒 李萬運, 1736~?)[4] 등의 문하에 나아가 수업하면
서 지암 이동항(遲庵 李東沆, 1736~1804)[5]・두와 최흥벽(蠹窩 崔興璧, 1739
~1812)[6]・지애 정위(芝厓 鄭煒, 1740~1811)[7]・제암 정상리(制庵 鄭象履, 1774
~1848) 등과 평생동안 도의로 사귀게 되어 학문과 문장으로 이름을 떨치
게 되었다. 그리고 집안으로는 월봉 윤억(月峰 尹檍)[8]과 밖으로는 동천 문
정유(東泉 文正儒)[9]와 가장 가깝게 지낸 것으로 인식되었다. 또 우리나라
여러 유학자의 문집 중에서 와전, 오기된 곳을 고치는 등 업적을 남겼으
며, 문장이 자유분방하고, 문체가 고인의 품격을 본떴다는 평을 받고 있
다. 저서로는『석론(釋論)』・『경패(敬牌)』등이 있었다고 하나 전하지 않고,
현재 6권 4책의『현와집(弦窩集)』이 전하고 있다. 윤동야는 선조인 화곡
윤자선(華谷 尹孜善)이 장구(杖屨)의 공간으로 삼았던 심소대에 심소정(心蘇
亭)을 중건[10]하고 그곳을 장수(藏修)의 공간으로 삼아 강호의 삶을 누리며
지냈다. 심소정은 현재 거창군 남하면 양항리에 있다.

　　윤동야의 〈용가구절(舂歌九絶)〉은 5언 절구 9수로 한역되어 있다. 1・2구

---

2) 〈百弗庵崔先生輓〉(『弦窩集』권1), 〈百弗庵集刊役韻二首 小序〉(『弦窩集』권1), 〈祭百
　　弗庵崔先生墓文〉(『弦窩集』권6) 참조. 이하『弦窩集』은 권수만 표시한다.

3) 〈奉酬立齋鄭先生二首〉(권1), 〈愚谷雜詠 幷序〉(권1), 〈呈立齋先生〉(권1), 〈浣溪書院謹
　　次立齋先生諸詠〉(권1), 〈立齋先生挽〉(권2), 〈上立齋鄭先生〉 6편(권3) 참조.

4) 〈黙軒李先生輓二首〉(권2), 〈上黙軒李先生〉(권3), 〈祭黙軒李先生文〉(권6) 참조.

5) 〈奉贈李遲庵 東沆 南遊題詠〉(권1), 〈輓遲庵李公〉(권2), 〈與李遲庵〉 3편(권3), 〈題李
　　遲庵金剛試帖〉(권5) 참조.

6) 〈次崔蠹窩 興璧 遊見庵韻〉(권1), 〈次崔蠹窩伽倻軸中諸詠〉(권1), 〈輓蠹窩崔公〉(권2),
　　〈祭蠹窩崔公文〉(권6) 참조.

7) 〈與鄭芝厓〉(권3) 참조.

8) 〈宗姪士直哀詞 幷序〉(권6) 참조.

9) 〈題文東泉景明 正儒 精舍 二首〉(권1), 〈文景明伽倻唱酬錄序〉(권5) 참조.

10) 〈謹次心蘇臺壁上韻〉(권1), 〈心蘇亭重建韻 二首〉(권1), 〈心蘇亭重建上樑文〉(권6), 〈心
　　蘇亭重建開基祝文〉(권6) 등 참조.

를 한 부분으로 다음 3·4구를 다른 한 부분으로 나눌 수 있을 것이다.
노래의 내용은 다음과 같은데, 민요의 형태로 재구한 것을 앞에 내세우고
한역된 내용은 뒤에 붙이도록 한다. 각 작품이 독립되어 있으면서, 전체가
연쇄적인 구성을 보이는 것으로 파악할 수 있다.

친정집에 물방아가 있어서
나는 자라면서 다만 몸가짐만 배웠네.
일찍이 가난한 집 며느리가 될 줄 알았다면
시집오기 전에 먼저 방아 찧기를 배울 것을.
父家有水碓　我生但習容　早知爲貧婦　未嫁先學舂

작은고모는 아리따워 절구질을 아니 하고
큰 고모는 앓느라고 키질도 아니 하네.
마침 쌓아둔 곡식이 많이 있다면
방아 찧기를 어려워해도 꼭 굶주리지는 않으리.
小姑嬌不杵　大姑病不箕　祇可多貯粟　難舂未必飢

방아 찧을 동무가 저녁에 이미 모였는데
긴 회랑에는 달이 또 밝네.
세 사람 중에 만약 한 사람이 빠지면
어찌 절구의 구슬을 쓿랴?
舂伴夕已會　長廊月復明　三人如去一　臼玉那得精

동쪽 이웃에 부잣집이 있는데
여자 종은 즈믄 발가락이네.
닭이 울어 방아 찧을 것을 받으려는데
주인마님은 아직도 일어나지 않았네.
東隣有富家　女隷千足指　鷄鳴請授舂　主媼猶不起

님을 맞이하여 물렁한 보리밥을 지었는데
님을 비추는 것은 환한 관솔불이네.
님이 만약 찧을 것이 없다면
나를 도와서 방아 찧는 것도 좋으리.
邀君軟麥飯　照君明松火　君如無所舂　佐我舂亦可

올해에는 서리가 일찍 내려서
늦벼는 대부분 패지 않았네.
님의 밭은 볕을 향해 있는데
한 섬에 열매가 몇 되일까?
今年霜降早　晚稻多不登　君田向陽在　一石果幾升

기장을 찧자니 아직 익지 않았고
차조를 찧자면 또 얼마나 바쁘랴?
늙은 시아버지는 술 마시기만 좋아하는데
어찌 봄 양식이 없다고 말하랴?
春黍未到熟　春秫又何忙　翁舅好飮酒　敢道無春粮

가을의 다듬이소리[11]가 베틀의 북과 같고
우물가의 오동나무에는 밤비가 많네.
때때로 어머니를 부르면서
아이가 우니 또 젖을 먹이러 돌아가네.
寒杵如機梭　井梧多夜雨　阿母有時呼　兒啼且歸乳

우리 소가 흰 송아지를 낳았고
그대의 누에는 누런 고치를 지었네.
살구꽃에 달이 서쪽으로 기울려 하는데
방아거리는 많을수록 좋다네.
我牛生白犢　君蠶縛黃繭　杏花月欲西　舂多多益善

---

11) 寒杵는 寒砧과 같은 말로, 寒秋의 다듬이소리이다.

2. 〈용가〉의 며느리 형상과 민요 해석의 새로운 방향

"대가리[머리]를 삶으면 귀가 익는다."라는 속언이 있다. 시어머니의 입장에서 말을 잘 듣지 않거나 무슨 일을 제대로 하지 못하는 며느리를 두고 일일이 간여할 것이 아니라, 전체적으로 이해할 수 있도록 너그럽게 하면 결국 말귀를 알아듣게 된다는 뜻이다. 드러난 한 쪽에 집착하기보다 전체를 아우르면 부분적인 갈등을 해소할 수 있다는 뜻으로 보인다. 며느리와 관련된 민요인 시집살이노래나 방아 찧기 노래 등에서는 새로운 문화에 편입된 며느리가 자신이 살아온 삶과 다른 문화를 겪으면서 느끼는 여러 가지 일화가 일과 관련된 노래에서 구체적으로 형상화되거나 간접화의 방법으로 표출되기도 한다. 그런데 지금까지 이러한 노래에 대한 이해의 시각이, 삶의 구체성이나 새로운 구성원의 문화습득이라는 현실적인 측면보다는, 기존의 권위에 대한 부정이나 구습을 깨고자 하는 측면을 강조하는 방향으로 치달아온 것이 사실이다. 민요 자체에 대한 이해보다 연구자의 시각에 따라 그 성격이 다르게 받아들여진 것으로 볼 수 있다. 실제 화자로 설정된 며느리나 여성이 바로 그 시점의 며느리나 여성이라기보다 그러한 과정을 모두 겪은 뒤에 지나온 삶을 반추하는 관점에서 진술하는 경우가 허다한 것이 사실이기 때문이다. 민요가 일과 함께 연행된다는 것이 일반적이기는 하지만 시와는 달리 공동의 공간에서 공유하는 특성을 지니기 때문에 이미 겪은 삶의 내용을 정리하는 방향으로 진술될 수 있는 것이다. 그러므로 조선후기에 여성에 대한 억압이 강해진다거나, 여성의 각성이 커지면서 여성의 노래가 크게 융성했다는 가설은 연구자의 시각으로 성립될 수 있을지라도, 경우에 따라서는 현실의 구체적 실상과는 일정한 거리가 있을 수 있다. 약자의 질곡은 어느 시대에나 사회의 모순 구조에서 발생하는 것으로, 때로는 며느리일 수도 있고 여성일 수도 있는 것이다. 오늘날 며느리의 위상이 높아지면서 오히려 시어머니가 약자의 자리에 서기도 한다. 그렇다면 시어머니의 질곡이 며느리 때문에 생긴 것이라고 해석할 수 있을까? 그것이 아니라면 며느리의 목소리로 발화되는 민요의 진술을 우리는 어떤 방향으로 이해해야 할 것인가? 윤동야의 〈용가〉를 읽으면서 이러한 의문을 해결하는 방안을 마련해보고자 한다.

앞에 제시한 바와 같이 〈용가〉는 절구 9수로 한역되어 있는데, 각 수를 민요의 각편이라고 볼 수 있어서 전부 9편의 각편으로 이루어진 노래로 정리할 수 있다. 그리고 하나의 각편으로 독립되어 있으면서, 아울러 각편이 서사의 연속성을 보이고 있기도 하여, 서사적 구성으로 파악할 수도 있다. 그리고 각편은 1·2구의 전반부와 3·4구의 후반부로 나눌 수 있고, 노래하는 방식은 앞에서 한 사설을 내고 뒤에서 이에 응수하는 호응(呼應)의 형태로 볼 수 있어서 호응창(呼應唱)[12]으로 규정할 수 있다.

이제 민요의 형태로 재구한 내용을 바탕으로 화자로 설정된 며느리 형상을 점검하고 며느리 형상을 포함한 민요 해석의 새로운 방향을 모색하고자 한다. 작품은 각각 첫 수, 둘째 수 등으로 이름을 붙인다.

첫 수는 물방아가 있는 부잣집에서 자란 화자가 가난한 집으로 시집가면서 디딜방아를 찧어야 하는 상황을 서술하고 있다. 앞부분은 부잣집에서 자라서 치장하는 것만 배웠다는 서술이고, 뒷부분은 일찍이 방아 찧기를 익히지 못한 것을 되돌아보는 진술이다. 물방아[水碓]는 물의 힘으로 돌아가는 것이니까 사람의 힘이 적게 드는 것이므로 미혼의 여성 화자가 참여하지 않아도 되지만, 여러 사람이 함께 참여해야 하는 디딜방아[舂]는 지속적으로 힘든 노역이 따르는 것이다. 그리고 부잣집/가난한 집의 대립이 나타나기는 하지만 대결의 구도로 설정하지는 않고 있다. 오히려 "일찍이 가난한 집 며느리가 될 줄 알았다면, 시집오기 전에 먼저 방아 찧기를

---

12) 呼應唱은 한 사람이 하나의 사설을 내면 거기에 맞게 응수한다는 것으로, 연행의 현장 및 노래의 성격까지 고려하여 설정한 개념이며, 교환창을 대치할 수 있는 방안으로 제시한 것이다. 최재남, 「조선후기 민요의 실상과 한시의 민풍 수용」, 『장르교섭과 고전시가』, 월인, 1999, 179면, 주 7) 참조.

배울 것을."이라고 하면서, 현실의 상황을 미리 이해하고 준비하지 못한 자신을 되돌아보고 있다. 이러한 화자의 태도는 대립적인 입장보다는 삶의 현실성에 주목하는 것으로 이해할 수 있다.

둘째 수는 방아 찧는 일의 어려움으로 전환하고 있다. 시누이로 추정되는 큰고모와 작은고모가 있어도 일에는 크게 도움이 되지 못하고 있음을 말하고 있다. 몸가짐만 가꾸는 작은고모는 절구방아[杵]에도 간여하지 아니하고, 병을 앓는 큰고모는 키질도 도와주지 못하는 것이다. 그런데 쌓아둔 곡식이라도 많다면 디딜방아 찧기가 어려워도 굶주리는 일은 없을 것이라고, 현실의 어려움을 아울러 말하고 있다. 방아 찧는 일도 제대로 하지 못하는데, 집안은 가난하여 저장한 곡식도 넉넉하지 않고 실제로 굶주림까지 걱정해야 하는 상황을 제시하고 있다. 둘째 수에서도 시누이[고모]/올케의 대립이 나타나기는 하지만 대결의 국면으로 전환되지는 않는다. 누가 누구의 편에 서 있다고 설명하는 일보다, 결국 시누이[고모]가 다시 다른 집의 며느리가 된다는 점에서 다시 한 번 삶의 현실성을 반추하게 하는 것이다. 부잣집 딸이 가난한 집 며느리가 될 수 있고, 가난한 집 딸이 부잣집 며느리가 될 수도 있는 길을 열어놓으면, 각자 처한 상황에서 어떻게 살아가야 할 것인지 하는 과제가 삶의 현실성으로 자리할 수 있는 것이다. 이미 첫째 수에서 화자는 물방아까지 있는 부잣집에서 몸가짐만 가꿔온 것이 아닌가? 나의 처지가 바뀐 것을 인식하면서 대립적인 위치에 있는 상대방의 처지도 늘 바뀔 수 있다는 것을 이해하면, 각기 구체적 현실에서 문제를 해결할 수 있는 방안도 함께 마련할 수 있을 것이기 때문이다.

셋째 수는 여러 사람이 저녁에 모여서 방아 찧는 일을 말하고 있다. 디딜방아의 특성상 세 사람 이상이 필요한데 이를 방아 찧을 동무[春伴]로 인식하고 저녁에 함께 모인 것이다. 디딜방아가 있는 집에 모여서 품앗이를 하는 것으로 볼 수도 있다. 세 사람이 모여서 두 사람은 방아다리 끝을 디디고 한 사람은 방아확에서 곡식을 쓿게 하는 것이다. 그러므로 세 사람

가운데 누구 한 사람이라도 빠지면 방아 찧기가 쉽지 않은 것이다. 두 사람이 디디다가 잠시 멈추고 방아확에서 곡식을 쏣거나, 한 사람이 힘겹게 방아다리를 디뎌야 할 것이기 때문이다. 무거운 방아라면 한 사람이 디디기에는 힘이 부칠 수도 있다. 하루 종일 여러 가지 힘든 일을 하다가 세 사람 이상의 협동 작업으로 저녁에 다시 방아 찧기까지 하는데, 긴 회랑에 밝은 달까지 비치고 있는 것이다. 방아 찧는 동작에 맞추어 방아 찧는 노래를 부를 수도 있고, 이런저런 이야기를 나눌 수도 있다. 일의 구체성과 함께 일에 바탕을 둔 노래와 이야기가 연행되는 현장을 제시하고 있는 셈이다.

넷째 수는 방아 찧기가 저녁뿐만 아니라 새벽에도 이루어지고 있는 경우를 말하고 있다. 여기에서도 부잣집 마님/여자 종의 대립이 제시되어 있다. 여자 종까지 둔 부잣집이라면 식구가 많을 수도 있다. 발가락이 천 개라는 것은 소와 양과 같이 네 발 달린 짐승처럼 매우 바쁘게 움직여야 한다는 뜻으로 보인다. 이른 새벽부터 방아를 찧어야 아침 끼니를 준비할 수 있기 때문에, 닭이 울자 일어나서 방아 찧을 곡식을 받으려는 것이다. 그런데 주인마님은 아직 잠자리에서 일어나지 않은 것이다. 화자는 "주인마님은 아직 일어나지 않았네."라고 말하는데, 이 부분을 이해하는 방향을 한 쪽으로 고정시키지 않고 열어 둘 필요가 있을 것이다. 주인마님의 게으름[편안함, 태평스러움]을 말하는 것일 수도 있고, 이와는 달리 여자 종의 부지런함[힘겨움, 책임감]을 말할 수도 있기 때문이다. 실제 화자로 설정된 여자 종은 제한된 시간에 방아 찧기를 마치고 아침밥까지 마련해야 하기 때문에 마음으로 조바심만 생기는 것이다. 만약 화자를 주인마님으로 돌려서 일찍 일어난 주인마님이, '여자 종은 아직 일어나지 않았네.'라고 말한다면 상황이 달라질 것이다. 부잣집 마님과 여자 종 사이의 대립 구도를 설정하면서도, 화자가 약자의 입장에서 발화함으로써 해석의 방향이 다양할 수 있도록 한 것이다. 민요가 보여줄 수 있는 해석의 가능성이 이러한 화자의 설정에서 새로운 길을 여는 것이다.

다섯째 수는 열심히 보리방아를 찧어 님을 맞이하여 푹 퍼지도록 물렁한 밥을 지어서 님과 함께 오순도순 먹는 자리에 관솔불이 환하게 비추고 있는 모습을 말하고 있다. 구태여 지적하자면 님/화자의 대립을 설정했다고 할 수도 있다. 방아 찧기가 결코 힘들고 괴로운 일이 아니라 건강한 일을 통하여 가족이 함께 기쁨을 누릴 수 있는 방향으로 전환하고 있음을 보여준다. 여름날 힘든 방아 찧기를 통하여 우리는 일상생활의 보람을 확인할 수 있는 것이다. 후반부의 "님이 만약 찧을 것이 없다면, 나를 도와 방아 찧는 것도 좋으리."에서는 두 가지로 해석할 수 있는 길을 열어두는 것이 좋을 것이다. 겉으로 드러난 뜻 그대로 나의 힘든 방아 찧기를 도와달라는 것이 그 하나이고, 다른 하나는 남녀 사이의 정사를 상징하는 것으로도 볼 수 있다. 전승되는 민요 가운데 이와 관련되는 방아타령[13]이 모내기 노래나 김매기 노래 등에서 널리 불리어지고 있는 것을 연상하게 한다. 실제 디딜방아를 포함한 방아 찧기 자체가 이러한 상상을 가능하게 하는 것이다. 방아 찧기에서 방아다리를 들었다 놓았다 하면서 방아공이가 방아확을 힘껏 때리면서 곡식의 낟알을 쓿게 되는데, 이러한 일의 행위가

---

13) 〈심청가〉에서 심봉사가 맹인 잔치에 참석하기 위해 황성으로 가는 길에서 여인네들과 수작하는 과정에 부르는 방아타령에서, "상사수로 만든 방아 연리지로 고를 박고, 월노 승 줄을 달아 망부석 깊은 확에 합환초를 많이 찧어, 각시님 봉사님이 밤낮으로 먹어보세."(『신재효 판소리사설집』, 민중서관, 1971, 241면)라고 하는 부분이나, 이어서 육담으로 "이내 몸 방아 되고, 주장군이 고가 되어 각시님네 ××확을 밤낮으로 찧었으면, 다른 물 아니 쳐도 보리방아 절로 익지"(위의 책, 241면)라고 한 대목에서 방아타령이 남녀간의 정사를 상징하거나 노골화하는 것으로 나타나고, 경북 예천 지역의 전승민요인 논매기노래의 방아타령에서 "장터골에 첩을 두고, 오호라 방해야. 첩으 집에 놀러가세, 오호라 방해야. 첩으 집에 놀러가니, 오호라 방해야. 첩은 이미 잠이 들고, 오호라 방해야. 나 오는 줄 모르는고, 오호라 방해야."(『한국민요대전 경상북도민요해설집』, 문화방송, 1995, 507면)와 같은 대목에서 이러한 상징적인 해석을 유추할 수 있다. 한편 정선아리랑에서 "정선읍네 물방아는 물을 안고 도는데, 우리집의 저 멍텅구리는 날 안고 돌 줄 모르네."라는 대목도 이러한 해석의 범주에 속하는 것이다.

위와 같은 상상으로 연결될 수 있도록 일상의 구체적인 일에서 언어적 진술이 자연스럽게 발화되는 것이다.

여섯째 수는 수확기의 차가운 날씨 때문에 늦벼가 패지 못하여 거둘 곡식이 풍성하지 못함을 서술한 것이다. 거둘 곡식이 풍성하지 못하면 방아 찧을 양식도 줄어들게 마련이다. 그리하여 후반부에서 화자는, "님의 밭은 볕을 향해 있는데, 한 섬에 열매가 몇 되일까?"라고 하면서 안타까움을 말하고 있다. 삶의 구체적 현실에 바탕을 두고 있기 때문에 이러한 진술이 자연스럽게 표출되는 것으로 볼 수 있다. 만약 방아 찧기를 괴로운 것으로만 받아들였다면, 힘든 방아 찧기가 줄어들 것이기에 오히려 신명이 나야 할 것이 아닌가? 그러나 화자는 차가운 날씨 때문에 수확량이 줄어들 것을 걱정하고 있는 것이다. 〈용가〉의 이러한 현실성은 민요를 이해하는 시각을 마련하는데 좋은 참조가 될 것이다. 표면적으로 내세운 대립이 대결 구도로 내닫지 않고, 서로의 입장을 아울러 살피면서 문제를 해결하는 방향을 찾고자 하는 것이다. 일에 바탕을 둔 민요를 이해하는 시각을 이런 방향에서 새롭게 설정할 필요가 있는 것이다.

일곱째 수는 흉년으로 논농사가 제대로 되지 않은 상황에서 밭에서 나는 곡식으로 방아를 찧어야하는 어려운 형편을 토로하고 있다. 1·2구의 전반부에서는 기장[黍]이 아직 익지 않았고, 차조[秫]를 찧자면 매우 바쁠 것이라고 말하고 있다. 기장을 찧는 것이라는 '용서(舂黍)'가 메뚜기와 같은 곤충을 뜻하기도 하기 때문에 1구는 "메뚜기는 아직 성숙하지 않았고"로 볼 수도 있을 것이다. 한편 후반부에서는 술만 좋아하는 늙은 시아버지를 향해서 봄에 먹을 양식이 없다고 말할 수 없다는 것이다. 양식도 모자라는데 술만 마시고 다니느냐고 말하는 것이 며느리의 도리가 아니라고 화자는 판단한 것이다. 여기에서 시아버지/며느리의 대립을 볼 수는 있지만, 화자인 며느리가 이미 내색을 하지 않고 있기 때문에 대결이나 갈등은 확인할 수 없는 셈이다.

여덟째 수는 늦가을의 다듬이소리, 베틀의 북소리를 아울러 말하면서 엄마를 부르면서 칭얼대는 아이에게 젖을 물리러 가는 모습을 형상화하고 있다. 1·2구의 전반부는 늦가을에 다듬이질을 하고, 베를 짜는 일의 현장과 우물가의 오동나무에는 밤비가 내리는 상황을 제시하고 있다. 한편 3·4구의 후반부에서는 "때때로 어머니를 찾으면서, 아이가 우니 또 젖을 먹이러 돌아가네."라고 하여, 방아 찧는 일에 몰두하면서도 보채는 아이까지 살피는 살뜰한 어머니의 모습을 그리고 있다. 어머니/아이의 대립은, 일하는 어머니와 우는 아이의 설정에서 드러나는 것처럼 일하는 어머니가 방아 찧는 일과 아이를 보살피는 일을 동시에 거뜬히 해결함으로써 갈등의 여지를 남기지 않고 있다. 오늘날의 입장에서 살피면 직장을 가지고 일을 하는 여성이 육아의 일까지 아울러 해결할 수 있는 방안을 제시한 것으로도 이해할 수 있다.

아홉째 수는 풍성하고 넉넉한 모습을 읽을 수 있다. 전반부는 소가 흰 송아지를 낳은 것과 누에가 누런 고치를 지은 것을 말하면서 농사에 대비할 소와 양잠의 풍성함에 흡족해하고 있다. 후반부는 달이 서쪽으로 기울도록 밤이 깊었지만, "방아거리는 많을수록 좋다."고 마무리하고 있다. 고된 일이지만 여섯째 수에서 수확이 줄어들 것을 걱정했던 것과 같은 맥락에서 화자의 긍정적인 태도를 드러내고 있다.

이상에서 살핀 바와 같이 윤동야의 〈용가〉는 디딜방아를 찧으면서 부른 연행현장의 민요를 수습한 것으로 인정할 수 있다. 그리고 노래하는 방식은 호응창으로 볼 수 있고, 호(呼)에 해당하는 각편의 전반부에서 현재의 상황이나 일의 진행 정도를 제시하고 응(應)에 해당하는 각편의 후반부에서 화자의 태도를 며느리로 분명히 하면서 대립 항을 설정하고 있다. 그러나 이러한 대립 항이 대결 구도나 갈등으로 확산시키지 않고 구체적 일을 바탕으로 연행의 현장에서 노래와 이야기, 또는 이야기를 포함한 노래로 엮으면서 문제 해결의 방향을 아울러 제시하고 있음을 알 수 있다.

첫째 수의 부잣집/가난한 집, 둘째 수의 시누이[고모]/올케, 넷째 수의 부잣집 마님/여자 종, 다섯째 수의 님/나[화자], 여섯째 수의 풍년/흉년, 일곱째 수의 시아버지/며느리, 여덟째 수의 어머니/아이 등이 모두 대립적인 것으로, 넓은 의미의 시집살이 노래에서 매우 중요한 주제소로 나타나는 것이고 시집살이 노래의 특성을 규정하는 요소로 제시되는 것들이다. 그런데 이미 위에서 살펴본 바와 같이 실제 윤동야의 〈용가〉에서는 대립 항의 설정과 문제 해결의 방향이 매우 긍정적인 시각에서 출발한다. 대립 항의 상대편을 아우르면서 구체적인 현실에서 문제를 풀어나가는 태도를 주목할 수 있다. 이러한 태도는 며느리를 형상화하면서 시집살이의 삶을 제시하는 민요를 해석할 수 있는 새로운 준거로 제기할 수 있는 부분이다. 어느 한 쪽으로 기울지 아니하고 대립적인 성격을 지니는 양쪽을 아울러 이해하면서 어려움을 해결하려는 화자의 자세를 있는 그대로 받아들이면서 연구자의 시각을 정돈할 필요가 있을 것이다.

민요의 연행에서 연행 현장을 염두에 둘 때 말하는 사람의 입장을 중요하게 인식하여 화자를 설정하면서도, 연행 현장에서 듣는 사람의 입장까지 아울러 배려하고, 연행 현장에는 참여하지 않아도 화자의 상대로 설정된 대상까지도 염두에 두는 것으로 이해할 수 있다. 그러므로 며느리를 화자로 설정한 경우라고 하더라고 며느리가 겪고 있는 삶과 현실을 그 자리에서 며느리의 목소리 그대로 진술하는 것이 아니라, 이미 며느리의 삶을 겪은 유경험자의 입장에서 여과시킬 것은 여과시키고 상대까지 아우르는 방향으로 정리하는 것이다. 시인은 시적 진술을 통해 그 자리에 다시 서지 않아도 될 수 있지만, 민요를 노래하는 사람은 자신이 노래한 그 현장에서 다른 사람들과 함께 다시 일상의 삶을 이어가야 하기 때문이다.

3. 〈용가〉의 전통과 지역 민요의 수용

〈용가〉는 '상저가(相杵歌)', '방아타령' 등의 이름으로 불리면서 오랜 전통을 가지고 있는 것이다. 백결(百結)이 지었다는 〈대악(碓樂)〉, 운반노동요인 향가 〈풍요(風謠)〉가 고려시대까지 경주 지역에서 용상(舂相) 때에 이용되고 있다는 『삼국유사』의 기록, 그리고 고려가요인 〈상저가(相杵歌)〉등이 이러한 전통을 반증하는 것이다. 일노래로서 방아타령은 일의 성격과 밀접하게 관련되어 있으면서, 나아가 하나의 일노래의 선율로 인식되면서 다른 일을 하는 과정에서도 널리 불리어지고 있는 것이다. 이미 이러한 특성은 기존의 연구14)에서 제기된 것이기도 하다.

그런데 본고에서 다루는 윤동야의 〈용가〉는 윤동야가 거주했던 거창 지역에서 전승되는 민요를 수습한 것이라는 점에서 거창 지역을 포함하여 각 지역에 전승되는 방아 찧기 노래의 전통 속에서 그 위상을 밝히고자한다.

윤동야의 〈용가〉의 내포와 밀접한 관련을 가지는 것으로 우선 정온(鄭蘊, 1569~1641)의 〈빈녀음(貧女吟)〉과 〈춘녀저가(村女杵歌)〉(『桐溪集』 권1)를 확인할 수 있다. 윤동야의 6대조인 윤시남이 정온과 교유하였고, 지역적으로 거창의 용산(龍山)이라는 같은 지역적 기반을 가지고 있었으며, 실제 윤동야가 정온의 행적에 대해 적극적으로 관심을 보였고 유적을 복원하려고 했던 태도15)에서 이 두 작품을 익히 알고 있었을 것으로 추정할 수 있다.

---

14) 이경수, 「노동요로서의 〈풍요〉」, 『한국고전시가작품론』, 집문당, 1992, 45~53면; 조해숙, 「〈상저가〉의 의미구조 분석」, 『한국고전시가작품론』, 집문당, 1992, 219~227면 참조.

15) 尹東野의 〈龍泉精舍重建韻〉(권1), 〈龍泉四友韻〉(권1), 〈題某里〉(권1), 〈花葉樓敬次先生韻〉(권1)〈龍泉復田事實〉(권5), 〈通鄕士林文〉(권5), 〈龍泉精舍開基祝文〉(권6) 등이 鄭蘊의 遺墟와 관련된 것이다. 그리고 〈答朴國楨 天〉(권4)에서는 윤동야가 〈花葉樓敬次先生韻〉(권1)라고 차운한 동계의 〈書崇禎十年曆書〉(『桐溪集』 권1)을 근거로 桐溪의 만년 행적에 대해 자세하게 변증하고 있다.

우선 〈빈녀음〉을 보도록 한다.

> 흰 비단옷을 입은 가난한 여자가 몸가짐은 하지 않고
> 등불 아래에서 바늘을 가지고 보봉(補縫)만 일삼네.
> 밤이 깊어서야 옷도 벗지 않고 잠시 잠을 자고는
> 이튿날 아침에 조를 빌려 또 혼자 방아를 찧네.
> 縞衣貧女不爲容　燈下持針事補縫
> 夜久假眠衣不解　明朝貸粟又孤舂

기구의 "몸가짐은 하지 않고(不爲容)"라는 대목이 윤동야의 〈용가〉 첫째 수의 "몸가짐만 배웠네(但習容)"을 연상하는 것이어서, 부잣집 여자와 가난한 집 여자의 모습을 견주는데 몸가짐을 기준으로 삼음을 알 수 있고, 결구의 "또 혼자 방아를 찧네(又孤舂)"라는 대목이 〈용가〉의 방아 찧기와 연결될 수 있어서, 시적 발상에서 공통성을 지적할 수 있다.

다음은 〈촌녀저가〉이다. 이 시는 제주도에서 귀양살이를 하면서 지은 것으로, 제주도에 널리 분포하는 맷돌·방아노래16)를 듣고 선율과 가창 방식을 아울러 제시한 것이다.

> 이곳 풍속에 용착(舂鑿)이 없어서
> 마을의 여자가 절구를 안고 노래하네.
> 높고 낮음에 곡조가 있는 것 같고
> 끊김과 이어짐이 창화(唱和)하는 듯하네.
> 이해하고자 하면 반드시 번역에 기대야 하는데
> 자주 들으니 점점 우습지 않네.
> 쓸쓸한 새벽 달빛 아래에

---

16) 김영돈, 「제주도민요 맷돌·방아노래」, 『국어국문학』 82, 국어국문학회, 1980 참조.
　　제주도 민요의 5할 이상, 노동요의 7할 이상이 '맷돌·방아노래'로 나타난다고 보고하고
　　있다.

먼 곳에서 온 나그네는 살쩍이 먼저 하얘지네.
土俗無舂鑿　村娥抱杵歌　高低如有調　斷續似相和
欲解須憑譯　頻聞漸不呵　凄凉曉月下　遠客鬢先皤

　정온은 46세인 광해군 6년(1614)에 영창대군이 강화에서 죽임을 당한 것에 분개하여 상소를 올렸다가, 제주의 대정현으로 유배[17]되어 55세인 인조 1년(1623)에 해배될 때까지 10여 년간 제주에서 지냈는데, 이 시절에 제주의 민요인 방아노래를 듣고 디딜방아인 용(舂)과 절구방아인 저(杵)의 차이까지 관찰하면서 저가(杵歌)의 성격을 기술한 것이다.

　한편 윤동야가 교유한 인물 가운데 두와 최흥벽(蠹窩 崔興璧, 1739~1812)의 〈대악(碓樂)〉(『蠹窩集』 권2)과 제암 정상리(制庵 鄭象履, 1774~1848)의 〈수대(水碓)〉(『制庵集』 권1) 두 편은 용가의 전승과 관련하여 참조할 수 있는 작품이다.

　최흥벽의 〈대악(碓樂)〉은 신라 때에 백결이 지은 〈대악(碓樂)〉을 염두에 두고 지은 악부시인데 고시의 형태를 취하고 있으며, 낙빈(樂貧)을 핵심으로 하고 있다. 분량이 많기 때문에 중간 중간 일부분씩 인용하면서 그 성격을 살피도록 한다.

　　(상략)
　　날씨가 차가운 세모에 낭산의 집에서
　　무슨 일로 선생은 거문고로 〈대악〉을 지었는가?
　　선생은 집안이 가난하여 백 번 기운 옷을 입고
　　오직 오래된 오동나무 하나를 벌렸네.
　　(上略)
　　天寒歲暮狼山宅　何事先生琴作碓
　　先生家貧衣百結　惟有一張古桐

---

17) 許穆, 「桐溪先生行狀」, 『桐溪集』 「부록」 권1.

(중략)

선생은 다만 거문고 속에서 흥취를 얻어

처와 자식이 굶주리고 추위에 떨어도 도리어 뉘우치지 않네.

녹문(鹿門)에서 덕공의 따비를 잡지 아니하고

등교(滕郊)에서는 허생의 쟁기를 지지 않았네.

(中略)

先生只得琴中趣　妻子飢寒還不悔

鹿門未把德公耟　滕郊未負許行耒

山妻亦解先生意　不曾庭中立而誶

練裳布？不揵脛　手折梅花頭上戴

日聽鼓琴和且樂　膚栗腹枵猶能耐

(중략)

오늘 저녁은 어떤 저녁이기에 해가 간다고 이르는가?

네 이웃의 다듬이 소리가 시끄러워 우레가 문을 치듯 하네.

동쪽 이웃은 기장을 찧어서 몇 말을 담고

서쪽 이웃은 벼를 찧어서 몇 부대를 채우네.

높은 집의 어린 여종은 쪽을 높게 틀고

부자 마을의 아리따운 미인은 패옥을 울리네.

동무를 부르고 벗을 불러 노래하며 방아를 찧으니

이에 섣달이 지금 곧 그믐이 된다네.

앞마을과 뒷마을에서 소리가 들리니

갑자기 나로 하여금 마음이 괴롭게 하네.

(中略)

今夕何夕歲云徂　四隣砧聲喧喧雷門摑

東隣春黍容幾斗　西隣春稻充幾袋

貴家小婢高了髻　富里佳娥鳴環佩

呼伴喚友歌且春　云是臘月今將晦

前村後村聲相聞　忽然使我心如痗

(중략)
방아를 찧는 큰 소리가 거리에 요동하니
은은함이 꼭 골짜기의 샘물이 떨어지는 듯하네.
폭포가 콸콸 쏟아지니 완연히 빠른데
여울 아래의 석태(石埭)는 처음에 선녀인가 의심되네.
절구를 씻으니 천태의 정수리가 또 놀라고
옥토끼가 금빛두꺼비 뒤에서 약을 찧네.
내 방아는 본래 당시 사람들과 달라서
기장도 아니고 벼도 아니고 오직 이슬 기운이라네.
(중략)
春容大聲動闤闠　殷殷恰似幽泉落
水簾錮錮宛如急　瀧下石埭初疑仙女
洗臼天台頂更訝　玉免搗藥金蝦背
我舂自與時人異　非黍非稻惟沆瀣

(중략)
가난한 집에 어찌 일찍이 이런 소리가 있었으랴?
울타리 구멍에서 자던 개가 놀라 일어나 짖네.
선생이 가난함을 즐김은 거푸집에 잡초가 우거짐이요
선생이 도를 지킴은 석조래(石徂徠)라.
(中略)
貧家何曾有此聲　籬竇眠犬驚起吠
先生樂貧范萊蕪　先生守道石徂徠

(중략)
한 곡조 남은 악보가 악부에 남아서
동도의 옛 풍속이 천 년이나 전하네
나 또한 백결 선생의 무리라서
거문고가 없어도 다만 시신(詩神)을 향해 강신 술을 따르네.
세시의 행락이 옛날과 지금이 달라

관풍채속(觀風採俗)에 미치지 아니함을 탄식하네.
홀로 서산의 한 줌 띠에 기대어
입으로 상성을 내뱉으니 대지가 시끄럽네.
(中略)
一曲遺譜留樂府　東都古俗傳千載
我亦百結先生流　無琴只向詩神酹
歲時行樂殊今古　觀風採俗嗟不逮
獨依西山一把茅　口出商聲喧大塊

　신라시대에 백결 선생이 가난하게 살면서도 〈대악〉을 지어서 가난함을
즐겼던 생활을 바탕으로, 거문고를 타면서 음악을 연주하는 느긋한 삶과
한 해를 마무리하는 세모에 마을의 사람들이 모여서 노래를 부르면서 방
아 찧기를 하는 내용을 형상화하고 있다. 전체적인 맥락에서 시적 자아의
태도를 분명하게 설정하였기 때문에, 갈등이나 대결 구도는 내부적으로
잠재되어 있지만 표면적으로는 드러나지 않는다. 시적 자아 스스로 누더
기를 걸치고 사는 삶이기 때문에, 굶주리고 추위에 떠는 처자식이 대립
구도로 발전할 수 없게 구성한 것이다. 이어지는 내용에서도 이미 설정한
낙빈(樂貧)을 부연하여 제시하고 있고, 구체적으로 지적하고 있기도 하다.
　정상리의 〈수대(水碓)〉는 7언 절구로 된 한시이다.

　　높았다 낮았다 공이의 형세는 물에 의지하고
　　구슬 같은 낟알의 쓿은 빛은 갑자기 같아지네.
　　고요히 선 푸른 산이 도리어 메아리로 답하는데
　　찼다가 비는 소식은 그 가운데에 통하네.
　　高低杵勢藉壬公　玉粒精光造次同
　　靜立靑山還響答　盈虛消息箇中通

　이 시는 물레방아를 이용하여 곡식을 찧는 일을 다루고 있다. 이미 〈용

가〉에서 살핀 바와 같이 물레방아는 물을 이용하여 곡식을 찧는 것이기 때문에 생활에 여유가 있는 부잣집 사람들의 삶이라 할 수 있다. 직접 디디고 찧어야 하는 디딜방아와 절구방아와는 거리가 있는 것이다. 지형의 높낮이를 이용하여 물레방아를 이용하는 지역적인 특성도 내포하고 있는 것으로 파악된다.

그리고 〈박유봉국회서(朴儒峰菊會序)〉(권5)에서 확인할 수 있는 바와 같이, 윤동야가 살고 있는 곳에서 동쪽으로 이십 리쯤 되는 곳에 있는 박유봉에서 중구일에 범국(泛菊)의 모임을 가지면서 네 방향의 학문적 연원을 말하고 있는데, 동쪽으로 한훤당 김굉필·일두 정여창을, 남쪽으로 두류산의 남명 조식을, 북쪽으로 가야산의 한강 정구를, 서쪽으로 덕유산의 갈천 임훈·동계 정온을 각각 지목하고 있다.[18] 이것은 52세인 순조 8년(1808) 중양일에 박유봉에서 경암 이상조(警庵 李尙朝)·호은 윤목(壺隱 尹楘)·서고 이동태(西皐 李東泰)·이기호(李基鎬)·이동림(李東林)·이수권(李壽權)·윤규(尹槼)·박경승(朴慶昇) 등과 함께 아홉 사람이 함께 모임을 가진 자리였다.[19]

4. 소결

윤동야의 〈용가〉는 18~19세기 경상도 거창 지역에서 전승되던 민요인 방아 찧기 노래를 수습하여 5언 절구 9수로 한역한 것으로, 조선후기 민요의 실상을 확인하고 화자로 설정된 며느리의 형상을 점검하면서 화자의 태도를 바탕으로 민요를 새롭게 해석하는 데에 중요한 자료로 확인되었다.

〈용가〉에서 여성 화자로 며느리를 설정하여 시누이·시아버지 등의 대

---

18) 〈朴儒峰菊會序〉(권5).
　　又況環峰而森立者 其北則寒岡之伽倻耶 其南則南冥之頭流也 寒暄一蠹之吾道在其東 葛川桐溪之德裕峙其西 彼諸先生皆壁立千仞 有可以撑天地亘古今者 又其特玆峰而已哉
19) 〈儒峰菊會題名記〉(권5) 참조.

립 항을 상정하기는 하였지만, 대결 구도나 갈등으로 확산시키지 않고, 구체적인 현실의 축에 바탕을 두고 상대의 입장까지 배려하면서 문제를 해결하는 방향으로 정리하고 있음을 알 수 있었다. 이러한 시각은 민요의 연행에서 연행 현장을 염두에 두고 말하는 사람의 입장을 중요하게 인식하여 화자를 설정하면서도, 연행 현장에서 듣는 사람의 입장까지 아울러 배려하고, 연행 현장에는 참여하지 않아도 화자의 상대로 설정된 대상까지도 염두에 두는 것으로 해석할 수 있다. 〈용가〉의 이러한 특성이 민요의 화자에 대한 새로운 해석을 내릴 수 있는 길을 여는 것으로 볼 수 있다.

한편 18~19세기 경상도 거창 지역의 전승민요에 기반을 둔 〈용가〉는 이미 같은 지역에서 다른 사람들이 관심을 표명했던 한시나 민요의 수용과 밀접한 관련을 가지는 것으로 확인되는데, 정온의 〈빈녀음〉이나 〈촌녀저가〉를 비롯하여 최흥벽의 〈대악〉과 정상리의 〈수대〉 등이 이러한 연관성을 보증하는 것이다. 따라서 각 지역에 바탕을 둔 민요와 한시의 관련에 대한 지속적인 연구가 조선후기 민요의 실상을 밝히고 그 관련성을 해명하는 데 매우 긴요한 과제임을 알 수 있게 된 것이다.

『조선후기 시가와 여성』(2005)

VI
윤동야의 〈앙가〉의 구성과 모내기 노래의 수용 양상

1. 서언

　윤동야(尹東野, 1757~1827)의 〈앙가구절(秧歌九絶)〉[1]은 모내기 노래를 포함하여 모내기와 관련한 삶의 현장을 5언 절구로 형상화한 것인데, 18~19세기 경상도 거창(居昌) 지역에서 연행되던 민요에 주목하고 있다. 모내기의 현장과 그 풍속을 반영하고 있어서 악부(樂府)로서 기속악부(紀俗樂府)[2]에 해당한다. 이와 함께 같은 작가가 방아 찧기와 며느리의 시집살이를 형상화한 〈용가구절(春歌九絶)〉을 통하여 여성 화자를 등장시켜 그들의 삶의 모습과 태도를 매우 현실적으로 제시하고 있는 것[3]과 견줄 수 있다.

　〈앙가〉와 〈용가〉를 남긴 윤동야는 조선 후기 거창 지역의 재야 학자로 본관은 파평, 자는 성교(聖郊), 호는 소심(小心), 또는 현화(弦窩)이다. 조상

---

　1) 尹東野, 『弦窩集』 권1, 최재남, 「조선후기 민요의 실상과 한시의 민풍 수용」, 『장르교섭과 고전시가』, 월인, 1999, 202~204면 참조. 이하 〈앙가〉로 약칭한다.
　2) 김영숙, 「조선후기 악부의 유형적 성격」, 『어문학』 44·45, 어문학회, 1984, 황위주, 「조선후기 악부시 연구」, 고려대학교 박사학위논문, 1989; 박혜숙, 「형성기의 한국악부시연구」, 서울대학교 박사학위논문, 1989; 김명순, 「기속시의 성격과 조선후기의 양상」, 『동방한문학』 33, 동방한문학회, 2007 등 참조.
　3) 최재남, 「윤동야의 〈용가〉와 며느리 형상의 해석 방향」, 『조선후기 시가와 여성』, 월인, 2005, 413~434면.

때부터 거창·안의(安義) 지역에 기반을 가지게 되었고, 그는 백불암 최흥원(百弗庵 崔興遠, 1705~1786), 입재 정종로(立齋 鄭宗魯, 1738~1816), 묵헌 이만운(黙軒 李萬運, 1736~?) 등 당시 영남의 대학자들의 문하에 나아가 수업하면서 지암 이동항(遲庵 李東沆, 1736~1804), 두와 최흥벽(蠹窩 崔興璧, 1739~1812), 지애 정위(芝厓 鄭煒, 1740~1811), 제암 정상리(制庵 鄭象履, 1774~1848) 등과 평생 도의로 사귀게 되어 학문과 문장으로 이름을 떨치기도 하였다. 윤동야는 선조가 장구(杖屨)의 공간으로 삼았던 심소대에 심소정(心蘇亭)을 중건하고 그곳을 장수(藏修)의 공간으로 삼아 강호의 삶을 누리며 지냈다.4)

윤동야의 〈앙가〉는 5언 절구 9수로 구성되어 있는데, 1·2구를 전반부로 다음 3·4구를 후반부로 나눌 수 있다. 번역을 앞에 제시하고 원시는 뒤에 둔다. 각 작품은 독립되어 있으면서, 전체가 연쇄적인 구성을 보이는 것으로 파악할 수 있다.

> 사람들이 모내기 때가 힘들다고 말하는데
> 나는 모내기 때가 좋아서 아끼네.
> 오늘에 이 일을 하지 않으면
> 보리가 떨어지면 어찌 벼를 회복하랴?
> 人道秧時苦　我愛秧時好　此日不爲此　麥盡那復稻
>
> 그대는 〈채련곡〉을 부르지 않고
> 나는 〈절류사〉를 알지 못하네.
> 옛날과 지금의 모든 악부 중에서
> 이 노래가 마땅히 첫머리가 되리.
> 君不歌采蓮　儂不知折柳　古今諸樂府　此曲當爲首

---

4) 윤동야의 행적과 교유 관계 등은 『弦窩集』에 부록으로 수록된 〈行狀〉과 최재남, 「윤동야의 〈용가〉와 며느리 형상의 해석 방향」, 『조선후기 시가와 여성』, 월인, 2005, 415~416면 참조.

중년 부인은 고조(古調)에 능하고
젊은 아낙은 시성(時聲)을 잘하네.
농서를 누가 다시 가리랴?
빈송(邠頌)은 절로 이루어졌네.
中婦能古調　小娃善時聲　農書誰復探　邠頌自然成

꽃부리5)에 흰 모시옷을 입은 낭자가
쪽을 높게 하고 패옥을 울리네.
젊은 시절에 손가락을 움직이지 않다가
늘그막에 바야흐로 스스로 뉘우치리.
花房白苧娘　高髻鳴環佩　靑春不動指　老來方自悔

뭇 일꾼들은 늘어선 기러기와 같고
주인은 도는 갈매기와 같네.
봄빛과 물빛이
손을 따라 태평을 그리네.
羣傭如鴈序　主翁似鷗行　春光與水色　隨手畵太平

권농관6)이 고을에서 나와서
의기양양하게 밭두둑에 올라 부르짖네.
관가에서 비를 빌고 돌아오면
내년에는 마땅히 곳집의 구실이 넉넉하리.
田畯自郡府　揚揚登隴呼　官家祈雨返　明當給倉租

들밥을 인 아낙이 한낮에 이르러서
밥덩이를 전신(田神)에게 보내네.
수북이 담아 더 드시기를 청하면서

------

5) 花房은 花冠이다.
6) 田畯은 周代에 농사의 감독을 맡은 벼슬아치이다.

일꾼 대접을 손님 대접하듯 하네.

饁婦趁午至　塊飯餉田神　有餱請加進　待傭如待賓

제사는 나의 조상을 위한 것이요

조세는 우리 임금을 위한 것이네.

이 마음이 확실히 좋으니

하늘이 반드시 풍년을 주시리.

祭祀爲吾祖　租稅爲吾王　此心良已好　天必錫穰穰

그대 모는 언제 심으려는가?

우리 모는 내일 꽂으려 하네.

이웃 농가가 서로 거리끼지 않으니

이 일에 자못 법도가 있다네.

君秧欲何日　我秧明將揷　隣農不相妨　此事頗有法

－ (尹東野, 『弦窩集』 권1)[7]

　　우선 9수를 일별하면 19세기 초반 경상도 거창 지역의 모내기 노래의 특성을 일정하게 반영하고 있음을 알 수 있고, 아울러 화자의 태도를 통해서 대결이나 갈등을 드러내는 것보다 조화로운 삶의 자세를 지향하고 있다고 지적할 수 있다.

　　이 글은 윤동야의 〈앙가〉가 모내기 노래를 포함한 모내기 현장의 삶의 모습을 형상화한 것으로 파악하고, 2장에서 〈앙가〉의 구성적 특성과 시를 해석하는 방향을 논의하고, 3장에서 악부시로서 〈앙가〉가 지닌 성격과 지역 민요의 수용 양상을 점검하면서, 후대에 같은 거창 지역에서 윤동야의 〈앙가〉가 전승된 양상을 살피고, 아울러 〈용가〉와 견주어서 〈앙가〉가 지향하는 태도를 살피는 순서로 진행하고자 한다.

7) 이 자료는 최재남 외, 『조선후기 민요자료 정리와 분류』, 보고사, 2008에 1-02-02-04로 수록되어 있다.

2. 〈앙가〉의 구성적 특성과 시 해석의 방향

〈앙가〉 9수는 모내기의 과정과 실제 일의 현장의 모습을 형상화하고 있다. 여성이 모내기에 참여하여 일노래를 부르고 있음을 알 수 있고, 노래의 가락도 '고조(古調)'와 '시성(時聲)'으로 다르게 인식하고 있어서 가락이나 사설의 변화가 나타나고 있었던 현실적 상황을 주목하고 있음을 알 수 있다.

5언 절구 9수로 구성된 〈앙가〉는 각 작품이 독립되었으나, 전체 작품에 흐르는 기조는 같은 방향성을 띠고 있다. 이제 〈앙가〉의 구성적 특성과 모내기 현장의 삶의 모습을 환기하면서 시를 해석하는 방향을 모색하도록 한다.

예시한 첫째 수에서는 1·2구에서 '사람들(人)'과 '나(我)'를 견주어서 '괴로움(苦)'과 '좋음(好)'을 대비시키고 있다. 사람들이 모내기가 힘들다고 말하는데, 나는 좋다고 생각한다는 것이다. 모내기는 고개를 숙이고 지속적으로 손을 움직여야 하는 노동이라 매우 괴로운 일임에 틀림없는데, 화자는 이 일을 즐거운 일로 받아들이고 있다. 건강한 노동에 대한 화자의 시각이라고 할 수 있다. 이러한 긍정적 시각이 힘든 노동을 즐거운 일로 만들 수 있는 것이다. 그런데 화자는 그 이유를 3·4구에서, '보리[麥]'와 '벼[稻]'의 대비를 통하여, 여름에 거둔 보리 양식이 다 떨어질 때쯤인 가을에 벼를 거두어 양식(糧食)을 마련할 수 있기 때문이라고 밝히고 있다. 겨울이 가까워지면 가을에 거둔 벼로 겨울 양식을 삼을 수 있을 터이니, 겨울 양식을 준비하는 모내기가 즐거운 일이라고 본 것이다. 현재 눈앞에서 내 몸에 닥치는 힘겨움보다 다가올 미래를 준비하는 자세가 놓여 있다. 농사의 근본을 미래에 대한 준비라고 여기면서 현실의 괴로움을 받아들이려는 자세인 셈이다.

둘째 수에서는 1·2구에서 〈앙가〉를 〈채련곡〉과 〈절류사〉에 견주면서, 〈앙가〉가 악부의 첫머리가 될 것이라고 자부하고 있다. 〈채련곡〉은 악부상화가사(相和歌辭) 중 청상곡사(淸商曲辭)의 하나로, 송(宋) 곽무천(郭茂倩)의 『악부시집(樂府詩集)』에 따르면 "강남에서는 연꽃을 딸 수 있나니, 연잎은 얼마나 빽빽한가?(江南可採蓮 蓮葉何田田)"라는 구절로 시작되는 한대(漢代) 의 〈강남곡(江南曲)〉에 근원을 둔 것인데, 양(梁) 무제(武帝)의 〈강남롱(江南弄)〉 이후 〈채련곡(採蓮曲)〉·〈채릉곡(採菱曲)〉 등의 제목으로 된 무수한 작품이 지어졌으며, 주로 남녀 사이의 애정을 내용으로 하고 있다.8) 한편 〈절류사〉는 버들의 가지를 꺾어주는 것으로 석별의 정을 읊은 것이며, 한편 악부 횡취곡에 속하며 일명 〈절양류〉로 부르는 것은 무기와 갑주의 신고를 읊은 것이다.9) 그대는 남녀 사이의 애정을 노래한 〈채련곡〉을 부르지 않고, 나는 석별의 정을 담은 〈절류사〉도 알지 못한다고 하고 있다. 이러한 진술은 모내기 노래에는 연밥 따는 노래도 있을 수 있고, 이별의 정을 다룬 것도 있지만 모두 악부의 본령에 해당하지 않는다고 본 것이다. 그리하여 3·4구에서 지금 부르고 있는 이 〈앙가〉가 고악부와 현 악부를 통틀어 첫머리를 차지할 것이라고 자부하고 있는 것이다. 악부는 원래 한대에 가사·악률을 제정하기 위하여 설치한 관청이지만 그 이후 노래로 부를 수 있는 시가(詩歌)를 지칭하게 된 것인데, 그러한 시가 중에서 〈앙가〉가 첫머리를 차지하게 되면 노래의 중심에 놓이게 된다는 뜻이다. 한 나라의 악부와 그 후대의 악부와는 변별되는 모내기와 관련한 〈앙가〉의 독자 영역을 설정한 셈이다.10) 민요가 악부의 중심이 된다는 것은 노래로서의 민요가 악부의 본령에 해당한다고 인식한 것이다. 표현에 있어서도 1·2구에서 '그대[君]'와 '나[儂]'의 대비를 통하여 악부 〈채련곡〉과 〈절류사〉를 제시하고 있고, 3·4구에서는 '이 노래[此曲]'가 내면을 드러내는 데

---

8) 『樂府詩集』「淸商曲」〈採蓮曲〉
9) 『樂府詩集』「橫吹曲」〈折楊柳〉
10) 민요를 채록하여 정리한 자료집에서 남성노동요로서 모내기 노래를 첫머리에 수록한 것은 윤동야의 태도와 견줄 때 흥미로운 일치라고 할 수 있다.

에 있어서 '첫머리[首]'가 될 것이라고 확신하고 있는 것이다.

셋째 수는 모내기 노래가 울려 퍼지는 현장을 제시하면서 곡조의 변화까지 말하고 있다. 여기에서 우선 주목할 수 있는 것이 화자로 등장한 중년 부인과 젊은 아낙에서 보듯 모내기 현장에 여성이 일꾼으로 참여하고 있다는 점이다. 보통 모내기는 남성들이 맡는 일이고, 이들이 모내기 노래를 부르는 것이라고 알려져 있는데[11], 여성 일꾼이 모내기에 참여하고 이들이 서로 다른 곡조로 노래를 부른다는 것은 매우 중요한 발견이라고 할 수 있다. 지역에 따라 여성들도 모내기에 참여하거나 오히려 주도적으로 모내기 노래를 부르고 있다는 점을 지적할 수 있기 때문이다. 그리고 1·2구에서 '중년 부인[中婦]'과 '젊은 아낙[小娃]'의 대비는 인물의 대비이면서 시간의 변화까지 내포한 견주기에 해당한다. 이들이 부르는 노래가 각각 '옛 가락[古調]'과 '당시 소리[時聲]'이기 때문이다. 시간의 추이에 따라 또 민요 담당층의 나이에 따라서 곡조와 음성에 변화가 일어나고 있음을 인정하는 진술이다. 이러한 변화가 한 지역에서 일어나는 변화인지 모내기 노래의 전파 등으로 지역이 달라지면서 일어난 변화인지에 대하여 세심한 검증이 필요할 것이다. 그런데 3·4구에서는 『농서(農書)』와 「빈송(邠頌)」을 견주면서 농사에 대한 전래적인 관심을 환기하고 있다. 농사에 유용한 『농서(農書)』를 가리는 일과 농사에 대해 읊은 「빈풍(豳風)」〈칠월(七月)〉의 성격을 제시한 것인데, 실제 농사일이 『농서(農書)』에 근거하여 계획하고 수행하는 것보다, 각 나라의 민요인 풍(風)을 모은 것이 『시경』의 노래라는 점을 환기하면, 의도하여 만들지 않고 절로 이루어진 「빈풍(豳風)」〈칠월〉처럼 일노래인 모내기 노래를 부르면서 즐겁게 하는 것이 순리에 해당한다고 본 것이다.[12]

---

11) 고정옥, 『조선민요연구』, 수선사, 1949, 108면.

12) 윤동야는 〈次權松溪春興詩三十章〉(『弦窩集』 권1)의 스물둘째 수의 수련에서 "앉아서 빈시 칠월장을 외노라니, 농촌의 빼어난 즐거움이 이 중에서 길어지네.(坐誦邠詩七月

넷째 수에서는 화려하게 치장을 한 낭자를 등장시켜 젊은 날에 일을 하지 않고 살아가는 사람을 경계하고 있다. 이 부분은 윤동야가 〈용가〉의 첫째 수와 둘째 수에서 몸가짐만 하면서 일을 제대로 배우지 않은 화자가 자신을 돌아보게 했던 것[13]과 같은 맥락이라고 할 수 있다. 이미 대립적인 입장보다 삶의 현실성에 주목한 것이라고 지적한 바와 같이 스스로 깨닫게 될 것으로 보고 있다. 1·2구에서 머리에 화관을 하고 하얀 모시옷을 입고 쪽을 높이고 패옥을 울리고 산 사람이라면 농사일에 참여하지 않은 사람인데, 좀 더 확장된 해석을 하자면 부잣집 여성으로 볼 수 있을 것이다. 그런데 3·4구에서 그 화자가 자신을 돌아보면서 젊은 날에 열심히 일하지 않은 것을 뉘우칠 것이라고 한다. 윤동야는 〈앙가〉에서 모내기에 직접 참여하는 여성 화자를 등장시켜서 미래에 일어날지도 모르는 상황에 대한 대비책을 마련하고 있는데, 이미 〈용가〉에서 자신을 돌아보게 했던 방식으로, 건강한 노동에 대한 면려와 앞으로 다가올지도 모르는 어려운 상황에 대해 준비하고 있다고 평가할 수 있다.

다섯째 수에서는 모내기 현장의 모습을 그리고 있다. 1·2구에서 '뭇 일꾼[羣傭]'과 '주인[主翁]'을 등장시켜 '늘어선 기러기[雁序]'와 '도는 갈매기[鷗行]'에 견주고 있다. 뭇 일꾼들은 기러기가 줄을 지어 나는 것처럼 가지런하게 일을 하고 있으며, 주인은 빙글빙글 도는 갈매기와 같이 이곳저곳 다니면서 모내기의 뒷수발을 하고 있다고 본 것이다. 기러기가 줄을 지어 날아가는 모습을 일꾼에 견주고 갈매기가 이리저리 나는 모습을 주인에 견준 것은 기러기의 생태와 갈매기의 생태를 견준 것이라, 표면적으로 일꾼의 일사불란함과 주인의 느긋함을 대비시킨 것이다. 그런데 일꾼과 주인을 기러기와 갈매기에 견주어 대립적으로 설정하기는 하였지만 대결

章 田村逸樂此中長)"라고 하여 〈칠월〉의 성격을 '逸樂'으로 이해하고 있다.

13) 최재남, 「윤동야의 〈용가〉와 며느리 형상의 해석 방향」, 『조선후기 시가와 여성』, 월인, 2005, 420면.

구도로 끌고 가지는 않는다. 일꾼들은 가지런히 줄을 서서 모내기에 열중하고 주인은 이곳저곳을 순행하면서 일꾼들이 모내기를 잘 할 수 있도록 모춤을 옮기는 등의 뒷수발을 담당하고 있게 한 것이다. 일꾼과 주인의 협심이 모내기 현장의 분위기를 평화롭고 건강하게 이끌고 있다. 다른 지역의 모내기 노래에서 일꾼을 화자로 등장시켜 주인을 비판[14]하는 작품들과 견줄 때 의미 있는 부분이다. 갈등 국면이 몰고 올 파장을 미리 예상하고 있기 때문에 그것을 미리 방지하고자 하는 태도를 보인다고 할 것이다. 이러한 노력으로 3·4구에서 모내기를 마친 논의 모습까지 확인할 수 있는 것이다. 처음에는 파릇파릇한 모의 빛과 물만 있었던 논의 빛깔이 각각 분리되어 있었던 것인데, 일꾼들이 손을 부지런히 움직인 덕분에 모내기를 마친 논은 이제 태평세상을 그리게 된 것이다. 이러한 태평세상은 풍년을 예기하고 있기도 하고, 태평성세를 구가하는 '태평가'로 이어질 수도 있는 것이다.

여섯째 수는 모내기철이 되어서 고을의 권농관[田畯][15]이 일터로 나와 농사를 권장하거나 비가 내리지 않을 경우 비를 비는 제사까지 맡고 있음을 노래하고 있다. 1·2구에서 권농관이 비를 맡은 신에게 비를 내려달라고 비는 모습을 그리고 있다. 고을에 속한 관리들은 백성들이 편하게 농사를 지을 수 있도록 뒷바라지를 맡은 것이라는 인식이 깔려 있다. 사회적 성격을 띠는 작품에서 구실을 재촉하거나 백성들을 괴롭히는 것에 견주면 백성들이 농사를 잘 지을 수 있도록 비를 비는 역할을 맡고 있다는 점에서, 관리들의 기본 본분을 인식한 것이다. 3·4구에서는 관리들이 비를

---

14) "이 물고 저 물고 헐어놓고 주인 할량 어디 갔노/장터거레 첩을 두고 첩의 집에 놀러갔네./어떤 첩은 유정하여 밤에 가고 낮에 가노/낮에 가면 놀로 가고 밤에 가면 잠자로 가네." 조동일, 『경북민요』, 형설출판사, 1977, 25면 참조.

15) 거창지역 민요에서 권농신이 등장하는 작품이 보고된 바 있다. "골용시야 골용시러 이십아전에 불러시라/이삼십이 넘어가면 노래야정도 간 곳이 없네." 거창군 남하면 민요 2, 『한국구비문학대계』 8-6, 경상남도 거창군편, 한국정신문화연구원, 1981, 724면.

빌고 돌아가면 비가 내려서 농사가 순조로울 것이고, 그렇게 되면 구실을
제대로 거둘 수 있으니 관청의 곳집도 넉넉해질 것이라고 본 것이다. 고을
의 관리가 해야 할 일이 무엇이고, 그 결과 얻어지는 효과가 무엇인지 터
득하고 있는 발화인 것이다. 권농관의 역할을 노래한 것이 반드시 여섯째
수에 자리해야 하는지는 명쾌하게 해명하기 어렵지만 제때에 모내기를
할 수 있도록 고을의 관리들이 마음을 쓰고 있어야 한다는 것을 강조한
점은 이해할 수 있을 것이다.

　일곱째 수는 모내기 현장에 날라 온 들밥을 먹는 장면을 읊은 것이다.
1·2구는 점심때가 되어 들밥을 날라 온 부녀자가 농신이라고 할 수 있는
전신(田神)에게 밥덩이를 먼저 바치는 내용이다. 일명 고수레 또는 고시래
라고 하는 풍속을 말한 것인데, 지신이나 수신에게 먼저 인사를 드림으로
써 모내기를 무사히 마칠 수 있도록 기원하는 것이다. 다른 지역의 모내기
노래에서 점심때가 되어도 들밥이 늦어지고 있음을 은근히 질책하는 내
용16)이나 들밥을 나르는 부녀자의 동태를 노래하고 있는 것17)과는 다른
형상화라고 할 수 있다. 농사가 사람의 힘으로 이루는 것이라고 하지만
실제로는 지신이나 수신 등 자연의 힘에 기대지 않고는 이룰 수 없는 것이
라는 인식이 깔려 있다. 이어서 3·4구에서 일꾼들에게 들밥을 많이 들라
고 권하는 모습을 그리고 있다. 수북하게 담은 밥그릇을 일꾼들에게 권하
면서, 일꾼 대접을 손님 대접하듯이 한다는 것이다. '일꾼[傭]'을 '손님[賓]'
과 같은 입장에서 대접하는 일은 모내기 일터에 참여한 사람들에 대한

---

16) "늦어졌네 늦어졌네 점심참이 늦어졌네/점심바리는 오시는데 이등저등 등넘다가 칡
　에 걸려서 못 온다." 최재남, 「창원지역의 민요와 설화」, 『경남문학의 원류와 자장』,
　경남대학교 출판부, 2003, 250면. "동리점심 다 나와도 우리점심 안 나오네/숟가락
　닷단 열닷단을 세니라꼬 늦어지네. 거창군 가조면 민요 5, 『한국구비문학대계』 8-5,
　경상남도 거창군편, 한국정신문화연구원, 1981, 1120면.
17) "샛별 같은 광주리에 밥을 인 낭자가/반달같이 서방으로 내려오네." 최재남, 「조선후
　기 민요의 실상과 한시의 민풍 수용」, 『장르교섭과 고전시가』, 월인, 1999, 178면.

배려일 뿐만 아니라 농사일이 매우 소중하다고 인식하기 때문이다. 손님 대접은 사실 일상생활에서도 예의의 영역에 속한다고 할 만큼 중요하게 생각하는 것인데, 모내기 현장에 모인 일꾼들에게 손님을 대접하듯 정성을 다함으로써 그런 대접을 받은 일꾼들이 정성을 다하여 모내기에 참여할 수 있도록 하는 배려가 포함된 것이라 할 것이다.

여덟째 수는 1·2구에서 '제사(祭祀)'와 '조세(租稅)'를 들어서 '조상[祖]'과 '임금[王]'을 위하는 것으로 연결시키고 있다.[18] 개인의 입장에서는 조상을 위하는 제사가 중심이고 나라에서는 임금이 백성을 위한 올바른 정사를 펼쳐갈 수 있도록 조세가 필요한 것이라는 기본 전제에서 출발한다. 그런데 제사와 조세의 근간은 백성의 농사에 달려 있는 것이다. 농사를 지어서 거둔 곡식으로 조상을 위한 제사도 마련하고, 나라에서 쓸 경비를 조세로 바치는 것이다. 3·4구에서 이 마음을 인정하고 하늘에서 '풍년[穰穰]'을 내릴 것이라고 기대하고 있다. 조상을 위한 마음과 임금을 위한 마음이 모이는 곳에 하늘의 마음까지 통할 수 있다는 시각이 자리하고 있다. 결국 농사는 농사를 짓는 사람들이 생계를 꾸려가는 일이기도 하지만, 조상을 위한 제사도 준비하고 나라를 위한 조세까지 마련해야 하는 것이니까, 하늘까지 도움이 있어야 이룰 수 있다고 본 것이다.

아홉째 수는 아무리 바쁜 모내기철이라도 모내기의 순서가 서로 겹치지 않게 정하여 법도를 지키며 일을 진행하는 내용을 노래하고 있다. 사실 모내기는 제철에 물이 있어야 가능한 것이기에, 수리(水利) 시설이 마련되지 않던 시절에는 풍족한 비가 내려야 가능한 것이었다. 그러므로 비가 내리면 누구나 바쁘게 자신의 논에 모내기를 하려고 분주하게 되는 것이다. '부지깽이도 일을 거든다.'고 할 정도로 모내기철은 눈코 뜰 새 없이

---

18) "이 농사를 어서지어 나라살림 보태주고/선영제사 받들어보세 우리부모 봉양하고/처자식도 덤을주고/이웃사촌 볼봐주세"『한국민요집』 Ⅱ, 집문당, 1994, 25면, 이앙요 36(진도지방).

바쁜 시절인데, 1·2구에서 '그대[君]'와 '우리[我]'가 모내기 일정을 의논하는 것이다. 우리 집에서 내일 모내기를 하려는데 그대 집은 언제 하려는지 물으면서, 모내기의 순서를 정하는 것이다. 모내기는 혼자 할 수 있는 것이 아니라 다섯째 수에서 보듯 여러 사람이 기러기와 같이 늘어서서 협동으로 해야 하는 것이기 때문이다. 바쁠 때일수록 공동체의 협동으로 일을 진행하는 모습을 형상화한 것이다. 3·4구에서 아무리 바쁜 모내기라고 하더라도 서로 겹치지 않게 의논하여 순서를 정하여 진행하면, 이 일에 법도가 지켜지는 것이고 이것이 농사로 살아가는 농촌의 참된 삶의 모습으로 인식한 것이다.

이상에서 살펴본 바와 같이 윤동야의 〈앙가〉는 모내기 현장에서 불리어지는 모내기 노래와 그 주변의 상황을 수습한 것으로 인정할 수 있다. 1·2구의 전반부와 3·4구의 후반부로 구성한 것은 구성적인 측면까지 고려한 것이다. 그리고 농사일에 직접 참여하는 사람과 그 주변의 사람까지 아우르는 자세를 보이고 있다.

1·2구의 전반부는 표면적으로 대립적인 성격으로 드러난다. 첫째 수의 사람들[人]/나[我], 둘째 수의 그대[君]/나[儂], 셋째 수의 중년 부인[中婦]/젊은 아낙[小娃], 넷째 수의 젊은 시절[靑春]/늘그막[老來], 다섯째 수의 뭇 일꾼[輩僮]/주인[主翁], 여덟째 수의 제사(祭祀)/조세(租稅), 아홉째 수의 그대[君]/우리[我] 등의 설정이 모두 대립적인 성격을 띠고 있다. 이와 함께 첫째 수에서는 괴로움[苦]/좋음[好], 둘째 수에서는 〈채련곡〉/〈절류사〉, 셋째 수에서는 고조(古調)/시성(時聲), 다섯째 수에서는 늘어선 기러기[雁序]/도는 갈매기[鷗行], 여덟째 수에서는 조상/임금으로 연결시켜 대립성을 강조하고 있는 것처럼 보인다. 이런 설정을 바탕으로 표면적으로 드러난 대립적인 성격만 살피면 윤동야의 〈앙가〉를 비판적이거나 풍자적인 방향을 지니는 것으로 해석할 수 있을 것이다.

그런데 3·4구의 후반부에 드러난 해결적인 태도를 이해하면 1·2구의 전반부에 설정한 대립 항이 반목이나 갈등을 유발하는 대결 구도를 끌어내기 위한 것이 아니라, 농촌의 현실성을 고려하여 보다 나은 방향으로 나아가기 위하여 마련한 장치임을 이해할 수 있다. 첫째 수에서는 보리가 떨어진 뒤에 쌀로 양식을 마련하기 위해서 괴로움이 아니라 즐거움으로 이끌고 있고, 둘째 수에서는 애정의 〈채련곡〉이나 이별의 〈절류사〉가 아니라 민요 〈앙가〉를 악부의 첫머리로 생각하면서 모내기 노래의 서정성을 말하고 있고, 셋째 수에서는 옛 가락과 당시 소리를 들어서 교화적인 농서보다 절로 불리어지는 민요[風]의 성격을 강조하고 있으며, 넷째 수는 젊은 시절에 모시옷에 화관을 쓰고 쪽을 높이 하고 패옥을 차고 일을 하지 않고 지내면 늘그막에 뉘우치게 될 것이라고 경계하고 있으며, 다섯째 수는 일꾼과 주인이 합심하여 일을 하면 태평을 이룰 것이라 기대하고, 여섯째 수는 고을의 관리들도 기우제를 지내면서 농사일에 협력하고 있음을 말하고, 일곱째 수는 들밥을 날라 온 부인이 들판에서 모내기에 열중하는 일꾼들을 손님처럼 대접해야 한다고 발언하고 있고, 여덟째 수는 조상을 위한 제사와 임금을 위한 조세가 모두 농사를 지어서 이룰 수 있는 것이니 마음을 모으면 하늘이 풍년을 내릴 것으로 기대하고 있으며, 아홉째 수는 아무리 바쁜 모내기철이라 할지라도 이웃이 서로 의논하여 차례대로 모내기를 하는 공동체의 법도가 지켜지고 있음을 강조하고 있다.

결국 화자의 태도는 첫째 수에서 겨울 양식 준비, 둘째 수에서 악부의 첫머리로서 〈앙가〉, 셋째 수에서 자연스럽게 불리어진 민요[風], 넷째 수에서 젊은 시절부터 준비해야 후회하지 않음, 다섯째 수에서 태평 시절, 여섯째 수에서 관가의 지원, 일곱째 수에서 일꾼을 손님처럼 대접하기, 여덟째 수에서 풍년, 아홉째 수에서 농사의 법도 등을 지향하고 있음을 알 수 있다. 더욱이 첫째 수의 '차일(此日)'을 비롯하여 둘째 수의 '차곡(此曲)', 여덟째 수의 '차심(此心)'과 아홉째 수의 '차사(此事)' 등의 예에서 보듯 모내기의 현장에서 부르는 일꾼의 마음과 모내기 노래의 특성 등을 고려하면서 〈앙가〉를 형상화하고 있다고 지적할 수 있다.

그리고 셋째 수와 넷째 수에서 확인할 수 있는 바와 같이 모내기 노래를
부르는 주체가 여성으로 등장한다. 모내기 현장에 여성이 적극적으로 참
여하고 있음을 반영하는 것이며 여성이 다양한 모내기 노래를 부르고 있
음을 주목한다. 실제 후대에 채록된 경상남도 지역의 모내기 노래에서 적
극적인 여성 창자[19]를 확인할 수 있는데, 18~19세기에도 적극적이고 유
능한 여성 창자가 있었음을 알 수 있다. 실제 셋째 수에서 보듯, 중년부인
은 옛 가락을 잘하고 젊은 부인은 당시 소리를 잘 한다고 했으니, 가창자
의 나이에 따라서 부르는 곡조가 달랐음을 이해할 수 있고 이러한 변화가
모내기 노래의 전파와 전승에 큰 역할을 했을 것으로 추정할 수 있다. 한
편 넷째 수에서 모시옷에 화관을 쓰고 쪽을 높이 찌고 패옥을 찬 젊은
여인을 등장시켜, 젊은 시절에 손가락을 움직여 일을 하지 않으면 늘그막
에 뉘우칠지도 모른다고 한 것은, 여성들에게 미리미리 모내기를 포함한
농사일을 익혀두라는 권고로 읽혀진다. 이미 〈용가〉의 첫째 수에서 "친정
집에 물방아가 있어서, 나는 자라면서 다만 몸가짐만 배웠네. 일찍이 가난
한 집 며느리가 될 줄 알았다면, 시집오기 전에 먼저 방아 찧기를 배울
것을.(父家有水碓 我生但習容 早知爲貧婦 未嫁先學舂)"[20]이라고 한 진술과 맥락
을 같이 하는 것이다. 여성들에게 방아 찧기뿐만 아니라, 모내기를 포함한
들일까지 아울러 대비하라고 권고하는 것이다. 여성 인력의 논밭 일 대비
가 여성에게는 가혹한 부담으로 작용할 수 있겠지만 생산의 증대와 가정
경제를 위하여 매우 중요한 인식의 전환을 이루었다고 설명할 수도 있을
것이다. 방아 찧기를 형상화한 〈용가〉에서 며느리 형상을 제시하고, 모내

19) 최재남, 「창원지역의 민요와 설화」, 『경남문학의 원류와 자장』, 경남대학교 출판부,
    2003, 248~262면. 창원 지역에서 채록한 모내기 노래의 경우 모내기에 직접 참여한
    유능한 여성 창자가 많이 등장한다.
20) 최재남, 「윤동야의 〈용가〉와 며느리 형상의 해석 방향」, 『조선후기 시가와 여성』,
    월인, 2005, 416면.

기 노래를 포함한 모내기 현장의 삶을 형상화한 〈앙가〉에서 여성들에게 논밭 일을 대비하라고 한 권고가 윤동야가 제시한 방향성의 한 가닥으로 이해할 수 있다.

3. 〈앙가〉의 자료적 성격과 지역 민요 수용 양상

모내기 노래는 일노래의 대표로 알려져 있다. 그런데 실제 민요 연행과 관련한 여러 자료를 확인하면 모내기 노래가 널리 불리어진 것은 18세기 이후라고 볼 수 있다.[21] 구연된 자료를 제시하기 어려운 상황에서 조선후기 문집 등에서 확인할 수 있는 모내기 노래와 모내기 노래 관련 자료는 『문집소재 조선후기 민요자료 정리와 분류』에서 정리한 자료를 통해서 보면, 1-02-02-01 〈이앙(移秧)〉에서 1-02-02-91 〈수전이앙(水田移秧)〉 에 이르기까지 91제가 있고, 각편까지 고려하면 144각편에 이른다.[22] 이 중에서 17세기 자료는 1각편만 있고, 143각편은 18세기 이후의 자료이다. 그런데 실제로는 18세기의 자료도 몇 편에 그치고 19세기 이후의 자료가 대부분을 차지한다. 이 중에서 강준흠(1768~1833)의 〈조산농가〉[23]와 같이 구연 현장의 구체적인 자료는 현장성과 지역성을 동시에 보여주고 있어서 매우 소중하게 평가할 수 있다. 이런 점에서 거창 지역 모내기 노래의 특 성을 담고 있으면서 조화로운 삶의 방향을 지향하고 있는 윤동야의 〈앙 가〉는 구성적 특성에서나 모내기 노래 수용에서 매우 중요한 의의를 확보 하는 것이라고 평가할 수 있다.

---

21) 최재남, 「조선후기 민요의 실상과 한시의 민풍 수용」, 『장르교섭과 고전시가』, 월인, 1999, 186~187면.

22) 최재남 외, 『문집소재 조선후기 민요자료 정리와 분류』, 보고사, 2008, 121~155면.

23) 최재남, 「조선후기 민요의 실상과 한시의 민풍 수용」, 『장르교섭과 고전시가』, 월인, 1999, 176~180면.

(1) 기속악부로서 〈앙가〉의 성격

이제 기속악부로서 윤동야의 〈앙가〉가 지닌 자료적 성격을 거창 지역 모내기 노래의 수용이라는 점에서 정리하면 다음과 같다.

〈앙가〉의 둘째 수에서 이 노래가 악부(樂府)의 첫머리를 차지할 것이라고 자부한 바와 같이, 모내기를 중심으로 한 농가의 풍속을 매우 구체적이고 섬세하게 형상화하고 있다. 모내기에 대한 일꾼의 반응, 모내기를 하면서 부르는 노래, 노래를 부르는 사람과 곡조, 일하지 않는 사람에 대한 권계, 모내기 현장의 일꾼과 주인의 모습, 권농관의 지원, 들밥을 이고 온 아낙의 모습, 이웃 사이의 모내기 의논 등이 각각 구체적이고 역동적으로 그려지고 있는 것이다. 거창 지역 모내기 현장의 모습을 눈앞에서 보고 있는 듯이 핍진하게 형상화하고 있다고 할 수 있다. 실제 여성 일꾼의 등장과 여성 창자의 역할을 강조하고 들밥을 이고 온 아낙의 태도를 주목하는 것은 모내기에서 여성 노동력이 매우 큰 비중을 차지하고 있다는 화자의 태도를 드러낸 것으로 이해할 수 있다.

시의 구성에서 살펴본 바와 같이 화자의 태도는 대결이나 갈등의 제시보다 조화로운 관계를 지향하는 것으로 나타난다. 이는 거창 지역 모내기 노래가 지닌 성격이라고 특정하기는 어렵지만 모내기 노래와 모내기 현장의 삶을 기록하는 윤동야의 태도가 작용한 것으로 보인다. 실제 이러한 특성은 〈용가〉에서도 확인할 수 있었던 것인데, 연행 현장의 민요를 직접 듣거나 이를 수용하여 형상화하는 과정에 향촌사족의 입장이나 태도가 반영된 것으로 지적할 수 있다. 실제 후대 모내기 현장에서 채록한 노래의 사설은 일꾼의 입장에서 발화한 내용이 중심을 차지한다고 할 수 있는데, 악부시의 형태로 형상화한 〈앙가〉는 이들 담당 계층의 의식을 일정하게 반영하고 있는 것으로 지적할 수 있다. 생산 주체인 일꾼의 입장과 지주에 해당하는 한역 담당자의 의식에 어느 정도 차이가 드러난 셈이다. 모내기 노래와 모내기의 삶을 기록하는 과정에서 지주이면서 사족에 해당하는

윤동야는 실제 일터의 생생한 발화보다 어느 정도의 여과 과정을 거치면
서 삶의 조화로운 방향을 제시하는 쪽으로 기울고 있다고 평가할 수 있다.
  그리고 윤동야의 〈앙가〉는 과농(課農)24)의 입장을 바탕으로 하고 있음
을 지적할 수 있다. 과농은 농사를 힘쓰도록 면려하는 것인데, 〈차권송계
춘흥시 삼십장(次權松溪春興詩三十章)〉(『弦窩集』권1)에서 제시한 윤동야의 내
면의 추이와 연결될 수 있다. 구체적인 내용은 다음과 같다. 자신은 유의
(儒衣)25)의 신분과 의식으로 살아가고 있는데, 한때 헛된 이름을 구하려다
가 허둥지둥하고 돌아온 경험26)이 있으며, 남은 삶을 한거(閑居)에 부치고
참된 즐거움을 누리려고 한다.27) 시서를 통하여 본성을 기르고 마음을
다스리는 것을 본원으로 여기면서28), 선비의 경계를 너그러움29)에 있다
고 보고 있다. 과농(課農)을 분수 안의 일로 생각하여 곡우에 신랑(新浪)을
반가워하고30), 수시로 내리는 비에 보리농사 걱정을 덜기도 한다.31) 때
로「빈풍(豳風)」〈칠월〉을 외면서 농가의 빼어난 즐거움32)을 깨닫기도 하

---

24) 〈次權松溪春興詩三十章〉(『弦窩集』권1)의 둘째 수의 함련, 閑中職事惟親養 分內經綸
  但課農.
25) 〈次權松溪春興詩三十章〉(『弦窩集』권1)의 다섯째 수의 수련, 地僻山村掩竹扉 明時高
  臥一儒衣.
26) 〈次權松溪春興詩三十章〉(『弦窩集』권1)의 넷째 수의 수련, 早逐浮名狼貝歸 晚來方覺
  枉奔馳.
27) 〈次權松溪春興詩三十章〉(『弦窩集』권1)의 여섯째 수의 수련, 微竹高梧一草廬 殘年眞
  樂賦閑居.
28) 〈次權松溪春興詩三十章〉(『弦窩集』권1)의 첫째 수의 경련, 道在詩書惟養性 分甘邱壑
  已成翁, 열셋째 수의 함련, 尋行數墨猶餘事 養性治心是本原.
29) 〈次權松溪春興詩三十章〉(『弦窩集』권1)의 열넷째 수의 수련, 吾儒境界本來寬 脚下從
  容一路安.
30) 〈次權松溪春興詩三十章〉(『弦窩集』권1)의 여섯째 수의 미련, 今朝穀雨生新浪 料理竿
  絲可釣魚.
31) 〈次權松溪春興詩三十章〉(『弦窩集』권1)의 일곱째 수의 미련, 西郊雨澤隨時降 爭道今
  年免麥虞.
32) 〈次權松溪春興詩三十章〉(『弦窩集』권1)의 스물둘째 수의 수련, 坐誦邪詩七月章 田村

고, 절후에 따라 여성들은 나물을 뜯고 남성들은 갈기에 열중하는 모습[33)] 을 보기도 한다. 이러한 내용을 종합하면 결국 〈앙가〉가 모내기 노래와 모내기 현장의 삶을 주목하여 기록하면서도 농사를 힘쓰도록 면려하는 데에 그 중심이 놓여 있다고 지적할 수 있다.

(2) 지역 민요의 수용과 후대의 전승

기속악부로서 〈앙가〉가 지닌 화자의 지향과 함께 모내기와 관련한 삶의 모습을 기록하는 과정에서 19세기 초반 거창 지역의 모내기 노래가 지닌 특성을 보여주고 있다는 점에서 중요한 의의가 있다.

첫째, 모내기 현장에 여성이 적극적으로 참여하고 이들 여성이 유능한 창자로 노래를 부르고 있다는 사실을 주목하여 형상화하고 있다는 점이다. 셋째 수에서 제시한 중년 부인과 젊은 아낙은 유능한 창자로 등장하고 있고, 넷째 수에서는 화려하게 치장한 낭자가 늘그막에 뉘우칠지도 모른다 고 우려하고 있다. 조선후기에 모내기 노래가 널리 불린 상황과 노래를 부르는 여성 화자를 주목하는 상황들과 맥락을 같이 하는 것이다. 이는 후대에 채록된 경상남도 지역의 모내기 노래에서 여성 창자의 비중이 매우 높게 나타나고 있는 사실[34)]과 부합한다는 점에서, 이미 19세기 초반에 거창 지역에서 여성이 모내기에 적극적으로 참여하면서 모내기 노래를 부르고 있다는 사실을 확인시켜 주는 것이다. 넷째 수에서 제시한 바와 같이 여성 화자로 하여금 늘그막에 스스로 뉘우치지 않도록 젊은 시절에 농사일을 미리 배워두라는 권고를 하고 있어서 여성이 젊은 시절부터 모내

逸樂此中長.

33) 〈次權松溪春興詩三十章〉(『弦窩集』 권1)의 스물셋째 수의 미련, 女採男耕隨節侯 起聽 原陌有蒼庚.

34) 최재남, 「창원지역의 민요와 설화」, 『경남문학의 원류와 자장』, 경남대학교 출판부, 2003, 248~262면 참조.

기를 포함한 들일에 적극적으로 참여하고 있다는 사실을 설명할 수 있다.

이러한 추정은 이학규(李學逵, 1770~1834)의 〈앙가오장(秧歌五章)〉의 첫째 수에서,

> … (전략) …
> 모내기에는 법도가 있어서,
> 남자들이 앞서고 여자들이 따르네.
> 남자들이 부르는 노래는 다만 어지러울 따름인데,
> 여자들의 노래는 새로운 말이 많네.
> … (후략) …
> 揷秧亦有法　男前而女隨　男歌徒亂耳　女歌多新詞[35]

라고 하여 19세기 김해 지역에서는 남자가 앞에서 모내기를 하고 여자들은 뒤를 따르면서 모를 심는 것이 법도라고 하면서, 남자와 여자가 각각 노래를 부르는데 여성들이 부르는 노래에 새로운 말이 많음을 주목하고 있는 데서도 확인된다.

둘째, 내용과 연관하여 모내기 노래의 사설의 차이가 있다고 파악하여 형상화한 점이다. 구체적 사설을 확인하기는 어렵지만 둘째 수에서 제시한 〈채련곡〉과 〈절류사〉가 사설의 내용을 말하고 있는 것으로 볼 수 있다. 앞 장에서 살핀 바와 같이 〈채련곡〉은 남녀 사이의 애정[36]을 노래한 것이고, 〈절류사〉는 석별의 정을 담은 것이다. 후대에 채록된 모내기 노래 중에서 이들은 각각 '연밥 따는 노래', '이별 노래' 등에 비정할 수 있는데, 〈앙가〉의 화자는 부정적인 시각으로 형상화하고 있지만 실제 거창 지역에서 이러한 노래가 불리고 있었던 것으로 추정할 수 있을 것이다.

35) 이학규, 『낙하생전집』 권상, 최재남 외, 『문집소재 조선후기 민요자료 정리와 분류』, 보고사, 2008, 128면, 1-02-02-10.

36) 모내기 노래에서 애정과 관련한 내용은 정한기, 「영남지역 〈모심는소리〉의 애정 노랫말에 나타난 정서와 그 의미」, 『한국민요학』 31, 한국민요학회, 2011, 235~264면 참조.

셋째, 지적할 수 있는 것은 모내기 노래의 곡조에 고조(古調)와 시성(時聲)이 있어서 곡조의 변화가 지속적으로 이루어지고 있음을 깊이 인식하여 형상화하고 있다는 점이다. 셋째 수에서 중년 부인과 젊은 아낙을 견주어 중년 부인은 고조(古調)에 능하고 젊은 아낙은 시성(時聲)을 잘한다고 한 것이 그것이다. 고조는 오랜 전통을 가진 곡조로 이해할 수 있고 시성은 그 당시에 유행하는 곡조로 볼 수 있다. 이러한 곡조의 변화는 선율이나 사설의 차이까지 가정할 수 있는 것이어서, 지역 내에서의 전승과 지역 사이의 전파에 일정한 영향을 끼쳤을 것으로 추정할 수 있으나 구연 자료를 확보할 수 없는 상황에서는 추론에 머물 수밖에 없다. 나이 많은 유능한 창자와 나이 젊은 새로운 창자 사이에 서로 다른 가락이나 새로운 선율이 존재하고 있었음을 인정하는 것이라, 모내기 노래가 전승되는 양상에 대해 새롭게 주목할 수 있을 것이다.

넷째, 윤동야의 〈앙가〉는 거창 지역에서 일정한 반향을 끼쳤던 것으로 확인된다. 19세기 후반에 거창 출신의 변영규(卞榮圭, 1826~1902)가 지은 〈앙가십오절(秧歌十五絕)〉[37]이 그것이다. 〈앙가십오절〉은 5언 절구 15수로 이루어진 것인데 윤동야의 〈앙가〉가 지닌 의경(意境)을 많이 받아들인 것으로 보인다.[38] 첫째 수와 여섯 수를 들면 다음과 같다.

> 소중한 인간의 일에서
> 모내기가 제일 좋다네.
> 때가 되어서 힘쓰지 않으면
> 어찌 장부의 벼를 먹을 수 있으랴?
> 所重人間事　移秧第一好　及時不努力　那有食夫稻

---

37) 卞榮圭, 『曉山集』, 최재남 외, 위의 책, 132면, 1-02-02-19.

38) 최재남, 「문집 소재 조선후기 민요자료 정리 및 분류」, 『배달말』 38집, 배달말학회, 2006, 220~221면.

그대의 노래를 듣노라니 천하의 가락인데
나는 시성을 잘 한다고 생각하네.
빈풍의 우아함을 누가 화답하여 보내랴?
배우지 않아도 절로 이루어지네.
聽儂天下調　謂我善詩聲　邠雅誰和送　自然不學成

　첫째 수는 윤동야의 〈앙가〉 첫째 수의 내용과 맥락을 같이 하는 것이고, 여섯째 수는 〈앙가〉의 셋째 수를 염두에 둔 것으로 볼 수 있다. 인용한 작품에 예시된 것을 포함하여, "신부(新婦)"(3수), "감군(感君)"(3수), "회(悔)"(7수), "전신(田神)"(10수), "양양(穰穰)"(12수), "차곡(此曲)"(14수) 등의 언어와 표현이 윤동야의 작품을 받아들이거나 염두에 둔 것으로 이해할 수 있다.

　그리고 윤동야의 〈용가〉와 〈앙가〉는 앞뒤로 수록되어 있으며 구성, 화자의 발화, 지향하는 태도 등에서 매우 밀접한 관련을 지니고 있다. 이미 살펴본 바와 같이, 윤동야의 〈용가〉는 디딜방아를 찧으면서 부른 연행 현장의 민요와 밀접하여 연관된 것으로, 각 작품의 전반부에서 현재의 상황이나 일의 진행 정도를 제시하고, 각 작품의 후반부에서 화자의 태도를 며느리로 분명히 하면서 대립 항을 설정하고 있다. 그러나 이러한 대립 항이 대결 구도나 갈등으로 확산시키지 않고 구체적 일을 바탕으로 연행의 현장에서 노래와 이야기, 또는 이야기를 포함한 노래로 엮으면서 문제 해결의 방향을 아울러 제시하고 있는 것이다.[39]

4. 소결

　윤동야의 〈앙가〉는 시적 구성에서 전반부과 후반부로 나눌 수 있으며,

---

39) 최재남, 「윤동야의 〈용가〉와 며느리 형상의 해석 방향」, 『조선후기 시가와 여성』, 월인, 2005, 425~426면.

이러한 구성을 통하여 전반부에 제시한 갈등이나 대결보다는 후반부에서 조화로운 질서 속에서 살아가는 모습을 지향하고 있다.

기속악부로서 〈앙가〉는 대결이나 갈등의 제시보다 조화로운 관계를 지향하는 것으로 나타나는데, 농사를 힘쓰도록 면려하는 과농(課農)의 입장에 바탕을 두고 있는 것으로 지적할 수 있다.

지역 민요의 수용과 전승이라는 시각에서 〈앙가〉는 모내기에 여성의 적극적 참여, 내용과 연관하여 모내기 노래 사설의 차이, 모내기 노래의 곡조에 지속적인 변화 등을 반영하여 형상화하고 있으며, 변영규의 〈앙가 십오절〉에서 확인할 수 있듯 19세기 후반까지 전승되고 있다는 점도 지적할 수 있다.

윤동야가 〈앙가〉와 〈용가〉를 통하여 제시하고자 한 것은 대비와 대립의 모습은 보여주지만, 대결 구도로 이끌지 않는다는 것이다. 농사의 본질과 그 지향을 사람살이의 방향과 연결시켜 이해하고자 한 작가의 기본 시각일 것으로 본다.

한편으로 방아 찧기를 다룬 〈용가〉에서 며느리 형상을 제시하고, 모내기 노래와 모내기 현장의 삶을 형상화한 〈앙가〉에서 여성들에게 논밭 일을 대비하라고 한 권고가 여성 인력의 적극적 활용을 염두에 둔 것이라는 가정도 설정할 수 있을 것이다. 여성 인력이 적극 논농사와 밭농사에 참여하는 실제적인 변화가 유능한 여성 창자와 함께 경남 지역이 근대로의 전환기에 생산의 증대와 경제적 여유를 가져올 수 있도록 한 원동력은 아니었을까 추정할 수도 있을 것이다.

미발표

Ⅶ
조선후기 민요 연행의 실상과 서정시가의 향방

1. 서언

민요에서 서정시가 출발한 것을 인식하고 서정성의 향방을 두고 여러 가지 쟁점이 부각되었을 때 다시 민요를 주목하게 되었다는 사실은 노래와 시의 만남을 새롭게 인식한 것으로 이해할 수 부분이라 한국서정시의 전개에서 주의를 기울여야 할 대목이다.

민요에 대한 각별한 애정은 서정의 현실성을 우리의 삶에서 찾는다는 점에서 매우 중요한 태도일 터인데, 지금까지 우리는 서정시의 향방을 가늠하는 거시적인 관점에서 민요의 실상을 탐색하려는 진지하고 차분한 노력보다, 높은 장르와의 관련 속에서 부수적으로 살피려고 한 점을 부인할 수 없다.

서정시가 민요에 근간을 두고 있으며, 서정시와 민요는 매우 밀접하며 오랜 연원을 지니고 있다. 초기의 서정시 형성과 관련하여 민요에 대한 인식은 다음과 같은 시각에서도 그 예민함을 보여주고 있다.

생성기 서정시로서의 〈공무도하가〉가 이처럼 의존적으로 생성되었다는 사실은 곧 발생 단계의 한국 서정시가 지녔을 모습의 중요한 한 단면이다. 이는 특히 발생 단계의 우리 서정시가 지녔을 모습의 두 가지 중요한 현상을 지적한다고 할 수 있다. 첫째 한국의 서정시는, 모든 서정시의 역사가 그러하듯 처음에 민요의 형태로 시작했다고 할 수 있다. 이는 우리의 서정시 역시, 세계를 서정적으로 인식하는 내면화의 깊이나 폭이 그만큼 단순하고 소박한 단계에서부터 시작하고 있음을 뜻한다. 둘째 한국의 서정시는 서정민요의 형태로서도 독자적인 생성력을 갖추지 않은 상태에서 출발했다고 할 수 있다. 서정시가 독자적 생성력을 갖출 수 있게 되자면, 세계에 대한 내면적 자기성찰을 할 수 있는 생성주체의 내면화 능력 역시 상당한 정도에 이르렀을 때라야 가능하다고 할 수 있다. 〈공무도하가〉가 이야기의 일부로서 자립할 수 있는 구비 서사체의 전통과 극적 정황의 힘을 빌어서 자립할 수 있는 주술적 노래의 전통에 기대어서 생성될 수 있었다는 것은, 이 시기가 아직은 그러한 내면화의 정신적 능력을 갖출 수 있는 단계가 아니었음을 뜻한다. 따라서 발생 단계의 한국 서정시는 주술-신화적 세계관의 붕괴와 더불어 상실되기 시작한 동일성 회복을 자아의 내면에서 추구하고자 하는 역사적 동인에서 나타나기는 했지만, 생성의 문화적 여건이 그에 필요한 서정시 본연의 독자적 형식을 부여할 힘까지 함께 갖추고서 태어날 수 있었던 단계는 아니었다고 할 수 있다.[1]

물론 장르로서의 서정시에 대한 인식이 위에서 제시한 바와 같이 기대했던 특정한 시기에 확고하게 자리를 잡았다고 볼 수 있느냐 하는 것은 간단하게 설명할 수 있는 일이 아니다. 실제 독일시의 경우에도 19세기 중반에 이르러서야 장르로서의 서정시[2]에 대한 인식을 확고하게 한 사실을 확인하면, 한국시에서 서정시의 인식이 어느 시기에 확고하게 자리를 굳혔느냐는 것에 대하여 섣부른 결론을 내리는 일은 더욱 조심스럽다.

그런데 장르로서의 서정시에 대한 확고한 인식은 아니더라도 서정적이라 할 수 있는 시가의 형태가 자리를 굳히고 난 뒤에도 민요에 대한 개인적

---

1) 성기옥, 「공무도하가연구」, 서울대학교 박사학위논문, 1989, 104면.
2) 디이터 람핑, 장영태 옮김, 『서정시 : 이론과 역사』, 문학과 지성사, 1994, 91면 이하.

이거나 집단적인 관심은 시대에 상관없이 지속적으로 나타나고 있다.

실제 『한서(漢書)』 「예문지(藝文志)」에서, "그래서 옛날에 시를 채록하는 관리가 있었던 것인데, 이는 천자가 풍속을 살피고, 정치의 득실을 알고, 스스로 잘못된 것을 바로잡을 수 있는 방도였다.(故古有采詩之官 王者以觀風俗 知得失 自考正也)"라고 한 데서 알 수 있는 바와 같이, 풍속을 살피고 정치의 득실을 확인하면서 바른 방향으로 나아가기 위한 채시(采詩)의 전통은 오랜 연원을 가지고 있는 것이고, 시와 음악의 경험을 통하여 스스로 올바른 것이 무엇인가라고 사고하게 만들기 위한 것으로 이해할 수 있다.[3]

그런 가운데에서도 조선후기의 변모는 매우 광범위한 것이어서, 『시경』의 풍(風)에 대한 새로운 해석과 함께, 각 지역의 노래를 채시(采詩)하라는 정책적인 입장까지 발표되면서 시대의 큰 흐름으로 나타난 것으로 확인할 수 있다.

이 글은 조선후기 문집에서 수집·정리한 1200여 각 편의 민요자료[4]를 바탕으로 민요 연행의 실상과 그와 관련한 문맥을 확인하고, 이러한 자료를 중심으로 서정시[개의 본질적이고 실천적인 향방에 대한 논의를 진행하고자 한다.

2. 민요에 대한 관심의 방향과 그 의미

우선 고려 후기 이제현(李齊賢, 1287~1367)과 민사평(閔思平, 1295~1359)의 소악부 논의를 통하여, 민간의 노래에 바탕을 두고 새로운 노랫말을 구성하는 과정에 대한 관심을 확인할 수 있는데, 말이 겹치는 부분에 대해 조심스러워 했던 민사평과 마음에서 느끼는 새로운 정서에 대해 주목하고자

---

3) 김근, 『한시의 비밀』, 소나무, 2008, 192면.

4) 최재남·정한기·성기각, 『문집소재 조선후기 민요자료 정리와 분류』, 보고사, 2008.

했던 이제현 사이의 인식 차이를 통하여 민간의 노래를 수용하는 태도와 그 방향을 미리 짐작할 수도 있다. 실제 연구하는 입장에서는 민가가 공식적인 악(樂)에 편입되는 과정을 주목하였으며, 민가의 본질을 파악하고 이를 노래와 시의 만남으로 설명하고자 하는 관심은 소홀했다고 할 수 있다.

조선 전기에도 세종 시대부터 중종 시대에 걸쳐서 민가의 수집5)에 관한 논의가 간헐적으로 나왔고, 수집의 구체적인 사례도 확인할 수 있다. 그중에는 경상도관찰사를 지냈던 김안국(金安國, 1478~1543)이 직접 민풍(民風)·토속(土俗)·가요(歌謠)와 송성(頌聲) 등을 채집했다는 기록6)도 확인할 수 있다. 그러나 이러한 일련의 시도가 민요의 내질에 주목하여 감동으로 연결시키기 위한 방향보다는 정치의 득실을 확인하거나 제도로서의 악(樂)을 보완하기 위한 목표가 앞서 있었던 것이 사실이다. 그런 와중에서 강희맹(姜希孟, 1423~1483)이 「선농구(選農謳)」(『私淑齋集』 권11)에서 생활 주변의 민요를 모으면서 만조(慢調)와 촉조(促調)의 변화와 사설을 부르고 받는[呼應] 방식에 주목하였고, 김정국(金正國, 1485~1541)은 「속호야가(續呼耶歌)」(『思齋集』 권2)에서 호야(呼耶)의 노래를 호응(呼應)의 노래로 바꾸기를 기대7)하였는데, 이러한 내용은 민요에 대한 인식에서 주목할 수 있는 부분이다.

인조반정[1623] 이후 민심의 방향을 가늠하는 입장에서 구언의 방편으로 여항의 풍유를 채집하기도 하였다.8)

김창흡(金昌翕, 1653~1722)의 다음과 같은 발언은 작시의 방법으로서 안배(按排)와 점찬(點竄)과 관련하여 천기(天機)가 드러난 민요를 주목한 것이라 할 수 있다.

---

5) 조윤제, 『조선시가사강』, 동광당서점, 1937, 제6절 「구악심찰과 민가수집」, 197~206면.
6) 『중종실록』 권33, 13년 5월 4일(임인).
7) 최재남, 「조선전기 향촌체험 한시와 시가향유」, 『한국한시연구』 16집, 한국한시학회, 2008.10, 76~78면.
8) 權克中, 「新樂府諷諭詩 并序」, 『靑霞集』 권2, 『한국문집총간』 속21, 민족문화추진회, 2006, 416~420면.

〈절남산(節南山)〉에서 〈우무정(雨無正)〉까지 거칠게 외었는데 자못 빠진 곳이 많았다. 어찌 뜻을 모르고 읽느라 힘을 쏟기만 하는데 그렇겠는가? 또한 아(雅)가 여러 장이라 외는데 진실로 쉽지 않았다. 정자와 주자의 설은 모두 아(雅)가 풍(風)보다 낫다고 하는데 그 말은 정당한 것 같다. 그러나 내 생각에는 [이 시들은] 천진이 노정되어 안배를 고려하지 않은 것은 길거리의 아이들과 골목의 여자들의 말투에 많이 있다. 만약 노성한 사대부가 붓에 먹을 적셔 초를 잡아, 몇 차례 수정을 가했다면 사(辭)라고 할 수는 있겠으나, 그러나 천기(天機)와는 거리가 있다. 이런 까닭에 아무렇게나 지껄인 동요가 영험이 많은 것은 신이 와서 도운 것일 뿐 안배를 하지 않았기 때문이다.9)

시의 방향에 대한 논의와 함께 『시경(詩經)』을 새롭게 해석하려는 움직임이 나타났고, 그중에서도 풍(風)에 대한 이해의 변폭10)은 자연스럽게 민요를 주목하게 되었다고 할 수 있다. 이런 과정에서 민요에 대한 개인적인 관심과 함께, 공식적이고 정책적인 입장에서 영조의 어명과 함께 실제 민간의 노래를 수집하는 일이 큰 흐름을 타게 되었다.

임금이 『시경』 「빈풍(豳風)」 〈칠월장(七月章)〉을 강하다가 여러 도로 하여금 그곳 백성의 풍속을 채집하고 백성의 고통을 살펴보게 한 다음 모시(毛詩)의 예를 모방하여 시를 지어 올리도록 명하였다.11)

---

9) 金昌翕, 「日錄 庚子」, 『三淵集』 권35, 『한국문집총간』 166, 민족문화추진회, 1996, 165면. [三月]十二日 … 自節南山至雨無正粗誦, 頗有漏落, 豈佔畢力瓴而然耶? 抑雅多果章, 成誦固未易也. 程朱之說, 皆云雅勝乎風, 以其語皆正當. 而竊謂天眞呈露, 不容安排, 多在於街童巷女之口氣. 若老成士大夫濡毫起草, 容或有果次點竄, 則命辭雖當, 而稍與天機有間矣. 以是之故, 童謠沒巴鼻者, 縶多靈驗, 以其神來而不安排也. 민병수, 「조선후기 시론연구」, 『한국문화』 11, 1990 참조.
10) 시경론은 김흥규, 『조선후기의 시경론과 시의식』, 고려대학교 민족문화연구소, 1982, 심경호, 『조선시대 한문학과 시경론』, 일지사, 1999 참조.
11) 『영조실록』 권104, 40년 11월 9일(병진).

이런 과정에서 오랜 시간에 걸쳐서 여러 사람의 주장을 통합한 것이라 할 수 있지만, 홍대용(洪大容, 1731~1783)이 「대동풍요서(大東風謠序)」에서 주장한 내용은 민요에 바탕을 두고 정(情)의 본질, 나아가 서정의 중심을 말하고 있는 것으로 볼 수 있다.

　　노래는 그 정을 말로 드러낸 것이다. 정이 움직여 말이 되고, 말이 이루어져 글이 되면, 노래라고 한다. 잘 되고 못된 것을 버려두고, 선과 악을 잊으며, 절로 그러함에 의지하여 천기(天機)에서 드러난 것이 좋은 노래이다. … (중략) … 그 이른바 노래라는 것은 모두 이속의 말로 엮은 것이고, 사이사이에 문자(文字)를 섞는다. 옛 것을 좋아하는 사대부가 이따금 달갑게 여기지 않으면서도 지었으나, 어리석은 사내와 어리석은 부인의 손에서 이루어진 것이 많다. 이에 그 말이 얕고 속되다고 여겨서 군자가 모두 취함이 없었다. 그러나『시경』의 이른바 「풍」이라는 것은 바로 풍속을 노래하는 일상적인 말이었으나, 당시에 그것을 듣는 사람이 오늘날의 사람이 오늘날 사람들이 부르는 노래를 듣는 것과 같지 않음을 어찌 알았으랴? 오직 입에서 나오는 대로 노래곡조를 이루어도 말이 마음에서 나온 것이며, 안배(按排)가 잘 되지 않았는데도 천진(天眞)이 드러난다. 그러므로 나무꾼의 노래[樵歌]와 농사꾼의 노래[農謳]가 또한 자연에서 나온 것이니, 사대부가 거듭 고치면서 말로는 옛것에 맞는다면서 천기를 깎아서 없애버리는 것보다 더욱 낫다.12)

이 글에서 홍대용은 민요의 분류에 해당하는 초가(樵歌)와 농구(農謳)를

---

12) 홍대용, 「大東風謠序」, 「내집」권3, 『담헌서』, 경인문화사, 1969, 26~27면. 歌者言其情也. 情動於言, 言成於文, 謂之歌. 舍巧拙, 忘善惡, 依乎自然, 發乎天機, 歌之善也. … 其所謂歌者, 皆綴以俚諺而間雜文字. 士大夫好古者, 往往不屑爲之, 而多成於愚夫愚婦之手. 則乃以其言之淺俗, 而君子皆無取焉. 雖然, 詩之所謂風者, 固是謠俗之恒談, 則當時之聽之者, 安知不如以今人而聽今人之歌耶? 惟其信口成腔, 而言出衷曲, 不容安排, 而天眞呈露. 則樵歌農謳, 亦出於自然者, 反復勝於士大夫之點竄敲推, 言則古昔, 而適足以斲喪其天機也.

들어서 정(情)을 자연스럽게 드러낸 것으로 평가한 것이다. 구체적인 민요를 제시하면서 안배에 의존하지 않은 정의 자연스런 방향을 확인시키지 않은 것은 아쉽지만, 방향성에 있어서는 긍정적인 길을 제시한 것이라 할 수 있다.

이제 선언적인 태도에 있어서는 민요에 바탕을 둔 정(情)의 방향을 제시하고 있다는 점을 확인한 셈이다. 그럼에도 불구하고 아쉬운 점은, 한시에서는 진시(眞詩) 운동이나 조선시(朝鮮詩)의 실험이 나타났지만, 민요를 바탕으로 하면서 우리말노래를 중심으로 구체적인 실천을 수행한 사례를 검증하기 어렵다는 것이다.

그런 한편으로 민요를 연구 대상으로 다루기 시작하게 되면서, 김태준이 이미 '가요의 중심 분자로의 민요'13)를 주목하여 1933년에 「민요편」 (1)~(12)와 「동요편」(13)~(15), 「유행가편」(1)~(5)를 기술하였고, 이어서 1934년에 「조선민요의 개념」(1)~(11)을 발표한 바 있는데도, 이러한 연구 태도를 적극적으로 수용하여 서정시의 본질과 그 향방에 대하여 심도 있는 논의를 진행하지도 않았다는 것도 새삼 돌아보아야 할 점이다.

3. 조선후기 민요 연행의 실상과 시적 구성의 방향

민요에 대한 관심과 적극적인 평가를 확인하고 그 실상을 파악하고자 할 때 조선후기 민요의 전모를 검토하는 일은 현재 상황에서 결코 쉬운 일이 아니다. 그러기에 구체적인 조선후기 민요 자료를 바탕으로 서정시의 향방을 살핀다거나, 다음 시기를 전망한다는 일은 더욱 난감한 실정이다. 현재 확보하고 있는 민요 자료의 어느 정도가 조선후기 각 시기와 각 지역의 실상을 온전하게 반영하고 있는지 밝혀내는 일도 또한 쉽지 않다.

---

13) 김태준, 「가요와 조선문학」(1), 『김태준전집』1, 보고사, 1990, 1면.

기대에 부응할 만큼 확실한 자료를 확보하기 어려운 현실을 고려할 때 우리는 확인 가능한 몇몇 구체적인 자료를 통하여 논의의 실마리를 풀어 가는 방법을 택할 수밖에 없다.

조선후기 민요의 실상은 현재 간접 자료를 통해 확인할 수밖에 없는데, 몇 차례 조사를 통해 다음과 같이 정리할 수 있다.

16세기 이후 17세기 민요로는 보리 베기, 보리타작, 방아 찧기, 나무꾼노 래 등이 확인되고, 18세기 민요는 보리 베기, 보리타작, 나무꾼노래에다 모내기노래와 김매기[논매기]노래가 불리고 있는 사실을 주목할 수 있다. 산유화가 곳곳에서 불리고, 각 지역의 민요가 두루 채록되고 있다. 19세기 에는 17~18세기에서 확인된 보리 베기 등이 공통적으로 두루 나타나고, 모내기노래와 김매기노래가 가장 큰 비중을 차지하는 것으로 확인된다.[14]

문집에 수록된 민요자료에 대한 확장 조사에서도 위와 같은 경향이 확 인되고 있다.[15] 실제 정리한 621제 1233 각 편의 자료를 바탕으로, 서정 시의 향방을 논의할 수 있는 실마리를 찾고자 한다.

우선 조선후기 민요에 대한 관심과 태도에서 확인한 바와 같이, 안배(按 排)와 점찬(點竄)의 방법에 기대지 아니하고 자연스럽게 노래하는 민요에 서, 꾸미지 아니한 천진(天眞)을 확인할 수 있다고 한 점을 주목할 수 있다. 이러한 천진에 감응(感應)의 실체가 있다고 보면, 감응의 실체를 시교(詩敎) 나 예교(禮敎)의 이념적인 방향으로 강제하지 아니하고 자발적인 깨달음으 로 나아갈 수 있는 길을 열어주는 과정이 중요할 것으로 판단한다.

첫째, 앞 절에서 민요를 부르는 담당층이나 분류로서의 초가(樵歌)와 농 구(農謳) 등에 주목한 바 있는데, 실제 그 담당층이 부르는 구체적인 민요

14) 최재남, 「조선후기 민요의 실상과 한시의 민풍 수용」, 『장르교섭과 고전시가』, 월인, 1999, 182~188면.
15) 정한기, 「조선후기 민요자료에 나타난 민요의 통시적 양상」, 최재남 외, 『문집소재 조선후기 민요자료 정리와 분류』, 보고사, 2008, 19~55면.

는 각 지역의 정서에 바탕을 두고 있다. 앞에서 긍정적인 시선으로 보고자 했던 민요를 일률적으로 같은 기준으로 설명하고자 한다면, 이는 노래에 기반을 둔 시(詩)를 애써서 같은 준거로 설명하고자 고심했던 태도와 별로 다르지 않을 것이다. 따라서 우리가 주목하고자 하는 것은 바로 지역에 따른 선법의 차이를 확인하면서 지역에 따라 조금씩 편차를 보일 수 있는 천진(天眞)을 배려하는 일이라 할 수 있다. 둘째, 구체적으로 연행의 상황을 확인할 수 있는 자료를 주목하면서, 시간의 추이와 일의 진척 등에 따라 노랫말을 구성하는 방법을 점검할 필요가 있으리라 본다. 연행 상황에 따른 노랫말 구성을 점검하여 시적 상황에 따른 시적 구성의 방향을 제시할 수 있는 길이 열릴 수도 있기 때문이다. 셋째, 노랫말의 구성과 관련시킬 수 있는 것이기도 하지만, 실제 노랫말의 배분이나 노래하는 방식을 주목할 수 있을 것이다. 민요의 가창 방식을 몇 가지로 유형화하여 설명하기도 하지만, 실제 민요의 연행에서 확인할 수 있는 호응(呼應)의 방식을 새롭게 주목할 수 있을 것이다. 이러한 태도는 민요의 내질이라고 할 수 있는 천진(天眞)을 어떠한 방식으로 노래로 부르면서 지속적인 정서적 감동으로 이어지게 할 수 있는지 궁금하기도 한 것이다.

이제 이 세 축을 구체적인 사례를 발판으로 논의를 진행하도록 한다.

1) 지역의 선법과 정서의 차이에 대한 인식 – 최성대의 〈산유화여가〉 등

노래는 소리의 연속으로 이루어진다. 그리고 소리는 쉽게 분절되지 않는다. 천진(天眞)이 드러난 민요는 분절되지 않는 소리에 안배(按排)하거나 점찬(點竄)하지 않은 사설을 자연스럽게 얹는 것이라고 할 수 있다. 다음과 같은 진술을 참고할 수 있다.

언어는 궁극적으로 소리의 분절을 기초로 하고 있으며, 이 분절에 따라서 의미가 범주화된다. 반면 음악은 소리의 연속을 통하여 내재성이 유지·

감각되므로, 언어로 번역되거나 의미화 되지 않는다. 그러므로 소리를
길들이려면 중성적인 소리의 연속체를 언어로 분절하고, 거기에 의미를
부여해야 한다.16)

각 지역의 민요는 소리를 연속하는 방법에 있어서 일정한 차이를 보이
고 있다. 이를 선법의 차이 또는 토리라고 할 수 있다. 이러한 점을 일찍
주목하고 각 지역의 민요를 견주어 살피기도 하고, 특정한 지역의 민요가
지닌 선법의 차이를 고려하여 새로운 민요로의 변환을 시도했던 사람이
서울 출신의 최성대(崔成大, 1691~1761)이다. 그는 각 지역 민요가 선법의
차이 때문에 서로 다른 정서를 드러낼 수 있다는 것을 정확하게 인식하고
있었다. 이른바 토리라고 할 수 있는 각 지역 민요의 선법을 이해할 수
있어야만 그 지역 민요의 내질을 파악할 수 있다고 본 시각은 민요의 본질
을 정확히 꿰뚫은 것이고, 이러한 인식이 각 지역의 내면적 정서의 차이까
지 결정할 수 있다고 본다면, 서정적 인식의 내질에 대한 새로운 주목으로
평가할 수 있는 부분이다. 민요의 내질이라고 할 수 있는 천진(天眞) 그
자체는 공통항이라고 할지라도, 지역에 따라서 실현하는 양상이 일정하게
다를 수 있다는 점을 간파한 셈이다.

최성대는 영남 출신의 신유한(申維翰, 1681~?)과 가깝게 지내면서 영남
지역의 민요를 알게 되었고, 그 중에서도 선산 지역의 〈산유화(山有花)〉를
주목하면서 이를 서울 지역의 선법을 고려한 〈산유화여가(山有花女歌)〉로
변환하였다. 그리고 〈소홀음잡절(蘇忽音雜絕)〉과 같은 시에서는 '산유화'로
추정되는 서주(西州)의 소홀음을 들으면서 선법이 다른 지역의 노래를 다
른 지역의 토리로 바꾸는 것이 쉽지 않음을 실토하기도 하였다.

우선 〈소홀음잡절(蘇忽音雜絕)〉에서 진술한 내용을 보도록 한다.

---

16) 김근, 『한시의 비밀』, 소나무, 2008, 207면.

남쪽의 노래 산유화는 원망하고 그리워함이 깊어서
처음 듣는 북쪽의 손님은 눈물이 옷깃에 더하네.
늘그막에 아직도 풍요에 매달리게 되어서
또 서주의 소홀음을 듣네.
南曲山花怨思深　初聞北客淚沾襟
白頭猶被風謠媾　又聽西州蘇忽音

절로 생겨난 노래 곡조는 절로 잘 할 수 있는데
세 고을 사람들이 오직 성스럽게 터득하네.
말로 시키면 천 길 낭떠러지에 오르기 어려워
다른 고을에서 노래를 배워도 부질없이 소리만 내네.
天生腔調自能爲　三縣人惟聖得之
分付難躋千丈落　他州學唱謾咿咿

부들과 여뀌가 있는 작은 길에서 소매를 같이 끌고
물이 멀고 산이 높은 곳에서 서로 대답하네.
끝없이 원망하는 마음에 실이 끊어지지 않고
어렴풋이 마음의 뜻을 가지고 누구에게 전하려 하네.
蒲蹊蓼逕袖同携　水遠山長互答時
無限怨思絲不斷　闇將心意欲傳誰

서주의 봄노래에 풍광이 좋은데
노래하며 가고 노래하며 오느라 해가 또 바뀌네.
세상에 오래도록 사광(師曠)이 없어서
근래에 매미가 노래 자리에 가득하네.
西州春呂好風煙　唱去唱來年復年
世上久無師曠耳　邇來蜩蚻滿歌筵[17]

─────────────────────

17) 『杜機詩集』「拾」卷之四.

첫째 수에서는 지역에 따라 선법이 다르고 거기에 따라 느끼는 감동도 다를 수 있다고 남곡(南曲)과 북객(北客)을 대비하여 진술하고 있고, 이어서 늘 민요에 관심을 가지고 있기 때문에 서주(西州)의 소홀음(蘇忽音)을 들으면서 이러한 차이까지 변별하게 있다고 밝히고 있다.

둘째 수는 자기 고을의 노래는 절로 알 수 있는데, 다른 고을의 노래는 열심히 배워도 그냥 소리만 낼 따름이라고 보았다. 각 지역의 선법을 이해하는 일은 지역의 삶의 총체를 이해하는 것이라서, 절로 할 수 있는 것과 배워도 제대로 할 수 없는 것을 분명하게 인식한 셈이다.

셋째 수는 소홀음이 호답(互答)의 방식으로 불리고 있고, 아울러 원망과 그리움이 내재되어 있으면서, 그 속내를 누구에겐가 전하려는 마음을 읽어 내고 있다.

넷째 수는 계속해서 노래를 부르기는 하지만 근래에 사광(師曠)과 같이 노래를 잘 분별하는 사람이 없고 매미처럼 시끄러운 소리만 낸다고 불만을 드러내고 있다.

최성대의 이러한 진술은 각 지역의 민요가 가진 선법을 제대로 파악할 줄 아는 사람이 그 지역의 정서를 이해할 수 있는 것이고, 이러한 이해를 통하여 노래 속에 내재한 정감(情感)이나 감응(感應)의 본질을 터득할 수 있다고 본 것이다.

한편 〈산유화여가〉(2-03-01-08[18])는 향랑 고사에 관련된 노래인 〈산유화〉를 듣고 도시의 정서에 맞도록 완곡하게 바꾸어[宛轉] 놓은 것이다. 신유한의 〈산유화곡(山有花曲)〉(2-03-01-06)에서 그 사정을 확인할 수 있다.

---

18) 이 번호는 최재남 외, 『문집소재 조선후기 민요자료 정리와 분류』, 보고사, 2008에 정리한 자료의 일련번호인데, 2-03-01-08에서 2는 대분류로 초가(樵歌), 03은 중분류로 산유화, 01은 소분류로 산유화, 08은 개별 작품 번호이다.

산유화곡은 일선(一善 : 善山)의 열부 향랑의 원망하는 노래이다. 향랑이
그의 남편에게 절개를 보이고, 집으로 돌아오니 부모가 계시지 아니하여,
숙부가 개가하도록 하자, 울면서 그럴 수 없다고 말하고 스스로 낙동강에
빠졌다. 강가의 높은 둑에는 길선생의 표절지주중류비가 있었다. 낭이
죽자 봄나물을 뜯던 같은 여자들이 비 아래에서 서로 만나 〈산유화곡〉을
지어서 나물 뜯는 여자에게 부르게 하였다. 노래를 끝내고 물로 나아갔다.
곧 지금의 강가에는 잠시 익숙하게 〈산유화〉를 노래하는데, 소리가 매우
구슬프다. 그 뒤에 서울의 최사집 군이 그 일을 매우 자세하게 기억하고
〈산유화여가〉를 지었다. 고운 도시의 것으로 완곡하게 에둘러서 원망하되
분노하지 않고, 밝고 아름답다. 내가 그 말을 보니 실로 땔나무를 따는
여자의 입소리을 빌어 향랑의 그리움을 서술한 것으로, 한나라의 〈공작동
남비(孔雀東南飛)〉와 서로 표리의 관계라 할 수 있다. 그러나 향랑이 남긴
곡은 다만 교외 아이들의 입에 있어서, 사람들이 그 장구를 채집할 수
없는 것이 매우 슬픈 일이다. 낭이 본래 신분이 낮고 문조를 터득하지
못하여 이 노래를 지음에 다만 거리의 속된 노래를 따라 바르게 정리되고
오로지 정밀한 그대로를 드러내었다. 내가 또 슬프게 생각하여, 마침내
다시 그 뜻을 쓰고 그 말을 꾸미면서, 몰래 스스로 한나라 악부 구장의 미무
(蘼蕪)의 원망에 가깝게, 〈산유화구가〉를 만들었는데 이 곡이다. 감히 옛
것에 들어맞는다고 할 수 없어도, 뒤에 강남에서 풍요를 채집하는 사람은
장차 또한 향랑의 원망하는 노래라고 하여 얻어서 펼 것이다.[19]

19) 申維翰, 『靑泉集』권2, 山有花曲者, 一善烈婦香娘之怨歌也. 香娘見絕於其夫, 還家而
父母不在, 其叔欲令改嫁, 則泣而道不可, 自沉於洛東江. 江上峻坂, 有吉先生生表節砥
柱中流碑. 娘之死也, 與采春儕女, 相遇於碑下, 作山有花曲, 使舂女歌之. 歌竟而赴水.
卽今江畔, 患慣唱山有花, 聲甚悽惋. 其後漢京崔君士集, 記其事精甚, 爲作山有花女歌,
宛轉麗都, 怨而不怒, 陽浪乎美矣. 余觀其辭, 實藉采薪女口語, 以敍香娘之思, 與漢孔雀
東南飛行相表裡. 而香娘遺曲, 但在郊童齒頬間, 人不得采其章句, 甚慨也. 娘素賤不解文
藻, 其爲此曲, 只因巷俚之嘔啞, 而發其端莊專精之天. 余又悲之, 遂復用其意而文其辭,
竊自幾於漢樂府九章蘼蕪之怨, 而爲山有花九歌, 是曲也. 不敢曰有合於古, 而後之采風
於江南者, 將亦有以香娘怨曲, 得而陳之矣.

향랑의 고사와 관련된 영남의 〈산유화〉는 "매우 구슬픈[悽惋]" 노래로 이해하고, 이를 최성대가 "원망하되 분노하지 않고, 밝고 아름다운[怨而不怒 陽陽乎美矣]" 〈산유화여가〉로 바꾸어서, 고운 도시의 것으로 변환[宛轉]시 켰다고 보았다.

다음은 〈산유화여가〉의 일부인데, 선법을 확인할 수 없어서 아쉽지만 사설의 내용을 통하여 그 변환을 짐작할 수 있다.

> 동문에 맛있는 칠면조가 있고
> 북쪽 제터에는 푸른 고사리가 있네.
> 삼년 동안 금슬이 고요하여
> 남편 섬기기를 일찍이 잃지 않았네.
> 어찌 이별이 분명할 줄 생각하였으랴?
> 은정이 중도에서 끊어졌네.
> 베 짜기를 마치면 일부러 늦어지는 것을 싫어하고
> 단장을 이루어도 좋아한다 말하지 않았네.
> 나쁜 며느리가 오래 머물기 어렵다고
> 첩에게 일찍 돌아가라고 말했네.
> 슬픈 마음을 품고 휘장을 말아
> 통곡하면서 도성 길을 나서네.
> 봄 산이 지난날의 빛과 다르고
> 미무초(蘼蕪草) 잎에 눈물이 떨어지네.
> 바라건대 장차 낭군을 받드는 마음으로
> 낭군을 위하여 잠시 허리를 굽히네.
> 들리는 소문에 상형촌(上荊村)에
> 이미 남편을 따른 아내가 있다네.
> 해 지는 것이 두려워 수레를 몰아
> 소매를 뒤집으며 마치 돌아보듯 하네.[20]

---

20) 崔成大, 『杜機詩集』 권1, 門有旨鸚, 北壥有綠蕨. 三年靜琴瑟, 事主未會失. 豈意分明

이에 비하여 신유한이 정리한 〈산유화곡〉은 감정이 직접적으로 노출되어 있다. 9수 가운데 제4수이다.

> 서북쪽에서 외로운 구름이 나와
> 푸른 계수나무 숲에 아득하네.
> 위에는 다만 새가 깃들여서
> 슬픈 소리로 하늘을 향해 읊네.
> 누가 원망함이 없다고 일렀던가?
> 듣는 사람은 눈물을 어지럽게 흘리네.
> 듣는 사람이 괴로운 것은 가엾지 않으나
> 다만 알아주는 사람이 없음이 안타깝네.
> 외로운 구름이 갑자기 절로 돌아가면
> 푸른 계수나무에 저녁에 그늘이 지네.
> 내 눈물은 누구를 위하여 찼던가?
> 오그라들어서 안으로 마음을 상하게 하네.
> 西北出孤雲　莫莫蒼桂林　上有特棲鳥　哀聲向天吟
> 誰謂而無怨　聽者涕零淫　不惜聽者苦　但恨無知音
> 孤雲忽自歸　蒼桂夕以陰　我淚爲誰盈　蹙迫內傷心

신유한의 〈산유화곡〉이 현장의 민요를 그대로 채록한 것이 아니고, 최성대의 〈산유화여가〉 또한 바꾸어놓은 선법의 성격을 확인할 수는 없지만, 〈산유화곡〉에서 슬픔, 원망, 눈물, 아픔 등을 직접적으로 토로하고 있는 것으로 보여서 〈산유화여가〉와는 미묘한 차이를 짐작할 수는 있다.

이러한 변환은 민요를 시로 변환시킬 때 활용할 수 있을 것으로 볼 수 있다. 각 지역의 민요가 지닌 내질을 정확하게 이해함으로써 이를 섬세한

別, 恩情中途絕. 織罷故嫌遲, 粧成不言好. 惡婦難久留, 語妾歸去早. 含悲卷帷幔, 痛哭出畿道. 春山異前色, 淚葉蕉藦草. 願將奉君意, 爲君暫鞠于. 傳聞上荊村, 有婦已從夫. 驅車畏日暮, 反袂猶回顧.

개성까지 배려하면서 내면의 감응(感應)을 표현하는 기제로 발전시킬 수 있기 때문이다.

2) 연행 상황에 따른 노랫말 구성의 내용; 강준흠의 〈조산농가〉

시간의 추이와 일이 진행되는 상황에 따라 구체적인 민요 연행의 현장을 보여주는 것으로 강준흠(姜浚欽, 1768~1833)의 〈조산농가(造山農歌)〉(1-02-02-06)를 확인할 수 있다. 〈조산농가〉는 황해도 조산의 들판에서 불리어진 모내기노래(혹은 김매기노래 포함)를 거의 그대로 한역해 놓은 것이라, 19세기 초반 민요의 구체적 양상을 이해하는 데 귀중한 자료라 할 수 있다. 다음과 같은 서문이 있다.

> 은율현의 앞에 조산들이 있는데, 농군들이 같은 소리로 〈산유화곡〉을 노래했다. 노랫말이 매우 속되고 생각이 얕아, 옛날 황화의 〈절양류〉나 시골의 속된 노래의 더러움도 이에 이르지 못하는데, 저 무지한 사람들이 열두 국풍(國風)이 있음을 어찌 알리요? 그러나 그 노랫말이 때때로 비흥(比興)이 남긴 뜻에 절로 맞으니, 어찌 그 노래와 곡조가 성정에서 천기가 움직인 바로, 고금에 다름이 없으랴? 내가 겨르로운 가운데 옮겨서 글을 이루고 채시할 사람을 기다린다.21)

그리고 이어서 5편의 노래가, '식전가(食前歌)' - '식후가(食後歌)' - '오전가(午前歌)' - '오후가(午後歌)' - '석양가(夕陽歌)'로 구성되어 있고, '초창(初唱)' - '답창(答唱)'의 방식으로, 각각 '비(比)' - '비(比)' - '부(賦)' - '부이흥(賦而興)' - '비(比)' 등으로 노래의 성격까지 일정하게 규정하고 있다.

---

21) 姜浚欽, 『三溟集』, 탐구당, 1991, 권8. 殷栗縣前有造山坪, 農者齊聲唱山有花曲. 辭甚俚淺想, 古皇華折楊下里巴人, 汚不至此, 彼蚩蚩者, 豈知有十二國風? 而其詞往往自合於比興遺旨, 豈詞曲出自性情天機所動, 無古今殊歟? 余於閑中譯而成文以俟采詩者.

(1) 1-02-02-06-01 식전가 : 비(比)

　　나비야 서산 가자
　　범나비 너도 가자
　　蝶汝西山共我之 雙飛虎蝶汝宜隨 初唱

　　같이 가다가 저물거든
　　꽃가지에서 자고 가자[22]
　　同行若也山光暮 花裡應多可宿枝 答唱

　원주에서 "비이다. 아침을 먹기 전의 노래이다. 농사꾼이 서로 부르는 말이다.(比也 右食前歌 農者相招之辭)"라고 하였다. 비(比)는 "하나의 사물을 다른 사물과 견주는 것(比者 以彼物比此物也)"이다. 비는 대비라고 할 수 있는데, 두 가지를 대비함으로써 정도와 태도가 분명하게 드러날 수 있는 것이다.

　우선 초창의 '가자' → '가자'와 답창의 '가다가' → '가자'의 구조로 이루어져 있음을 알 수 있는데, 초창에서는 '나비' : '범나비'의 대비를 확인할 수 있고, 답창에서는 '저물거든' : '자고'의 대비가 드러나면서, 다시 초창과 답창에서 '나비' : '꽃가지'의 통합적 대비 구조를 보이고 있다. 나비가 일꾼을, 범나비가 다른 일꾼을, 서산이 일의 현장을, 꽃가지가 또 다른 휴식처를 의미한다고 보면, 이들 사이의 대비를 통하여 자연스럽게 일의 현장으로 일꾼들을 모으는 구성을 보이고 있다.

　식전은 일꾼을 모아서 일의 현장으로 나가야 하는 시점이고, 이른 아침부터 일의 현장으로 나간다는 일이 어제의 피로 등으로 선뜻 내키지 않을 수도 있는 것을 감안하면 꽃가지를 미리 설정함으로써 나름대로 새로운 기대까지 가지게 하는 것이다. 실제로 아직 손도 굳어 있고 목도 제대로

---

22) 최재남(1999)에서는 자료를 소개하면서 직역하였으나, 본고에서는 민요의 연행을 고려하여 복원하고자 한다.

풀리지 않은 상태이면서, 일의 현장에 모인 사람들의 분위기와 호흡도 가
다듬어지지 않은 상황이라는 점을 고려하면 이러한 설정은 시작이나 출발
의 시점에서 매우 중요한 발상이라고 할 수 있다.

(2) 1-02-02-06-02 식후가 : 비(比)

> 其二
> 물동이 인 저 아이야
> 물이 청계더냐 옥계더냐
> 朝殮汲水一盆兒 水是淸溪是玉溪 初唱
>
> 두 물은 원래 청탁이 다르니
> 넣어보면 절로 알지
> 二水元來淸濁別 湏君一歃自能知 答唱

원주에는 "비이다. 아침을 먹고 난 뒤의 노래이다. 용자(傭者)와 경자(耕
者)가 주인집의 동정을 서로 묻는 것이다.(比也 右食後歌 傭耕者以主家動靜相問
也)"라고 하였다. 식전가와 마찬가지로 비(比)이기 때문에 대비의 방식을
활용하고 있는 것이다. 그런데 용자와 경자가 서로 묻는 방식으로 구성하
였다. 초창에서 물동이를 인 아이를 불러, '청계(淸溪)' : '옥계(玉溪)'의 대비
로 묻고 있다. 물의 성질을 나타내는 청 : 옥의 대비로 주인집의 상황을
이해하겠다는 것이다. 그런데 경자는 답창에서 초창의 용자의 질문에 대
한 답을 바로 말하지 아니하고, '다르니' : '넣어보면'의 대비를 통해 직접
겪어보아야 알 수 있다고 대응하고 있다. 물론 청계와 옥계가 비유적으로
쓰였기 때문에 거기에 대한 대답도 이와 연결된 것으로 볼 수 있다.

식후는 이제 일을 구체적인 순서에 따라 진척시켜 나가야 할 때이다.
그런데 하루의 일을 순조롭게 하기 위하여 일을 주관하는 주인집의 동정
을 제대로 파악하는 것이 도움이 된다. 그러니 새로 일의 현장에 참석한

용자는 맑은 시내[淸溪]인지 아름다운 시내[玉溪]인지 확인해 보고 싶은 것이다. 그런데 이미 내막을 알고 있는 듯한 경자는 바로 답하지 아니하고 직접 손을 넣어서 물의 성질을 확인할 수 있을 것이라고 대응하는 셈이다. 물론 청탁(淸濁)이 다르다고 했기 때문에 경자는 상황을 파악하고 있다고 할 수 있고, 새로운 일꾼인 용자는 일을 해 나가면서 상황을 파악할 수 있을 것이라고 말하고 있다.

(3) 1-02-02-06-03 오전가 : 부(賦)

其三
샛별 같은 밥 고리가
반달같이 내려오네
筐似晨星戴饁娘 依然半月下西方 初唱

저를 보면 중년 뒤니[네가 무슨 반달이냐?]
초승달과 반달이 다투네.[초승달이 반달이지]
看渠已是中年後 爭及初生半月光 答唱

원주에는 "부이다. 점심을 먹기 전의 노래이다. 이것은 김매는 사람이 들밥을 내오는 아낙네를 보고 이야기하는 것인데, 스스로 서로 찬미하고 칭찬하는 것이다.(賦也 右午前歌 此耘者見饁婦說之 自相贊譽也)"라고 하였다. 부(賦)는 "사건을 펴서 늘어놓고 그에 대하여 직설적으로 이야기하는 것(敷陳其事而直言之者也)"이다.

초창에서 '샛별' : '반달'의 대비는 '밥 고리' : '엽부'의 대비로 이해할 수 있다. 지금 눈앞에 펼쳐지고 있는 광경을 보고 진술한 것이라 부(賦)라고 한 것이다. 그런데 문제는 답창에서 노출되었다. 7언의 형태로 옮겨놓은 사설에서는 직설적으로 들밥을 내오는 아낙네를 중년이 넘었다고 서술하고 있어서 부(賦)로 설정했지만, 오히려 '초승달' : '반달'의 대립이 현장감을 북돋우고 있는 것으로 볼 수 있다.

오전은 어느 정도 분위기가 마련된 것으로 볼 수 있다. 현장의 일체감이 무르익게 되었고 점심때가 가까워지면서 시장기도 느끼고, 마침 들밥을 내오는 아낙네를 보면서 소감을 솔직하게 진술하게 된 것으로 볼 수 있다. 그런데 다음과 같은 진술을 참고하면 현장의 상황도 쉽게 이해할 수 있다.

> 이처럼 초장을 일종의 동기로 하여 변주·반복하는 것을 부라고 한다. 이러한 변주는 얼마든지 다양하고 길게 반복할 수 있다. 그렇다면 부의 형식이 시 안에서 작동하는 기능은 무엇인가? 궁극적으로 부는 흥이 지속되도록 하여 듣는 사람들이 감응을 사유하도록 한다.[23]

제시된 사설에서는 초창과 답창의 구조로 되어 있지만, 초창과 답창 사이에 새로운 변주가 얼마든지 가능할 수 있다. 실제 '반달'을 동기로 하여 '초승달'과의 연결 속에서 다양한 변주가 반복될 수 있게 된 것이다.

(4) 1-02-02-06-04 오후가 : 부이흥(賦而興)

> 其四
> 먹고 쉬고 쉬다가 매느라고
> 긴긴 밭에 호미처럼 더디네
> 喫了方休休了籽　長田一頃若鋤遲　初唱
>
> 물레와 쇠꼬챙이 안배가 늦어
> 둥근 실이 반규[반달]도 못 되네
> 紡車鐵串安排晚　輪得絲來未半規　答唱

원주에서 "부이면서 흥이다. 점심을 먹은 뒤의 노래이다. 이것은 해가

---

23) 김근, 앞의 책, 200~201면.

저물어 김매는 것이 늦어지는 것을 걱정하여, 노래를 부르고 여자가 화답한다.(賦而興也 右午後歌 此憂日晩耘遲 唱而女和也)"라고 하였다. 흥(興)은 "먼저 다른 사물을 말하고, 읊고자 하는 말을 이끌어 내는 것(先言他物 以引起所詠之詞也)"이다. 다른 사물을 매개로 삼아 실제로는 자신의 내면을 드러내는 것이라 할 수 있다. 그런데 초창은 부(賦)로 볼 수 있고, 답창은 흥(興)으로 파악할 수 있다. 초창은 일의 현장에서 일어나고 있는 일을 직접적으로 서술하고 있는데, 답창은 물레와 쇠꼬챙이가 적당히 배치되지 못하여 실을 반규도 잣지 못했다고 말하여, 무슨 일이 제대로 성취되지 못했음을 강조한다. 초창이 남창이라면 답창은 여창으로 볼 수 있다. 여자가 화답하는 답창에서 흥(興)이 드러난다고 할 수 있다.

흥에 대하여 다음과 같은 진술을 참고할 수 있다.

> 흥이란 시의 내용 자체가 직접적으로 마음에 실현되어 뜻을 세우게 하는 것이 아니라, 자발적으로 깨닫게 하는 작용이다. 이러한 흥이 일어나는 것은 차이의 감각에서 비롯된다. 그런데 이를 위해서는 두 개의 대상을 비교하는 행위, 곧 비(比)가 필요하다. 이 비를 통하여 주체는 차이를 감각하고, 이를 기초로 비유·연상·추리 등의 관념 작용으로 확장한다.[24]

오후는 일의 현장에서 일꾼들의 분위기가 느슨해지고, 피로감도 닥칠 때이다. 그리하여 일의 현장만 말하는 것이 아니라 가상적인 상황까지 설정하여 어느 정도의 일탈까지 받아들일 수도 있다. 여기에서 흥(興)이 유발될 수 있는 것이다. 현장의 직설인 초창의 부(賦)와 연결되어 있고, 답창의 흥(興)에는 비(比)가 잠재되어 있는 것이다. 물레와 쇠꼬챙이의 대비가 그것이다.

---

24) 김근, 앞의 책, 180면.

(5) 1-02-02-06-05 석양가 : 비(比)

其五
비낀 해는 산을 넘으려는데
앞길 천리가 아득하네
天際斜陽欲下山 前程千里杳茫間 初唱

청노새는 지쳐서 가기 어려워서
천천히 가라고 채찍을 잡지 않네
靑驪倦矣行難盡 任汝徐行莫着鞭 答唱

원주에는 "비이다. 석양가이다. 이것은 저물녘에 일을 그만두어야 하는 것을 걱정하는 것이다.(比也 右夕陽歌 此悶向暮力罷也)"라고 하였다. 다시 비(比)로 돌아가고 있다. 노래의 시작과 마무리를 비(比)로 하고 있다는 것은 일의 시작과 끝을 가지런하게 하는 것으로 이해할 수 있다. 초창에서는 '해' : '길', '산' : '천리'의 대비로 나타난다. 이것을 시간 : 공간(방향), [빠른] 이동 : [남은]거리의 대비로 볼 수도 있어서, 시간은 얼마 남지 않았는데, 할 일은 아직 많이 남아 있다고 말하는 것이다. 그런데 답창에서는 오히려 느긋함을 보이고 있다.

석양이 되면 이제 하루의 일을 마무리해야 한다. 그 과정에 아직 해야 할 일이 많이 남았다고 걱정스러운 마음을 드러내기도 하고, 또 이미 지칠 대로 지쳤으니 재촉하지 말고 느긋하게 마무리하자고 마음의 여유를 갖기도 한다.

이상에서 강준흠이 채록한 〈조산농가〉를 통하여 시간의 추이와 일의 진행에 따라 노래를 배분하는 방법과 각각의 노래의 사설을 구성하는 데 비(比), 부(賦), 흥(興)의 방식을 활용하는 내용을 확인했다. 그리고 노래의 화자가 상황에 따라 달라지고 있어서, 농자(農者)·용자(傭者)·경자(耕者)·주가(主家)·운자(耘者)·엽부(饁婦) 등 일의 현장에 참여한 사람이나 그 주변의 인물이 화자로 나타나고 있는 것도 보았다. 이는 민요가 현장에 있는 사람의 목소리를 드러내는 것이 중심을 차지하면서도 주변 상황까지 고려하고 있음을 반증하는 것이다.

　일노래가 민요의 근간이고 18세기 이후 모내기노래가 일노래의 중심을 차지하면서, 일의 현장 상황과 노래의 구성이 연결되는 고리를 확인하게 된 것인데, 이러한 확인을 통하여 시적 상황에 따른 시적 구성으로 전환시킬 수 있는 실마리를 마련할 수 있을 것으로 기대한다.

3) 호응창을 통한 화음의 발견과 감동의 방향 모색 – 호응창의 의미

　민요를 부르는 방식으로 주목할 수 있는 것이 호응창(呼應唱)[25]이다. 호응은 앞에서 부르고 뒤에서 응하는[받는] 것인데, 민요연행의 특성과 노래의 감동을 설명할 수 있는 매우 유효한 개념이다. 이는 종래 교환창[26]이라는 개념과 변별된다는 점에서 오히려 민요의 노래로서의 지향을 드러내고 서정성을 담보하는 방향으로 이어질 수 있는 것이다.

　호응의 방식으로 민요를 부르는 것에 대하여 이미 강희맹(姜希孟, 1424~1483)이 「선농구(選農謳)」에서, "농부가 노래하는 것을 들으면, 이른바 호응이라는 것은 그 소리가 슬프면서도 굳세어서 이항(里巷)의 노래와 같은 곡조가 아니다.(聞農謳 有所謂呼應者 其聲悲壯 不與里巷之歌同調)"라고 하여 특별한 관심을 표명한 바 있고, 김정국(金正國, 1485~1541)이 이석형(李石亨, 1415~1477)의 「호야가(呼耶歌)」에 화운한 「속호야가(續呼耶歌)」에서는, 나무를 베면서 부르는 벌채소리와 나무와 돌을 운반하면서 부르는 운반노동요인 선후창의 '이영차[呼耶]' 소리를 멈추고 들판에서 함께 일을 하면서 부르는 '이야옹[呼應]' 소리로 바꾸고자 하는 화자의 태도를 강조하고 있다. 일방적

---

25) 호응창의 개념 설정은 최재남, 「조선후기 민요의 실상과 한시의 민풍 수용」, 『장르교섭과 고전시가』, 월인, 1999, 179면, 주 7) 참조.
26) 장덕순 외, 『구비문학개설』, 일조각, 1971, 89~92면.

인 부역을 강요하는 것이 아니라 농민들이 함께 일을 하면서 부르는 노래로
바꾸어서 생산주체인 이들 농민의 삶이 윤택해지기를 바라는 것으로 전환
시킨 셈이다. 호응창을 주목하는 것은 강조(腔調)에 대한 배려와 일에 참여
하는 사람들에 대한 애정까지 포함하고 있는 것으로 이해할 수 있다.

　그런데 민요의 연행에서 각 지역에서 호응창의 사례를 확인할 수 있다.
이미 앞 절에서 살핀 〈조산농가〉가 초창(初唱)과 답창(答唱)으로 부른다고
밝히고 있어서, 호응창의 성격도 조금씩 다르게 인식되고 있음을 알 수
있다. 실제로는 문-답, 초창-답창, 창수-언, 전호-후답, 전호-후응, 전
창-후창 등27)으로 나타나고 있음이 확인되는데, 세부적인 차이에 대한
정밀한 검증이 필요한 것은 사실이다. 그러나 이를 포괄적으로 호응창의
범주에서 다룰 수 있는 것은, 연행의 특성과 감동을 위한 장치로 이해하고
자 하기 때문이다.28)

　　　봄이 오면 곧바로 별을 이고 논을 갈아
　　　물 위로 나온 푸른 모가 이미 움큼에 차네.
　　　서쪽에서 꽂아 동쪽으로 옮기니 온 들판이 열리고
　　　앞에서 부르고 뒤에서 받으니 사방에서 맞이하네.
　　　밥 짓는 연기가 잠시 나더니 광주리가 다투어 나오고
　　　산의 해가 막 뉘엿뉘엿하니 손은 더욱 가벼워지네.
　　　머리가 허연 노인은 임금의 힘을 노래하니
　　　바뀌는 속에서 절로 이루어짐을 조금 알겠네.
　　　卽從春到戴星耕　出水靑秧己把盈
　　　西揷東移千野闢　前呼後應四隣迎

---

27) 성기각, 「조선후기 민요자료를 통해 본 민요의 가창방식」, 최재남 외, 『문집소재 조선
　　후기 민요자료 정리와 분류』, 보고사, 2008, 64면.
28) 정리한 자료집에서 확인할 수 있는 '전호후응'의 사례는 1-01-04-18, 1-02-02-21,
　　1-02-02-44-03, 1-02-02-89, 2-02-02-02, 2-04-02-09 등 6편이다.

炊烟乍起筐爭出   山日將斜手愈輕
頭白老人歌帝力   儘知化裏自生成
                    1-02-02-21 이앙(移秧)(金綸栢(1836~1911), 『琴隱集』)

　위의 자료는 모내기를 하는 하루의 일과를 순차적으로 제시하면서 노래를 호응의 방법으로 부르고 있음을 말하고 있다. 일의 구체적인 내용은 강준흠의 〈조산농가〉에서 확인한 것과 거의 대응된다.
　다음과 같은 자료에서도 호응창의 방식을 이해할 수 있다.

　　굽이굽이 모노래가 호수와 산을 움직이고
　　삿갓과 도롱이가 들판에서 나오네.
　　<u>앞에서 부르고 뒤에서 받으니</u> 소리마다 장쾌하고
　　흰 논을 갈아 푸르게 바꾸니 걸음마다 교대하네.
　　세 때에 음식을 대접하니 끝내 피로하지 않고
　　한 줄로 가면서 잠시도 틈이 없네.
　　쏟아지는 비가 옷을 적신들 어찌 아까우랴?
　　이로부터 농사짓는 사람들 시름이 없어지네.
　　秧歌曲曲動湖山   雨笠烟簑出野關
　　<u>前呼後應聲聲壯</u>   耕白移靑步步間
　　三時供饋終無倦   一字行來暫不閒
　　惠霈衣沾何足惜   農人自此破愁顔
                    1-02-02-89 이앙(移秧)(盧正勳, 『鷹樵集』 권1)

　호응창이 노랫말 중심으로 전개될 수 있다는 점은 인정할 수 있지만, 중요한 사실은 앞에서 하는 노랫말과 뒤에서 하는 노랫말이 서로 연계되어 있다는 점이다. 노래하는 사람이 서로를 배려하고 있는 것으로 이해할 수 있다. 이러한 배려는 노랫말의 구성에도 그대로 이어질 수 있다.

4. 서정의 현실성과 서정성의 확보

앞 장에서 조선후기 민요의 실상을 몇몇 구체적 자료를 통해 확인하고 민요의 연행과 관련하여 시적 구성에서 활용할 수 있는 방향을 세 가지로 정리하였다. 지역의 선법과 정서의 차이를 구체적으로 확인하여 각 지역 민요가 지닌 내질을 서정성을 담보할 수 있는 방향으로 연결시키는 것이 그 하나이고, 연행 상황에 따른 노랫말 구성을 확인하여 상황에 따라 시적 구성을 다르게 할 수 있는 방향을 확인한 것이 다른 하나이며, 호응창을 통한 화음의 발견과 감동의 방향을 제시함으로써 가창방식의 문제에 한정하는 것이 아니라 노랫말이 서로 유기적으로 이어질 수 있도록 하여 서정성을 담보할 수 있다는 것이 그 다음으로 정리한 것이다.

이러한 내용은 조선후기에 서정시의 주류에 선 사람들이 진시(眞詩)를 지향하면서 선언적으로 제시한 방향과 궤도를 같이 하는 것이라 할 수 있다. 그러나 한시 담당층들은 천진(天眞)을 강조하거나, 천진을 강조하는 사람들을 응원하면서도 실제로는 한시(漢詩) 중심으로 나아갔기 때문에 새로운 단계로 나아갈 수 있는 길을 스스로 봉쇄하고 있었다고 할 수 있다. 현실에서 제기될 수 있는 문제를 발견하는 일은 정확했다고 할 수 있지만 형상화의 도구인 언어의 문제에 있어서 한계를 지녔던 것으로 볼 수 있다. 실제로는 한시 작가들이 현실 문제를 직시하면서 예리하게 문제점을 지적하기도 하고, 작가들이 일상적 소재를 바탕으로 진솔함을 형상화[29]하거나, 일부에서 한시를 희화의 대상으로 삼는 경우가 나타났다고 해도 그것은 서정시의 방향을 근원적으로 전환하는 데에는 일정한 거리가 있는 셈이다.

다음 우리말 시가를 담당했던 사람들의 경우에는 이들이 각종 가집을 엮으면서 토로했던 구체적 진술이나 이들의 작업을 후원한 사람들의 선언

---

29) 조선후기 한시의 방향과 그 성격에 대하여, 안대회, 『18세기 한국한시사 연구』, 소명출판, 1999; 박영민, 『한국한시와 여성인식의 구도』, 소명출판, 2003 등 참조.

적 진술에서는 새로운 방향이나 다른 단계를 말하고 있지만[30], 실제 시조
의 구성과 주제 영역이 서정성의 방향을 전환하는 길에 어떤 역할을 했는
지 문제이다. 단시조가 지닌 3행의 정형성을 기본으로 하면서 길이가 길
어지고 행 구분이 명확하지 않아도 3단락 구성이라는 큰 틀을 유지하려고
했던 장시조의 경우에도, 어느 정도 새로운 구성이나 표현을 활용한 사례
를 보여주고 있지만 여전히 그 형식적 제약이 남아 있었던 셈이고, 조선후
기에 시조의 연행이 풍류와 유흥과 연결되어 있으면서 전문적인 재능을
가진 가객(歌客) 중심으로 진행되는 바람에 시의 내질에 대한 관심보다 악
곡에 대한 관심 쪽으로 기울어졌다고 할 수 있다. 예를 들어 안민영(安玟英)
의 〈매화사〉 8수가 연시조의 연쇄적 구성과 일정한 거리가 있다고 보는
시각[31]은 실제 악곡에 따른 배열 때문이기도 하지만, 관심의 방향이 서정
시로의 시적 긴장보다 현장의 풍류 쪽이었던 것으로 이해할 수 있다. 이렇
듯 조선후기 우리말 노래가 노래를 지향하고 있다는 점에서는 민요와 공
통성을 인정할 수 있음에도 불구하고 일의 호흡과 연결되거나 마음을 울
리는 노래가 아니라 악곡과 재능이 앞서는 노래 쪽으로 기울게 된 점에서
길이 갈렸던 것으로 보인다.[32]

이렇듯 조선후기 서정시를 대표한다고 할 수 있는 한시와 시조에 있어
서는, 각 지역에서 일정하게 차이를 보인다고 할 수 있는 정서를 적극적으
로 수용하거나, 풍류나 유흥이 아닌 건강한 일에 바탕을 둔 쪽으로 진척되
지 못한 것으로 파악할 수 있다. 이러한 현실적 상황이 앞 장에서 제시한
민요 연행을 통한 새로운 방향에 대한 기대와 이어지지 못하게 된 것으로
설명할 수 있다.

---

30) 鄭來僑, 「靑丘永言序」, 李廷燮, 「靑丘永言後跋」 등 참조.
31) 류준필, 「안민영의 〈매화사〉론」, 『한국고전시가작품론』 2, 집문당, 1992, 569~581면.
32) 그런데 각 지역의 정서를 반영하는 것으로 잡가를 주목할 수 있으나 본 논의에서는
   할애한다.

현재 입장에서 지나간 상황을 다시 가정하는 일이 어려운 처지이기는 하지만, 한시 담당층이 민요에 대해 적극적인 인식을 하거나 선언적 진술을 하는 등 많은 노력을 기울이기는 하였지만, 이에 머물지 않고 앞 장에서 제시한 세 가지 방향을 바탕으로 한시가 아닌 우리말로 새로운 서정시를 마련하는 방향으로 진행되었으면, 서정시가의 향방은 매우 긍정적이고 고무적인 결과로 나타났을 것이라고 추정해 볼 수 있다.

그런데 다음과 같이 후대에 채록된 민요에서는 각 지역의 민요가 지닌 표현의 차이를 발견할 수 있어서, 같은 상황에 대한 다른 표현이 시적 긴장과 대응에 대한 일정한 방향을 제기하는 것으로 볼 수 있다. 모내기의 현장에서 일어날 수 있는 상황이라는 점을 염두에 둘 때, (가)의 첫째 행의 밑줄 친 부분은 직설이고, (나)의 첫째 행의 밑줄 친 부분은 은유라고 할 수 있다. 그런데 (가)의 둘째 행은 앞 행의 밑줄 친 부분의 직설을 감싸면서 수습하는 태도를 보이고 있고, (나)의 둘째 행은 앞 행의 밑줄 친 부분에서 은유로 제시한 것을 적극적인 태도로 행동에 옮기는 변화와 그 파장까지 보여주고 있다. 이러한 내용이 각 지역의 일반적 특성을 반영하는 것이라고 단정할 수는 없지만, 대상의 발견과 그에 대한 표현, 그리고 거기에 대응하는 방식과 행동으로 옮기는 방향 등을 이 두 편의 짧은 민요에서 읽어낼 수 있는 것만은 사실이다.

(가)
모시야 적삼아 단적삼에 분통같은 저젖보소
많이나 보며는 병날게고 손톱 만츰만 보고가소[33]

(나)
모시야 적삼 안섶 안에 함박꽃이 봉지졌네
그 꽃 한 쌍 질라카이 호령소리가 백락 같네[34]

---

33) 『한국민요대전 경상북도민요해설집』, 문화방송, 1995, 476면.

172 제1부. 노래와 시의 만남, 그 울림

우리가 서정시의 향방과 관련하여 민요를 주목하고 민요의 내질을 지향하고자 하는 이유는 바로 이러한 세심한 부분까지 확장될 수 있기를 기대하기 때문이다.

매우 거칠게 서정시의 주류에 선 사람들이 창작하거나 향유한 서정시가 처한 현실적인 상황을 점검하고 서정성의 확보와 그 방향에 대한 논의를 진행했지만, 결과적으로 이들의 노력에도 불구하고 민요의 내질이 지향하는 새로운 서정성을 확보할 수 있는 방향으로 진전되지 못했다는 아쉬움을 지적할 수밖에 없게 되었다.

5. 소결

한시를 향유한 시인들의 귀를 울리고 그들의 마음을 들뜨게 했던 민요의 현장을 이제 자연스레 접하기는 어렵게 되었지만, 그들이 민요를 발판으로 하여 한시를 중심축에 놓고 서정시의 향방을 선언적으로 제기하면서도 우리말 서정시로의 실천적 창작으로 전환하지 못한 점을 반성적으로 되새기면서, 이제 새삼스러울지 몰라도 천진(天眞)으로 파악했던 민요의 내질을 환기하면서 서정시의 향방을 진지하게 성찰할 필요가 있지 않을까 기대해 본다.

우선 노래의 전통을 소복하는 일이 서정시의 감동을 확보하는 핵심이라고 할 수 있다. 서정시의 향방에 대한 선언적인 진술을 확인하는 일에만 그치지 말고 구체적인 방법을 제기하는 것이 더욱 중요할 수 있다. 슈타이거가 서정적 양식의 본질을 회감(Erinnerung)[35]으로 본 것은 바로 이러한 노래의 본질과 그 전통을 간파한 데서 착안한 것으로 보인다. 구체적인

---

34) 『창원군지』, 창원군, 1994, 1653~1654면.
35) 슈타이거, 오현일·이유영 공역, 『시학의 근본개념』, 삼중당, 1978, 17~127면.

방향을 몇 가지 제시할 수 있을 것이다.

첫째, 반복의 활용이다. 형태적 반복에만 한정할 것이 아니라 구조적 반복을 통해 감동의 공동 기반을 확보하는 일이 시급하다.

> 서정적인 반복 현상은 동일한 단어들로 새로운 것을 말하는 게 아니라 그같이 유일한 정조가 다시 한 번 울려 퍼지게 하는 것이다. … (중략) … 그중 특히 민요시들과 민요시풍의 시에서 반복구는 음악적인 어법으로 인하여 돋보인다. 대부분의 시귀가 보다 서사적인 것 혹은 극적인 것에 기울어지는 반면 반복구는 모든 서정적인 것을 자체 내에 포함시키듯이 함은 물론 드문 일이 아니다.36)

둘째, 각 지역의 정서에 대한 친밀감의 확보이다. 민요에서 각 지역의 선법이 다르다는 것을 파악하면, 각 지역의 자연적, 사회적 삶에 일정한 차이를 확인할 수도 있고 거기에 따라 내적 정서의 내질을 짚어낼 수 있는 방법을 발견할 수 있을 것이다. 이미 최성대가 인식하였고 구체적으로 전환까지 시도했던 점을 환기하면, 지역의 공통 기반인 선법에 바탕을 둔 개성적인 창조의 방향을 기대할 수 있을 것이기 때문이다. 근대시인 중에서 이러한 실천을 시도하여 성공한 몇몇 사례는 매우 고무적이라 할 수 있을 것이다.

셋째, 서정의 현실성을 확보하는 길이다. 서정의 현실성을 우리의 삶에서 확인하고 우리들 삶의 결을 좇아 서정의 방향을 마련하는 일이 중요하게 인식되어야 할 것이다. 생산 주체인 일꾼들이 그들의 공동 체험과 삶을 일의 현장에서 노래로 부르는 민요를 마주하면서, 그들이 선법과 노랫말 구성을 통해 정서적 감동으로 연결시켰던 전례를 참조하여, 지속적인 감응(感應)과 감동(感動)으로 이어질 수 있는 서정의 현실성을 확보하는 방안

---

36) 위의 책, 45면.

을 우리의 삶에서 강구하는 일이 매우 세심하게 고려되어야 할 것이다.

이제 근대의 서정시를 논의할 수 있는 언저리까지 이른 듯하다. 새로 부딪치는 고민은 근대라는 역사적 개념에 대한 인식과 서정시라는 근원적 질문이 어떤 방식으로 연결되고 있는지 그 고리를 풀 수 있는 새로운 열쇠를 마련하는 것이라 할 수 있다.

『한국시가연구』 26집(2009)

§ 제2부 ℃

노래의 지향과 그 내면

I

어부 지향 공간으로서 여강의 인식

1. 서언

강호에서 어부(漁父)로 살아가는 즐거움을 말하는 전통은 고려중기 이후 시가사에서 중요한 화두가 되었다.[1] 그 즐거움의 이면에 정사(政事)나 현실에 대한 불만이나 비판이 내재되어 있다고 할지라도 푸른 도롱이와 대삿갓 차림으로 저녁 무렵 가랑비가 내리는 낚시터에서 느긋하게 세월을 보내는 것을 즐거움의 한 방편으로 인식한 것이다. 이러한 삶에 대하여 가어옹(假漁翁)[2]이니 강호의 즐거움[江湖之樂]이니 하여 고평하면서 자연미(自然美)[3]라는 중요한 미의식으로까지 평가한 것도 사실이다. 그리고 강호가도(江湖歌道)라는 이론적 범주를 마련하기도 하였다.

한편 시야를 넓혀서 어부로 살아가는 즐거움을 서구에서 목부(牧夫)으로 살아가는 삶과 견주어서 현대적 변이양상을 이해하거나[4], 동아시아적 전

---

1) 이우성, 「고려말 이조초의 어부가」, 『성대논문집』 9집, 1964, 5~28면.

2) 최진원, 「가어옹」, 『성대논문집』 5집, 1960, 『국문학과 자연』, 성균관대학교 출판부, 1977에 요약 수록.

3) 조윤제, 『조선시가사강』, 동광당서점, 1937, 『국문학사』, 동방문화사, 1949, 130~142면.

통에서 그 의미를 살핀 연구5)로 확대되기도 하였다.

그럼에도 불구하고 실제 고려시대 어부의 즐거움을 말하는 노래는 중국 사인(詞人)들이 어부(漁父)에 대해 읊은 내용을 근저로 하고 있다거나, 그것이 아니면 그들이 읊은 내용을 집구(集句)하여 재정리하면서 토를 단 정도에 불과하다는 점을 해명하는 방향으로 진행된 것이다. 그리고 실제 연구의 방향도 조선시대의 〈어부가〉와 어부의 삶을 설명하기 위한 준비 단계로서 고려시대의 그것을 점검하는 시각에서 크게 벗어나지 못한 것이 사실이다. 도성을 중심으로 조정의 현실을 한 축으로 설정하고 지역을 중심으로 강호를 다른 한 축으로 설정한 이러한 이분법적 구도는 정치와 자연이라는 대립적인 특성을 잘 드러내는 것으로 이해될 수 있으며, 실제 연구에서도 이러한 대립 구조에 초점을 맞추고 후자를 긍정하는 입장에서 연구를 진행해 온 것이 사실이다.

그리하여 실제 어부의 세계에 대하여 일반적 강호(江湖)이거나 미지의 상상의 세계로 상정하여 낭만적 성격을 설명하고자 하는 입장을 견지하였다. 그런데 고려 후기인 14세기 후반에 어부의 삶을 구체적으로 체험하면서, 관념적인 지향에 머물거나 중국 사인들의 시(詩)나 사(詞)를 집구하면서 자족했던 단계에서 벗어나 현실의 구체적 공간인 여강(驪江)을 중심으로 어부의 삶을 추구하고자 한 일련의 경향을 확인하면, 어부 지향의 세계와 그 공간에 대한 정밀한 탐색이 새로운 해석의 기반을 마련할 수 있을 것으로 기대한다. 〈어부가〉는 집구의 성격을 지니지만 어부 지향의 공간은 구체적 현실성을 확보하면서 전환을 이룬 것으로 이해할 수 있게 될 것이다.

---

4) 김병국, 「한국전원문학의 전통과 그 현대적 변이양상」, 『한국문화』 7, 1986; 『한국고전문학의 비평적 이해』, 서울대학교 출판부, 1995에 「강호가도와 전원문학」으로 수록; 김흥규, 「강호시가와 서구 목가시의 유형론적 비교」, 『민족문화연구』 43호, 2004, 1~44면.

5) 이형대, 「어부 형상의 시가사적 전개와 세계 인식」, 고려대학교 박사학위논문, 1998, 『한국 고전시가와 인물형상의 동아시아적 변전』, 소명출판, 2002에 수록.

본 연구는 14세기 후반 특정한 시기에 어부의 세계를 지향하는 구체적 공간으로 설정한 여강(驪江)과 그 주변이 지닌 성격과 의미를 이색(李穡, 1328~1396)과 김구용(金九容, 1338~1384) 등의 경우를 통하여 살피면서, 〈어부가〉의 세계와 어부 지향의 세계를 변별하고자 한다. 어부 지향의 세계에 초점을 맞추면서 〈어부가〉의 양상에 대한 전망까지 제시할 수 있을 것으로 기대한다.

2. 〈어부가〉의 전승과 어부 세계의 지향

〈어부가〉의 전승과 어부 세계의 지향은 비슷한 듯하지만 분리하여 생각할 수 있다. 〈어부가〉의 내용을 노래로 부르면서 즐기는 것과 어부의 삶을 지향하면서 지내는 것을 변별하여 생각할 수 있는 것이다.

〈어부가〉의 전승은 중국 사인들의 것을 그대로 받아들이거나 집구의 형태로 정리하면서 『악장가사』에 수록된 〈어부가〉를 산출한 것으로 이해할 수 있다.[6] 실제 기생이 노래로 부르는 과정에 창(唱)의 기능을 지닌 작품으로 전승된 것으로 보인다. 이황(李滉, 1501~1570)이 어린 시절에 안동의 기생이 〈어부가〉를 노래로 부르는 것을 들었다고 했으니 16세기 초반까지 가기(歌妓)를 중심으로 전승된 것으로 추정할 수 있다. 뒤에 이현보(李賢輔, 1467~1555)가 이를 산정하여 장가 계열의 〈어부가〉 9장을 마련했고, 그 다음에 윤선도(尹善道, 1587~1671)가 다시 〈어부사시사〉로 정리한 것으로 확인된다.

---

6) 〈어부가〉에 대한 연구의 기본 방향이 이런 시각에서 이루어졌다. 이재수, 『윤고산연구』, 학우사, 1958; 최동원, 「어부사의 사적 전개와 그 영향」, 『어문교육논총』 8집, 1984; 윤영옥, 「어부사연구」, 『민족문화논총』 2·3집, 1986, 35~72면; 송정숙, 「어부가계 시가연구」, 부산대학교 박사학위논문, 1990; 박완식, 「어부사 연구」, 우석대학교 박사학위논문, 1996 등 참조.

그런데 어부의 삶을 지향하는 인식 또는 어부의 세계를 지향하는 방향
은 고려중기 이후 한시를 통하여 관념적으로 이어지다가 어부의 삶을 충
족시키기에 충분하다고 생각한 구체적 현실 공간을 확보하면서 〈어부가〉
의 전승과는 다른 양상을 보이게 된 것이다. 실제 〈어부가〉를 향유한 경우
도 확인할 수 있지만 그렇지 않고 〈어부가〉가 빠진 상황에서도 어부의
삶을 모델로 설정하고 강과 전지와 승경이 어우러진 곳에서 도롱이와 대
삿갓 차림으로 저녁 무렵에 가랑비가 내리는 낚시터에서 느긋하게 세월을
보내는 것으로 상정한 것이다. 아울러 가까운 절에서 스님을 만나기도 하
고, 달빛에 술잔을 기울이기도 하는 삶을 그리워하는 경우도 포함되어 있
다. 이 구체적 현실 공간으로 고려 후기의 여강과 그 주변을 주목할 수
있는 것이다.

여강(驪江)은 경기도 여흥(驪興) 지역을 흐르는 한강을 가리키던 말로 현
재 남한강 일대가 여기에 해당한다. 개경(開京)에서는 여강을 원지(遠地)[7]
로 인식하고 있었고 실제 유배지[8]이기도 했지만, 강 주변에는 빼어난 승
지가 있고 아울러 비옥한 토지가 있어서 공경(公卿)의 별장이 마련되어 있
기도 한 곳이었다.

이색이 광주목에 있던 천녕을 읊은 〈천녕의 노래[川寧吟]〉[9]에서 여강의
위치와 그 주변에 대해 진술한 내용을 확인할 수 있다. 이 글에서 어부
지향의 구체적 공간으로 지목하는 곳이 바로 여기에 해당한다.

---

7) 『고려사』 권115, 「열전」 28, 〈이색전〉, "여흥은 원지니 맞아 근지에 안치하면 임금을
   내쳤다는 이름을 면할 수 있으리라."
8) 任君輔, 閔壽生, 金九容, 禑王 등이 여흥으로 유배되었음을 『고려사』에서 확인할 수
   있다.
9) 『목은시고』 권16, 〈川寧吟〉, 여운필·성범중·최재남 공역, 『역주 목은시고』 6, 월인,
   2003, 작품 번호 06-16-002(06은 역주 책, 16은 원전 수록 권수, 002는 작품 번호이
   다. 이색의 시는 이하 06-16-002와 같은 방식으로 표시한다).

시내의 근원이 죽령(竹嶺)에서 내려와서
단양의 산과 예성의 언덕, 여흥의 벌판을 지나네.
달리는 물줄기가 수백여 리이고
배는 밤낮 없이 송경(松京)으로 들어가네.
천녕(川寧)이라는 한 고을은 풍광이 좋은데
동쪽 지경은 양근(楊根)이고 서쪽은 이천(利川)이네.
공경(公卿)들의 별서(別墅)가 멀리 서로 바라보이는데
봄바람과 가을달에는 아름다운 잔치를 연다네.

川之源兮竹嶺下   丹山蘂坡驪興野
奔流數百有餘里   舟入松京無晝夜
川寧一邑好風烟   東岸楊根西利川
公卿別墅遙相望   春風秋月開華筵

여강을 중심으로 한 여흥(驪興), 천녕(川寧), 이천(利川) 등이 그 권역에
해당하며, 죽령에서 내려오는 맑은 물과 신륵사와 용문사를 비롯한 사찰,
침류정과 청심루 등을 비롯한 누정, 그리고 공경들의 별장10)이 마련되어
있던 곳으로 확인된다.

그리하여 여강을 중심으로 한 이 권역으로 돌아가 눈 속에서 낚시질을
하면서 어부처럼 살아가고 싶은 마음을 표현하고 실제 이 지역으로 돌아
가고자 한 것인데, 우리는 이러한 태도를 어부 세계의 지향으로 파악하고
여강과 그 주변을 주목하는 것이다. 실제 이색도 천녕으로 돌아가서 별장
을 열 계획을 세우고 있었던 것이다. 고향 한산(韓山)과 견주어 새로 마련
할 천녕의 별장에 대한 기대를 우왕 4년(1378, 51세)에 지은 다음의 〈시골집
[田廬]〉에서 읽을 수 있다.

10) 『목은시고』에서 확인할 수 있는 것은 柳珣의 이천전사, 廉興邦의 천녕별서 등이다.

마읍(馬邑)의 시골집에 작은 창이 고요한데
가까운 수루에서 고각(鼓角) 소리가 들려오네.
베틀 위에 밝혀진 등불은 밤일하기에 알맞고
침상 머리에서 익은 술은 추수할 때 좋네.
남쪽 마을의 늙은이와 함께 낚싯줄을 드리우고
북쪽 절의 스님을 불러 촛불을 잡고 노네.
다시 천녕(川寧)으로 가서 별장(別莊)을 열리니
곳곳의 강산은 돌아가 쉴 만하다네
田廬馬邑小□幽　鼓角聲傳近戍樓
機上燈明宜夜作　床頭酒熟好秋收
南村叟共垂絲釣　北寺僧邀秉燭游
更向川寧開別墅　江山到處可歸休[11]

　그리고 여강에서 지내고자 하는 마음의 바탕에는 그곳에 하사받은 전지
가 있어서 귀거래를 실천할 수 있다고 본 때문이다. 목은은 51세이던 우왕
4년(1378)에 여강 가에 전지를 하사받은 것이다.

노쇠하고 머리가 센 신(臣)이 아직 빈한한 것을 불쌍히 여겨
칙령(勅令)으로 산과 물 사이에 있는 밭을 하사하셨네.
옛날부터 군신 사이에는 큰 의리가 있었는데
이제 처와 자식이 근심스러운 얼굴을 펴겠네.
물굽이에 배를 타고 밝은 달을 초대하고
산자락에 집을 짓고 푸른 산을 깎아내리.
다만 부족한 것은 남은 생애에 사직(辭職)을 청하는 일인데
은혜에 감격하여 두 줄기 눈물이 흐르는 것을 금할 수 없네.
憐臣衰白尙貧寒　勅賜土田山水間
自古君臣存大義　如今妻子免愁顔

---

11) 『역주 목은시고』 5, 05-12-078, 〈田廬〉.

乘舟水曲招明月　結屋雲根骵碧山
只欠殘生乞骸骨　感恩雙淚不禁淸[12)]

　전지가 있는 여강으로 돌아가서 어부의 삶을 누리겠다는 기대는 "누워
서 앓으면서 나라의 은혜를 입음에 몹시 놀라거니와, 여강(驪江)의 양쪽
언덕에는 하사받은 전야가 있다네.(臥病深驚荷國恩 驪江兩岸賜田原)"[13)]를 비
롯한 여러 편의 시에서 지속적으로 나타나고 있다.

　한편 김구용은 우왕 1년(1375)에 죽주(竹州)로 유배되었다가 이듬해에 여
흥으로 양이 되었는데, 당시 천녕의 도미사에 은거하고 있던 이집(李集,
1327~1387)에게 보낸 절구 5수에서 여강에서의 삶을 어부의 삶 그것으로
생각하고 있음을 알 수 있다. 어부 지향 공간으로서의 여강은 이 시기에
확고한 기반을 마련한 것으로 보인다. 셋째 수를 들어본다.

　　　달빛과 강물 소리에 더운 기운이 가시는데
　　　늙은 고기가 때때로 이끼 낀 물 가로 가까이 다가오네.
　　　낚싯줄 걷고 노를 거두어도 아무 일 없으니
　　　가벼운 배 편히 내버려두고 느긋하게 돌아가네.
　　　月色江聲暑氣微　老魚時復近苔磯
　　　收絲卷棹人無事　穩放輕舠緩緩歸[14)]

　그런데 이러한 여강이 어부 지향 공간으로 인식된 것은 강을 끼고 있는
여강과 그 주변이 지닌 장점 때문이기도 하지만, 당시 정치적 상황의 변화
와 일정한 관련을 가지는 것으로 볼 수 있다. 신돈(?~1371)이 축출되고 공민
왕(1330~1374)이 승하한 뒤에, 이인임(李仁任, ?~1388)을 중심으로 한 세력

---

12) 『역주 목은시고』 4, 04-10-038, 〈蒙賜田有感〉.
13) 『역주 목은시고』 10, 10-27-072, 〈賜田收租回一首〉.
14) 『惕若齋學吟集』 권하, 성범중, 『척약재 김구용의 문학세계』, 울산대학교 출판부,
　　1997, 작품번호 237, 〈驪江五絕〉.

이 정권을 장악하면서 비판 세력인 김구용·이숭인(李崇仁) 등을 유배시키게 되었는데,15) 이런 과정에 유배지인 여강이 불만스러운 개경의 정치 현실을 벗어나는 새로운 공간으로 인식될 수 있었던 것이다. 신돈 때문에 영천(永川)에서 숨어서 지내던 이집이 천녕현에 은거지를 마련한 것이라든가, 이색이 우왕 때에 여강 주변에 전지를 하사 받은 것 등이 이들의 여강에서의 어부의 삶을 가능하게 하고 기대하게 한 것으로 설명할 수 있을 것이다.

그런데 다음 시기의 전환과 관련하여 한 가지 더 주목할 것은 여강의 하류가 개경으로 이어지는 통로로 볼 수도 있지만 상류로 올라가면 죽령으로 이어지는 것이기에, 뒷날 죽령을 넘나들며 한양과 예안을 오고간 이현보의 분강(汾江)과 연결 지을 수 있는 고리를 상정할 수 있다는 것이다. 배를 타고 여강을 거슬러 올라가면서 〈귀거래사〉를 읊었던 것을 환기하면 더욱 의미 있는 공간으로 설정할 수 있다.

실제 이색도 죽령을 말하면서 그러한 전환을 예고하고 있다고 할 수 있다.

> 봄바람이 조용히 움직여 새벽 음기가 드리웠는데
> 백발의 쇠약한 늙은이는 앉아서 시를 읊네.
> 강가의 푸른 물결은 죽령(竹嶺)에 이어지는데
> 언제나 물을 거슬러 올라가 남쪽 물가에서 바라보랴?
> 春風澹蕩曉陰垂　白髮衰翁坐詠詩
> 江上綠波連竹嶺　泝流何日望南陲16)

여강의 물을 거슬러 올라가 죽령을 넘겠다고 말하고 있는데, 이러한 목은의 태도는 죽령을 넘어서 외가가 있는 영해를 상정했을 수 있지만 어부

---

15) 『고려사』 권129, 「열전」 39, 〈이인임전〉, 『고려사』 권104, 「열전」 17, 〈김구용전〉 등 참조.
16) 『역주 목은시고』 5, 05-14-103, 〈驪江〉.

지향의 공간이 확산되는 계기를 마련한 것이라 할 수 있다.

구체적 공간인 여강을 주목할 때 우리는 어부 지향을 관념적인 것으로 설명하는 단계에서 한 발 나아갈 수 있다. 마음 속으로 고향으로 돌아가고 싶은 갈망을 포함하고 있으면서 강과 전지와 승경이 갖추어져 있고 여기에서 직접 어부의 삶을 체험하거나 그리워하는 방향으로 여강에서 어부의 세계를 실행하고자 한 것으로 정리할 수 있다.

3. 어부 지향 공간의 구성 요소

어부(漁父)로 살아가는 삶 즉 어부의 세계는 어느 정도 관습화되어 있다. 실제 구체적인 현실 공간에 따라 구성 요소가 다르게 나타날 수는 있지만 오랜 기간 어부와 어부의 삶을 형상화하는 과정에서 보편화되어 있는 셈이다.

중국의 사인들이 읊은 어부의 형상에 바탕을 두고 있지만 그 가운데에서도 당나라의 장지화(張志和)가 호주(湖州)로 안진경(顔眞卿)을 찾아가서 지은 〈어가자(漁歌子)〉에 크게 기대고 있음을 알 수 있다.

> 서쪽 변새의 산 끝에서 흰 해오라기가 날고
> 복숭아꽃 흐르는 물에는 쏘가리가 살찌네.
> 파란 대삿갓과 푸른 도롱이로
> 비낀 바람 가랑비에 돌아갈 줄 모르네.
> 西塞山邊白鷺飛　桃花流水鱖魚肥
> 靑篛笠　綠簑衣　斜風細雨不須歸

위의 사(詞)에는 해오라기, 복숭아꽃이 흐르는 물, 쏘가리, 파란 대삿갓과 푸른 도롱이, 비껴 부는 바람, 가랑비 등이 등장하는데 이러한 소재가 어부의 삶을 구성하는 중요한 요소로 인식되고 있다.

　　장지화의 사에 등장하는 이런 요소를 포함하여 파란 대삿갓과 푸른 도롱이[靑蒻笠 綠簑衣], 낚싯대와 낚시질, 낚시터, 비껴 부는 바람과 가랑비[斜風細雨], 쪽배 또는 조각배[扁舟] 등을 어부로 살아가는 삶의 구성 요소로 정리할 수 있다.

　　우선 파란 대삿갓과 푸른 도롱이[靑蒻笠 綠簑衣]는 어부가 머리에 쓰고 어깨나 허리에 걸치는 것으로 어부의 검소한 옷차림을 형상화한 것이다. 경우에 따라 대삿갓[蒻笠], 도롱이[簑衣], 도롱이와 삿갓[簑笠] 등과 같이 축약이 되거나 푸른 도롱이[綠簑]와 같이 한 가지만 제시되는 경우도 있지만 어부의 거칠고 소박한 차림새를 말하고 있다는 점에서는 공통적이다.

　　우선 이색의 시에서 몇 예를 들어 본다.

　　　　양쪽 기슭 구름 낀 산에 푸른 기운이 쌓였는데
　　　　낚싯줄 하나로 바람 속에서 이끼 낀 물가에 앉아 있네.
　　　　저녁녘에 석양길에 이슬비가 내릴 때에
　　　　청약립과 녹사의로 홀로 돌아온 일이 기억나네.
　　　　兩岸雲山矗翠微　一絲風裡坐苔磯
　　　　晚來小雨斜陽路　蒻笠簑衣記獨歸[17]

　　　　달빛이 희미한 강 위의 하늘에는 봉화가 없거늘
　　　　언제나 도롱이와 삿갓 차림으로 늙은 낚시꾼을 짝하랴?
　　　　江天烟月無烽火　簑笠何時伴釣翁[18]

　　다음으로 주목할 수 있는 것이 낚싯대와 낚시질이다. 파란 대삿갓과 푸른 도롱이의 어부의 차림새로 낚싯대를 가지고 낚시를 하는 모습이 자연스럽게 형상화된다. 하나의 낚싯줄[一竿], 드리운 낚싯대[垂釣] 등이 물고기

---

17) 『역주 목은시고』 5, 05-12-002, 〈又用前韻自詠〉.
18) 『역주 목은시고』 10, 10-27-082, 〈憶家山〉.

를 낚는 도구로서 낚싯대를 형상화한 것인데 그 배경은 달밤이거나 강
위의 배이다.

어느 날이나 사직하여 동해로 가서
달빛 속에 이끼 낀 물가에 앉아 낚싯대를 드리울까?
何日乞身東海去　月中垂釣坐苔磯[19]

머리를 돌리니 천지에는 티끌이 어둑한데
고기를 낚는 돈대에서는 달빛이 낚싯대 하나를 비추리.
回首乾坤塵漠漠　一竿明月釣魚臺[20]

이와 함께 낚시를 하는 장소인 낚시터는 강가에 있으며 돌에 이끼가
끼어 있고[苔磯], 주변에는 안개[연기]가 자욱하게 두르고 있거나 달빛이
비치고 있어서 신비한 느낌을 불러일으키게 한다.

들에는 햇빛이 나무꾼의 길에 빛나고
강에는 연기가 낚시터에 어둑하네.
野日明樵徑　江烟暗釣磯[21]

하늘 끝 강에는 나의 낚시터가 나지막하니
자욱한 푸른 안개기운이 나의 옷을 적시리.
江天漠漠低我磯　空翠霏霏濕我衣[22]

탈속한 어부의 차림새로 달밤에 으스름한 안개가 낀 낚시터에서 낚시를

---

19) 『역주 목은시고』 5, 05-12-106, 〈得寧海金左尹書〉.
20) 『역주 목은시고』 7, 07-19-101, 〈連日有微雨〉.
21) 『역주 목은시고』 6, 06-15-060, 〈自詠二首〉.
22) 『역주 목은시고』 10, 10-29-049, 〈悶雨歌〉.

마치고 돌아오는 길은 바람이 비껴 불고 가랑비가 내리는[斜風細雨] 때인 경우가 많다.

싱그러운 풀에 낀 맑은 연기가 목동의 피리에 이어지고
비껴 부는 바람에 가랑비는 고기잡이배에 가득하네.
芳草淡烟連牧笛　斜風細雨滿漁舟[23]

가랑비와 비껴 부는 바람이 푸른 도롱이에 가득한데
꿈 속에는 늘 흰 갈매기 노는 물결이 있네.
細雨斜風滿綠簑　夢中長在白鷗波[24]

여강(驪江)의 봄물이 이끼처럼 푸른데
물 가의 들쑥날쑥한 띠집은 열려 있네.
언제나 사직하여 시골 늙은이를 따르면서
가랑비 속에 비낀 바람을 맞으면서 배를 저어서 돌아올까?
驪江春水碧如苔　茅屋參差傍岸開
何日乞身隨野老　斜風細雨刺船回[25]

다음으로 어부가 강에서 이동하는 수단인 쪽배 또는 조각배[扁舟]에 대하여 보도록 한다. 쪽배에서 낚싯줄을 드리우기도 하고 벗을 찾아 떠나기도 하는 것이다. 이와 함께 외로운 배[孤舟]도 자주 등장하는 표현이다.

강가의 달이 그림 같은데
쪽배에서 낚싯줄을 드리우네.
은쟁반에는 달빛이 떨어지고

---

23) 『역주 목은시고』 3, 03-07-062, 〈憶甘露寺〉.
24) 『역주 목은시고』 4, 04-09-011, 〈思鄕〉.
25) 『역주 목은시고』 6, 06-15-064, 〈小雨〉.

형체와 그림자는 한창 침착하고 느긋하네.
江上月如畵　扁舟垂釣絲
銀盤墮空明　形影方逶迤26)

조각배로 곧장 여강(驪江)을 거슬러 올라가노라면
부들돛대에 바람이 가득하고 물은 넉넉하리.
扁舟直遡驪江去　風滿蒲帆水面肌27)

언제나 여흥(驪興)의 강 가로 가서
외배에 도롱이와 삿갓을 쓰고 편안하게 내 생애를 마칠까?
何日驪興江上去　孤舟簑笠歿吾寧28)

　　어부 지향의 공간을 구성하는 요소는 이외에도 꽃이나 술 등을 포함하
여 몇 가지 더 추가할 수 있을 것이다. 강가에서 가까운 절이나 스님도
한 요소가 될 수 있다.
　　이러한 구성 요소는 이색이 김구용의 육우당에 대해 지은 기문에서,

　　　눈은 외로운 배를 타고서 도롱이를 쓰고 있을 때에 더욱 멋이 있을 것
　　이요, 달은 높은 다락 위에 앉아서 술잔을 기울일 적에 더욱 흥치가 날
　　것이며, 바람은 낚싯줄을 드리우고 있을 적에 그 맑음을 한층 더 느끼게
　　될 것이요, 꽃은 책상머리 앞에서 바라볼 적에 그 그윽함을 한결 더 실감
　　하게 될 것인데, 여기에 또 사시의 승경이 한데 어우러져 각자 분위기를
　　한껏 돋으면서 강과 산 사이에 가로세로로 걸쳐 있게 될 것이다.29)

라고 하여 어부(漁父)라는 호에 부합하게 어부의 삶을 살아가는 데에 눈·달·

---

26) 『역주 목은시고』 4, 04-10-084, 〈江上〉.
27) 『역주 목은시고』 6, 06-15-097, 〈晚雨〉.
28) 『역주 목은시고』 5, 05-14-039, 〈雪〉.
29) 이색, 「육우당기」, 『목은문고』 권3.

바람·꽃·강·산 등을 벗으로 삼은 것을 지적한 것과 대응하는 것으로, 어
부의 세계를 구성하는 요소를 이해하는 데에 중요한 지침이 되기도 한다.
그런 면에서 이색의 〈여강의 절구 4수〉30)와 김구용의 〈여강의 절구 5수〉31)
와 같은 작품이 어부의 세계를 구성하는 각 요소를 계절에 따라 잘 어우러
지게 한 것이거나 현장의 분위기를 잘 드러낸 것으로 볼 수 있다.

4. 어부 지향 공간으로서의 여강

여강 지역은 14세기 후반 염흥방(廉興邦, ?~1388)이 유배생활을 하는 도
중에 천녕현에 침류정32)을 짓고 노닐었고, 김구용(金九容)33)이 외가인 그
곳에서 유배 생활을 하면서 육우당을 마련하고, 이집(李集, 1327~1387)34)
이 천녕 지역에 거처를 정하고 만년을 보냈으며, 여강 가에 전지를 하사받
은 이색이 귀거래하기로 마음을 정하면서 어부 지향 공간으로 자리를 굳
히게 된 것으로 정리할 수 있다. 모두 1370년대 중반 이후 1380년대 초반
에 걸친 특정한 시기이다. 실제 이집의『둔촌잡영』, 김구용의『척약재학
음집』, 이색의『목은시고』를 살피면 이들 사이에 어부의 세계를 지향하는
긴밀한 교유를 확인할 수 있다. 이들 세 사람 사이에 주고받은 시편의 핵
심적 내용이 모두 어부의 세계를 지향하고 있는 것이다.

다음 시에서 이들 세 사람의 내면을 읽을 수 있는데, 여강 가에서 함께
지내면서 어부의 삶을 누리고자 하는 바람이 절실하게 드러나고 있다.

---

30)『역주 목은시고』4, 04-09-025, 〈驪江四絶〉.
31)『척약재학음집』권하, 성범중, 『척약재 김구용의 문학세계』, 울산대학교 출판부,
     1997, 작품번호 237, 〈驪江五絶〉.
32) 이색, 「침류정기」, 『목은문고』권2.
33) 〈어부가〉 전승에서 주목을 받는 金永旽(?~1348)은 김구용의 從祖父이다.
34) 이색, 「둔촌기」, 『목은문고』권1

강가의 다락 높은 곳이 그대가 사는 곳인데
언덕 너머에서 서로 바라보니 십리 남짓이네.
한 번 노를 저어 오고감이 응당 빠르겠거니와
이 사이에 나 또한 띠 집을 지었다네.
江樓高處是君居　隔岸相望十里餘
一棹往來應數數　此間吾亦結茅廬35)

일찍이 황려에서 함께 살기로 약속했는데
남북으로 치달린 지가 십년이 넘었네.
지금에야 비로소 평소의 뜻을 이루게 되었으나
아직도 스스로 강가에 오두막을 얽지 못하였네.
曾約黃驪共卜居　奔馳南北十年餘
如今始遂平生志　猶自江邊未構廬36)

사우당(四友堂) 안에 군자가 사는데
하늘에 가득한 맑은 흥취는 또 남음이 없네.
큰 강 곳곳에는 빼어난 데 많으니
남은 생애를 청하여 마주하여 집을 얽고 싶네.
四友堂中君子居　滿天淸興更無餘
滂江處處多奇絕　欲乞殘生對結廬37)

　이들 세 사람을 중심으로 어부 지향 공간으로서의 여강을 어부 체험 공간과 소망 공간으로 나누어 그 구체적 양상을 확인하도록 한다. 이집과 김구용의 여강 생활은 어부 체험 공간으로, 이색의 여강에 대한 그리움은 소망 공간으로 정리하고자 한다.

---

35) 이집, 『둔촌잡영』, 〈寄敬之〉, 『한국문집총간』 3, 335면.
36) 김구용, 『척약재학음집』 상, 〈遁村寄詩累篇 次韻錄呈〉, 성범중, 『척약재 김구용의 문학세계』, 울산대학교 출판부, 1997, 작품 번호 238.
37) 『역주목은시고』 5, 05-12-001-04 〈右道美寺樓上 寄敬之〉.

1) 어부 체험 공간으로서의 여강 - 이집, 김구용의 경우

여강이나 여강 주변에서 지내는 자신의 삶을 어부의 세계에 견주고 있는 것을 어부 체험 공간이라고 할 수 있다. 이집(李集, 1327~1387)은 신돈이 축출되고 안 뒤에 천녕현에 거처를 정하고 지냈고, 김구용은 죽주에 유배되었다가 양이 되어 외향인 여흥에서 유배생활을 하였다.

민사평(閔思平, 1295~1359)의 외손자인 김구용의 경우 여강에서의 어부 지향은 구체적으로 그의 고향이라 할 수 있는 외가에서의 삶이면서, 38세인 우왕 1년(1375)부터 7년 동안 유배 생활을 했던 곳이기도 하다. 그 기간에 강·산·설·월·풍·화의 여섯 벗에서 딴 육우당(六友堂)을 지어 강호의 즐거움을 누리기도 하였던 것이다. 그러기에 여강은 어부의 삶이 몸에 밴 공간이라 할 수 있다.

> 간관 이첨(李詹)·전백영(全伯英) 등이 상소하여 이인임(李仁任)의 죄를 논하고 베기를 청하니 이인임이 간관을 장류하고 또 김구용·이숭인 등이 저를 모해한다 하여 함께 유배할 때 김구용은 죽주(竹州)에 귀양 보냈다. 조금 후에 여흥(驪興)에 옮기니 강호에 방랑하여 날로 시주로서 자락하고 그 거소에 편액하기를 육우당(六友堂)이라 하였다.[38]

이색이 지은 7언 절구 4수로 된 〈여강(驪江)〉[39]은 스스로 어부(漁父) 또는 여강어우(驪江漁友)라는 이름으로 여강에서 살아가는 김구용의 삶을 계절의 변화에 따라 형상화한 것이다. 그 가운데 봄과 겨울을 읊은 것을 보면, 봄을 읊은 데에서는 "낚싯배 한 척", "푸른 도롱이와 부들 갓", "가랑비와 비껴 부는 바람" 등이 겨울을 읊은 시에서는 "도롱이와 삿갓", "눈 속의

---

38) 『고려사』 권104, 〈김구용전〉.
39) 『역주 목은시고』 4, 04-09-025, 〈驪江四絶 有懷漁父金敬之〉. 『역주 목은시고』에서 이 시를 주목하면서 몇 구절이 『악장가사』에 실린 〈어부가〉와 거의 같다고 지적한 바 있다. 『역주 목은시고』 4, 54면, 주 122) 참조.

낚시질", "차가운 물과 고기가 물지 않음" 등 어부의 삶과 그 형상을 매우
구체적이고도 현실적으로 드러내고 있음을 알 수 있다.

> 온갖 꽃이 활짝 피어 갠 하늘에 빛나는데
> 낚싯배 한 척으로 맑은 물 속에 있네.
> 푸른 도롱이에 파란 부들갓을 쓴 사람이 아니라면
> 누가 가랑비와 비껴 부는 바람을 알리요?
> 群花爛熳炫晴空　一箇釣舟明鏡中
> 不是綠簑靑蒻客　誰知細雨與斜風
>
> 텅 빈 푸른 강에서 배 한 척에 도롱이 입고 삿갓을 쓰고
> 저녁 눈 속에서 홀로 쓸쓸히 낚시질하네.
> 물이 차가워 고기 물지 않은들 어찌 두려워하랴?
> 다시 시의 격조를 높은 바람에 퍼지게 하리.
> 孤舟簑笠碧江空　獨釣蕭蕭暮雪中
> 肯怕水寒魚不食　更敎詩格播高風

그런데 이집40)은 다음 시에서 여강이 소식(蘇軾)이 칭송했던 서호(西湖)
보다 낫다고 인식하고 있다. 소동파 등이 서호에서 누렸던 풍류에 견주어
여강에서 어부로 지내면서 누리는 즐거움을 강조하고 있다.

> 천 년 뒤의 풍류로 구(歐)·소(蘇)를 말하는데
> 서호에서 함께 잔치하며 편안히 즐겼다네.
> 어찌 공을 좇아 술잔을 들고 읊으랴?
> 여강의 바람과 달이 서호보다 낫다네.

---

40) 이집의 시에 대하여 여운필이 1) 사대부적 의식, 2) 은둔적 지향, 3) 벗에 대한 정서,
　 4) 궁자적 의식 등을 지적하고 있는데, 2)와 3)의 특성이 어부 세계의 지향과 밀접하게
　 연결된 것으로 이해할 수 있다. 여운필, 「이집의 시세계」, 『한국한시작가연구』 2집,
　 1996, 95~103면.

風流千載說歐蘇　同宴西湖樂以娛
安得從公一觴詠　驪江風月勝西湖[41]

　　그리고 한수(韓脩, 1333~1384)가 김구용의 내방을 다룬 다음 시에서도 김
구용의 삶이 어부의 삶에 핍진하고 있음을 말하고 있어서, 김구용이 지내
는 여강이 바로 어부 체험의 공간이라고 명명할 수 있는 것이다.

　　　　여강의 안개와 비 속에 조각배를 띄우고
　　　　마음대로 물길 따라 내려가거나 거슬러 오르네.
　　　　천 점의 봉우리는 다같이 어둑하고 맑은데
　　　　양쪽의 초목들은 제각기 맑고 그윽하네.
　　　　고기는 즐거움을 알아 물에 잠겨 서로 좇고
　　　　새는 기심을 잊고 가까운 곳에 오히려 떠 있네.
　　　　이 고장에 살고 있는 시선이 없다면
　　　　어찌 능히 이런 그림 속에서 놀 수 있으랴?
　　　　驪江煙雨泛扁舟　隨意隨流或沂流
　　　　千點峯巒同暗淡　兩邊草木各靑幽
　　　　魚因知樂潛相趁　鳥識忘機近尙浮
　　　　不有詩仙居此地　豈能爲此畫中遊[42]

　　김구용과 이집이 직접 서술하고 있는 내용과 주변의 사람들이 관찰한
것을 서술한 것을 종합할 때, 김구용과 이집은 여강 주변에서 지내면서
스스로 어부의 풍류를 실천하고 그 풍류가 중국 사인들의 그것에 견주어
모자랄 바가 없다고 내세우고 있다. 이러한 여강을 어부 체험의 공간으로
받아들인 것으로 정리할 수 있다.

---

41) 이집, 『둔촌잡영』, 〈寄呈宗工鄭相國〉, 『한국문집총간』 3, 337면.
42) 한수, 『유항선생시집』, 〈楊若齋乘舟來訪 請予飮舟中〉, 성범중·박경신, 『한수와 그의
　　한시』, 국학자료원, 2004, 작품번호 063.

2) 소망 공간으로서의 여강과 어부의 삶에 대한 그리움; 이색의 경우

이색은 50세 이후 여강으로 물러나 어부처럼 살고자 하였다. 그가 누리고자 한 어부의 세계는 실제 실행하지 못했지만 몸은 벼슬에 있으면서 마음으로는 그 세계에 몰입하여 있었던 것이다. 어부의 세계를 소망하면서 그리워한 내면을 간단하게 설명할 수는 없지만 몇 가지 관점에서 정리할 수 있을 것이다. 우선 유년의 체험과 고향에 대한 그리움이 바탕에 깔려 있는 것으로 볼 수 있다. 진강(鎭江)을 중심으로 한산에 대한 그리움이 그것이다. 이러한 그리움은 그의 외족이 있는 함창(咸昌)과 영해(寧海)로 이어지기도 한다. 그 다음은 염흥방이 여강 주변에서 유배 생활을 하면서 정자를 마련한 것이라든가 김구용·이집 등이 여강에서 지내면서 어부의 삶을 살아가는 것을 부러워하게 된 점을 들 수 있다. 이러한 부러움은 50대 초반에 여강 주변에 전지를 하사 받으면서 소망 공간이면서 동시에 자신의 어부 생활을 실천할 수 있는 구체적 현실 공간으로 인식하게 된 것으로 보인다. 아울러 벼슬살이에서 대은(大隱)[43]의 태도를 보이고자 했던 점도 깊이 고려할 수 있다.

고향 한산에 대한 그리움은 젊은 시절부터 진강(鎭江) 또는 진포(鎭浦)의 기억과 연결되어 있다. 진강에서 어부노래로 화답하거나 백구와 더불어 겨르롭게 지내겠다는 다짐이 이러한 기억의 밑바탕에 깔려 있다.

> 집에 돌아갈 날을 손꼽아 보니 그 언제인가?
> 진강(鎭江)의 안개와 비는 고기잡이배에 가득하리.
> 屈指歸軒今到未　鎭江烟雨滿漁舟[44]

---

43) 『역주 목은시고』 5, 05-12-055 〈將遣家奴 踏驗新田〉.
44) 『역주 목은시고』 1, 01-02-003, 〈新寓崇德寺〉.

진포(鎭浦)의 구맹(鷗盟)을 어긴 지 오래인데
아득한 비바람에 도롱이 걸치고 삿갓 쓰리.
鎭浦鷗盟久已寒　簑風笠雨渺茫間[45]

진포(鎭浦)에는 안개 낀 물결이 낡은 오두막을 에워쌀 텐데
어린 시절에 어부 노래로 화답하던 일이 생각나네.
늘그막에는 풍진(風塵) 속에 누워 앓으면서도
늘 염주(鹽州)의 붕어를 찾는다네.
鎭浦烟波遶弊廬　漁歌互答想當初
老來病臥風塵底　每向鹽州覓鮒魚[46]

　진강(鎭江)·진포(鎭浦)·마읍(馬邑)으로 포괄되는 고향은 어린 시절 어부
노래를 부르던 일을 환기시키고 고향으로 돌아가 갈매기와 벗을 삼아 한
적하게 느긋하게 지내고 싶은 마음을 내포하고 있는 것이다.
　고향인 한산으로 돌아가는 일이 여의치 않다고 느낄 경우 외가 일족이
사는 함창이나 영해로 마음을 돌리기도 한다.

가랑비와 비껴 부는 바람이 푸른 도롱이에 가득한데
꿈 속에는 늘 흰 갈매기 노는 물결이 있네.
(중략)
올 가을에는 함창(咸昌)으로 갈 뜻을 정하려는데
약물이 나를 지탱해 주니 노쇠함을 어이하리.
細雨斜風滿綠簑　夢中長在白鷗波
(中略)
來秋決意咸昌去　藥餌扶吾奈老何[47]

---

45) 『역주 목은시고』 4, 04-10-038, 〈蒙賜田有感〉.
46) 『역주 목은시고』 10, 10-29-136, 〈有懷孟雲先生〉.
47) 『역주 목은시고』 4, 04-09-011, 〈思鄕〉.

근래에 단양(丹陽)의 서신이 드물었는데
문득 마른 어물(魚物)을 받으니 후의(厚意)가 적지 않네.
어느날이나 사직하여 동해로 가서
달빛 속에 이끼 낀 물가에 앉아 낚싯대를 드리울까?
丹陽音耗近來稀　忽得乾魚意不微
何日乞身東海去　月中垂釣坐苔磯[48]

그런데 여강에 전장을 하사 받으면서 여강으로 귀거래를 하겠다는 마음을 굳히고 시편의 곳곳에서 어부의 삶을 살아가겠다는 다짐을 펼친다. 그런데 돌아가서 느긋하게 지낼 여강은 고향인 한산의 마읍(馬邑)과 대비되기도 한다.

마읍(馬邑)의 솔바람 소리는 절에 꽉 차고
여강(驪江)의 산에 뜬 달은 낚시터에 비치리.
나의 삶이 본래 강단(剛斷)이 없는 탓이지
가려고 하면 누가 너의 귀거래를 막으랴?
馬邑松聲滿禪院　驪江山月照漁磯
吾生自是無剛斷　欲去何人止汝歸[49]

전장이 마련된 여강으로 돌아가서 푸른 도롱이와 대삿갓 차림으로 비껴 부는 바람을 맞으며 저녁 무렵 가랑비가 내리는 낚시터에서 느긋하게 지내고자 하는 마음을 확고하게 정하면서 어부 지향 공간인 여강에서 어부로 살아가는 소망을 이루고자 하는 간절한 마음을 곳곳에서 토로하고 있다.

자욱한 가랑비에 초당(草堂)이 어둑한데
복사꽃은 망울이 터지려 하고 버들가지는 노랗네.

48) 『역주 목은시고』 5, 05-12-106 〈得寧海金左尹書〉.
49) 『역주 목은시고』 5, 05-12-059, 〈遣興〉.

도롱이 입고 쪽배 타고 오르고 싶나니
여강(驪江) 한 굽이에 시골집이 있다네.
細雨濛濛暗草堂　桃花欲綻柳絲黃
披簑欲上扁舟去　一曲驪江置野庄[50]

이집이 천녕에서 지내면서 김구용에게 부친 시를 이색에게 보내자 이색은 이를 바탕으로 여강으로 돌아가고 싶은 자신의 내면을 드러내 보이기도 한다. 어부 생활을 실천하는 이들에 대한 부러움이 배어 있고 자신도 이러한 어부 생활을 실천하겠다는 내심을 보이는 것이다.

양쪽 기슭 구름 낀 산에 푸른 기운이 쌓였는데
낚싯줄 하나로 바람 속에서 이끼 낀 물가에 앉아 있네.
저녁녘에 석양길에 이슬비가 내릴 때에
청약립과 녹사의로 홀로 돌아온 일이 기억나네.
兩岸雲山矗翠微　一絲風裡坐苔磯
晚來小雨斜陽路　篛笠簑衣記獨歸[51]

특히 먼저 어부 생활을 실천하고 있는 김구용과 함께 남은 삶을 보내고 싶은 마음을 간절하게 표현하고 있기도 하다.

흰 구름은 서로 좇고 수많은 산은 푸른데
여강(驪江)의 한 굽이에 비단병풍이 둘러 있으리.
그대가 마침 친한 이를 그리워하니 나는 사직을 청하여
가을바람을 헤아려서 함께 배를 젓고 싶네.
옮겨서 살면 다만 회수(淮水)의 탱자가 될까 두렵지만
사물에 밝다고 어찌 꼭 초강(楚江)의 개구리밥을 쪼개랴?

---

50) 『역주 목은시고』 6, 06-16-005, 〈卽事〉.
51) 『역주 목은시고』 5, 05-12-002, 〈又用前韻自詠〉.

어부들이 다투어 건너는 곳에 이르면
순박한 마음으로 여생을 잘 보낼 수 있으리.
白雲相逐萬山靑　一曲驪江遶錦屛
君政思親吾乞退　秋風準擬共揚舲
移居只恐爲淮枳　博物何須剖楚萍
到得漁人爭渡處　好將淳朴送殘齡52)

　　그리하여 여강 주변에서 즐길 어부의 세계를 여러 가지로 형상화하기도
한다. 이색의 시에서 귀거래할 곳으로 마음을 정하고 그리워하면서 형상
화한 어부 공간으로서 여강을 다음과 같이 정리할 수 있다.
　　봄이 되어 눈이 녹으면 여강의 물이 불어날 것이고,53) 그러면 쪽배를
타고 곧바로 여강의 초려에 이르게 될 것이라고 말한다.54) 그 여강에는
봄에는 산에 핀 꽃이 물에 잠겨 붉게 물들 것이고,55) 그러면 봄물은 포도
주와 같을 것으로 보았다.56) 여강의 굽이는 산이 그림 속에 있는 듯하
고,57) 밤에는 밝은 달빛이 밝고,58) 바람은 맑고 서늘할 것이며,59) 바람
속에서 이끼 낀 물가에서 앉아 있거나,60) 달빛 속에서 낚시질을 하기도
하고,61) 저물녘에 지는 해를 받으며 파란 대삿갓과 푸른 도롱이로 돌아오
기도 하고, 아울러 백 척의 높은 다락이 있어서 거기에 기대에 저녁놀을

---

52) 『역주 목은시고』 9, 09-24-067, 〈有懷金敬之〉.
53) 『역주 목은시고』 5, 05-14-085, 〈朝陽〉, 10-27-023 〈驪江〉.
54) 『역주 목은시고』 5, 05-13-060, 〈雪〉, 05-14-103, 〈驪江〉.
55) 『역주 목은시고』 5, 05-12-102, 〈自詠二首〉.
56) 『역주 목은시고』 5, 05-13-057, 〈歸來篇〉.
57) 『역주 목은시고』 5, 05-14-103, 〈驪江〉.
58) 『역주 목은시고』 9, 09-25-055, 〈思歸〉.
59) 『역주 목은시고』 8, 08-22-067, 〈得子復魚酒 因起驪江之興 作短歌〉, 09-25-118,
　　〈微雨〉.
60) 『역주 목은시고』 5, 05-12-002, 〈又用前韻自詠〉.
61) 『역주 목은시고』 6, 06-15-060, 〈自詠二首〉.

읊을 수도 있을 것이고,[62) 간혹 배 안에서 휘파람을 불면 신선처럼 보일 것이며[63) 또 북을 치면서 술잔을 기울이기도[64) 할 것으로 기대하고 있다. 달빛 속에서 길게 휘파람을 불면서 번거롭고 어지러운 것을 벗어나며[65) 편안하게 생애를 마칠 수 있을 것으로 기대한다.[66)

이 가운데 가을날의 여강을 더욱 간절하게 생각하고 있다.

> 가을날에 여강(驪江)을 생각하는데
> 어둑한 이슬비 속에 푸른 도롱이를 걸치리.
> 물줄기를 따라 배를 저어 가면
> 흰 물결에 서늘한 느낌이 생기리.
> 가려고 한 것이 또 오래 되었는데
> 가지 못하니 장차 어찌하랴?
> 강산은 절로 적막한데
> 속세의 일은 흔히 어긋난다네.
> 백발이 한 움큼도 되지 않으니
> 근심하면서 짧은 노래를 짓네.
> 秋思在驪江　微雨暗綠簑　隨流颺舟去　凉意生白波
> 欲往亦云久　不去將如何　江山自寂寞　塵世多蹉跎
> 白髮不滿掬　悠然成短歌[67)

그러면서 자신의 귀거래의 의지가 관념적이거나 중국 사인들의 말을 되풀이하는 것이 아님을 다음과 같은 시에서 분명히 보여주고 있다. 어부에 대해 읊은 시를 그대로 이어가는 것이 아니라, 어부의 삶을 추구하고자

62) 『역주 목은시고』 4, 04-10-091, 〈望川寧〉.
63) 『역주 목은시고』 6, 06-15-072, 〈同年金世玠…〉.
64) 『역주 목은시고』 7, 07-19-070, 〈龍頭寺大選以書來〉.
65) 『역주 목은시고』 9, 09-24-015, 〈曉吟〉.
66) 『역주 목은시고』 5, 05-14-039, 〈雪〉.
67) 『역주 목은시고』 9, 09-25-118, 〈微雨〉.

하는 자세를 보이고 있다.

> 내 시가 어찌 장지화(張志和)의 시와 비슷하랴?
> 흥취를 만나면 읊고 다시 생각하지 않네.
> 유독 비껴 부는 바람과 가랑비를 좋아하여
> 푸른 도롱이와 대삿갓을 본받으려 하네.
> 吾詩豈似志和詩　遇興吟來不復思
> 獨愛斜風幷細雨　綠簑靑篛欲相師[68]

여강으로 돌아가 지내고자 하는 이색의 그리움은 김구용·이집이 여강
에서 어부처럼 지내면서 즐거움을 누리는 생활에서 촉발 받은 것일 수도
있는데, 실제로 여강 가에 하사 받은 전지로 돌아가 어부의 삶을 살아가고
자 하는 바람이 간절하게 배어 있다. 특히 비나 눈이 내리는 등 날씨의
변화에 매우 민감하게 여강에 대한 그리움을 반영하고 있다.

5. 소결

지금까지 고려후기 특히 14세기 후반에 〈어부가〉를 수용하면서 어부의
삶을 추구하고 그러한 삶을 실행할 수 있는 구체적 공간으로 여강을 주목
하면서 그 내용을 살폈다. 어부의 삶을 구성하는 요소들을 검토하고, 체험
공간으로서 여강의 어부의 삶과 소망 공간으로서 여강의 의미까지 아울러
일별하였다.

〈어부가〉의 수용과 전승에서 중국 사인의 그것을 받아들여서 미지의
상상 세계를 설정하다가, 14세기 후반 여강을 중심으로 구체적 어부 생활
의 공간을 확보하면서 새로운 변화를 드러냈던 것으로 이해할 수 있다.

---

68) 『역주 목은시고』 5, 05-13-077, 〈次圓齋韻〉.

그 중심에 김구용, 이집, 이색이 놓여 있다.

그러나 김구용·이집이 체험하고 이색이 소망하기는 했지만 당시 시단의 중추적 역할을 했던 이색이 끝내 어부의 삶을 실행하지 못하고 이어서 정치적 상황이 변하면서 여러 해 뒤에 이색의 〈여강연집〉과 같은 양상으로 변모하게 되었던 것으로 확인된다. 한편 새로운 왕조로 교체되면서 왕조의 중심이 개경에서 한양으로 옮겨짐에 따라, 여강은 오히려 한양에서 그리 멀지 않은 곳이 되어 어부 지향 공간으로서의 위상이 약화되기도 하였다. 그런데다 예종 원년 영릉(英陵)을 천녕현 지역에 안치하면서 천녕현은 없어지고 그 남은 지역이 여주로 부속되어서, 여강 지역은 어부 공간으로서의 의미보다 숭모의 지역으로 인식되게 된 것으로 판단된다.

그 이후 16세기에 이르러 여강을 따라 한양과 고향을 오가게 된 이현보 등에 의해 여강을 대체할 수 있는 분강(汾江)이라는 새로운 어부 공간이 마련되면서 〈어부가〉의 수용과 전승에 큰 변화가 일어난 것으로 정리할 수 있을 것이다.

어부 세계를 지향하는 구체적 공간으로 여강을 주목하면서 고려 후기 이후 〈어부가〉가 연행된 현장, 수용자, 새로운 집구와 산정 등에서 구체적 어부 공간의 상황을 고려할 필요가 있음을 확인했고, 이러한 시각을 바탕으로 새로운 과제를 수행할 수 있을 것으로 기대한다.

『한국문학논총』 44집(2006)

Ⅱ
송흠 귀향의 반향과 송순 문학의 기반

1. 서언

　시가사에서 16세기 전반에서 16세기 후반으로의 전환을 주목하면 이현보(李賢輔, 1469~1555)의 예안 귀향과 분강가단의 활동[1]은 매우 중요한 의의를 지닌다. 그런데 이현보와 마찬가지로 이 시기에 귀향하여 향촌생활을 실천한 이로 영광의 송흠과 고성의 어득강을 함께 주목하면 각 지역에서의 편차를 함께 살필 수 있는 이점이 있다.

　효성과 청렴으로 당대 사람들에게 감화를 주고 소탈·담박·염퇴로 고평되면서 진퇴에 여유가 있었던 송흠(宋欽, 1459~1547)의 귀향을 계기로 16세기 중반 이후 호남 사림의 향촌생활에 중요한 전환이 일어나는 양상을 확인하고, 이와 관련하여 어린 시절 송흠의 문하에서 수학한 삼종질 송순(宋純, 1493~1583)의 문학적 기반이 확보되는 과정을 점검하고자 하는 과제는 중요한 의의를 지니는 것으로 본다.

　이러한 문제를 주목하면서 필자는 선행 연구에서,

---

1) 최재남, 「이현보 귀향의 시가사적 의의」·「분강가단의 풍류와 후대의 수용」, 『서정시가의 인식과 미학』, 보고사, 2003, 101~148면.

이현보 등과 견주어질 수 있으면서도 국문시가를 남기고 있지 않다는 이유로 문학사에서 언급조차 되지 않았던 어득강(魚得江, 1470~1550), 송흠(1459~1547) 등에 대한 검토를 빠뜨려서는 안 된다. 지금까지 문학사에서 언급이 없었던 것도 사실은 주변을 함께 돌아볼 줄 몰랐던 데서 연유한다.[2]

라고 지적하였고, 실제 이현보 귀향의 시가사적 의의를 다룬 글에서는 이현보·송흠·어득강[3] 세 사람을 함께 거론해야 할 필요성을 제기하였다.

중종 35년(1540) 무렵부터 이들 세 사람은 귀향을 했거나 서두르고 있었다. 이들은 조정에서 노성한 신하로 대접받고 있었지만 이 무렵에 모두 조정을 떠나거나 떠날 준비를 하고 있었던 셈이다. 실제로 중종 즉위 [1506] 이전에 문과를 통해 벼슬에 나아갔고, 몇 번씩 청요직에 참여하기는 하지만 향촌출신이라는 이유를 포함하여 여러 가지 사정으로 곧 물러나 지방관으로 밀려났다. 소용돌이의 핵심을 벗어나 주변으로 밀리면서 벼슬살이의 수명을 연장할 수 있었을지 몰라도 서울생활 다시 말해 정치 현실의 중심에 놓이지는 못했던 것이다. 기묘사림의 선배들이면서 오히려 정치의 중심에서 멀어졌고, 기묘사림이 향촌교화를 비롯한 향촌문제를 중요한 과제로 제기했으면서도 문제를 해결하는 과정에서 이들을 중심 축에 두지 않았고 또 실제로 이들 향촌출신을 중심으로 한 내용과는 일정한 거리를 두었던 것도 사실이다.

그러기에 이들 세 사람의 귀향은 제기된 문제와 해결해야 할 문제를 함께 껴안으면서 실제 자신들의 근거지인 향촌을 중심으로 16세기 중반 이후 새로운 문화를 열어가야만 하는 위치에 선 것이다. 스스로 문제를 발견했다기보다는 오히려 몇 번의 격변을 통하여 문제의 본질을 체득한 것으로 볼 수 있다. 이들이 물러나고 난 뒤에야 조정에서는 이들이 필요하다고 하게 되었지만 이미 상황은 달라져 있었던 것이다.[4]

---

2) 최재남, 『사림의 향촌생활과 시가문학』, 국학자료원, 1997, 20면.
3) 최재남, 「어득강의 삶과 시의 특성에 대한 일고」, 『한국한시연구』 11집, 한국한시학회, 2003.

그리고 이어서,

　　이를 정리하면 염치를 숭상하고, 진퇴에 여유가 있고, 만족할 줄 아는
것인데 이것이 세 사람의 공통점이라 할 수 있다. 그리고 이들 귀향은
정치상황의 변화에 따라 밀려난 것이 아니라 비록 연로하다는 이유이기
는 하지만 스스로 택한 것이라는 점이 중요하다. 따라서 중종 37년(1542)
을 전후한 시기 세 사람의 귀향은 세 사람이 지닌 이러한 자세가 향촌사림
을 비롯한 향촌사회의 문화를 지키는 핵심적인 내용으로 자리 잡게 되고
이러한 삶이 향촌문화를 조절하는 기능까지도 맡게 되었다는 점이다. 귀
향의 명분이 효의 실천과 닿아 있고 실제 귀향 이후의 활동이 향촌 사족으
로서 실천적 자세와 이어져 있다는 점에서 더욱 중요한 의의를 지닌다.[5]

라고 평가하여, 이들 세 사람의 귀향이 향촌사회의 문화를 진작시키고 조
절하는 데에 일정한 영향을 끼친 것으로 보았다.
　이제 이러한 과제를 함께 풀어 나가는 방향에서 중종 36년(1541) 송흠의
귀향이 가지는 의의와 그 반향을 검토하고, 이와 아울러 어린 시절부터
만년까지 송흠을 흠모하면서 그의 삶의 자세를 좇고자 했던 송순의 문학
적 기반을 설정해 보고자 하는 것이 이 글의 목표이다.

2. 송흠의 귀향과 그 반향

　송흠(1459~1547)은 본관이 신평(新平), 자는 흠지(欽之)로, 부(父) 가원(可
元)이 영광(靈光)의 삼계현(森溪縣)에 세거하면서 영광에서 태어나서 성장하
였다. 22세인 성종 11년(1480)에 생원시에 합격하고, 34세인 성종 23년

---

4) 최재남, 「이현보 귀향의 시가사적 의의」, 『서정시가의 인식과 미학』, 보고사, 2003,
　118~119면.
5) 같은 책, 122~123면.

(1492)에 임자방에 병과 제13인으로 급제하였다.

1) 목민관으로서의 덕망

송흠은 내직과 외직의 벼슬을 두루 역임하였지만 스스로 지방관을 바라서 근무한 경우가 많았고 그때마다 백성을 잘 보살펴서 덕망이 있었다. 주로 전라도 지역의 지방관을 역임하였는데 보성군수(중종 1년 이전; 48세 이전), 옥천군수(중종 5년; 52세), 여산군수(중종 10년; 57세), 전주부윤(중종 13년; 60세), 광주목사(중종 16년; 63세), 나주목사(중종 19년; 66세), 담양부사(중종 24년; 70세), 장흥부사(중종 27년; 73세), 남원도호부사(중종 27년; 75세), 전라도 관찰사(중종 28년; 76세) 등이 그것이다.

목민관으로 재직하는 동안 고을의 재정을 넉넉하게 하고 부세를 줄이고 형벌을 삼가서 백성들을 편안하게 하였으며, 개인적으로는 청렴하고 부지런한 것으로 평가되었다. 실제 실록에서 확인할 수 있는 몇몇 기록을 들면,

> 전라도 관찰사 이사균(李思鈞)이 치계(馳啓)하기를,
> "나주목사 송흠은 광주목사로 있을 때부터 부세를 줄이고 형벌을 삼가서 청렴하고 근신한 것이 매우 뚜렷하였으므로 그가 떠난 뒤에도 백성이 사모하는 마음을 갖습니다. … (중략) …"
> 하였는데, 송흠에게 향표리(鄕表裏) 1습을 내리고 홍절을 파직하라고 명하였다.[6]

> 전라도 관찰사 조방언이 치계하기를,
> "담양부사 송흠은 청렴하고 부지런하여 백성들을 안집 시켰습니다. … (중략) …"
> 하니, 전교하였다.
> "… (중략) … 담양부사에게는 향표리 1벌을 하사하라."

---

6) 『중종실록』권51, 19년 9월 무진, 『국역 중종실록』26, 127면.

> 사신은 논한다. 송흠은 영광 사람이다. 조행이 단아하고 평소에 청백
> (淸白)을 숭상하여 벼슬한 지가 매우 오랬지만, 집에는 한두 섬의 곡식도
> 없었다. 늙은 부모를 봉양하기 위하여 수령으로 나가기를 청했을 뿐, 아
> 무리 청현(淸顯)한 관직에 제수되어도 이를 기쁘게 여기지 않았다. 그래서
> 사람들은 그의 효성과 청렴에 감복했다.7)

등과 같다.

오랜 기간 지방관으로 재임하면서 한결같은 평가를 받는다는 것은 본래
지니고 있는 인품과 실제 백성을 위하는 성실한 노력이 지역과 시기에
상관없이 지속되었음을 증명하는 것이다.

송흠이 목민관으로 재임하는 동안 박상(朴祥, 1474~1530)이 몇 편의 시를
남겼는데, 〈흠지의 시에 받들어 화답하다(奉和欽之詩)〉(『눌재집』 권2), 〈세심
정에 짓다(題洗心亭)〉(『눌재집』 권4), 〈흠지 선생께서 조정에서 불러 여량을
맡음을 듣고 일곱자 구를 이루다(聞欽之先生徵授礪良 索成七字句)〉(『눌재집』 권5)
등이 그것이다. 앞의 시는 송흠의 7언 고시에 화운한 것이고, 뒤의 두 수는
송흠이 여산군수로 재직하던 시기인 중종 7년(1512) 무렵에 지어진 것으로
볼 수 있다.

우선 송흠이 마련한 전별연에서 지은 〈세심정에 짓다(題洗心亭)〉8)를 보
도록 한다.

---

7) 『중종실록』 권65, 24년 6월 임신, 『국역 중종실록』 33, 140면.
8) 『訥齋集』 권4, 〈題洗心亭〉, 『한국문집총간』 18, 488면, "임신년 봄에 경연에서 진강
　하라는 명을 받고 광주에서 부모를 뵙고 서울로 돌아오는 길에 여량(註; 礪山)을 나서는
　데 고을의 원인 송흠 선생께서 술자리를 마련하고 전별하였다. 청주판관 유면이 마지막
　으로 이르자, 이에 운을 찾아 쉰여섯 자를 얻어서 흠지선생께 편지로 보내다.(壬申春,
　蒙告經幄, 觀省光州, 還京道出礪良下, 主倅宋先生欽, 置酒餞行, 淸州判官柳君沔末至,
　仍索韻得五十六字, 簡欽之先生.)"라는 풀이가 있다.

산에 가득한 비 기운이 완전히 사라지지 않는데
골짜기에 가득한 맑은 구름은 조수처럼 불어나네.
배꽃 한 그루는 처마 바깥에 늘어지고
버드나무 몇 줄기가 우리 앞까지 뻗었네.
손이 대백(大白)을 채우자 비녀장 던지기를 그치고
그대는 탐천(貪泉)을 따르며 바가지가 비도록 웃네.
한 평생 남국에서 출처를 함께 하는데
힘을 합하여 흐린 강물에 아교를 쏟으리.

漫山雨意未全消　滿壑晴雲漲似潮
一樹梨花簷外朶　數行楊柳檻前梢
客浮大白窮投轄　君酌貪泉笑盡瓢
南國百年同出處　濁河齊力瀉阿膠

세심정은 여산에 있는 세심당을 가리킨다. 박상이 경연에서 진강하도록
뽑히어 서울로 올라가는 길에 마음의 더러운 것을 씻어낸다는 세심정에서
여산군수인 송흠이 전별연을 마련하자 회포를 서술한 것이다. 수련과 함
련은 주변의 경물을 읊은 것이지만 경련에서는 대백(大白)과 탐천(貪泉)의
고사를 이용하여 길을 만류하는 뜻과 절조를 닦는 것을 견주어서 말하고
있다. 그리고 미련에서는 같은 남쪽 고을 출신임을 환기하면서 힘을 합하
여 흐린 물을 맑게 하는 아교처럼 흐린 세상을 맑게 하자고 다짐하고 있
다. 이 시에서 박상은 송흠과 의기를 투합하여 잘못된 세상을 바로잡을
수 있기를 바라고 있는 셈이다.

23세인 연산군 2년(1496)에 진사시에 합격하고 28세인 연산군 7년(1501)
에 을과 5인으로 급제한 박상은 광산(光山)에 연고를 두고 있었다. 일찍이
관각에서 명성을 떨치기도 하였지만, 스스로 지방관을 원하여 한산군수·
담양부사·순천부사·상주목사·충주목사·나주목사 등을 역임한 것도 완
인(完人)을 지향하는 자세와 밀접하게 연결된 것으로 볼 수 있다. 이러한
자세가 투영되어서 시에 있어서도 강개의 미학9)으로 평가받기도 한다.

얼마 지나지 않아서 두 사람은 포장할 인물10)로 거론되기도 하였는데, 두 사람의 이러한 자세가 뒷날 두 사람을 스승으로 모신 송순의 삶에 일정하게 영향을 끼친 것으로 추정할 수 있을 것이다.

2) 귀양의 실천과 염퇴

송흠은 연산조에 저작·박사·수찬·정언 등을 역임하지만 기회만 닿으면 어버이 봉양을 위하여 귀향하기를 간청하였다. 실제 귀양은 잠시 뵙고 오는 것을 포함하여 곁에서 모시는 것까지 말하지만, 귀양의 요청은 연산군 3년(1397) 내직에서부터 중종 29년(1534) 전라도관찰사에서 체직될 때까지 일관되게 계속된다.

> 정언 송흠이 어버이가 늙었다 하여 돌아가 봉양하기를 애걸하니, 가서 뵙고 돌아오라 특명하였다.11)

> 승정원에 전교하기를,
> "송흠이 정리가 박절하니 돌아가 봉양하도록 허하는 것이 어떠냐?"
> 하니, 승정원이 아뢰기를,
> "송흠이 이 일을 아뢴 것이 한 번이 아닙니다. 전일에 수찬으로 있을 적에 돌아가 부모 봉양할 것을 애걸하므로 특별히 윤허를 하셨는데, 도승지 권경우(權景祐)가 아뢰기를 '쓸모 있는 사람이 모두 병을 핑계하여 사직한다면 국가의 대체상 불가하옵니다.' 하므로, 이미 윤허하신 명을 환수하게 된 것입니다. 또 정언으로 있을 적에 사직서를 올리므로 하교하기를 '이는 비록 어버이를 위한 일이지만 쓸모 있는 사람들이 모두 사직서를 내면 국가는 누구와 함께 다스리겠느냐. 근친하고 돌아오라.' 해서 금번

---

9) 이종묵, 『해동강서시파연구』, 태학사, 1995, 255~283면.
10) 『중종실록』 권21, 9년 12월 계사, 『국역 중종실록』 11, 83면.
11) 『연산군일기』 권25, 3년 7월 신축, 『국역 연산군일기』 4, 11면.

에 가 보았는데 다시 돌아가 봉양하기를 애걸하는 것입니다. 송흠은 과연
어진 자이니 '돌아가 봉양하도록 하라.'는 빈 은혜만으로 할 것은 아닙니
다. 성종조에 조위(曹偉)가 응교로 있으면서 돌아가 봉양하기를 애걸하니
특히 함양군수(咸陽郡守)를 제수하였으며, 유호인(俞好仁)이 수찬으로 있
으면서 역시 돌아가 봉양하기를 애걸하니 특명으로 거창현감(居昌縣監)을
제수했습니다. 그러니 송흠에게도 역시 근읍의 수령을 제수하시면 한갓
백성을 잘 다스릴 뿐만 아니라 또한 때때로 근친할 수 있을 것이오니,
공사가 모두 온전할 것입니다."

　하자, 전교하기를,

　"수령을 제수한 것은 일시의 특전이니, 단지 돌아가 봉양할 것만 허
하라."

하였다.12)

　그런데 실제 이러한 귀양을 요청한 이면에는 당시의 권력층과 이후 신
진 세력들과 알력이 있었던 것으로 추정할 수 있다. 〈가장〉에서는 권신들
의 배척 때문이라고 지적하고, 구체적으로 초반에는 이극돈(李克墩, 1435~
1503), 중반에는 심정(沈貞, 1471~1531), 종반에는 진복창(陳復昌, ?~1563)을
지목하고 있다.13) 당시 권력층이나 신진 세력들과의 보이지 않는 갈등은
송흠뿐만 아니라 이현보와 어득강에게도 공통적으로 적용될 수 있는 부분
이다.

　다음과 같은 기록이 이러한 추정을 반증한다.

　간원(諫院)이 아뢰기를,

　"대사간 송흠은 80세의 늙은 어버이가 영광에 있는데, 전주 부윤으로
있을 적에도 사직하고 귀양하였습니다. 이제 대사간을 제수하였으니 반

---

12)『연산군일기』권26, 3년 8월 신묘,『국역 연산군일기』4, 159~160면.

13)『知止堂遺稿』제삼,〈知止堂遺事〉.

드시 직에 나오지 못할 것이며, 혹 직에 나온다 하더라도 반드시 오래
못 가서 귀양할 것입니다. 장관을 오래도록 비워 두어서는 안 되니 체직
하소서."
하니 '그리하라.' 전교하였다.

　사신은 논한다. 송흠은 관직에 있을 때 맑고 근신하여 가는 곳마다 명
성이 있었다. 다만 신진 선비들은 스스로 청류(淸類)라 하고, 원래부터 잘
아는 사람이 명달하여 쓸 만한 사람이라도 용류(庸類)라 하며, 자기들에게
붙는 사람이면 칭찬하고 추천하여, 대간과 시종이 다 그들에게서 나왔으
므로 추종하는 자가 많았다. 송흠은 여러 차례 수령이 되어 오래 외방에
있었고, 또 연로하여 신진들과 서로 친하게 지내지 않았으므로 그들이
허여하지 않은 것이다. 간원이 흠을 논하려 해도 헐뜯을 말이 없으므로
곧 외방에 있어 오지 않을 것이라고 핑계하고 체직하기를 청하니, 그 뜻
은 실로 논박한 것이다.[14]

　중종 29년(1534)에 전라도관찰사로 있으면서 체직을 바라는 서장을 올
려 윤허를 받은 뒤에, 고향으로 돌아가서 백세에 이른 어머니를 극진히
봉양하다가 중종 31년(1536)에 내간상을 당하여 정성껏 장례를 치렀으며,
기복하여 중종 33년(1538) 3월에 한성부 판윤에 임명되었으나 9월에 사직
하는 소를 올렸다. 고향인 영광에서 지내던 중 중종 36년(1541)에 의정부
좌참찬에 제수되자 영광에서 서울을 왕래하면서 사직서를 올리고 윤허를
받은 뒤에 영원히 귀향하게 된다.
　이 과정은 〈기행록〉[15]으로 자세하게 정리되어 있는데, 영광에서 서울
을 오르내리는 여정과 그 여정에서 각 고을 수령의 대접을 확인할 수 있
고, 대궐에 나가서 사은하고 사직하는 과정과 고향으로 영원히 돌아가는
송흠을 전별하는 한강의 전별연을 상세하게 알 수 있다.

---

14) 『중종실록』 권34, 13년 7월 신유, 『국역 중종실록』 17, 190면.
15) 『知止堂遺稿』 제이, 〈記行錄〉.

상행은 정월 스무날에 출발하여 장성→정읍→태인→금구→삼례
→익산→여산→은진→이산→공주→전의→천안→직산→진위
→용인을 거쳐 이월 초하룻날에 서울에 들어간다. 서울에서 대궐에 나가
사은하고 사직한 뒤에, 사월 열하루에 출발하여 귀향하는데 이날 한강변
에서 성대한 전별연이 벌어진다.

각 관아에서 따로 전별연을 마련하여 술잔을 권하는데, 성균관에서 마련
한 자리에는 김안국(金安國)·권벌(權橃)·유인숙(柳仁淑)·허자(許磁)·장적(張
籍)·홍덕인(洪德寅) 등이 참석하고, 이어서 이조에서 마련한 자리와 양호(兩
湖)의 조사(朝士)들이 마련한 모임이 있었고, 배 위에서는 사인사(舍人司)에
서 준비한 자리가 마련되었는데 송인수(宋麟壽)·김로(金魯)·나숙(羅淑)·조
계상(曺繼商)·권응정(權應挺) 등이 참석하였으며, 그리고 가까운 배에서는
조사들이 모였는데 정만종(鄭萬鍾)·조희(曺禧)·송세형(宋世珩)·윤구(尹衢)·
이문건(李文健) 등이 자리에 있었으며, 고별한 뒤에 사평(沙平)에 이르자 춘
양령(春陽令)·이영상(李永祥)·김서운(金瑞雲) 등이 전별하였다.16)

하행은 서울→과천→수원→진위→직산→전의→공주→이산→
은진→용안→함열→임피→신창진→만경→부안→흥덕→고창→
무장→이암산→선방산→관수정→집으로 되어 있다. 귀향하는 노정
에 공주의 금강에서 충청감사 권응창(權應昌)이 도사 백인현(白仁賢)을 통하
여 특별히 마련한 금강영위연(錦江迎慰宴)은 매우 인상적인데, 작은 배를
이어서 장막을 설치하고 배 위에 술자리를 마련하여 뭇 음악이 연주되는

---

16) 漢江에서의 이러한 전별연은 지방관으로 떠나거나 귀향하는 관리에 대한 특별한 배려
로 보인다. 이현보도 중종 37년(1542) 7월 제천정에서 여러 분들과 전별하면서 〈濟川亭次
餞別諸公 到楮子島〉라는 작품을 남겼다. 그리고 『聾巖年譜』에는 濟川亭에서 愼居寬·
尹任·鄭士龍·尹思翼·尹漑·李希輔·尹溪·尹汝弼·柳灌·權橃·李彦迪·柳仁淑·李芑·
李霖·鄭順朋·洪景霖 등이 참석하고 豆毛浦에서는 鄭世虎·權應挺·金光準 등이 참석
하였으며 贈行詩를 남긴 사람으로 金安國·曺繼商·成世昌·宋麟壽·張籍·趙士秀·李滉
등을 들었다.

가운데 기녀들이 꽃을 꽂고 춤을 추는 것을 내용으로 하고 있다.

〈기행록〉에 포함된 내용 가운데 임금을 하직하는 부분을 실록에서는 다음과 같이 기록하고 있다.

> 우참찬 송흠이 아뢰기를,
> "… (상략) …
>
> 신은 본래 재주와 덕망이 없는데도 성명한 조정을 만나 늘 특별한 은혜를 입어 지위가 정2품에 이르렀으니, 미천한 신분으로는 극도에 이른 것입니다. 비록 아주 늙었다고 할 수는 없더라도 그만두어야 할 나이입니다. 더구나 나이 여든이 넘었는데 떠나지 않는다면 반드시 탐욕에 연연하여 머물러 있다는 비난을 불러일으킬 것이니, 그것도 시종 잘 보전하는 방법이 아닙니다. 바라건대 빨리 신의 직을 해임하도록 명하시어 살아서 고향으로 돌아갈 수 있도록 허락함으로써 죽어가는 남은 연령을 보전하게 하소서."
> 하니, 답하기를,
> "경의 깨끗한 덕행과 나이를 귀중하게 여겼기 때문에 특별히 본직에 임명하였다. 그런데 이제 사직하는 내용을 보니 매우 절실하기 때문에 마지못하여 그것을 따른다. 경이 지금 고향으로 돌아가면 다시 볼 수 없을 것이니, 근간에 비록 시사를 정지하였으나 마땅히 만나보아야겠다."
> 하고, 이어 정원에 전교하기를,
> "송흠에게 빈청에서 술을 내려주고 머물러 있게 하라."
> 하였다. 상이 사정전에 나아가 송흠을 인견하고 앞으로 나아오게 하여 이르기를,
> "조정에는 모름지기 노성한 사람을 기용한 뒤에야 사람을 기용하는 도리가 정당해지며, 깨끗한 덕행을 숭상한 뒤에야 청렴한 풍습이 크게 행하여진다. 경은 노성한 사람이고 또 깨끗한 덕행이 있기 때문에 특별히 정부에 기용하였는데, 지금 사직하는 뜻을 보니 간절하기 때문에 마지못하여 그것을 따른다."
> 하였다. 정원에 전교하였다.
> "송흠을 특별히 명하여 정부의 관원으로 삼은 것은 그의 깨끗한 절개

를 귀하게 여긴 것이다. 사직을 청하는 정상이 간절하기 때문에 마지못하
여 따르니, 그 도의 감사에게 하서하여 음식물과 쌀·콩 40석씩을 주도록
하라."

… (중략) …

사신은 논한다. 송흠은 나이 83세인데도 기력이 오히려 건장하여 조정
의 반열에서 활동할 수 없는 정도가 아니었는데 스스로 물러나 여생을
마칠 뜻을 두었다. 특별히 불러 조정에 돌아와서도 이와 같이 굳이 사직
하였으니, 거기에는 틀림없이 까닭이 있었던 것이다. 정부에 있은 지 두
어 달 사이에 조정의 일이 이미 힘 쓸 수 없는 데 이르렀고 예의염치가
쓸어버린 듯 땅에 떨어져 이미 어떻게 할 수 없음을 알았으니, 송흠이
그 대열에서 추창하며 따르려고 하지 않은 것은 어쩔 수 없었던 것이다.
다만 인견할 때 어찌 곧고 간절한 말 한마디라도 하여 떠난 뒤의 간언으로
남겨둠으로써, 신하가 임금에게 간곡하게 당부하는 뜻을 다하지 않았던
가. 임금의 말이 두 번 이르고 사관이 또 말을 전했는데도, 끝내 한마디
말도 없었으니 이것이 한스럽다. 어떤 이는 하사한 술을 전부 마시고 혼
미하게 취하여 그렇게 되었다고도 한다.

사신은 논한다. 송흠의 성품은 본래 청백한데 학술이 부족하기 때문에,
아주 하직하는 즈음에 경계가 되는 유익한 말을 아뢰어 임금의 잘못된
점을 보충하지 않았으니 애석하다.[17]

이어지는 사신의 평은 송흠 개인의 입장도 배려하면서 나라의 입장도
동시에 반영하고 있다.

전 우참찬 송흠이 전문(箋文)을 올려 사은하고 고향으로 아주 돌아갔다.
사신은 논한다. 송흠은 사람됨이 청렴하고 간명하며, 부모를 위하여
여러 번 남방 고을의 수령을 자청해 나갔는데, 정사에 자상하였다. 만년
에는 전라 감사가 되었다가 청렴한 덕행으로 참찬에 올랐으며, 이때에

---

17) 『중종실록』 권94, 36년 3월 임인, 『국역 중종실록』 47, 279~281면.

이르러 사직하니, 나이가 여든 넷이었다. 조정에 선 50년 동안에 끝내 몸만을 보전하여, 그때에 필요한 사람이 되지 못하였으니, 취할 만한 점이 없기는 하다. 그러나 공명을 세우는 데 있어 그 아름다움을 끝까지 지키는 사람이 드문데, 송흠은 홀로 진퇴에 여유가 있었으므로 조야가 모두 그를 어질게 여겼다.[18]

3) 향촌의 문화공간과 사림의 문화조절

중종 36년(1541)에 영광으로 귀향하게 된 송흠은 명종 2년(1547) 89세로 세상을 떠나기까지 6~7년간 평생 지향해 온 지절을 지키면서 당·정을 중심으로 한 향촌의 문화공간[19]에서 지내게 된다. 송흠의 이러한 생활은 16세기 후반 호남 사림의 향촌생활에 커다란 전환을 가져온 것으로 평가되며 실제 조정의 후대와 향촌 사회의 호응을 불러일으켰다.

송흠의 향촌생활은 스스로 관수정(觀水亭) 영건을 통하여 내면의 마음을 닦는 일이 한 축이고, 중종 38년(1543)에 전라도관찰사 송인수(宋麟壽, 1499~1547)가 마련한 기영정(耆英亭) 잔치를 통하여 양로회의 전통을 확산시켜서 향촌 사회의 문화를 조절하는 역할을 수행한 것이 다른 한 축이라 할 수 있다.

송흠이 영건한 관수정은 직접 쓴 〈관수정기〉와 시가 있어서 그 의미를 구체적으로 확인할 수 있다.

내가 평생에 본 정자는 많다. 땅의 형세가 높고 시원한데다 산과 물이 둘러싸고 있어서 먼 곳까지 볼 수 있고 마음과 눈을 상쾌하게 하는 것도 있었으나, 깊은 산과 막힌 골짜기 속에 시냇물이 굽어 꺾이면서 물이 깊

18) 『중종실록』 권95, 36년 4월 정묘, 『국역 중종실록』 48, 34면.
19) 최재남, 「향촌 문화공간의 미학과 시가문학」, 『서정시가의 인식과 미학』, 보고사, 2003, 203~213면 참조.

게 괴어 연이어 끊어지지 않아 장강과 한수와 같이 깊고 넓은 것은 결코 없었다. 내가 지금 다행스럽게 얻었으니 어찌 하늘이 아끼고 땅이 감추었다가 드러낸 것이 아니랴? 이에 냇가에 몇 간의 정자를 세웠는데 대개 물이 가까운 곳에 의지하고 보고 즐기기에 편하기 때문이다. 내가 천심을 살피건대 달빛이 다다르면 금벽이 물위에 잠기었다가 뜨고, 바람이 불면 비단이 펼쳐지고 주름이 생기며, 엷은 비가 잠깐 개면 짙은 빛과 엷은 빛이 서로 비추며, 바람이 고요하고 물결이 조용하면 잠긴 물고기를 셀 수 있다. 아침 햇살과 저녁 그늘에 이르러 기이한 모양과 일만 형상이 모두 정자의 빼어난 경개이다. 그러나 바깥이어서, 그 물결을 보고 물에 근본이 있음을 알아야 하고, 그 맑음을 보고 그 마음의 사악함을 씻은 뒤에야 물을 보았다고 할 수 있는 것이다. 우리 자손들은 힘쓸지어다.[20]

외형상 빼어난 경개를 자랑하는 곳이지만 물결을 통하여 물에 근본이 있음을 알고, 맑음을 통하여 마음을 깨끗하게 씻을 수 있도록 하는 것이 관수정에서 물을 보는 핵심이라고 지적하고 있다. 여산군수로 재임할 때 박상을 전별하던 세심정이 지닌 뜻을 환기했다고 할 수도 있을 것이다. 그때 박상은 흐린 세상을 맑게 하자고 했는데, 관수정에서 송흠은 자신의 내면을 맑게 하면서 후손들을 면려하는 뜻도 포함시키고 있다.

7언 율시로 된 〈관수정〉은 다음과 같다.

　　　物에 닿은 높은 건물이 여름에도 차가운데
　　　늙은이가 난간에 기대지 않는 날이 없네.

---

20) 『知止堂遺稿』제이, 〈觀水亭記〉, 余平生所觀亭樹多矣. 地勢高爽, 山水環拱, 可以遠覽, 快心目者, 則有之矣. 若深山窮谷之中, 溪流曲折, 至林麓斷處, 淳泓演迆, 如江漢之深廣者, 則絶無焉. 余今幸得之, 豈非天慳地秘, 而後顯耶? 於是, 構數間亭于川上, 盖取其近水, 而便於觀賞也. 余觀夫天心, 月到, 則金壁沉浮水面, 風來, 則羅縠生紋, 薄雨乍晴, 濃淡交映, 風恬浪靜, 則潛鱗可數, 而至於朝暉夕陰, 奇態萬狀, 此皆亭之勝槩也. 然外也. 觀其瀾, 而知其水之有本, 觀其淸, 而洗其心之邪穢然後, 可謂之觀水也. 吾子孫勉之哉.

이미 골짜기 입구의 두 줄기 물을 독차지하는데
어찌 용문의 여덟 가닥 여울[21]을 부러워하랴?
고요한 그림자와 잠긴 빛은 참으로 즐길 만하고
갠 뒤의 단장과 비가 쓸고 간 모습은 가장 볼 만하네.
즈믄 맵시와 골 모양이 모두 눈을 어지럽히는데
맑은 물결을 취하여 나의 마음을 씻기를 바라네.

危構臨流夏亦寒　老夫無日不憑欄
旣專谷口雙溪水　奚羨龍門八節灘
靜影沉光眞可樂　晴粧雨抹最堪觀
千姿萬態渾迷眼　要取淸瀾洗我肝[22]

　수·함·경련에서는 주변 경개와 견준 정자의 위치와 모습을 말하고 있고, 미련에서는 〈관수정기〉에서 관수의 핵심을 지적한 것과 같이 자신의 마음을 씻는 쪽으로 방향을 잡고 있다. 이 시에서 송흠은 관수정에서 자신의 내면을 닦는 방향으로 마무리하고 있는데, 놀이공간이라고 할 수 있는 정자에서 자신의 내면을 수습하고자 하는 인식은 뒷날 송순이 면앙정에서 지향한 바와 상통하는 것이다.

　그런데 향촌의 문화공간으로서 관수정은 세운 시기가 정확하게 확인되지 않는다. 중종 36년(1541)에 고향으로 영원히 돌아가기 전에 세운 것이라는 점은 앞의 〈기행록〉에서 이미 관수정을 경유하고 있어서 검증이 되지만, 송환기(宋煥箕, 1728~1807)의 〈관수정중건기〉에서도 구체적으로 언급하고 있지 않다.

　몇 가지 자료를 검토하면서 추정하도록 한다.

　우선 이선(李選, 1632~1692)이 쓴 〈지지당행장〉에는 중종 35년(1540)에 정자를 세운 것으로 되어 있다.

---

21) 八節灘은 河南省 洛陽市 부근에 있는 매우 험난한 여울이다.
22) 『知止堂遺稿』 제이, 〈觀水亭〉.

경자년(중종 35, 1540)에 선방산 아래의 용암천 위에 정자를 세워서 관수라 이름하고, 오고가는 사람들이 노닐며 쉬는 장소로 삼았다. 한 때의 문장가와 이름난 재상 성돈재(성세창)·신낙촌(신광한) 등 여러 분이 읊은 시편이 많다.

庚子 築亭於舡防山下龍巖川上 名曰觀水 以爲往來棲遲之所 一時文章名卿 成遯齋, 申駱村諸公 多有篇什以詠之23)

그리고 윤증(尹拯, 1629~1714)이 쓴 송흠의 〈신도비명〉에서는,

일찍이 물가에 정자를 지었는데 관수라 편액하고 스스로 시를 짓고 아울러 서를 두어 우의를 삼았다. 이어서 화운한 사람은 퇴휴 소세양·모재 김안국·석천 임억령·휴수 이문건·규암 등인데 잇달아 거편이 만들어지니 옥처럼 빛나서 완상할 만하였다.

嘗亭臨溪 扁曰觀水 自爲詩幷序 以寓意 屬而和者 如蘇退休世讓金慕齋安國林石川億齡李休叟文楗及圭庵公 聯爲鉅編 炳琅可玩24)

라고 하여 구체적 시기를 명시하지 않고 있다.

한편 『지지당유고』에는 소세양(蘇世讓, 1486~1562)이 중종 34년(1539)에 쓴 〈병서〉와 차운시를 비롯하여 홍언필(洪彦弼)·유보(柳溥)·김안국(金安國)·세창(成世昌)·신광한(申光漢)·김인후(金麟厚)·임억령(林億齡)·이문건(李文楗)·박우(朴祐)·나세찬(羅世纘)·양팽손(梁彭孫)·안처함(安處諴)·송순(宋純)·정사룡(鄭士龍)·오겸(吳謙)·강종수(姜終壽)·정희홍(鄭希弘)·김익수(金益修)·노극창(盧克昌)·유사(柳泗)·정순붕(鄭順朋)의 차운시가 있으며, 둘째아들 익경(益慟)의 시도 남아 있다. 소세양의 〈병서〉에 따르면 낙안현감이었던 아들 익경이 송흠의 시를 보이면서 화운을 청하여 짓게 되었다고 하면서 그

23) 『芝湖集』 권12, 〈知止堂宋公行狀〉, 『한국문집총간』 143, 557~560면.
24) 『明齋先生遺稿』 卷之四十一, 〈判中樞府事宋公神道碑銘〉, 『한국문집총간』 136, 357~358면.

연대를 가정 18년(중종 34년, 1539)으로 적고 있다. 이로 보면 1539년 이전에
관수정이 세워진 것으로 추정할 수 있기도 하다.

그런데 송흠의 문하인 양팽손(梁彭孫, 1488~1545)의 연보에는,

> 가정 6년 정해(1527) 선생 40세라. 지지당 송선생의 〈관수정〉에 차운
> 하다.25)

라는 기록이 있어서 이미 중종 22년(1527)에 관수정이 있었던 것으로 나타
난다.

이상의 여러 가지 기록을 종합하면 정확한 연대는 확인할 수 없어도
중종 35년(1540) 이전의 어느 시점에 관수정을 세운 것으로 추정할 수 있
을 것이다.

관수정과 함께 주목할 수 있는 것은 기영정에서 마련한 잔치이다.

중종 38년(1543) 초가을에 전라도관찰사 송인수가 마련한 기영정 잔치
를 통하여 양로연의 전통을 확산시켜서 향촌 사회의 문화를 진작시키는
역할을 맡은 것을 알 수 있다. 청렴과 염퇴를 실천한 노성한 신하에 대한
조정의 대접과 이를 목격한 각 지역의 수령과 백성들이 스스로 삶의 태도
를 정하는 참조의 틀로 삼을 기회를 마련했다고 할 수 있다. 실제 이러한
전통은 이현보26) 등에서도 확인할 수 있는 것으로 향촌사회의 문화조절
에 큰 의미를 지니는 것으로 평가할 수 있다.

그런데 일반적인 양로연은 고을의 수령이 나이가 많은 일반 백성을 모셔

---

25) 『學圃先生文集』卷之四, 附錄 〈年譜〉, 『한국문집총간』 21, 193면, 嘉靖六年 丁亥 先
生四十歲 次知止堂宋先生觀水亭韻.

26) 안동부사로 부임한 이현보가 중종 14년(1519) 고을의 父老를 맞이하여 베푼 花山養老
宴을 들 수 있으며, 〈花山養老宴詩〉를 짓고 박상·권벌·김영·조신·황효헌·정사룡·이
행·소세양·어득강·이희보·김안국·이태·이장곤·장옥 등이 차운했다. 그리고 이 내
용이 〈花山養老宴圖〉로 남아 있다.

서 베푸는 잔치인데, 기영정 잔치는 임금의 특명으로 관찰사가 퇴임 관료를 위하여 마련한 것이라는 차이가 있다. 비록 이 잔치가 퇴임 관료인 송흠을 위한 자리이기는 하지만 송흠이 이 지역에서 차지하는 위상을 생각할 때, 이 잔치에 함께 자리했던 주변 지역의 수령과 백성들은 이 잔치를 되새기면서 향촌문화의 방향을 조절하는 참조의 틀로 생각하였을 것이다.

기영정에서 마련한 잔치의 내용은 송흠이 쓴 〈기영정연시기〉[27)에 자세하게 기술되어 있다.

송흠이 85세이던 중종 38년(1543) 7월 초이렛날에 숭정대부에 오르고 스무엿샛날에 판중추에 배수되었는데, 2월에 전라도관찰사에 임명된 송인수가 잔치자리를 마련하여 축하하려고 나주목사 조희(曺禧)와 영광군수에게 삼계현에 잔치를 베풀 장소를 찾았으나 마땅한 장소를 찾지 못하였다. 그런데 송흠의 관수정이 있는 남쪽 가에 수백 명이 앉을 수 있는 장소를 찾아 새로운 정자를 마련하고 기영정이라 이름한 것이다.

칠월 스무이렛날에 감사가 관수정에 이르고, 다음 날인 스무여드렛날에 새 정자에서 연례를 베풀었는데, 가까운 고을의 수령들이 10여명 참석하고 나주목사 조희가 연례를 관장하였다.

연례는 음례(飮禮)와 연석(宴席)으로 나뉘어 진행되었는데, 음례는 수작읍양(酬酌揖讓) → 전배진찬(傳杯進饌) → 주악(奏樂)의 순서로 이루어졌으며 정자를 둘러서 구경하는 사람이 몇 천 명인지 알 수 없을 정도였다고 한다.

음례가 끝난 뒤에 감사가 다시 마련한 연석은 술잔을 서로 주고받는 가운데 뭇 음악이 차례로 연주되었는데, 먼저 정업곡(定業曲)[28)을 연주하고 향악으로 처용무(處容舞)[29), 관음찬(觀音贊)[30), 포구기(抛球伎)[31), 발도가(發

---

27) 『知止堂遺稿』 제이, 〈耆英亭宴時記〉.

28) 定業曲은 定大業을 가리키는데 종묘제례의 亞獻과 終獻에 연주하는 樂舞이다.

29) 處容舞는 呈才 때나 驅儺의 뒤에 처용의 탈을 쓰고 추는 춤이다.

30) 觀音贊은 작자·연대 미상의 고려시대 佛歌의 하나이다.

棹歌)32) 등이 연주되었다

송인수가 지은 〈제지지당송공흠기영정〉은 다음과 같다.

> 호해에서 신령으로 받듦은 우리 후가 있는데
> 한 평생 얼음과 빙벽나무처럼 괴롭게 맑게 닦았네.
> 고르게 겹쳐진 임금님의 은혜가 잇달아 상으로 기리고
> 순수하고 깊은 효성스런 마음으로 자주 고을을 빌었네.
> 시렁에는 이삼천 권의 책을 꽂히고
> 나이는 여든 여섯의 춘추로 많으시네.
> 기영정 위에서 아름다운 모임을 이루니
> 그림으로 옮겨서 만세토록 남기리.
> 湖海維靈有我侯　一生氷蘗苦淸修
> 主恩稠疊連褒賞　孝意純深數乞州
> 架揷二三千卷帙　年高八十六春秋
> 耆英亭上成佳會　移入丹靑萬世留33)

이어서 송흠은 다음과 같이 화운하면서 기영정의 잔치를 마련한 관찰사에게 고마움을 드러내고 있다.

> 천고에 호남에서 몇 사람의 후를 고르는가?
> 상공의 다스림과 교화는 자신이 닦은 것이네.
> 한결 같은 마음에 어찌 두셋의 덕이 있으랴?
> 온통 무너진 쉰 고을을 다 일으켰네.
> 딴 날에 오늘의 모임을 잊기 어려울 터인데
> 다른 해에는 이 해의 가을을 상상할 수 있으리.

---

31) 抛毬樂은 呈才 때에 공을 가지고 추는 궁중 춤의 한 가지이다.
32) 發棹歌는 배가 출발할 때 부르는 노래인 뱃노래의 일종으로 추정된다.
33) 『圭菴先生文集』卷之一, 〈題知止堂宋公耆英亭〉, 『한국문집총간』24, 17면.

> 그 가운데 무슨 일이 슬프게 하는가?
> 등공(鄧公)을 만류하지 못함이 가장 안타깝네.
> 千古湖南閱幾侯　相公治化自身修
> 一心寧有二三德　百廢俱興五十州
> 異日難忘今日會　他年可想是年秋
> 簡中何事堪怊悵　最恨鄧公挽不留

기영정에서의 잔치를 기쁘게 생각하면서 아울러 관찰사를 한나라의 등선(鄧先)에 견주고 있어서 배려에 대한 고마움도 잊지 않고 있다. 향촌사회에서 어른에 대한 이러한 대접은 향촌사회를 이끌어 가는 생활문화로 자리잡을 수 있는 것이고, 조정에서 몇 차례에 걸쳐 시도했던 개혁을 구체적 실천을 통하여 이어가는 것이라 할 수 있을 것이다.

이러한 기영정의 잔치에 대하여 실록에서는 이듬해 봄에 다음과 같이 기록하고 있다.

　전라도 관찰사 송인수가 영광군에 순찰 나가, 판중추(判中樞) 송흠을 위해 기영정에서 잔치를 베풀었다.

　사신은 논한다. 송흠은 이 고을 사람이고 정자는 곧 송인수가 조정에서 숭상하고 장려하는 뜻을 이어받아 세운 것인데, 이때에 이르러 잔치를 베풀어 영광스럽게 해 준 것이다. 송흠은 청결한 지조를 스스로 지키면서 영달을 좋아하지 않았다. 어머니를 봉양하기 위해 걸군하여 10여 고을의 원을 지냈고 벼슬이 또한 높았지만, 일찍이 살림살이를 경영하지 않아 가족들이 먹을 식량이 자주 떨어졌다.

　육경에서 은퇴하여 늙어간 사람으로는 근고에 오직 이 한 사람뿐이었는데, 시냇가에 정자를 지어 관수정(觀水亭)이란 편액을 걸고 날마다 한가로이 만족하게 지내기를 일삼았으므로 먼 데서나 가까운 데서나 존대하지 않는 사람이 없었다. 젊은 시절부터 집에 있을 적이면 종일토록 의관을 반듯하게 하고 조금도 몸을 기울이지 않고서 오직 서책만을 대하였고, 고을 안의 후진을 접할 때에는 비록 나이가 젊은 사람이더라도 반드시

당(堂)에서 내려가 예절을 다했었다. 그의 어머니도 가법이 또한 엄격하여 감히 의에 어긋나는 일은 하지 않았고 나이가 1백 살이었다. 송흠 또한 90이 가까운데도 기력이 오히려 정정하였다. 특별히 조정에서 숭품(崇品)을 총애하는 은전을 입게 되었으므로 논하는 사람들이 인자한 덕의 효과라고 했었다.

　　도내에서 재상이 된 사람 중에 소탈하고 담박한 사람으로는 송흠을 제일로 쳤고, 박수량(朴守良)을 그 다음으로 친다고 하였다.[34]

관찰사를 직접 보내어 기영정을 짓고 잔치를 마련한 것을 비롯하여, 이후에도 조정에서는 후대가 계속되었다. 그리고 송흠이 죽은 뒤에도 나라에서 제대로 배려하지 못한 점에 대하여 아쉬움을 나타내기도 하였다. 그동안 신진들을 등용하였다가 실패한 경험을 반면교사로 삼은 것이라 할 수 있다.

　　상이 조강에 나아갔다. 대사간 정유(鄭裕)가 아뢰었다.
　　"『서경』에 이르기를 '늙은이를 버리지 말라.' 했고, 또 '노성인(老成人)을 버리지 말라.' 했는데, 노성한 사람은 치도에 관계가 크기 때문입니다. 전 동지 이현보는 나이가 90에 가까워 벼슬을 사퇴하고 고향에 가 살고 있는데, 근자에 재변으로 인하여 구언(求言)하였으나 한마디의 언급도 없었으니 어찌 뜻이 없어 그리했겠습니까. 옛날에도 늙어 고향으로 돌아가 있는 이에게 말을 구한 적이 있었으니, 상께서 성의를 다하여 하유해서 올라오도록 하소서. 만일 올 수가 없다면 진언(陳言)하도록 하시면 될 것입니다. 지난번 송흠이 시골에 살다가 늙어 죽은 것이 지금까지도 애석합니다."[35]

기묘사화를 겪으면서 권력을 장악했던 심정·김안로 등이 물러난 뒤에 내몰았던 사림을 재등용하게 되고, 한편으로 노성한 선비들을 소홀하게

34) 『중종실록』 권102, 39년 3월 경신, 『국역 중종실록』 51, 228~229면.
35) 『명종실록』 권16, 9년 1월 무오, 『국역 명종실록』 8, 119면.

대접했던 것에 대한 반성이 포함된 것으로 볼 수 있는 대목이다. 그런 점에서 송흠·이현보·어득강 등에 대한 조정의 관심 표명은 이들이 각각 영광·예안·고성에서 향촌 생활을 하면서 서울에서의 정치적 경륜과 효성과 청렴으로 요약되는 실천적 삶을 바탕으로 새로운 향촌문화를 열어가게 되는 다음 시기에 대한 기대로 연결되는 것으로 볼 수 있다.

3. 송흠의 훈도와 송순의 태도

효성과 청렴으로 칭송을 받고 귀향한 뒤에도 지속적으로 예우를 받은 송흠은 송순과 밀접한 관련을 가진 인물이다. 같은 집안이라는 연고도 있고 송순이 어린 시절 송흠에게 직접 훈도를 받기도 하였다.

송순은 송흠의 삼종질(三從姪)이다. 송순의 고조부 희경(希璟)과 송흠의 증조부 귀(龜)는 형제간으로, 송희경이 태종 4년(1404)에 담양으로 귀양을 간 적이 있는데, 함양군수 등을 역임하고 난 뒤 만년에 담양으로 퇴로한 것으로 보인다.

> 안등(安騰)을 상주로, 김음(金愔)을 창평으로, 송희경을 담양으로, 유장(柳暲)을 청주로 귀양 보내었다.36)

『지지당유고』와 『면앙집』 등의 기록을 통해 송순이 어린 시절부터 삼종숙 송흠의 문하에서 수학했으며, 평생 동안 마음 속으로 삶의 태도를 배우고자 했음을 알 수 있다. 우선 연보에서 확인할 수 있는 내용이다.

---

36) 『태종실록』 권7, 4년 6월 정유, 『국역 태종실록』 2, 55면.

　　기축년 가정 8년 중종 24년(1529), 선생 37세라.

　　10월에 돌아가서 어머니를 뵙다.

　　이 때 단문숙 지지당 송흠 공이 본 고을에 부임하다. 화목과 우애가
서로 절실하였는데, 공은 일찍이 양팽손 교리와 함께 그 문하에서 공부하
여 이에 이르러 더욱 돈독하였다.[37]

　　어린 시절부터 능성(綾城) 출신인 양팽손 등과 함께 송흠의 문하에 나아갔
다는 것인데, 구체적인 연도는 확인되지 않는다. 그런데 양팽손의 문집인
『학포집』의 기록을 참고하면 이러한 추정을 뒷받침할 수 있는 자료를 확보
할 수 있다. 양팽손의 현손 양세남(梁世南)이 쓴 〈가장〉에는 연산군 6년
(1500) 양팽손의 나이 13세에 송흠의 문하에 나아가 수학하였다고 적고
있다.

　　열세 살에 지지당 송흠 선생의 문하에 나아가 잘못된 학식을 바로잡다.
이에 앞서 송공이 한 필의 말로 찾아와서 한 번 봄에 이미 옛날부터 알고
지낸 사이와 같이, 며칠을 머무르며 성리의 학문을 따졌는데 흐르는 물과
같이 통하여 풀리지 않음이 없었다. 이에 탄복하여, ‘우리나라에서 도를
전하는 책임이 참으로 이 사람에게 있다.’라고 하였다.[38]

　　한편 〈연보〉에서는 이보다 3년 뒤인 연산군 9년(1503) 양팽손의 나이
16세에 송흠의 문하에 나아가 배웠다고 적고 있다.

---

37) 『俛仰集』 권5, 〈年譜〉, 『한국문집총간』 26, 275면, 己丑 嘉靖八年 中宗 二十四年
　　先生 三十七歲 十月 歸覲 是時 祖免叔 知止堂宋公欽涖本府 睦愛相切 公早與梁校理彭孫
　　遊其門 至是尤篤.

38) 『學圃先生文集』 卷之三, 附錄 家狀, 『한국문집총간』 21, 177면, 十三 就正于知止堂宋
　　先生欽門 先是宋公匹馬來訪 一見已如舊識 因留數日 論性理之學 無不通解如流 乃歎曰
　　吾東傳道之責 寔在斯人.

홍치 15년 임술, 선생 15세라. 지지당 송흠 선생이 들렀는데, 송선생이 선생의 이름을 듣고 와서 경사를 강론하고 탄복하면서, '우리 나라에서 도를 전하는 책임이 참으로 이 사람에게 있다.'라고 하고, 고을 수령에게 가서 말하기를, '옛 사람이 공자가 나라에 안자가 있다고 하였는데, 나에 게는 양수재가 있다고 또한 일렀다.

홍치 16년 계해, 선생 16세라. 지지당 선생의 문하에 나아가서 배우다. 스승의 문하에서는 밤낮으로 배운 것을 질의하고, 물러나서는 송재 나세 찬·면앙 송순 등 여러 분과 강론하다.[39]

〈가장〉과 〈연보〉 사이에 약간의 착종이 있다. 연산군 6년(1500) 양팽손 이 13세쯤이라면 송순은 8세쯤이고, 연산군 9년(1503) 양팽손이 16세쯤이 라면 송순은 11세쯤이다. 연산군 6년이면 송흠이 귀양을 청하여 고향인 영광에서 지내던 때이고, 연산군 9년경이면 외간상을 당하여 고향에서 거 상하던 기간이다.

이제 몇 가지 기록을 종합하면 송순은 10세 무렵에 삼종숙인 송흠의 문하에 나아가 훈도를 받은 것으로 정리할 수 있다.

한편 송흠의 문집인 『지지당유고』에는 문인으로 송순·양팽손·안처함 (安處諴)·김맹석(金孟碩)·송석현(宋錫賢)[40] 등 다섯 사람이 올라 있다.

다음은 중종 16년(1521)에 광주목사로 부임하는 송흠을 송별하면서 지은 〈봉별종장령공흠부광주(奉別宗丈令公欽赴光州)〉이다.

---

39) 『學圃先生文集』卷之四, 附錄 年譜, 『한국문집총간』 21, 185면, 弘治十五年壬戌 先生 十五歲 知止堂宋先生欽見過 宋先生聞先生名 來與論經史 歎曰 吾東傳道之責 寔在斯人 及歸語主倅曰 古人謂子國有顔子 吾於梁秀才 亦云 弘治十六年癸亥 先生十六歲 從學知 止堂先生門 在師門 日夕質所學 退與羅松齋世纘宋俀仰純 諸公講論.
40) 『知止堂遺稿』 제사 별록, 〈孝憲公門人錄〉.

당시에는 봉양하면서 시험삼아 고을을 다스렸는데
남은 삶에 고향을 떠나는 것은 옳지 않다네.
익숙하게 한적한 거처에서 일찍이 취미가 되었는데
잠시 인간세상을 좇아 억지로 머리를 숙이네.
집안을 이어서 명성이 높음을 이미 기뻐하고
장수를 누리며 기력이 씩씩함을 자랑할 만하네.
소자가 수레를 따르며 서로 증별하는 뜻은
한 몸을 금 주발을 지키듯이 진귀하게 보중하시라는 것이네.
當年奉養試爲州　不是餘生謝故丘
慣向幽居曾着趣　暫從人世强低頭
承家已喜名聲遠　享壽堪誇氣力遒
小子追車相別意　一身珍重保金甌[41]

　이후 송순은 담양부사로 부임한 송흠을 고향에서 맞아 돈독한 화목을
확인하기도 한다.
　다음은 송흠의 〈관수정〉에 차운한 〈차송사재관수정운〉을 보도록 한다.

영롱한 누각이 맑고 찬 물을 내려보는데
홀로 난간에 기대어 늘 맑고 깨끗한 물을 어여삐 여기네.
가을을 적시고 거울을 씻으며 평편한 물가를 열고
눈을 뿜으며 우레가 그치자 빠른 여울로 내려가네.
희고 깨끗한 이 마음이 일찍이 서로 맞았는데
물의 원류 한 갈래가 또한 볼 만하네.
한 평생 서로 기름이 이와 같음을 아나니
뛰어난 얼음과 옥이 폐와 간을 비추네.
畵閣玲瓏俯碧寒　每憐淨澄獨憑欄
涵秋洗鏡開平浦　噴雪晴雷下急灘

---

41) 『俛仰集』 권1, 『한국문집총간』 26, 185면.

皎潔此心曾合契　淵源一派也宜觀
百年交養知如許　氷玉崢嶸照肺肝[42]

　　경련과 미련에서 송흠의 인품에 견주어 관수의 본질을 말하고 있다. 경
련에서 희고 깨끗한 송흠의 마음과 물의 본질을 연결시키고 있고, 미련에
서는 빙옥과 같은 인품이 속마음을 비추고 있다고 송흠을 칭송하고 있다.
평생 살아온 삶이 관수에 어우러지면서 만년의 빛을 밝히고 있는 것으로
파악한 것이다.

　　〈관수정〉에 차운한 이 시는 홍문관 응교 때에 지은 것이라 밝혔는데,
실제 송순은 중종 32년(1537)에 홍문관 부응교에 배수되었다가, 이듬해인
중종 33년(1538)에 홍문관 직제학으로 승차되면서 아울러 예문관 응교를
맡았던 것으로 확인이 되어서, 사실은 홍문관 부응교를 맡았던 중종 32년
경에 지어진 것으로 정리할 수 있다. 앞에서 송흠의 관수정 건립 연대를
확정짓지 못했던 사정을 감안하면 참고할 수 있는 부분이다.

　　한편 송흠은 〈차송장령순별장(次宋掌令純別章)〉[43]을 지어서 송순의 시에
차운하기도 하였다.

　　이와 함께 송순의 연보에서 확인할 수 있는 송흠과 관련되는 기록은
다음과 같다.

　　　계사년, 가정 12년 중종 28년(1533), 선생 41세라.
　　　9월에 지지당이 전라도관찰사에 배수되다.
　　　癸巳 嘉靖十二年 中宗 二十八年 先生 四十一歲
　　　九月 知止堂拜全羅道觀察使

---

42) 『俛仰集』 권1, 『한국문집총간』 26, 198면.
43) 『俛仰集』 권4, 『한국문집총간』 26, 243면.

신축년, 가정 20년 중종 36년(1541), 선생 49세라.

이 해에 지지당 송공이 특별히 좌참찬에 제수되었는데 은혜에 사례하고 체직을 빌어서 윤허를 받고 4월에 남쪽으로 돌아가는데 온 조정에서 동대문 밖 한강 가에서 전별하다.

辛丑 嘉靖二十年 中宗 三十六年 先生 四十九歲 是年 知止堂宋公特授 左參贊 謝恩乞遞 蒙允 四月 南歸 傾朝餞別于東大門外漢江上

정미년 가정 26년 명종 2년(1547), 선생 55세라.

9월에 … (중략) … 이에 앞서 선친의 옛 터에 나아가 효은당을 새로 짓고, 이에 이르러 지지당 송공에게 기문을 부탁하고, 청송당 성공이 편액을 짓다. 12월에 지지당 송공의 상에 곡하다.

丁未 嘉靖二十六年 明宗 二年 先生 五十五歲 九月 … 先是 就先考舊 基孝恩堂重創之 至是請知止堂宋公記之 聽松成公題其扁 十二月 哭知止 堂宋公喪

이상 연보의 기록을 통해서 볼 때 송순은 늘 가까운 곳에서 송흠을 모신 것은 아니지만 마음속으로 흠모하면서 발자취를 뒤따르고 어려운 일을 상의했던 것으로 판단할 수 있다.

송순에게 있어서 송흠의 삶이 보여 준 실천적 태도는 평생을 두고 자신을 되돌아볼 수 있는 거울의 역할을 맡은 것으로 이해할 수 있다. 면앙(俛仰)의 내면화가 이러한 과정의 일환이라고 할 수 있다. 힘들고 어려운 일이 닥칠 때마다 자신의 삶을 추스르는 나침반으로 삼종숙이자 스승인 송흠의 청렴과 효성을 되새긴 것으로 추정할 수 있다.

실제 이선은 〈지지당송공행장〉44)에서 효자염리(孝子廉吏)이면서 청명기 덕(淸明耆德)으로 사림에 우뚝한 사람으로 조원기(趙元紀, 1457~1533), 이현보, 송흠, 송순 네 사람을 들기도 하였다.

---

44) 『芝湖集』 권12, 〈知止堂宋公行狀〉, 『한국문집총간』 143, 559~560면.

4. 소결 – 송순 문학의 기반과 변모 과정

송흠에 대한 송순의 태도는 평생을 두고 이어지는 것으로 이해할 수 있는데, 성장과 벼슬살이를 통하여 새로운 상황에 접하고 여러 인물을 만나면서 송순 문학의 기반은 크게 확충되는 것으로 파악할 수 있다. 송흠을 만난 시기를 제1기로 본다면, 그 이후의 시기도 크게 세 시기로 가를 수 있을 것이다.

21세인 중종 8년(1513)에 진사시에 합격하고 27세인 중종 14년(1519)에 별시에 급제할 때까지 송순은 새로운 스승 눌재 박상(訥齋 朴祥, 1474~1530)·육봉 박우(六峰 朴祐, 1476~1546) 형제를 모시게 된다. 마침 담양부사로 내려온 박상을 만나게 된 것인데, 연보에서 밝혔듯이 스스로 "평생에 향방을 조금 알게 된 것은 오로지 이끌어주심에 힘입은 것이다.(平生稍知向方 專賴導引之力)"45)라고 말할 정도로 새로운 전기가 마련된 것이다. 이때 정만종(鄭萬鍾)과 함께 배웠는데, 시에 대한 적공은 이 무렵에 본격적으로 이루어졌다고 추정할 수 있다. 송순의 생애에서 제2기를 열어 가는 계기가 마련된 것으로 이해할 수 있다. 이 무렵 능성현감으로 부임한 송세림(宋世琳)과의 교유도 중요하게 지적할 수 있다. 박상이 기세한 중종 25년(1530)까지 제2기로 설정하고자 한다.

다음 성균관에 드나들고 벼슬길에 나간 뒤에 정치현실에서 만난 선배·동료들과의 교유를 제3기의 중요한 특징으로 지적할 수 있다. 실제 정치현실의 소용돌이에서 경륜을 펴기 위해 애쓰기도 하고 정적들과 갈등을 빚기도 하였다. 송순의 삶에서 중요한 비중을 차지하는 시기이고 적극적인 입장에서 정치현실과 대면하였다. 실제 실록 등의 기록을 통하여 당대의 정치 상황과 송순의 발언 내용을 면밀하게 분석할 필요가 있을 것이다. 객관적이고 정치한 분석이 이루어진 뒤에야 벼슬에서 물러난 의미와 향촌

---

45) 『俛仰集』 권5, 〈年譜〉, 『한국문집총간』 26, 273면.

생활이 지니는 의의를 변별적으로 설명할 수 있을 것이기 때문이다.

제4기는 정치 현실에서 실제로 부딪히면서 갈등이 노정되는 과정에 여러 차례 귀향하게 되면서 담양 주변의 인물들과의 교유를 늘려 가는 시기로 설정할 수 있다. 이 시기는 정치현실에 몸담고 있는 과정에서의 교유와 벼슬살이에서 물러나 면앙정이라는 문화공간에서 지내는 동안의 삶으로 다시 나눌 수도 있을 것이다.

실제 선조 12년(1579) 면앙정에서 마련한 송순의 회방연(回榜宴)에서 정철(鄭澈)을 비롯하여 자리에 참여했던 사람들이 송순을 남여(藍輿)에 태우고 함께 메고 집까지 모신 일46)은 송흠의 기영정 잔치의 전통을 이은 것으로 이해할 수 있는 것이다.

실제 시가사와 문학사에서 주목한 것은 바로 이 시기라고 할 수 있는데 이제는 앞의 각 시기와의 연결 고리를 정밀하게 점검할 필요가 있을 것이다. 보다 자세한 검토는 다음 기회를 기약하기로 한다.

『한국문학논총』 43집(2006)

---

46) 『俛仰集』 권5, 〈年譜〉, 『한국문집총간』 26, 282면.

Ⅲ
송순 연구의 과제와 전망

1. 송순 연구의 출발

　면앙정 송순(俛仰亭 宋純, 1493~1583)에 대한 연구는 조윤제가 「농암과 면앙정의 강호가도」(『조선시가사강』, 1937)에서 『계음만필(溪陰漫筆)』·『견한잡록(遺閑雜錄)』·『기촌집(企村集)』·『패관잡기(稗官雜記)』·『지봉유설(芝峰類說)』 등의 기록을 종합하여 이현보와 함께 강호가도(江湖歌道)의 선창자·수립자로 지목한 이후, 강호가도 이론의 중요한 한 축으로 관심의 대상이 되어 왔다. 이어서 조윤제는 『국문학사』(1949)에서 「자연미의 발견」으로 정리하였으며, 최진원이 이를 「강호가도연구」(『국문학과 자연』, 1977)로 확장시켜 나갔다. 한편 이병기는 「면앙정과 시조」(『국문학전사』, 1957)에서 몇 편의 시조를 언급한 바 있다.

　그 이후 송순에 대한 연구는 양적인 면에서나 내질의 면에서 풍부한 성과를 보여주고 있다. 학위논문으로 보고된 것을 비롯하여 단행본으로 정리된 것까지 포함하면 괄목할 만한 진전을 보이고 있는 셈이다.

　이 글은 송순에 대한 지금까지 연구의 추이를 개략적으로 정리하고 이를 바탕으로 몇 가지 새로운 가능성과 전망을 제시하는 데에 목표가 있다.

2. 연구의 추이

송순에 대한 개별적인 연구의 결정적 계기를 마련한 것은 김동욱의 「임란전후가사연구」(『진단학보』 25·26·27합, 1964)인데, 이 논문에서 『잡가』에 실린 국문본 〈면앙정가〉가 소개되었다. 그리고 『잡가』는 『국어국문학』 39·40 합병호에 영인 수록되었다.

이 자료를 바탕으로 〈면앙정가〉에 대한 연구가 본격적으로 진행되었고, 가단이라는 개념을 도입하여 호남가단에 대한 연구1)가 나왔으며 이어서 면앙정가단·성산가단 등으로 세분하여 논의하기도 하였다.

지금까지 제출된 연구 성과는 우선 학위 논문을 들 수 있고, 다음으로 개별 논문으로 제출된 것, 그리고 단행본으로 간행된 것들을 들 수 있다. 연구목록은 참고문헌으로 제시한다.

지금까지 이루어진 연구 성과 가운데 『고시가연구』 제4집(한국고시가문학회, 1997)에 수록된 6편의 논문은 송순 연구의 중간 결산이라는 점에서 중요한 의의를 지니는 것이다.

> 김성기, 「면앙정가의 가맥에 대한 연구」.
> 김신중, 「송순 시조의 전승 양상과 문학사적 의미」.
> 김진영, 「송순의 문학세계」.
> 김학성, 「송순 시가의 시학적 특성」.
> 정재호, 「면앙정가의 국문학사상 위치」.
> 최한선, 「면앙정 송순의 한시」.

개괄적으로 검토할 때 송순에 대한 연구는 몇 가지 경향성을 띠는 것으로 확인된다.

첫째, 강호가사의 시각에서 〈면앙정가〉에 대한 연구를 들 수 있다. 자연

---

1) 정익섭, 『호남가단연구』, 진명문화사, 1975.

이나 전원 생활을 다룬 가사라는 입장에서 〈면앙정가〉 개별 작품에 주목하는 경우이다.

둘째, 광의의 작가론을 포괄하는 입장에서 송순의 삶에 대한 연구를 들수 있다. 연보를 비롯한 주변 자료를 통하여 송순의 삶을 재구하고 이를 준거로 송순의 작품을 살피고자 하는 입장을 보이고 있다.

셋째, 면앙정 주변의 경관과 〈면앙정가〉와의 관련을 사실적인 측면에서 살핀 연구를 주목할 수 있다. 작품의 산생 현장과 작품 내의 구성을 연결시켜 이해하려는 태도를 주목할 수 있다.

넷째, 〈면앙정가〉와 〈성산별곡〉의 관련을 비롯한 선후 작품과 작가와의 영향에 대한 연구를 들 수 있는데, 작품의 계보를 마련한다든가 작가의 교유 관계를 통하여 작품을 살피고자 하는 입장이다.

다섯째, 호남가단 혹은 면앙정가단으로서의 집단적인 문학 활동에 대한 연구도 주목할 수 있다. 송순 한 사람에게 한정하지 않고 지역적 연고나 학문적 연원을 통하여 집단적인 교유에 주목하는 성과를 보이고 있다.

여섯째, 송순이 남긴 한시에 대한 연구도 이루어지고 있다. 국문으로 된 작품에 비해 많은 분량을 차지하고 있는 한시를 그의 삶과 연결시켜 주목한 경우나, 몇몇 작품을 중심으로 사회적 태도와 관련짓는 것을 들 수 있다.

이러한 연구 성과를 고려할 때 현 시점에서 송순 연구는 지금까지의 경향성을 넘어서서, 기본적인 문제를 포함한 새로운 돌파구를 마련해야 할 시점에 이른 것으로 판단된다.

3. 새로운 가능성 또는 전망

송순 연구와 관련하여 우선 지금까지 홀간했던 부분을 환기할 필요가 있다. 여기에는 지금까지 연구자들이 국문 작품을 남겼다는 이유로 무의식적으로 칭송 일변도로 나아갔던 자세에 대한 냉철한 반성을 전제로 하는 것이다. 국문 작품을 본격적인 글쓰기의 하나로 인식했다기보다 한시 혹은 한문 글쓰기의 보완 작업으로 받아들이고 있었던 점을 간과했던 연구풍토에 대한 반성을 포함하는 것이다.

우리가 홀간했던 사실 가운데 하나는 삼종숙 송흠(宋欽, 1459~1547)의 역할에 관한 것이다. 전혀 언급이 없었던 것은 아니지만 송순의 삶의 자세와 문학의 기반을 형성하는 과정에 중요한 역할을 한 것으로 볼 수 있는데도 이 부분을 가볍게 보고 말았다.2)

송순의 고조부 희경(希璟)과 송흠의 증조부 귀(龜)는 형제간으로, 송순은 송흠의 삼종질이다. 태종 4년(1404)에 담양으로 귀양을 간 적이 있는 송희경이 함양군수 등을 역임하고 난 뒤 만년에 담양으로 퇴로한 것으로 보인다.

안등(安騰)을 상주로, 김음(金愔)을 창평으로, 송희경을 담양으로, 유장(柳暲)을 청주로 귀양 보내었다.3)

송흠의 『지지당유고』와 송순의 『면앙집』 등의 기록을 통해 송순이 어린 시절부터 삼종숙 송흠의 문하에서 수학했으며, 평생 동안 마음 속으로 삶의 태도를 배우고자 했음을 알 수 있다. 우선 연보에서는,

기축년 가정 8년 중종 24년(1529), 선생 37세라.
10월에 돌아가서 어머니를 뵙다.
이 때 단문숙 지지당 송흠 공이 본 고을에 부임하다. 화목과 우애가 서로 절실하였는데, 공은 일찍이 양팽손 교리와 함께 그 문하에서 공부하여 이에 이르러 더욱 돈독하였다.4)

2) 최재남, 「송흠 귀향의 반향과 송순 문학의 기반」, 『한국문학논총』 43집, 한국문학회, 2006.8, 5~35면.
3) 『태종실록』 권7, 4년 6월 정유, 『국역 태종실록』 2, 55면.

라고 기록하고 있다.

어린 시절부터 능성(綾城) 출신인 양팽손 등과 함께 송흠의 문하에 나아
갔다는 것인데, 구체적인 연도는 확인되지 않는다. 그런데 양팽손의 문집
인『학포집』의 기록을 참고하면 이러한 추정을 뒷받침할 수 있는 자료를
확보할 수 있다. 양팽손의 현손 양세남(梁世南)이 쓴「가장」에는 연산군
6년(1500) 양팽손의 나이 13세에 송흠의 문하에 나아가 수학하였다고 적고
있다.5)

한편『학포집』「연보」에서는 이보다 3년 뒤인 연산군 9년(1503) 양팽손
의 나이 16세에 송흠의 문하에 나아가 배웠다고 적고 있다.6)

「가장」과「연보」사이에 착종이 있다. 연산군 6년(1500)이라면 송순은
8세쯤이고, 연산군 9년(1503)이라면 송순은 11세쯤이다. 연산군 6년이면
송흠이 귀양을 청하여 고향인 영광에서 지내던 때이고, 연산군 9년경이면
외간상을 당하여 고향에서 거상하던 기간이다.

이제 몇 가지 기록을 종합하면 송순은 10세 무렵에 삼종숙인 송흠의
문하에 나아가 훈도를 받은 것으로 정리할 수 있다.

한편 송흠의 문집인『지지당유고』에는 문인으로 송순·양팽손·안처함
(安處諴)·김맹석(金孟碩)·송석현(宋錫賢)7) 등 다섯 사람이 올라 있다.

중종 16년(1521)에 광주목사로 부임하는 송흠을 송별하면서 지은〈봉별
종장영공흠부광주(奉別宗丈令公欽赴光州)〉8)나 중종 32년(1537) 경에 송흠의
〈관수정(觀水亭)〉에 차운한〈차송사재관수정운(次宋四宰觀水亭韻)〉9) 등을 통

---

4) 『俛仰集』권5,「年譜」,『한국문집총간』26, 275면, 己丑 嘉靖八年 中宗 二十四年 先
   生 三十七歲 十月 歸觀 是時 祖免叔 知止堂宋公欽涖本府 睦愛相切 公早與梁校理彭孫遊
   其門 至是尤篤.
5) 『學圃先生文集』卷之三, 附錄「家狀」,『한국문집총간』21, 177면.
6) 『學圃先生文集』卷之四, 附錄「年譜」,『한국문집총간』21, 185면.
7) 『知止堂遺稿』제사 별록,「孝憲公門人綠」.
8) 『俛仰集』권1,『한국문집총간』26, 185면.

하여 송순의 인품을 흠모하면서 자신의 삶의 방향으로 삼고자 하는 자세를
읽을 수 있다.

한편 송흠은 〈차송장령순별장(次宋掌令純別章)〉10)을 지어서 송순의 시에
차운하기도 하였다.

이와 함께 송순의 연보에서 확인할 수 있는 송흠과 관련되는 기록은
다음과 같은 내용들을 들 수 있다.

> 계사년, 가정 12년 중종 28년(1533), 선생 41세라.
> 9월에 지지당이 전라도관찰사에 배수되다.
> 癸巳 嘉靖十二年 中宗 二十八年 先生 四十一歲 九月 知止堂拜全羅道
> 觀察使

> 신축년, 가정 20년 중종 36년(1541), 선생 49세라.
> 이 해에 지지당 송공이 특별이 좌참찬에 제수되었는데 은혜에 사례하
> 고 체직을 빌어서 윤허를 받고 4월에 남쪽으로 돌아가는데 온 조정에서
> 동대문 밖 한강 가에서 전별하다.
> 辛丑 嘉靖二十年 中宗 三十六年 先生 四十九歲 是年 知止堂宋公特授
> 左參贊 謝恩乞遞 蒙允 四月 南歸 傾朝餞別于東大門外漢江上

> 정미년 가정 26년 명종 2년(1547), 선생 55세라.
> 9월에 … (중략) … 이에 앞서 선친의 옛 터에 나아가 효은당을 새로 짓
> 고, 이에 이르러 지지당 송공에게 기문을 부탁하고, 청송당 성공이 편액
> 을 짓다. 12월에 지지당 송공의 상에 곡하다.
> 丁未 嘉靖二十六年 明宗 二年 先生 五十五歲 九月 … 先是 就先考舊
> 基孝恩堂重創之 至是請知止堂宋公記之 聽松成公題其扁 十二月 哭知止
> 堂宋公喪

---

9) 『俛仰集』 권1, 『한국문집총간』 26, 198면.
10) 『俛仰集』 권4, 『한국문집총간』 26, 243면.

이상 연보의 기록을 통해서 볼 때 송순은 늘 가까운 곳에서 송흠을 모신 것은 아니지만 마음속으로 흠모하면서 발자취를 뒤따르고 어려운 일을 상의했던 것으로 판단할 수 있다.

청렴과 효성으로 평가되는 송흠의 삶이 보여 준 실천적 태도는 송순이 평생을 두고 자신을 되돌아볼 수 있는 거울의 역할을 맡은 것으로 이해할 수 있다. 송흠이 관수정에서 마음을 새긴 일과 기영정의 잔치 자리에서 양로연을 베푼 일을 송순은 면앙(俛仰)의 내면화를 통해 이어가고자 했던 셈이다. 힘들고 어려운 일이 닥칠 때마다 자신의 삶을 추스르는 나침반으로 삼종숙이자 스승인 송흠의 실천적 삶을 되새긴 것으로 추정할 수 있다.

둘째, 문집에 수록된 내용에 대한 비평적 검토가 새삼 필요하다.

한 예로 〈면앙정가〉의 한 대목을 들 수 있다. 대표작이라고 할 수 있는 〈면앙정가〉를 『면앙집(俛仰集)』에는 한문으로 번역하여 실어놓았는데, 원문으로 추정되는 작품이 『잡가』에 실린 내용이라 할 수 있다. 한역본과 『잡가』에 수록된 내용을 면밀하게 견주는 일이 필요하다. 그 가운데 한 구절을 예로 들면, 한역본의 "紛無間兮可休 則路徑兮雖夷"는 『잡가』에 실린 것을 중심으로 "쉴 스이 업거든 길히나 편ᄒ리야"로 읽을 수 있는데, 지금까지 "편ᄒ리야"로 읽지 아니하고 대부분 "젼ᄒ리야"로 읽어 왔다는 점이다.

> 쉴 스이 업거든 길히나 젼ᄒ리야(김동욱, 『한국가요의 연구 속』, 165면)
> 쉴 스이 업거든 길히나 젼ᄒ리야(이상보, 『이조가사정선』, 35면)
> 쉴 스이 업거든 길히나 젼ᄒ리야(쉴 사이 없는데 길이나 전하겠나?)
> (최강현, 『가사』 Ⅰ, 『한국고전문학전집』 3, 123면)
> 쉴 스이 업거든 길히나 젼ᄒ리야(김성기, 『면앙송순시문학연구』, 304면)
> 쉴 스이 업거든 길히나 젼ᄒ리야(길이야 바꿀 것이냐)(최철·손종흠,
> 『고전시가강독』, 228면)

그런데 이 부분의 한역을 검토할 때, "젼ᄒᆞ리야"로 읽어 온 부분의 한역이 "夷"에 해당하는데, "夷"는 "평평하다"의 뜻이 있고, "젼ᄒᆞ다"의 뜻은 포함되어 있지 않다. 그러므로 "편ᄒᆞ리야"로 제대로 읽어서 "평평하랴?"로 풀어야 할 것이다. 『잡가』에 실린 작품을 면밀히 읽어보면 'ㅍ'을 'ㅈ'으로 읽을 수 있는 가능성이 있다고 해도 한역가의 문맥을 면밀히 확인하지 않은 책임을 벗어날 수 없다. 물론 『잡가』의 영인 상태가 흐릿하여 오독할 개연성은 있고, 이러한 책임을 김동욱이 『잡가』에 실린 작품을 대교하는 과정에서 비롯된 것으로 돌릴 수 있을지라도, 이제 누구나 『잡가』의 영인 자료나 문집을 손쉽게 확인할 수 있는 현실이라는 점을 고려하면 잘못이 너무 오래 지속되고 있다는 것이다.

또 한 예로 송순이 남긴 몇 편의 사회비판적 한시에 대한 정확한 재평가 문제이다. 〈문개가(聞丐歌)〉를 비롯하여 〈목가산(木假山)〉, 〈고죽가(枯竹歌)〉, 〈영구(詠鷗)〉, 〈문인가곡(聞隣家哭)〉, 〈탁목가(啄木歌)〉 등은 구체적인 현실의 삶에 바탕을 두고 지은 작품이라기보다 독서당에서 사가 독서하는 동안에 의식을 앞세워서 지은 사회시로 평가해야 할 듯하다.[11]

왜냐하면 이 시편들은 〈영사(詠思) *기축독서당삭계(己丑讀書堂朔啓)〉 다음에 편성되어 있고, 또 〈기축시월 자남향투숙광정역(己丑十月 自南鄕投宿廣程驛)〉의 앞에 수록되어 있어서 기축년인 중종 24년(1529) 독서당에서 사가 독서하는 동안에 지은 것으로 보아야 할 것이다. 특히 〈영사〉에서,

> 평소에 헛되이 뇌락(磊落)의 뜻을 일으키어
> 한 사다리로 문득 높은 하늘에 들고자 하였네.
> 아침에는 양곡에서 놀고 저녁에는 몽사에서 노닐며
> 곧바로 해와 달과 서로 뒤지거니 앞서거니 하네.

---

11) 임형택, 『이조시대 서사시』 상, 창작과 비평사, 1992에서 〈聞丐歌〉, 〈聞隣家哭〉과 〈田家怨〉을 들고 체제 모순과 삶의 갈등을 그린 서사시로 다루고 있다.

용을 타고 봉을 끼고 사방을 유력하면
만리에 바람을 따라 얼마나 아득하랴?
산은 몇 점 구이가 되고 바다는 구기가 되는데
눈이 다하는 어느 곳에서 머뭇거리랴?
쓸데없는 계획을 널리 펼치지 못함이 안타깝거니와
배 밑에는 쇠잔한 삶이 서른 해이네.
귀에는 들어서 아는 것이 끊어지고 눈에는 보이는 것이 없는데
우매한 성명은 굳어짐을 달게 여기네.
고초를 겪으며 장대한 뜻이 이미 사라져 없어지는데
다행히 이 마음은 물질을 추구하며 옮겨다님을 벗어나네.
천지는 아득하고 세월은 고른데
처음부터 끝까지 금석처럼 단단하기를 바라네.
平生枉作磊落意　一梯便欲窮高天
朝遊暘谷夕濛汜　直與日月相後先
乘龍挾鳳歷四方　從風萬里何茫然
山爲點灸海爲勺　眼窮何處成迍邅
可憐虛計未廣張　篷底殘生三十年
耳絶聞知目無見　庸庸性命甘拘攣
崎嶇壯志已消磨　此心幸免從物遷
乾坤悠久歲月稠　終始願如金石堅

라고 한 것으로 미루어 당시 정치적 입지 등에서 내면적 갈등을 겪고 있었
던 시기에 자신의 내면을 추스르는 방향으로 독서체험을 의식적으로 작시
한 것으로 추정된다.

　「연보」에서는 기축년 가을에 호당에 분번(分番)되고, 시월에 귀근했다고
되어 있는데, 중종실록을 확인하면, 중종 24년(1529) 4월에 사간원 헌납이
되었다가 25년(1530) 2월에 사헌부 지평이 되었다는 내용만 나온다. 다만
중종 24년(1529) 8월 기사일에 "검상 홍서주 대신에 독서당에 다른 사람을
입번시키라."[12]라는 기사가 있어서 이때 독서당에 분번된 것이 아닌가 추

정할 수 있다.

셋째, 실록 등의 기록에 대한 객관적 평가가 뒤따라야 할 것이다.

실록을 일별하면 중종 15년(1520)년 시권에 관한 기사를 비롯하여 선조 13년(1580) 고향에서 노년을 보내고 있다는 기사에 이르기까지, 150여건을 확인할 수 있다. 직접 이름이 나오는 기록을 확인한 것이지만 직접 거명은 되지 않더라도 송순과 관련된 기사는 이보다 훨씬 많을 것으로 추정된다. 우리는 이 기록을 면밀히 분석하여 중앙의 정치 상황의 변화에 대한 정확한 정보를 정리하여 송순에 대한 객관적인 평가를 내릴 수 있는 성숙된 연구자의 자세를 보여야 할 것이다. 송순의 처신, 송순에 대한 다른 사람들의 평가를 포함하여 다른 사람들과의 관계에서 송순의 역할 등에 대한 검토가 선행되어야만 송순의 문학에 대한 학문적 평가가 설득력을 확보할 수 있을 것이기 때문이다.

중종 14년(1519) 기묘별시방에 을과 1인으로 합격한 송순이 기묘사림에 대해 가져야 하는 책무, 기묘사림을 밀어낸 정권에서 검열(檢閱)을 출발로 대교·수찬·정언·교리·헌납·지평·검상·사간 등의 청요직을 거치면서 정치현실에서 느끼거나 대처했던 여러 가지 내용, 권력의 핵심에 접근하는 데에는 일정한 한계가 있었을 것으로 추정되면서도 한때 삼경설에서 일경(一逕)[13]으로 지목되었던 점, 을사사화 이후에 귀양살이를 한 뒤에 실록에서 인품에 대한 평가에 차이가 나타나고 있는 점 등을 조심스럽게 살펴야 할 것이다.

넷째, 내면의 추이에 대한 점검을 통하여 송순의 내면 심리가 변화하는 과정을 좇아서 그 특성을 면밀히 정리할 필요가 있을 것이다.

---

12) 『중종실록』 권66, 24년 8월 기사.

13) 朴氏의 黨을 一逕으로, 己卯의 당을 일경으로, 宋純의 당을 일경으로 삼은 三逕說이 유포될 정도로 송순의 정치적 입지는 강화되어 있었던 점을 환기할 필요가 있다.(『중종실록』 권86, 32년 11월 임오조 참조)

이 작업은 앞에서 제시한 셋째의 과제와 병행할 필요가 있는데, 실제 『면앙집』에 실린 시 작품을 중심으로 진행할 수 있을 것이다. 내면의 추이를 반영하는 작품은 그 시제에서도 확인할 수 있는데, 〈산야영회(山夜詠懷)〉(庚辰), 〈효음 2수(曉吟二首)〉(辛巳), 〈모사(慕思)〉(辛巳), 〈자경(自警)〉(辛巳), 〈자경 2수(自警二首)〉(乙酉), 〈견회(遣懷)〉(丙戌), 〈영사(詠思)〉(己丑), 〈사추회(寫秋懷)〉(己丑), 〈여회 육언(旅懷六言)〉(己丑), 〈면앙정(俛仰亭)〉(이상 권1), 〈객회(客懷)〉, 〈면앙정제영(俛仰亭題詠)〉(이상 권2), 〈견회 2수(遣懷二首)〉(이상 권3) 등을 들 수 있다. 시제에서 이미 자기 자신의 내면을 드러내고 있음을 암시하고 있는데, 이러한 추이는 외부 상황의 변화에 따른 것일 수도 있고 자신의 삶을 반추하는 과정이라고 할 수도 있다. 자신을 돌아보는 과정을 통해 송순의 내면이 어떤 방향으로 움직이고 있었는지 정리할 수 있을 것으로 본다.

4. 소결

아울러 앞으로 보다 발전적인 연구를 위하여 나아가야 할 방향을 다음 몇 가지로 제시할 수 있을 것이다.

첫째, 언어와 표현에 대한 세심한 관찰을 통하여 우리말의 표현에 활용할 수 있는 방안을 제시할 수 있는 길을 모색해야 할 것이다. 발상법의 확산, 표현의 묘미 등 오늘날 우리들의 언어생활을 윤택하게 할 수 있는 자양분을 얻을 수 있을 것이다. 송순 연구에서 늘 중심을 차지했던 〈면앙정가〉를 비롯하여 그 영향권이라 할 수 있는 〈성산별곡〉을 포함한 정철의 작품까지 함께 논의할 수 있을 것이다.

구체적인 과정으로 두 가지 방향이 제기되는데, 하나는 가사에 표현된 언어이고, 다른 하나는 일상적 언어의 가사적 표현에 관한 것이다.

구체적 작품을 통해 언어와 표현을 확인하고, 이를 다시 유형 분류에 적용하면서 동시에 갈래론으로 확충하여 다시 검토하고, 이를 통해 작품의 문학성을 해명할 수 있는 방향을 설정할 수 있을 것이다.

이차적 목표로 가사의 언어와 표현을 통하여 우리들의 일상언어에 활용할 수 있는 구체적 방안도 함께 모색할 수 있으리라 본다. 우리가 어떠한 생각이나 상황을 언어로 표현하려고 할 때 그 활용의 준거를 가사의 언어와 표현에서 찾을 수 있도록 하는 현실적 활용방안을 모색하는 길이 열릴 것으로 기대한다.

둘째, 벼슬살이를 정리하거나 벼슬살이의 틈틈이 귀향하여 향촌에서 지내는 동안 향촌생활이나 향촌의 문화를 반영하는 양상을 이해하는 방향이다. 다시 말해 향촌사회의 문화공간에서 가사나 시조를 비롯한 문학을 향유하는 양상을 점검하는 일이 새로운 문화창조를 위한 참조의 틀이 될 수 있을 것이다.

향촌문화공간으로서의 당(堂)과 정(亭)은 향촌사회의 문화를 조절하는 기능까지 맡은 것으로 볼 수 있어서, 강학 공간으로서의 당과 놀이 공간으로서의 정이 지닌 본래의 성격과 함께 각 지역에서 편차를 보이는 양상까지 시야를 넓힐 필요가 있을 것이다.

『고시가연구』 19집(2007)

부록 : 송순 관련 참고 자료

1.

강희열, 「제영시 '면앙정 삼십영' 연구」, 수원대학교 석사학위논문, 1995.

경환철, 「면앙정 시가 연구」, 한국교원대학교 석사학위논문, 1993.

김경희, 「면앙정의 의미 연구」, 수원대학교 석사학위논문, 2001.

김광조, 「조선전기 가사의 장르적 성격 연구」, 서울대학교 석사학위논문, 1997.

김기도, 「송순의 시가연구」, 원광대학교 교육대학원, 1984.

김성기, 「송순의 시가문학연구」, 조선대학교 박사학위논문, 1991.

김순희, 「송순 시가의 특성 연구」, 성균관대학교 석사학위논문, 2000.

김은미, 「조선초기 누정기의 연구」, 이화여자대학교 박사학위논문, 1991.

김창원, 「16세기 사림의 강호시가연구」, 고려대학교 박사학위논문, 1997.

문영숙, 「면앙집 분석을 통한 면앙정 경관에 관한 연구」, 성균관대학교 석사학위논
문, 2002.

박종우, 「16세기 호남 한시의 한 연구」, 고려대학교 박사학위논문, 2005.

안동현, 「송순의 시가문학연구」, 충북대학교 교육대학원, 1995.

안혜진, 「강호가사의 변모과정 연구」, 이화여자대학교 석사학위논문, 1998.

유혜경, 「16세기 가사문학연구」, 세종대학교 석사학위논문, 1992.

윤정아, 「송순의 국문시가 연구」, 충북대학교 석사학위논문, 2004.

윤해희, 「면앙정 송순의 한시연구」, 부산대학교 석사학위논문, 1988.

이상희, 「면앙정 송순의 시가연구」, 목포대학교 석사학위논문, 1991.

이재원, 「면앙정 송순의 한시연구」, 단국대학교 석사학위논문, 1996.

이종건, 「송순의 시가론」, 동국대학교 석사학위논문, 1979.

이힐한, 「향촌사회의 문화공간과 가사 향유」, 경남대학교 석사학위논문, 2002.

장태순, 「송순의 풍류시가연구」, 경원대학교 석사학위논문, 1996.

조아라, 「강호가사 〈면앙정가〉의 교육방안 연구」, 성신여자대학교 석사학위논문,
2006.

지종옥, 「호남시조의 계보연구」, 원광대학교 박사학위논문, 1988.

2.

고광수, 「고전문학 교육의 한 방향」, 『문학교육학』 10호, 역락, 2002.

고영진, 「16세기 호남 사림의 활동과 학문」, 『남명학연구』 3집, 경상대학교, 1993.

길태숙, 「면앙정 국문시가에 나타난 자연인식」, 『연민학지』 5집, 연민학회, 1997.

김기탁, 「면앙정가의 이해」, 『영남어문학』 13, 영남어문학회, 1980.

김동욱, 「담양 면앙정의 건축 형태」, 『건축역사연구』 24, 한국건축역사학회, 2000.

김동주, 「전남지방의 누정조사보고 1」, 『호남문화연구』 14호, 호남문화연구소, 1985.

김동준, 「송순론」, 『한국문학작가론』, 현대문학, 1991.

김두규, 「풍수지리적 관점에서 본 면앙정 입지에 관한 연구」, 『한국정원학회지』 18권 2호, 한국정원학회, 2000.6.

김일근, 「면앙정 송순 자필분재기의 국어문학적 의의」, 『건국어문학』 21·22집, 건국대 국문학과, 1997.

_____, 「면앙정 송순 자필분재기의 국어문학적 의의」, 『국어국문학』 121호, 국어국문학회, 1998.

김성기, 「사대부 가사에 나타난 우리말의 아름다움」, 『한글』 214호, 한글학회, 1991.

_____, 「송순의 면앙정단가 연구」, 『고시가연구』 1집, 전남고시가연구회, 1993.

_____, 「송순의 오륜가 연구」, 『시조학논총』 10집, 한국시조학회, 1994.

_____, 「면앙정가의 가맥에 대한 연구」, 『고시가연구』 4집, 한국고시가문학회, 1997.

_____, 「면앙 송순 시조의 전승 연구」, 『시조학논총』 16집, 한국시조학회, 2000.

_____, 「면앙정 송순의 자연시 연구」, 『남명학연구』 10집, 경상대학교, 2000.

_____, 「송순의 면앙정삼언가 연구」, 『남명학연구』 13집, 경상대학교, 2002.

김신중, 「송순 시조의 전승 양상과 문학사적 의미」, 『고시가연구』 4집, 한국고시가학회, 1997.

김진영, 「송순의 문학세계」, 『고시가연구』 4집, 한국고시가문학회, 1997.

김학성, 「송순 시가의 시학적 특성」, 『고시가연구』 4집, 한국고시가학회, 1997.

김현행, 「면앙정 송순과 송강 정철의 관계에 대하여」, 『성대문학』 14호, 성균관대학교, 1994.

김혈조, 「면앙정 송순의 서사적 한시의 세계」, 『민족문화논총』 2·3집, 영남대학교, 1982.

노인숙, 「송순시가연구」, 『청람어문학』 4집, 청람어문학회, 1991.

류연석, 「전남지방의 가사문학」, 『남도문학연구』 5, 순천대학교 남도문화연구소, 1994.

문영숙·김용기, 「면앙집 분석을 통한 면앙정 경관에 관한 연구」, 『한국정원학회지』

20권 2호, 한국정원학회, 2002.6.

문영오, 「〈면앙정가〉의 풍수지리학적 접근」, 『도교문화연구』, 한국도교문화학회, 2003.

문은정, 「송순의 면앙정가의 내용세계와 성격연구」, 『인천어문학』 10집, 인천대학교 국어국문학과, 1994.

박연호, 「장르론적 측면에서 본 17세기 강호가사의 추이」, 『어문논집』 45집, 민족어문학회, 2002.

박요순, 「면앙정가의 심미의식」, 『고시가연구』 9집, 한국고시가문학회, 2002.

박준규, 「송면앙정연구 - 그의 생평을 중심으로」, 『국어문학』 25호, 국어문학회, 1985.

양지환, 「송순과 그의 시가」, 『동도』 8, 동도공고, 1969.

윤해희, 「송순시의 자연표상」, 『어문학교육』 10집, 한국어문교육학회, 1987.

_____, 「송순시에 있어서 달의 이미지 고찰」, 『어문학교육』 11집, 한국어문교육학회, 1989.

이상익, 「서경과 서정의 조화 - 〈면앙정가〉의 구성과 표현」, 『한국고전시가작품론』, 집문당, 1992.

이승남, 「강호가사와 문학교육」, 『국어국문학』 124호, 국어국문학회, 1998.

이재수, 「면앙정 송순」, 『사상계』 8월호, 사상계사, 1959.

이재원, 「면앙정 송순의 한시연구」, 『한문학논집』 14집, 근역한문학회, 1996.

이종건, 「면앙정의 시조」, 『새국어교육』 29·30호, 한국국어교육학회, 1979.

_____, 「송순의 시가론」, 『동악어문논집』 13집, 동악어문학회, 1980.

_____, 「송순 한시의 풍월」, 『국제어문』 2집, 국제대학 국어국문학과, 1981.

임형택, 「16세기 광·라 지역의 사림층과 송순의 시세계」, 『고전시가의 이념과 표상』, 1991.

전일환, 「호남가단의 시가문학」, 『고시가연구』 5집, 한국고시가문학회, 1998.

정상균, 「송순시가연구」, 『고시가연구』 5집, 한국고시가학회, 1998.

정익섭, 「면앙정 가단의 형성과 시가활동에 대하여」, 『국어국문학』 55-57호, 국어국문학회, 1972.

_____, 「송순의 인간성을 논함」, 『상산이재수박사환력기념논문집』, 형설출판사, 1972.

_____, 「송순의 단가고」, 『호남문화연구』 6집, 전남대학교 호남문화연구소, 1974.

_____, 「호남가단에서의 하서 김인후의 위치」, 『동양학』 17집, 단국대학교 동양학

연구소, 1987.

정익섭, 「송순론」, 『한국문학작가론』, 형설출판사, 1997.

정재호, 「〈면앙정가〉와 〈성산별곡〉의 비교연구」, 『현대문학』 통권 151, 1967.

_____, 「면앙정가의 국문학사상 위치」, 『고시가연구』 4집, 한국고시가문학회, 1997.

_____, 「〈면앙정가〉의 구조」, 『한국가사문학의 이해』, 고려대학교 출판부, 1998.

조선영, 「〈면앙정가〉와 〈성산별곡〉에서의 의경 고구 시론」, 『동악어문논집』 30집, 한국어문학연구학회, 1995.

조정림, 「고봉 기대승의 〈면앙정기〉 연구」, 『인문학연구』 31집, 조선대학교, 2004.

진무현, 「가사형태의 연구에 대한 고찰」, 『국어국문학논문집』 7집, 동아대학교, 1986.

최상은, 「면앙정 송순 시가의 미의식」, 『성대문학』 28, 성균관대학교, 1992.

최재남, 「송흠 귀향의 반향과 송순 문학의 기반」, 『한국문학논총』 43집, 한국문학회, 2006.8.

최진원, 「면앙정가의 화중시」, 『고시가연구』 9집, 한국고시가문학회, 2002.

최한선, 「면앙정 송순의 한시」, 『고시가연구』 4집, 한국고시가학회, 1997.

최혜진, 「송순의 시세계와 이념」, 『한국고전시가의 이념과 지향』, 월인, 2003.

3.

김동욱, 『한국가요의 연구·속』, 선명문화사, 1975.

김성기, 『면앙 송순 시문학연구』, 국학자료원, 1998.

박준규, 『호남시단의 연구』, 전남대학교 출판부, 1998.

_____·최한선, 『달관과 관용의 공간 면앙정』, 태학사, 2000.

_____ 외, 『호남의 누정문학』 2·3, 태학사, 2001.

이강로 외, 『문학의 산실 누정을 찾아서』, 시인사, 1987.

이종건, 『면앙정 송순연구』, 개문사, 1982.

장선희, 『호남문학기행』, 박이정, 2000.

정익섭, 『개고 호남가단연구』, 민문고, 1989.

조기영, 『하서시학과 호남시단』, 국학자료원, 1995.

최상은, 『조선 사대부가사의 미의식과 문학성』, 보고사, 2004.

IV

〈관동별곡〉과 〈사미인곡〉의
형상화와 진술방식의 차이

1. 서언

　필자는 죽하당 김익(竹下堂 金熤, 1723~1790)의 시조 6수를 검토하면서 님을 향한 목소리를 상징적인 중심으로서의 님과 구체적 실체로서의 님으로 가를 수 있고 이러한 구분이 〈관동별곡〉에서의 님의 형상화와 〈사미인곡〉에서의 님의 형상화와 대비될 수 있다고 본 바 있다.[1] 이러한 생각은 시조의 시적 구성의 관습성과 형상화의 보편성을 말하기 위하여 인접갈래인 가사를 언급한 것이다. 그럼에도 불구하고 이러한 언급이, 실제로는 널리 알려지기는 했지만 그 본격적인 내용에 대하여는 오히려 제대로 밝혀지지 않은 가사의 두드러진 특성을 해명할 수 있는 잣대로 이용될 수 있으리라는 가능성도 배제할 수 없는 것이다. 관습시론의 입장에서 가사의 문학성을 이해할 수 있는 통로를 열 수 있을 것이기 때문이다. 이제 송강 정철(1536~1593)의 〈관동별곡〉과 〈사미인곡〉을 통하여 '관념적'인 님과 '구체적'인

---

　1) 최재남, 「시적 구성의 관습성과 형상화의 보편성」, 『천봉이능우박사칠순기념논총』, 1990, 325~328면.

님의 형상화와 진술방식의 차별성을 세밀하게 검토하고자 한다. 이는 한 개인의 작품에서 님을 향해 말하는 방식의 차이를 변별하는 것이 됨과 동시에 님을 향한 목소리의 다양성을 살펴볼 수 있기 때문이다. 여기에서 〈관동별곡〉과 〈사미인곡〉이 함께 논의될 수 있는 것은 모두 정치와 님(임금)을 공통으로 말하고 있기 때문이다.

〈관동별곡〉과 〈사미인곡〉은 이미 작품이 이루어진 당대부터 뛰어난 작품이라는 찬사2)와 함께 오랫동안 연구자의 관심을 끌어 왔다. 이러한 찬사에도 불구하고 실제 작품성에 대한 탐구는 그 찬사의 전거를 제시하는 소견논거에 의존하면서 그 배경연구에만 몰두했을 뿐 그 구체적 의미에 대한 사실논거에 의한 추론은 몇몇 연구3)를 제외하면 영성한 실정이다. 〈관동별곡〉과 〈사미인곡〉의 문학적 진술을 검증하여 그 찬사의 실상을 밝히는 일이 실질적인 검증도 없이 찬사를 되뇌는 일보다 훨씬 더 중요한 시점에 와 있다. 따라서 본고는 〈관동별곡〉과 〈사미인곡〉의 형상과 진술에 중점을 두면서 논의를 진행하는 입장을 택한다.

본 논의의 진행은 다음과 같다. 이 글의 출발이 〈관동별곡〉과 〈사미인곡〉이 님과 정치라는 공통항을 매개로 하여 그 언어적 진술과 형상화의 방식에서는 차이를 보이고 있다는 점에 있기 때문에, 우선 시적 발상법과 관련하여 님을 말하는 방식을 보고, 시적 발상법을 어떠한 방식으로 형상

2) 金萬重, "松江關東別曲, 前後思美人歌, 乃我東之離騷. … 況此三別曲者, 有天機之自發, 而無夷俗之鄙俚, 自古左海眞文章, 只此三篇."(『西浦漫筆』), 洪萬宗, "關東別曲, 松江所製, 歷擧關東山水之美, 說盡幽遐詭怪之觀, 狀物之妙, 造語之奇, 信樂譜之絶調也."(『旬五志』), 李晬光, 『芝峯類說』 등에서 〈관동별곡〉과 〈전·후미인곡〉에 대한 인상비평적 언술을 읽을 수 있다.

3) 〈관동별곡〉에 대하여는 김병국, 「가면 혹은 진실」, 『국어교육』 18-20합집, 1972, 그리고 송강가사 작품론에 대하여는 조세형, 「송강가사의 대화전개방식 연구」, 『국문학연구』 95집, 1990, 〈속미인곡〉에 대하여는 정재호, 「속미인곡의 내용분석」, 『한국가사문학론』, 집문당, 1982 등이 있다. 최근 신경림 외, 『송강문학연구』, 국학자료원, 1993이 간행되었으나 작품 자체에 대한 이해의 깊이는 그리 나아진 것 같지 않다.

화하느냐에 관심을 두면서 언어적 진술방식을 검증하고, 마지막으로 주제 영역이라 할 수 있는 내면의 층위를 고찰하도록 한다.

2. 〈관동별곡〉과 〈사미인곡〉의 형상화와 진술방식

1) 님에 대한 태도 – 관념적인 님과 구체적인 님

님에 대한 태도는 시적 발상법에 관한 것이다. 이는 님에 대한 인식의 층위가 축적된 문화의 결에서 말미암은 것임을 반영하는 것이다. 중세적 물적 토대와 한문문화권의 축적된 수사의 방식이 실제로는 한 개인의 개인적인 인식의 층위까지도 제어하게 된 것이기 때문에 님에 대한 태도를 중심으로 시적 발상법을 짚어볼 수 있는 것이다. 나와 님 사이를 질서의 층위로 보느냐 아니면 관계의 층위로 보느냐에 따라서 시적인 발상법은 다르게 표출되는 것이다. 여기에서 관념적인 님과 구체적인 님으로 구분 하는 것은 바로 이러한 질서의 층위와 관계의 층위를 기준으로 한 것이다. 작품을 형상화하는 기본 축에서 이러한 층위가 작용하는 것이기 때문에 〈관동별곡〉과 〈사미인곡〉을 이해하는 방식도 바로 이러한 발상법의 층위 를 이해하는 데에서 출발해야 할 것이다. 〈관동별곡〉과 〈사미인곡〉을 지은 이유는 무엇일까, 어떤 연유에서 이 두 작품이 지어졌을까하는 것이 시적 발상법이다. 표면적인 이유도 있을 것이고, 이면적인 혹은 내포적인 이유도 있을 것이며, 문제해결의 방식도 제시되고 있는 것이다. 이러한 시적 발상법의 핵심에 바로 님을 말하는 방식을 포함한 님에 대한 태도가 자리하는 것이다. 님의 존재를 부정하고는 살 수 없는 세상에서 님을 말한 다는 것은 결국 자신의 삶의 태도를 밝히는 것이기 때문에 사람살이의 가장 본질적인 문제를 짚어나가는 셈이다.

우선 〈관동별곡〉에서 님을 인식하고 형상화하는 방법을 검토하도록 한다. 몇몇 부분을 발췌하여 인용한다.

昭陽江 ᄂᆞ린 믈이 어드러로 든단말고
孤臣去國에 白髮도 하도할샤

東州밤 계오 새와 北寬亭의 올나ᄒᆞ니
三角山 第一峯이 ᄒᆞ마면 뵈리로다

太白山 그림재ᄅᆞᆯ 東海로 다마가니
ᄎᆞᆯ하리 漢江의 木覓의 다히고져

明月이 千山萬落의 아니비쵠ᄃᆡ 업다

물을 말하고 달빛을 말하면서 님을 환기하고 있다. 이 때의 님은 어느 구체적인 대상을 지칭하는 것이라기보다 굉장히 관념적인 것으로 보인다. "어드러로", "삼각산 제일봉", "한강의 목멱", "천산만락" 등으로 요약될 수 있는 것처럼 한 개인으로서 마주하는 대상이 아니라 그 시대의 어느 누구라도 중심축으로 삼아야 할 그런 대상으로서의 님이다. 다시 말해 중세의 물적 토대를 기반으로 하는 동양적 사회구조 속에서 신하의 축에 서 있는 화자라면 어느 누구도 같은 입장을 택할 수밖에 없는 그런 님이다. 이때 화자와 대상과의 관계는 위/아래의 공간 인식을 포함하는 질서 개념이다. 그리고 이러한 질서는 포괄적이기 때문에 한 개인에게만 한정되는 것이 아니라 누구에게나 공통적인 의미를 지니는 것이 된다. 강원도 관찰사라는 목민관의 입장이 표면적인 이유일 것이고, 사대부로서의 경륜을 펴는 것이 내포적인 사정이라고 한다면 그러한 발상법에 의거한 태도가 곳곳에서 직설적으로 혹은 비유적으로 진술되고 있는 것이다. "회양(淮陽) 녜 일홈이 마초아 ᄀᆞ틀시고, 급장유(汲長孺) 풍채(風彩)를 고텨 아니 볼 게이고", "명월(明月)이 천산만락(千山萬落)의 아니비쵠 ᄃᆡ 업다"에서 양축의 차이를 읽어낼 수 있다.

다음 〈사미인곡〉에서는 님을 어떻게 인식하고 있으며 님에 대한 형상화
는 어떤 방식을 취하고 있는지 보도록 한다. 〈관동별곡〉에서와 마찬가지
로 부분부분을 발췌하여 인용한다.

나ᄒᆞ나 졈어잇고 님ᄒᆞ나 날 괴시니
이ᄆᆞ음 이스랑 견졸ᄃᆡ 노여업다

ᄆᆞ음의 미친실음 疊疊이 ᄡᅡ혀이셔
짓ᄂᆞ니 한숨이오 디ᄂᆞ니 눈믈이라

뎌 梅花 것거내여 님겨신ᄃᆡ 보내오져
님이 너룰보고 얻더타 너기실고

금자히 견화이셔 님의 옷 지어내니
手品은 ᄏᆞ니와 制度도 ᄀᆞ줄시고

향ᄆᆞ든 늘애로 님의오ᄉᆞᆯ 올므리라
님이야 날인줄 모ᄅᆞ셔도 내님조ᄎᆞ려 하노라

여기에서는 구체적으로 사랑하는 대상이고 더불어 함께 하는 님이다.
서로가 서로의 사랑을 확인하기도 하고, 헤어진 마당에 님을 향해 직설적
으로 내면을 드러내 보이기도 한다. "수품(手品)은 ᄏᆞ니와 제도(制度)도 ᄀᆞ
줄시고"에서 보듯 화자와 님은 아주 친밀한 접촉이 이루어진 상태이고,
"나ᄒᆞ나 졈어잇고 님ᄒᆞ나 날 괴시니"에서 보듯 일방적인 관념으로 요약되
는 상하의 관계이기보다는 수평적인 혹은 먼저/나중의 시간적인 개념만
존재하고 있었던 것이다. 그렇기 때문에 화자로 하여금 부재를 처절하게
인식하게 하고 회복을 향한 몸부림을 계속하게 하는 구체적인 대상인 님

이다. 사랑하던 남자에게 버림받은 한 여인이 자신을 버린 남자를 향해 자신의 마음은 변함이 없음을 간곡하게 호소하는 것이 표면적인 이유라면, 벼슬살이에서 어떠한 연유로 밀려난 한 신하가 임금을 향한 마음이 변함없음을 토로하는 것이 이면적인 이유가 될 것이다. 작품내적 해결의 방식은 어떠한 이유에서든 자신의 잘못으로 인정하고 어떠한 상황에서라도 마음이 바뀌지 않을 것임을 다짐하는 것으로 나타난다. 어떠한 상황에서도 마음 바뀌지 않겠다는 다짐은 이미 '정석가식 표현'[4]이라는 이름으로 일컬어질 정도로 님에 대한 태도 표명으로 널리 관습화된 것이다. 포괄적으로 말하는 방식과 구체적으로 견주어서 말하는 방식의 차이는 화자와 대상과의 사회적 관계를 어떻게 인식하고 있느냐 하는 데에서 출발한다.

두 작품에서 이러한 차별성은 물론 〈관동별곡〉이 강원도관찰사라는 공적인 임무를 수행하는 과정에서 기행체험을 형상화하면서 사대부로서의 득의만만함을 드러낸 것이고 〈사미인곡〉이 정치적인 혹은 개인적인 연유로 인해서 님으로부터 밀려난 사대부의 쓰린 체험을 형상화한 것이라는 데서 말미암는다. 그리고 전자가 남성화자의 발화로 이루어졌고 후자가 여성화자의 발화로 이루어졌다는 점도 작용한다.[5] 실제 이러한 화자의 차이는 진술방식의 차이에서 심리적 차별성까지도 초래하는 것이어서 주의깊게 살펴야 할 내용이다. 남성은 더욱 남성답게 여성은 더욱 여성답게라는 사회적 인식에서 말미암은 차별성이 언어진술에서 뿐만 아니라 주제영역 및 대상에 대한 정서의 차별까지도 야기한다. 하지만 여기서 고려하고자 하는 시각은 이보다 한 작가의 작품에서 이러한 차별성이 야기되는 의미를 〈관동별곡〉이든 〈사미인곡〉이든 임금을 전제하고 있고 함께 정치

---

4) 李圭虎, 『韓國古典詩學論』, 새문사, 1985, 62~88면.

5) 남성화자의 발화와 여성화자의 발화가 발상법의 내용과 밀접하게 연결되어 있다고 보면 이는 심리적 측면뿐만 아니라 사회적 여러 관계에서 말미암은 것이다. 화자의 목소리의 분화가 발상법, 표현, 주제영역과 일정한 관련을 맺고 있는 것이기 때문이다.

를 말하고 있다는 점에 주목하여 확장적으로 살펴보자는 데 있다.

따라서 시적인 발상법과 관련하여 몇몇 부분을 발췌하여 살펴본 바와 같이 〈관동별곡〉에서 님을 향한 목소리를 공인(公人)의 목소리라 한다면 〈사미인곡〉에서 님을 향한 목소리는 사인(私人)의 목소리라 할 수 있다. 물론 〈관동별곡〉에서 몽중선인과의 대화 부분6)에는 사인의 목소리가 두 드러지고 〈사미인곡〉의 후반부7)에는 공인의 목소리가 큰 비중을 차지하 기도 한다.8)

2) 표현의 방식 – 여유 있는 풍성함과 긴박한 빈약함

표현의 방식이란 언어적 진술의 양상을 지칭하는 것이다. 〈관동별곡〉 과 〈사미인곡〉을 지은 이유 다시 말해 시적 발상법과 관련하여 어떠한 언어적 방식으로 그러한 태도를 드러내고 있느냐 하는 것이 표현의 방식 인 셈이다. 표현이 구체적인 언표를 중심으로 한 것이라 할지라도 그 언표 의 이면에는 그러한 언술을 통제하는 어떤 원리가 작용하고 있는 것으로

---

6) 이 부분은 공인의 목소리로는 쉽게 말할 수 없는 부분을 꿈과 술을 매개로 하여 간접적으로 투사하고 있다고 할 수 있다. 공인의 목소리로는 일관성을 유지할 수 없을 때 몽중선인이라는 제3의 화자를 도입하여 간접적으로 발화하게 함으로써 사적인 목소리와의 중화를 꾀하는 것으로 볼 수 있다. "바다 밧근 하ᄂᆞᆯ히니 하ᄂᆞᆯ 밧근 므서신고…"에서 제기된 공인을 이탈한 목소리가 "풋ᄌᆞᆷ을 얼픗 드니 쑴애 흔 사름이 날ᄃᆞ려 닐온 말이…"로 몽중선인을 끌어들여 사적인 욕망을 드러낸 뒤, "나도 ᄌᆞᆷ을 ᄭᅵ여 바다흘 구버보니 기픠롤 모ᄅᆞ거니 ᄀᆞ인들 엇디 알리"로 다시 공인의 자리를 회복하는 것이다.

7) 여기에서 공인의 목소리란 실제로 공적인 임무를 수행하는 입장에서의 진술을 지칭하는 것이 아니라 개인적인 사적인 목소리보다는 사회적인 관습적인 목소리가 강조된 경우를 말한다. "ᄎᆞᆯ하리 싀여 디여 범나븨 되오리라, 곳나모 가지마다 간ᄃᆡ 죡죡 안니다가, 향 므틴 ᄂᆞᆯ애로 님의오 싀 올므리라"에서 오래된 관습적 표현을 볼 수 있다.

8) 〈사미인곡〉의 목소리에 대하여 조세형은 이중적인 목소리로 규정하고 그 의미에 대하여 상세하게 검증하고 있다. 특히 〈속미인곡〉의 대화방식과 견주어서 그 차별성을 부각시키고 있다. 조세형, 「송강가사의 대화전개방식 연구」, 『국문학연구』 95집, 1990, 38~51면.

볼 수 있다. 이러한 원리를 문학적 관습이라고 할 수도 있는데 이미 앞에서 문화의 결이라고 간단하게 말했던 것과도 상통하는 것이다. 그러나 실제 문화란 그리 간단하게 정의될 수 있는 성질의 것이 아니다. 시적인 발상법이 언어적 표현까지도 통제하게 되었을 때 실제로는 언어적 표현을 검토하여 시적 발상법의 차이를 해석할 수도 있는 것이다.

죽림에 누웠다가 연추문을 "드리다라" 가는 〈관동별곡〉에서는 득의만만함이, 빗은 머리가 "얼키연디" 삼년이나 되는 〈사미인곡〉에서는 초라함이 드러나지만 이러한 정황적 분위기에서 야기하는 것보다 형상화의 방식에서도 두드러진 차이가 나타난다. 이것은 표현에서의 문제와 내용의 문제를 아울러 고려하면서 〈관동별곡〉과 〈사미인곡〉에 드러나는 바를 대비적으로 집약할 수 있는 것이다.

〈관동별곡〉은 우선 여유 있는 풍요로움을 읽어낼 수 있다.

> 섯돌며 쑴는 소리 十里의 즈자시니
> 들을제는 우레러니 보니는 눈이로다
>
> 小香爐 大香爐 눈아래 구버보며
>
> 摩訶衍 妙吉詳 안문재 너머디여
> 외나모 쩌근 드리 佛頂臺예 올라ᄒᆞ니
> 千尋 絶壁을 半空애 셰여두고
> 銀河水 한구비를 촌촌이 버혀내여
>
> 十里 氷紈을 다리고 고텨다려
> 長松 울흔소게 슬ᄏᆞ장 펴더시니
>
> 億萬蒼生을 다 醉케 밍근후의
> 그제야 고텨만나 또흔잔 ᄒᆞ잣고야

우선 지적할 수 있는 것이 큰 보폭과 웅장한 견줌이다. 이것이 〈관동별곡〉을 휘어잡는 풍성함의 힘으로 작용한다. 강호에서 서울을 거쳐 치악에 이르는 여정이 짧지 않음에도 불구하고 일곱 행으로 모두 말해 버린 것을 비롯해서 많은 부분에서 긴 여정, 힘든 노정을 그야말로 단숨에 해치우는 강한 힘을 발휘한다. 가장 두드러진 부분을 인용한 "마하연 묘길상 안문재 너머디여"에서 볼 수 있다. 마하연은 만폭동 상류의 가장 깊은 곳이고, 묘길상은 마하연의 동쪽 삼리쯤에 있는 석벽으로 미륵상을 새겼으며, 안문재는 마하연과 유점사 사이의 고개 이름이라는 사실을 상기하면 "너머디여"라는 서술어 하나로 한꺼번에 휘어 넘는 웅비를 말하는 것을 알 수 있다.[9] 그리고 견줌의 방식도 규모가 대단함을 볼 수 있는데, "십리 빙환", "억만창생을 다 취케"와 같은 예만 들어도 충분히 이해할 수 있을 것이다.

이에 비해 〈사미인곡〉에서는 빈약함이 위축된 내면과 함께 곳곳에서 나타난다.

炎凉이 쌔롤아라 가는듯 고텨오니
듯거니 보거니 늣길일도 하도할샤

늣기는듯 반기는듯 님이신가 아니신가

갓득 시름한딕 날은엇디 기돗던고

---

9) 이렇게 'N, N, N, P'로 휘어 넘는 방식은 송강의 시조 "재 너머 성권롱 집의 술 닉닷 말 어제 듣고/누운 소 발로 박차 언치 노하 지즐 타고/아희야 네 권롱 겨시냐 정좌수 왔다 하여라"에서도 볼 수 있는 것이다. "어제"라는 과거의 시간에서 "아희야"로 불러 세우는 현장성에 이르기까지 "박차", "지즐 타고" 등에서 보는 바처럼 흥분되고 상승적인 감정의 노출을 읽을 수 있는 것이다. 이는 주변을 넘겨 뛰어서 핵심으로 바로 들어가는 화자의 태도를 우리말의 진술을 통해 반증시켜주는 것이다. 언어를 통해 심리적 완급을 조절하고 있는 것이다.

山인가 구름인가 머흐도 머흘시고

하린도 열두 째 흔들도 설흔날

출하리 싀여디여 범나븨 되오리라

이상의 몇몇 예에서 보듯 견주는 방식에서 규모가 크지 않다. 물론 우리 말의 사용에 있어서 아기자기함과 부재의 님을 향해 봄, 여름, 가을, 겨울 의 사시(四時)를 이용한 마음 내보이기가 두드러진 구성으로 나타나고는 있지만 형상화의 방식에 있어서나, 언어적 진술에 있어서 앞뒤 낱말의 바 꿈이라든가 반대되는 것의 견줌을 통한 방식이 주류를 이루고 있다는 점 에서 〈관동별곡〉의 웅장함에 비하면 차이가 있음을 알 수 있다. 그리고 회복을 염두에 두고는 있어도 실제 형상화에 나타난 것을 두고 볼 때 하강 하는 시어들이 중심을 이루고 있다. 적극적인 자세의 표출이 유보되어 있 다고 볼 때, 여성화자의 발화라는 점과 관련이 있다고 본다. 남녀관계가 쉽게 군신 관계로 치환될 수 있는 유리함도 있지만(思美人의 발상법), 남녀관 계에 상하의 질서가 규범화되어 있었고 여성화자의 공개적 대타적 발화를 통제하고 있었다는 점을 고려하면(내면화의 발상법) 어느 정도 수긍할 수 있 는 일면이 있다.

이렇듯 차이를 보이는 견줌의 방식을 생각할 때 함께 정치와 임금을 말하면서도 정치현실과 소망 사이의 좌표축에서 제1사분면과 제4사분면10) 사이에 커다란 간격이 엄존하고 있음을 알 수 있다. 〈관동별곡〉이 제1사분

---

10) 소망 및 의지를 X축으로 정치 현실을 Y축으로 하여 좌표축을 설정했을 때 참여의지와 현실이 함께 이루어진 것을 제1사분면으로 볼 수 있고, 참여의지는 뚜렷한데 현실적으 로 받아들여지지 못하는 경우를 제4사분면으로 이해할 수 있다. 물론 제4사분면도 외 부적 원인과 내부적 원인의 두 가닥으로 나뉠 수 있겠지만 보다 중요한 것은 현실적 욕망이 충족되지 못하고 있다는 사실이다.

면에 놓이고,〈사미인곡〉이 제4사분면에 놓인다는 점이 선명하게 부각되는 것이다. 이러한 차이는 "우리말의 진술방식의 가능한 모든 유형들을 실험할 수 있었던, 우리 국문학의 가장 전략적일 수 있었던 항목"[11]인 가사의 성격을 밝히는 데에 유효한 잣대로 작용할 수 있을 것이다.

3) 주제영역 – 산수를 말하는 방식과 부재를 말하는 방식

지금까지〈관동별곡〉과〈사미인곡〉의 핵심이 무엇인가를 말하기 위해서 한참을 돌아서〈관동별곡〉과〈사미인곡〉의 진술에 나타나는 차이점을 장황하게 살펴보았다. 차이점을 논의한 것은 차이점을 축으로 작품의 중심을 짚어보기 위해서이다. 이제 앞에서 살펴본 차이점의 원인이 무엇이고 그 의미가 무엇인가를 검토할 차례가 되었다. 간단하게 요약해서 말한다면 이러한 차별성은〈관동별곡〉이 산수(山水)를 통해 님과 정치와 삶의 방법을 말하고〈사미인곡〉은 부재(不在)의 인식을 통해 님과 정치와 삶의 태도를 말하는 데에서 말미암은 것이다. 그리고〈관동별곡〉의 핵심은 금강산 비로봉과 망양정에서의 바다를 포함하는 밝은 달이며,〈사미인곡〉의 핵심은 부재의 님(실상은 화자가 님으로부터 떨어져 있음)을 향한 일방적이면서 변함없는 태도 표명이다. 일방적인 태도 표명인〈사미인곡〉은 그 원인을 따져서 말하는〈속미인곡〉[12]과 차이가 있다고 하겠다.

그러면〈관동별곡〉의 주제가 집약되어 있다고 할 수 있는 부분을 들어 그 성격을 파악하고자 한다.

---

11) 김병국, 「장르론적 관심과 가사의 문학성」, 『현상과 인식』 4호, 1977, 35면.

12) 님의 부재에 대한 인식을 형상화한〈思美人曲〉이 우뚝함에도 불구하고〈思美人曲〉의 속편인〈續美人曲〉이 지어진 것은 현실적 층위에서 아직 문제가 해결되지 못했다는 이유도 있겠지만 이보다 더욱 중요한 것은 부재를 인식하고 해소하고자 하는 태도에서 일방적인 방향으로 치달은 발화와는 다른 방식으로 님의 부재를 제시할 수 있다고 본 때문이다. 일방적인 발화에서 이중적인 목소리가 교차되었다면 다른 방식은 바로 대화를 통한 문제의 본질에 대한 접근이라고 할 수 있다.

毗盧峯 上上頭의 올라보니 긔뉘신고
東山 泰山이 어ᄂᆞ야 놉돗던고
魯國 조븐줄도 우리ᄂᆞ 모ᄅᆞ거든
어와 뎌 디위를 어이ᄒᆞ면 알거이고
오ᄅᆞ디 못ᄒᆞ거니 ᄂᆞ려가미 고이ᄒᆞᆯ가

山中을 ᄆᆡ양보랴 東海로 가쟈ᄉᆞ라

天根을 못내보와 望洋亭의 올은말이
바다 밧근 하늘이니 하늘 밧근 므어신고

나도 줌을ᄭᆡ여 바다ᄒᆞᆯ 구버보니
기픠를 모ᄅᆞ거니 ᄀᆞ인들 엇디 알리
明月이 千山萬落의 아니비쵠ᄃᆡ 업다

　금강산에서 "비로봉(毗盧峯) 상상두(上上頭)의 올라보니 긔 뉘신고"라고 질문하면서 "오ᄅᆞ디 못ᄒᆞ거니 ᄂᆞ려가미 고이ᄒᆞᆯ가"라고 자답하고, 망양정에서 "바다 밧근 하늘이니 하늘 밧근 므어신고"라고 질의한 뒤 "기픠를 모ᄅᆞ거니 ᄀᆞ인들 엇디 알리"라고 대답하는 과정에 경치를 통한 화자의 정서내용이 선명하게 요약된다. 산과 물과 달이 핵심인데 한데 어우러지는 대목에서는 스스로의 자각이라기보다 몽중선인과의 대화를 통해 다다르고 있다는 점에서 몽중선인의 역할을 중시해야 한다. 산에서 바다로, 다시 달과 어우러진 바다를 말함으로써 마감하는 〈관동별곡〉은 『맹자(孟子)』의 다음 구절의 인식과 밀접하게 연결되어 있다.

　　맹자가 말하기를, '공자께서 동산에 올라 노나라가 작다고 하셨고, 태산에 올라 천하가 작다'고 하셨다. 그러므로 바다에서 본 사람은 물을 말하기 어렵고, 굳센 사람의 문하에서 논 사람은 말을 하기가 어렵다.

　　孟子曰 孔子登東山而小魯 登泰山而小天下 故觀於海者 難爲水 遊於
堅人之門者 難爲言
　　　　　　　　　　　　　　　　　　　　－「진심장구(盡心·章句)」 上

　　물을 보는 데에는 방법이 있는데, 반드시 그 여울을 보아야 한다. 해와
달은 밝음이 있으니, 빛을 받아들이는 곳은 반드시 비춘다.
　　觀水有術 必觀其瀾 日月有明 容光必照焉
　　　　　　　　　　　　　　　　　　　　－「진심장구(盡心·章句)」 上

　그리고 이러한 인식의 기반은 『논어(論語)』의 다음 내용에 기초하고 있다.

　　공자께서 말씀하셨다. '지혜로운 사람은 물을 좋아하고 어진 사람은
산을 좋아한다. 지혜로운 사람은 움직이고 어진 사람은 고요하고, 지혜로
운 사람은 즐기고 어진 사람은 수를 누린다'
　　子曰 知者樂水 仁者樂山 知者動 仁者靜 知者樂 仁者壽
　　　　　　　　　　　　　　　　　　　　　　　　－「옹야(雍也)」

　거성(去聲)으로서의 '지(知)'는 '지(智)'를 말하는 것이기에 인의예지의 지
에 해당하고 인(仁)과 지(智)는 대립되는 개념이라기보다 완전한 인격을 향
한 과정의 나눔이라고 할 수 있다. 따라서 요산(樂山)과 요수(樂水)도 통합
적인 의미에서 보면 같은 목표를 향해 가는 길에 놓인 방법을 말하는 것이
다.13) 『맹자(孟子)』의 진술에서 '난(瀾)'은 물의 여울이 급한 곳이다. 물의
큰 여울이 있음을 본다는 것은 그 근원에 근본이 있음을 안다는 것이다.
'관수(觀水)'란 결국 자연의 모습만이 아니라 그 모습에 도의 근본이 있음을

---

13) 최재남, 「낙동강의 문학적 형상화와 지역성」, 『가라문화』 8집, 경남대학교 가라문화
　　연구소, 1990, 189면. 실제로 산과 물을 답사한 기록이 '遊山錄', '觀水(海)篇' 등으로
　　되어 있다거나 산과 물을 함께 말하는 경우에도 '山海遊觀'이라고 하고 있다는 점에서
　　산과 물을 분리하여 인식하는 것이 아니라 통합적으로 함께 인식하고 있다는 것을 알
　　수 있다.

깨닫는 과정이라고 할 수 있다. 이어서 일월(日月)의 밝음과 비춤은 바로 〈관동별곡〉의 마지막 장면의 포용성이 대변하고 있다.14)

산과 물에 대한 이러한 인식은 조선시대 사대부들에게 이미 보편화되어 있던 것이다. 김종직(金宗直, 1431~1492)의 〈유두류록(遊頭流錄)〉15)에서 인식과 형상화의 예를, 유희춘(柳希春, 1513~1577)의 〈관수설(觀水說)〉16)에서 그 논리적 설명의 방식을 볼 수 있다. 다음 〈유두류록(遊頭流錄)〉과 〈관수설(觀水說)〉의 내용을 살펴 산과 물을 대하는 태도를 보고자 한다.

> 때는 바야흐로 중추절이라 습한 기운은 이미 걷혔으니, 보름날 밤에 천왕봉에서 달을 구경하고, 닭이 울면 해가 뜨는 것을 구경하고, 밝은 아침에 또 사방을 두루 볼 수 있을 것이니, 일거양득이 되겠다.
> … (중략) … 밤이 깊은데 달빛이 어렴풋이 비치기로 반가워서 일어나 보니, 문득 구름이 가려진다. … (중략) … 밤중에 이르자 별과 달이 환히 밝았다. 신사일 새벽 해가 동쪽에서 올라오니 놀빛이 눈을 부시게 하였다. 좌우에서는 모두 내가 몹시 피곤해서 반드시 두 번째 오르지는 못할 것으로 여기는데, 나는 생각하기를 여러 날 동안 음우가 있다가 갑자기 개는 것을 보면 하늘이 나에게 많은 혜택을 주는 것인데, 지금 지척에 두고 능히 힘써 구경을 못한다면 평생의 막혔던 가슴을 끝내 탕척할 날이 없을 것이

---

14) 이 부분에 대해 김병국은 "사변적인 귀결이 아닌, 심상의 자의적인 환기"라고 규정하고 노자 도덕경의 "大成若缺, 大盈若沖"의 원리로 보고 있다. 김병국, 「가면 혹은 진실」, 『국어교육』 18-20 합병호, 한국국어교육연구회, 1972, 63면.

15) 『佔畢齋集』 文集 卷2.
  김종직의 〈遊頭流錄〉의 핵심은 팔월 보름날 밤 천왕봉에서의 달빛이 어우러진 모습과 섬진강을 바라보면서 느끼는 감회라 할 수 있다. 咸陽郡守라는 목민관으로서의 산과 물에 대한 인식의 기본축이 강원도 관찰사라는 정 철의 축과 다르지 않은 것도 바로 같은 이해가 가능하게 한다. 본 논의와 직접적인 관련은 없지만 '遊頭流錄'의 후대적 수용의 측면과 '淸凉山錄'의 후대적 수용은 嶺左와 嶺右의 사상축의 추이와 관련하여 관심을 가질 수 있는 부분이다.

16) 『眉巖先生文集』 卷3, 『한국문집총간』 34, 민족문화추진회, 1989.

다. … (중략) … 때마침 비가 막 개어 사방에 구름 한 점 없고 다만 창창하고 망망하여 끝치는 데를 알 수 없으므로 나는 말하기를, "무릇 멀리 바라보면서 그 요령을 얻지 못하면 나무꾼의 보는 바와 그 무엇이 다르랴. 먼저 북쪽을 바라보고 다음은 동쪽으로, 다음은 남쪽으로, 다음은 서쪽으로 하지 않을 수 없으며, 또 가까운 데로부터 먼데로 미뤄가는 것이 옳지 않은가." … (중략) … 임오일 일찍 일어나 문을 열고 섬진강을 바라보니 밀물이 넘실대는 것 같은데, 자세히 보니 바로 안개가 깔려서 그러했다.17)

퇴재 홍공(洪暹; 1504~1585)께서는 아성(雅性)이 물을 즐기시어 종산의 한가한 날18)에 임석하시어 나를 망호대로 맞아들여 함께 놀면서 큰 강을 굽어보시면서 나에게 말씀하시기를, "아름답구나, 물이여, 성대하지 않은가?" 하셨다. 내가 대답하여 말하기를, "물은 도학(道學)에 견줄 수 있습니다. 공께서는 이를 아름답게 생각하십니까?" 하였다. 공께서, "내가 짐짓 간략하게는 알고 있다네. 그대가 나를 위하여 자세하게 견주어서 말해주게나." 하셨다. 내가 다음과 같이 말했다. "대저 물의 샘과 긴 내는 솟아나서 크게 흘러가며 밤낮을 버리지 않고 한 순간도 쉬거나 끊어지지 않으니 이는 도의 몸입니다. 물의 발원처가 깨끗하고 맑아 조금도 먼지나 찌끼가 없는 것은 성의 근본입니다. 잔물결과 큰 물결이 움직여서 땅을 따라 굽고 꺾이는 것은 정의 발로입니다. 물이 멈추고 엉기어 괴어 있으며 사물을 비추고 모양을 꾸미는 것은 공경하고 밝게 하는 것입니다. 뭇 물

---

17) 金宗直, 『佔畢齋文集』 권2, 『이조명현집』 2, 성균관대학교 대동문화연구원, 1977), 460~465면. 況時方仲秋, 霧霾已霽, 三五之夜, 翫月於天王峯, 鷄鳴, 觀日出, 明朝, 又周覽四方, 可一擧而兼得. … 夜深, 月色黯黱, 喜而起視, 旋爲頑雲所掩. … 夜半, 星月皎然. 辛巳, 曉日升暘谷, 霞彩暎發, 左右皆以余困劇, 必不能再陟. 余念數日重陰, 忽尒開霽, 天公之餉我, 多矣. 今在咫尺, 而不能勉强, 則平生芥滯之胸, 終不能, 滌矣. … 時因新霽, 四無纖雲, 但蒼然茫然, 不知所極. 余曰, 夫遐觀而不得其要領, 則何異於樵夫之見, 盍先望北而次東, 次南次西, 且也自近而遠, 可乎? … 壬午, 早起開戶, 見蟾津潮漲, 久視之, 乃嵐氣平鋪也.

18) 柳希春, 『미암선생문집』 권1, 〈困學〉(『한국문집총간』 34, 149~150면)에, "行年二十二, 始知味眞. 獨坐上院寺, 潛心紫陽謨. … 他年記困學, 渺渺鐘山隅."라고 되어 있어서 이때에 이루어진 것으로 볼 수 있다.

결이 흩어져서 다른 차례로 만 가닥으로 함께 흘러 바다에 드는 것은 사물을 깨우쳐 앎에 이르고 도를 환하게 꿰뚫는 것입니다. 웅덩이를 채우고 나아가는 것은 글을 이루고 깨닫는 것입니다. 고기와 용을 품고 보물을 갈무리하는 것은 군자의 헤아림입니다. 펴서 잔물결이 되고 바람을 품고 돌에 부딪치는 것은 군자의 문장입니다. 따뜻한 샘과 뜨거운 우물은 궁리가 한 가지를 잡지 않음이요, 봄부터 가을까지 마시고 끓이고, 물대고 씻으며, 뜨고 실을 수 있는 것은 군자가 밝은 임금을 만나고 백성들에게 은덕을 베푸는 것이라 성대하여 능히 막을 수 없는 것입니다. 수신이 일을 맡고 굳고 단단하게 엉기고 얼게 하는 것은 군자가 하늘과 땅이 막히는 때를 당하여 재덕을 감추고 나타나지 아니하며 정도를 굳게 지켜 능히 사물에 미치지 못하는 것입니다. 추위의 위세가 비록 장대하나 우물 바닥에서 샘을 궁구하며 홀로 능히 양의 덕을 안고 얼지 않게 하며, 사람에게 대어서 다하여 마르지 않게 하는 것은 이는 군자가 몸은 비록 일시적으로 궁박하나 남이 지은 글에서 가르침을 받아 내세의 미혹함을 깨닫는 것입니다. 상수(湘水)와 위수(渭水) 두 물은 맑고 깨끗하고 찌끼가 없어서 가을까지 바다를 볼 수 있어 선천적인 탁월한 지혜로 청명하고 순수함 같고 타고난 성질과 품격이 물욕의 누가 없습니다. 황하(黃河)와 흐린 경수(涇水)는 능히 만류를 밝고 빛나게 할 수 없어 보통 사람이 대단히 미련하여 기질에 거리끼고 욕심에 가리는 것 같습니다. 그러나 한 마디의 아교도 천 길의 흐림을 족히 구할 수 있으니 어찌 능히 밝게 다스리고 깨끗하게 씻지 못하나 본연의 맑고 깨끗함을 돌이키지 못하겠습니까? 하늘은 물을 내매 하나로 하였으며, 물은 오행에 있어 조화의 가장 먼저를 얻으나 순서가 한결같지 않습니다. 그리하여 옛 사람이 물을 도학에 견준 것이 오래되었습니다. 이르기를 이 물이 어느 물이냐. 수(洙)와 사(泗)에서 발원하여 염계(濂溪)와 낙양(洛陽)과 횡거(橫渠)에 흘러 다니다가 건계(建溪)의 학해에 널리 충만합니다. 이른바 크고 넓고 깊은 샘은 나서 다함이 없고 육합(六合)에 퍼져 이제와 예에 미치는 것은 그러나 호수(濠水)와 양계(梁溪)와 조계(曹溪)의 일편 일곡의 물이니 세상에서 얕고 좁으며 편벽되고 굽은 이류에 빠지는 것은 반드시 능히 깊고 넓고 평평하고 먼 큰물에 서로

헤엄칠 수 없습니다. 큰물에서 서로 헤엄치며 그 여울을 보는 자는 연락
이 두절되어도 또한 머리를 뒤로 돌릴 필요가 없습니다." 공께서 말씀하
시기를, "그대의 말이 이치가 있다. 어찌 글로 써서 관수설(觀水說)로 삼지
아니하랴" 하셨다.[19]

앞의 내용은 〈유두류록〉에서 일정한 부분을 발췌한 것이고, 뒤의 내용
은 〈관수설〉을 전부 인용한 것이다. 김종직의 〈유두류록〉에서는 산을 오
르면서 다짐하는 일에서부터 산을 오르는 과정 및 오른 뒤에 느끼는 감회
및 산위에서 세상을 보는 방법이 세세하게 다루어지고 있다. 그리고 유희
춘의 〈관수설〉에서는 "옛 사람이 물로써 도학을 깨우친 것(古人以水喩道學)"
을 전거로 제시하여 물의 성질과 도학의 절차를 견주고 있다. 도체(道體),
성본(性本), 정발(情發), 경명(敬明), 군자(君子) 등의 개념과 물의 각각의 변
화가 견주어서 설명되고 있다. 각기 15세기, 16세기의 인식을 반영하는
것이어서, 산과 물에 대한 이러한 인식은 이미 사대부들 사이에 보편적으

---

19) 『眉巖先生文集』 卷3, 『한국문집총간』 34, 민족문화추진회, 1989, 201면. 退齋洪公,
雅性樂水, 莅鍾山暇日, 邀余同遊望湖臺, 俯臨大江, 謂余曰, 美哉水, 洋洋乎. 余對曰,
水可以喩道學, 公以斯爲美歟. 公曰, 吾固略知之矣, 子試爲我詳說焉. 余曰, 夫源泉長
川, 混混滔滔, 不捨晝夜, 無一息停者者, 道之體也. 源頭潔淸, 無纖毫塵滓者, 性之本也.
波瀾動盪, 隨地曲折者, 情之發也. 止水凝湛, 鑑物巧況者, 敬而明也. 衆派參差而異序,
萬折同流而入海者, 格物致知而豁然貫通也. 盈科而後進者, 成章而後達也. 容魚龍蓄寶
藏者, 君子之量也. 舒爲淪漣, 含風瀲瀲者, 君子之文章也. 溫泉火井者, 窮理之不執一者
也. 自春至秋, 爲飮爲烹, 爲灌爲濯, 可浮可載者, 君子之遇明主澤生民, 沛然莫之能禦者
也. 玄冥用事, 凝氷堅確, 君子當天地閉塞之時, 卷懷貞固而不能及物者也. 寒威雖壯, 井
底窮泉, 獨能抱陽德而不凍涸, 資人及而不匱渴, 此君子身雖窮於一時, 誨人著書, 覺來
世之迷惑者也, 湘渭二水, 淸淨無査滓, 至秋見底, 猶上智之資淸明純粹, 無氣稟物欲之累
也. 黃河濁涇, 不能明暎萬類, 猶中人下愚拘於氣而蔽於欲也, 然一寸阿膠, 足求千丈之
渾, 則豈不能澄治盪滌, 而反其本然之淸淨哉. 天一生水, 水在五行, 得造化之最先, 而條
理不一, 故古人以水喩道學, 尙矣. 曰斯水也, 何水也. 發源於洙泗, 流行于濂洛橫渠, 洋
溢乎建溪之學海. 所謂溥博淵泉, 出之無窮, 彌六合而亘今古者, 然濠梁曹溪一偏一曲之
水, 世之沒溺於淺狹偏曲之異流者, 必不能相泳於深廣平遠之大水, 相泳大水而觀其瀾者,
斷港絶潢, 亦不足回首也. 公曰, 子之言有理, 盡筆之以爲觀水說.

로 수용되고 있었으며 따라서 하나의 문화를 형성하고 있었던 것이라 할 수 있다. 다만 형상화에 있어서 어떤 방식을 취할 것이냐 하는 것이 하나의 중요한 문제로 제기될 수 있었던 것이다. 각 문체에 있어서도 설(說)이라든가, 록(錄)이라든가, 시(詩)라든가, 별곡(別曲) 혹은 가사(歌辭)로 드러나는 것이다.20)

이와 같이 이념 혹은 도를 깨닫는 과정으로서의 유산(遊山), 관수(觀水)를 설정할 때 〈관동별곡〉에서 비로봉 상상두를 향한 오르는 여정, 그리고 비로봉 상상두를 바라보면서 오르는 일을 되새기는 일, 동해를 향한 발길, 다시 바다 바깥세상을 상정하는 일, 밝은 달이 가득 채운 밤바다를 뭍의 세상과 함께 말하는 내용은 아울러 통합적으로 살펴야 할 것이다. 사대부로서의 포부, 다시 목민관으로서의 실천, 한 개인으로서의 흥취, 다시 현실 상황에 대한 고려 등이 〈관동별곡〉 전편을 통하여 연쇄적으로 이어진 것이다. 따라서 〈관동별곡〉을 읽는 과정은 바로 이러한 연쇄의 고리를 밝히는 일이 중심이어야 한다. 물론 송강 정철이 보고 듣고 느낀 길을 좇아서 말이다. 그런 점에서 〈관동별곡〉을 읽으면서 관동의 승경을 단순한 경치의 제시로만 이해할 것이 아니라 주제와 흥취의 집약적 제시를 향한 언어적 형상화로 보아야만 이해의 폭이 확장될 것이다.

다음 〈사미인곡〉은 일방적이면서도 일관된 목소리로 부재의 님을 향해 발화하고 있다고 했는데 이는 님은 그 자리에 있는데 화자만 그 자리에 있지 못함을 말하는 부재 인식 방식에서 유래한 것이다.

> 엇그제 님을뫼셔 廣寒殿의 올낫더니
> 그더딕 엇디ᄒ야 下界예 ᄂᆞ려오니

---

20) 같은 주제 영역 혹은 같은 소재 차원을 여러 가지의 문체에서 함께 다루고 있는 현상에 대해 이러한 주제가 돋보이게 되거나 관심을 끌고 있다는 반증이기도 하지만 이와 아울러 각 문체들 사이의 변이에 대한 점검도 중요한 과제가 될 수 있다고 본다.

뎌梅花 것거내여 님겨신듸 보내오져
님이 너를보고 엇더타 너기실고

千里 萬里 길흘 뉘라셔 츠자갈고
니거든 여려두고 날인가 반기실가

瀟湘南畔도 치오미 이러커든
玉樓高處야 더욱 닐러 므슴ᄒ리
陽春을 부쳐내여 님겨신듸 쏘이고져
茅簷 비췬히를 玉樓의 올리고져

출하리 싀여디여 범나븨 되오리라
곳나모 가지마다 간듸죡죡 안니다가
향ᄆ틴 늘애로 님의오시 올므리라
님이야 날인줄 모르셔도 내님조츠려 하노라

"이몸 삼기실 제 님을 조차 삼기시니, 흔싱 연분이며 하늘 모를 일이런가. 나 ᄒ나 졈어 잇고 님 ᄒ나 날 괴시니, 이 ᄆᆞ음 이 스랑 견졸 듸 노여업다"고 할 정도로 행복에 겨웠던 시절이 있었던 것에 견주어 "늙거야 므스 일로 외오 두고 그리는고"에 드러난 것처럼 절박한 상황에 처한 것이다. 이러한 상황에서 처절하리만큼 비참한 화자이건만 그럼에도 불구하고 자신의 조그마한 것까지도 님을 위해 모두 소진해버리겠다는 각오와 다짐을 읽을 수 있다. 봄에서 여름과 가을을 거쳐 겨울에 이르기까지 사계의 변화나 자연의 변화에도 불구하고 님을 향한 마음은 끈질기게도 변화된 대상을 교체하면서까지 계속적으로 반복한다. 물론 그 핵심은 "님이야 날인줄 모르셔도 내님 조츠려 하노라" 이지만 이러한 태도가 일편단심(一片丹心)의 단심(丹心)만을 강조하는 것이 아니라 어떠한 상황에서라도 그 상황을 이용하여 마음의 축을 지키고 있다는 점을 주시해야 한다. 님이야 알아주든 관심이 없든 상관없이 일방적인 짝사랑만 이어진다. 일방적인 짝사랑이란 사랑하는 상대의 태도는 무관심이거나 노출되지 않고 있는데 화자만 속내를 너무 드러내는 것을 말한다. 이와 같은 메아리 없는 외침이란 진정으로 허전하게 보일 것은 틀림없는데 이러한 외침은 메아리에 구애받지 않고 지속적으로 이어져 왔다. 그러면서도 일방적 짝사랑, 메아리 없는 외침을 하나의 아름다운 덕목으로까지 치켜세워온 것이다. 대상과의 직접적인 교감이 없이 일방적인 사랑노래가 시가사의 중심 가닥으로 자리잡아온 것이다.

이는 지속의 제국에 있어서 만약 님이 없으면 자신의 존재기반마저 무너지기 때문에 어쩔 수 없는 것이라고 해도, 이런 태도를 〈정과정〉을 비롯하여 많은 작품에서 충신연주지사(忠臣戀主之詞)란 이름으로 강조하고 북돋아온 것과도 관련이 있다. 앞서 시적 발상법과 관련하여 "정석가식 표현"이라 하여 불가능한 일을 전제하면서까지 마음이 변함없음을 드러내기 위해 이용했던 문학적 관습이다.21) 떠나버린 대상을 향해서 따지고 들거나 대상을 원망하는 일보다 대상을 두둔하면서 그래도 자신의 마음이 변함없음을 강조하는 문학적 관습이 주류를 이루어온 것이다. 상부가(喪夫歌)22)에서 남편을 따라 죽은 아내의 발화에서도 이러한 일방적 굽힘의 자세를 읽을 수 있는데 이는 남녀의 관계에 있어서 심리적, 사회적 차별성과 함께 논의되어야 하리라 본다. 여성화자가 남성대상을 향한 발화에서 일방적인 굽힘의 자세를 강조한 것은 남녀관계를 상하의 축으로 이해하려

---

21) 이규호는 「정석가식 표현과 시간의식」에서 불가능한 가정을 전제로 삼아 영원성을 나타내는 표현법을 역설적 과장법으로 보고 이를 1) 離別型, 2) 頌禱型, 3) 未練型으로 나누어서 그 성격을 밝히고 있다.

22) 남편의 죽음을 맞은 아내의 진술을 담은 시가를 喪夫歌라 지칭하며 그 기본적인 정서 면에서 비탄이나 자탄이 중심을 이루지만 하위범주는 비장함으로 이어지는 絶命詞類와 내적 갈등의 양상을 보이는 寡婦歌類, 나아가 喪夫歌의 관습만 이용하면서 실제로는 삶의 방식이나 태도를 말하는 작품군으로 크게 가를 수 있을 것이다.

했던 문화적 성격과 밀접하게 닿아 있는 것이다. 그리고 이러한 여성화자의 발화가 다시 쉽게 군신관계로 치환될 수 있었기 때문에 실제 충신연주지사란 이름으로 널리 칭양되어 온 것이다. 그러는 과정에서 문학적 관습으로 자리잡게 되었다고 볼 수 있는데 발상법, 표현, 주제의 영역에 걸쳐 오랜 전통을 지키게 된 것이다. 이러한 태도는 이별을 인정하지 않으려는 심리적 자세와 밀접하게 연결된 것이다. 그러면 왜 이별이나 밀려남을 인정하지 않으려는 것인가. 이 이유를 밝히는 것이 바로 〈사미인곡〉의 주제에 접근하는 지름길이 된다. 현실적으로는 밀려나 있거나 님의 부재임에도 불구하고 이러한 상황을 받아들이고 문제를 해결하려는 것이 아니라 대상에 대한 일방적인 회복을 염원하고 있는 이유를 해명하는 작업이 상실의 서정시학(Poetics of loss)에서 다룰 중요한 주제가 된다. 〈사미인곡〉을 상실의 시학이라는 측면에서 접근할 경우 한국시가의 주제론적 접근이라는 과제를 맡게 되는 것이다.

님의 부재를 말하는 〈사미인곡〉의 핵심이 상실의 시학[23]에 어떤 자리를 차지하고 있는가. 님의 부재를 말하는 방식으로는 1)님은 제 자리에 있는데 내가 님에게서 멀어진 경우, 2)나는 제자리에 있는데 님이 나에게서 멀어진 경우, 3)님과 나와 다 멀어진 경우, 4)님과 나와 모두 제자리에 있는 경우 등을 설정할 수 있다. 그러나 4)는 님의 부재가 문제되지 않고, 3)은 또한 의미가 없다. 그렇기 때문에 실제로는 1)과 2) 두 가지만 논의의

---

[23] 상실의 시학에 대한 연구는 시학에서 매우 중요하고 또한 핵심적인 비중을 차지한다. 특히 상실에 대한 인식과 그 형상화는 주로 시간과 공간의 축에서 검토되고 논의되는 것이다. 죽음으로 인한 상실이든, 대상의 떠남이든, 자신이 어느 곳에서 떠남이든 모두 시간과 공간이 중심을 이룬다. 상실의 시간과 공간에 대하여는, Cameron. S., *Lyric Time* : Dickinson and the Limits of Genre(The Johns Hopkins University Press, 1981) 및 Stamelman. R., *Lost beyond Telling* : Representations of Death and Absence in Modern French Poetry(Cornell University Press, 1990)의 제1장 "The Representation of Loss" 참조.

대상이 될 수 있다.24) 〈사미인곡〉은 1)의 경우에 해당한다. 이러한 구조
에서 상실의 시학이 가지는 의미를 제대로 밝히기 위해서는 실제로 잘못
이 혹은 헤어짐의 원인이 어디에 있느냐를 짚어볼 필요가 있다. 그런데
'사미인(思美人)'의 발상은 이러한 따짐을 아예 배제시키고 있다. 시비를
가리지 않았기 때문에 문제의 핵심을 짚어내지 못한 것이고 일방통행적인
짝사랑으로 일관하고 있다. 화자에게 잘못이 있어서 님의 마음이 이미 바
뀌어버린 상황이라면 화자의 짝사랑의 외침은 그야말로 메아리 없는 외침
으로 끝나고 마는 것이다. 이런 경우 함께 있을 때의 만족스러움을 소망하
는 발화가 중심을 이루는 것이어서 실제로 이러한 회복이 가능한 것인가
는 상관없이 이러한 회복을 가장 바람직한 것으로 인식하고 실제적인 형
상화에서도 이런 방향으로 나아가는 것이다. 바람직한 방향이란 개인적인
인식으로만 한정되는 것이 아니라 사회적 규범과도 밀접하게 닿아 있는
것이다. 이것이 오랜 기간 동안 지속되거나 변이를 보일 때 하나의 문학적
관습으로 자리하게 된 것이다.

〈사미인곡〉의 이러한 일방적 짝사랑의 태도는 님의 부재를 인식하는
강제된 규범의 영향이라고 할 수도 있으며, 이러한 일방적 목소리로서 문
제를 해결할 수 없을 때, 다른 화자를 내세워 따지고 드는 〈속미인곡〉이
다시 설 자리를 얻을 수 있는 것이다. "님이야 날인 줄 모르셔도" 님을
좇겠다는 화자의 처절함 혹은 끈질김은 〈사미인곡〉의 핵심적 부분이다.
이렇듯 휘몰아 붙였다가는 마지막에 이르러 마무리하는 방식은 가사가
우리말의 진술 방식을 두루 시험한 것25)이라는 반증이기도 하지만, 동시

---

24) 조세형, 「〈동짓달 기나긴 밤… 의 시공인식」, 『한국고전시가작품론』, 집문당, 1992,
   502~503면 참조.

25) 많은 경우 구비적 작시에 의존하고 있다고 할 수 있는 시조의 경우, 외현요소의 유형
   론으로 시어론, 문형론, 구성론, 이미지 등을, 내재요소의 유형론으로 시간의식, 공간
   의식, 대상과의 관계, 시적 자아, 현실인식, 자연관, 가치관, 정서의 유형 등을, 그리고
   작자, 청자의 유형론을 설정하여 다루고 있는 것에 견주면(김대행, 『시조유형론』, 이화

에 마지막 종결의 방식을 택하고 있다는 점에서 시적 구성의 방식에서 드러나는 다른 갈래와의 관련이라든가 각 갈래 내부의 변이에 대해서도 면밀한 검증이 수반되어야 하리라 본다.

〈관동별곡〉과 〈사미인곡〉의 주제를 검토하기 위해 〈관동별곡〉은 산수를 통해 님과 정치와 삶의 방법을 말하고 있다고 보고, 〈사미인곡〉은 부재의 인식을 통해 님과 정치와 삶의 태도를 말하는 것으로 보아 그 내용을 문학적 관습의 틀을 참조하여 고찰하였다. 가사문학의 중심적인 갈래 담당층인 사대부의 발화에서 님과 정치를 함께 말하는 관습이 오랫동안 굳어져 있음을 알 수 있었고, 이러한 문학적 관습이 실제의 제1사분면과 제4사분면이라는 현실적 상황의 차이에 의해 그 언어적 진술에 있어서도 커다란 진폭이 엄존하고 있음을 확인한 셈이다. 가사작품의 주제영역을 이해하는 길은 바로 이러한 진폭에 따른 진술의 차이를 범주화하는 데서 출발하여야 한다는 것도 확인한 셈이다.

3. 소결

지금까지 가사문학의 절창이라 알려진 송강 정철의 〈관동별곡〉과 〈사미인곡〉 두 작품을 대상으로 하여 님과 정치를 말하는 방식의 차이점을 검토했다. 차이점을 논의하는 축을 시적 발상법으로서의 님에 대한 태도, 그 언어적 진술로서의 표현의 방식, 그리고 주제의 영역으로 설정했다. 그 구체적인 내용은 님에 대한 태도를 관념적인 님과 구체적인 님으로,

여자대학교 출판부, 1986), 가사의 경우에는 오히려 진술방식의 다양함을 말로만 할 것이 아니라 진술방식의 상이한 내용이 구체적으로 무엇이며 그것이 시대적으로 어떤 편차와 진폭을 보이고 있는지를 밝혀내는 일이 실제로 중요한 과제가 될 것이다. 그리하여 진정한 의미에서 '歌辭類型論'을 수립하는 일이 가사문학연구의 핵심적인 과제가 되리라 본다.

표현의 방식을 여유 있는 풍성함과 긴박한 빈약함으로, 주제의 영역을 산수를 말하는 방식과 부재를 말하는 방식 등으로 구분하였다. 이상에서의 논의를 다음과 같이 요약할 수 있다.

시적 발상법에 있어서 〈관동별곡〉의 표면적인 이유는 목민관의 공적인 임무를, 내포적인 이유는 사대부의 경륜을 펴는 것으로 볼 수 있고, 〈사미인곡〉의 표면적인 이유는 버림받은 남성을 향한 애틋한 마음을, 내포적인 이유는 벼슬살이에서 불우하게 된 신하가 임금을 향한 소명을 호소한 것이라 할 수 있다.

시적 표현에 있어서는 〈관동별곡〉이 넓은 보폭, 빠른 호흡으로 득의만만하게 상승적인 시어로 짜여 있는 데 비해, 〈사미인곡〉이 낱말의 교체나 반대되는 것의 견줌을 통해 위축되게 하강적인 시어로 구성되어 있다. 그리고 〈관동별곡〉이 남성화자의 발화로, 〈사미인곡〉이 여성화자의 발화로 되어 있어서 사회적 규범이 시적 표현에 깊숙하게 침투되어 있음을 보인다.

주제의 영역에 있어서는 〈관동별곡〉이 도학(道學)의 과정으로 산수(山水)를 대하는 사대부들의 관습적인 태도로 님과 정치와 삶의 방법을 말한 것이고, 〈사미인곡〉이 님의 부재를 말하는 문학적 관습에 근거하여 님과 정치와 삶의 태도를 말하고 있는 것으로 정리할 수 있다. 따라서 〈관동별곡〉은 산수(山水)의 시학(詩學)으로, 〈사미인곡〉은 상실(喪失)의 시학(詩學)으로 작품 해석의 준거를 설정할 수 있게 되었다. 산수의 시학은 조선시대 사대부문학의 주제 영역에서 중요한 자리를 차지하고, 상실의 시학은 서정시를 포함한 시가문학의 주제 영역에서 본질적인 의의를 지니는 것이다.

『어문교육논집』 제13·14합집(1994)

V

〈훈민가〉 보급의 경과와 그 의미

1. 서언

송강 정철(鄭澈, 1536~1593)이 지은 〈관동별곡〉 등의 가사와 〈훈민가〉 등의 시조를 중심으로 한 그의 문학세계에 대한 평가는 국문학 연구의 초기 단계부터 지대한 관심과 찬사가 이어졌다.[1] 이러한 경향은 개별 작품론을 포함하여 최근까지 이어지고 있는데,[2] 대부분 당대와 후대의 소견 논거에 바탕을 두고 긍정적인 입장에서 그 실상에 접근하고자 하는 의욕적인 노력을 경주하고 있는 것으로 확인된다.

연구의 경향에서 드러나듯이 실상에 바탕을 둔 긍정적이고 호의적인 평가와 함께, 실제 주변을 고려하면서 차근차근 점검하면 작가에 대한 인물 평가에 대한 이견을 확인할 수 있는 것도 사실이다. 당대와 후대에 정철의 인품에 대한 평가가 엇갈리게 나타나면서, 사람을 직접적으로 평가하는 것과는 다른 층위에서 그의 문학 작품을 통하여 사람됨에 대하여

---

1) 조윤제, 「송강과 송강가사」, 『조선시가사강』, 동광당서점, 1937; 방종현, 『송강가사』, 정음사, 1948; 김사엽, 『정송강연구』, 계몽사, 1950.

2) 김흥규, 『송강시의 언어』, 고려대학교 출판부, 1993; 최규수, 『송강 정철 시가의 수용사적 탐색』, 월인, 2002.

긍정적으로 평가하려는 움직임을 확인할 수 있기 때문이다. 그 가운데
〈훈민가〉가 지닌 의미를 백성을 깨우치고 풍속을 교화하는 것에 두고, 이
러한 내질이 백성을 사랑하는 벼슬아치의 기본 지향과 맞물린다고 파악하
면서, 이러한 지향이 정철 개인의 사람됨을 드러내는 것으로 받아들이고
이해시키려고 하는 일련의 경향을 구체적으로 확인할 수 있다는 것이 그
것이다. 특히 〈훈민가〉가 『경민편』과 함께 엮어지면서 『경민편』을 엮은
김정국의 사람됨과 같은 층위에서 정철을 평가하기 위하여 〈훈민가〉를
보급하고자 하는 운동이 일어났던 것이다. 다시 말해 문학 작품에 대한
친밀한 이해를 통하여 그 작품을 남긴 사람에 대한 호의적인 평가를 유도
하려는 방향에 주목하고자 하는 것이다. 그리고 〈훈민가〉는 〈권민가〉라
는 이름으로 불리기도 했다.

『경민편』은 김정국(金正國, 1485~1541)이 35세인 중종 14년(1519) 황해도
관찰사로 있으면서 법을 집행함에 앞서 인륜의 소중함을 깨달아서 감발흥
기(感發興起)하게 하고자 엮은 교훈적인 책이고, 〈훈민가〉는 정철이 45세
인 선조 13년(1580) 강원도 관찰사로 있으면서 민생과 일용에서 풍송하게
하여 감발하게 한 시조 작품이다. 엮은 시기와 지은 시기에 거리가 있고
방법에 있어서도 추본거리(推本擧理)[3]와 심상풍송(尋常諷誦)[4]라는 차이는
있어도 감발(感發)하게 하는 목표는 일치하는 것으로 이해할 수 있다.

그런데 서로 다른 시기에 이루어진 두 글이 『경민편』의 보급을 위한
언해와 함께 하나로 묶어지면서 합편으로 엮어지게 되었고, 조선후기에
이것을 널리 보급하여야 한다는 제안과 이러한 흐름에 대한 비판이 제기
되면서 작품 자체가 가진 의미와 함께 작자의 인간적인 면모와 정치적인
태도에 대한 평가가 더 큰 비중을 차지하는 경우가 발생하기도 하였다.

다음의 두 예문에서 상반된 입장을 확인할 수 있다.

---

3) 「警民編跋」
4) 「畸翁小錄」

(가)

함경도 관찰사 윤지선(尹趾善)이 장계하여, 선정신 김정국이 지은 『경민편』과 고 상신 정철이 지은 〈권민가〉를 다수 인출하여 각 고을에 나누어 보내어, 부녀들로 하여금 심상하게 외우고 익히도록 하여 사모하여 본받게 하는 바탕을 삼게 하며, 조금이라도 올바른 행동이 있는 자는 방문하여 더러는 식물을 지급하고 더러는 연역을 줄여 주도록 청하자, 비국에 내려 복주하게 하고 그것을 허락하였다.[5]

(나)

고 상신 유성룡(柳成龍)의 손자인 전 교관 유후상(柳後常)이 그의 조부를 위해 변무하겠다 하며 상소하기를,

"안방준(安邦俊)은 바로 고 상신 정철(鄭澈)의 문도인데, 『기축위록(己丑僞錄)』을 짓기를, '최영경(崔永慶)을 죽인 일은 선조(先祖)의 신 유성룡이 실지로 주장한 것이다.' 하여, 성조(聖祖)께서 정철을 죄주셨던 분부를 산개(刪改)하고, 선신(先臣)이 정승을 제배(除拜)한 일자를 진퇴하여, 정철은 펴주고 선신에게는 모함을 가하려고 했습니다. 정철을 위해 편을 드는 사람들이 그의 저서를 기쁘게 여겨 인출하여서 중외에 배포하고, 안방준의 사당을 세워 높이고 있으니, 사람들의 통탄과 한이 어떠하겠습니까?"

하니, 임금이 그의 말을 받아들여, 안방준의 사우를 헐도록 명하였다.[6]

이러한 상반된 시각은 〈훈민가〉의 작자인 정철 당대의 정치적 상황과 정철의 정치적 행적을 포함하여, 이러한 논쟁이 재연되던 당시의 정치적 지각을 반영하는 것이어서, 우리는 여기에서 사람과 예술에 대한 평가의 잣대에 대하여 생각하게 한다. 예술 작품을 중심에 놓고 이해할 것인가, 사람을 중심에 놓고 이해할 것인가라는 대립적인 시각을 포함하여, 사람

5) 『숙종실록』 권12, 7년[1681] 7월 21일(임신), 『국역 숙종실록』 6, 세종대왕기념사업회, 1987, 13~14면.
6) 『숙종실록』 권24, 18년[1692] 4월 14일(계사), 『국역 숙종실록』 13, 세종대왕기념사업회, 1987, 150면.

을 긍정적으로 평가하기 위하여 예술 작품을 활용하는 사례와 그에 대한
반론까지 함께 읽어낼 수 있다.

이 글은 이러한 사정을 감안하여 〈훈민가〉가 지닌 의미와 〈훈민가〉의
작자에 대한 평가의 차이에 따라 작품의 보급이 어떤 의미를 지니는 것인지
검토하고, 사람에 대한 평가와 예술 작품에 대한 평가의 준거 설정의 문제점
을 제기하고자 한다. 〈훈민가〉뿐만 아니라 정철의 다른 국문 작품도 이러한
논의에 포함시켜야 마땅하겠지만 실제 논쟁적으로 다룰 수 있는 것이 〈훈민
가〉라고 판단하였기 때문에 〈훈민가〉를 중심으로 논의를 진행하도록 한다.

2. 〈훈민가〉 보급의 경과

1) 『경민편』과 〈훈민가〉 합편의 과정

김정국의 『경민편』과 정철의 〈훈민가〉가 한데 엮어지게 된[7] 것은 서언
에서 제기한 것처럼 감발(感發)이라는 목표가 일치했기 때문일 것이다. 다
음과 같은 내용에서 그 사정을 짐작할 수 있다.

> 완남 부원군(完南府院君) 이후원(李厚源)이 상차하기를,
> "신이 병신년 가을에 예조에 몸을 담고 있으면서 일찍이 탑전에 나아가
> 아뢰기를 '난리를 겪은 이래로 인심(人心)과 세도(世道)가 날이 갈수록 더욱
> 투박해지고 있으니 정말 한심스럽습니다. 그런데 소위 『경민편(警民編)』은
> 바로 기묘(己卯) 명신(名臣) 김정국(金正國)이 해서(海西)의 관찰사로 있을
> 때 지은 책으로서 백성을 깨우치고 풍속을 교화시킴에 있어 조금 보탬이
> 되는 점이 없지 않을 것이니, 이 책을 제로(諸路)에 간행 반포하소서.' 하여
> 다행히도 윤허를 받았었습니다.

---

7) 『경민편』과 〈훈민가〉와의 관련에 대한 서지적 검토는 심재완, 「경민편과 송강가사」,
『시조의 문헌적 연구』, 세종문화사, 1972, 90~97면 참조.

그런데 다만 그 원본을 두루 구해도 얻지 못하다가 오래 된 뒤에야 해서에서 얻었는데, 언해(諺解)가 없으면 궁벽한 시골 백성들이 잘 이해하지 못하겠기에 마침내 그 원본을 사용하여 교열하고 번역하는 한편, 진고영(陳古靈)과 진서산(眞西山)이 세속을 교화시킨 여러 편(篇)을 그 아래에 붙이되 간간이 요약 정리하여 백성들이 쉽게 이해할 수 있도록 하려 하였습니다. 그런데 그때 우연히 선묘조의 상신(相臣) 정철(鄭澈)이 지은 〈훈민가(訓民歌)〉 속에 첨부해 기록된 것을 얻었으므로 시골 부녀자들로 하여금 이를 늘상 암송하게 함으로써 감발(感發)되고 징계되는 바가 있게 하려고 하였습니다. 그러나 그때 마침 신이 직책을 떠나 미처 간행 반포하지 못하였으므로 신은 늘 처음에 건의하였던 것을 제대로 봉행하지 못한 것을 한스럽게 여겨 왔습니다.

근래 듣건대 윤리 기강에 관련된 변이 더러 도성 안에서까지 일어나고 있으므로 성상께서 경연 석상에서 백성을 이끄는 방도가 어긋난 점을 깊이 우려하며 탄식하셨다고 하기에, 신이 이에 더욱 감개한 심정을 가눌 수 없어 감히 베껴 써서 남궁(南宮)에 보내는 바이니, 이것을 두루 모든 도에서 간행한 뒤 안신(按臣)으로 하여금 열읍에 분부하고 민간에 널리 반포하며 진정으로 고유(告諭)하게 함으로써 백성들이 선하게 되어 죄를 멀리하고 야박한 풍속이 후하게 되도록 한다면, 그런대로 백성의 풍속이 점점 변하여 풍속을 돈후하게 하려는 우리 전하의 뜻에 우러러 부응할 수가 있게 될 것입니다. 대저 정치의 근본을 논할 때 풍화(風化)가 급선무인데, 반드시 적합한 방법으로 이끈 뒤에야 사람마다 흥기하여 본뜨게 할 수 있는 것입니다. 혹시라도 그렇게 하지 않고서 백성을 교화시켜 복종시키려 한다면, 이 어찌 소리를 지르지 못하게 하고 메아리를 찾으려는 것과 다를 것이 있겠습니까. … (후략) …"

하니 답하기를,

"경의 차사(箚辭)를 보건대 뜻이 우연한 것이 아니라서 내가 가상하게 여긴다. 해조로 하여금 차사대로 시행하게 하겠는데, 백성을 교화하고 풍속을 이루는 도에 보탬이 되리라 기대된다."

하고, 그 차자를 예조에 내렸다. 예조가 곧바로 간행하여 중외에 널리 반포하기를 청하니, 따랐다.[8]

이에 앞서 이후원이 『경민편』의 보급을 제기9)한 바 있어서, 『경민편』
과 〈훈민가〉의 합편은 이러한 노력의 연장선상에 있었던 것으로 파악된
다. 그리고 그 역할을 이후원(李厚源, 1598~1660)을 비롯하여 서인·노론계
인물들이 주도적으로 맡고 있는 것이다.

그런데 정철의 문집 간행10)과 〈훈민가〉의 보급11)에 앞장선 사람들도 모
두 서인·노론계 인물이거나 정철의 집안과 밀접한 연관을 지닌 인물들이다.

정철은 알려진 바와 같이 이이(李珥), 성혼(成渾) 등과 밀접한 교유를 맺
었으며, 동서 당쟁의 와중에 이들은 같은 입장을 견지하였다. 그런데 정철
은 선조 27년(1594)에 관작이 추탈되었다가12), 인조반정 이후 서인 정권이

---

8) 『효종실록』 권20, 9년[1658] 12월 정해.

9) 『효종실록』 권17, 7년[1656] 7월 갑술.

10) 정철의 문집인 『송강집』 간행의 경위를 보면, 『원집』은 광해군 14년(1622)에 신흠(申
欽)이 서를, 인조 11년(1633)에 이정구(李廷龜)가 서를 쓰고, 인조 10년(1632)에 장유(張
維)가 후서를, 인조 11년(1633)에 김상헌(金尙憲)이 발을 썼다. 그리고 송시열(宋時烈)이
숙종 즉위년(1674)에 중간의 발을 썼다. 『속집』은 숙종 3년(1677)에 송시열이 발을 쓰고,
『연보』는 숙종 즉위년(1674)에 송시열이 발을 썼다. 한편 행장은 김집(金集)이, 시장은
김수항(金壽恒)이, 신도비와 묘표는 송시열이, 전은 신흠이 각각 찬술하였다.

11) 『송강집』과 달리 정철의 국문 작품을 따로 모은 『송강가사』는 북관에서 가곡을 간행
한 바 있었다고 하는데 숙종 16년(1690)에 거성(車城; 長鬐)에서 이선(李選)이 주희가
『초사집주』를 엮은 유의를 따라 다시 엮었고, 숙종 24년(1698) 3월에 현손 천(洊,
1659~1724)이 재종형 호(澔, 1648~1736)가 의성현감[1696년 5월~1698년 1월] 때에
간행한 것과 집안에 전승된 것에 차이가 있음을 확인하고 종증조 기옹(畸翁; 弘溟,
1565~1626)의 측자(側子) 리(浬)가 손수 베낀 것과 할아버지 포옹(抱翁; 瀁, 1600~
1668)이 베끼게 한 것과 견주어서 자형인 이징하(李徵夏, 1656~1727)가 황주통판 때에
간행한 것과 함께 정리한 것을, 영조 23년(1747)에 오대손 성주목사 관하(觀河)가 추기
하여 간행한 것이 있고, 영조 44년(1768)에는 후손 실(宲, 1701~1776)이 봉산(鳳山)의
종인(宗人) 내하(來河)가 가지고 온 관북본(關北本; 澔가 1704년 함경도관찰사로 있으
면서 간행한 것)을 바탕으로 관서에서 엮은 것이 전한다. 이렇게 보면 북관본, 의성본,
황주본, 성주본, 관북본, 관서본 등이 유행한 것으로 확인된다. 그러므로 〈훈민가〉 보
급의 논의와 『송강가사』에의 수합 사이에 놓인 일정한 시간의 차이와 그 경과에 대한
정밀한 점검과 함께 그 의의에 대한 검토가 새롭게 정리되어야 할 것이다.

12) 『선조실록』 권57, 27년[1594] 11월 13일(정해).

집권하면서 정철의 관작이 회복되었다.[13] 사계 김장생(金長生, 1548~1631)은 이이의 대표 문인이다. 김장생의 문하로 그의 아들인 김집(金集)과 송시열(宋時烈) 등이 있는데, 정철의 비명을 송시열이 지었다. 정철의 맏아들로 요서(夭逝)한 기명(起溟)은 성혼의 문하에서 학업을 닦았으며, 둘째인 종명(宗溟, 1565~1626)은 성혼에게 문학하였고, 넷째인 홍명(弘溟, 1582~1650)은 김장생과 김집의 문하에 출입하였다.

『경민편』과 〈훈민가〉 보급을 제기했던 이후원은 본관이 전주로, 어머니가 황정욱(黃廷彧)의 따님이고, 부인은 사계 김장생의 손녀로 광산 김반(金槃)의 따님이며, 딸은 김석주(金錫冑)에게 출가하였고, 후부인 신씨(申氏) 소생의 딸은 박태보(朴泰輔)에게 출가했다. 『송강가사』를 엮는데 직접 참여한 이선(李選, 1632~1692)은 이후원의 둘째 아들인데, 처음 윤강(尹絳)의 딸을 아내로 맞았는데, 그가 숙종 대에 〈권민가〉[〈훈민가〉] 보급을 주장했던 윤지선(尹趾善)의 누이이다.

한편 이후원의 장인인 김반의 셋째 아들 익겸(益兼)에게 만기(萬基), 만중(萬重)의 두 아들이 있는데, 맏이인 만기의 딸이 숙종의 초비인 인경왕후이고, 만기의 둘째 아들인 진규(鎭圭)는 정철의 내손(來孫)인 소하(昭河)의 따님을 후부인으로 맞았다.

그리고 황주에서 『송강가사』를 간행한 이징하(李徵夏, 1656~1727)는 송강의 증손인 보연(普衍)의 사위이기도 하다.[14]

이후원·이선·윤지선 등이 앞장서서 주장하고 진행한 『경민편』과 〈훈민가〉의 합편과 그 보급, 그리고 후손이 중심이 된 『송강가사』의 간행은

---

13) 『인조실록』 권6, 2년[1624] 5월 29일(임오).

14) 李德壽, 「叔父知敦寧府事府君墓誌」, 『西堂私載』 권9, 『한국문집총간』 186, 1997, 427~428면. 조윤제가 『조선시가사강』에서 이징하(李徵夏)로 기록하고 있는데, 김사엽 이후 이계상(李季祥)으로 적은 경우가 지속되고 있어서 정리할 필요가 있다. 계상(季祥)은 자(字)이고 이름은 징하(徵夏)이다.

효종·숙종 대의 정철에 대한 신원운동의 일환으로 평가할 수도 있는 것이다.

2) 〈훈민가〉의 보급과 한역

〈훈민가〉의 보급은 창작 당시에서 그리 멀지 않은 시기부터 보급의 노력이 있었던 것으로 확인된다.

강복중(姜復中, 1563~1639)이 정철의 〈훈민가〉에 화답하는 방식으로 시조를 짓고 있다.[15] 〈훈민가〉가 지어진 것으로 추정되는 선조 13년(1580)에서 그리 멀지 않은 인조 12년(1634)에 〈훈민가〉를 구독하고 화답가 2수를 지은 것으로 확인된다.[16] 강복중은 초년에 불우한 삶을 살았지만, 그의 아들 종효(宗孝)는 김장생(金長生)의 문인이었다.

한편 숙종 5년(1679)에 수안군수로 부임한 이기하(李基夏, 1646~1718)가 〈훈민가〉를 번역[17]하여 백성을 가르쳤고, 또 숙종 19년(1693) 경에 제주목사가 되어서는 『경민편』과 〈훈민가〉를 묶어서 간행하게 하였다.[18]

영조 46년(1770)에는 한익모(韓翼謨)는 『소학』과 함께 〈훈민가〉 보급을 주장하여 시행하게 하였다.

> 여러 도에 하유(下諭)하여 민간으로 하여금 『소학(小學)』 및 〈훈민가(訓民歌)〉를 외워 익히게 하였다. 좌의정 한익모(韓翼謨)가 말하기를,
> "『소학』의 고강(考講)은 법의 취지가 아름다운 것이었으나, 유명무실하게 되었으니, 실로 개탄스럽습니다. 하호 세민(下戸細民)에 있어서는 교도

---

15) 최규수, 『송강 정철 시가의 수용사적 탐색』, 월인, 2002, 21면.
16) 심재완, 「청계공가사」, 『시조의 문헌적 연구』, 세종문화사, 1972, 109면.
17) 李德壽, 「工曹判書兼知訓練院事李公墓誌銘」, 『西堂私載』 권10, 『한국문집총간』 186, 455~459면.
18) 위와 같은 곳.

(敎導)할 방법이 없고, 속습(俗習)은 무지하여 윤리(倫理)가 무엇인지 모릅니다. 고 상신 정철(鄭澈)은 이를 염려하여 훈민가를 지었는데, 모두 18장(章)이요, 그 내용은 민생의 일용 사물(日用事物)과 평범한 윤리에서 벗어나지 않으니, 시골의 부녀(婦女)와 아이들로 하여금 항상 외우게 하여 감동, 분발하게 한 것입니다. 지금 이를 팔도에 신칙하여 백성으로 하여금 외워 익히게 하면, 거의 모두 대의(大意)를 알아서 백성을 교화하여 양속(良俗)을 이루게 하는 방법에 도움이 될 것입니다. 청컨대『소학』의 고강과 아울러서 다 같이 신칙하소서."

하니, 임금이 이 명을 내린 것이다.[19]

또한 이경(李檠)은 〈역훈민가〉라고 하여 18수를 한문으로 번역하기도 하였다.[20]

그리고 송시열의 8대손인 송달수(宋達洙, 1808~1858)도 〈훈민가〉 16수를 한역하였는데[21], 그의 어머니는 연일정씨 치환(致煥)의 따님이다.

이상『경민편』과 〈훈민가〉의 합편 과정과 〈훈민가〉 보급의 과정을 정리하면, 정철의 집안을 중심으로 문집을 엮으려는 노력과 병행하여『송강가사』를 수습하려는 과정이 구체화되었고, 정철과 그 후손을 포함하여 사승 관계에 놓여 있거나 당파를 같이 하는 서인·노론계 인물을 중심으로 〈훈민가〉 보급을 통하여 정철이 목민관으로서 백성들을 깨우치고 풍속을 교화하려고 했다는 점을 부각하는 데에 큰 비중을 두고 있었음을 확인할 수 있다.

이상의 논의를 도표로 나타내면 다음과 같다.

19)『영조실록』권114, 46년[1770] 1월 14일(임진).
20)『茅山亭遺稿』권하, 심재완,『역대시조전서』참조.
21)『守宗齋集』권1, 〈訓民歌飜辭〉.

연대	생평·정치 상황	송강 문집	〈훈민가〉 관련
중종 31(1536)	정철 태어남		
선조 13(1580)	정철 강원도 관찰사		〈훈민가〉 창작
선조 26(1593)	정철 죽음		
선조 27(1594)	정철 관직 추탈		
광해 14(1622)		송강집 서(신흠)	
인조 1(1623)	인조반정		
인조 2(1624)	정철 관직 회복		
인조 10(1632)		송강집 후서(장유)	
인조 11(1633)		송강집 발(김상헌)	
인조 12(1634)			〈훈민가화답〉(강복중)
효종 7(1656)			『경민편』 논의(이후원)
효종 9(1658)			〈훈민가〉논의(이후원)
숙종즉위(1674)		송강집 중간발 (송시열)	
숙종 3(1677)		송강집 속집발 (송시열)	
숙종 5(1679)			〈훈민가〉 번역(이기하)
숙종 7(1681)			〈권민가〉 보급(윤지선)
숙종 16(1690)			『송강가사』 편(이선)
숙종 18(1692)	정철 저서 비판		
숙종 19(1693)			〈훈민가〉 간행(이기하)
숙종 24(1698)			『송강가사』 의성(호)
영조 23(1747)			『송강가사』 성주(관하)
영조 44(1768)			『송강가사』 관서(실)
영조 46(1770)			〈훈민가〉 보급(한익모)
순조 33(1833)			〈훈민가〉 한역(송달수)

3. 〈훈민가〉의 구성과 그 의미

〈훈민가〉는 선조 13년(1580)에 정철이 강원도관찰사로 있으면서 백성들을 깨우치게 하기 위하여 지은 것이다. 목민관의 입장에서 백성을 향한 발화는 직접적인 발화가 있을 수 있고, 간접적인 발화가 있을 수 있다. 그리고 산문을 통한 가르침이 마련되기도 하고, 노래를 통한 깨우침이 준비되기도 한다.[22] 김정국의 『경민편』과 같이 화급한 현실을 타개하기 위하여 예를 들어 설명하고 난 뒤에 그와 관련되는 법을 제시하는 경우도 있다. 정철의 〈훈민가〉는 노래를 통한 깨우침에 해당한다고 할 수 있다.

당대에나 〈훈민가〉 보급과 관련하여 〈훈민가〉의 내질에 대하여 교훈적인 측면으로 이해하기도 하였다. 이후원(1598~1660)은 "시골 부녀자들로 하여금 이를 늘 암송하게 함으로써 감발되고 징계되는 바가 있게 하려고 하였습니다."라고 지적하고 있고, 윤지선(1627~1704)은 "부녀들로 하여금 심상하게 외우고 익히도록 하여 사모하여 본받게 하는 바탕을 삼게" 한다고 밝히고 있으며, 정철의 아들 정종명(1565~1626)은 「기암소록」에서 "백성들로 하여금 심상하게 외우고 익혀서 입에서 읊조리게 되면 사람의 정성을 감발하는데 도움이 없지 않을 것이다."라고 하였으며, 이기하(1646~1718)는 〈훈민가〉를 번역하면서 "백성을 가르친다."라고 하였다.

〈훈민가〉 연구에서도 대체로 이러한 시각이 받아들여지고 있는 것으로 보인다. 다만 그 언어적 소통을 분석하면서 일방적인 지시에서 벗어나 백성들의 삶의 현실성을 고려한 언어 배열을 평가하는 방향으로 진행된 경향이 짙다.[23]

---

22) 驚民, 訓民, 勸民, 敎民 등의 함의가 그 내포에 차이를 드러내고 있기도 하지만, 주세붕의 경우 백성을 향한 직접적 가르침, 부로를 통한 간접적 가르침, 〈오륜가〉의 노래를 통한 깨우침 등으로 다르게 나타났던 점을 환기할 필요가 있다. 최재남, 「주세붕의 목민관 생활과 〈오륜가〉」, 『사림의 향촌생활과 시가문학』, 국학자료원, 1997, 216~226면.
23) 권두환, 「송강의 〈훈민가〉에 대하여」, 『진단학보』 42, 진단학회, 1976.

〈훈민가〉의 경우 실천을 통한 정서적 감동과는 조금 다른 층위인 정서적 공감에 바탕을 둔 교화의 방향24)을 택하고 있다는 점을 지적할 수 있는데, 『소학』이나 『효경』, 『경민편』 등이 정서적 공감의 집단적 체험을 자극할 수 있도록 보편화되고 있었던 것으로 이해할 수 있다. "독자의 마음의 태세"를 유발하거나25), "강원도 백성 및 보편적 인간이 지니고 있는 인간관계를 설정하고 그들 사이에 관류하고 있는 인정 어린 어휘를 선택"26)하는 방향으로 나아갔다고 보는 시각은 바로 집단적 체험의 정서적 공감에 바탕을 두고 새로운 의미화를 시도하는 것으로 확장할 수 있는 것이다.

『경민편』에 함께 수록된 〈훈민가〉의 구성을 보면, 부의모자(父義母慈), 형우제공(兄友弟恭), 군신(君臣), 자효(子孝), 부부유은(夫婦有恩), 남녀유별(男女有別), 자제유학(子弟有學), 향려유례(鄕閭有禮), 장유유서(長幼有序), 붕우유신(朋友有信), 빈궁우환 친척상구(貧窮憂患 親戚相救), 혼인사상 인리상조(婚姻死喪 隣里相助), 무타농상(無惰農桑), 무작도적(無作盜賊), 무학도박 무호쟁송(無作賭博 無好爭訟), 무이악능선 무이부탄빈(無以惡凌善 無以富呑貧, 缺), 행자양로 경자양반(行者讓路耕者讓畔, 缺), 반백자불부대(班白者不負戴) 등으로 18항목인데, 두 항목에 결이 표기되어 있어서 실제로는 16수가 실려 있다. 이들 항목은 송나라 진양(陳襄)의 〈선거권유문(仙居勸諭文)〉에 실린 내용과 일치한다.

〈훈민가〉의 표현은 그 발화유형에서 화자의 태도가 다양하게 나타난다. 직접 명령하기도 하고, 청유의 형태를 취하기도 하고, 선언의 형태를 취하기도 하는 등 여러 가지 방식으로 드러나고 있다. 이러한 장치가 실제 백성들을 향한 친밀감을 염두에 둔 것으로 볼 수 있다. 산문을 통한 가르침보다 노래를 통한 깨우침을 택하면서도, 각각의 상황과 청자의 대상에 따

24) 최재남, 「체험시의 전통과 시조의 서정미학」, 『한국시가연구』 15집, 2004, 83~87면.
25) 김열규, 「한국 시가의 서정의 몇 국면」, 『동양학』 2집, 단국대학교, 1972, 14면.
26) 권두환, 「송강의 훈민가에 대하여」, 『진단학보』 42집, 진단학회, 1976, 『고전시가론』, 새문사, 1984, 430면.

라 발화의 장치를 다르게 함으로써 그 강도를 다르게 느끼게 한다. 단호한 명령으로 진술한 경우는 실제 자신에게는 잘 일어나지 않을 일이라고 받아들이고 지나가는 말로 여길 수 있고, 가까운 곳에서 일상생활에 빈번하게 부딪히는 경우에는 청유형의 진술을 사용하거나, 존칭의 선어말 어미 -시-를 활용하기도 하는 것이다. 이러한 구성을 교술적 구성27)이라 할 수 있을 것이다.

몇몇 예를 들면 다음과 같다.

우선 금지의 발언이나 직접 명령을 택하는 경우이다. 형과 아우, 자식, 일반 사람의 경우에 해당하는데, 구체적 내용을 제시하면서 강제성을 띠기도 한다. 이러한 경우 일반 독자나 청자의 입장에서는 그 내용의 실체가 자신의 일상생활과는 무관하거나 자신은 이미 노래에서 제시된 것과는 다른 긍정적인 방향에서 실천하고 있다고 생각하기 때문에 언어적 진술에 직접 반응을 보이거나 거부감을 노출시키지 않을 수 있는 것이다.

> ○ 닷ᄆ음을 먹디마라(2) [형, 아ᅌᅵ]
> ○ 셤길일란 다ᄒ여라(4) [자식]
> ○ 일홈뭇디 마오려(6) [간나ᄒᆡ ᄉ나ᄒᆡ]
> ○ ᄂᆡ오솔 앗디마라, ᄂᆡ밥을 비디마라(14) [일반 사람]
> ○ 샹뇩쟝긔 ᄒᆞ디마라 숑ᄉ글월 ᄒᆞ디마라(15) [일반 사람]

다음으로 존칭의 선어말어미를 활용한 명령의 방식도 활용하고 있다. 마을 사람들이나 조카와 아저씨에게 이런 방식으로 말하고 있는데, 직접 명령을 한다기보다 권유의 성격을 띠고 있는 것으로 볼 수 있다. 이 경우에는 대상에게 함부로 말할 수 없는 관계의 층위도 있지만, 구체적이고 일상적인 삶의 과정에서 야기될 수 있는 일이기 때문에 예의를 갖춘 권유

---

27) Don Fowler, 「The Didactic Plot」, (ed) Mary Depew & Dirk Obbink, *Matrices of Genre-Authors, Canons, and Society*, Harvard University Press, 2000, 205~219면.

의 자세에 부담감을 느끼지 않을 수 있는 것이다.

　　○ 올흔일 ᄒᆞ쟈스라(8) [ᄆᆞᄋᆞᆯ 사ᄅᆞᆷ들]
　　○ 머흔일 다 닐러스라(11) [족해, 아자바]
　　○ 호믜메오 가쟈스라, 누에먹켜 보쟈스라(13) [마을의 농사꾼]

　한편 늙은이에게는 높임말을 쓰고 있다. 노래로 불리는 상황 때문에 문어에서 볼 수 있는 높임법은 아니라고 할지라도, 익명의 노인에 대한 예의를 갖추고 있는 것이다. 종결에서 "지믈조차 지실가"라고 하여 존칭의 선어말어미 -시-를 활용하는 것도, 대상에게 명령하거나 부탁하는 것이 아니라 스스로 실천하는 것으로 제시하여 정서적 공감을 확장하는 것으로 볼 수 있다.

　　○ 짐프러 나를주오(16) [늘그니]

　이와 함께 화자 또는 주체의 의지나 실천적인 태도를 드러내는 경우는 "ᄒᆞ노라"와 결합된 선언적인 태도를 드러낸다. 주체가 제시된 내용의 진리치에 대하여 판단을 내리는 경우로 볼 수 있어서, 화자로 설정된 주체의 확고한 입장을 읽을 수 있다.

　　○ 잇ᄲᅮᆫ인가 ᄒᆞ노라(4) [효도]
　　○ 뫼셔가려 ᄒᆞ노라(9) [늙은이를]
　　○ 돌보고져 ᄒᆞ노라(12) [족해와 아자바]

　이와는 달리 부정적인 상황이나 하지 말아야 할 일인 경우에는 단호하게 배격하는 태도를 보이기도 한다.

　　○ 눈흘긔려 ᄒᆞᄂᆞ뇨(5) [망녕의 ᄶᅵᆺ]

이렇듯 〈훈민가〉의 구성은 목민관의 입장에서 뿐만 아니라 향촌사회에서 일어날 수 있는 일상생활의 여러 상황을 주체와 대상, 그리고 구체적 실천 내용에 따라서 다르게 구성하고 있는 것으로 나타난다. 이러한 차별적 구성이 일방적 명령이나 직접적 가르침에 대하여 느낄 수 있는 부담감을 덜어 주고, 노래를 부르는 사이에 그 맥락 안에서 정서적 공감을 느끼게 되는 것으로 볼 수 있다. 교술적 구성의 다양한 장치가 〈훈민가〉가 지닌 내질이라고 할 수 있다.

4. 작가와 작품의 효용에 대한 이해

사람에 대한 평가는 여러 가지 시각에서 제기되기도 한다. 당파가 간여하는 경우 그 편향성이 드러나기도 한다. 그런데 사람에 대한 평가를 글과 연관시킬 때, 글을 통하여 사람을 이해하려는 시각이 마련되기도 한다. 『맹자(孟子)』 「만장 하(萬章下)」의 "그 시를 외며, 그 글을 읽어서 그 사람을 알지 못한다면 되겠는가?(頌其詩 讀其書 不知其人 可乎)"라는 관점이 그것인데, 따지고 보면 시에서 출발할 수도 있고 사람에서 출발할 수도 있는 길이 열려 있는 셈이다.

『경민편』을 엮은 김정국에 대한 평가는 김정국 당대에나 후대에나 별 차이 없이 긍정적인 평가로 이어진다. 이러한 평가는 그의 삶의 태도와 실천에 있어서 일관성을 유지했기 때문에 얻은 결과라고 할 수 있다. 재관인으로서 보였던 온건한 태도와 권력에서 밀려나서 재야에서 지내는 동안에 보였던 삶의 자세가 한결같았기 때문에 시대의 차이에도 불구하고 군자라는 평가를 받게 된 것이다. 그러므로 『경민편』은 바로 이러한 그의 삶의 자세가 구현된 것으로 받아들일 수 있는 것이다. (다)-1은 김정국이 졸기에 나타난 사신의 평가이고, (다)-2는 후대 증시를 내리기를 주문하는 평가이다. 200여년의 시간적 차이에도 평가의 준거는 동일하다고 하겠다.

(다)-1

동지돈령부사(同知敦寧府事) 김정국(金正國)이 죽었다.

사신은 논한다. 김정국은 안국(安國)의 아우이다. 강정(剛正)하고 방직(方直)하며 나라를 자기 집처럼 근심하였다. 선을 좋아하되 지나치지 않았고 악을 미워하되 심하지 않았으므로 기묘년에 패할 때에도 패한 것이 심하기에 이르지 않았고, 조정에 돌아오게 되어서도 사람들이 의심하거나 꺼리지 않았다. 이 때문에 그의 죽음을 들었을 때에 원근(遠近)이나 대소를 막론하고 모두가 애석해 하여 슬퍼하였다.

사신은 논한다. 김정국은 마음을 쓰는 것이 순정(純正)하고 일을 처리하는 것이 공평하였으며 곤궁하여도 의리를 잃지 않고 현달하여도 도리를 벗어나지 않았다.

사신은 논한다. 김정국은 성품과 도량이 온순(溫醇)하고 일생 동안 처사를 모두 순리대로 하였으니 군자다운 사람이다. 그 명망이 그의 형에게 미치지 못하는 듯하나, 실은 혹 더하기도 하다. 전에 사림(士林)의 화(禍)를 만나 물러가 살던 20여 년 동안에 가난하기가 상 사람과 같았으나, 끝내 산업을 일삼지 않고 오직 사람들을 가르치는 것으로 즐거움을 삼았으므로, 문생(門生)·제자가 늘 자리에 차서 글 읽는 소리가 끊이지 않았다. 그가 목숨을 마쳤을 때에는 서로 앞다퉈 와서 빈소(殯所) 곁에서 곡하고 조석으로 제전(祭奠)을 모시고 상여가 나가고서야 흩어졌으며, 가난한 가운데에서 힘을 다하여 밑천을 만들어 무덤 앞에 비석을 세우고 혹 심상(心喪)하는 자도 있었으니, 거의 옛사람의 풍도가 있었다.[28]

(다)-2

참찬관 유정(柳挺)이 아뢰기를,

"선정신 김정국(金正國)은 도덕(道德)과 문장(文章)이 선정신 조광조(趙光祖)와 실제로 서로 견주는데, 다만 벼슬이 정경(正卿)에 이르지 못하였다 하여 아직까지 증시(贈諡)하는 은전이 없으니, 진실로 개탄스럽고 애석합니다."

하니, 임금이 예조에 명하여 묘당에 물어서 품처(處)하게 하였다.[29]

---

28) 『중종실록』 권95, 36년[1541] 5월 20일(을사).

그런데 정철에 대한 평가는 당대에나 후대에나 대립적인 시각을 보인다. (라)-1은 당쟁의 와중에 반대편에 섰던 사람들의 평가인데, 성격과 주벽을 예로 들어 배타적인 자세를 보인다. (라)-2는 졸기에 대한 사신의 평가인데, 성품, 행동, 인심 등을 예로 들어 평가하고 있다. 그런데 (라)-3은 인조반정 이후 신원에 대한 기대를 말하면서 내린 평가인데, 절개를 지킨 점은 평가하면서 덕이 모자라는 점은 인정했다. 이러한 평가를 종합하면 개략적으로 타협할 줄 모르는 강직한 성격, 개인적으로는 술을 좋아하면서 구속받지 않는 태도, 남에 대한 배려가 모자라는 덕성 등으로 정리할 수 있을 것이다. 따라서 뜻을 같이 하는 사람에 대하여 포용적인 자세를 보일 수 있음에 비하여, 뜻이 다른 사람들에게는 배타적인 입장을 지녔던 것으로 이해할 수 있다. 그런데 〈훈민가〉를 정철의 성품과 연결시켜 이해하고 자 하면 쉽게 연결시키기 어려운 측면이 있다.

(라)-1

정철(鄭澈)이 본디 사납고 강퍅한 성품으로 당원(黨援)의 계책을 실행하였다. 처음에는 심의겸과 좋게 지내어 청반(淸班)을 더럽혔고, 또 이이에 의지하여 지위가 이공(貳公)에 이르렀다. 전후로 체결하여 권세가 치열해지자 다른 사람이 자신을 비난하는 말을 들으면 반드시 몰래 그를 함정에 빠뜨리는 등 방자하고 꺼림 없음이 극도에 이르렀다. 더구나 주색에 빠져 몸가짐이 미친 자와 같았으므로 관청의 일은 여사(餘事)로 여기면서도 매양 자기와 의견을 달리하는 사람을 탄핵하여 심지어 총마(驄馬)의 영광을 차지하기까지 하였다. 다행스럽게도 성명께서 밝게 통촉하시어 어느 것도 숨길 수가 없게 되자 산반(散班)으로 물러갔지만 원한은 골수에 사무쳤다.[30]

---

29) 『영조실록』 권31, 8년[1732] 1월 21일(기묘).

30) 『선조실록』 권19, 18년[1585] 4월 16일(정사).

(라)-2

인성 부원군(寅城府院君) 정철(鄭澈)이 졸(卒)하였다. 철은 논박을 받고 강화(江華)에 가 있다가 졸하였다.

사신은 논한다. 정철은 성품이 편협하고 말이 망령되고 행동이 경망하고 농담과 해학을 좋아했기 때문에 원망을 자초(自招)하였다. 최영경(崔永慶)이 옥에 갇혀 있을 적에, 그가 영경과 사이가 좋지 않다는 것은 나라 사람이 다 같이 아는 바이고 그가 이미 국권을 잡고 있었으므로 법을 집행하는 사람들도 모두 정철과 잘 알고 지내는 사이였다. 그런데 마침내 죽게 만들었으니 가수(假手)했다는 말을 어떻게 면할 수 있겠는가. 게다가 일에 대응하는 재간도 모자라 처사(處事)가 소루하였기 때문에 양호(兩湖)의 체찰사(體察使)로 있을 때에는 인심을 만족시키지 못하였고, 중국에 사신으로 가서는 전대(專對)에 잘못을 저지르는 등 죄려(罪戾)가 잇따랐으므로 죽을 때까지 비방이 그치지 않았다.[31]

(라)-3

사신은 논한다. 정철은 자기 몸을 단속하여 청백하게 지냈으니 깨끗하게 지킨 그 절개는 세속에서 빼어났다 하겠다. 따라서 비록 덕이 후중하지 못해 공보(公輔)의 그릇이라고 할 수는 없어도 또한 군자에 속하는 인물이라고 할 수 있을 것이다. 기축년 역옥(逆獄)이 일어났을 때에 추관이 되어 공평하게 결옥(決獄)을 하려 했는데, 최영경이 옥중에서 억울하게 죽는 바람에 끝내 살인했다는 죄목을 뒤집어쓰게 되었다. 자신이 추관이 된 입장에서 억울하게 죽은 사람이 있었고 보면 책임이 없다고 할 수는 없다. 그러나 모살했다는 것으로 죄목을 삼는다면 또한 공론이 못되는 것이다. 새로이 교화를 펴는 시점에서 과거의 억울한 일을 시원스럽게 씻어주는 은전을 대대적으로 내리면서도, 당론에 저촉될까 염려한 나머지 신원하는 명을 오래도록 지체시키고 있으므로 공의가 자못 우울해 하였다.[32]

---

31) 『선조실록』 권46, 26년[1593] 12월 21일(경오).
32) 『인조실록』 권1, 1년[1623] 4월 11일(경오).

이러한 평가에 직면하면서 〈훈민가〉를 대하면 혼란스러움을 느낄 수도 있다.

〈훈민가〉에 대하여 우리는 서인·노론계 인물들이 이해하고 보급하기 위해 애쓰고자 했던 시각으로 〈훈민가〉를 이해해야 할 것인가? 아니면 사람에 대한 이해를 새롭게 하면서 〈훈민가〉를 다르게 읽는 방법을 찾아야 할 것인가?

실제 정철이 목민관으로서 활동한 기간이 매우 짧았다는 점을 확인하면 〈훈민가〉의 진술이 목민관의 체험에서 우러나온 절실한 언어로 이해할 수 있을 것인지 자못 궁금해진다. 시를 쓴 사람이 그 안에서 스스로 말하고 있으며, 그의 말들이 확실한 삶의 연관성을 가지는 체험에 바탕을 두고 쓴 체험시와는 다른 층위에 〈훈민가〉가 놓여 있음을 확인하면, 훈민[33]과 목민관의 지식을 바탕으로 이른바 정서적 공감을 유발할 수 있도록 구성한 것이라고 볼 수 있어서 그 아름다움의 실체에 대한 재검토가 필요할 것으로 보인다. 실제 『경민편』의 간행이 김정국이 목도한 다급한 현실에서 촉발된 것[34]으로 확인할 수 있는데 반하여, 〈훈민가〉는 꼭 그렇다고 판단하기 힘들기 때문이다. 강원도관찰사의 책무를 맡아서 지은 〈관동별곡〉이 그 실상은 "그의 진정한 모습은 무의식 속에 잠적해 버리고, 가면의 얼굴은 의식적 지향만을 견지함으로써 사회의 기대나 여망에만 반응"[35] 하는 방식으로 드러나고 있는 것과 유사한 구조를 지녔다고 할 수 있는

---

33) 훈민 정책의 핵심은 명나라의 태조가 말한 훈민육조(訓民六條)의 "부모에게 효순(孝順)하고, 웃어른을 존경하고, 마을 사람들과 화목하게 지내고, 자손들을 가르치고, 각자의 생업에 안정하고, 비위(非爲)를 저지르지 말라."는 내용에 기반하고 있다. 황덕길, 「순암선생행장」 참조.

34) 최재남, 「〈향촌십일가〉의 성격과 김정국의 고양생활」, 『사림의 향촌생활과 시가문학』, 국학자료원, 1997, 81~84면.

35) 김병국, 「가면 혹은 진실－〈관동별곡〉 평설」, 『한국고전문학의 비평적 이해』, 서울대학교 출판부, 1995, 37면.

것이다. 따라서 백성들을 향한 발화에서 노래를 통한 깨우침을 추구하려 할 때 택할 수 있는 선택의 가면이 분명하게 제시될 수 있는 것이다. 앞에서 교술적 구성이라 한 것이 바로 이러한 장치에 해당한다. 이러한 이해의 저변에는 작가[36]의 빼어난 언어적 감각이 자리하고 있는 것으로 보는 관점이 놓여 있기도 하다.

이와는 다른 시각에서 접근하는 것도 새로운 방법이 될 수 있다. 그것은 〈훈민가〉의 작시에 놓인 가면의 틀과는 다르게, 〈훈민가〉 보급의 과정에서는 그 가면의 틀로 이해하고자 하는 것이 아니라, 노래의 실체에 주목하여 오히려 작가의 개성이나 인격을 받아들이게 하려는 집단적인 의도가 내포되어 있는 것으로 볼 수도 있는 것이다. 집단적 의도와는 상관이 없이 잘 알지 못하는 대상을 자주 접하게 되면서 그 대상에 대한 친밀감을 증대시키는 효과를 가져 올 수 있기 때문이다. 〈훈민가〉 보급의 핵심은 바로 이러한 점을 추구한 것이라 할 수 있다. 예술 작품이 지닌 효용성을 통하여 작가에 대한 호감을 키우고, 긍정적이고 호의적인 태도를 보일 수 있도록 하는 것이 그것이다.

〈훈민가〉에 대한 지속적인 관심과 노래를 통한 정서적 공감을 통하여 예술 작품이 가지는 효용성에 주목하고, 이를 바탕으로 시인이나 작가에 대한 관심과 흥미를 증대시키는 일은 문학이 나아가야 할 방향성과도 연계되어 있는 것으로 본다. 『맹자』에서 말한 바, "그 시를 외며, 그 글을 읽어서 그 사람을 알지 못한다면 되겠는가?"라는 진술은, 다른 입장에 선 사람들의 비판적 태도나 같은 입장에 선 사람들의 옹호적 태도와는 별도로, 문학의 효용성을 통한 사람의 이해에 중요한 지침이 될 수 있을 것으로 기대한다.

---

36) 작가(writer)의 개념은 시인(poet), 저자(auther) 등의 개념과 견주어 살펴야 할 것이고, 이러한 이해를 위하여 인격(personality), 개성(individuality), 가면의 얼굴(persona) 등과 통합적으로 설명할 수 있는 방향이 필요할 것이다.

5. 소결

이상에서 논의한 것을 다음과 같이 정리할 수 있다.

『경민편』과 〈훈민가〉가 한데 엮어지면서 『경민편』 보급과 〈훈민가〉 보급이 함께 이루어지는 과정을 점검하고, 〈훈민가〉 보급 과정에 서인·노론계 인물의 적극적인 노력이 경주되고 있었음을 확인했다. 그리고 〈훈민가〉의 구성을 확인한 결과 일상생활의 여러 상황을 주체와 대상, 그리고 구체적 실천 내용에 따라서 다르게 구성하는 이른바 교술적 구성을 통하여 정서적 공감을 확보하려고 한 점도 지적할 수 있다.

한편 〈훈민가〉 보급의 과정은 실제 〈훈민가〉 구성의 장치와는 다르게, 노래를 통하여 노래의 작가에 대한 친밀한 이해를 도모하고 긍정적인 평가를 유도할 수 있도록 서인·노론계 인물의 집단적 의식이 작용하고 있었던 것으로 확인된다. 예술 작품인 〈훈민가〉를 노래로 부르면서 노래에서 느낀 정서적 감동을 바탕으로 해당 작가에 대한 호감을 기대할 수 있도록 하는 지속적인 움직임의 큰 흐름도 읽어낼 수 있다.

예술 작품이 지닌 효용성을 통하여 작가에 대한 친밀감을 증대시키고, 작가에 대한 호감을 키울 수 있도록 하는 일련의 시도를 확인한 본 연구의 성과는, 가문을 중심으로 조상이 지은 연시조 향유를 통하여 집안의 자긍심을 높이고 실천적 생활문화의 틀을 유지하려고 노력한 몇몇 사례에 대한 기존의 검토[37]와 연계하여, 앞으로 시가 연구에서 주목해야 할 새로운 과제를 시사했다는 의의를 확보할 수 있을 것으로 본다.

---

37) 최재남, 「사림의 생활문화로서의 시가활동」, 『고전문학연구』 별집 8호, 한국고전문학회, 2001.

VI

윤선도 시가의 풍류와 그 내면

1. 서언

   윤선도(尹善道, 선조 20년; 1587~현종12년; 1671)는 해남인(海南人)으로 자는 약이(約而), 호는 고산(孤山) 또는 해옹(海翁)이라고 한다. 30세이던 광해군 8년(1616)에 성균관 유생으로 있으면서 당시 집권세력인 이이첨 등을 규탄하는 상소를 올렸다가 함경도 경원으로 유배되어 〈견회요〉 5수와 〈우후요〉 1수를 지었고, 인조반정 뒤 풀려나 사부(師傅)로 있으면서 공조좌랑·형조정랑 등을 역임하고, 인조 11년(1633) 증광문과에 병과로 급제하여 예조정랑·사헌부 지평 등을 지냈으며, 해남에서 지내던 중 인조 14년(1636) 병자호란이 일어나 왕이 항복했다는 소식을 듣자 제주도로 가던 중 보길도에 들어가 낙서재(樂書齋)·세연정(洗然亭)·석실(石室) 등을 지었다. 인조 16년(1638) 경상도 영덕으로 유배되었다가 풀려나 보길도와 금쇄동을 드나들며 지냈다. 금쇄동에서 〈만흥〉·〈조무요〉·〈하우요〉·〈일모요〉·〈야심요〉·〈기세탄〉·〈오우가〉 등으로 이루어진 〈산중신곡〉 18수, 〈산중속신곡〉 2수, 〈고금영〉 1수, 〈증반금〉 1수 〈초연곡〉 2수, 〈파연곡〉 2수 등을 지었고, 효종 2년(1651)에 보길도를 배경으로 〈어부사시사〉 4편 40장을 지었다. 그 뒤 경기도 고산(孤山)에 은거하면서 〈몽천요〉 3수를 짓기도 하였다.

정치적으로 남인에 속했던 윤선도는 효종의 사후 예송 문제로 서인과 강경하게 맞서다가 오랜 세월 유배 생활을 했으며, 보길도의 낙서재에서 85세의 삶을 마감했다.

윤선도는 35수의 시조와 〈어부사시사〉 4편 40장을 지었고, 이외에도 많은 한시를 남겼다.

이 글은 〈어부사시사〉를 중심으로 어부 지향의 전통 속에서 윤선도가 추구한 풍류의 성격을 살펴보고, 이어서 마음껏 펼쳤던 내면을 수습하는 이면을 다른 작품을 통하여 점검하도록 한다.

2. 〈어부사시사〉의 풍류

효종 2년(1651) 윤선도의 나이 65세에 보길도를 배경으로 지은 〈어부사시사〉는 춘·하·추·동의 4편, 각 편 10장으로 이루어졌다.

윤선도의 〈어부사시사〉는 고려 중기 이래 벼슬에서 물러난 선비들이 추구한 어부(漁父) 지향의 세계를 상상의 관념적 공간이나 협소하고 제한된 공간이 아니라 드넓은 바다의 세계에서 구현한 것으로 그 현실성의 측면에서나 규모에서 주목할 수 있는 작품이다.

푸른 도롱이와 대삿갓 차림으로 가랑비가 내리는 낚시터에서 느긋하게 세월을 보내는 어부의 세계는 고려 중기 이래 중국 사인(詞人)들이 어부에 대해 읊은 것을 받아들이면서 일반적 강호이거나 미지의 상상의 세계를 설정하여 수용하고 있었는데, 14세기 후반에 현실의 구체적 공간인 한강의 지류인 여강(驪江)을 중심으로 현실성을 확보하기도 하였다.[1] 그러나 조선의 건국과 함께 정치적 상황이 바뀌면서 여강은 더 이상 어부 공간으로서의

---

1) 최재남, 「어부 지향 공간으로서의 여강의 인식」, 『한국문학논총』 44집, 한국문학회, 2006.

위상을 확보하지 못하였다. 다만 16세기에 이현보(李賢輔, 1467~1555)에 의
해 분강(汾江)[2]이라는 새로운 공간이 확보되고 〈어부가〉를 새롭게 산정하
면서 커다란 전환이 이루어졌다. 이현보는 확고한 재지적 기반을 바탕으로
〈어부가〉를 통해 낭만적 서정공간을 확보하면서 자연과의 친밀한 교유를
이루고, 이것을 향촌생활의 즐거움으로 받아들이게 되었다.[3] 그리고 이러
한 활동은 풍류로 받아들이면서 그의 후손들과 몇몇 후계자들에 의해 분강
을 중심으로 18세기 초반까지 지속적으로 이어지기도 했다.[4]

이러한 전통을 지닌 어부의 세계에 대한 지향과 풍류는 17세기에 윤선
도의 〈어부사시사〉에 이르러 획기적인 전환이 이루어지게 되었다. 윤선
도는 보길도 앞 바다의 드넓은 공간에서 현실에 대한 비판적 시각을 포함
하여 이현보의 〈어부가〉가 지녔던 한계를 극복하고자 한 것이다.

윤선도가 지적하고 극복하고자 한 내용을 들어본다.

소리와 울림이 서로 호응하지 아니하고 말과 뜻이 매우 갖추어지지 아
니한데, 이렇게 된 것은 고시에서 집구한 데서 구애받은 까닭에 도량이
좁은 흠을 벗어나지 못한 것이다. 내가 그 뜻을 부연하고 이어를 써서
어부사를 지었는데 네 계절이 각각 한 편이며 한 편은 열장이다.
音響不相應 語義不甚備 蓋拘於集古 故不免有局促之欠也 余衍其意
用俚語作漁父詞 四時各一篇 篇十章[5]

윤선도가 지적한 것은 음향(音響)과 어의(語義)에 관한 것인데 이러한 원
인을 집구(集句)와 공간(空間)에서 찾고 있다. 원어부가라고 할 수 있는 『악
장가사』 소재 〈어부가〉에서 이현보가 산정한 〈어부장가〉를 견주어 보면

이러한 지적을 쉽게 이해할 수 있다.

윤선도는 보길도 앞 바다의 구체적 현장에서 이현보의 분강이 안고 있는 공간의 문제를 해결하고 우리말을 활용하여 말과 뜻이 쉽게 연결되도록 하고 고기잡이와 뱃놀이의 동선을 고려하여 음과 향의 호응을 꾀하고자 하였다.

〈춘사〉에서 〈동사〉까지 10장으로 이루어진 각편에서 '빈떠라'→'닫드러라'→'돋드라라'→'이어라'→'이어라'→'돋디여라'→'빈셰여라'→'빈미여라'→'닫디여라'→'빈브텨라'로 이어지는 일관된 여음은 보길도 앞 바다에서 펼쳐지는 뱃놀이와 낚시의 구체적 현장에서 체득하고 확인한 것이다. 이러한 여음은 이현보가 9장의 〈어부장가〉에서 '빈떠라'→'닫드러라'→'이어라'→'돗디여라'→'이퍼라'→'빈셔여라'→'빈미여라'→'닫디여라'→빈브텨라'로 여음을 설정하여 분강의 구체적 현장과 대응하지 않게 설정한 것과 차이가 있는 것이다.

윤선도가 〈어부사시사〉를 통하여 드러내고자 한 풍류의 세계는 고려 중기 이래 벼슬에서 물러나고자 한 선비들이 추구한 내면의 세계인데, 이현보는 "속세 바깥의 뜻[塵外之意]"이라고 했고, 윤선도는 "나부끼듯 세상을 떠나 홀로 우뚝하고자 하는 뜻[飄飄然 有遺世獨立之意]"으로 요약했다.

윤선도가 보길도와 금쇄동을 오가면서 풍류로운 삶을 실천하고 〈어부사시가〉를 통하여 드러내고자 한 풍류의 세계를 이해하기 위하여, 풍류에 대한 몇 가지 선이해가 필요할 것으로 보인다.

대체적으로 풍류를 이루는 요소는 멋, 여유, 자유 등으로 규정할 수 있다.[6] 그리고 이러한 요소는 삶의 조건이나 자세와 관련되어 있으며 구체적 내용에 있어서는 호방한 풍류, 내면적 풍류, 난만한 풍류 등으로 가를 수도 있을 것이다.

---

6) 최재남, 「시조의 풍류와 흥취」, 『서정 시가의 인식과 미학』, 227면.

　　그런데 윤선도의 경우 풍류는 흥 또는 흥취와 밀접한 관련 속에서 구현된다. 〈어부사시사〉의 세계가 어부 지향의 전통을 수용하면서 보길도 앞바다의 구체적 현장과 현실에 대한 반응을 보이는 것으로 이해할 수 있기 때문이다.

　　기존의 연구에서 다음과 같은 지적은 흥과 풍류가 겹치는 부분을 말하고 있는 셈이다.

　　　　어부사시사의 흥은 극히 자연스러우면서도 드높은 정서적 흐름으로 넘쳐나는 것이다.[7]

　　흥취와 겹치는 이러한 양상은 풍류의 내용으로 말하면 호방한 풍류에 해당하는 것이다. 윤선도의 〈어부사시사〉에 드러난 호방함은 보길도 앞바다의 뱃놀이와 낚시 현장에서 발견한 미학이라 할 수 있다.

　　'빈떠라' → '닫드러라' → '돈ᄃ라라' → '이어라' → '이어라' → '돈디여라' → '빈셰여라' → '빈ᄆᆡ여라' → '닫디여라' → '빈브텨라'로 이어지는 일관된 여음을 바탕으로 바다로 나갔다가 돌아오는 과정이 때로는 느리게 때로는 빠르게 전개되면서 동선의 변화와 함께 흥과 풍류의 층위까지 조절하고 있는 것으로 파악된다.

　　〈춘사〉의 경우를 통해 검토하도록 한다. 〈춘사 1〉과 〈춘사 2〉가 출선의 준비에 해당하는데, 주변의 풍광과 일기까지 고려하는 세밀한 관찰을 확인할 수 있다. 〈춘사 3〉에서 화자의 흥취를 확인할 수 있는데, 동호에서 서호로 옮겨가면서, "압 뫼히 디나가고 뒫 뫼히 나아온다"라고 하고 있다. 실제는 배가 움직이고 있는데 화자는 눈앞에 펼쳐지는 광경을 제시하고 있다. 그런데 이면에는 화자의 마음이 일렁이고 있는 것으로 볼 수 있다. 풍광의 제시를 통하여 내면의 흥취를 말하고 있는 것이다. 〈춘사 4〉와

---

7) 김흥규, 「〈어부사시사〉에서의 흥의 성격」, 『욕망과 형식의 시학』, 태학사, 1999, 165면.

〈춘사 5〉는 이어지는 '이어라'의 여음으로 빠른 움직임을 암시하고 있는
데, "濯纓歌(탁영가)의 흥이 나니 고기도 니즐로다"라고 하여 어부가의 전
통을 환기하면서 흥취가 고조되었음을 강조하고 있다. 〈춘사 6〉에서는
뱃머리를 돌리면서 "삼공을 불리소냐 만사를 싱각ᄒ랴"라고 하여 정치 현
실을 떠나 자연에서 지내면서 느끼는 흥취를 드러내고 있다. 〈춘사 7〉은
돌아오는 길의 느긋함이 배어 있다. 일엽편주에 실은 것이 "갈제는 ᄂᆡ뿐이
오 올제는 ᄃᆞᆯ이로다"라고 하여 실제 뱃놀이와 낚시의 목표가 자연과의 어
울림에 있음을 읽을 수 있다. 〈춘사 8〉은 이미 배 위에서 "취ᄒᆞ야 누얻다
가 여흘아래 ᄂᆞ리려다"라고 할 정도로 분위기가 무르익은 상태이다. 〈춘
사 9〉는 날이 어두워지면서 봉창으로 비치는 달을 완상하고 있다. "나믄
흥이 무궁ᄒᆞ니 갈길흘 니젓ᄆᆞᆫ다"라고 하여 흥취가 줄어드는 것이 아니라
오히려 더욱 일렁이고 있음을 보인다. 〈춘사 10〉은 집으로 돌아가는 광경
인데, 아침부터 밤까지 이어지는 어부(漁父)의 삶을 받아들이면서 "어부생
애는 이렁구러 디낼로다"로 마무리한다.

이렇듯 〈춘사〉는 아침부터 밤까지 이어지는 시간과 사립문이 달린 집에
서 출발하여 바다 한가운데까지 나갔다가 다시 사립문이 달린 집으로 돌
아오는 공간을 설정하여 개, 산, 바다 등에서 펼쳐지는 풍광을 통하여 흥
취를 북돋우고 이를 풍류로 받아들이고 있는 것이다.

이와 달리 〈하사〉, 〈추사〉, 〈동사〉는 순차적인 구조를 택하고 있지는
않아도 각각의 계절에 맞는 상황과 그에 따르는 풍류를 제시하고 있다.
순차적 질서에 따르는 것이 아니라 각 계절의 개별적 상황을 제시하고
있으며, 여음을 고려하여 때로는 어부와 관련된 고사를 원용하기도 하고
정치 현실에 대한 소회를 드러내기도 한다. 그 가운데에서도 〈하사 2〉의
"무심ᄒᆞᆫ 백구는 내 좃는가 제 좃는가"에서 자연에 흠뻑 몰입된 모습을 읽어
낼 수 있고, 〈추사 2〉의 "인간을 도라보니 머도록 더욱 됴타"에서는 인간과
자연을 양분하여 자연에서 지내는 삶을 강조하고 있기도 하다. 〈추사 9〉의

"닉일도 이리 ᄒ고 모뢰도 이리 ᄒ쟈"에서는 자연에서의 흥취를 지속하고 싶은 속내까지 드러내고 있으며, 〈동사 7〉의 "孤舟簑笠(고주사립)에 흥계워 안잣노라"에서는 푸른 도롱이와 대삿갓 차림으로 세월을 보내는 어옹(漁翁)의 모습 그대로를 보여주고 있다. 〈동사 10〉의 "ᄀᆞᄂᆞᆫ눈 쁘린길 블근곳 훗더딘듸 흥치며 거러가셔, 셜월이 셔봉의 넘도록 숑창을 비겨잇쟈"에서는 격양된 흥취를 오래도록 이어가고자 하는 내심을 확인할 수 있다.

실제 이러한 흥취를 드러냄에 있어서 "흥(興)"이라는 구체적 어휘를 적시하고 있는 곳이 많이 있지만, 〈어부사시사〉의 풍류는 이러한 경우를 포함하여 전편에 걸쳐서 다양한 방식으로 표출되고 있는 것이다.

3. 풍류의 내면

〈어부사시사〉에서 일관된 여음에 따라 순차적 질서에 맞추거나 때로는 개별적 상황의 제시를 통하여 호방하게 드러난 윤선도의 풍류는 모든 작품에 일관되게 적용되는 것은 아니다. 세상을 벗어나고자 하는 어부 지향의 국면에서는 호방한 풍류로 마음을 풀어버리지만 곳곳에서 풀어놓았던 내면을 수습하고 있는 경우를 확인할 수 있다.

〈산중신곡〉의 만흥 6장으로 불렀던 내용을 〈어부사시사〉의 여음으로 배치한 것에서 그 전환을 볼 수 있다.

> 강산이 됴타흔들 내 분으로 누엇ᄂᆞ냐
> 님군 은혜를 이제 더옥 아노이다
> 아ᄆᆞ리 갑고쟈 ᄒ야도 히올 일이 업세라

자연에서 지내면서 마음껏 풍류를 즐길 수 있는 것이 모두 임금의 은혜라는 것이다. 이 한 수만 가지고 보아도 〈어부사시사〉에서 세상을 벗어나고자

했던 마음과 견주어질 수 있는 것이다. 다시 말해 〈어부사시사〉의 풍류를
뒷받침하고 있는 임금의 은혜가 무거운 힘으로 버티고 있음을 알 수 있다.

그러나 이것은 일종의 방어기제로 작용하는 것으로 이해할 수 있고 사회
현실에서 드러낼 수 있는 풍류의 진폭을 가늠하게 하는 것이다. 〈파연곡〉
으로 불리는 다음 작품을 통해 그러한 실체를 분명하게 확인할 수 있다.

> 즐기기도 ᄒ려니와 근심을 니즐 것가
> 놀기도 ᄒ려니와 길기 아니 어려오냐
> 어려온 근심을 알면 만수무강ᄒ리라
>
> 술도 머그려니와 덕 업스면 난ᄒ나니
> 춤도 추려니와 예 업스면 잡되ᄂ니
> 아마도 덕례를 딕히면 만수무강ᄒ리라

즐기기와 놀기가 풍류에 해당하는 것이라면 근심과 길기가 그 이면에
포함된 실체이고, 난만한 풍류라고 할 수 있는 술과 춤이 난함과 잡됨을
유발할 수도 있는데 덕과 예는 난만하게 흐를 수 있는 통로를 차단하는
버팀목의 역할을 하는 것이다. 표면적인 만수무강의 이면에는 일탈의 정
서를 절제해야 한다는 강한 의지가 포함되어 있는 것으로 볼 수 있다. 이
러한 방식으로 정서를 통제하는 것은 시조의 미학이 일반미(一般美)에 근거
하고 있음을 반증하는 것이다. 시조에 드러난 정서가 다양한 가닥으로 전
환되지 않고 하나의 큰 가닥에 수렴되고 있는 셈이다.

윤선도의 경우 강하게 흥취를 풀기도 하고 때로는 풀었던 내면을 수습
하기도 하는데, 한시의 예에서도 구체적 사례를 확인할 수 있다. 병자호란
이후 영덕에 유배되었다가 풀려나 해남으로 가는 도중에 서자 미(尾)가
죽었다는 소식을 듣고 애통한 마음을 드러낸 한시 〈도미아(悼尾兒)〉는 자
식을 잃은 슬픔을 격정적으로 표출하고 있어서 인간적인 면모를 진솔하게

드러내고 있는 것으로 이해할 수 있다. 그런데 이어지는 〈견회(遣懷)〉에서
는 여과 없이 노출한 감정을 수습하는 양상을 보이고 있다.[8] 한시에서
보여 준 이러한 윤선도의 태도는 국문 시가에서 풍류와 그 내면의 추이를
해석하는 데에 참조의 틀이 될 수 있다.

4. 소결

윤선도는 벼슬살이에서 물러난 뒤에 보길도와 금쇄동을 오고가면서 풍
류로운 생활을 누리고 〈어부사시사〉 등을 지어서 이러한 삶의 내용을 형
상화하였다.

〈어부사시사〉는 고려 중기 이래 이어진 어부 지향의 세계를 보길도의
구체적이고 현실적인 공간에서 언어의 미감까지 철저하게 배려하여 풍류
와 흥취가 무르익도록 하였다. 어부 지향의 태도를 구체적인 현실 공간에
서 시간의 추이과 공간의 배정을 통하여 핍진하게 그림으로 그려낸 것으
로 평가할 수 있다. 아울러 여음의 적절한 배치는 뱃놀이 현장의 분위기를
그대로 느끼게 할 수 있고, 화자는 그 속에 몰입하여 정치현실과 일정한
거리를 두는 호방한 풍류의 세계를 보여주기도 한다.

이와 함께 〈어부사시사〉 여음이나 〈파연곡〉 등에서는 마음껏 펼쳤던
흥취를 수습하여 내면화하는 방향을 제시하고 있다. 시작과 절정과 마무
리에 해당하는 항목을 미리 설정하고 있는 것으로 이해할 수 있다.

이러한 윤선도의 태도는 정서의 진폭을 인정하여 그 변화까지 보여주면
서 궁극적으로는 내면화의 방향으로 마무리하는 것으로 정리할 수 있을
것이다.

『문화예술의 고장』 Ⅱ(2007)

---

8) 최재남, 「윤선도의 애도시」, 『한국애도시연구』, 경남대학교 출판부, 1997, 391~397면.

제3부

시의 세계, 그 내면의 깊이

I
영남 선비들의 시 세계

1. 서언

이중환(李重煥)이 『택리지(擇里誌)』에서 "조선의 인재는 반이 영남에 있다."라고 할 만큼 출중한 인물이 많은 영남 선비들의 시 세계를 모두 살피는 일은 간단한 일이 아니다. 선비들은 일반적으로 조선시대 지식인을 가리키는 말로 이해할 수 있는데, 영남 선비들은 영남사림(嶺南士林)이라고 하여 집단적 성격을 띠고 있는 것으로 이해하기도 한다. 그 특성을 간단하게 말할 수는 없지만 시문(詩文)보다는 학문을, 벼슬살이보다는 생활에서의 실천을 더 중요하게 인식하고 있었던 것으로 평가할 수 있다. 그리고 고향에 대한 애정을 바탕으로 백성의 삶에 깊은 관심을 표명하기도 하였다. 비록 벼슬에 온 마음을 두지 않아도 나라와 임금을 위한 마음은 한결같았음을 확인할 수 있다.

이 글은 한시(漢詩)를 중심으로 영남 선비들의 시 세계를 점검하되 풍류(風流)의 구체적 실상을 확인하기 위하여 우리말 노래도 일부 포함하여 검토하도록 한다. 아울러 영남을 대상으로 한 시를 중심으로 보도록 한다.

우선 영남사림의 출발이라고 할 수 있는 점필재 김종직(佔畢齋 金宗直, 1431~1492)의 시를 보고, 다음으로 점필재의 문하들의 시는 뇌계 유호인(濰

磎 俞好仁, 1445~1494)·매계 조위(梅溪 曺偉, 1454~1503)를 중심으로 확인한다. 이어서 분강가단을 이끈 농암 이현보(聾巖 李賢輔, 1467~1555)의 우리말 노래와 한시를, 그리고 관포 어득강(灌圃 魚得江, 1470~1550)의 한시의 세계를 점검한다. 다음으로 강좌(江左)의 퇴계 이황(退溪 李滉, 1501~1570)과 강우(江右)의 남명 조식(南冥 曺植, 1501~1572)의 시를 일별하고 이어서 퇴계 문인들의 시와 이른바 퇴계학파에 속하는 선비들의 시 세계를 살펴보도록 한다.

2. 영남 사림의 정신적 기반

선산(善山)·밀양(密陽)에 연고를 두고 『점필재집(佔畢齋集)』에 1,100여제의 시를 남긴 김종직의 시는 풍격에 있어서 호방하고 활달함[放達]·엄숙하고 정중함[嚴重] 등으로 높이 평가되며, 송(宋)나라 강서시파(江西詩派)를 배웠으면서도 당시(唐詩)의 경지에 이른 것으로 인정된다.

〈낙동 나루에서(洛東津)〉와 같은 작품에서는 고향 사람들에 대한 따뜻한 정이 드러나고 있다. 선산부사로 부임하면서 어머니를 가까이 모실 수 있다는 기대와 함께 맑은 낙동강의 물로 자신의 몸을 깨끗하게 하겠다는 다짐이 돋보이고 있다.

> 나루의 아전은 농(瀧)의 아전이 아니요
> 관리들은 곧 고을 사람이라네.
> 세 편의 글로 성주에게 사직하고
> 다섯 필의 말로 자친을 위로하네.
> 흰 새가 노를 맞는 듯하고
> 푸른 산은 손을 보내기에 익숙하네.
> 맑은 강에는 점과 선도 없거니와
> 이로써 내 몸을 다스리리.

津吏非瀧吏　官人卽邑人　三章辭聖主　五馬慰慈親
白鳥如迎棹　靑山慣送賓　澄江無點綴　持以律吾身

한편 악부시 등에서는 지역의 문물과 역사에 대한 관심을 보이고 있는
데, 서술서정시의 형태로 쓴 〈동도악부(東都樂府)〉와 같은 작품은 역사적
사실 혹은 설화를 연속적으로 파악하지 않고 하나의 각편으로만 받아들이
고 있지만 후대 해동악부체(海東樂府體)와 연결될 수 있다. 이와는 달리 〈낙
동요(洛東謠)〉, 〈가흥참(可興站)〉 등에서 중앙과의 대립적 시각을 보이고 있
는 점도 흥미롭게 살필 수 있다.

점필재의 문하이며 함양(咸陽)에 연고를 두고 『뇌계집(㵢磎集)』에서 380제
이상의 시를 남긴 유호인의 시는 풍속이나 지역에 대한 관심을 보인 것,
두류산(頭流山)과 고향에 대한 애정을 바탕으로 선경(仙境)을 추구한 것, 동료
와 스승과의 교유를 통한 내면적 기반의 확보 등으로 그 특성을 정리할
수 있다.

점필재의 〈동도악부〉를 이은 것으로 보이는 〈동도잡영(東都雜詠)〉 가운
데 길쌈내기와 한가위의 유래에 관하여 읊은 것을 보면 다음과 같다.

　　　　팔월 금성에 달이 참으로 밝은데
　　　　가늘고 가는 삼과 모시가 고움을 다투네.
　　　　회소 소리 처량한 가배절 저녁에
　　　　두 부의 모습이 아직도 완연하네.
　　　　八月金城月正圓　纖纖麻枲鬪嬋娟
　　　　會蘇凄斷嘉俳夕　兩部風光尙宛然

동부와 서부가 편을 갈라서 누가 길쌈은 많이 하는지 내기를 하는 과정
에서 한가위가 유래되었다는 설화를 수용하여 서술하고 있어서, 지역의
풍속에 대한 관심을 읽어낼 수 있다.

금산[金山; 金泉]에 연고를 두고 있으며 점필재의 문하이면서 처남이기도 한 조위는 두시언해(杜詩諺解) 사업에도 참여한 바 있어서, 두보(杜甫)의 시에 대한 안목을 갖추고 있었던 것으로 평가할 수 있다. 『매계집(梅溪集)』에서 300제 이상의 시를 남기고 있는데, 〈구황(救荒)〉 등과 같이 백성을 아끼는 목민관으로서의 자세를 읊은 것을 비롯하여, 점필재의 〈동도악부〉의 영향을 받은 〈계림팔관(鷄林八觀)〉을 포함하여 『송도록(松都錄)』 등에서는 역사에 대한 인식을 보여주고 있고, 유배 생활을 하면서 지은 작품에서는 충분(忠憤)의 자세를 보이기도 한다.

가뭄에 황폐하게 된 백성을 건지려는 마음을 읊은 〈구황〉은 다음과 같다.

> 눈앞의 굶는 백성 어찌하면 거둘 수 있을까?
> 곡식 한 말에 천전이라 쉬이 꾀하지도 못하네.
> 조칙을 바꾸어 시행함을 누가 급도위(汲都尉)처럼 하랴?
> 백성을 살리는 데에는 부청주(富青州)를 본받아야 하리.
> 좋은 시절이라 꽃은 바다같이 피었지만
> 곤궁한 민가에는 보리가 익지 않았으니 어찌하랴?
> 어떻게 쌀을 실은 수레를 많이 얻어서
> 백성들로 하여금 실컷 배부르게 하랴?
> 眼中捐瘠可能收　斗粟千錢不易謀
> 矯制誰同汲都尉　活民當法富青州
> 縱然佳節花如海　其奈窮閭麥未秋
> 安得連雲車載米　盡敎黔首飽休休

함양군수(咸陽郡守)가 되어서 전한(前漢)의 급암(汲黯)이 수해와 한재를 겪은 백성을 위하여 창고의 곡식을 방출한 일과 북송(北宋)의 부필(富弼)이 수재를 당한 백성을 살렸던 일을 떠올리면서도 스스로 그렇게 하지 못하는 안타까움을 드러내고 있다.

3. 분강가단의 풍류와 흔들리지 않는 여유

스스로 만족할 줄 알고 만년(晚年)의 지조가 완전한 사람, 남들이 보기에 신선같이 살았던 농암 이현보는 예안(禮安)에 연고를 두고 있으며, 평생 몸소 효를 실천하면서 이를 정서적 감동으로 이어지게 했고, 〈어부가(漁父歌)〉를 산정(刪定)하고 분강가단(汾江歌壇)을 열어 풍류를 즐겼다. 열친(悅親)과 유완(遊玩)을 내용으로 펼쳐진 분강가단의 풍류는 농암의 자제들을 거쳐 향촌의 후대에 생활문화의 핵심으로 자리를 잡게 되었다.

『농암집(聾巖集)』에서 120제 이상의 시를 남긴 이현보는 어버이가 오래 사시기를 바라는 뜻인 애일(愛日)을 당호로 삼은 〈농암애일당(聾巖愛日堂)〉에서,

> 열 집 고을의 선성(宣城)은 내 고향이요
> 조선(祖先)께서 남기신 경사가 길게 쌓였네.
> 흰 머리의 어버이께서는 일흔을 넘기셨고
> 슬하에는 자손들이 이미 당에 가득하네.
> 十室宣城是我鄉　祖先餘慶積流長
> 皤皤雙老年踰耋　膝下雲仍已滿堂

집안의 화목한 분위기와 어버이를 모시는 자식들의 정성을 보이고 있다. 그리고 농암이 산정한 〈어부가〉는 세상에 전하는 장가(長歌)와 단가(短歌)를 각각 정리한 것인데, 분강(汾江)의 뱃놀이를 바탕으로 하여 어부의 세계를 현실의 생활공간을 뛰어넘는 곳으로 설정하여 낭만적 서정 공간을 확보한 것으로 이해할 수 있다.

한편 이휘일(李徽逸, 1619~1672)의 〈분강의 배 위에서 삼가 학사 김응조 선생의 시에 차운하다(汾江舟中 敬次鶴沙金先生韻)〉는 분강가단의 풍류가 17세기 후반에도 이어지고 있음을 보여주고 있다.

지금 분강 호수에서 옛날 풍류를 잇는데
맑고 깨끗한 어부노래에 달빛이 배에 내리네.
새 노래를 잡아서 점석(簟石)에 새기고 싶거니와
분명히 천년 뒤에도 남으리.
汾湖今繼舊風流　漁唱冷然月下舟
願把新詞鐫簟石　分明留與後千秋

분강가단의 풍류는 자식들에게는 선친에 대한 그리움과 형제간의 우애를 내용으로 펼쳐지다가, 17세기 이후에는 어부가의 현장을 찾은 선비들을 중심으로 집단으로 그 풍류를 계승하고 있다. 위의 시는 현종 3년[1666] 9월에 김응조(金應祖), 금성휘(琴聖徽), 김시온(金時榲), 이휘일, 김계광(金啓光) 등이 분강에서 뱃놀이를 하면서 당시의 풍류를 재현하려고 할 때 지은 것이고, 또 숙종 44년[1718] 중추에는 권두경(權斗經), 김용(金鏞), 김대(金坮), 이집(李集), 이수겸(李守謙) 등이 애일당 아래에서 뱃놀이를 하면서 옛날을 풍류를 환기하기도 하였다.

고성(固城)에 연고를 둔 관포 어득강은 실제 그 이름에 걸맞게 물을 만난 고기처럼 자유롭게 산 시인이다. 세속의 변화에 구애받지 아니하고 산수 속에서 노니는 즐거움을 누리면서, 기이하고 예스러움[奇古]과 기상이 꿋꿋하고 사나움[豪健]의 기풍을 보이고 있어서 사람됨과 시의 풍격이 같은 수준에 이르렀다고 평가받기도 한다. 『관포시집(灌圃詩集)』에 230제 이상의 시를 남기고 있으며, 계산(溪山)과 강호(江湖)에서 유람하면서 기(氣)를 배양하면 시사(詩思)가 크게 확충될 것으로 기대하였으며, 실제 〈쌍계팔영(雙磎八詠)〉과 〈동주도원 절구 16수(東州道院十六絶)〉 등을 남겼고, 당대의 시인 가운데 박상(朴祥)과 조신(曺伸)을 높이 평가하기도 하였다.

〈계룡산을 지나다(過鷄龍)〉와 같은 시에서는 구체적 사실에서 촉발된 내적 흥취를 바탕으로 화자의 기상을 펼치고자 하는 자세를 읽을 수 있다.

곰나루에 진(鎭)을 마련함은 상유(上游)에 의거함인데
웅장하고 뛰어나서 끝내 두류산에 양보하지 아니하네.
만약 날아올라서 하늘 꼭대기에 닿게 되면
호서(湖西)의 쉰 고을을 모두 보리.
作鎭熊津據上游　雄高終不讓頭流
若爲飛上干霄頂　看盡湖西五十州

어득강은 이념적인 지향에서는 김종직·유호인·조위·정여창(鄭汝昌) 등
의 뒤를 잇는다는 자긍심이 두드러졌고, 명리(名利)에 담담하고 편히 양보
하는[恬退] 절개를 바탕으로 향촌에서의 실천적 삶을 펼친 것을 보면 동시
대의 이현보·송흠(宋欽) 등과 함께 서울과는 변별될 수 있는 향촌의 문화
를 열어가고자 한 것을 알 수 있다. 서울의 벼슬자리에 부임하기 위하여
가다가 도중에 병을 얻어 고향으로 돌아간 감회를 서술한 〈관암에 이르러
(到灌菴)〉와 같은 시가 그러한 실천의 마음을 보이는 것이다.

나그네가 되어 봄부터 겨우 여름을 넘겼는데
도리어 어려서 고향을 떠나 늙어서 막 돌아온 듯하네.
새 무덤의 묵은 풀은 키우는 사람이 없건만
거친 밭의 가을 오이는 나의 호미를 기다리네.
爲客自春纔涉夏　還如弱喪老還初
新墳宿草無人長　荒圃秋瓜待我鉏

4. 깊고 넓은 도학과 높은 기절

강좌(江左)의 퇴계 이황과 강우(江右)의 남명 조식은 여러 측면에서 대비
적으로 설명하기도 한다. 성호 이익(星湖 李瀷, 1681~1763)은 『성호사설(星湖
僿說)』에서 "퇴계는 태백·소백산 아래에서 태어나 동방 유학의 종사(宗師)

가 되었으니, 그 도는 깊고 넓으면서 공손하고 겸양하여 문채의 빛남이 수사(洙泗)의 풍치가 있다. 남명은 두류산 아래에서 태어나 동방 기절의 최고가 되었으니, 그 도는 고심역행하면서 의를 즐기고 삶을 가볍게 여겨 이(利)에도 굽히지 않고 해(害)에도 피하지 않아, 우뚝 선 절조가 있다."라고 하면서 지리(地理)에 견주어 두 분을 말한 바 있다.

예안(禮安)에 연고를 둔 이황(李滉)은 동방 유학의 종사로서 존숭(尊崇)받을 뿐만 아니라 『퇴계집(退溪集)』에 2,000수가 넘는 시를 남기고 있어서, 도학으로 알려진 명성 못지않게 시에 있어서도 '높고 큰 나무'에 견주어지기도 한다. 젊은 시절의 시에서는 진솔함을, 늘그막에는 의취(意趣)를 보여 주고 있어서 학문의 성취와 함께 시에서도 그 진폭을 가늠하기 어렵다고 하겠다.

사물에 대한 인식을 바탕으로 시적 정서를 환기하는 방식을 제시한 〈관물(觀物)〉은 사물로 인하여 흥취를 일으키는[因物起興] 과정을 이해할 수 있는 작품으로 주목할 수 있다.

> 많고 많은 만물이 어디에서 오는가?
> 넓디넓은 샘의 근원은 빈 것이 아니라네.
> 앞의 어진 이들이 흥취가 일어난 곳을 알고자 하면
> 뜰의 풀과 동이의 물고기1)를 살피게나.
> 芸芸庶物從何有　漠漠源頭不是虛
> 欲識前賢感興處　請看庭草與盆魚

감흥(感興)은 사물에 느꺼워 흥취를 붙이는 것으로 서정적 인식이라 할 수 있다. 뜰의 풀과 동이의 물고기를 관찰하면서 도에 들어가는[入道] 과정보다, 흥취를 일으키는[起興] 시적 인식을 중요하게 생각하면서 자득(自得)

---

1) 庭草盆魚는 뜰 앞의 풀과 동이의 물고기로 程顥가 庭草를 보고 造化의 生意를 보려고 했고, 盆魚를 보고 萬物自得의 뜻을 관찰하려고 한 것을 가리킨다.

을 추구했던 것으로 이해할 수 있고, 이를 통해 근원에 대한 탐구가 서정적 인식으로 이어질 수 있는 통로를 마련한 것으로 보인다.

그리고 정유일(鄭惟一)의 〈한거이십영(閒居二十詠)〉에 화답한 시 가운데 〈시를 읊다(吟詩)〉에서는,

> 시가 사람을 그릇되게 하는 것이 아니라 사람이 스스로 그릇되며
> 흥이 일어 뜻이 따르면 이미 막기 어렵다네.
> 바람과 구름이 움직이면 신명이 몰래 서로 돕고
> 매운 맛과 비린 맛이 사라지면 세속의 소리가 끊어지네.
> 율리(栗里; 陶潛)는 시를 이루면 참으로 심지(心志)가 즐거웠고
> 초당(草堂; 杜甫)은 고치고 나서 절로 길게 읊조렸네.
> 저로 말미암아 분명한 심안(心眼)을 드러내지 못하거니와
> 내가 애태우는 마음을 묶은 것이 아니라네.
> 詩不誤人人自誤　興來情適已難禁
> 風雲動處有神助　葷血消時絶俗音
> 栗里賦成眞樂志　草堂改罷自長吟
> 緣他未著明明眼　不是吾緘耿耿心

라고 하여 시가 사람을 그릇되게 하는 것이 아니라 시인이 스스로 그릇되게 할 수 있음을 경계하고 있다. 일어나는 흥취를 시인이 어떤 태도로 통어(統御)해야 할 것인지 마음의 자세가 중요함을 말하고 있는 셈이다.

한편 〈도산십이곡〉의 언학(言學) 첫째 수에서,

> 천운대(天雲臺) 도라드러 완락재(玩樂齋) 소쇄(蕭洒) 흔듸
> 만권생애(萬卷生涯)로 낙사(樂事)ㅣ 무궁(無窮)ᄒ얘라
> 이듕에 왕래풍류(往來風流)를 닐어 므슴홀고

하고 하여, 천운대(天雲臺)와 완락재(玩樂齋)를 오고가는 즐거움을 풍류(風

流)로 인식하고 있다. 도산서당으로 포괄되는 완락재에서 글을 읽다가 주변의 천운대(天雲臺)라 불리는 운영천광대(雲影天光臺) 등을 오고가는 것인데, 서당에서의 마음 공부와 자연을 즐기는 놀이를 함께 하는 것을 풍류로 인식한 것이다. 풍류는 멋, 여유, 자유를 기본 요소로 하면서 그 내용은 시대마다 약간의 편차가 있는데, 퇴계는 공부와 놀이를 통합하여 즐기는 가운데 스스로 터득할 수 있음을 말하고 있다.

삼가(三嘉)·산청(山淸)에 연고를 둔 조식(曺植)은 『남명집(南冥集)』에 200여 제의 시를 남기고 있거니와 드높은 기상 때문에 더욱 평가를 받고 있는데, 만년에 덕산에 은거한 뒤에 지은 〈덕산 시냇가의 정자 기둥에 짓다(題德山溪亭柱)〉가 그의 기상을 대변한다고 하겠다.

> 천 섬지기 종을 보라
> 크게 두드리지 않으면 소리가 없네.
> 어찌하면 저 두류산처럼
> 하늘이 울어도 오히려 울지 않으랴?
> 請看千石鐘　非大扣無聲　爭似頭流山　天鳴猶不鳴

두류산이 보이는 산천재(山天齋)에서 어떤 외물에도 끄떡없이 당당하게 살아가겠다는 자세를 읽을 수 있다. 남명의 이런 기상은 곳곳에서 확인되거니와, 백성을 물에 견주고 임금을 배에 견준 〈민암부(民巖賦)〉와 조정의 폐단을 조목조목 지적하면서 벼슬에 나아가지 않겠다는 뜻을 밝힌 〈을묘사직소(乙卯辭職疏)〉에서도 분명하게 읽을 수 있다.

자신의 삶과 견준 것으로 보이는 〈홀로 선 나무를 읊다(咏獨樹)〉에서는 남들을 배려하면서도 자신은 돌보지 아니하는 나무를 통해 세상에 대한 태도를 드러내고 있다.

무리를 떠나 오직 홀로 있어서
비바람을 스스로 막기 어려우리.
늙어감에 머리는 없어지고
상심하여 속마음에 타버렸네.
아침에는 농부가 밭을 갈다가 밥을 먹고
한낮에는 여윈 말이 그늘에서 쉬네.
거의 죽어가는 그루터기에서 무엇을 배우랴?
다만 부침하면서 하늘에 오르리.
離群猶是獨　風雨自難禁　老去無頭頂　傷來燬腹心
樵夫朝耦飯　瘦馬午依陰　幾死査寧學　升天只浮沈

　　남명의 이러한 기상은 그의 문하들에게도 이어져서 나라와 민족이 위기
에 처한 상황에서 창의(倡義)로 나타나기도 하였다. 그러나 17세기 초반
정치적인 이유로 남명의 정신을 훼손시킨 문하(門下)가 있어서 그 정신이
지속적으로 이어지지 못하는 아쉬움을 남기게 되었다.

5. 풍류와 학문을 이어가기

　　남명의 문하와는 달리 퇴계의 문하에서는 스승의 풍류와 학문을 이르면
서 영남 선비의 자세를 올곧게 이어갔다. 그 가운데 시에서 살필 수 있는
사람은 금계 황준량(錦溪 黃俊良, 1517~1563)·초간 권문해(草澗 權文海, 1534~
1591)·학봉 김성일(鶴峰 金誠一, 1538~1593)·한강 정구(寒岡 鄭逑, 1543~1620)
등이다.
　　풍기(豊基)에 연고를 둔 황준량은 농암의 손서이며 퇴계의 문하인데, 분
강가단에서 익힌 낭만적 서정의 풍류와 도산에서 배운 학문적 성취를 시
속에서 잘 보여주고 있다. 『금계집(錦溪集)』에서 800제가 넘는 시를 남기
고 있으며, 이산해(李山海, 1539~1609)가 「금계집발(錦溪集跋)」에서 "성정에

근본을 두고 음률에 잘 맞으며, 형식과 실질을 아울러 갖추고 있어서 의미가 심원하다."라고 평가한 바와 같이 풍류와 도학을 아울러 포괄하면서 목민관으로서 백성의 삶에 대한 애정과 지역의 승경에 대한 관심을 두루 드러내고 있다.

그 가운데 〈금계정자의 터에서(錦溪亭基)〉에서는 금양정사(錦陽精舍)에서의 강학과 금계정(錦溪亭)에서의 놀이를 염두에 두고 있어서 농암과 퇴계의 뒤를 이어가고자 하는 마음을 읽을 수 있다.

> 휘어 꺾여서 맑은 산골 물을 따르고
> 얽히고 돌아서 끊어진 다리를 건너네.
> 언 구름이 돌구멍에서 피어나고
> 찬 눈은 소나무 끝에 쌓이네.
> 바위 모양은 자리를 편 듯이 예스럽고
> 산의 겉모습은 병풍을 두른 듯이 높네.
> 봄이 되면 한 초가집에서
> 돌아가서 고기 잡고 나무하면서 늙으리.
> 屈折沿清澗　縈回渡斷橋　凍雲生石竇　寒雪胸松梢
> 展席巖形古　圍屏岳面高　春來一茅屋　歸老伴漁樵

예천(醴泉)에 연고를 둔 권문해는 『대동운부군옥(大東韻府群玉)』을 엮고 『초간일기(草澗日記)』 등의 소중한 자료를 남기고 있어서 주목받는 인물인데, 『초간집(草澗集)』에 220제 이상의 시를 남기고 있다. 정종로(鄭宗魯, 1738~1816)가 「초간집서(草澗集序)」에서 "다만 그 시문이 부려(富麗)를 공교로움으로 삼지 않고 오직 전아(典雅)를 으뜸으로 삼은 것을 볼 수 있다"라고 지적한 바와 같이, 웅장하고 화려함에 힘쓰지 아니하고 오직 고상하고 우아함을 위주로 하고 있음을 확인할 수 있는데, 이는 안으로는 수헌 권오복(睡軒 權五福, 1467~1498)으로부터 이어지는 가학(家學)과 밖으로는 퇴계를 스승으

로 모시면서 서애 유성룡(西厓 柳成龍)·학봉 김성일(鶴峰 金誠一)·동강 김우옹
(東岡 金宇顒) 등 동학들과의 교유에서 삶의 태도와 시의 방향과 정한 것으로
해석할 수 있다.

실제 시를 보면 향촌의 안정된 삶에 대한 자신감과 그리움, 전아하고
간결한 시(詩) 추구, 교유시를 통해 사람에 대한 신뢰를 구축하는 것으로
정리할 수 있다. 연아체(演雅體)로 쓴 〈고향을 생각하며 느낌이 있어 짓다
(憶家山有感而作)〉은 매 구절 조수(鳥獸)의 이름을 들어서 고향에 대한 그리
움을 드러내고 있다.

> 쓸쓸한 작은 집은 학가산(鶴駕山)을 마주하는데
> 여섯 다리를 감춘 거북 화살은 원림에서 늙었네.
> 용문의 고사리는 길이 꿈에 끄는데
> 갈매기 골짜기의 놀과 안개는 부질없이 시 속으로 들어오네.
> 일곱 해의 구리 물고기를 장차 어디에 쓰랴?
> 백년의 닭 신이 절로 마음을 닫네.
> 곳곳의 기러기 은혜가 바다같이 깊은데
> 부질없이 살쾡이 털을 잡고 월(越)나라의 노래를 짓네.
> 矮屋蕭條對鶴岑　矢藏龜六老園林
> 龍門薇蕨長牽夢　鷗谷煙霞謾入吟
> 七載銅魚將底用　百年雞社自關心
> 鴻恩到處深如海　空把狸毛賦越音

한편 〈우연히 읊다(偶吟)〉와 같은 작품에서는 군더더기를 찾아보기 힘들
정도로 말쑥함을 느낄 수 있다. 전아(典雅)한 풍격이 간결한 시어에서 묻어
난다.

> 걸어서 앞 시냇가로 나가
> 이끼 낀 돌에 앉아 낚싯대를 던지네.

해가 넘어가도록 물고기가 물지 않아
낚싯대를 거두어 홀로 돌아가네.
步出前溪上 投竿坐石苔 日晡魚不食 收釣獨歸來

이 시는 억지로 꾸미지 않으면서 정갈한 맛을 느끼게 한다. 기구에서 홀로 걸어가는 어옹(漁翁)의 여유 있는 모습을, 승구에서 주변의 상황에 신경을 쓰지 않는 단아한 자세를, 전구에서 집착하지 않는 느긋함을, 결구에서는 흔들리지 않는 꼿꼿함을 각각 읽을 수 있는데 이러한 품격(品格)은 스무 글자의 절구를 통해 집을 나서서 자리에 앉았다가 시간이 흐른 뒤에 다시 돌아서는 과정을 자연스럽게 그리고 있기 때문에 가능하다. 표현에 있어서의 절제가 격조를 높이게 한 것이다. 흔히 달밤에 배를 타고 하는 낚시를 형상화하는 것과는 달리 낮에 걸어 나가서 조용히 앉아서 낚싯대를 드리웠다가 해가 저물녘에 홀로 돌아오는 것을 형상화한 것이다. 어울리는 배경을 넣으려고 애쓰지 않은 것이 오히려 시의 맛을 깔끔하게 한 것이다.

안동(安東)에 연고를 둔 김성일은 퇴계의 적전(嫡傳)으로 학문적 공로가 뛰어날 뿐만 아니라 나라를 위한 희생, 문학적 성취 등에서 어느 누구에게도 뒤지지 않는 평가를 받는 인물이다. 『학봉집(鶴峰集)』에 900제가 넘는 시를 남기고 있어서 그 양에 있어서도 주목할 수 있거니와 그의 시는 형식이나 표현보다는 의미나 내용에 더 큰 비중을 두고 있음을 지적할 수 있다.

도산서원이 막 낙성된 뒤에 도산에 들른 느낌을 서술한 〈도산에 오동나무와 대나무가 뜰에 가득한데 달밤에 어슬렁거리노라니 느꺼운 눈물이 줄줄 흐른다(陶山梧竹滿庭 乘月徘徊 感淚潸然)〉라는 시에서,

저녁 구름 가에 유정문은 닫혀 있고
사람이 없는 뜰에는 달빛만 가득하네.
천 길을 날던 봉황은 어디로 갔는가?

벽오동과 푸른 대만 해마다 절로 자라네.
幽貞門掩暮雲邊　庭畔無人月滿天
千忍鳳凰何處去　碧梧靑竹自年年

라고 하여 봉황과 같은 스승에 대한 느꺼움을 여과 없이 드러내고 있다.
도산서당에서 학업을 닦던 일과 스승에 대한 그리움이 짙게 배어 있다.
　경상우병사(慶尙右兵使)를 제수 받고 길을 떠나면서 전별하던 사람들에
게 준 〈한강유별(漢江留別)〉에서는 죽음을 무릅쓰고 나라를 위해 목숨을
바치겠다는 다짐을 읽을 수 있다.

부월을 들고 남쪽 길에 오르면서
외로운 신하는 한 번 죽음을 가벼이 여기네.
종남산(終南山)과 위수(渭水)로
머리를 돌리노라니 남은 정취가 있네.
仗鉞登南路　孤臣一死輕　終南與渭水　回首有餘情

　한편 성주(星州)에 연고를 둔 정구는 한훤당 김굉필(寒暄堂 金宏弼, 1454~
1504)의 외증손으로 퇴계와 남명 두 분에게 수학하여, 학문하는 자세와
인격수양의 방법은 퇴계를 닮았고 천성이 호방하고 원대한 기상은 남명의
모습 그대로였다는 평가를 받는다.
　『한강집(寒岡集)』에 수록된 시는 만사(挽詞)를 제외하면 30제에 미치지도
못하지만, 정감의 세계를 읽어낼 수 있다. 〈회연에서 우연히 읊다(檜淵偶
吟)〉와 같은 작품이 그러한 예이다.

가천 고을이 나에게는 깊은 인연이 있는데
한강을 차지하고 또 회연까지 얻었네.
흰 돌과 맑은 시내를 종일토록 즐기나니
세간의 무슨 일이 단전(丹田)으로 들어오랴?

伽川於我有深緣　占得寒岡又檜淵
白石淸川終日翫　世間何事入丹田

이어서 이들의 뒤를 잇거나 같은 학맥에 놓이는 사람 중에서 여헌 장현광 (旅軒 張顯光, 1554~1637)·우복 정경세(愚伏 鄭經世, 1563~1632)·동계 정온(桐溪 鄭蘊, 1569~1641)과 후대의 갈암 이현일(葛菴 李玄逸, 1627~1704)을 살필 수 있을 것이다.

영천(永川)에 연고를 둔 장현광은 벼슬살이도 했지만 산야에서 독서와 강학으로 삶을 보내어 학자로서의 명망을 얻은 인물이다. 『여헌집(旅軒集)』에 많지 않은 130여제의 시를 남기고 있고 시인으로서 주목받은 것도 아니지만 그의 시를 살피는 일은 학문적 태도가 시적 형상에 어떤 영향을 끼치는지 확인할 수 있을 것이다.

남긴 시 가운데 영물시(詠物詩)가 많은데 이들 시의 두드러진 특성은 사물자체의 형상을 주목하기보다 사물의 내면에 본래 존재한다고 생각하는 이치에 기반을 두고 시로 형상화한다는 것이다. 그래서 그의 시는 관념적인 경향을 띠고 있다고 평가받는다. 와유당(臥遊堂)의 경물(景物)을 열한 수로 읊은 시에서 〈매화(梅花)〉를 읊은 예를 통하여 구체적으로 확인할 수 있다.

섣달 눈 속에 피었으니
봄소식이 겨울의 막바지까지 다가왔네.
해마다 때를 놓치지 않으니
천지의 마음을 알 수 있네.
開在臘雪裏　春信到窮陰　歲歲不失時　可見天地心

일반적으로 성리학적 사유에 바탕을 두고 매화가 지닌 상징적 의미를 지사(志士)와 연결시키는데, 겨울이 끝나고 한 해를 마감하는 시점인 섣달에 핀 매화가 바로 이런 위상을 확보하는 것이다. 지금 눈앞에 핀 매화의 모습이 아니라 우리들의 관념 속에 존재하는 매화 일반을 말하고 있는 것이다. 다른 열 가지 경물인 반석(磐石)·괴석(怪石)·반송(盤松)·노송(老松)·죽림(竹林)·방당(方塘)·사계화(四季花)·석류(石榴)·포도(葡萄)·국화(菊花)에서도 같은 설명이 가능하다.

상주(尙州)에 연고를 둔 정경세는 서애의 고제(高弟)로 퇴계학파의 정통에 속하여 도학에 중점을 두었기 때문에 시에는 힘쓰지 않았다고 하지만, 송준길(宋浚吉)이 "시상(詩想)과 의경(意境)을 기다려서 이루어내었다."라고 그의 시를 평가한 바 있다. 실제『우복집(愚伏集)』에 190여 수의 시를 남기고 있으며 〈우암(愚巖)〉과 같은 시는 자신의 지조와 절의를 표현한 것으로 볼 수 있다.

> 만고에 부딪치는 물결을 혼자 힘으로 맞서느라고
> 머리를 든 추한 모습이 모두 바보와 같네.
> 뒷날 나를 찾아오는 나그네가 있으면
> 산 아래의 푸른 바위 이것이 나라네.
> 萬古衝波獨力鏖　頭昂面醜摠如愚
> 他年有客來相訪　山下蒼巖是卽吾

거창(居昌)에 연고를 둔 정온은 정인홍(鄭仁弘, 1535~1623)을 사사(師事)하여 남명(南冥)에서 정인홍으로 이어지는 강개한 기질을 이어받아 매사에 과격한 자세를 보였으며, 인조반정 이후 정인홍이 역적으로 몰리게 되자 남인(南人)으로 자처하면서 정구(鄭逑)를 사사한 것으로 알려졌다. 그는『동계집(桐溪集)』에 500제가 넘는 시를 남기고 있는데, 많은 작품이 제주도에 유배되었을 때에 지어진 것이라는 점에서 강개(慷慨)의 정서가 드러나는 것으로 확인할 수 있다.

〈동지(冬至)〉라는 시에서 임금의 은혜를 입어 유배에서 풀려나기를 바라는 간절한 마음을 읽을 수 있다.

한밤중에 약한 우레가 치더니
갈대를 태운 재가 율관에서 날리네.
일양(一陽)이 비로소 기운을 되돌리니
만물은 이미 빛을 머금네.
멀리 대궐의 뜰에서 하례드릴 일을 상상하면서
부질없이 푸른 바다에 갇힌 것을 안타까워하네.
봄이 되면 비와 이슬이 많이 내려서
남쪽 극변에 따뜻함이 먼저 돌아오리.
子夜微雷動　葭灰律管飛　一陽初返氣　萬物已含輝
遙想彤庭賀　空憐碧海圍　春來多雨露　南極暖先歸

양(陽)의 기운이 움직이기 시작하는 동지(冬至)를 맞아 음(陰)에 처한 자신의 상황이 반전되기를 바라는 마음을 임금의 은혜를 비유하는 비와 이슬을 끌어들이면서 자신의 내면을 드러내고 있다.

이들보다 후대의 인물이면서 영해(寧海)·영양(英陽)에 연고를 둔 이현일은 서애(西厓)를 사사한 학사 김응조(鶴沙 金應祖, 1587~1667)의 학덕을 입고 여헌(旅軒)에게 사사하여 퇴계의 학통을 계승하여 영남학파의 거두로 평가받는다. 『갈암집(葛菴集)』에 200여 수의 시를 남기고 있으며 관념적인 진술이 대부분을 차지한다고 평가받는데, 광양(光陽)에 유배되었을 때 〈조희점군은 남명의 후손인데 광양의 옥룡동으로 나를 찾아와서 학문의 방도를 묻기에 이것을 써서 주다(曺君希點 南冥遺裔也 訪余於光陽之玉龍洞 請問爲學之方 書此以贈之)〉에서 학문에서 가학(家學)의 전통을 강조하고 있는 점은 주목할 수 있다. 실제 이현일이 장흥효(張興孝, 1564~1633)의 외손으로 이시명(李時明, 1590~1674)의 아들이며 이휘일(李徽逸)의 아우이고 이숭일(李嵩逸)의 형이라는 점에서 스스로 학문의 전통이 가학에 기반을 둘 때 그 성취가 지속될 수 있음을 체득하고 있었던 것으로 이해할 수 있다.

도는 일상생활의 인륜 속에 있으니
천천히 걸으며 어른 뒤를 따름이 참으로 어려운 일이 아니라네.
지금 그대는 돌아가 구할 곳이 이미 넉넉하거니와
예로부터 가학에 본래 근원이 있다네.
道在人倫日用間　徐行後長諒非難
今君旣裕歸求地　家學由來自有源

17세기 이후 해체될 정도로 남명학(南冥學)이 명맥을 잇지 못하는 상황에서 남명의 후손이 이현일을 통하여 퇴계학과의 연결 고리를 마련하고자 했을 때, 이현일은 가학의 전통을 강조하면서 남명학의 부활을 기대하고 있는 것으로 이해할 수 있다.

6. 소결

지금까지 15세기의 점필재 김종직부터 17세기 후반 갈암 이현일까지 영남 선비들의 시 세계를 몇몇 인물을 중심으로 개략적으로 살펴보았다.

영남사림으로서의 정신을 지니면서 시문(詩文)보다는 학문에 큰 비중을 두었다고 하지만, 시를 통해 학문의 깊이를 드러내기도 하고, 고향에 대한 애정을 보여주기도 하면서, 백성들을 아끼고 다독이는 너그러움도 감추려고 하지 않았다. 그런 한편으로 나라에 대한 한결같은 마음을 지키고자 하여, 글과 사람이 어긋나지 않도록 노력하였던 것으로 확인할 수 있다.

분량이 정해진 탓에 살피지 못한 많은 영남의 선비들의 경우에도 꼿꼿하게 선비의 도를 끝까지 지키고자 자세를 읽어낼 수 있어서, 정신의 오롯함이 오랜 기간 문화의 큰 줄기를 이어가고 있는 것으로 이해해도 무리는 아니라고 본다.

『영남과 호남의 예술세계』(2006)

Ⅱ
남유 노정과 지리산·섬진강 권역의 한시

1. 서언

이 글은 지리산·섬진강을 포함하는 하나의 권역을 설정하고 이를 남유 (南遊)의 노정이라는 동선의 축에서 이해하면서, 이들 지역을 지리적·행정 적인 권역과 변별할 수 있는 하나의 문화권으로 설정할 수 있을지, 이들 지역과 관련된 한시를 통해 그 타당성을 검증하는 데 그 목표가 있다.

지리산(智異山)은 지리산(地理山)·방장산(方丈山)·두류산(頭流山)으로도 불 리며 전북 남원(南原), 전남 구례(求禮), 경남 산청(山淸)·함양(咸陽)·하동(河 東)에 걸쳐 있는 큰 산이고, 섬진강(蟾津江)은 전북 진안에서 발원하여 전남 광양의 남쪽을 지나 바다로 들어가는 강이다.

이 글은 지리산과 섬진강이 걸쳐 있는 전 지역을 다 다루지 못하고 강과 산을 아울러 포함하거나 강과 산에 가장 인접해 있는 고을을 대상으로 하고자 한다. 특히 섬진강의 경우 압록진 혹은 잔수진 아래 지역[1]을 대상 으로 하고, 이 지역과 지리산의 접점을 살피도록 한다. 그리하여 경남의

---

1) 李重煥 저, 노도양 역, 「전라도」, 『택리지』, 진명출판사, 1987, 118면.
　오직 九灣만은 시냇물가에 임하여 강산과 토지가 훌륭하며, 작은 배와 어염의 이익도 있어 가장 살 만한 곳이다.

하동(河東)과 전남의 구례(求禮)·광양(光陽)을 그 중심 지역으로 설정한다.

한편 지리산과 섬진강을 하나의 권역으로 이해할 때 이들 지역을 하나의 문화권으로 설정할 수 있을지 문제가 될 수 있다. 행정 권역, 생활권, 문화 권역, 문학 권역 등의 개념도 아울러 문제가 될 수 있다. 또 지리산 권역과 섬진강 권역의 변별 및 이들의 공통항도 관심의 대상이 될 수 있을 것이다.

문화권이라는 개념은 이미 안동지방 일원에 대하여 안동문화권이라는 명칭을 사용한 전례가 있고, 실제 그 준거도 제시하고 있다.

> 안동문화권이란, 우리 성균관대학교 국어국문학과에서 안동지방 일원에 대해 부여한 명칭이다. 그것을 광의와 협의 어느 쪽으로 해석해도 좋다. 협의로는 오늘의 행정구역으로서의 안동시·안동군을 가리키게 될 것이고, 광의로는 구 안동부의 관할에 속했던 춘양·내성·재산 등 속현 및 소천·개단 제부곡(이상 모두 현 봉화군)은 물론, 그 밖의 일정한 인접지방까지를 포함시킬 수 있는 것이다. 우리가 안동문화권이란 명칭을 표방하게 된 것은 우리의 조사대상이 안동이라는 특정지역이기보다 안동의 전통적 문화에 치중되어 있느니 만큼 우리의 조사범위는 안동시·안동군을 중심으로 그 전통적 문화의 파급지대에까지 확대되지 않을 수 없겠기 때문이다.[2]

문화권을 설정함에 지역적 범위에다 전통적 문화라는 가치 준거도 포함시키고 있다는 점이 특이하다. 그 이후 중원문화권[3], 서울문화권[4] 등의 용어가 사용된 적이 있어서, 지리산·섬진강 권역의 경우 지역적 범위와 함께 가치 준거를 설정할 수 있을 것인지 논의해야 할 것이다.

---

2)『제1차 안동문화권학술조사보고서』, 성균관대학교 국어국문학과, 1967, 序, 3면.
3) 충북대학교 박물관,『중원문화권유적분포도색인』, 충북대학교, 1981.
4) 장덕순,「서울문화권과 구비전승」,『한국문학의 연원과 현장』, 집문당, 1993.

최근 한문학 연구에서 한국한시학회와 한국한문학회를 중심으로 지역의 개념을 사용하거나 특정한 지역을 다룬 연구가 부쩍 늘어서 금강산5), 호남6), 인천7), 서울8), 동래9), 울산10), 안산11) 등에 대한 검토가 이루어졌다.

그 가운데 지리산 권역에 관심을 집중시킨 예는 사찰 제영을 살피는 과정에서 쌍계사12)를 다룬 경우와 지리산을 특집13)으로 한 것이 있고, 최근 지방문학사의 시각에서 지리산문학사14)라는 항목을 설정하고 있다.

쌍계사를 중심으로 살핀 최재남의 글은 우선 쌍계사를 중심으로 한 구역을 선구(仙區)로 보아 최치원과 선종의 연원을 살피고, 이어서 어득강의 〈쌍계팔영〉을 검토하였으며, 다음으로 선비들의 시와 선승들의 시를 견주어서 설명하였다. 지리산 특집 가운데 김혜숙의 글은 서경적 서정이 중심이 되는 시에서는 지역 혹은 공간의 독자성이 확보되고 시인의 감회가 중심이 되는 시에서는 독자성이 확보되지 않는다고 전제하면서도, 지리산을 읊은 시를 서경적 서정을 포함하여 시인의 감회까지 폭넓게 살피고 있다. 이성계의 황산대첩을 계기로 지리산은 수천명(受天命)의 정서가 바탕에 깔려 있다고 이해하고, 지리산 한시의 기저 심상을 ① 높이에 근거한

---

5) 「한국한시와 금강산」, 『한국한시연구』 6집, 한국한시학회, 1998.
6) 「호남의 학문전통과 한문학」, 『한국한문학연구』 21집, 한국한문학회, 1998.
7) 「인천권역의 문화전통과 한문학」, 『한국한문학연구』 23집, 한국한문학회, 1999.
8) 「조선시대 서울의 문화공간과 한시」, 『한국한시연구』 8집, 한국한시학회, 2000.
9) 여운필, 「동래지역 한시의 몇 가지 면모」, 『한국한시연구』 8집, 한국한시학회, 2000.
10) 성범중, 「울산지역 한시의 제 양상」, 『한국한시연구』 8집, 한국한시학회, 2000.
11) 「조선후기 한문학과 안산」, 『한국한문학연구』 25집, 한국한문학회, 2000.
12) 최재남, 「선구 쌍계사와 한시」, 『한국한시연구』 4, 한국한시학회, 1996, 『경남문학의 원류와 자장』, 경남대학교 출판부, 2003에 재수록.
13) 「한국한시와 지리산」, 『한국한시연구』 7집, 한국한시학회, 1999. 여기에 김혜숙, 「지리산의 한시적 반향」; 박수천, 「지리산의 사찰 제영 한시」; 김남기, 「지리산 일대의 문화유적과 그 문학」; 최석기, 「부사 성여신의 지리산유람과 선취경향」 등 4편의 글이 있다.
14) 조동일, 「지리산문학사의 영역」, 『지방문학사』, 서울대학교 출판부, 2003.

신성(神聖), ② 기맥을 바탕으로 한 웅진(雄鎭), ③ 신선심상으로 나누어 점
검하였으며, 다음으로 유람시를 일별하였다. 사찰 제영을 다룬 박수천의
글은 지리산의 ① 남쪽; 쌍계사, 불일암, 신흥사, 칠불암 등, ② 서남쪽;
연곡사, 화엄사, 천은사 등, ③ 북쪽; 실상사, 삼불사, 영원사, 군자사, 안
국사, 벽송사 등, ④ 동쪽; 법계사, 대원사, 삼장사, 내원사, 단속사 등으
로 나누어 정리하였다. 문화유적과 관련하여 살핀 김남기의 글은 ① 황산,
진주의 충혼, ② 남계서원과 덕천서원의 학문 명소, ③ 전설·설화의 내용
등으로 나누어 점검하였다. 한편 최석기의 글은 성여신(成汝信, 1546~1632)
의 지리산 선유(仙遊)를 중점적으로 다루었다.

이러한 기존의 연구를 바탕으로 하되, 본 연구의 목표에서 제시한 바와
같이 지리산·섬진강 권역을 이해하고자 할 경우 고정된 문화권이라는 축
보다 남유(南遊)라는 하나의 동선으로 이해하는 시각을 마련하면 하나의
권역으로 묶어서 이해할 수 있는 실마리가 풀릴 것이라 본다.

2. 남유 노정의 문화적 이해

남유(南遊)는 남쪽 지방을 여행한다는 뜻이지만, 상황에 따라서 남유(南
遊)·남정(南征)·남천(南遷)·남찬(南竄) 등의 용어로 다르게 나타나고 실제
다르게 사용할 수 있다. 남유(南遊)[15]는 글자 그대로 남쪽 지방을 유람하는
것이고, 남정(南征)[16]은 남방으로 가는 것이고, 남천(南遷)[17]은 폄적되어

---

15) 南遊의 예는 柳夢寅, 〈贈北道僧性天南遊頭流山〉(『於于集』 권2), 朴致馥, 「南遊記行
    丁丑」(『晩醒集』 권10) 등이 있고, 杜甫의 〈贈韋七贊善〉에 "北走關山開雨雪 南遊花柳塞
    雲烟"이라는 구절이 있다.
16) 南征의 예는 周世鵬, 〈南征 庚辰〉(『武陵雜稿』「原集」 권1), 金鎭圭, 〈南征 以下南遷後
    所作〉(『竹泉集』 권2) 등이 있고, 『楚辭』「離騷」에 "濟沅湘以南征兮 就重華而陳詞"라는
    구절이 있다.
17) 南遷의 예는 曹偉, 〈南遷過漢江〉(『梅溪集』 권1), 鄭希良, 〈題南遷後錄〉(『虛庵遺集』

쫓겨나 남쪽 지방에 이르는 것이며, 남찬(南竄)18)은 남방으로 유찬되는 것
이다. 넓은 의미로는 기행이지만, 세부적인 내용에 있어서는 여정인 경우,
유람인 경우, 유배의 노정인 경우 등 다양한 양상을 보이고 있으며, 바로
이들 다양한 양상이 이 권역을 특징적으로 설명할 수 있는 중요한 준거가
될 수 있기 때문이다. 그리고 이들 다양한 내용을 포괄하는 용어로 가장
일반적인 남유(南遊)라는 개념을 사용하고 세밀한 편차는 지리산·섬진강
권역을 하나로 묶는 동시에 다시 지역을 세분하여 살피는 과정에서 변별
될 수 있을 것이다.

　　실제 섬진강·지리산 권역은 조선시대 유배지19)로서 많은 사람들이 유

권3) 등이 있고, 李白의 〈江上贈竇長史〉에 "萬里南遷夜郎國 三年歸及長風沙"라는 구절
　　이 있다.

18) 南竄의 예는 南九萬, 〈余之南竄也…〉(『藥泉集』 권2), 金昌翕, 〈南竄〉(『三淵集』 습유
　　권1) 등이 있다.

19) 실록을 통해 확인할 수 있는 유배자는, ① 光陽; 李彬·趙希閔(태종9), 李之實(세종6),
　　李守剛(세종9), 趙由禮(세조1), 李宗根(세조13), 柳輊(성종20), 鄭芣(연산4), 李守恭(연
　　산6), 柳子光(중종2), 金庭睦(광해4), 沈光世(광해5), 鄭之問(인조12), 金自點(효종2),
　　尹善道(현종6), 高鳳軒(경종1), 金承錫(경종2), 金范甲(영조1), 金聖鐸(영조17), 柳漢箕
　　(영조31), 李濟萬(순조즉위), 梁大宜(순조3), 李翊模(순조6), 姜泰益(순조30), 金興根
　　(헌종14), ② 河東; 柳文義(태종13), 文尙達(성종9), 成仲淹(연산6), 金謹思(중종34), 金
　　礦(경종3), 李明彦(영조3), 鄭弘濟(영조23), 李洪載(정조14), 李宬源(정조17), 洪時溥
　　(순조5), ③ 求禮; 李禮(세종26), 李源(성종19), 金重熙(영조1), 李奎緯(정조4), 趙嵋(정
　　조8), 李度謙(순조5) 등이고, ④ 順天; 李崇仁·洪壽(태조 1년), 李簪(태조3년), 閔審言
　　(태조5년), 李有喜(태종8년), 姜待(태종10년), 朴熙中(태종10), 金公寶(태종11), 安克頓
　　(세조13), 姜利誠·趙安壽·趙哲山(예종1), 曹偉·金宏弼(연산6), 朴燧(중종16), 韓珪(중
　　종19), 盧守愼(광해4), 吳彦鶴(광해8), 李睟(광해12), 李景虎(숙종6), 盧繼信·吳始恒(숙
　　종8), 閔熙(숙종13), 尹休耕(경종2), 尹孝寬(순조4), 洪志燮(순조6), 金處巖(순조6), 南
　　海; 朴義孫(세종즉위), 李石貞(단종1), 裵時介(세조2), 李岡·崔岺(세조5), 成九淵(세조
　　5), 金處智(세조11), 金絿(중종16), 李彭年(중종32), 李翎(명종18), 金鸞祥(명종18), 鄭
　　彦信(선조22), 宋翼弼(선조24), 成俊耈(광해즉위), 李承義(광해4), 柳廷亮(광해4), 鄭澤
　　雷(광해7), 朴吉尙·高大觀(광해8), 李誠胤(광해9), 金德諴(광해9), 趙瀷(광해11), 李先
　　哲(인조2), 金高(인조5), 朴啓章(인조6), 沈廬(인조24), 洪茂績(인조25), 申命圭(현종
　　8), 金鏡(현종11), 趙惟孟(숙종7), 金萬重(숙종18), 睦林一(숙종20), 姜五章(숙종22), 柳

찬되었던 곳이다. 실록의 다음 기록이 참고가 된다.

　　금부가 아뢰기를, "평상시 본부의 규례는, 모든 정배인에 대해서 절새(絶塞)로 계하하면 육진 및 강변 고을로 정배하고 절도(絶島)로 계하하면 제주(濟州)·진도(珍島)·남해(南海)·거제(巨濟) 등지로 정배하며, 단지 원찬(遠竄)으로만 계하하면 남쪽과 북쪽을 물론하고 먼 곳에 정배하는 것이 규례입니다."[20]

　이제 남유의 구체적 양상을 살펴보면 다음 몇 사례를 제시할 수 있다. 고성(固城)에 기반을 둔 어득강(魚得江, 1470~1550)[21]의 경우 고성에서 출발하여 상행은 악양(岳陽) → 가은곡(加隱谷) → 쌍계(雙溪) → 잔수역(潺水驛) → 남원(南原)으로 이어지고, 하행은 운봉(雲峰) → 인월(引月) → 제한(蹄閑) → 사근(沙斤) → 산음(山陰) → 단성(丹城) → 소남역(召南驛) → 촉석루(矗石樓) → 고성(固城)으로 연결되고 있으며, 지리산·섬진강 권역에 속하는 〈쌍계팔영〉은 이러한 동선에서 중요한 의미를 지닌다.

　경상도 병마절도사와 관찰사를 지냈던 김극성(金克成, 1474~1540)[22]의 경우에는 섬진(蟾津) → 화개(花開) → 쌍계(雙溪) → 악양(岳陽)으로 잡혀 있어서, 이 글에서 말하는 지리산·섬진강 권역의 내부 노정에 해당한다.

　의도적으로 유람에 나섰던 조위한(趙緯韓, 1567~1649)[23]·조찬한(趙纘韓,

命賢(숙종25), 權斗紀(숙종33), 林泓(숙종39), 李頤命(경종1), 吳重漢(경종2), 金祖澤(경종3), 尹恕敎(영조1), 權世長(영조7), 閔百祥(영조20), 朴聖源(영조20), 徐逈修(영조33), 鄭柶(영조36), 李怛(영조43), 趙暾(영조44), 尹弘烈(영조46), 沈儀之(영조46), 鄭光忠(영조47), 柳彦鎬(영조47), 金致仁(영조48), 俞漢章(영조51), 蔡廷夏(영조51), 尹蓍東(정조즉위), 具庠(정조2), 吳大益(정조14), 柳誼(정조15), 金鍾秀(정조18), 趙時俊(순조3), 金鑨(순조3), 金達淳(순조6), 李渭達(순조6), 金鑷(순조30) 등이 있다.

20) 『광해군일기』 권57, 4년 9월 3일(갑오).

21) 魚得江, 『灌圃先生詩集』, 〈辛巳三月以副應敎蒙召 由河東求禮 至全州以病留礪山一月 辭職而還 紀行若干首 錄于左〉.

22) 金克成, 『憂亭集』 권1, 〈次蟾津李百順韻〉 이하, 『한국문집총간』 18.

1572~1631)[24] 형제는 두류산 기행을 욕천(浴川 : 谷城) → 압록협(鴨綠峽) → 봉성현(鳳城縣 : 求禮) → 화개(花開) → 쌍계사(雙溪寺) → 불일암(佛日菴) → 옥소암(玉簫菴) → 신흥동(新興洞)의 노정으로 섭렵하고 있다.

이현일(李玄逸, 1627~1704)[25]의 경우에는 유배생활을 하던 광양의 옥룡동(玉龍洞) → 갈은리(葛隱里) → 화개(花開) → 쌍계사(雙溪寺) → 불일암(佛日菴) → 악양루(岳陽樓)의 길을 따라 고향으로 돌아가고 있다.

이동급(李東汲, 1738~1811)[26]은 홍류동(紅流洞) → 해인사(海印寺) → 수승대(搜勝臺) → 모리재(某里齋) → 월연(月淵) → 두류동문(頭流洞門) → 천왕봉(天王峰) → 환아정(換鵝亭) → 덕산서원(德山書院) → 촉석루(矗石樓) 등 명승지 중심의 길을 택하고 있다.

조수삼(趙秀三, 1762~1849)[27]의 남유는 상산(商山) → 개녕(開寧) → 안곡(安谷) → 가야산(伽倻山) → 해인사(海印寺) → 홍류동(紅流洞) → 합천(陜川) → 목란재(木蘭齋) → 함벽루(涵碧樓) → 삼가(三嘉) → 촉석루(矗石樓) → 하동(河東) → 충렬사(忠烈祠) → 금산(錦山) → 통영(統營)의 순으로 이어진다.

고종 14년(1877)에 이진상(李震相, 1818~1886)[28]과 박치복(朴致馥, 1824~1894)[29]·김인섭(金麟燮, 1827~1903)[30] 등이 함께 떠난 두류산·남유 기행은 산천재(山天齋) → 대원암(大源菴) → 천왕봉(天王峰) → 옥보대(玉寶臺) → 모한재(慕寒齋) → 노량(露梁) → 화방사(花房寺) → 금산(錦山)으로 이어진다.

23) 趙緯韓, 『玄谷集』 권3, 〈鴨綠峽次玄洲韻〉 이하, 『한국문집총간』 73.

24) 趙纘韓, 『玄洲集』 권5, 〈咏江 丁巳〉 이하, 『한국문집총간』 79.

25) 李玄逸, 『葛庵集』 권1, 〈晞陽縣北玉龍洞 卽尹侍郞謫居處 感吟一律以遣懷〉 이하, 『한국문집총간』 127.

26) 李東汲, 『晩覺齋集』 권1, 〈紅流洞〉 이하, 『한국문집총간』 251.

27) 趙秀三, 『秋齋集』 권4, 〈余將南行諸君子會餞于西園〉 이하, 『한국문집총간』 271.

28) 李震相, 『寒洲集』 권2, 〈山天齋〉 이하, 『한국문집총간』 317.

29) 朴致馥, 『晩醒集』(부산대 도서관) 권1, 〈丁丑八月與李上舍汝雷震相…〉 이하, 권10, 〈南遊記行〉.

30) 金麟燮, 『端磎文集』, 부산대학교 한국문화연구소.

이렇듯 구례 쪽에서 시작하여 내려가는 경우도 있고, 섬진 끝자락에서 시작하여 올라가는 경우도 있고, 광양 쪽에서 강을 건너가는 경우도 있고, 지리산을 넘어서 들르는 경우도 있는 것처럼 세부 내용에는 차이가 있지만 이들 노정을 남유(南遊) 노정이라 명명하고 지리산·섬진강 권역을 옮아 다니는 동선의 축으로 이해할 수 있을 것이다.

3. 한시를 통한 각 지역의 특성 이해

이제 광양, 하동, 구례를 비롯하여 각 지역이 지닌 개별적인 특성을 한시를 중심으로 살피면서, 하나의 권역으로 통합하여 이해하는 방안을 모색하도록 한다. 우선 각 지역의 특징적인 대상을 읊은 시를 살피고, 그 가운데 가작을 가리면서, 지리산·섬진강을 하나의 권역으로 살필 수 있는 방향으로 전환하고, 나아가 교유의 내용을 확인하면서 문화의 확산 양상까지도 확인하도록 한다. 제영(題詠), 풍물(風物), 유적(遺蹟), 개인적인 감회 등 여러 각도에서 점검하도록 한다.

1) 광양·하동·구례 각 지역의 개별적 관심

우선 각 지역의 특징적인 대상을 읊은 것을 살피되 광양(光陽), 하동(河東), 구례(求禮)의 순으로 보도록 한다.

섬진강에 가까운 광양(光陽)은 희양(晞陽)이라고도 하는데, 백계산(白雞山)과 섬진(蟾津)이 화두에 오르고, 도선이 세운 옥룡사(玉龍寺)가 알려졌으며, 고려 말 조선 초에 이무방(李茂方)이 광양부원군에 봉해진 것이 중요하게 거론되고, 늘 남방 방어의 요충지로서 수군 및 둔전에 관한 일이 중요한 관심사로 부각되었고, 임진왜란·정유재란 때에는 일본과 치열하게 전투를 치르던 곳이기도 하다.

우선 이경석(李景奭, 1595~1671)의 〈백운산(白雲山)〉(『白軒集』 권1)에서 연곡
사와 섬진강을 바라보는 백운산의 위치와 산의 위용, 명성을 확인할 수
있다.

> 연곡사는 천 겹의 숲에 있고
> 섬진강은 십리의 노정이네.
> 소매 속에서 흰 구름이 피어나는 속에
> 산은 옛날부터 이름이 알려졌다네.
> 蓮谷千重樹　蟾江十里程　白雲生袖裏　山是舊聞名[31]

한편으로 정배의 유배지로 지목되어 많은 사람들이 광양에서 유배[32] 생
활을 하였다. 그 가운데 17~18세기에 심광세(沈光世, 1577~1624), 윤선도(尹
善道, 1587~1671), 이현일(李玄逸, 1627~1704), 김성탁(金聖鐸, 1684~1747) 등이
시기에 있어서 차이가 있지만 광양에서 유배생활을 하면서 작품을 남겼다.

광해군 5년(1613)에 광양·고성에서 유배생활을 하였던 심광세는 광양의
도원촌(桃源村)에 전장이 있었던 관계로 복거의 땅으로 다짐하고 있었던
곳이어서 남다른 감회를 드러내었다. 뒤에 인용할 〈월사 상공의 섬강도
시에 차운하여 방어사 정가행에게 주다. *아울러 서를 두다(次月沙相公蟾江
圖韻 贈鄭防禦 可行 *并序)〉(『休翁集』 권2)에서 이런 내면을 읽을 수 있다.

또 윤선도는 현종 6년(1665)에 광양으로 이배하여 옥룡동(玉龍洞)[33]에서
적거하였는데, 진주의 하홍도(河弘度, 1593~1666)에게 화답한 〈공경스럽게
화운하여 겸재의 고요한 책상에 드리다. 겸재는 영남의 징사 하홍도이다.
병오(敬和呈謙齋靜案 謙齋 嶺南徵士河弘度 丙午)〉(『孤山遺稿』 권1)는 이 무렵에 지

---

31) 『白軒集』 권1, 『한국문집총간』 95, 372면.
32) 유배와 관련하여 絶塞, 絶島, 遠竄 가운데 光陽은 원찬에 해당한다.
33) 李玄逸의 〈晞陽縣北玉龍洞 卽尹侍郞謫居處 感吟一律以遣懷〉(『葛庵集』 권1)에서 윤선
　　도가 적거한 곳을 구체적으로 지적하고 있다.

은 것이다. 같은 시기에 쓰여진 〈답기대아서(答寄大兒書)〉(『孤山遺稿』 권5)와 〈답하의흥홍도서(答河義興弘度書)〉(『孤山遺稿』 권5)와 견주면 마음을 너그럽 게 다지고 있음을 알 수 있다.

> 남쪽으로 옮긴 뒤로
> 그물을 넘을 생각에 온통 맡기네.
> 끊임없이 오동나무에 비가 지나가고
> 느긋하게 보리는 물결에 가까워지네.
> 어찌 공의 절실한 가르침을 꺼리랴?
> 일찍이 벼슬아치의 많은 꾸짖음을 받았네.
> 온갖 일이 모두 내버려졌으니
> 오직 술통을 두드리는 노래를 아네.
> 自從南徙後　一任念逾羅　脈脈過桐雨　悠悠近麥波
> 何嫌公敎切　曾受吏訶多　萬事都遺落　惟知鼓缶歌[34]

그리고 이현일은 숙종 23년(1697)에 함경도 종성에서 광양으로 이배하 여 섬진 가의 갈은리(葛隱里)에서 지냈는데, 조식(曺植, 1501~1572)의 후손이 찾아와 공부하는 방법을 물은 것에 답한 〈조희점 군은 남명의 후손인데, 광양의 옥룡동으로 나를 찾아와서 학문의 방도를 묻기에 이것을 써서 주 다(曺君希點 南冥遺裔也 訪余於光陽之玉龍洞 請問爲學之方 書此以贈之)〉(『葛庵集』 권1) 와 정여창(鄭汝昌, 1450~1504)의 유허를 찾아서 지은 〈화개에서 정일두의 유허에 들르다(花開過鄭一蠹遺墟)〉(『葛庵集』 권1)에서 지리산·섬진강 권역이 지니는 의미를 상징적으로 말하고 있다. 앞의 시의 전·결구에서 "지금 그 대는 돌아가 구할 곳이 이미 넉넉하거니, 본래 가학(家學)에 절로 근원이 있었지.(今君旣裕歸求地 家學由來自有源)"라고 하면서 남명으로부터 이어지는

---

34) 『孤山遺稿』 권1, 『한국문집총간』 91, 289면. 하홍도의 원운은 다음과 같다.
　衆醉獨醒放 數年除網羅 衡輿倚忠信 利涉怗驚波 囊篋寓眸十 垣墻屬耳多 存神由底事 滄叟有遺歌

가학의 전통을 환기하고 있고, 뒤의 시에서는 "지난 해 종산에는 끼친 자취가 없어서, 백년의 원한이 지금까지 남았다네. 남쪽으로 와서 우연히 화개현에 들러서, 회억하니 도리어 끝없는 시름이 보태지네.(昨歲鍾山無遺躅 百年寃恨至今留 南來偶過花開縣 想像還添不盡愁)"라고 하여, 종산에서 유배 생활을 했던 정여창과 자신, 화개에서 은거 생활을 했던 정여창과 가까운 곳에서 유배 생활을 하는 자신을 견주고 있어서, 광양과 화개를 같은 권역에서 바라보고 있음을 알 수 있다.

이와 함께 〈팔월십오일 밤에 옥룡사에서 묵다(八月十五夜 宿玉龍寺)〉에서는 도선 스님이 창건한 옥룡사를 찾은 느낌을 드러내고 있다. 특히 함·경련에서 "바위틈의 물이 콸콸 섬돌 따라 울리고, 대나무는 **빽빽**하게 산을 둘러 심어졌네. 너무도 정교한 불화를 유심히 살피고, 티 한 점 없는 선방이 더욱 기쁘네.(濈濈巖泉循砌響 森森竹樹繞山栽 耽看佛畫窮纖巧 勝喜禪房絶點埃)"라고 하여 옥룡사 주변의 형세와 옥룡사 내부의 모습을 자세하고 그리고 있다.

한편 김성탁은 제주의 정의에서 영조 15년(1739) 광양으로 이배[35]되어 지내다가 다시 해남의 신지도로 옮겼으며, 그 후에 다시 광양으로 이배되어 고종(考終)하였다. 〈추가로 창설재 권공이 갈암 선생에게 드린 시에 차운하다. *아울러 서를 두다(追次蒼雪齋權公呈葛庵先生韻 *幷序)〉(『霽山集』 권2)에서 배소의 위치 및 이현일에 대한 추억을 확인할 수 있다. 3수 가운데 둘째 수이다.

> 남악에는 지금 옛날의 작은 초막이 없어도
> 백 년 동안 남긴 가르침이 동남을 쓸어내네.
> 누가 알랴? 초택에서 마음 아팠던 일을.
> 갈은 마을 앞에는 달빛이 못을 비추네.

---

35) 김성탁의 광양 이배에 대하여 金德五(1680~1748)는 〈又次量移光陽時韻〉, 〈用前韻悼晞友三章 竝寄光陽謫所〉(『癡軒集』 권1) 등의 시를 지어 위로하고 있다.

南岳今無舊小庵　百年遺敎掃東南
誰知楚澤傷心事　葛隱村前月照潭[36]

　이렇듯 광양을 읊은 한시는 백운산 등의 산세와 옥룡사의 유래, 은거지
로서의 기대, 섬진강 건너 하동·악양과의 교류 등으로 그 특성을 정리할
수 있을 것이다.

　다음으로 하동(河東)과 악양(岳陽)은 현재 한 고을이지만 악양은 진주의
속현으로 있었던 곳이다. 지리산과 섬진강이 있고, 쌍계사와 청학동이 알
려져 있다. 조선 초에 정인지(鄭麟趾)가 하동부원군이 되어 낙중에서 널리
알려졌고, 정여창이 악양에 은거지를 마련하고 지낸 인연으로 사림에게
상징적인 의미를 지니게 되었다. 특히 쌍계사에 있는 최치원(崔致遠)의 '쌍
계(雙磎)'·'석문(石門)'의 글씨와 「진감선사비문」은 최치원을 유선(儒仙)으
로 받드는 선비들에게 지리산·섬진강 권역의 하동·악양을 찾게 한 결정
적인 계기였다고 할 수 있다.

　정여창의 〈악양(岳陽)〉(『一蠹集』 권1)은 그 기상이 그의 삶과 연결되어 있
어서 뒷사람들에게 많은 반향을 끼친 작품이다.

　　　바람은 둥둥 뜬 부들을 가볍고 부드럽게 희롱하는데
　　　사월 화개에는 보리가 벌써 익었네.
　　　두류산 천만 겹을 다 본 뒤에
　　　외돛배를 타고 또 큰 강으로 가려네.
　　　風蒲泛泛弄輕柔　四月花開麥已秋
　　　看盡頭流千萬疊　孤舟又下大江流[37]

　많은 선비들이 정여창의 시에 화운하거나 마음에 새기면서 그 뜻을 따르

---

36) 『霽山集』 권2, 『한국문집총간』 206, 236면.
37) 『一蠹集』 권1, 『한국문집총간』 15, 467면.

고자 하는데[38], 휴정(休靜, 1520~1604)의 〈화개동(花開洞)〉(『淸虛集』 권3)은 대척적인 입장에서 화답하는 것으로 볼 수 있다.

> 화개 마을에는 꽃이 오히려 떨어지고
> 청학이 깃들이는 곳에 학은 돌아오지 아니하네.
> 다리 아래로 붉게 흐르는 물을 귀하게 여기는데
> 그대는 창해로 돌아가게나 나는 산으로 돌아가리니.
> 花開洞裏花猶落　靑鶴巢邊鶴不還
> 珍重紅流橋下水　汝歸滄海我歸山[39]

선비들의 시와 선승들의 시가 보여주는 독자성이 이 두 작품으로 대별된다고 할 수 있다. 같은 지소에서 같은 대상을 바라보면서도 그 지향은 다른 곳을 향하고 있다는 점이 각각의 독자성을 반영하는 것이다.

한편 악양(岳陽)은 동정호(洞庭湖)를 바라볼 수 있다는 중국의 호남성(湖南省) 악양현에서 유래한 것으로 섬진강을 동정호로 인식하여 승경으로 생각한 것이다. 권두경(權斗經, 1654~1726)의 〈장차 두류산을 노닐려고 배로 악양에 이른 다음에 육로를 따라 가면서, 도고부 처형의 시에 차운하다(將遊頭流 舟次岳陽 欲由陸路 次都古阜處亨韻)〉(『蒼雪齋集』 권2)는 섬진강에 배를 띄우고 악양에 다다른 감회를 읊고 있다.

> 가을 태호(太湖)에 새벽에 가볍게 배를 띄웠는데
> 조수가 빠지는 강문에 막 배를 대네.

---

38) 盧禛, 〈花開洞口憶一蠹先生 因用其韻〉(『玉溪集』 권1), 李昭漢, 〈雙溪寺敬次一蠹鄭先生韻〉(『玄洲集』 권2), 李玄逸, 〈花開過鄭一蠹遺墟〉(『葛庵集』 권1), 金昌翕, 〈河東鄭一蠹書院〉(『三淵集』 권8), 權斗經, 〈花開有一蠹先生遺址 都丈遂次先生下頭流韻一絕 余亦次之〉(『蒼雪齋集』 권2), 權萬, 〈次一蠹先生四月花開麥欲秋韻〉(『江左集』 권4), 金樂行, 〈謹次一蠹下頭流韻〉(『九思堂集』 권1).

39) 『淸虛集』 권3, 『한국불교전서』 7, 694면.

> 말을 부르고 모래펄에 잠시 앉노라니
> 짧은 시간에 다만 백구와 짝하여 노네.
> 輕橈曉泛太湖秋　潮落江門始繫舟
> 喚騎沙邊仍小坐　片時聊伴白鷗遊[40]

　두류산 유람을 위하여 섬진강에 배를 띄우고 악양을 경유하여 가는 과
정을 제시하고 있으면서, 강가에서 잠시 쉬면서 느끼는 한가함이 결구의
백구와의 만남에서 드러나고 있다.

　이와 같이 하동 지역을 읊은 한시는 쌍계사와 최치원, 정여창, 악양 등
이 주요 대상으로 다루어지고 있음을 알 수 있다.

　그 다음으로 구례는 봉성(鳳城)이라고도 하며, 동쪽으로 지리산이 있고
곡성과의 경계에 섬진강의 상류인 압록진[41]이 있어서, 잔수진[42]으로 이
어진다. 지리산 자락에 화엄사·연곡사가 있으며, 봉서루(鳳栖樓)·석주진
(石柱鎭) 등의 유적이 있다. 특히 석주관(石柱關)[43]은 고려 말에 왜구를 막
기 위하여 성을 쌓았던 곳으로, 호남과 영남이 갈라지는 곳이다. 조위한의
〈석주협(石柱峽)〉(『玄谷集』권6)은 이곳의 승경을 형상화한 것이다.

> 긴 강은 고요하고 산은 곧은데
> 푸른 솔숲과 흰 돌이 그림 사이에 있네.

---

40) 『蒼雪齋集』권2, 『한국문집총간』169, 41면.
41) 『신증동국여지승람』권40 「구례현」조에 "鴨綠津은 현의 서쪽 29리 곡성현 경계에
　 있다."라는 대목이 있다.
42) 『신증동국여지승람』권40 「구례현」조에 "潺水津은 현의 남쪽 9리 순천부 경계에 있
　 다."라는 대목이 있다.
43) 『신증동국여지승람』권40 「구례현」조에 "石柱關은 동쪽으로 25리에 있으며, 좌우로
　 산세가 기구하고, 강변에 길이 있는데, 사람과 말이 가까스로 지난다. 북쪽에는 모두
　 커다란 협곡이 있고, 그 안에 수십 리의 길이 있다. 고려 말기에 왜를 막기 위하여 강의
　 남북쪽 산에 성을 쌓았다. 지금은 없어지고, 단지 성터만이 남아 있다. 여기에서 호남·
　 영남으로 나누어진다."라는 대목이 있다.

유인이 승지를 찾느라 늙은 몸을 잊고
지친 말은 위난을 맞아 나약한 힘을 깨닫네.
숲으로 옮긴 골짜기의 새는 도리어 절로 지저귀고
물에 뒤집힌 바위의 꽃은 얼굴을 낮춘 듯하네.
물외에서 너풀거림이 취미가 되니
속세로 머리를 돌리니 한 꿈이 싸늘하네.
澹澹長江矗矗山　蒼松白石畵圖間
遊人探勝忘身老　倦馬臨危覺力屛
谷鳥遷林還自語　巖花倒水似低顏
婆娑物外因成趣　回首塵寰一夢寒[44]

구례에서 쌍계사로 향하는 길목에서 석주협을 읊은 것인데, 주변의 승
경과 여로에 오른 나그네와의 대비를 통하여 시인의 내면을 잘 그려내고
있다. 이러한 가운데 미련은 서경적 서정과 내면적 서정의 교직으로 마무
리하고 있다.

송인수(宋麟壽, 1487~1547)의 〈차구례봉성팔영(次求禮鳳城八詠)〉(『圭菴集』 권
1)은 구례의 경승 여덟 곳을 읊은 것인데 각각 〈방장적취(方丈積翠)〉, 〈잔수
타백(潺水拖白)〉, 〈누두상련(樓頭賞蓮)〉, 〈차구조어(釳口釣魚)〉, 〈오산기암(鰲
山奇巖)〉, 〈학추영종(鶴湫靈蹤)〉, 〈석주관방(石柱關防)〉, 〈운제행려(雲梯行旅)〉
의 부제가 붙어 있다. 그 가운데 잔수(潺水)를 읊은 것을 보도록 한다.

봉성의 남쪽에 잔수가 있는데
한 필의 흰 명주가 남녘 벼리에 비꼈네.
키를 끌고 뱃머리를 열어 맑은 물결을 희롱하고
담박한 단장과 짙은 화장은 서시(西施)와 같네.
서쪽과 동쪽으로 흩어져서 떠돌다가 배를 대니

---

44) 『玄谷集』 권6, 『한국문집총간』 73, 227면.

삼로(三老)를 부르는 것은 끝내 누구의 공인가?
옥피리를 부는데 강가에서 매화가 다 떨어지고
소리 한 가닥이 놀라서 용왕궁을 뚫네.
鳳城之南有潺水　一匹素練橫南紀
捩柂開頭弄淸波　淡粧濃抹似西子
支離漂泊西復東　招招三老竟何功
江梅落盡吹玉笛　一聲驚徹龍王宮　潺水拖白[45)]

　수련에서 섬진강의 한 주요 지점인 잔수의 깨끗한 풍광을 그려내고, 함·
경련에서는 그 강에 배를 띄우고 유람의 길을 나서는 모습을 읊고 있으며,
미련에서 옥피리 소리와 함께 신선의 세계로 이어지는 아름다운 광경을
신선도를 펼치듯이 제시하고 있다.

　이상에서 살핀 바와 같이 광양, 하동, 구례의 각 지역은 각 지역이 지닌
개별적인 특성을 지니고 있으면서 아울러 세 지역을 포함하여 섬진강·지
리산을 하나로 묶어서 인식하는 공통점도 보이고 있다. 어느 한 곳이 중심
을 차지하거나 어느 한 쪽으로 수렴되는 것이 아니라, 각각의 독자성 속에
각각을 하나로 아우르는 포용성이 있는 것이다.

2) 쌍계사·화엄사를 비롯한 사찰 공간의 의미

　지리산에는 쌍계사와 화엄사를 비롯한 많은 사찰이 있다. 지리산 남쪽
의 쌍계사, 불일암, 신흥사, 칠불암 등과 서남쪽의 연곡사, 화엄사, 천은
사 등이 지리산·섬진강 권역에 포함되는 사찰이다. 그 가운데 쌍계사에는
최치원의 '쌍계(雙磎)'·'석문(石門)'의 글씨와 「진감선사비문」이 있어서 더
욱 많은 사람들의 발길을 모으고 또 시를 남기게 했다.[46)]

45)『圭菴集』권1,『한국문집총간』24, 15~16면.
46) 쌍계사를 仙區와 연결시키고, 선비의 시와 선승의 시를 대비시켜 논의한 최재남,「선구
　　쌍계사와 한시」,『한국한시연구』4, 한국한시학회, 1996,『경남문학의 원류와 자장』,

〈산사(山寺)〉라는 제목으로 더 알려진 이달(李達, 1539~1618)의 〈불일암
에서 인운 스님에게 주다(佛日庵 贈因雲釋)〉(『蓀谷詩集』권5)은 이달의 시를 대
표하면서 산사의 고즈넉한 모습을 잘 그려내고 있다.

> 산[절]이 흰 구름 속에 있는데
> 흰 구름을 스님은 쓸지 아니하네.
> 나그네 이르러 문이 막 열리니
> 온 골짜기에 송화가 늙었네.
> 山[寺]在白雲中　白雲僧不掃　客來門始開　萬壑松花老[47)]

산을 두른 구름과 그 속에 자리한 절의 고즈넉한 모습이 비춰지고, 나그
네가 도착하여 문이 열리면서 송화가 날리는 골짜기의 풍광이 겹쳐지고
있다. 있는 그대로를 보여주면서 그 자체 한 폭의 그림이 된 것이다.

한편 이 글의 목표와 관련하여 어득강의 〈쌍계팔영〉[48)]을 주목할 수 있
는데, 병서와 함께 7절 8수로 되어 있으며, 〈동합오계(洞合五溪)〉, 〈문각사
자(門刻四字)〉, 〈귀대고비(龜戴古碑)〉, 〈간횡노목(澗橫老木)〉, 〈백계당호(白鷄當
戶)〉, 〈청학심선(靑鶴尋仙)〉, 〈횡동섬강(橫洞蟾江)〉, 〈대안호남(對岸湖南)〉 등
의 부제가 달려 있어서, 각각 쌍계의 시내, 최치원의 "쌍계(雙磎)"·"석문(石
門)"의 글씨, 진감선사비, 개울에 놓인 노목, 백계산, 청학과 신선, 섬진강,
언덕을 마주한 호남 땅을 읊고 있는 것으로 파악되는데, 이들 대상이 바로
지리산·섬진강 권역을 아우르는 공통분모라고 할 수 있다.

원운(元韻)인 〈횡동섬강(橫洞蟾江)〉의 전·결구에서 "담장은 등림 같고 사

경남대학교 출판부, 2003에 재수록 참조

47) 『蓀谷詩集』 권5, 『한국문집총간』 61, 31면.

48) 〈쌍계팔영〉의 자세한 내용에 대하여, 최재남, 앞의 글 및 「어득강의 〈쌍계팔영〉과
　　그 차운시」, 『지역문학연구』 창간호, 경남지역문학회, 1997, 『경남문학의 원류와 자장』,
　　경남대학교 출판부, 2003에 재수록, 「어득강의 삶과 시의 특성에 대한 일고」, 『한국한시
　　연구』 11집, 한국한시학회, 2003 참조.

람은 시장과 같아, 은거지로 고을의 서쪽 마을이 참으로 좋네.(檣似鄧林人似市 菟裘正好縣西村 右橫洞瞻江)"라고 하여 섬진강 주변의 많은 골짜기를 보면서 은거지로 삼을만한 땅을 생각하고 있다. 「쌍계팔영 병서」에서 어득강이 노년을 보낼 곳으로 악양현의 삽암을 지목하고 있는 것과 같은 맥락이라고 볼 수 있다.

3) 청학동으로 대표되는 소망 공간

청학동은 속세를 피한 사람이 살던 곳으로, 푸른 학이 서식한다고 해서 붙여진 이름이다. 이인로(李仁老, 1152~1220)는 『파한집』에서 청학동을 찾아 나섰다가 찾지 못한 내막을 말하고 다음과 같은 시를 남겼다.

> 두류산 멀리 저녁구름이 낮게 깔리고
> 만학 천암은 회계산과 같네.
> 지팡이를 짚고 푸른 학이 사는 골짜기를 찾고자 하니
> 수풀 사이에서 흰 원숭이 울음만 헛되이 들리네.
> 누대는 아득하게 삼신산에 가깝고
> 이끼에는 희미하게 넉 자를 적었네.
> 시험하여 묻노라, 신선 사는 곳은 그 어디인가?
> 떨어진 꽃 흐르는 물이 사람을 헤매게 하네.
> 頭流山迥暮雲低　萬壑千巖似會稽
> 策杖欲尋靑鶴洞　隔林空聽白猿啼
> 樓臺縹緲三山近　苔蘚依俙四字題
> 試問仙源何處是　落花流水使人迷

푸른 학이 산다는 골짜기를 찾아 나섰지만 쌍계사 주변의 모습만 확인하고 정작 신선 사는 그 동네를 확인하지 못했다는 아쉬움이 배어 있다. 신선이 사는 동네에서 신선과 같이 살고 싶은 마음을 청학(靑鶴)이라는 명명을 통해 되새기고 있는 것이다.

청학동에 대한 이와 같은 인식은 임억령(林億齡, 1496~1568)의 〈쌍계와 청학동을 찾아가는 명언을 보내다(送明彦尋雙谿靑鶴洞)〉(『石川詩集』 권1), 조식 (曺植, 1501~1572)의 〈청학동(靑鶴洞)〉(『南冥集』 권1), 기대승(奇大升, 1527~1572) 의 〈청학동에 들어가 최치원을 찾아가다(入靑鶴洞 訪崔致遠)〉(『高峰集』 권1)을 비롯한 후대의 작품에서 서경적 서정이나 시인의 감회에 차이가 없이 지속 적으로 이어진다.

4) 물외의 복거지로서의 섬진강

섬진강은 전북 진안에서 발원하여 순자진·압록진·잔수진·용왕연 등을 거쳐 전남 광양의 남쪽을 지나 바다로 들어가는 강이다. 『세종실록』 「지 리지」에는 다음과 같이 정리하고 있다.

> 잔수진(潺水津)은 구례(求禮)에 있는데, 그 수원이 둘이 있으니, 그 하나는 진안(鎭安) 중대산(中臺山)의 물이 서남쪽으로 흘러 임실(任實)·순창(淳昌)을 지나 돌아서 동쪽으로 흘러 남원 남쪽 경계에 이르러 순자진(鶉子津)이 되며, 그 하나는 지리산 서북쪽 여러 골짜기의 물이 남원을 지나 순자진으로 들어 가서, 그 하류가 압록진(鴨綠津)이 되며, 또 보성(寶城) 정자천(亭子川)의 물이 복성(福城) 옛 현(縣)을 지나 북쪽으로 흘러서 낙수진(洛水津)이 되고, 동북쪽 으로 흘러 옛 곡성(谷城)을 지나 압록진으로 들어가서 합하여 동쪽으로 흘러, 구례현 남쪽과 순천(順天) 북쪽 경계에 이르러 잔수진이 되고, 지리산 남쪽 기슭을 지나서 경상도 진주(晉州)의 옛 임내(任內) 화개현(花開縣) 서쪽에 이 르러 용왕연(龍王淵)이 되는데, 조수가 이르며, 동남쪽으로 흘러 광양현(光陽 縣)의 남쪽을 지나 섬진(蟾津)이 되어 바다로 들어간다.[49]

섬진강을 직접 언급한 시 가운데 신익황(申益愰, 1672~1722)의 〈섬진기묘 (蟾津 己卯)〉(『克齋集』 권1) 2수는 섬진강의 위치 및 주변의 상황을 읊은 것으

---

49) 『세종실록』 권151, 「지리지」 전라도.

로, 그 중에서 둘째 수를 보도록 한다.

> 악양에서 서쪽으로 바라보면 화개에 닿는데
> 산이 절로 층을 이루고 물은 절로 돌아가네.
> 仙源에 봄이 다하는데 날짜를 알랴?
> 때마침 낙화가 오는 낚싯배를 물리치네.
> 岳陽西望接花開　山自重重水自迴
> 春盡仙源知幾日　落紅時逐釣船來50)

　그런데 이러한 섬진강은 고요하고 빼어난 경관 때문에 물외의 복거지로
서 널리 인식되었다. 그리하여 섬진강 주변의 형승을 그림으로 그리게 되
었고, 직접 갈 수 없었던 경우에는 그림을 보면서 와유(臥遊)로 만족하기도
하였다. 이정구(李廷龜, 1564~1635)의 〈서섬강도(書蟾江圖)〉(『月沙集』 권18)가
바로 그러한 예이다.

　　무오년(광해군 10, 1618) 봄에 내가 백사 등 제공과 함께 탄핵을 받아 찬
　축의 명이 조석으로 내려왔다. 그래서 백사는 먼저 북청으로 귀양 가고
　나는 유배지가 아직 결정되지 않고 있었다. 예전에 정공 충신(鄭公忠信)에
　게 섬진강이 살 만하다는 말을 들은 적이 있었는데 이때는 그가 백사 대감
　을 따라 북청에 가 있었다. 내가 백사 대감께 편지를 보내 정공을 보내주
　어 주인으로 삼을 수 있도록 해주길 청하였다. 그 계획이 이루어지기도
　전에 백사 대감은 그만 지하의 사람이 되었고 나는 여전히 진토에서 허덕
　이고 있었으며, 정공은 서새에 유락하고 있었다. 임술년(광해군 14, 1622)
　가을에 정공이 나를 빈막으로 맞이하여 대화하는 사이 탄상하는 것이 모
　두 섬진강이었다. 마침 이화사(李畵師)를 만났기에 그 경치를 그려서 나에
　게 보여주었다. 아, 강산은 공물이니 누가 주인이고 누가 손님이며, 어느
　것이 진짜이고 어느 것이 가짜이겠는가. 내가 날마다 누워서 이 그림을

---

50) 『克齋集』 권1, 『한국문집총간』 185, 314면.

본다면 종소문(宗少文)의 와유와 맞먹을 수 있을 터이니, 어찌 군이 띠를
베고 집을 지어 살면서 그 경치를 궤안 앞에 두고 보아야만 되리요. 이에
율시 한 수를 써서 남기노라.

戊午春, 余與白沙諸公, 同被白簡, 竄命朝夕下. 白沙先謫北, 余未定
歸骨地, 曾聞鄭公忠信說蟾江可居, 時隨沙相在北, 余移書沙相, 請送鄭
公爲主人. 計未成而白沙爲泉下人, 余向乾沒塵土, 鄭公落於西塞. 壬戌
秋, 迎我於儐幕, 話間歎賞 皆蟾江也. 適遇李畵師, 圖其勝示余噫, 江山
公物, 孰爲主孰爲賓, 孰爲眞孰爲假, 使余日日對此, 可當宗少文臥遊,
豈必誅茅卜居, 爲吾几案間物耶. 遂書一律遺之.

듣건대 그대 매양 섬진강 경치 좋다면서
상담(湘潭)으로 나를 불러서 함께 살자고 했었지.
내 뜻 결국 이루지 못하고 이제 늙었는데
그대는 언제나 그곳으로 돌아갈 수 있을까.
맑은 빛 짙은 색 경치는 시로도 형용하기 어렵고
빼어난 산 흐르는 물은 그림도 그만은 못하여라.
빗속의 대 내 낀 돛이 눈에 삼삼히 보이니
내 집 앞에 종일토록 누워 이 경치 구경하리라.
聞君每說蟾江勝　邀我湘潭共卜居
我竟未成今老矣　君於何日得歸歟
淡粧濃抹詩難狀　競秀爭流畵不如
雨竹煙帆森在眼　臥遊終日亦吾廬[51]

　무반 출신인 정충신(鄭忠信, 1575~1636)의 자랑이 바탕이 된 것이지만,
섬진강 주변에 복거의 터전을 마련하고 그곳에서 느긋한 삶을 보내겠다는
다짐이 서려 있는 것이다. 실제 광주(光州)에 본가가 있고 섬강에 구서(舊
棲)가 있었던 정충신도 〈섬강에서 읊다. 계유칠월(蟾江有吟 癸酉十月)〉(『晩雲
集』권1) 2수를 남겼는데, 그 첫 수를 보도록 한다.

51) 『月沙集』권18, 『한국문집총간』69, 414면.

강가의 누대에서 일이 없이 늘 술잔을 잡는데
어찌하여 의대(衣帶)가 점점 헐렁해지는가?
북쪽으로 바라보니 장안은 삼천리인데
가을이 다하는 호서에 기러기도 드무네.
日把江樓無事酒 如何衣帶漸寬圍
長安北望三千里 秋盡湖西雁亦稀[52]

이들 시에서는 오히려 상심(傷心)[53]의 내면이 노출되고 있다. 승경의 아름다움에도 불구하고 사적인 고통이 생길 경우, 전원승경의 서경적 서정과 개인적 감회에 괴리가 생길 수 있음을 보여주는 경우로 이해할 수 있다.

심광세의 〈월사 상공의 섬강도 시에 차운하여 방어사 정가행에게 주다. *아울러 서를 두다(次月沙相公蟾江圖韻 贈鄭防禦 可行 *幷序)〉(『休翁集』권2)에서도 섬강도와 관련한 일화와 실제 강호전원의 승지를 그리워하면서 복거의 땅으로 생각하고 있음을 알 수 있다.

하늘과 땅이 뒤집히는 인간 세상에서
구름이 걸친 숲 어느 곳인들 지낼 수 없으랴?
이 마음이 일찍이 있음은 오직 나였는데
좋은 일을 이룰 수 있음은 곧 그대인가?
홀로 구학을 오로지하는데 누가 장소를 다투랴?
길이 연기와 물결을 차지하니 먼 곳에서 태연하네.
오늘 그림을 마주하며 거듭 뜻을 부치니
언제나 인끈을 던지고 각자 오두막으로 돌아가랴?
天翻地覆人間世 何處雲林不可居

---

52) 『晩雲集』권1, 『한국문집총간』83, 322면.
53) 「年譜」(『晩雲集』부록 권2), 癸酉年(1633) 9월에 지리산 승경을 구경하고 蟾江 舊棲를 찾고, 쌍계사에 묵은 뒤에 猪家에 도착하였는데, 『日記』의 내용을 들어 "蟾江佳境 盡爲傷心之地云云"이라고 하였다.

早有此心惟我爾　能成好事是君歟
獨專邱壑誰爭所　長占煙波逈自如
今日對圖重寄意　幾時投紱各歸廬[54]

　물외의 복거지로 삼고자 하는 섬진강 주변에 대한 인식은 정충신(鄭忠信)
의 자랑과 섬강도(蟾江圖)를 계기로 많은 사람들에게 확산되어 지속적인
반향을 끼친 것으로 확인된다.

　봉성, 화개협, 쌍계사, 신흥사, 악양 등을 유람한 오숙(吳翽, 1592~ 1634)
의 〈섬강노상(蟾江路上)〉(『天坡集』 제1)에서도 섬촌(蟾村)에 터를 잡고 물고기
를 낚으면서 지내려는 내면이 배어 있다. 미련에서 "몇몇 아들과 함께 섬
촌에 집을 짓고, 한 강에서 물고기를 낚으며 어슬렁거리며 서로 따르리.(卜
築蟾村同數子 一江漁釣倘相隨)"라고 한 대목에서 구체적으로 드러난다.

　한편 김성탁의 〈달후가 섬강의 승경을 아껴서 집 한 채를 샀는데 어떤
사람이 값이 비싸다고 기롱하자, 달후가 절구 두 수를 지어서 조롱을 해명
하였다. 내가 장난삼아 그 시에 차운하다(達厚愛蟾江之勝 買取一屋子 或以價重
譏之 達厚賦二絶解嘲 余戱次其韻)〉(『霽山集』 권2)는 이세근(李世根, 號 葛茅堂)이 섬
진강에 복거의 땅을 마련하는 과정에서 겪었던 일화를 다룬 것이다.

해마다 강가에서 홀로 읊는데 허비하는데
이제 그대가 와서 산다니 마음을 기울여 이야기할 만하네.
바야흐로 싼 가격이 도리어 부자로 돌아감을 알았으니
강과 산을 얻음에 돈을 들일 필요 없으리.
歲歲江潭費獨吟　君今來住可論心
方知廉價還歸富　收得江山不用金[55]

---

54) 『休翁集』 권2, 『한국문집총간』 84, 335면.
55) 『霽山集』 권2, 『한국문집총간』 206, 242면.

섬진강 주변의 승경에 감탄하면서 복거의 땅을 마련하려는 사람들이 늘어나면서, 그 주변의 지가(地價)가 변하게 되고 그 사이에 알게 모르게 이익을 남기게 되는 사정을 말하고 있다. 오늘날 우리들의 현실을 미리 예견하고 있는 듯하여, 강산(江山)을 독차지하겠다는 마음이 결국 큰 욕심으로 변질될 수 있음을 경계하고 있는 것으로 이해할 수 있다.

4. 지리산·섬진강 권역 한시의 특성과 앞으로의 과제

지리산·섬진강 권역의 한시가 지닌 특성은 개별 장소에서 승경이나 유적에 대한 서경적 서술을 포함하여, 개인적인 감회의 음영이 중심을 이루고 있지만, 실제 개별적이고 독립된 지소(地所)로서의 의미보다 전체를 아우르는 관점을 보여주고 있다는 것이다.

우선 지리산이 지닌 상징성을 가장 두드러진 특징으로 지적할 수 있는데, 이러한 특징은 김혜숙의 글에서 밝힌 바와 같이 신성(神聖), 기맥(氣脈), 신성(神仙) 등으로 요약할 수 있을 것이다.

다음으로 지리산 남·서남쪽 자락의 사찰 공간이나 유허와 관련하여, 유선(儒仙)인 최치원을 환기하거나 「진감선사비문」과 관련하여 선종(禪宗)과 연결시키거나, 정여창을 회억하면서 사림(士林)의 기개를 다지고 있다는 점을 지적할 수 있다.

그리고 섬진강을 중심으로 생각할 때 각각 강 너머의 공간까지 아우르고 있음을 확인할 수 있고, 실제로 전원강호의 승경에 기반을 둔 복거(卜居)의 공간으로 인식하고 있다는 사실도 알 수 있다.

지금까지의 논의가 지리산·섬진강 권역을 남유의 동선에서 바라보려는 시각의 한 시론에 해당한다면 앞으로 지속적으로 논의를 진행하기 위하여 고려해야 할 내용을 다음 몇 가지로 제시할 수 있을 것이다.

첫째, 남유의 동선에서 파악하는 시각 때문이기도 하지만 실제 제대로 정리하지 못한 지역 내부의 시선에 대하여 자료 확충을 바탕으로 심도 있는 논의가 진행되어야 할 것이다. 특히 지리산·섬진강 권역의 삶의 모습에 대한 시적 형상이 관심사가 될 수 있다. 본 논의에서는 지리산·섬진강의 교집합 지역만 다루었지만 지리산 권역도 다시 세분화하여 각각의 권역이 지닌 독자성 및 공통점을 함께 살펴야 할 것이다.

둘째, 남유의 체험을 하지 못하고 와유(臥遊)를 하거나, 먼 곳에서 듣기만 하고 상징적이고 관념적으로 음영한 경우, 그 전승의 효과까지 고려하여 구체적인 남유 체험과 견줄 수 있는 방법도 모색해야 할 것이다.

셋째, 본 논의에서도 할애하고 만 선비들과 선승들과의 교유 및 선승들의 시편에 대한 정리가 필요하다. 수도 도량에서 선승들의 내면을 확인하는 것은 선시(禪詩)의 시각에서 살필 수 있을 것이고, 유배지의 선비들과 교유하고 또 그 연결고리를 잇고자 하는 선승의 시편에 대한 검토가 중요한 의의를 확보할 수 있을 것이다. 이 경우 남유 노정의 연장선에 있는 남해(南海)56), 순천(順天) 등도 같은 권역에 포함시켜 논의할 수 있을 것이다.

넷째, 남유의 과정에서 일어나는 문화의 확산 및 교유의 내용에 대한 연구도 중요한 과제가 될 수 있다. 특히 유배의 경우 유배지로 찾아오는 지역 및 인근 지역의 사람들과의 교유를 주목할 수 있기 때문이다.57)

『배달말』 35집(2004)

---

56) 李頤命, 〈靈鷲山人印成老師 在順天興國寺 曾往來於西浦公所 今夏 余移入海中 師輒來相見 仍語及西浦公曰 淸明秀異 且能旁通釋語 不幸旅櫬已出海矣 遂揮涕而相慰 其十月又越海來見夜宿 求余一言甚勤 余自遷謫以來 無意鉛槧 老師之意 終不可孤 遂成一絕以贈之〉(『疎齋集』 권1, 『한국문집총간』 172, 59면) 참조.

57) 金聖鐸의 「年譜」(『霽山集』) 十四年 戊午 七月晦日에 "到光陽之蟾津 時丹晉宜咸士者 講學者日至…"라는 내용이 있다.

⬿ 제4부 ⬾

연구사 검토

I

일석 이희승 선생의 고전시가 연구

1. 서언

일석 이희승 선생(1896~1989)은 저명한 국어학자로 널리 알려져 있어서 전공으로 보자면 고전시가를 전문적으로 연구한 분은 아니라고 할 수 있다. 그럼에도 불구하고 이미 1930년대에 시조의 기원에 관한 견해와 몇 편의 가사 작품의 해설을 통하여 고전시가에 대한 지속적인 관심을 표명하였고, 이어서 1950년대 후반에는 고시조 감상을 비롯하여 현대시에서 고전시가의 특징을 어떻게 계승할 것인가에 대한 문제를 제기하면서 고전시가에 대한 애정을 보여 주고 있다.

일석 이희승 선생의 시가 연구에 대해 검토한 것으로 '일석 이희승 선생의 학문과 인간'이라는 특집에 김대행 교수가 쓴 「일석 선생의 고전문학 연구」[1]가 있어서 전반적인 사정을 이해하는 데에 큰 도움이 된다. 김대행 교수의 글에서는 우선 일석 선생이 쓴 고전문학 관계 논저를 13항목[2]에

---

1) 김대행, 「일석 선생의 고전문학연구—고전 주석과 감상」, 『새국어생활』 제4권 제3호, 국립국어연구소, 1994.9.

2) 이 중에서 항목 13.은 『일석 이희승 선생 송수기념논총』, 일조각, 1957에 소개된 『국문학(고전편) 개관』, 국민사상연구원, 1953.2.8.에 관한 것인데, 자료를 확인할 수 없

걸쳐서 검토하고, 고전문학 연구에 나타난 특징을 1. 시가 장르에 대한
관심, 2. 잡가(雜歌)에 대한 집중적 관심, 3. 노래말의 현대어 표기, 4. 목차
의 배열 순서, 5. 와탈(訛脫) 바로잡기의 주석, 6. 생활 중심의 감상 지표,
7. 전통 계승론의 옹호 등으로 정리하고, 이어서 일석 선생의 고전문학관을
1. 민족적 자부심으로서의 고전문학, 2. 살아 숨 쉬는 문학의 지향, 3. 생활
문화로서의 문학을 겨냥 등으로 정리하였다.

고전시가와 관련한 일석 이희승 선생의 논저를 들면 다음과 같은데, 본
고에서 이들 논저를 바탕으로 일석 이희승 선생의 고전시가 연구의 구체
적 내용과 그 의미를 살피고자 한다.

1. 논문
「시조 기원에 대한 일고」, 『학등』 제2호, 1933.12.
「용비어천가의 해설」, 『조선일보』, 1935.1.3.
「시가에 나타난 이화」, 『이화』 7호, 1937.6.
「고전문학에서 얻은 감상」, 『조선일보』, 1938.6.5.
「가사 "토끼화상"의 해설」, 『문장』 제1집, 1939.1.1.
「새타령 해설」, 『문장』 제2집, 1939.2.1.
「가사 소상팔경 해설」, 『문장』 제3집, 1939.4.1.
「강호별곡 해설」, 『문장』 제5집, 1939.6.1.
「유산가 해설」, 『문장』 제1권 제7호, 1939.8.1.
「매화가 해설」, 『문장』 제1권 제9호, 1939.10.1.
「시조감상 일수」, 『학풍』 제2권 제1호, 1949.1.
「시조감상」, 『시조연구』 1호, 1953.1.5.
「현대시에 미치는 고가의 영향」, 『자유문학』 1월호, 1956.1.1.
「시가에 나타난 달」, 『코메트』 36호, 1958.11.

는 아쉬움을 토로하고 있다. 이 글 역시 이 자료의 실상을 확인하지 못한 상태에서
집필되었다.

「고시조감상」 제1회~제9회, 『신문예』 1월호~10월호, 1958.12~1959.9.

「시조와 신시의 한계」, 『자유문학』 4권 11호, 1959.11.1.

「정읍사 해석에 대한 문제점 二·三」, 『백제연구』 2집, 충남대학교, 1971.

2. 저서

『역대조선문학정화(상)』, 인문사, 1938.4.30.

『조선문학연구초』, 을유문화사, 1946.9.20.

『정정 역대조선문학정화 권상』, 박문출판사, 1948.10.1.

『국문학(고전편) 개관』, 국민사상연구원, 1953.2.8.

『역대 국문학선집』, 박문출판사, 1958.4.20.

『일석 이희승전집』 9책, 서울대학교 출판부, 2000 중 제8책.

『고시조와 가사 감상』, 집문당, 2004.

논의의 순서와 방법은 다음과 같다. 2장에서는 1930년대와 1950년대에 주로 이루어진 고전시가 관련 연구의 전체적인 조망과 고전시가에 대해 보인 태도와 연구 방향을 정리하고자 한다. 다음으로 제3장에서는 『정정 역대조선문학정화 권상』과 『역대국문학선집』에 수록된 작품을 대상으로 고전시가 자료 선정과 배열의 방법을 확인하고, 이어서 제4장에서 시조 연구의 구체적 내용과 감상 방법을 제시하면서 실제 적용한 사례를 검토하고, 제5장에서는 가사와 잡가 연구의 시각에 대하여 검토하도록 한다.

2. 고전시가 연구의 태도와 방향

1930년대 일석 이희승 선생의 행적은 전광현(田光鉉) 교수가 작성한 「연보」[3]를 통해서 확인할 수 있거니와, 1931년에 조선어문학회를 창립하였

---

3) 전광현 편, 「연보 및 연구논저목록」, 「특집/일석 이희승 선생의 학문과 인간」, 『새국

고, 1932년 3월 경성사범학교 교유를 사임하고, 4월에 이화여전 교수로 취임하였다. 그해 4월에 조선어학회 간사로 피선되고, 1935년 4월에는 조선어학회 간사장에 피선되었다. 1940년 4월 휴가를 얻어 일본 동경제국 대학 대학원에 입학하여 2개년간 언어학을 연구하였다. 이렇듯 일석 이희 승 선생에게 1930년대는 주로 이화여전의 교수로서 활동하던 시기라고 할 수 있다. 시가와 관련한 핵심적인 글은 대부분 이 시기에 발표되었다.

1933년에 발표한 시조의 기원에 관한 견해와 1939년에 집중적으로 이루어진 가사 작품 해설은 뒤에 『조선문학연구초』(을유문화사, 1946)에 수록되어 있다.

이 책은 1930년대에 발표한 글을 묶은 것으로, 6편의 가사 해설과 「시조 기원에 대한 일고」, 「고전문학에서 얻은 감상」, 「소설과 "얘기책"」 등으로 구성되었다. 이 책에서 일석 이희승 선생은, "십여 년이나 조선문학에 관한 과목을 담당하게 되어"[4] 문학에 대한 관심을 가졌다고 고백하고 있거니와, 이와 같은 소논집을 간행하게 된 연유를 첫째, "걸어온 자취는 일단락을 지을 필요"성을 느끼면서 "반성의 재료"[5]로 삼고자 한 것이고, 둘째, 후진들을 위한 참고자료로 활용되기를 바라는 마음, 셋째 출판사의 호의를 들고 있다.

그리고 고전문학 작품을 가려 뽑은 『역대조선문학정화(상)』는 인문사 (1938.4)에서 처음 발행하였으며, 뒤에 『정정 역대조선문학정화 권상』으로 박문출판사(1948. 10)에서 수정판이 나왔다가, 다시 『역대국문학선집』 (1958.4)으로 발간되었는데, 모두 45항목이 수록되었으며 배열 순서에 차이가 있다.

자료와 문헌에 대한 관심은 초기 연구자들이 동시에 수행해야 하는 과

어생활』 제4권 제3호, 국립국어연구소, 1994. 9, 156~165면.

4) 이희승, 「발문 대신으로」, 『조선문학연구초』, 을유문화사, 1946, 103면.

5) 위의 책, 104면.

제이기도 했지만 중요한 자료에 대한 일석 선생의 애정은 남달랐던 것으로 보인다. 특히『해동가요』에 대한 관심을 주목할 수 있는데, 이른바『해동가요(일석본)』의 의의와 함께 지속적인 관심을 드러낸 것을 확인할 수 있다. 김삼불(金三不)이 교주한『해동가요』(정음사, 1950)에 쓴 서문6)에서는 시조 갈래의 성격과 해석의 방향에 대한 태도를 밝히고 있다.

> 우리 고전문학 작품 중에서 가장 예술적으로 고도화된 것으로는 시조를 들지 않을 수 없다. 그러한 관계인지, 소설이나 가사 같은 것은 그 작자가 자기의 이름을 드러내지 않고 비밀에 붙인 것이 관례 모양으로 되어 있어서, 오늘날 그것이 누구의 작품인지 알 길 없는 것이 거의 전부임에 불구하고, 시조는 작가의 이름이 비교적 많이 알려져 있는 것은, 작가의 이름을 걸어 놓아 하등 불명예를 느끼지 않을 만큼 자신을 가졌기 때문이 아닐까. 무명씨의 작품도 많지 않은 배 아니나, 어느 예술면보다도 많은 작가의 이름을 전하고 있다.
>
> 그뿐 아니라, 작자의 종류를 따져 보더라도, 위로는 왕공장상으로부터 아래로는 서민기녀에 이르기까지 각계 각층을 망라하였고, 시대적으로 살펴보더라도, 고려(말엽?)로부터 이씨조선 말기에 이르기까지 누백년간의 세월을 통하여 창작되어 왔다.
>
> 이러한 시조인지라, 이것이 다각적 다면적으로 음미 검토되어야 할 것이요, 다만 해석면에 한하여 생각할지라도, 가장 과학적 방법으로 신중히 해부되어야 할 것이다.7)

한편 1979년에 발견된『해동가요(박씨본)』에 붙인 서문8)에서는『해동가요(일석본)』의 수집 경위와 자료의 성격에 대하여 자세하게 기술하고 있다.

---

6) 이희승,「서」, 김삼불 교주,『해동가요』, 정음사, 1950, 3~4면.
7) 김삼불 교주,『해동가요』, 정음사, 1950, 3면.
8) 이희승,「서문」,『해동가요 부 영언선』, 규장문화사, 1979, 1~3면.

하루는 인사동에 있든 한남서림(고서점·주인 백두용)에서 헌 책을 뒤지다
가 발견한 것이 〈해동가요〉라는 필사본이었다. 표제는 〈해동풍요(海東風
謠)〉로 되어 있으나, 내제는 분명히 〈해동가요(海東歌謠)〉로 기록되어 있
었다.

내용을 살펴보니, 영조 때 사람 노가재(老歌齋) 김수장(金壽長)이 편집한
것으로서, 주로 시조를 수록하였고, 권말에는 몇 편의 가사까지 등재되어
있었다. 그러나 책이 워낙 후락하여, 첫 장 서문의 일부가 모멸되었고,
권말에서도 몇 장이 떨어져 나간 흔적이 역력하였다.

시조는 편찬자인 노가재보다 선인들이나 동시대의 다른 사람들의 작품
을 우선적으로 유별하여 수록하였고, 말미에 자작 시조를 첨가하여 있었
다. 그리고 작품 중에는 해설이 부기된 것도 있었으며, 또 다른 시조집의
서문 형식의 문장이 첨기된 것도 있었다. 이런 것은 아마 당시 작은 규모
의 시조집이 유포된 것을 그대로 수록하였는지도 알 수 없는 것이었다.
그리고 간간이 작자의 이름을 도려 낸 것도 보였는데, 이것은 아마 작자
의 이름이 오기된 것을 삭제한 것이거나, 그렇지 않으면, 이 책이 세간에
전전하여 다닐 적에, 작자의 후손의 수중에 들어가서 조상의 이름을 기휘
하는 뜻에서 도려 버렸는지도 알 수 없는 것이었다.[9]

그리고 1950년대 후반에 여러 차례에 걸쳐 시조 감상을 발표하였고,
시조에 나타난 '이화', '달' 등의 소재에 대한 검토를 비롯하여, 현대시에서
고전시를 계승하는 문제 등을 논의하였다. 20여년의 격차를 두고 다시
고전시가에 집중적인 관심을 표명한 것은 「시조 감상 일수」가 『고등국어
(3)』[10]에 수록된 것과 회갑을 전후하여 본인의 연구에 대한 관심을 정리하
고자 하는 의식이 작용했을 것으로 평가할 수 있다.

「시조감상」에서 주의해야 할 항목을 다음과 같이 기술하고 있다.

---

9) 『해동가요 부 영언선』, 규장문화사, 1979, 1면.
10) 1956.3.31. 원래 이 글은 『학풍』 제2권 제1호(1949.1)에 발표한 것인데, 이 시기에
   교과서에 수록된 것이다.

　　대개 시가뿐 아니라 일반 예술에서는 번쇄를 버리고 간결을 취하여야
하며, 직설을 피하고 완곡을 귀히 여겨야 한다. 그리하여 모든 것을 노골
적으로 버르집어 놓는 것보다 은연중에 암시만을 주도록 표현하는 것을
생명으로 하지 않으면 안 된다. 전체를 알알이 죄다 털어 놓을 것이 아니
라 가장 중요한 골자만을 뽑아서 부분을 통하여 통체를 들여다볼 수 있도
록 표현하지 않으면 안 된다. 즉, 복판을 치지 말고 변죽을 울려야 할
것이다. 모든 것을 너무도 노골적으로 버르집어 놓으면 마치 실 오라기
걸치지 않은 나체를 보는 것과 같아서 도리어 흥미가 깨지고 구역이 날
것이다.[11]

　한편 1971년에는 〈정읍사〉 해석에 관한 글[12]을 발표하기도 하였다.

3. 고전시가 자료의 선정과 배열

　『역대조선문학정화(상)』(인문사, 1938)은 전문학교 조선문학 교과서로 발
행한 것인데, 학제가 개혁되면서 1946년에 대학 저학년과 고급중학[고등학
교] 국어 국문교과서로 엮은 『정정 역대조선문학정화 권상』과 1958년에
『역대국문학선집』으로 고친 작품의 목록을 차례로 제시하면 다음과 같다.
전부 45과로 구성하였는데, 배열순서만 다를 뿐 수록한 내용은 같다.

---

11) 「시조감상」, 『시조연구』 1호(1953.1), 『고시조와 가사 감상』, 집문당, 2004, 231면.
12) 이희승, 「정읍사 해석에 대한 문제점 2·3」, 『백제연구』 2집, 충남대학교, 1971.

	『정정 역대조선문학정화(권상)』		『역대국문학선집』
1	애모사련(시조발췌 1)	1	유산가
2	놀부의 포악(흥부전)	2	산촌수곽(시조발췌 1)
3	우부가	3	광한루(춘향전)
4	용부가	4	명당가
5	천석고황(시조발췌 2)	5	충성초색(시조발췌 2)
6	선루별곡	6	공양미 삼백석(심청전)
7	고정신미(시조발췌 3)	7	관등가
8	말 값 삼백량(박씨전)	8	봉선화(가사)
9	규중칠우쟁공론(수필)	9	농가월령가
10	베틀노래(구전부여요)	10	설니홍조(시조발췌 3)
11	단심여석(시조발췌 4)	11	용궁좌기(토끼전)
12	활빈당(홍길동전)	12	토끼화상(가사)
13	토운생풍(시조발췌 5)	13	제침문(수필)
14	선유가	14	동요삼편
15	백발탄	15	행운유수(시조발췌 4)
16	관음찬(사씨남정기)	16	허씨의 흉계(장화홍련전)
17	시집살이(구전부여요)	17	창랑곡
18	소상팔경(가사)	18	한운야학(시조발췌 5)
19	사군자(시조발췌 6)	19	너 어디 가자고 왔니(구전동요)
20	양천리 구루탁계(구운몽)	20	까토리해몽(장끼전)
21	관활량의 꿈(수필)	21	새타령
22	떡타령	22	애모사련(시조발췌 6)
23	설월화조(시조발췌 7)	23	놀부의 포악(흥부전)
24	사시풍경가	24	우부가

25	유산가	25	용부가
26	산촌수곽(시조발췌 8)	26	천석고황(시조발췌 7)
27	광한루(춘향전)	27	선루별곡
28	명당가	28	고정신미(시조발췌 8)
29	충성초색(시조발췌 9)	29	말 값 삼백량(박씨전)
30	공양미 삼백석(심청전)	30	규중칠우쟁공론(수필)
31	관등가	31	베틀노래(구전부여요)
32	봉선화(가사)	32	단심여석(시조발췌 9)
33	농가월령가	33	활빈당(홍길동전)
34	설니홍조(시조발췌 10)	34	토운생풍(시조발췌 10)
35	용궁좌기(토끼전)	35	선유가
36	토끼화상(가사)	36	백발탄
37	제침문(수필)	37	관음찬(사씨남정기)
38	동요삼편	38	시집살이(구전부여요)
39	행운유수(시조발췌 11)	39	소상팔경(가사)
40	허씨의 흉계(장화홍련전)	40	사군자(시조발췌 11)
41	창랑곡	41	양천리 주구탁계(구운몽)
42	한운야학(시조발췌 12)	42	관활량의 꿈(수필)
43	너 어디 가자고 왔니(구전동요)	43	떡타령
44	까토리해몽(장끼전)	44	설월화조(시조발췌 12)
45	새타령	45	사시풍경가

위의 두 교재는 시조, 가사와 잡가, 민요, 소설, 수필 등을 수록하고 있는데, 자료 선정과 배열과 관련하여 범례에서 제시한 몇 항목을 참조할 수 있다.

1. 본서는 과거의 조선문학작품인 소설, 시조, 가요, 수필, 번역물중 가장 문학적 가치가 있는 수(粹)를 망라하여, 독자의 조선문학에 대한 이해력과 감상력을 함양함으로써 주안을 삼았습니다.
1. 본서의 교재배치는 대체로 시대적으로 역소하여 근세 작품으로부터 점차 중고 상고에 급하여 독자의 고전 독해력의 점진계도주의를 취하였습니다.
1. 본서는 상하 이권에 나누어, 상권의 교재는 그 대본의 기사법이 불규칙한 사본이나 인본에서 취하였으므로, 1933년 10월 조선어학회에서 제정한 「한글 맞춤법 통일안」의 철법을 좇고, 하권의 교재중 원본이 신빙할만한 것은 그 표기법을 그대로 존중하여 원전의 영모(影貌)를 엿보게 하는 동시에 학구적 연구 자료로도 겸용하게 하였습니다.13)

시조는 12개 주제로 나누어 수록하고 있는데, 주제별 분류를 시도한 것으로 이해할 수 있다. 애모사련(愛慕思戀, 9수), 천석고황(泉石膏肓, 9수), 고정신미(古情新味, 9수), 단심여석(丹心如石, 12수), 토운생풍(吐雲生風, 9수), 사군자(四君子, 11수), 설월화조(雪月花鳥, 12수), 산촌수곽(山村水郭, 8수), 충성초색(蟲聲草色, 10수), 설니홍조(雪泥鴻爪, 9수), 행운유수(行雲流水, 6수), 한운야학(閑雲野鶴, 6수) 등이 그것인데, 작가가 알려진 것은 이름을 밝혔는데 작가가 알려지지 않은 것은 그대로 두었다. 충성초색에는 "귀또리 저 귀또리~"로 시작하는 장시조 1수를 포함시켰다.

가사와 잡가는 16편을 수록하였는데 범례에서 밝힌 바에 따르면 민요와 함께 가요(歌謠)로 분류한 것으로 이해할 수 있다. 16편은 〈우부가〉, 〈용부가〉, 〈선루별곡〉, 〈선유가〉, 〈백발탄〉, 〈소상팔경〉, 〈떡타령〉14), 〈사시풍경가〉, 〈유산가〉, 〈명당가〉, 〈관등가〉15), 〈봉선화〉, 〈농가월령가〉, 〈토끼

---

13) 『정정 역대조선문학정화 권상』, 박문출판사, 1948, 범례.
14) 김대행 교수는 「일석 선생의 고전문학 연구」에서 〈떡타령〉을 민요에 포함시키고 있는데, 민요는 부녀요(婦女謠)나 구전동요(口傳童謠)를 수록하면서, 그 지역을 표시하고 있는 점으로 보아, 지역표시가 없는 〈떡타령〉은 가사로 분류한 것으로 보았다.

화상〉, 〈창랑곡〉, 〈새타령〉 등이다.

민요는 구전부녀요(口傳婦女謠)와 동요(童謠)를 수록하고 있는데, 〈베틀노래〉와 〈시집살이〉는 구전부녀요에 해당하고 〈동요 삼편〉과 〈너 어디가 자고 왔니〉는 동요에 해당한다. 〈베틀노래〉는 청주지방의 민요이고, 〈시집살이〉는 경기지방의 민요이다. 〈동요 삼편〉은 구전동요인 근기지방의 〈주머니〉, 울산지방의 〈옥동치자〉, 경성지방의 〈각씨방〉 등 3편을 수록하였고, 〈너 어디 가 자고 왔니〉는 개성지방의 구전동요와 경북지방의 구전동요를 각각 수록하였다.

소설은 10편을 수록하고 있는데, 〈흥부전〉, 〈박씨전〉, 〈홍길동전〉, 〈사씨남정기〉, 〈구운몽〉, 〈춘향전〉, 〈심청전〉, 〈토끼전〉, 〈장화홍련전〉, 〈장끼전〉 등이 그것이다.

한편 수필은 3편을 수록하고 있는데, 〈규중칠우쟁공론〉, 〈관활량의 꿈〉, 〈제침문〉 등이 그것이다.

이상에서 살펴본 바와 같이 구전민요와 잡가 등을 수록하면서도 고대가요, 향가, 고려가요 등은 제외시키고 있고, 조선전기의 가사도 수록하지 않고 있다. 시조의 경우에는 조선전기의 작품이 포함되어 있는데, 가사의 경우에는 조선전기 작품을 수록하지 않은 셈이다. 범례에서 "본서는 교재 배치는 대체로 시대적으로 역소하여 근세 작품으로부터 점차 중고(中古) 상고(上古)에 급하여 독자의 고전 독해력의 점진계도주의를 취하였습니다."라고 밝히고, 이어서 "본서는 상하 이권에 나누어, 상권의 교재는 그 대본의 기사법이 불규칙한 사본이나 인본에서 취하였으므로…"라고 하여 상하(上下)로 나누어 하권에 중고(中古)와 상고(上古)에 해당하는 작품을 수록할 계획을 짐작할 수 있다.

---

15) 김대행 교수는 「일석 선생의 고전문학 연구」에서 〈관등가〉를 민요에 포함시키고 있는데, 이희승 선생이 협조한 신명균 편, 『가사집』, 중앙인서관, 1936에서 〈관등가〉를 가사(歌詞)로 싣고 있다.

4. 시조 연구와 감상의 방향

1) 시조 기원에 대한 태도

일석 이희승 선생이 시조에 보인 관심은 개별 작품의 감상에 그치는 것이 아니라 소논문으로 시조의 기원에 대한 견해16)를 밝히고 있다는 점을 주목할 수 있다.

시조 기원에 대한 논의를 펴게 된 것은, 안자산(安自山)이 "명으로부터 수입된, 불가(佛歌)의 조자(調子)로 되었다"17)는 말과, 정래동(丁來東)이 "시조가 한시를 번역하면서 발견된 시형이 아닌가 하고, 또 시조란 명칭까지도 저 중국의 민간문학중의 가요의 일 형식인 시조(時調)를 그대로 채용한 것이 아닌가 하는 의안"18)에 대하여, 김태준(金台俊)이 반론을 제기하면서, "별곡의 정형이 파괴되어, 장가와 단가의 두 가지가 되어, 장가는 가사로, 단가는 시조로 분화… 시조의 기원은 매우 오래어서, 적어도 고려 중엽으로부터 말엽까지에는 별곡과 함께 발달"19)되었다고 본 견해를, 보족(補足)하려는 데서 출발하고 있다. 논지의 핵심은 다음과 같다.

> 무당교의 노랫가락은 신가(神歌)로부터 탈화한 것이요, 속요(민요)의 노랫가락은 신가에서 탈화한 이 노랫가락에 연원되었는데, [시조는] 이것이 재전(再轉)하게 된 것이다.

위와 같은 주장을 펴게 된 사정은 개경 부근의 덕물산(德物山)에서 채집한 신가(神歌)를 통하여, 이러한 신가가 조선의 원시종교였던 살만교(薩滿

---

16) 이희승, 「시조 기원에 대한 일고」, 『학등』 제2호(1933.11.16), 『조선문학연구초』, 84
~90면.

17) 안확, 「시조의 체격·풍격」, 『조선일보』, 1931.4.2.

18) 정래동, 「중국민간문학개설, 독후감」, 『동아일보』, 1931.12.27.

19) 김태준, 「별곡의 연구」, 『동아일보』 1932.1.15 이하.

敎, Shamanism)의 신가 중의 '노래ㅅ가락'이 구전되어 당시까지 불리어진 것으로 보았다. 다음과 같은 예가 그것이다.

　　山 간대 그늘이요 龍 가신대 沼이로다
　　沼이야 깊솝건마는 모래 위에 沼이로다
　　마누라 영검소는 깊이 몰라

　그리고 이와 같은 신가로부터 탈화한 것 즉 이 '노래ㅅ가락'의 형식을 빌어서 부르는 속요(민요)가 있으니, 이것이 이른바 또한 '노래ㅅ가락'이라는 것이다.

　　노세 노세 젊어 노세 늙어지면 못노느니
　　화무는 십일홍이요 달도 차면 기우느니
　　인생이 일장춘몽이라 아니 놀고

　이와 같은 속요의 노래ㅅ가락은 신가의 노래ㅅ가락에 연원된 것이요, 이것이 재전하여 시조를 산출하게 된 것이라고 보았다. 그 **까닭은 모든 문학은 가요를 태반으로 하여 발달된 것이요, 그리고 가요는 민요나 종교적 신가가 그 조종이 되는 것이다.** 그뿐 아니라 무녀의 노래ㅅ가락이나 속요의 노래ㅅ가락의 형식이 시조의 기준형식에 너무도 일치되었다고 보았다.

초장 ○○○	○○○○	○○○○	○○○○
중장 ○○○	○○○○	○○○○	○○○○
종장 ○○○	○○○○○	○○○○	○○○

　이러한 기원은 내용이나 곡조보다 형식에 있어서 그렇다고 본 것이며, 곡조에 있어서 경정(逕庭)이 심한 것은 **가요의 내용·형식·곡조 등을 규정**

하는 근본원리는 그 시대 그 사회의 모든 생활양식에 의거되는데, 우리의 가요 발달도 수렵시대·농목시대·봉건시대 등으로 단계를 거쳤을 것이라는 것이다. 그런데 속요의 노래ㅅ가락은 내용·형식·곡조 등 모든 사정을 종합하여 보아, 농목시대에 발달한 것인데, 시조의 발생은 그 단계를 넘어서서 봉건시대에 발달한 것이니, 유한 소비계급인 시조 작가의 생활이 물질적으로 시간적으로 여유작작하여 곡조가 유장하고 완만하여 시조의 조율을 이룬 것이고, 농목상태의 일반 대중의 입에는 '노래ㅅ가락'이 친밀한 반면, 시조는 인연이 멀다고 할 것이다. 생활양식이 시조의 기분과 합치되지 못한 것이 큰 이유라고 보고 있다.

일석 이희승 선생의 시조 기원론이 연구사에서의 지니는 의의는 안자산(安自山)이나 정래동(丁來東)이 제시한 외래기원설에 대하여, 시가문학의 원천이라고 할 수 있는 신가와 민요라는 내부적인 대상에서 파악하려고 한 시각에 대한 평가이다. 곧 모든 문학은 가요를 태반으로 하여 발달된 것이요, 그리고 가요는 민요나 종교적 신가가 그 조종이 되는 것이며, 가요의 내용·형식·곡조 등을 규정하는 근본원리는 그 시대 그 사회의 모든 생활양식에 의거된다는 두 가지 준거는 매우 중요한 의의를 확보할 수 있는 것이다. 다만 무당의 노랫가락은 광무황제(光武皇帝) 때에 민중전(閔中殿)이 궐내에 불러들인 무당들이 가곡으로나 시조로 부르던 단가를 외어가지고 부른 것이며,[20] 속요의 노랫가락도 시조를 그 창사로 하는 것으로 역시 무당의 노랫가락과 거의 동시기에 속요화해서 유행한 것이라는 것이 밝혀짐으로써,[21] 상대에서 구체적 증거를 확인하지 못하면 논리적 근거를 확보하기 어렵게 된 현실적 사정은 새로운 문제로 제기되었다.

---

20) 이병기, 「시조의 발생과 가곡과의 구분」, 『진단학보』 1권 1호, 1934.11; 최철·설성경 엮음, 『시가의 연구』, 정음사, 1984, 282~283면.
21) 이병기, 「시조론」, 『현대』 1권 2호, 1957.12; 최동원, 『고시조연구』, 형설출판사, 1977, 13~14면 참조.

2) 시조 감상의 방법과 '이화'와 '달'

고전문학 작품 중에서 가장 예술적으로 고도화된 것으로 시조를 지목[22] 한 일석 선생은 시조 감상의 전제를 다음과 같이 설명하고 있다.

> 시조는 우리 고전예술, 특히 문학작품 중에 중요한 지위를 차지하고 있는 것이다. 시조는 우리 고유어, 그중에서도 정형어(定形語)로서, 다른 문학작품에 비하여, 양으로도 적지 않지마는, 그 질에서 단연 우세할 뿐 아니라 그 장구한 역사에서는 어느 다른 작품에 유례가 별로 없을 만큼 오랜 연령을 지니고 있다. 이 점으로 보면 그와 같은 형식과 그와 같은 조율이 우리 민족의 내심률(內心律)에 가장 밀접한 필연적 관계를 가지고 있다고 보지 않을 수 없다.[23]

이러한 태도를 바탕으로 작자를 알 수 없는 '사랑이~'로 시작되는 6수를 대상으로 감상을 하고 있다. 그런데 이 6수는 사실 같은 작품으로 볼 수 있으나 수록 문헌에 따라 표현에 있어서 약간의 차이가 있는 것이다. 짧은 형식인 시조는 간결, 완곡, 암시 등의 방법으로 부분을 통하여 통체를 들여다볼 수 있도록, 복판을 치지 말고 변죽을 울려야 할 것이라고 보았다. 그리하여 실제 이 시조가 '사랑'에 대하여 '둥그더냐, 모나더냐, 기더냐, 저르더냐'의 네 가지만 대표로 물으면서, 이 네 가지 중에서도 '길더냐'를 재차 대표적으로 묻고, 종장에서 '긴 줄은 모르되 끝 간 데를 모르겠다.'라고 하여 단정적인 대답을 하지 않고 애매모호하게 함으로써, 참으로 뜨거운 사랑에 빠진 경험이 있는 사람이라면 진정 사랑이 어떤 것이라고 규정지을 수 없을 것이라고 보아 여기에 이 시조의 생명과 가치가 있다고 판단하였다.

---

22) 이희승, 「서」, 김삼불 교주, 『해동가요』, 정음사, 1950, 3면.
23) 「시조감상」, 『시조연구』 1호, 1953.1, 『고시조와 가사 감상』, 집문당, 2004, 228면.

한편 이조년의 시조로 알려진 "이화에 월백하고~"를 감상하는 자리[24]에서는 시조 감상은 미(美)를 찾아내려는 활동이며, 그 방법은 자기의 주관을 버리고 자연이나 인생의 모든 자태 현상을 있는 그대로 틀림없이 바라보는 관조(觀照)의 세계에 들어가야 한다고 하였다. 관조의 경지를 더욱 철저화시키면 자연 속에 몰입하는 침잠(沈潛)의 상태에 들어가게 되어 망아(忘我)의 경지에 이른다고 하였다. 그리하여 예의 시조에서 이화(梨花)의 성격을 1) 흰 빛으로 결백(潔白), 2) 쌀쌀함으로 냉담(冷淡), 3) 애상(哀想) 등을 설정하고, 이화와 달, 이화와 두견의 관계를 확인하면 옛 사람의 시가에 이 세 가지가 함께 등장하는 것을 많이 확인할 수 있게 된다. 그리고 이화, 월백, 자규가 "이화에 월백하고~"의 골자인데, 그러나 이것들은 "스타"는 될지언정, 극의 주류는 종장의 "다정도 병인 양하여 잠 못 들어 하노라"에 있다고 보았다. 그리고 시조 전편에 담겨 있는 내용, 정서는 애매모호하여 명료하게 규정할 수 없다고 보았다. 그러나 그 내용이 뒤죽박죽이 되어서는 안 되고, 모호한 중에도 전체로서의 통일이 서고 조화가 이루어져야 한다고 보았다. 그리하여 미(美)는 통일, 균제, 조화 안에서 찾을 수 있으며, 모호라는 것은 첫째, 직접적 표현을 피하고 간접적으로 완곡하게 표시하는 일이요, 둘째로는 할 말을 다 하지 않고 꼭지만 따거나, 변죽만 울려서 그 나머지는 독자의 추측, 상상에 맡기는 일, 이 두 가지를 위함이라고 보았다. 그리하여 표현이나 의미의 여백을 남겨야 한다고 주장한다.

시가에서 이화[25]를 읊은 작품을 다루는 자리에서는 시조, 한시, 와카와 하이쿠 등의 시(詩)와 가사, 중국의 가곡 등 가요(歌謠)에 나타난 것들을

---

24) 「시조감상 일수」, 『학풍』 제2권 제1호, 1949.1, 이 글은 『고등국어(3)』, 1956.1. 교과서에 수록되어 시조를 감상하는 방법을 안내하는 데에 큰 영향을 끼쳤던 것으로 볼 수 있다. 『고시조와 가사 감상』, 123~133면.

25) 「시가에 나타난 "이화"」, 『이화』 7호, 1937, 『고시조와 가사 감상』, 집문당, 2004, 243~264면.

예로 들었는데, 시조의 경우에는 이조년(李兆年)의 "이화에 월백하고~", 이명한(李明漢)의 "서산에 일모하니~", 이정보(李鼎輔)의 "두견아 우지마라~", 무명씨의 "이 몸이 시어저서~" 등의 작품을 예시하면서 살핀 결과 이화, 달, 두견, 임 생각이 공통 요소로 등장한다고 보았다. 그리고 몇몇 작품은 실제 한시의 그것과 같은 발상법에서 출발하고 있음을 밝히기도 하였다.

달26)을 읊은 작품은 동요, 민요, 속요, 〈처용가〉, 〈정읍사〉 등을 포함하여 〈관등가〉 등에서 두루 확인할 수 있다고 하고, 시조에서는 박효관(朴孝寬)의 "지난해 오늘밤에~"와 안민영(安玟英)의 "장공 구만리에~"와 "해 지고 돋은 달이~", 조명리(趙明履)의 "기러기 다 날아가고~", 정철(鄭澈)의 "내 마음 도려내어~" 등을 비롯하여 무명씨의 "주렴에 비췬 달과~", "기러기 풀풀 다 날아드니~" 등을 예시하여 그 특성을 설명하고 있다. 보름달, 고향 생각을 떠올리는 달, 매화와 어우러진 달, 저 소리와 달, 달을 매개로 임 또는 임금을 그리는 마음 등을 드러내고 있다고 밝히고 있다. 그런데 "이화에 월백하고~"의 경우 앞에서 살핀 '이화'를 다룬 곳에서는 이조년(李兆年)의 작품으로 보았다가 이곳에서는 이명한(李明漢)의 작품으로 설명하고 있어서 착종을 보이기도 하였다.27) 한편 이순신(李舜臣), 이완(李浣), 김종서(金宗瑞) 등의 작품에서는 무인의 기상과 나라 걱정하는 마음을 들었고, 이외에도 자연에서 청빈하게 살아가면서 달을 벗으로 살아가는 삶이라든가 이태백을 연상하는 달 등을 읊은 것이 그 특징이라고 지적하고 있다.

한편 1959년에 9회에 걸쳐 몇몇 작품을 묶어서 감상한 것으로 「고시조 감상」28)에서도 개별 작품을 중심으로 감상을 하고 있다. 「경주의 모경(暮

---

26) 「시가에 나타난 "달"」, 『코메트』 36호, 1958, 『고시조와 가사 감상』, 집문당, 2004, 269~281면.

27) 위의 책, 273~274면.

28) 제1회, 「경주의 모경」, 『신문예』 1월호(1958.12); 제2회, 「대인난」, 『신문예』 2월호(1959.1); 제3회, 「일편단심」, 『신문예』 3월호(1959.2); 제4회, 「일반비조」, 『신문예』

景)」29)에서는 정철(鄭澈)의 "신라 팔백년의~"를 예로 들어, 길재(吉再)와 원천석(元天錫)의 회고가와 마찬가지로, 지난 신라 역사의 현장에서 나그네로 하여금 비애를 느끼게 한다고 풀이하고 있다. 「대인난(待人難)」30)에서는 황진이(黃眞伊)의 시조 "동지ㅅ달 기나긴 밤을~"을 예로 들어, 사람을 기다리는 안타까움 심정을 드러내었다고 자세하게 풀이하고 있다. "착상의 비범한 것이라든지, 표현의 능란한 솜씨라든지, 또는 서사적 설명을 넘어서서 고도의 상징법을 쓴 점으로 보아, 이 시조는 애모사련(愛慕思戀)을 읊은 동서양 어떤 시인의 작품보다도 우수하다고 평가하기에 주저하지 않는다."31)라고 극찬하고 있다. 32) 「일편단심(一片丹心)」33)에서는 박팽년(朴彭年)의 "가마괴 눈비 마자~"를 예로 들어, 다른 작품들과 견주면서 충심으로 우러나오는 충성을 곡진하게 고백하되, "의미·내용의 굴곡과 기복을 완곡하고 능란하게 전개시킨 점에서 예술적 가치가 월등하게 우수하다."34)라고 평가를 내리고 있다. 35) 「일반비조(一般飛鳥)」36)에서는 이택(李澤)의 "감장새 작다 하고~"를 예로 들어, 같은 작가의 다른 작품을 들어 우선 작자 문제를 숙종시대의 무신으로 비정하고, 현대적으로 해석하여 "민주정신과 인권사상을 고조한 작품"37)으로 평가하였다. 38) 「육육봉(六六

　4월호(1959.3); 제5회, 「육육봉」, 『신문예』 5월호(1959.4); 제6회, 「청강마」, 『신문예』 6월호(1959.5); 제7회, 「구절양장」, 『신문예』 7월호(1959.6); 제8회, 「어찌살리」, 『신문예』 8·9월호(1959.8); 제9회, 「임천한흥」, 『신문예』 10월호(1959.9) 등이다.

29) 『고시조와 가사 감상』(집문당, 2004), 11~18면.

30) 위의 책, 19~28면.

31) 위의 책, 28면.

32) 『정정 역대조선문학정화 권상』에서 시조를 발췌하면서 애모사련(愛慕思戀)이라고 묶어 놓은 9수에는 이 작품이 포함되어 있지 않다.

33) 『고시조와 가사 감상』, 집문당, 2004, 29~43면.

34) 위의 책, 43면.

35) 이 작품은 『정정 역대조선문학정화 권상』의 단심여석(丹心如石)에 발췌하여 실었다.

36) 『고시조와 가사 감상』, 집문당, 2004, 45~56면.

峰)」39)에서는 "청량산 육육봉을~"을 예로 들어, 퇴계 이황과 매우 밀접한 관련을 가졌다고 보고, 육육(六六)을 삼십육(三十六)이나 십이(十二)로 볼 수 있다고 하였다.40) 그리고 "속세 사람들이 찾아와서 이 깨끗하고 조용한 청량산 속, 이 별천지의 세상을 흐리어 놓고 속되게 하여 놓을까봐 염려가 된다는 뜻"41)이 중심을 이룬다고 보았다. 「청강마(淸江馬)」42)에서는 서익(徐益)의 "녹초(綠草) 청강상(淸江上)에~"를 예로 들어, 각 이본에 나타난 표현을 점검하고, 작가를 비정한 뒤에, 늘그막에 벼슬에서 물러나 지내면서 가끔 임금을 생각하는 마음이 간절하여 북쪽을 바라보는데, 임금이 승하하셨다는 소문을 듣고 눈물을 흘린다는 것으로 풀이하였다.43) 「구절양장(九折羊腸)」44)에서는 장만(張晩)의 "풍파에 놀난 사공~"을 예로 들어, 작자의 행적을 통하여 이 작품의 배경을 살펴본 뒤에, 바다에서 배를 타는 일과 구절양장에서 말을 모는 일을 모두 버리고 밭 갈기에만 힘쓰겠노라고 다짐하는 것이 작자의 삶의 행적과 그대로 대응되는 것이라고 설명하고 있다.45) 「어찌살리」46)에서는 정철(鄭澈)의 "이바 이 집 사람아~"를 예로 들어, 난해한 어구가 많음을 인정하고, 기존의 다른 사람의 주석과 견주어 자세하게 풀이하는 데에 중점을 둔 뒤에, "세상이 어찌 되었든지, 아무리 판국이 험악할지라도 그 임 한 분만이 알아주신다면 나는 즐겁게 그분만

---

37) 위의 책, 55면.

38) 이 작품은 『정정 역대조선문학정화 권상』의 고정신미(古情新味)에 발췌하여 실었다.

39) 『고시조와 가사 감상』, 집문당, 2004, 57~71면.

40) 『정정 역대조선문학정화』26. 산촌수곽(山村水郭)에 발췌한 "청량산 육육봉을~"의 주해에서는 육육봉(六六峯)을 삼십육봉(三十六峯)이라고 풀이했다.

41) 『고시조와 가사 감상』, 집문당, 2004, 65면.

42) 『고시조와 가사 감상』, 집문당, 2004, 73~81면.

43) 이 작품은 『정정 역대조선문학정화 권상』의 단심여석(丹心如石)에 발췌하여 실었다.

44) 『고시조와 가사 감상』, 집문당, 2004, 83~92면.

45) 이 작품은 『정정 역대조선문학정화 권상』의 고정신미(古情新味)에 발췌하여 실었다.

46) 『고시조와 가사 감상』, 집문당, 2004, 93~108면.

믿고 살아가겠다는 의미"[47])를 개인의 살림살이에 비유하여 지어낸 것으로 설명하였다. 「임천한흥(林泉閑興)」[48])에서는 윤선도(尹善道)의 「만흥(漫興)」 6수 중의 넷째 수, "누고서 삼공도곤 낫다 하더니~"를 예로 들어, "아름다운 자연의 경치 속에서 아무 일도 없이 한가롭게 노니는 재미"[49])를 노래한 것으로 보면서, 고산의 진심(眞心) 진정(眞情)에서 우러나온 것으로 설명하고 있다.

3) 후대 시가와의 관련

「시조와 신시의 한계」[50])에서는 시조와 신시를 구별할 필요가 있느냐, 혹은 가능하냐의 문제와, 만일 구별할 필요가 있다면 무엇으로 그 구분의 한계를 삼느냐는 것을 제기하고 있다. 첫째 문제에 대하여 구별할 필요가 있다고 보고 있으며, 그 이유로 (1) 시조의 역사가 오래된 것이다. (2) 시조는 자연발생적으로 이루어진 우리 문학 "장르"의 일종이니, 그 이면에 형성의 필연적인 소이연이 있을 것이다. (3) 시조는 우리 민족만이 가진 고유하고 독특한 정형시라는 것이다. 그리하여 시조와 신시를 구별하는 표준을 내용인 시상보다는 형식인 시형(詩型)에 있다고 보고, (1) 시조는 정형이라는 점을 잊지 말아야 한다. (2) 시조의 정형은 평시조이다. (3) 기준형식에 가장 부합하는 평시조를 짓되, 기준형식에 충실하자. (4) 시조의 창법에 얹어 부를 수 있어야 한다. 그리고 시조의 개혁을 위하여 ① 제목을 붙이는 일, ② 연작시조를 짓는 일 등을 제시하였다.

한편 「현대시에 미치는 고가의 영향」[51])에서는 현대시의 특성을 지적하

---

47) 위의 책, 107면.
48) 『고시조와 가사 감상』, 집문당, 2004, 109~121면.
49) 위의 책, 121면.
50) 「시조와 신시의 한계」, 『자유문학』 4권 11호, 1959.11, 『고시조와 가사 감상』, 집문당, 2004, 283~290면.

면서, 우선 시가 시로서 구비하여야 할 기본조건으로 ① 시 정신의 형상
화, ② 표현방법의 압축화 등을 들고 있다. 그리고 현대시와 고가의 관련
성을 ① 내용면에서 우리 민족의 독특한 정서 혹은 기분을 들여다볼 수
있어야 한다고 하였다. 그 하나는 조윤제(趙潤濟)가 지적한 '은근'과 같이
완곡하게 표현하는 것이고, 다른 하나는 낙천적 요소이다. ② 형식면에
나타나는 특징은 운율(Rhythm)에 주의하였으며, 후렴(입타령)에서 이를 강
조하여 가요 전체의 리듬을 부드럽게 하고 있다고 본 것이다.

그리하여 현대 작가는 고가요 내지 고전의 특징을 살려 발전시켜 나가
야 한다고 주장한다. 고대의 시가를 잘 소화하고 시의 천분(天分)만 가지고
있으며, 각고면려 창작활동에 노력한다면, 진정으로 시다운 시- 우리 민
족시-를 산출할 수 있을 것이라 기대한다. 그리고 김소월의 〈진달래꽃〉
과 조지훈의 〈낙화〉를 예시하면서 고전의 영향이 어떤 것인지도 독자 스
스로 느끼게 하고 있다.

5. 가사와 잡가 연구의 시각

일석 이희승 선생은 일찍부터 가사 자료의 수집과 정리에 관심을 가지
고 있었던 것으로 보인다. 신명균(申明均)이 엮고 김태준(金台俊)이 교열한
『가사집(歌詞集) (上)』(중앙인서관, 1936)의 범례에 재료 수집에 협력한 것으
로 기록[52]된 것을 비롯하여, 1930년대에 여러 편의 가사(歌詞)에 대한 해
설을 하고 있는 것이다.

"토끼 화상을 그린다. 토끼 화상을 그린다.…"로 시작하는 〈토끼화상〉은

---

51)「현대시에 미치는 고가의 영향」, 『자유문학』 1월호, 1956.1;『고시조와 가사 감상』,
   집문당, 2004, 291~304면.
52) 신명균 편, 『가사집(상)』, 『조선문학전집』 제2권, 중앙인서관, 1936, 범례 2면.

소설 토끼전의 일절을 가사화한 것이다. 『신구잡가』, 『유행잡가』 등의 잡
가집에 수록된 자료를 대상으로 하고 있다는 점에서 잡가(雜歌)의 일종으
로 파악한 것으로 이해할 수 있다. 소설 또는 판소리의 가사화와 관련하여
새로운 검토를 필요로 한다.

"온갖 새가 날아든다. 온갖 새가 날아든다.…"로 시작하는 〈새타령〉은
남도소리 중에서 가사(歌詞)에 해당하는 것으로 영남 새타령이라고 하였
다. "완전(宛轉)한 표현과 유려(流麗)한 율격과 유아(幽雅)한 정치와 청철(淸
澈)한 곡조를 구비한 점"53)으로, 〈소상팔경〉, 〈강호별곡〉, 〈몽유가〉, 〈만
고강산〉, 〈짝타령〉 등은 이에 미칠 바가 아니라고 하였다. 그리고 "산림비
조 뭇새들은 농춘화답 짝을 지어…"를 경계로 두 편의 노래54)로 볼 수 있
는 가능성을 제시하였다. 전반은 한문식 표현이고, 후반은 조선말의 노래
라는 점과, 여러 가지 새가 전반과 후반에 다 각각 등장하고 있는 점을
들었다. 한편 이용기(李用基)가 수집한 거질의 『악부(樂府)』55) 속에 "또 한
편을 바라보니, 봄 새 울음 한가지라.…"로 시작하는 〈속편 새타령〉을 제
시하고 있다.

"산학(山鶴)이 대명(大鳴)하고 음풍(陰風)이 노호(怒號)하여…"로 시작하는
〈소상팔경〉은 소수(瀟水), 상수(湘水) 주변의 '평사낙안(平沙落雁)'을 비롯한
경승에서 남상(濫觴)하여, 소상팔경(瀟湘八景)이란 이름으로 불리어지고 그
림, 시 등으로 표현하다가 가사(歌詞)로 노래 부르게 된 것으로 보았다.56)
『신구유행잡가』(박문서관)에 실린 자료를 옮긴 것으로, 철자를 고치고 한자
를 괄호에 넣은 것이다. 『무쌍신구잡가』, 『특별대증보신구잡가』 등과 견
주어 표기와 표현을 살피기도 하였다.

---

53) 『조선문학연구초』, 을유문화사, 1946, 12면.
54) 위의 책, 25면.
55) 『조선문학연구초』에는 『府樂』(가칭)이라고 표기하였다.
56) 위의 책, 31면.

"세상공명 부운이라, 강호어옹 되오리라. …"로 시작하는 〈강호별곡〉은 "전원에 은거하여 산수천석에 정을 붙이고, 백안으로써 홍진속세를 비예 (睥睨)하려는 고사(高士)의 술회"[57]에 해당하는 것으로 『신구유행잡가』(박 문서관)에 실린 자료를 옮겨 놓은 것이다.

"화란춘성하고 만화방창이라. …"로 시작하는 〈유산가〉는 "양신가경(良 辰佳境)의 유혹"[58]에서 인간 본연성을 드러낸 것으로, "증점(曾點)의 풍우 무우(風于舞雩)나 맹자의 양호연지기(養浩然之氣)로부터 현대의 원족, 하이 킹에 이르기까지 그 궤를 같이 하"는 것으로 이해하였다. 앞의 작품과 마 찬가지로 『신구유행잡가』(박문서관)에 실린 것을 옮겨 놓았다.

"매화 옛 등걸에 봄절이 도도라온다.…"로 시작되는 〈매화가〉는 『청구영 언』(경성제대 간행 활자본)에 실린 것을 기준으로 하여 잡가(雜歌)에 속하지 않은 가사(歌詞)로 다루고 있다. 그런데 이 작품은 크게 4단으로 구성된 것으로 보아, 1단은 "매화 옛 등걸에 춘절이 도라 오니, 옛 피든 가지에 피엄즉 하다마는, 춘설이 난분분하니 필동말동 하여라"와 혹사하여 이 시 조의 작자를 매화(梅花)로 인정할 수 있고, 〈매화가〉의 작자도 (1) 기생 매화 이거거나, (2) 다른 사람이 매화의 시조를 빌어 다음에 몇 단의 노래를 더 첨가하여 지어낸 것을 1단의 가의만을 따서 〈매화가〉로 명명한 것으로 이해하였다. 다음으로 현공렴(玄公廉)이 엮은 『신찬고금잡가 부가사(新撰古 今雜歌 附歌詞)』(1916.2)에 실린 다른 〈매화가〉는 5단으로 되어 있는데, 『청구 영언』에는 들어 있지 않은 "물아래 그림자 졌다.…"로 시작하는 내용이 제2단의 다음에 실려 있다. 그런데 이 내용은 "물 아래 그림자 지니 다리 위에 중이 간다. 저 중아 거기 섰거라 너 어대 가노 말 불어보자. 손으로 백운을 가르치며 말 아니코 가더라."라는 시조와 방불하다는 것이다. 그리

---

57) 위의 책, 46면.
58) 위의 책, 56면.

고『청구영언』에 실린 2단 말미의 "잔 처녀란 솔솔 다 빠지고 굵은 처녀만
걸리소서."라고 하는 대목이『신찬고금잡가 부가사(新撰古今雜歌 附歌詞)』에
실린 내용에는 "정든 사랑만 걸리소서."로 되어 있는 점을 들어 〈매화가〉
작자 문제를 재론하고 있다. 그 다음으로 가집『남훈태평가』(계해년(1863?)
석동 간)에 실린 작품을 들면서,『남훈태평가』에 실린 것이『청구영언』에
실린 것보다 앞선다고 보았는데, "정든 사랑만 걸리소서."를 예로 들고
있다. 그리하여 〈매화가〉는 5단으로 구성된 것이며,『남훈태평가』와『신
찬고금잡가 부가사(新撰古今雜歌 附歌詞)』에 실린 것이『청구영언』에 실린
것보다 고형(古形)이며 노래의 작자는 기생 매화(梅花)로 추정할 수 있을
것으로 암시하고, 노래의 배경은 평양으로 보았다. 〈매화가〉에 대한 해설
은 작품 해설에만 한정하지 않고, 가사의 작가를 추정하고 여러 이본을
견주면서 작품집에 수록된 편년까지 밝히고자 한 것으로 앞에서 보인 몇
편의 해설보다 한 단계 높은 연구의 태도를 보이는 것이라 할 수 있다.

한편 일석 이희승 선생은 갈래 인식에서 가사(歌詞)를 넓은 의미의 시가
(詩歌)로 보면서 시조와 같은 시(詩)에서 다루지 않고 가요(歌謠)로 다루고
있다.[59] 그리고 예시한 작품은, 〈관동별곡〉(정철), 〈사시풍경가〉, 〈선루
별곡〉, 〈관등가〉, 〈황계사〉 등이다. 그리고 장편의 가사에서 수다스러
운[60] 대목을 많이 볼 수 있다고 지적하면서, 〈추풍감별곡〉, 〈춘면곡〉,
〈사시풍경가〉, 〈상사별곡〉 등을 들었는데, 이는 〈춘향전〉, 〈심청전〉, 〈흥
부전〉, 〈토끼전〉과 같은 소설에서도 발견할 수 있다고 하고, "그 구성이
훌륭한 리듬을 기조로 하여 그 의미보다는 오히려 청각적인 효과를 노린

---

59) 「시가에 나타난 이화」,『고시조와 가사 감상』, 집문당, 2004, 257면.『정정 역대 조선
   문학정화』의 범례에서도 조선문학 작품을 소설, 시조, 가요, 수필, 번역물로 나누고
   있어서 시조와 가요를 별도로 다루고 있음을 확인할 수 있다.
60) 「현대시에 미치는 고가의 영향」,『자유문학』1월호, 1956.1;『고시조와 가사 감상』,
   집문당, 2004, 300~301면.

점"61)이라고 지적하고 있다.

6. 소결

이상에서 일석 이희승 선생의 고전시가 연구를 2장에서 고전시가 연구의 태도와 방향, 3장에서 고전시가 자료 배열, 4장에서 시조 연구와 감상의 방향, 5장에서 가사와 잡가 연구의 시각 등으로 나누어 검토하였다.

검토한 내용을 별도로 요약하지는 않아도, 다음에 정리하는 내용은 오늘날 고전시가 연구에서도 경청하여야 할 대목이라 생각한다.

첫째, 시조 기원을 설명하는 태도에서 모든 문학은 가요를 태반으로 하여 발달된 것이요, 그리고 가요는 민요나 종교적 신가가 그 조종이 되는 것이며, 가요의 내용·형식·곡조 등을 규정하는 근본원리는 그 시대 그 사회의 모든 생활양식에 의거한다는 시각을 제시한 것이다. 이러한 시각은 새로운 갈래의 발생과 형성에 대한 근본적인 물음과 밀접하게 연결되어 있는 것이기 때문에 새삼 주목할 필요가 있으리라 본다.

둘째, 시조 감상에서 번쇄를 버리고 간결을 취하여야 하며, 직설을 피하고 완곡을 귀히 여기며, 노골적으로 버르집는 일보다 은연중에 암시하며, 복판을 치지 말고 변죽을 울려야 한다는 태도를 주목할 수 있다. 일석 선생이 예술적으로 가장 고도화되었다고 평가한 시조를 감상하는 방향에 대하여, 시(詩)의 본질에 대한 예리한 안목을 제시하고 있는 것으로 받아들일 수 있다.

셋째, 가사와 잡가를 다루는 시각에서 수다스럽다고 평가한 부분은 특히 〈춘향전〉, 〈심청전〉 등의 판소리계 소설과 같은 시각에서 보고 있기 때문에 가사와 잡가의 언어에 대해 새삼 주목할 수 있는 부분이라 할 수

---

61) 위의 글, 300면.

있다. 가사(歌詞)를 시가(詩歌)와 함께 다루지 않고 가요(歌謠)에 포함시키고 있는 입장과 함께 구체적 삶의 세심한 부분까지 고려하고 노래를 듣는 청자에 대한 배려도 짐작하게 하는 태도라고 할 것이기 때문이다.

『애산학보』 37집(2011)

Ⅱ
고전시가 연구의 현황과 과제

1. 서언

국문학연구의 초기 단계에서 중심 영역을 차지하던 고전시가 연구는 한동안 자료의 확충이라는 면에서나 방법론의 정합성이라는 면에서 두드러지게 내세울 명분이 약화되고 있는 것은 엄연한 현실이다.

왜 이러한 문제가 야기되었으며 앞으로 해결할 수 있는 방향은 어떤 것일까? 고전시가 연구자의 한 사람으로 책임감을 절감하면서 자신을 돌아보고 새로운 밑그림을 위한 숨고르기가 필요하다는 점을 깨닫고 있다. 여러 해 전에 고전시가 연구를 검토하면서 "연구 대상의 한정," "시를 읽고 해석하는 능력의 문제," "현실에 대한 발언의 한계"[1] 등을 그 원인으로 지적하기는 했지만 5년 정도가 지난 이 시점에서도 그렇게 달라지지는 않은 듯하다.

한편 고순희[2]는 고전시가 연구사를 세 시기로 나누어 각 시기별로 개괄적 연구경향과 구체적 연구 성과를 장르별로 살피면서, "고전시가사 서술"

---

1) 최재남, 「고전시가 연구」, 『한국의 학술연구 국어국문학』 인문·사회과학편 제2집, 대한민국학술원, 2001, 183면.
2) 고순희, 「고전시가 연구사」, 『국어국문학회 50년』, 국어국문학회, 2002.

을 기대한다고 밝혔다.

이 글은 2000년까지의 연구사를 검토한 기존의 글을 바탕으로 2000년 이후 이루어진 연구 성과까지 포괄하면서 고전시가 연구사를 점검하고, 고전시가 연구의 향방을 제시해 보고자 한다.

논의의 순서는 다음과 같다.

고전시가 연구의 문제점을 집중적으로 조망하기 위한 목표를 지니기 때문에 최근의 연구 성과를 중심으로 논의를 진행하기 위하여 1990년 이전의 연구는 기존의 연구사 검토를 활용하도록 한다. 따라서 시기별 쟁점에 대한 검토는 할애하도록 한다.

우선 최근 연구의 추이를 학회의 현황과 함께 살펴보고 전체적인 흐름을 몇 가지 시각을 중심으로 제기하도록 한다.

다음으로 각 역사적 갈래별로 제기되는 문제점과 해결해야 할 과제 등을 제시하도록 한다.

2. 최근 연구의 추이

통합학문을 지향한다고 표방하면서도 전공분야별로 세분화되어 분과학회의 출범이 이루어지면서 고전시가 연구의 성과는『한국시가연구』,『시조학논총』,『고시가연구』 등을 통해 발표되었다. 1985년도에 창간된『시조학논총』은 시조에 관한 연구 성과를 수록하고 있는데 2006년 현재 25집까지 간행되었다. 한편『고시가연구』는 1993년에 창간되어 2006년 현재 17집까지 간행되었다. 국어국문학을 총괄하는『국어국문학』, 고전문학을 총괄하는『고전문학연구』에 고전시가 연구 성과가 발표되기는 하지만, 늦게 출범하기는 했지만 한국시가학회의『한국시가연구』가 기획 주제를 포함하여 고전시가 전 영역에 대한 관심을 표명하면서 고전시가 연구의 중심축을 이루고 있다고 평가할 수 있다.

1996년에 창간되어 2006년 5월까지 20집이 간행된 『한국시가연구』에
수록된 논문은 모두 249편인데, 이를 갈래별로 나누어 보면 시조(55편),
가사(54편), 한시(39편), 고려가요(31편), 향가(30편), 일반론 등(23편), 경기
체가·악장(10편), 민요(9편), 근대시가(4편), 고대가요(4편)의 순으로 되어
있다. 이 가운데 기획 주제와 관련하여 실린 논문이 45편이고 개별로 투고
하여 수록한 논문이 204편이다. 수록된 논문 편수가 절대적인 평가 기준
이 될 수 없겠지만 개략적이나마 연구의 관심 영역을 확인할 수는 있다.
시조와 가사에 대한 관심이 주류를 이루는 가운데, 최근 고려가요와 향가
에 대한 관심이 부쩍 늘어나고 있음을 알 수 있는 대목이다.3) 『한국시가
연구』는 여러 차례 기획 주제를 마련한 바 있는데, 1집(1997)과 2집(1997)
의 "시가연구의 쟁점(1)(2)-장르론을 중심으로", 4집(1998)의 "방법론과
인접학문" 7집(2000)·9집(2001)·11집(2002)의 "시가사와 예술사의 관련양상
(1)(2)(3)", 15집(2004)의 "한국고전시가의 주제사적 탐구", 17집(2005)의
"시가 연구의 새로운 전망과 방법" 등이 그것이다.

　"고전시가의 주제사적 탐구"(2002)를 기획 주제로 내세우면서, 발제를
한 김흥규는 "관심과 시야의 확장"을 제안하면서 "시간과 거리를 넘어서:
동떨어진 시대 딘위 혹은 일련의 시대 흐름 속에 놓인 시들 사이에서 모티
프의 반복, 변이, 전개 등을 탐구하는 연구", "개별문학의 울타리를 넘어
서: 한국문학 밖의 특정 개별문학 혹은 문화권 단위의 비교 대상까지를
포괄하여 시적 모티프의 유사성과 차이를 논하는 연구", "장르 경계를 넘
어서: 서로 다른 시가 장르 혹은 산문 서사문학까지를 포함한 범위에서
모티프의 전이, 확산, 변화를 해명하는 연구" "주제사적 연구"를 진행하자
고 주장하면서, "고전시가 담론의 소통과 울림을 확대"4)할 것을 강조한

---

3) 최근 몇 해 동안 고전시가 분야 학위논문(박사·석사)에서도 해마다 조금씩의 편차는
　있지만 시조와 가사가 중심을 이루고 있고 향가와 고려가요가 그 다음의 비중을 차지하
　고 있다.

바 있다.

한편 "시가연구의 새로운 전망과 방법"(2004)을 기획 주제로 설정한 학술발표회에서, 기조발제를 맡은 박노준은 "시가 작품의 본 모습과 정체성이 훼손되"는 것을 안타까워하면서, "부분에서 전체로", "외곽에서 심장부로", "주변을 돌아보며"5) 등으로 새로운 방법론의 모색을 주장한 바 있다.

이에 앞서 한국고전문학회 창립 30주년 기념학술대회 "국문학 연구의 이념과 방법"에서 김학성은 현재까지 기존 연구사를 1단계(감성적 민족주의 혹은 실증주의적 연구 방법) → 2단계(서구방법론을 비롯한 다양한 연구 이론들의 원용과 모색기) → 3단계(연구인력의 확대에 따른 연구의 다양성 확보기)로 나눈 뒤 4단계로의 전환을 "① 미래의 전망과 올바른 방향 정립을 위하여, ② 민족적 정체성의 확립을 위한 연구로 나아가기 위하여, ③ 가치 발견을 위한 연구를 위하여"의 세 가지 각도에서 제시하고, 이어서 연구 방법으로 "① 개별 작품의 정체성 파악, ② 개별 장르의 정체성 파악, ③ 우리 시가 미학의 정체성 파악"6)으로 그 방향을 제기하였다.

이러한 과제를 내장하고 있으면서도 최근의 고전시가 연구는 양과 질의 양면에서 큰 성과를 거두고 있다.

학회지에 발표된 논문과 학위논문 그리고 단행본으로 간행된 경우를 포함하여 최근의 연구에서 드러난 몇몇 특징을 지적하면 다음과 같다.

첫째, 주해 연구의 정밀화
둘째, 생성 문맥이나 역사적 배경에 대한 심도 있는 천착
셋째, '여성'의 시각으로 대상을 다루는 경향

---

4) 김흥규, 「한국 고전시가 연구와 주제사적 탐구」, 『한국시가연구』 15집, 2004, 5~12면.
5) 박노준, 「시가 연구 방법론 수제」, 『한국시가연구』 17집, 2005, 5~16면.
6) 김학성, 「21세기 고전시가 연구의 이념과 방법」, 『고전문학연구』 18집, 2000, 41~61면.

넷째, 갈래와 갈래 사이의 관련과 고전시와 현대시의 연관을 논하는 일
다섯째, 시가교육에 대한 관심의 확대

1) 연구 자료의 주해는 대상 자료를 이해하는 중요한 방법이면서 작품
해석의 초석을 마련하는 것이다. 최근 이러한 작업의 성과는 김용찬, 『교주
병와가곡집』(2001), 김명준, 『고려속요집성』(2002), 『악장가사 주해』(2004),
김신중, 『역주 금옥총부』(2003), 성무경, 『교방가요』(2002), 최철·박재민,
『석주 고려가요』(2003), 임기중, 『불교가사 독해사전』(2002), 『한국가사문
학주해연구』(2005), 임형택, 『옛 노래, 옛 사람들의 내면풍경; 신발굴 가사
자료집』(2005) 등이 그것인데, 연구자를 포함하여 일반 독자에 이르기까지
자료에 쉽게 접근할 수 있는 길을 마련한 것으로 평가된다.

2) 생성 문맥과 역사적 배경에 대한 연구를 강조하는 경향은 작품의 언
어적 자질뿐만 아니라 주변을 돌아볼 수 있는 자세를 강조하는 것이다.
잘못하면 주변만 맴돌다가 정작 핵심인 문학 작품을 놓칠 위험도 감수해
야 한다. 상호소통적이라 할 수 있는 고전시가 작품 생성의 컨텍스트를
주목하고자 하는 자세는 작가를 분명하게 밝히기 어렵거나, 시대 상황을
정확하게 짚어내기 힘들 경우 주변의 역사적 문맥을 거멀못으로 삼는 것
이어서 정밀한 검증이 필요하고 추론의 과정이 엄정해야 한다. 고려가요
를 살핀 임주탁, 『강화천도 그 비운의 역사와 노래』(2004)와 〈구지가〉를
검토한 차재형[7]의 논문과 〈공무도하가〉를 재검토한 성기옥[8]의 논문이
그 예에 해당한다.

3) 또 중심 시각으로 '여성' 화두의 등장은 시가 연구에서도 예외가 아니

---

7) 차재형, 「〈구지가〉의 전쟁서사시적 성격」, 『한국문학논총』 33집, 2003.
8) 성기옥, 「〈공무도하가〉와 한국 서정시의 전통」, 『고전시가 엮어 읽기(상)』, 2003.

다. 한국고전여성문학회의 『한국고전여성문학연구』가 창간호(2000)에서
12집(2006.6)까지 간행되면서 균형의 시각으로 접근한 경우를 포함하여 중
심 시각으로 보아야 한다는 선언적인 경우까지 다양한 스펙트럼을 보이면
서 활발한 대화의 장을 열고 있다. 이러한 상황에서 『조선후기 시가와 여성』
(월인, 2005)에 실린 1편의 해설과 13편의 논문은 "여성 담론과 수사"(4편),
"여성 시가의 유형과 특질"(4편), "여성 형상과 여성 의식"(5편) 등으로 세분
하고 있는데, 허심탄회하게 사태의 실상에 다가서는 겸허한 접근과 공정한
분석을 의식하면서 생활감각과 반성적 성찰까지 아우르고 있어서 여성문
학 연구에 대한 중간 점검을 촉구하고 있다.

4) 역사적 갈래와 갈래 사이의 관련을 논하거나 작품과 작품을 연결시
켜 논의하는 일은 시가라는 공통의 항목을 설정하고 그 내부의 연관성을
살피는 일인 동시에 갈래 사이의 교섭 양상을 검토하는 일이라 매우 긴요
한 과제라 할 수 있다. 개별적인 논의를 포함하여 『장르교섭과 고전 시가』
(월인, 1999)와 『고전시가 엮어 읽기 상·하』(2003)와 같은 것이 그러한 성과
에 해당한다.

한편 고전시가와 현대시의 연관을 검토하는 일은 하나의 벼리로 고전시
가와 현대시를 설명하고 싶은 희망 사항이면서 동시에 둘 사이에 놓인
간격을 인정하지 않을 수 없는 현실론의 고민을 보여주기도 한다. 처음부
터 차이점[9]을 인정하면서 시작하거나, 아니면 시적 변용의 구체적 증거
를 제시하는 경우[10]로 나타나기도 한다.

---

9) 성기옥, 「고전시와 현대시의 미학적 패러다임」, 『한국시의 미학적 패러다임과 시학적
전통』, 2004.
10) 박노준, 「향가, 그 현대시로의 변용」, 『한국시가연구』 5집, 1999; 「속요, 그 현대시로
의 변용」, 『한국시가연구』 9집, 2001; 김수경, 「속요의 현대화, 그 몇 가지 양상에 대한
시론」, 『한국시가연구』 19집, 2005; 김학성, 「시조의 양식적 독자성과 현재적 가능성」,
『한국시가연구』 19집, 2005.

5) 고전시가 연구를 교육에 활용하기 위한 방안으로 시가교육[11]에 대한 관심은 매우 중요한 것이다. 교육과정의 개편, 평가 등과 관련하여 시가 분야가 소홀하게 다루어지고 있는 점을 환기하면 고전시가 연구를 교육으로 연결시키는 데에 학회 이상의 차원에서 힘을 모아야 할 것이다.

3. 갈래별 연구를 보는 입장

1) 고대가요

고대가요에 대한 연구는 자료의 제한 때문에 늘 어려움을 겪어 왔다. 최근의 연구 성과도 크게 다르지 않다. 개별 작품에 대해 다른 방법론으로 접근하는 것이 하나의 돌파구인 것처럼 되어 있는데, 〈황조가〉와 관련한 서사문맥을 재검토[12]한다거나 〈구지가〉의 생성 문맥을 재구[13]한 것이 그 예에 해당한다. 이러한 작업은 성기옥이 〈구지가〉와 〈공무도하가〉를 점검[14]했던 것과 연계하여 이해의 진폭을 확충할 수 있을 것으로 기대한다.

이와 함께 이름만 전하는 가요를 포함하여 인접 학문의 연구 성과를 수용하면서 거시적인 시각에서 개별 작품이 차지하는 의미를 설명하고, 서정시의 형성 과정을 해명하는 방향으로 연구를 진행하는 것이 하나의 방향이 될 것이다.

---

11) 몇 편의 단행본을 들면 다음과 같다. 한창훈, 『시가교육의 가치론』, 2001; 김풍기, 『한국 고전시가 교육의 역사적 지평』, 2002;, 허왕욱, 『고전시가교육의 이해』, 2004.
12) 임주탁·주문경, 「〈황조가〉의 새로운 해석」, 『관악어문연구』 29집, 2004.
13) 차재형, 앞의 논문.
14) 성기옥, 「〈구지가〉의 작품적 성격과 그 해석(1)」, 『울산어문논집』 3, 1987; 「〈구지가〉의 작품적 성격과 그 해석(2)」, 『배달말』 12호, 1987; 「공무도하가연구」, 서울대학교 박사학위논문, 1989.

2) 향가

향가 연구에 많은 관심을 보이고 있는 것은 고무적인 일이다. 비록 대상 자료는 한정되어 있어도 접근 시각은 다양하게 나타난다. 세상을 바라보는 자세에 있어서 향가를 향유했던 시대의 담당층을 포함한 사람들의 시야가 그 이후의 사람들보다 넓었기 때문에 그것을 바라볼 수 있는 길도 다양하게 열려 있다고 보면, 연구의 시각도 결국 연구자의 태도와 밀접하게 연결될 수 있지 않을까 생각한다. 해독, 형식, 해석 등에 걸쳐서 꾸준한 연구 성과가 나왔으며, 『화랑세기』에 관한 논란은 지속적으로 이어지고 있다. 논란이 계속되고 있는 와중에도 『화랑세기』의 자료를 통한 연구[15]가 진행되고 있어서, 향가를 포함한 시대의 주변 상황에 대한 참조의 권역을 확장하는 것으로 이해할 수 있다. 해독은 양희철[16]·신재홍[17]의 성과 이후에도 난해구에 대한 재검토가 이루어지는 등 소수의 연구자를 중심으로 진행되고 있는데, 최근 구결 자료에 대한 이해를 바탕으로 새로운 해독을 시도한 경우[18]가 있어서 해독에서 새로운 물꼬를 틀 수 있을지 기대된다. 형식은 새로운 해독을 바탕으로 보완론[19]이 제기되기도 하고, 형식을 4구체 민요계 향가와 10구체 사뇌가계 향가로 구분하여 장르체계로 이해

---

15) 김학성, 「필사본 『화랑세기』와 향가의 새로운 이해」, 『성곡논총』 27집, 1996; 「『화랑세기』 소재 향가와 풍월도적 패러다임」, 『대동문화연구』 36, 2000; 신재홍, 「미실과 사다함, 〈송사다함가〉와 〈청조가〉」, 『고전문학과 교육』 10, 한국고전문학교육학회, 2005; 「『화랑세기』에 나타난 화랑의 이념과 향가」, 『겨레어문학』 34호, 2005.

16) 양희철, 『삼국유사 향가연구』, 태학사, 1997.

17) 신재홍, 『향가의 해석』, 집문당, 2000.

18) 박재민, 「구결로 본 보현십원가 해석」, 연세대학교 석사학위논문, 2002; 「〈보현십원가〉 난해구 5제」, 『구결연구』 10, 구결학회, 2003.

19) 신재홍, 「향가형식재론」, 『한국시가연구』 9집, 2001; 「4행 향가의 문학성」, 『고전문학과 교육』 3, 2001; 「〈모죽지랑가〉와 8행 향가의 양식적 특성」, 『고전시가 엮어읽기(상)』, 2003; 양희철, 「향가 형식론 기반 일각」, 『한국시가연구』 10집, 2001; 「향가 10구체설의 논거」, 『한국시가연구』 16, 2004.

하고자 한 시도[20]도 있었다. 최근 서정주체상의 입장에서 문화사적 특성
을 해명하고자 한 논문[21]은 각 시기별로 향가의 서정시적 특질 해명을
시도하고 있어서, 형식을 바탕으로 논의했던 시각을 보완할 수 있을 것으
로 기대한다.

향가 연구의 과제는 여전히 해독과 연계되어 있는 것으로 보이며, 향가
연구자 상호간의 긴밀한 대화와 국어학 연구자들과의 공동 작업을 통하여
해독의 준거와 방법에 대한 기본 지침이 마련되기를 바란다. 다양한 해독
에서 소견논거를 취사선택함으로써 일어날 수 있는 작품 해석의 자의성을
방지할 수 있을 것이기 때문이다. 이와 함께 『삼국유사』 등의 문맥에서
확인할 수 있는 바와 같이 향가 담당층의 다양한 삶이 향가의 서정성의
진폭을 보이는 것으로 이해하면 그 다양한 진폭을 서정성의 층위로 설정
하여 한국서정시사의 벼리를 마련할 수 있을 것이다. 정확한 해독에 바탕
을 둔 다양한 해석의 길이 열릴 수 있기 때문이다.

3) 고려속요(속악가사)

최근 고려가요에 대한 연구는 기존에 논의되었던 것을 다시 점검하거
나, 새로운 시각에서 작품론에 접근히는 경우 등을 확인할 수 있다. 해독
및 해석, 기원이나 전승, 창작과 수용, 형식적 특성, 미의식, 악곡과의 관
련[22] 등 다양한 방향에서 진행되고 있다. 이 가운데 한 작품을 어석·음악
·구조 등으로 종합적으로 검토[23]한 경우도 있어서 주목된다.

---

20) 성기옥, 「향가의 형식·장르·향유기반」, 『국문학연구』 6호, 2001.
21) 서철원, 「신라 향가의 서정주체상과 그 문화사적 전개」, 고려대학교 박사학위논문,
    2006.
22) 김진희, 「고려속요의 음악적 구성 원리」, 연세대학교 석사학위논문, 2000; 최미정,
    「고려속요의 유절양식과 분련체의 관련양상 고찰」, 『한국문학이론과 비평』, 2003.
23) 양태순, 「〈서경별곡〉의 종합적 고찰」, 『국어국문학』 139, 2005.

그 가운데 고려가요 연구에 있어서 텍스트 해독과 관련한 역사적 문맥의 재구성[24]이 꾸준히 관심의 대상이 되고 있어서 작품을 보는 시각이 확충되었음을 알 수 있다. 아울러 지나친 추론이 주는 부담은 순환론의 질문으로 다가설 수 있다는 점을 유의해야 할 것이다. 향가 연구에서도 그렇지만 고려가요 연구에서 언어적 정보를 중심으로 한 일차적 해석의 중요성[25]은 아무리 강조해도 지나치지 않다.

4) 경기체가·악장

경기체가와 악장에 대한 연구는 시가 연구의 중심을 차지하지 못하는 실정이다. 경기체가는 형태상 공통점이 있지만 내용의 편차가 다양하고, 악장은 목적의 공통성이 있지만 형태가 다양하여 같이 묶어 논의할 수 없음에도 불구하고 다른 역사적 갈래와 견주어 주류에서 밀려나 더부살이를 하고 있는 형국이다.

경기체가에 대한 연구는 논의의 중심에 〈한림별곡〉[26]을 두고 있으며,

---

24) 임주탁, 「〈가시리〉의 독법과 해석의 방향」, 『국어교과교육연구』 제2호, 2001; 「역사적 생성 문맥을 고려한 〈만전춘별사〉의 독법과 해석」, 『한국시가연구』 11집, 2002; 「〈서경별곡〉의 텍스트 독법과 생성 문맥」, 『한국민족문화』 19·20집, 2002; 「〈청산별곡〉의 독법과 해석」, 『한국시가연구』 13집, 2003; 「〈정석가〉의 함의와 생성 문맥」, 『한국문학논총』 35집, 2003; 「〈삼장〉·〈사룡〉의 생성 문맥과 함의」, 『한국시가연구』 16집, 2004; 「〈한림별곡〉의 역사적 생성문맥 연구」, 『강화천도 그 비운의 역사와 노래』, 새문사, 2004.

25) 김완진, 『향가와 고려가요』, 서울대학교 출판부, 2000; 유동석, 「〈정읍사〉 연구 – '져재녀러신고요'에 대한 어학적 해석을 중심으로–」, 『한국민족문화』 13, 1999; 「고려가요 〈서경별곡〉에 대한 새 풀이」, 『한국민족문화』 14, 1999; 「고려가요 해독을 위한 이론적 전제」, 『어문교육논집』 17집, 2000; 「고려가요 〈정과정〉의 노랫말에 대한 새 해석」, 『한국문학논총』 26, 2000; 「문법을 통해서 본 〈동동〉의 화자 문제」, 『문법과 텍스트』(2002), 「고려가요의 현대어 번역과 관련한 몇 문제」, 『한국민족문화』 23, 2004.

26) 김선기, 「한림별곡의 출현에 대한 종합적 고찰」, 『어문연구』 33, 2000; 허남춘, 「〈한

시조와의 관련[27])을 살피기도 한다.

악장에 대한 연구는 〈용비어천가〉[28]), 〈월인천강지곡〉[29]) 등에 대한 연구가 진척되기도 하고, 새로운 자료[30])에 대한 접근도 이루어졌다. 특히 조선후기 악장[31])에 대한 검증은 새로운 과제를 제기한다.

상대적인 소홀함의 이유가 무엇인지 정확한 인식을 바탕으로 대안을 마련할 필요가 있다.

5) 시조

국문학의 초기부터 시조에 관심을 가졌던 점을 감안하면 어느 정도 일반론을 수립할 만한데 여전히 시조에 대한 연구가 식지 않고 있다. 『시조학논총』을 제외하더라도 『한국시가연구』에서 시조에 관한 논문이 큰 비중을 차지하고 있음을 알 수 있다.

외부에 관심을 보였던 태도가 내부로 옮아가는 흐름에서 조선후기에 대한 관심이 조금 줄어든 듯하다. 다만 19세기[32])에 대한 관심은 꾸준히

림별곡〉과 조선조 경기체가의 향방」, 『한국시가연구』 17집, 2005.

27) 최재남, 「경기체가 수용의 현실적 기반과 서정의 범주」, 『한국문학논총』 24, 1999; 김창원, 「조선전기 시조사의 시각과 경기체가」, 『한국시가연구』 9집, 2001.

28) 김학성, 「〈용비어천가〉의 짜임새와 시적 묘미」, 『국어국문학』, 2000; 조흥욱, 「〈용비어천가〉의 창작 경위에 대한 연구」, 『어문학논총』, 2001.

29) 조흥욱, 「〈용비어천가〉의 창작 경위에 대한 연구」, 『어문학논총』 20, 2001; 「〈월인천강지곡〉의 내용 특징 연구」, 『어문학논총』 23(2004); 이종석, 「〈월인천강지곡〉과 선행 불교서사시 비교 연구」, 서울대학교 석사학위논문, 2001; 조규익, 「〈월인천강지곡〉의 사건 전개 양상과 장르적 성격」, 『어문연구』 46, 2004.

30) 신두환, 「눌재 양성지의 송에 대한 일 연구」, 『한국시가연구』 9, 2001; 송지원, 「정조대의 악장 정비」, 『한국학보』 105, 2001; 조규익, 「익종 악장 연구」, 『고전문학연구』 24, 2003.

31) 신경숙, 「조선후기 연향의식에서의 가자」, 『국제어문』 29, 2003; 「19세기 궁중연향 한글악장」, 『시조학논총』 20, 2004; 「순조조 외연의 한글악장」, 『한국시가연구』 15, 2004; 「조선조 외연의 성악정재, 가자」, 『시조학논총』 23, 2005; 「야연의 악가삼자 연구」, 『고시가연구』 16, 2005.

지속되고 있어서 중세의 특질과 근대의 고리를 해명하고자 하는 노력을
읽을 수 있다. 이와 함께 〈매화사〉 악보의 복원33)은 음악과 문학의 소통
에 큰 기여를 할 것으로 기대한다.

시조 시형의 정립 과정에 〈만대엽〉이 끼친 영향을 살핀 연구34)는 시조
의 형성에 대한 새로운 시각을 제기한다.

향촌사림 또는 향촌사족을 담당층으로 하는 시조에 견주어 조선후기
경화사족의 시조를 살핀 연구35)는 연구 시각의 균형을 제시했다는 점에
서 주목할 수 있으며, 사회 변동과 관련한 구체적 실상이 연구 성과로 집
약될 수 있도록 후속 연구를 기대할 수 있다.

향촌에서의 집단적 시가 향유와 그 활동에 대한 관심은 이른바 가단36)
이라는 개념으로 연구가 진행되었는데, 최근 이러한 관심을 각 지역으로
확산시키면서 구체적 실상을 검토한 성과37)가 제출되고 있어서, 생활문

---

32) 권오경, 「19세기 고악보 소재 가곡 연구」, 『시조학논총』17집, 2001; 김석회, 「19세기
　　초중반 가집의 노랫말 변용양상(1)」, 『한국시가연구』10집, 2001), 「19세기 초중반 가집
　　의 노랫말 변용양상(2)」, 『고전문학연구』24, 2003; 성무경, 「『교방가요』를 통해 본
　　19세기 중·후반 지방의 관변 풍류」, 『시조학논총』17집, 2001; 「19세기 초반 가곡 향유
　　의 한 단면」, 『시조학논총』19, 2003; 신경숙, 「19세기 연행예술의 유통구조」, 『어문논
　　집』43, 2001; 「19세기 궁중연향 한글악장」, 『시조학논총』20, 2004; 고정희, 「19세기
　　여창가곡과 시조의 상품화」, 『한국민족문화』24, 2004; 이은성, 「19세기 말에서 20세기
　　초 시조창 향유의 변화양상」, 『한민족어문학』45, 2004; 최규수, 『19세기 시조 대중화
　　론』, 보고사, 2005.

33) 조순자, 「『금옥총부』〈매화사〉 우조 일편 팔절 복원 악보」, 『한국시가연구』20집,
　　2006.

34) 김진희, 「시조 시형의 정립 과정에 대하여」, 『한국시가연구』19집, 2005.

35) 남정희, 「18세기 경화사족의 시조 향유와 창작 양상에 대한 연구」, 이화여자대학교
　　박사논문, 2002; 『18세기 경화사족의 시조 창작과 향유』, 보고사, 2005.

36) 정익섭, 『호남가단연구』, 진명문화사, 1975; 『개고 호남가단연구』, 민문고, 1989;
　　최재남, 「분강가단연구」, 『사림의 향촌생활과 시가문학』, 국학자료원, 1997.

37) 권순회, 「'단가삼결'의 창작 맥락과 시적 지향」, 『한국시가연구』8집, 2000; 최재남,
　　「분강가단의 풍류와 후대의 수용」, 『배달말』30, 2002; 조해숙, 「전승과 향유를 통해

화로서의 시가 향유의 성격을 지역적 편차까지 고려하면서 이해할 수 있
는 길을 연 셈이다.

　개별 작가에서는 신흠38), 권섭39), 이정보40), 이세보41) 등에, 작품에서
는 〈도산십이곡〉42) 등에 많은 관심이 쏠리고 있다.

　본 〈개암십이곡〉의 성격과 의미」, 『국어국문학』 133, 2003; 권두환, 「영남지역 가단의
　형성과 전개과정」, 『국문학연구』 12호, 2004; 박이정, 「석문정시가단의 성립과 그 의
　미」, 『한국시가연구』 17집, 2005.
38) 허영진, 「상촌 신흠의 시조 연구」, 한양대학교 석사학위논문, 2001; 김석회, 「상촌
　시조 30수의 짜임에 관한 고찰」, 『고전문학연구』 19집, 2001; 신일형, 「상촌 신흠 시조
　연구」, 조선대학교 석사학위논문, 2001; 김명길, 「상촌시조연구」, 『용연어문논집』 7집,
　2002; 김용재, 「신흠의 생애와 시조세계」, 『인문과학논문집』 37, 대전대학교, 2004;
　오선주, 「신흠의 시조 연구」, 전북대학교 석사학위논문, 2005; 정소연, 「상촌 신흠의
　절구와 시조 비교 연구」, 『고전문학연구』 28, 2005; 「신흠 시조의 연작성 고구」, 『한국
　시가연구』 17, 2005; 「절구의 시학과 시조의 시학」, 『관악어문연구』 29, 2004.
39) 박요순, 『옥소 권섭의 시가연구』, 탐구당, 1987 이후 최근 장정수, 「옥소 권섭의 시조
　한역 연구」, 『국제어문』 36, 2006까지 많은 연구가 이루어졌다.
40) 남정희, 「이정보 시조 연구」, 『한국시가연구』 8집, 2000; 정흥모, 「이정보의 애정시조
　연구」, 『어문논집』 42집, 2000; 정현진, 「이정보 시조 연구」, 단국대학교 교육학원
　석사학위논문, 2001; 이상원, 「이정보 시조 해석의 시각」, 『한국시가연구』 12집, 2002;
　전계영, 「이정보 시조의 연구」, 충북대학교 석사학위논문, 2003; 김성면, 「이정보 애정
　류 사설시조의 구조 고찰」, 『시조학논총』 21, 2004.
41) 김인순, 「경평군 이세보 시조 연구」, 충남대학교 석사학위논문, 2001; 이동규, 「이세
　보 시조의 동물 상징성 연구」, 경희대학교 석사학위논문, 2003; 이명희, 「이세보 시조
　연구」, 계명대학교 석사학위논문, 2003.
42) 성기옥, 「〈도산십이곡〉의 재해석」, 『진단학보』 91호, 2001; 「〈도산십이곡〉의 구조와
　의미」, 『한국시가연구』 11집, 2002; 신연우, 「이황의 〈매화시〉와 〈도산십이곡〉의 관련
　성」, 『한국시가연구』 11집, 2002; 「〈도산잡영〉과 〈도산십이곡〉에서의 흥」, 『국어국문
　학』 133, 2003; 「〈도산십이곡〉의 미학적 접근」, 『고전문학연구』 25, 2004; 최재남,
　「『심경』 수용과 〈도산십이곡〉」, 『배달말』 32집, 2003; 손오규, 「〈무이도가〉와 〈도산십
　이곡〉의 비교 연구」, 『한국문학논총』 38, 2004; 정상균, 「이황의 〈도산십이곡〉 연구」,
　『고시가연구』 14, 2004; 고정희, 「〈도산십이곡〉과 〈고산구곡가〉의 언어적 차이와 시가
　사적 의의」, 『국어국문학』 141, 2005; 김창원, 「〈도산십이곡〉의 형상 세계와 불교」,
　『우리어문연구』 25, 2005.

6) 가사·잡가

가사 연구에서 새로운 자료의 발굴·소개는 연구 자료의 확충이라는 점에서 고무적인 일이고, 이른바 유형론에 입각한 연구 성과가 지속되고 있다는 점에서 새로운 유형의 추가에 못지않게 가사 일반에 대한 진지한 성찰을 요구할 시점에 이른 느낌이다. 한편 여성 담론 또는 여성성[43]의 입장에서 살핀 연구가 급증하고 있는 것은 시대의 조류로 이해할 수 있으면서도 연구자의 태도와도 관련된 것이어서 주목을 요한다. 이외에도 장르, 문체, 연행 등에 걸친 다양한 연구가 진행되고 있음을 지적할 수 있다.

개별 작품론 가운데 이른바 노처녀 담론을 환기하는 〈노처녀가〉[44]에 대한 진지한 토론과 〈복선화음가〉[45] 계열의 작품에 대한 다양한 접근은 가사 작품을 읽기 위한 준비 작업의 중요성을 시사하는 것이어서 연구의 방향을 가늠하는 데에 참조가 될 수 있다.

잡가에 대한 연구는 가사의 하위 분류로서가 아니라 독립된 갈래로서 접근하고 있다는 점에서 연구의 진척을 꾀하고 있다.[46] 구체적 실상에

---

43) 이화어문학회, 『우리문학의 여성성·남성성』, 2000; 김석회, 「조선후기 향촌사족층 여성의 삶과 시집살이 서사」, 『한국고전여성문학연구』 6집, 2003; 박애경, 「장편가사 〈이정양가록〉에 나타난 사족 여성의 삶과 내면의식」, 『한국고전여성문학연구』 6집, 2003; 정길자, 「규방가사의 사적 전개와 여성의식의 변모」, 숙명여자대학교 박사학위 논문, 2003; 고순희, 「개화기 가사를 통해 본 여성담론의 전개양상과 특성」, 『한국고전 여성문학연구』 10집, 2005.

44) 박형석, 「노처녀가류에 나타난 페미니즘의 고찰」, 한양대학교 석사학위논문, 2000; 고순희, 「노처녀가 연구」, 『한국시가연구』 14집, 2003; 성무경, 「노처녀 담론의 형성 과 문학양식들의 반향」, 『한국시가연구』 15집, 2004.

45) 이형래, 「〈복선화음가〉 연구」, 부산대학교 석사학위논문, 2000; 이동연, 「조선후기 여성치산과 〈복선화음가〉」, 『한국고전여성문학연구』 4집, 2002; 김석회, 「문학사의 맥락에서 본 복선화음류 가사의 인물형상」, 『고전문학과 교육』 9집, 2005; 「복선화음 가 이본의 계열상과 그 여성사적 의미」, 『한국시가연구』 18집, 2005; 「우산본 복선화 음가의 가문서사 양상과 그 여성사적 의미」, 『고전문학과 교육』 10집, 2005.

46) 정재호, 「잡가집의 특성과 문학사적 의의」, 『한국시가연구』 8집, 2000; 손태도, 「1910

대한 정확한 정보를 바탕으로 개별 장르로서의 의의를 확보하는 측면과 아울러 다른 갈래와 밀접한 관련을 가지고 있는 측면까지 아우르면서 보다 많은 연구 성과가 기대된다.

4. 시가 연구의 기본 방향

1) 연구대상에 따라 차이가 있을 수 있지만 기본적으로 자료 또는 대상의 확정과 방법론의 결합으로 연구가 진행된다고 할 수 있다. 그런 점에서 대상 자료의 확정은 매우 중요한 의의를 지닌다. 새로운 자료의 발굴은 대상 자료를 확충한다는 점에서 연구의 진폭을 넓히고 기존의 자료를 중심으로 다루었던 해석에 대한 재검토까지 요구할 수 있게 된다. 시가 연구의 판도를 완전히 바꿀 수 있는 새로운 자료의 출현이 가능할지 의문이지만, 현재의 상황에서 무엇보다 시급한 것은 연구 대상 자료의 객관성을 담보하기 위한 정본의 확정이라고 할 수 있다. 정본의 확정은 연구의 공동 기반을 확보하고 정확한 해석을 위한 정지 작업에 해당한다. 작품을 1차 자료하고 한다면 작품의 해독이나 해석을 내린 것을 2차 자료라 하고, 작품과 관련된 자료를 참고 자료라고 명명하여 체계적으로 정리할 필요가 있다. 이러한 작업은 개인이 감당하기에는 벅찬 일이기도 하고 지나친 주관이 개입될 여지가 있으므로 공동 작업으로 진행하는 것도 하나의 대안이 될 수 있다. 그리하여 다음과 같은 방안을 제시할 수 있을 것이다. 한국

~20년대의 잡가에 대한 시각」, 『고전문학과 교육』 2집, 2000; 김외순, 「경기잡가에 관한 연구」, 대구가톨릭대학교 석사학위논문, 2003; 박애경, 「잡가의 개념과 범주의 문제」, 『한국시가연구』 13집, 2003; 이형대, 「휘모리잡가의 사설 짜임과 웃음 창출 방식」, 『한국시가연구』 13집, 2003; 이혜경, 「휘모리잡가의 사설 형성원리와 향유양상」, 성균관대학교 석사학위논문, 2003; 최동안, 「잡가연구」, 가톨릭대학교 박사학위논문, 2003; 임재욱, 「조선후기 가창가사에 보이는 잡가적 경향의 연원」, 『국문학연구』 13, 2005.

고전문학전집을 마련하고 여기에 따르는 주해본 한국고전문학전집을 목
표로 삼으면서, 한국고전시가전집을 준비하고 이를 바탕으로 주해본 한국
고전시가전집을 완성할 수 있을 것이다.

① 한국고전문학전집 → 주해본 한국고전문학전집
② 한국고전시가전집 → 주해본 한국고전시가전집

실제 향가는 이본의 존재가 중요하지 않기 때문에『삼국유사』와『균여
전』에 수록된 향가를 1차 자료로, 향가에 대한 제가의 해독과 해석을 2차
자료로 정리하고 작품과 관련된 자료를 참고 자료로 정리하는 일이 쉽게
해결될 수 있다. 고려가요(속악가사)와 경기체가의 경우에도 우려할 정도의
어려움은 없으리라 본다. 시조의 경우는 연행에 따른 차이 또는 전승되는
이본에 따른 차이가 현저하기는 하지만 이미 이루어진『시조문학사전』
(1966),『교본 역대시조전서』(1972),『한국시조대사전 상·하』(1992) 등의
성과를 활용하여 시대·작가·연행 등에 따라 자료에 접근이 편리하도록
1차 자료를 확보하고, 이를 바탕으로 주해를 하고 아울러 개별 작품과 관
련된 참고 자료를 정리할 수 있을 것이다. 그런데 방대한 분량이 전하는
가사의 경우에는 간헐적으로 정리와 주해가 이루어지다가 근래에 50책의
『한국가사문학전집』(1987~1998)이 발행되기는 했지만, 각 이본을 포함한
1차 자료의 확정과 이를 주해한 2차 자료의 준비, 그리고 참고 자료를 갖
추는 일 등이 이어져야 할 것이다.
  2) 연구 대상이 확정된 상황에서 연구의 핵심은 작품의 해석이라 할 수
있다. 작품에 대한 정밀한 해석이 전제되지 않은 연구는 연구자의 직무를
방기하는 것이기도 하다. 그리고 그 해석은 타당성을 확보할 수 있어야
한다. 이미 선행 연구사에서 "시를 읽고 해석하는 능력의 문제"를 지적한
바 있지만 연구자들의 태도와 능력과 관계된 일이라 조심스럽기도 하다.

현대시와 달리 고전시가 "시인이 작품(텍스트)을 창작하고 독자가 작품(텍스트)을 향유하는 시인 – 작품(텍스트) – 독자의 소통 채널은 일원적이면서도 연속적인 동시에 상호소통적"47)이라고 할 수 있어도, 언어적 정보를 중심으로 일차적 해석을 정확하게 해야 함은 물론이다. 아울러 실상에 대한 성실한 탐색을 바탕으로 해독이나 해석의 진경(進境)을 제시해야 할 것이다. 비평적 재단을 앞세우거나 이념적 자세 또는 시각만을 강조하는 경우 작품의 실상과는 다른 해석을 도출할 우려가 있다. 확정된 정본을 바탕으로 정확한 해석을 하는 일은 아무리 강조해도 지나치지 않을 것이다.48) 동시에 해석의 다양성은 마땅히 인정해야 하고, 자유로운 감상의 길도 열어두어야 한다. 이제 우리는 어쩌면 지금까지 홀간해 온 일에 대하여 기초를 튼튼하게 하는 일부터 다시 시작해야 하는 과제를 안게 되었는지도 모른다. 연구 논문을 쓰는 일보다 작품을 정확하게 읽는 훈련이 선행되어야 할 것이다. 여러 사람이 모여서 강독회를 하는 것도 하나의 방법이 될 것이다. 작품 한 편을 대상으로 한 편의 학위논문이 가능할 수 있도록 정밀한 작품 읽기가 21세기 이 시점에서 새삼 요구되고 있다는 점은 시가 연구의 방향을 재정립하는 일과 밀접하게 연결되어 있는 것으로 보인다.

　3) 다음으로 주목할 수 있는 것이 시가사를 정리하거나 좌표를 설정하는

---

47) 성기옥, 「고전시와 현대시의 미학적 패러다임」, 『한국시의 미학적 패러다임과 시학적 전통』, 소명출판, 2004, 79면.

48) 실상에 바탕을 두고 정확한 해석을 위한 노력의 성과를 〈방옹시여〉, 〈매화사〉, 〈도산십이곡〉 등을 대상으로 다룬 성기옥의 다음의 몇몇 사례에서 참고할 수 있다. 성기옥, 「신흠 시조의 해석 기반 – 〈방옹시여〉의 연작 가능성」, 『진단학보』 81호, 1996; 「한국 고전시 해석의 과제와 전망 – 안민영의 〈매화사〉 경우」, 『진단학보』 85호, 1998; 「〈도산십이곡〉의 재해석」, 『진단학보』 91호, 2001; 「〈도산십이곡〉의 구조와 의미」, 『한국시가연구』 11집, 2002. 한편 방법론을 중시하면서 〈박인로의 시조〉와 〈동동〉 정월령을 해석한 김열규의 다음의 성과는 다른 점에서 주목할 수 있다. 김열규, 「한국 시가의 서정의 몇 국면」, 『동양학』 2집, 1972; 「서정적 맥락 속의 〈동동〉 정월요」, 『고려시대의 가요문학』, 1982.

일이다. 문학사의 범주에서 논의되는 시가사도 의의가 인정될 수 있지만, 독립된 시가사의 서술이 요구된다. 작품군이나 작가에 대한 연구를 넘어서서 통시적 측면에서 시가의 벼리를 마련하는 일에 관심이 모아지고 있다. 실제 연구의 표제[49]로 내세우거나 서평[50]에서 언급하고 있는 경우를 들 수 있는데, 연구자가 추구하고자 하는 지향은 소중하게 평가할 수 있을 것이다. 그런데 연구의 실천으로 나타난 결과가 과연 벼리를 마련하고 있는지 아니면 화두에 그치고 만 것인지 새삼 되묻지 않을 수 없다. 사(史)의 서술을 위한 준거와 체계 그리고 실상에 대한 온당한 접근이 매우 아쉬운 실정이다. 우리가 확인할 수 있는 고전시가의 역사적 갈래를 고대가요→향가→시조 등의 일관된 단선의 가닥으로 이해할 것인가, 아니면 굴곡과 변화가 있는 태극형 또는 나선형으로 파악할 것이냐에 따라 시가사의 벼리는 달라질 수 있는 것이다. 그리고 초기 연구부터 주목했던 정형시 중심의 시가사에 대한 인식의 틀도 새삼 반추할 필요가 있을 것이다.

4) 고전시가의 중심이 서정에 해당하고 또 개인이 연구주체가 되는 경

---

49) 표제로 시가사를 내세운 경우는 다음과 같다. 최철 외, 『한국고전시가사』, 집문당, 1997; 고미숙, 『18세기에서 20세기 초 한국시가사의 구도』, 소명출판, 1998; 이상원, 『17세기 시조사의 구도』, 월인, 2000; 김용찬, 『조선후기 시가문학의 지형도』, 보고사, 2002; 박기호, 『고려 조선초 시가문학사』, 국학자료원, 2003; 이상원, 『조선시대 시가사의 구도와 시각』, 보고사, 2004; 조해숙, 『조선후기 시조한역과 시조사』, 보고사, 2005.

50) 시가사의 구도와 좌표를 준거로 내세워 서평을 한 것은 다음과 같다. 김용찬, 「조선전기 시가사에 대한 새로운 지형도」, 『민족문학사연구』 11호, 1997; 박애경, 「'미완의 근대' 그 너머에는…」, 『민족문학사연구』 13호, 1998; 신경숙, 「시가사 구도짜기」, 『민족문학사연구』 13호, 1998; 조세형, 「고전시가 연구의 현재 좌표, 그 세 방향」, 『민족문학사연구』 25호, 2004. 김용찬은 최재남, 『사림의 향촌생활과 시가문학』, 국학자료원, 1997에 대해, 박애경은 고미숙, 『18세기에서 20세기 초 한국시가사의 구도』, 소명출판, 1998에 대해, 신경숙은 박노준, 『조선후기 시가의 현실인식』, 고려대학교 민족문화연구소, 1998과 김학성, 『한국고시가의 거시적 탐구』, 집문당, 1997에 대해, 조세형은 최재남, 『서정시가의 인식과 미학』, 보고사, 2003; 양태순, 『한국시가의 종합적 고찰』, 민속원, 2003; 김석회, 『조선후기 시가 연구』, 월인, 2003에 대해 서평을 쓴 것이다.

우가 일반이지만, 구심적인 공동연구의 필요성을 제안하고자 한다. 연구자 사이의 대화가 절실하게 필요하다. 소견논거를 처리하는 방식은 학풍때문에 그렇다 하더라도 사실논거를 선별처리하면서 목소리만 한껏 높이는 경우를 가끔 발견하고는 아연실색하기도 한다.

5. 소결

고전시가 연구에 참여하고 있는 연구자는 작품을 이해하고 해석할 수 있는 기본적 능력을 갖추는 데 심혈을 기울여야 할 것이다. 개인의 축적된 연구 성과가 다른 사람의 연구를 진작시키고 새로운 연구를 진행하는 데 도움이 될 수 있도록 연구자들 사이에 활발한 소통이 이루어지기를 기대한다.

아울러 고전시가 연구가 현대성·현실성을 확보할 수 있도록 공동의 지혜가 필요하다. 교육 또는 평가와 관련하여 적극적인 자세가 아울러 필요하다. 연구와 교육이 상호 협력할 수 있는 풍토 조성과 그 실천이 요구된다고 하겠다.

불리한 외부적 상황을 극복하고 내적 성취를 이룰 때 고전시가 연구의 전망도 열릴 수 있을 것으로 기대한다.

『배달말』 39집(2006)

Ⅲ
[서평] 향가의 해석과 미학의 맞물림
– 신재홍, 『향가의 미학』(집문당, 2006)에 대한 단견 –

1. 서언

　학문적 진실과 학파적 이해 사이에는 때로 융화할 수 없는 간극이 놓여 있기도 하다. 사실 논거에 대한 입장에서는 합의를 이루더라도 소견 논거의 관점에 있어서는 잠정적 합의조차도 어려운 실정이다. 선학(先學)이나 스승의 학설을 부정하기 어려운 현실적 사정과 실체적 사실을 해명해야 하는 학자의 의지 사이에 때로 충돌이 빚어지기도 하기 때문이다. 문학이 언어로 이루어진 예술임을 인정하면 해독에서부터 어려움이 도사리고 있는 향가연구에 언어학자(言語學者)와 시학자(詩學者)가 공동으로 참여하여 과제를 해결하는 것이 당연해 보이는데도, 실제로는 향가연구자들 사이에서도 그렇고 언어학자와 시학자 사이에도 제대로 소통이 이루어지고 있지 않은 듯하여 안타까울 때가 한두 번이 아니다. 해독뿐만 아니라 해석에서도 각 개인의 견해가 너무 많이 제시되어 있는 상황을 확인하면 이제 너무 먼 곳까지 와 있는 것은 아닌지 두려움을 느끼기도 한다. 소견 논거에서 학파의 장벽을 넘어서고 사실 논거에서 기호에 따라 선별적으로 처리하는 독선을 벗어날 때, 향가를 창작하고 향유했던 사람들의 넓은 안목을 제대로 이해하면서 우리들의 시심(詩心)을 키울 수 있을 것으로 기대한다.

신재홍 교수의 『향가의 미학』(집문당, 2006)은 어학적 해독과 문학적 해
석을 정리한 그의 『향가의 해석』(집문당, 2000)에 이어서 향가의 문예 미학
을 정리한 것으로, 오늘날 소수의 전공자들이 고군분투하고 있는 향가 연
구의 현장에서 비록 적잖은 쟁점을 포함하고 있기는 하지만 현실적으로
향가 연구가 헤쳐 나가야 하는 어려움 등을 감안하면 우리들의 관심을
끌기에 충분한 저서라고 생각한다.

2. 이 책의 구성과 그 성격

이 책은 크게 일곱 부분으로 이루어져 있다. 서론, 향가의 존재 양상,
향가의 형식과 갈래, 향가의 표현, 향가 작품의 성격, 향가의 주제와 사상,
『화랑세기』와 향가, 향가의 해체와 계승 등이 그것이다. 머리말에서 "때로
는 긍정적인 질의와 심사평을 듣기도 하였으나, 대개는 호된 질책과 가차
없는 비판이 돌아왔다"라고 밝힌 바와 같이, 선험적이고 배타적인 시각이
지배하는 학계의 현실 때문에 정당한 토론이 이루어지지 못한 경우가 많
았음을 짐작할 수 있다. 그런 면에서 지금까지 해독과 해석에 바탕을 두고
미학을 해명하려는 작업이 한 사람의 힘으로 진행하기가 매우 어려웠던
현실을 감안하면 신재홍 교수의 작업은 그 자체만으로도 높이 평가받아야
마땅하다.

이제 전체를 일별하면서 이 저서에서 이룬 성과를 검토하고 새롭게 해
결해야 할 과제와 문제점을 살피도록 한다. 이 책이 지닌 장점을 제시하는
쪽으로 나아가지 못하고 때로는 논쟁을 삼으려는 쪽으로 기울어진 경우가
있다고 해도, 이 모든 입장이 이 책에 대한 긍정적인 시각에서 비롯된 것
임을 이해해 주었으면 좋겠다.

우선 입장을 정리해야 할 것이 『화랑세기』에 관한 것이다. 현재[1]까지도 위서(僞書) 논쟁이 끊이지 않은 상황에서 『화랑세기』에 대한 입장을 확인해야 하기 때문이다. 향가 연구에서 『삼국유사』와 『균여전』 등으로는 해결하기 어려운 문제가 너무 많은 점을 인식하면 『화랑세기』가 보이는 유혹(?)을 외면하기 힘들 수도 있다. 그러나 우리는 학문적 진실에 대한 침착성을 잃지 말아야 할 것이다. 현재의 상황에서 『화랑세기』는 참조의 수준에 있어야 하지 않을까 생각한다. 명징한 검증이 이루어져 『화랑세기』에 대한 신뢰가 확보될 때까지 새로운 온축을 위한 참고 자료로만 인정해야 하리라 본다. 이러한 입장을 제시하고 나면 신재홍 교수의 『향가의 미학』은 치명적인 상처를 입을 수 있다. 『화랑세기』를 핵심 텍스트로 다루면서 논의를 진행하고 있기 때문이다. 그런데 그렇게 우려할 것은 아니라고 본다. 『화랑세기』에 관한 내용을 괄호로 묶고 읽어도 전체의 틀은 그렇게 다치지 않을 수 있기 때문이다. 오히려 화랑이나 사랑에 관한 『화랑세기』의 기록을 참조로 활용하면 신라 사회의 모습을 이해하는 데에 지금까지 미처 주목하지 못하거나 착안하지 못했던 안목을 열 수 있는 길이 보이기도 하기 때문이다.

1) 서론

서론에서는 문학 분야에서 연구사를 정리하면서, 향가를 "신라 시대에 신라인들에 의해 산출되어 향유된 문학 장르"로 보았다. 신라인의 삶에서 향가가 우러나온 것으로 이해하는 시각은 신라인의 삶의 모습을 조망하고 향가를 통하여 다시 신라인의 삶의 내질을 재구할 수 있는 길을 확보할 수 있을 것으로 기대하며, "향가 문학에 대한 역사적, 구조적, 심미적 고찰

---

1) 최근 박남수, 「신발견 박창화의 『화랑세기』 잔본과 향가 1수」, 동국사학회 학술발표 (2007.12.13)에서도 현전 『화랑세기』가 위서라는 입장을 피력한 바 있다.

을 통해 서정시로서의 향가를 여러 각도에서 조명해” 보고자 한 저자의
태도에 기대를 걸게 한다. 그런데 이러한 태도는 두 가지의 문제점을 안고
있다. 향가를 특정한 역사적 갈래가 아니라 한 시대의 보편적인 것으로
이해하려는 태도가 그 하나이고, 신라인의 삶의 모습을 어떻게 조망할 것
인가 하는 문제가 다른 하나라고 할 수 있다. 구체적인 지적은 해당 항목
에서 다시 논의할 수 있을 것이다.

2) 향가의 존재 양상

향가의 존재 양상은 1. 해독된 모습, 2. 향가와 배경기사, 3. 향가 문학
의 판도, 4. 작가와 향유방식 등으로 나누어 기술하고 있다.

1. 해독된 모습은 저자의『향가의 해석』의 것을 옮겨 놓았다. 해독에
관한 쟁점은 여러 가지로 새롭게 부각될 수 있지만 이 책이 문예미학을
해명하기로 한 것이기 때문에 앞서 몇 분이 지적한 내용2)에 일단 미루도
록 한다.

2. 향가와 배경 기사는 매우 긴밀하게 연관되어 있다고 보고 있다. 그리
하여 향가와 배경기사의 통합적 이해가 필요하다고 보아, 「효소왕대 죽지
랑」조와 〈모죽지랑가〉, 「광덕 엄장」조와 〈원왕생가〉의 경우를 정밀하게
분석하면서 전자를 “역사 현실의 심층적 조망”으로 후자를 “환상적 서사의
내면적 진실성”으로 각각 설정하였다. 이러한 시각은 원론적으로 동의할
수 있다. 그러나 문제는 각 편의 차이와『삼국유사』서술자의 시각에 대한
선이해에 따라 새로운 쟁점을 유발할 수 있다는 점이다. 향가의 창작과
향유가 신라 시대에 중점적으로 이루어진 사실을 환기하면 다음 시기에
일연(一然, 1206~1289)이 이해한 방식을 향가의 실상으로 볼 것인가, 아니면

---

2) 김영욱, 「향가 해석의 새로운 지평-신재홍의『향가의 해석』서평」,『고전문학연구』
   17, 한국고전문학회, 2000; 정운채, 「향가 해독의 문맥적 오류」,『농소 김경수 박사
   화갑기념논문집, 고전문학의 현황과 전망』, 간행위원회, 2002.

새로운 대안을 찾아야 할 것인가 하는 과제가 제기되는 것이다. 오히려 서론에서 전제한 바, 신라 사람들의 삶에서 향가가 우러나온 것으로 인식한다면, 『삼국유사』의 모든 기사를 면밀히 분석하여 신라 사람들의 삶의 모습을 몇 가닥 혹은 몇 층위로 정리하고 그 삶의 양태에 따라 향가의 성격을 조망할 수 있는 시각을 마련하는 것도 하나의 방법이 될 수 있다. 일연이 의식적으로 서술하고자 한 시각이 아니라 일연이 의식하지 않고 기록한 기사를 재구성하여 신라인의 삶의 모습을 추정하는 것이 그것이다. 예를 들면「동경흥륜사금당십성(東京興輪寺金堂十聖)」조의 동벽에서 경향(庚向)하고 앉아 있는 이소(泥塑)와 서벽에서 갑향(甲向)하고 앉아 있는 이소(泥塑)의 인물을 점검하면 일견 대비적인 특성을 확인할 수 있다. 이러한 배치가 신라 사람들의 의식의 일단을 반영하고 있는 것이라고 한다면,「광덕 엄장」조의 "지금 사의 관은 동이라고 할 수 있어도 서는 아직 알 수 없습니다.(今師之觀 可云東矣 西則未可知也)"라는 문맥을 이해할 수 있는 단서가 확보될 수 있을 것이다.

3. 향가 문학의 판도는 향가를 "신라 시대에 신라인들에 의해 산출되어 향유된 문학 장르"로 본 데서 출발한 것이기는 하지만, 4행, 8행, 10행, 장가 등의 형식에 따라 향가 작품을 57편으로 정리하였다. 이러한 시각은 『삼대목』이 출현하면 그 작품 수가 현저하게 늘어날 수 있기 때문에 오히려 실상에 미흡한 것이라 할 수도 있겠지만, 근본적으로 심각한 문제점을 안고 있다. 특정한 시기의 역사적 갈래로 향가를 이해하는 것이 아니라 신라 시대 노래 일반으로 인식하고 있기 때문이다. 그리고 실제 형식에 따라 나누고 있다고 했지만 형식이 확인되지 않는 부전 작품에 대한 것도 일률적으로 다루고 있어서 더욱 미심쩍다. 그렇다면 '고려 시대에 고려인들에 의해 산출되어 향유된 문학 장르', 또는 '조선 시대에 조선인들에 의해 산출되어 향유된 문학 장르'도 성립할 수 있다는 뜻인가? 특정한 역사적 갈래는 그 담당층의 인식을 반영하는 것이고 형식은 또한 담당층의 인식이 응축된

것으로 이해할 수 있는데, 향가는 특정한 역사적 갈래로 설정하는 것이 순리일 것이다. 모든 신라 사람들의 인식이 동일했다고 전제할 수 없다면 향가와 신라 노래의 함의는 전혀 별개의 것이 되는 것이다.

4. 작가와 향유방식은 작가의 실존성에 대한 문제와 향가의 향유와 전승을 다룬 것인데, 작가의 실존성에 대한 문제는 『삼국유사』에 보통명사처럼 기록된 향가 작가의 실체성에 대하여 『균여전』 「역가현덕분」에 제시한 향가의 작가를 중심으로 『화랑세기』의 기록을 참조하여 역사적 실존을 방증한 것으로, 향가 작가의 이해에 중요한 시사점을 던지고 있다. 고대나 중세의 명명(命名)에 대한 이해와 동일 인물의 다른 표기에 대한 이해 등에 노력을 경주하면 크게 진척을 이룰 수 있는 부분이다. 향유방식은 구비전승과 기록 전승의 두 가지를 보이고 있고, 민간과 궁중에서 음악과 춤이 수반된 방식으로 향유되기도 하였다는 것이 요지이다. 창작의 문제이기보다 수용과 전승에 중점을 둔 향유의 문제이기 때문에 가능한 추론으로 받아들여진다.

3) 향가의 형식과 갈래

향가의 형식과 갈래는 1. 율격과 형식, 2. 10행 향가, 3. 4행 향가, 4. 8행 향가, 5. 장가 등으로 구성되어 있다.

1. 율격과 형식은 기존의 통설과 배치되는 파격적이고 새로운 주장이 중심을 차지하고 있어서 많은 쟁점을 안고 있다. 주장의 핵심은 향가는 "1구(2행)당 6음보, 곧 1행당 3음보가 기본 음보를 이루고 있는 시가 장르"라는 것이다. 이러한 주장의 근거는 직접 해독한 『향가의 해석』과 삼구육명(三句六名)의 '육명'이 "1구당 6음보 배열"이라는 데에 있다. 그런데 해독의 문맥에 자의성이 있다거나 '육명'의 이해가 정확하지 않다면 이 주장은 일순간에 설득력을 잃을 수도 있다. 신재홍 교수의 주장에 따르면 이른바 4구체, 8구체, 10구체의 구를 행으로 전환하고 구는 '낙구', '후구' 등의

용례에서 보듯 행 이상의 단위로 보아 1구=2행 또는 1구=4행으로 파악하
자는 것이다. 이러한 주장의 근거에는 이탁[3]의 '복구(複句)'와 '단구(短句)'
이론이 놓여 있다. 여기에서 복구와 단구의 설정이 향가 형식의 실상을
정확하게 파악한 것이라고 할지라도, 복구에는 이미 단구가 2개 이상 결
합된 것이라는 전제가 놓여 있는 것으로 볼 수밖에 없다. 그런데 1구를
2행으로 볼 수도 있고 4행으로 볼 수도 있다는 시각은 실상에 부합할 수는
있을지 몰라도 논리적으로는 모순이다. 단구와 복구가 있다고 하면 적어
도 단구를 선행 형태로 설정해야 할 것이고 단구만으로 이루어지는 형식,
단구+단구의 결합인 복구로 이루어지는 형식, 단구+단구+단구로 이루어
지는 형식, 복구+단구 또는 단구+복구로 이루어지는 형식, 복구+복구로
이루어지는 형식, 복구+복구+단구로 이루어지는 형식 등을 상정할 수 있
다. 그리고 왜 복구로 되어야 하는지 실증적 설명이 필요하다. 이러한 설
정에서 초기 형태를 설정하고 다음으로 이루어질 수 있는 형태를 검출하
되 구체적 향가의 실상에 부합되는지 밝혀야 할 것이다. 논리적 근거가
필요하지만 단구를 기본 단위로 설정하더라도 단구 하나만으로는 한 작품
이 될 수 없는 이유를 설명해야 할 것이고, 단구+단구의 결합인 복구로
된 최소의 노래와 복구+복구로 이루어진 확장형의 노래, 그리고 복구+복
구+단구로 이루어진 전혀 새로운 형태의 노래를 설명하는 방향이라면 하
나의 돌파구가 될 수도 있을 것이다. 이 경우에도 복구+복구의 확장형은
복구로 된 최소의 노래의 두 편에 해당하는 것이기 때문에 독립된 형태로
설정하지 않을 수도 있을 것이다. 따라서 '삼구육명'은 기본단위인 단구와
는 다른 새로운 형태를 만들기 위한 세 번째 구에 '육명'의 장치를 마련한

---

3) 이탁, 「어학적으로 고찰한 우리 시가 원론」, 『국어학논고』, 정음사, 1958, 309~325면.
   이탁의 복구와 단구의 개념을 원용한 신재홍 교수의 태도를 주목하면서도, 이탁이 3구가
   모두 단구로 된 기본형을 설정하고 〈정읍사〉를 지목하면서 3종류로 나누고 있는데도
   이를 분명하게 밝히고 있지 않은 이유가 무엇인지 궁금하지 않을 수 없다.

것으로 이해하는 시각도 가능할 것이다. 〈보현시원가〉를 두고 "노래는 우리말을 안배하되 삼구와 육명으로 끊고 간다.(歌排鄕語 切磋於三句六名)"라고 한 것은 향가 형식 일반을 가리킨다기보다 〈보현시원가〉 자체에 대한 설명이거나 〈보현시원가〉를 포함한 10행 향가의 형식에 대한 설명으로 이해하는 것이 순탄할 것이다. 그리고 '명(名)=음보'라는 주장은 결과적으로 6개의 음보로 인식할 수 있는 것이라고 하더라도, 개념적 정의로는 문제점이 있는 것으로 보인다. 오히려 '명=어절'이라는 개념을 설정하고 어절이 음보의 개념에 해당할 수 있어서 향가의 율격을 6음보 또는 3음보×2로 파악할 수 있을 것으로 보는 방법이 순리에 가까울 것이기 때문이다.

그런데 4행, 8행, 10행으로 나누는 시각은 내용면에서는 결과적으로 2줄(4구), 4줄(8구), 5줄(10구)로 파악하는 입장과 상통할 수도 있다. 1구=2행 또는 1구=4행이라는 시각과 2구=1행이라는 시각이 상반되는 것처럼 보이지만 실상은 당대의 용어로 풀이하느냐 현대의 개념으로 이해하느냐에 따라 전혀 다른 것처럼 느끼게 된 것이기 때문이다.

2. 10행 향가는 기존의 10구체에 해당하는 것으로 구를 행으로 전환한 것이다. 10행 향가의 설정에 대한 이견은 있을 수 없다. 유형을 연쇄형, 병렬형, 내포형의 3가지로 나누고 있는 점은 그 내적 구성을 검토한 것이라 지금까지 제대로 주목하지 못한 것을 확인한 것이라 할 수 있다.

3. 4행 향가는 기존의 4구체에 해당하는 것으로 마찬가지로 구를 행으로 전환한 것이다. 4행 향가의 설정에 대한 이견은 있을 수 없다. 〈서동요〉, 〈풍요〉, 〈헌화가〉, 〈도솔가〉 등의 4편을 제시했다. 개인작의 서정시라는 작품성에 대한 평가는 자의적인 면이 보이기는 하지만 독자적인 갈래로 설정하기 위한 노력의 일환으로 이해할 수도 있다.

4. 8행 향가는 기존의 8구체에 해당하는 것으로 〈모죽지랑가〉, 〈처용가〉, 〈도이장가〉, 〈송사다함가〉 등의 4편을 제시했다. 그런데 여기에 8행 향가의 존재에 대한 의문이 일어날 수 있다. 저자의 견해에 따르면 8행

향가는 4행(복구)+4행(복구)으로 이루어진 셈인데, 이탁은 〈모죽지랑가〉[4]를 2복구+1단구로 해독하고 있다. 그리고 〈처용가〉는 후구가 결한 것[5]으로 생각하였으니, 마찬가지로 2복구+1단구의 형태로 볼 수 있는 셈이다. 〈도이장가〉는 '단가이장(端歌二章)'이라고 했으니 복구로 된 작품 두 편으로 이해한 것으로 볼 수 있다. 『화랑세기』에 수록된 〈송사다함가〉는 참조자료로 활용해야 할 것이다. 이렇게 되면 율격과 형식에서 입론의 중요한 논리적 근거로 제시했던 이탁의 입장이 각론에서는 다른 결과를 도출하고만 셈이다. 이에 대한 새로운 해명이 반드시 있어야 할 것이다.

5. 장가는 기록에서 확인되는 바와 같이 그 존립 자체는 인정할 수 있을지라도 율격과 형식의 입론의 근거에 해당하는 형식인지에 대한 의문이 남는다. 〈청조가〉는 아직 참조자료로 활용해야 하는 상황이라면 더더욱 그 존립에 신빙성이 문제가 된다.

4) 향가의 표현

향가의 표현은 1. 인용 구문, 2. 비유법, 3. 상징(1) - 달, 물, 4. 상징(2) - 나무, 꽃, 길 등으로 구성되어 있는데 언어적 구성과 문학적 표현에 관한 것이어서 향가의 문예미학을 해명하는 중요한 내용이라고 할 수 있다.

1. 인용 구문은 '인용절이 상위동사의 부사어적 성격을 띠는 것'이라는 준거를 참고로 향가의 시적 진술에 나타난 양상을 살핀 것인데, 서사성과 교술성을 드러내면서 서정성을 강화하는 역할을 한다고 파악하였다. 향가의 시적 진술에 드러난 층위를 해명하는 것으로 매우 소중한 주목이라 할 수 있다. 실제 향찰에서는 '白', '辭', '云', '爲尸知' 등으로 나타나고 있다면 그 각각의 차이가 어떤 것인지 밝히고, 이를 바탕으로 직접 인용과

---

4) 이탁, 「향가신해독」, 『국어학논고』, 233~235면.
5) 이탁, 「어학적으로 고찰한 우리 시가 원론」, 『국어학논고』, 319면.

간접 인용의 변별을 포함하여 시적 화자의 태도와 어떤 관련을 가지는지 분석적 평가가 필요하다. 나아가 시사적 전개까지 염두에 두고 있다면 세계를 자아화(내면화)하는 단계에서 세계의 상황을 중심으로 할 것인지, 자아화된 진술을 중심으로 할 것인지 하는 문제와 얽혀 있는 것이라서 향가 전체를 같은 층위에서 논의하더라도 시대의 추이에 따른 변화까지 설명할 수 있는 안목이 필요할 것으로 보인다. 실제 인용 구문이라고 파악한 진술 가운데 〈처용가〉의 "何如"를 포함하여 몇몇 예는 인용으로 이해하기 곤란한 부분도 포함되어 있기도 한데 이는 해독의 문제와 연결되어 새로운 과제를 제기하기도 한다.

2. 비유법은 의미 생성과 관련하여 직유, 은유, 환유를 다루고 있는데, 향가의 미학을 해명하기 위하여 형식과 함께 매우 중요하게 다루어야 할 항목임에는 틀림이 없고 실제 거둔 성과도 만만치 않다. 그럼에도 불구하고 전적으로 수긍할 수 없는 많은 문제점을 안고 있는 것으로 보인다. 의미 생성 양상을 주목하고자 한 발상은 긍정적인 측면을 지니고 있으나, 실제 작품을 통한 이해에서는 해독과 맞물려 있는 부분이 많아서 여러 가지 시각에서 새로운 보완이 뒤따라야 할 것이다. 〈제망매가〉에서는 나무와 잎의 의미 생성의 차이까지도 변별할 필요가 있을 것이고, 「월명사 도솔가」에서 "이일병현(二日並現)"의 해[日]가 임금을 상징하는 것이라면 달을 함께 임금으로 보는 태도에 문제가 있고, 해를 반왕당파 등과 관련이 없는 하늘에 뜬 해로 보아야 한다면, 다른 작품에도 등장하는 달과 견주더라도 〈원가〉에서의 달이 왕으로 국한되는 것인지에 대한 해명도 들어야 할 것이다. 그리고 "그 잣나무는 궁정에 있는 것인 만큼 훌륭한 재목이고, 그 나무의 열매 또한 품질 좋은 것이다."(231면)의 진술을 그 자체가 참 명제인지도 따져야 할 것이다. 궁궐에 심은 잣나무는 재목으로 쓰기 위한 것이 아닐 것이기 때문이다. 이러한 문제는 실제 향가 해독과 맞물려 있는 것이 아닌가 여겨지는 부분이다. 만일 훈독으로 읽어야 하는 글자가 대상

이나 구체적 사물, 또는 행위 등을 지칭하는 경우이고, 음독이나 다른 방법으로 읽어야 하는 글자가 통사적 구조 내에서 관계적 의미 생성을 담당하는 것으로 볼 수 있다면 해독이 완전하지 않은 상황에서 비유의 의미 생성 양상에 대한 전망도 이와 맞물려 있을 가능성이 크다고 볼 수 있다. 그리고 의미 생성과 관련하여 〈안민가〉의 "君은 아비야"를 그대로만 읽지 말고 "사랑하실 어머니", "어린 아이"와 견주어 "(□□□) 아버지"로 상정해 보는 것도 하나의 대안이 될 수 있을 것이다. 〈찬기파랑가〉의 "그 뜻이 매우 높다.(其意甚高)"의 작자인 충담사의 내면을 읽어내는 방안이 될 것이기 때문이다. 그럼에도 불구하고 삶의 진정성을 바탕에 깔고 있는 것으로 파악한 시각은 여전히 유효할 것으로 믿는다.

  3. 상징(1)과 4. 상징(2)는 달, 물, 나무, 꽃, 길 등을 다루고 있다. 개별 대상의 상징이 한 축에만 한정되지는 않겠지만 논의는 상식선에서 출발하는 것이 타당할 것이다. 예컨대 달의 경우 월명사의 명명에서 보듯 밤하늘을 밝게 하는 존재이다. 상징성이란 바로 이러한 데에서 출발하였을 것이다. 기본적으로 밤과 관련되어 있고, 어두운 밤을 밝혀주는 존재인 것이다. 그리고 해와는 달리 매일 바뀌는 모습으로 나타난다. 거기에 변화가 내포되어 상징으로 나아갈 수 있었던 것이다. 변하는 모습으로 세상을 밝게 비추어주는 달은 배려하고 챙겨주는 존재로 볼 수 있다. 그리하여 그 상징의 진폭은 확대될 수 있지만, 국왕에 한정하는 것은 신라인의 상상력을 위축시키는 일이 될 것이다. 〈원가〉의 달도 배경을 말하는 것으로 낮 시간이 아니라 밤 시간을 지칭하는 것으로 보아야 해독의 정확성을 전제로 "얼굴"-"변함", "물결"-"새어나감", "모습"-"숨음"의 연쇄에 의해 임금으로부터 소외된 자아의 모습이 분명하게 부각될 수 있을 것이다. 그리고 물, 나무, 꽃, 길의 상징에 대한 설명도 향가 작품을 중심으로 논의를 진행한 것이 아니라 『삼국사기』와 『삼국유사』의 다른 문맥의 경우를 예시하면서 기술하고 있어서 향가의 표현으로 상징을 기술한 것으로 보기에는

아직도 논의가 미진한 것으로 판단된다.

5) 향가 작품의 성격

향가 작품의 성격은 개별 작품론으로 1. 〈혜성가〉, 2. 〈모죽지랑가〉, 3. 〈제망매가〉, 4. 〈원왕생가〉와 〈도천수관음가〉 등을 다루고 있다.

1. 〈혜성가〉는 주술성을 강조한 기존의 경향을 반성하면서 역사적 시각에서 작품을 해석한 것인데, 배경 기사에서 현실적인 측면이 두드러짐을 확인하고, 진평왕이 추진한 개혁과 외적 방어 대책이 작품의 배경으로 자리잡고 있다는 것이다. 그리하여 "인간의 정성과 선한 의지가 천체의 변괴를 물리칠 수 있다는 인본주의적 의식을 바탕으로, 당대 최고 수준의 지식인인 융천사가 해·달·별, 곧 삼광의 정상적인 운행으로 천체가 굳건한 바에 혜성 따위는 재액을 가져올 수 없다는 주제를 작품화한 것"으로 기술하고 있다. 이렇게 보면 6세기 후반의 10구체 향가에서도 역사적인 배경을 바탕으로 합리적인 방향으로 문제를 해결하는 것이 순탄한 해석을 도출할 수 있음을 짐작하게 한다. 그럼에도 불구하고 〈혜성가〉는 자연의 변괴라는 한 축과 일본군의 침입이라는 현실적인 한 축이 그 배경에 깔려 있음을 부인할 수 없다. 그리고 자연의 변괴는 일관인 융천사가, 일본군의 침입은 세 화랑이 각각 그 문제를 해결한 것으로 보는 것이 순리일 것이다. 세 화랑이 중심이 되어 일본군을 물리친 것은 역사적인 축에서 설명할 수 있는데, 일관인 융천사가 혜성의 출현을 해결한 문제를 어떻게 풀 것인가? 그리고 〈혜성가〉의 핵심도 여기에 놓여 있는 것으로 보아야 할 것이다. 역사적 문맥으로만 풀 수 없는 과제가 다시 제기되는 셈이다.

2. 〈모죽지랑가〉는 추모시로 보지 않고 배경기사의 사건의 와중에서 산출된 작품으로 본 것으로, 「효소왕대 죽지랑」조를 면밀히 분석하고, 효소왕대의 시대 상황과 죽지랑의 처지를 정치 상황의 변화와 화랑의 위상이 달라지는 것과 연계하여 꼼꼼히 검토하면서, 〈모죽지랑가〉를 "행복했

던 지난날과 고통스러운 현재의 대비, 구원을 바라는 마음과 비관적인 현실 인식 사이의 갈등, 구원자 죽지랑의 신상과 안위에 대한 충심어린 걱정 등이 형상화된 것"으로 평가하였다. 이러한 이해를 위한 준비 과정과 기사 해석의 치밀함을 높이 평가하며, 기존의 해독과 해석에 대한 선입견을 재고할 수 있는 발판을 마련했다는 점에서는 중요한 성과를 이루었다고 할 수 있다. 그런데 익선의 득오 차출의 문맥에서 '공사(公事)'와 '사사(私事)'의 대비로 본 것과 관련하여 간진이 익선에게 주고자 했던 '조(租)'에 대한 이해도 함께 고려했으면 하는 궁금증이 있다. '조'를 조세라고 볼 경우 국가의 재정에 속하는 조세를 다른 개인에게 임의로 준다는 것은 범죄 행위인데도, 그 후손들에게 세습하게 하는 대우를 했다는 것이 상식에 어긋나는 것이기 때문이다. 기마안구와 관련하여 대비적인 것이라고 해도 선뜻 수긍하기 어려운 일면이 있다. 오히려 『삼국사기』 문무왕 9년(669)의 기사인 "내외관의 녹읍을 그만두고, 해마다 차등 있게 조를 내려서 항식으로 삼았다.(罷內外官祿邑 逐年賜租有差 以爲恒式)"라고 한 것을 근거로 설명하면 의심이나 궁금증을 조금은 해소할 수 있을 것이다.

3. 〈제망매가〉는 기존의 해독에 큰 무리가 없는 것으로 보고 몇 군데를 재해독하면서 전체의 맥락을 다시 살핀 것이다. 시어의 의미 범주를 두 층위로 나누어 존재와 관련한 것을 일차적 범주로 삶과 죽음과 초극과 관련된 것을 이차적 범주로 나누어 긴밀한 관련 양상을 매우 꼼꼼하게 분석해 내고 있어서 정밀한 관찰과 통합적 해석의 방향을 신뢰할 수 있게 한다. 다만 "죽어 가는 방법"(339면)이 있을 수 없다고 보면 오히려 '죽음에 대비하는 방법'으로 바꾸는 것이 좋을 듯하여, 몇 군데 작품 자체에 몰입하느라고 주변을 확인하지 못한 부분이 있다는 점을 지적하고 싶다. 실제 『삼국유사』의 「월명사도솔가」조는 〈도솔가〉가 중심에 놓이고 〈제망매가〉는 보조 자료로 활용하고 있다는 것을 인정하는 것이 주변을 돌아보는 하나의 방법일 수 있는 것이다.

4. 〈원왕생가〉와 〈도천수관음가〉는 기원을 주제로 한 작품이라는 점에
주목하여 양식적 동질성과 개별 작품의 독자성을 해명하려고 한 것이다.
두 작품의 시어의 배치와 구조를 분석한 결과 구조적으로 동질적인 부분
과 차별성이 나타난다고 파악하였다. 그리하여 〈원왕생가〉는 불법에 정
진한 수도자의 논리적, 변증법적 상상력에 의하여 이루어졌고, 〈도천수관
음가〉는 일반 평민의 현실 생활에서 나온 육체적, 숫자적 상상력에 기반
하여 이루어졌다고 풀이하고 있다. 그런데 기원의 축에서 두 작품을 이해
하면서 동질성과 차별성을 설명한 논리적 전개에는 충분히 동의할 수 있
지만, 저자 자신의 해독에 근거하여 〈원왕생가〉의 첫 줄을 해석하는 방향
은 해독과 해석이 맞물려 있어서 해독에 다른 입장이 있는 경우 선뜻 수긍
할 수 없는 문제점도 있음을 지적하고자 한다.

6) 향가의 주제와 사상

향가의 주제와 사상은 향가의 주제 영역을 다룬 것으로, 1. 주제 분류,
2. 정치의 이념과 현실, 3. 사랑의 기쁨과 슬픔, 4. 극락왕생의 이상 등으
로 이루어져 있다.

1. 주제 분류는 우선 사상적 경향성에서 내용적 특질을 찾으려는 기존의
태도를 반성하고 개별 작품이 지닌 개성과 밀도에 초점을 두고자 하였다.
그리하여 향가가 담고 있는 내용은 바로 현실에서 얻어진 인식과 정서이
며, 이러한 관점에서 현실 생활에서 문제를 제기하고 해결하려고 노력하
는 한 경향과 현실에서 촉발되기는 하였지만 이상 세계를 지향하는 다른
한 경향의 둘로 크게 나누고 있다. 이를 현실적 주제와 초월적 주제로 명
명하고, 현실적 주제를 현실 전반을 다루는 경우와 공적 현실을 다룬 경
우, 사적 현실을 다룬 경우 등으로 다시 세분하였다. 초월적 주제에 속한
작품들은 서방 정토에의 왕생을 바라는 내용으로 되어 있으며, 〈원왕생
가〉, 〈제망매가〉, 〈찬기파랑가〉, 〈우적가〉 등을 살폈다. 현실의 전반적

문제를 다룬 작품으로 〈풍요〉를 들어서 살폈고, 공적 현실의 영역으로 정치를 다룬 작품을 들었는데, 〈안민가〉, 〈도솔가〉, 〈혜성가〉, 〈원가〉, 〈모죽지랑가〉 등이 그것이며, 사적 영역의 현실을 다룬 것으로 사랑의 주제가 두드러진 것으로 보아 〈서동요〉, 〈처용가〉, 〈헌화가〉, 〈도천수관음가〉와 『화랑세기』에 수록된 일명 〈송사다함가〉를 다루고 있다. 개별 작품이 지닌 주제를 어떤 시각에서 보느냐에 따라 그 해석의 방향은 달라질 수 있다는 점을 용인하면, 저자의 이러한 주제 분류가 저자의 시에 대한 태도를 드러낸다는 점에서 그 태도의 추이를 짐작할 수 있을 것이다. 문제는 초월적 주제와 현실적 주제로 나누는 방법은 수긍하더라도 현실적 주제를 다시 현실 전반, 공적 현실, 사적 현실 등으로 나누는 방법에는 문제점이 있는 것으로 보인다. 현실 생활에서 〈풍요〉가 현실 전반을 다루고 있다는 점에 선뜻 동의하기 힘들고, 공적 현실, 사적 현실과 견주어 그 층위 설정에도 논리상 모순이 있다.

2. 정치의 이념과 현실은 〈도솔가〉, 〈안민가〉, 〈원가〉를 다루고 있다. 개별 작품을 논의한 내용에 대하여 정치적 이념과 현실과 관련되지 않는다고 할 수 있는 것이 없어서 부분적이고 지엽적인 내용을 제외하면 기본적으로 유효한 시각이라 본다. 특히 〈원가〉의 작자 신충(信忠)을 실존 인물 김충신(金忠臣[信])과 동일 인물로 본 태도는 이미 제기된 견해라 할지라도 향가의 작자 해명과 그 연구에 하나의 돌파구를 마련할 수 있을 것으로 기대되는 대목이다. 다만 글의 발표 순서 때문은 아닌 듯한데도 주제 분류에서 공적 현실의 영역으로 정치를 다룬 것으로 함께 포함시킨 〈모죽지랑가〉를 제외시키는 이유는 설명하면서 〈혜성가〉는 아예 언급조차 하지 않고 있는데, 이에 대한 해명은 필요할 것으로 본다.

3. 사랑의 기쁨과 슬픔은 〈서동요〉, 〈헌화가〉, 〈처용가〉를 다루고 있다. 〈서동요〉의 해석은 적극적이기는 하지만 해독의 문제점까지 고려할 때 새로운 쟁점을 부각시킨 것으로 이해할 수 있고, 〈헌화가〉는 시골 노인

이 귀족 부인에게 꽃을 바치면서 은근하게 사랑의 감정을 표현한 작품으로 보는 점은 수긍할 수 있지만, 〈처용가〉의 경우에는 아내와 외간 남자의 불유쾌한 현장을 직접 보게 된 화자의 태도가 중심임을 고려할 때 그 밑바닥에 아내에 대한 사랑이 깔려 있다고 할지라도 사랑의 발화로 파악하기는 곤란할 것으로 본다. 주제 분류에서 함께 묶은 〈도천수관음가〉와 일명 〈송사다함가〉는 제외시킨 이유를 밝히고 있다.

4. 극락왕생의 이상은 〈원왕생가〉, 〈제망매가〉, 〈찬기파랑가〉, 〈우적가〉를 다루고 있다. 우선 지적해야 할 것은 "그 근저에 극락왕생 사상이 놓여 있는 점에 주목"(425면)하여 〈찬기파랑가〉의 주제를 추모로, 〈우적가〉의 주제를 교화로 파악하고(425면) 있는데, "현실에서 얻어진 인식과 정서"(373면)를 준거로 주제 분류를 했던 점에 견주면 추모와 교화는 오히려 현실적 층위에 해당하는 것으로 볼 수 있어서, 일견 모순되는 것처럼 보인다는 점이다. 이러한 모순은 "어떤 작품이 불교적인 성격을 지녔다고 하여 그 작품이 다룬 문제가 불교적이라고 할 수는 없다."(373면)라는 진술과도 충돌하는 것이어서, 주제 분류의 준거와 작품 이해와 해석의 방향 사이에 초래될 수 있는 층위의 변별을 엄격하게 적용할 필요가 있을 것으로 보인다. 그리고 〈원왕생가〉의 제1구(제1~4행)를 시적 화자가 달에게 부탁한다고 보고 있는데(428면), 이미 앞의 2-5 향가 작품의 성격 4. 〈원왕생가〉에서 "시적 화자는 달의 존재 양상에 대해 스스로에게 묻고 있다."(352면)라고 한 서술과 어떤 차이가 있는지 확인해야 할 것이다. 〈찬기파랑가〉에 나오는 '백(柏)'은 '목(木)'+'백(白)'의 결합으로 볼 수 있지만, '백(白)'은 측백나무 열매의 상형(象形)으로 알려져 있음을 환기할 필요가 있다.

7) 『화랑세기』와 향가

『화랑세기』와 향가는 1989년에 소개되어 학계의 커다란 반향을 불러일으키며 위서(僞書) 논쟁을 촉발한 이른바 『화랑세기』를 정면으로 다루면서, 오히려 향가 연구의 중심 텍스트로 보아야 한다는 신념까지 드러낸 부분이다. 그 차례는 1. 자료의 신빙성, 2. 미실과 사다함의 사랑과 노래, 3. 골품제 사랑과 향가, 4. 화랑의 이념과 향가 등으로 서술하고 있다. 필자는 이 글의 초반에서 『화랑세기』를 참고자료로만 활용하자고 한 바 있어서, 이 장에 대한 논의를 보류할 수밖에 없지만, 이 책에 서술된 내용을 개략적이나마 정리하는 것이 서평자의 도리라고 생각한다.

1. 자료의 신빙성은 기존 자료와는 다른 맥락의 사건 서술, 우리말 어순에 따른 문장 구성, 향찰식 한자 사용, 〈송사다함가〉에 쓰인 향찰의 성격 등으로 나누어 서술하고 있다. 여기에다 사건 구성의 사실성, 구체성, 정합성까지 고려하여, 원본을 필사하여 전승한 바의 진본으로서의 가치를 인정할 수 있다고 보았다.

2. 미실과 사다함의 사랑과 노래는 『화랑세기』를 중심 자료로 놓고 『삼국사기』의 사다함 관련 기록을 참조하면서 〈송사다함가〉와 〈청조가〉의 해석을 시도한 것인데, 두 작품이 미실과 사다함의 사랑의 과정 속에서 나왔다고 본 것이다. 구체적 내용은 미실과 사다함의 만남과 이별, 슬픈 운명의 사랑 노래, 사다함의 죽음과 그 이후 등으로 나누어 서술하고 있다.

3. 골품제 사랑과 향가는 앞 절과 겹치는 부분도 있기도 한데, 『화랑세기』에 나타난 사랑의 양상과 신라 귀족 사회의 사랑과 향가를 정리하고 있다. 특히 『화랑세기』에 나타난 사랑을 1) 사랑의 편폭, 2) 사랑, 아름다움, 성스러움, 3) 정절 의식과 '큰 사랑'의 이념 등으로, 신라 귀족 사회의 사랑과 향가는 1) 내부인의 작품; 〈송사다함가〉, 〈청조가〉, 2. 외부인의 작품; 〈서동요〉, 〈헌화가〉, 〈처용가〉 등으로 나누어 서술하고 있다.

4. 화랑의 이념과 향가는 향가 장르의 핵심에서 화랑의 이념이 작동하고 있음을 보여 주어 향가가 갖는 고유성 및 역사성을 밝히고자 한 것으로, 화랑의 이념 추출, 화랑의 이념으로 본 향가 등으로 나누어 기술하고 있다. 화랑의 이념 추출은 1) 조직을 통해 본 이념의 세 범주, 2) 분파와

인물로 구현된 화랑의 이념 등을, 화랑의 이념으로 본 향가는 1) 조직 및 의례와 향가 형식, 화랑의 이념과 향가 내용 등으로 이루어져 있다.

8) 향가의 해체와 계승

향가의 해체와 계승은 향가의 해체와 후대의 계승을 다루면서 이 책을 마무리하고 있는 부분이다. 우선 저자가 분석한 1구(2행) 6음보의 향가 형식이 해체되면서 대부분이 3음보이고 2행 1구를 단위로 6음보를 기본 율격으로 하는 고려가요와 친연성을 지닌다고 보고, 4행, 8행, 10행 및 장가 형식의 향가와 고려가요가 맺는 관계를 다루고 있다. 이어서 경기체가의 형성, 발전기에 3음보에서 4음보로의 시가사적 대전환이 이루어진 것으로 파악하였다. 그리고 향가 형식과 시조의 형성을 다루면서 1구(2행)에서 1행으로, 6음보에서 4음보로의 율격 전환이 이루어지면서 형성되었을 것으로 추정하고 있다. 저자의 이러한 시각은 시가사의 통시적인 입장에서 일원론을 취하고 있다는 점에서는 매우 주목할 수 있는 견해라고 할 수 있다. 그러나 이미 앞에서 형식과 갈래를 다룬 부분에서 지적한 바와 같이 형식과 갈래 규정에 아직도 해결해야 할 중대한 문제를 내포하고 있기 때문에 그러한 입론에 바탕을 둔 시가사의 구도는 섣불리 단정할 수 있는 것이 아니라고 본다. 이제 새로운 문제를 제기한 것으로 보고 앞으로 이 분야의 연구자들과 진지한 소통을 통하여 저자의 가설이 입증되거나 수정될 수 있기를 기대한다.

3. 향가 연구에의 신선한 도전과 기본 인식에 대한 점검

지금까지 『향가의 해석』(2000) 이후 육년 여의 적공으로 저술한 신재홍 교수의 『향가의 미학』을 겨우 여섯 달 정도의 거친 독서로 느낌을 정리하였다. 본 저서의 핵심을 제대로 파악하지 못하고 필자의 단견을 제시한 경우가 많았음을 부인할 수 없다. 넓은 이해를 바란다.

앞에서 이 책의 내용을 중심으로 따라 읽으면서 각 항목에서 느끼는 것을 정리했는데, 전체를 아울러 살피면 다음과 같은 몇 가지 기본 인식에 대한 문제를 다시 제기할 수 있다.

첫째, 작품의 문예미학을 해명하는 방향이 작품의 해독과 맞물려 있는 경우가 많은데, 저자 자신의 해독에 근거하여 논의를 진행함으로써 해독에 문제점이 드러난다면 해석의 방향으로 그대로 이어진다는 점에서 치명적인 위험을 안고 있을 수도 있다. 다른 사람의 해독의 결함을 저자가 보완하거나, 다른 사람의 해독에 결정적인 잘못이 있다는 사실을 검증한 경우라면 몰라도, 그렇지 않고 저자의 기발한 착상에 근거하여 해독한 경우 순환론적 모순에 빠질 우려가 있음을 부인할 수 없는 것이다. 필자가 이러한 구체적 사례를 일일이 지적할 수 있는 능력을 갖추지 못하였기 때문에 이런 문제를 제기하는 일 자체가 자가당착일 수 있지만, 다른 사람의 해독과 저자 자신의 해독을 견주어서 작품을 해석할 경우의 미학상의 차이까지 고려한 새로운 전망을 기대하고자 한다.

둘째, 『삼국유사』 원문에 대한 문헌비평적인 안목을 새롭게 정리할 필요가 있을 것으로 본다. 이 가운데 한 가지만 지적하자면 고려왕을 기휘(忌諱)하는 관례와 관련하여 『삼국유사』의 기사뿐만 아니라, 향가의 본문에까지 그러한 관례가 적용되었을 가능성에 대한 검토도 필요할 것으로 본다. 예를 들어 고려 혜종(惠宗)의 휘인 "무(武)" 대신에 "호(虎)"가 쓰인 사례가 많고, 정종(定宗)의 휘인 "요(堯)" 대신에 "고(高)"로 바꾼 경우가 있는 등이 그것인데, 특히 문제가 될 수 있는 것은 성종(成宗)의 휘인 "치(治)" 대신에 "리(理)"로 바꾼 경우이다. 향가의 원문에까지 "치(治)" 대신에 "리(理)"가 들어갔다면, 해독에 있어서 많은 변화가 있을 것으로 추정된다. 그런데 실제로 확인하면 "치(治)"의 용례도 나타나고 있어서 일관되게 말할 수는 없는 형편이다. 이러한 사정을 감안하여 새로운 국면을 강조하는 일보다 기본적이고 상식적인 문면부터 다시 한 번 점검하는 일이 필요하다고 할 것이다.

셋째, 신라 사람들의 삶의 방법과 태도를 이해하는 시각도 다시 점검할 필요가 있을 것이다. 『삼국사기』와 『삼국유사』의 기술에 드러난 내용은 신라 사람들의 삶의 내용을 고려 시대에 재정리한 것이라 할 수 있다. 그리고 본 저서에서 핵심적으로 다루고 있는 『화랑세기』의 경우 그것이 신빙성을 확보한다고 해도 저자의 주관이 개입되었을 것이고, 위서라고 한다면 위서를 만든 사람의 인식과 태도를 벗겨내어야 할 것이다. 그리고 『삼국유사』를 포함한 저술들과 거기에 포함된 노래 향가는 원래 노래 작자의 입장을 재조명하거나 재해석하여 서사 문맥과 연결하였을 가능성이 있다는 것이다. 이러한 사정을 감안하여 신라 시대 신라 사람들의 다양한 삶의 방법을 이해할 수 있는 방법에 대한 학문적 기초 작업의 우선순위를 정하고, 기초를 튼실하게 하는 방향을 모색하는 길을 마련할 필요가 있으리라 본다.

사실 이러한 주문은 신재홍 교수 개인에게만 한정하는 것이 아니라 향가 연구에 참여하고 있거나, 참여하려고 준비하는 예비연구자에게도 적용되는 것이라 할 수 있다. 이제 우리는 신재홍 교수의 향가에 대한 지칠 줄 모르는 열정을 높이 평가하면서, 새로운 주문을 해야 할 것 같다. 지금까지 새롭게 보고자 했던 예리한 안목과 새로운 것을 깨달은 감격에 촉발하여 주변을 향하여 자신의 속내를 너무 많이 드러낸 것이 아닐까? 신재홍 교수가 스스로 터득한 감동은 그 감동을 깨닫지 못하는 주변 사람들에게는 때때로 부담으로 작용했을 가능성을 부인할 수 없다. 서론에서 적은 "호된 질책과 가차 없는 비판"은 그러한 부담의 반작용일 가능성도 크다. 이제 자신의 속내를 드러내는 일보다, 남의 속마음을 들을 수 있도록 귀를 열어주기를 기대한다. 그 열린 귀가 익게 되는 날 우리는 즐거운 마음으로 신재홍 교수의 신나는 향가 강의를 들을 수 있을 것으로 생각한다.

아울러 향가를 제대로 볼 수 있는 연치(年齒)는 어느 정도일까? 젊은 날의 열정으로 향가 연구에 몰두한 신재홍 교수에게 미안한 말인지는 모르지만 오히려 지금부터 향가의 세계에 여유를 가지고 관조할 수 있는 때가 아닌가 생각한다. 공부의 순서에서도 민간의 노래를 모은 『시경』을 가을의 과목으로 배정하지 않았던가? 이제 본격적으로 향가의 세계에서 유영하면서 그 참맛을 터득할 수 있기를 기대하고, 터득한 참맛을 부담을 느낄지도 모르는 독자들에게 느긋한 목소리로 넌지시 알려주기를 바라마지 않는다.

참고문헌

『고려사』.

『광해군일기』.

『국역 명종실록』.

『국역 연산군일기』.

『국역 중종실록』.

『국역 태종실록』.

『국역 명종실록』.

『국조 문과방목』.

『선조수정실록』.

『선조실록』.

『숙종실록』.

『영조실록』.

『인조실록』.

『중종실록』.

『현종실록』.

『효종실록』.

『경민편』(국립도서관 소장).

『송강가사 : 부언사』(국립도서관 소장).

『樂府詩集』 4책, 中華書局, 1979.

『愛日堂續老會帖』.

『한국구비문학대계』 8-5, 경상남도 거창군편, 한국정신문화연구원, 1981.

『한국구비문학대계』 8-6, 경상남도 거창군편, 한국정신문화연구원, 1981.

『한국민요대전 경상북도민요해설집』, 문화방송, 1995.

『論語』.
『孟子』.
『書經』.
『詩經』.

姜浚欽, 『三溟集』, 탐구당, 1991.
權克中, 『靑霞集』, 『한국문집총간』 속21, 민족문화추진회, 2006.
權文海, 『草澗集』, 『한국문집총간』 42, 민족문화추진회, 1989.
權好文, 『松巖集』, 『한국문집총간』 41, 민족문화추진회, 1989.
金　綠, 『自庵集』, 『한국문집총간』 24, 민족문화추진회, 1988.
金九容, 『惕若齋學吟集』, 『한국문집총간』 6, 민족문화추진회, 1990.
金安國, 『慕齋先生集』, 『한국문집총간』 20, 민족문화추진회, 1988.
金正國, 『思齋集』, 『한국문집총간』 23, 민족문화추진회, 1988.
金宗直, 『佔畢齋集』, 『한국문집총간』 12, 민족문화추진회, 1988.
金昌翕, 『三淵集』, 『한국문집총간』 166, 민족문화추진회, 1996.
柳希春, 『眉巖集』, 『한국문집총간』 34, 민족문화추진회, 1989.
朴　祥, 『訥齋集』, 『한국문집총간』 18, 민족문화추진회, 1988.
卞榮圭, 『曉山集』 9권 5책, 경상대 문천각 소장.
宋達洙, 『守宗齋集』, 국립도서관 소장.
宋　純, 『俛仰集』, 『한국문집총간』 26, 민족문화추진회, 1988.
宋麟壽, 『圭菴集』, 『한국문집총간』 24, 민족문화추진회, 1988.
宋　欽, 『知止堂遺稿』, 서울대 규장각.
申　暻, 『直菴集』, 『한국문집총간』 216, 민족문화추진회, 1998.
申維翰, 『靑泉集』, 『한국문집총간』 200, 민족문화추진회, 1997.
申翊聖, 『樂全堂集』, 『한국문집총간』 93, 민족문화추진회, 1992.
梁彭孫, 『學圃集』, 『한국문집총간』 21, 민족문화추진회, 1988.
魚得江, 『灌圃集』, 서울대 규장각.
尹東野, 『弦窩集』 6권 4책, 서울대 도서관 소장.
尹善道, 『孤山遺稿』, 『한국문집총간』 91, 민족문화추진회, 1992.
尹　拯, 『明齋集』, 『한국문집총간』 136, 민족문화추진회, 1994.
李德壽, 『西堂私載』, 『한국문집총간』 186, 민족문화추진회, 1997.
李　穡, 『牧隱集』, 『한국문집총간』 3~5, 민족문화추진회, 1990.

李　選, 『芝湖集』, 『한국문집총간』 143, 민족문화추진회, 1995.

李　稷, 『亨齋詩集』, 『한국문집총간』 7, 민족문화추진회, 1990.

李　集, 『遁村雜詠』, 『한국문집총간』 3, 민족문화추진회, 1990.

李學逵, 『洛下生全集』 상·중·하, 아세아문화사, 1985.

李賢輔, 『聾巖集』, 『한국문집총간』 17, 민족문화추진회, 1988.

李　滉, 『退溪集』, 『한국문집총간』 29~31, 민족문화추진회, 1989.

林　泳, 『滄溪集』, 『한국문집총간』 159, 민족문화추진회, 1995.

鄭　瀁, 『抱翁集』, 『한국문집총간』 101, 민족문화추진회, 1993.

鄭　澈, 『松江集』, 『한국문집총간』 46, 민족문화추진회, 1989.

鄭　澔, 『丈巖集』, 『한국문집총간』 157, 민족문화추진회, 1995.

鄭弘溟, 『畸庵集』, 『한국문집총간』 87, 민족문화추진회, 1992.

周世鵬, 『武陵雜稿』, 『한국문집총간』 27, 민족문화추진회, 1988.

청구대학 국어국문학회, 『고산·노계·송강전집』, 청구대학 출판부, 1961.

崔成大, 『杜機詩集』, 국립중앙도서관 소장.

河受一, 『松亭集』, 『한국문집총간』 61, 민족문화추진회, 1991.

韓　脩, 『柳巷先生詩集』, 『한국문집총간』 5, 민족문화추진회, 1990.

洪大容, 『湛軒書』, 경인문화사, 1969.

黃　愼, 『秋浦集』, 『한국문집총간』 65, 민족문화추진회, 1991.

강등학, 「민요의 이해」, 『한국 구비문학의 이해』, 월인, 2005.

고순희, 「고전시가 연구사」, 『국어국문학회 50년』, 국어국문학회, 2002.

고정옥, 『조선민요연구』, 수선사, 1949.

고정희, 『고전시가와 문체의 시학』, 월인, 2004.

권두환, 「송강의 훈민가에 대하여」, 『진단학보』 42, 진단학회, 1976.

길진숙, 「고전시가 연구동향」, 『민족문학사연구』 제6호, 1994.

김　근, 『한시의 비밀』, 소나무, 2008.

김남기, 「지리산 일대의 문화유적과 그 문학」, 『한국한시연구』 7, 한국한시학회, 1999.

김대행, 『시조유형론』, 이화여자대학교 출판부, 1986.

김동욱, 『한국가요의 연구 속』, 선명문화사, 1975.

김병국, 「가면 혹은 진실」, 『국어교육연구』 18-20, 한국국어교육연구회, 1972.

＿＿＿, 「장르론적 관심과 가사의 문학성」, 『현상과 인식』 4호, 1977.

김병국, 『한국고전문학의 비평적 이해』, 서울대학교 출판부, 1995.

김사엽, 『정송강연구』, 계몽사, 1950.

김석회, 「2000년도 시가문학 분야 연구동향」, 『국문학연구』 6호, 2001.

김성기, 『면앙송순시문학연구』, 국학자료원, 1998.

김열규, 「한국 시가의 서정의 몇 국면」, 『동양학』 2집, 1972.

김용철, 「훈민시조연구」, 고려대학교 석사논문, 1990.

김유경, 「1992년도 고전시가 연구동향」, 『민족문학사연구』 제4호, 1993.

김진영, 「사미인곡의 작품세계」, 『한국고전시가작품론』, 집문당, 1992.

김태준, 『김태준전집』 1, 보고사, 1990.

김택규, 「회고와 전망」, 『신라시대의 언어와 문학』, 형설출판사, 1974.

김헌선, 「황해도 민요의 실상과 의의」, 『한국구전민요의 세계』, 지식산업사, 1996.

김혜숙, 「지리산의 한시적 반향」, 『한국한시연구』 7, 한국한시학회, 1999.

김흥규, 「〈어부사시사〉에서의 흥의 성격」, 『욕망과 형식의 시학』, 태학사, 1999.

_____, 「강호시가와 서구 목가시의 유형론적 비교」, 『민족문화연구』 43호, 2004.

_____, 『송강시의 언어』, 고려대학교 출판부, 1993.

_____, 『조선후기의 시경론과 시의식』, 고려대학교 민족문화연구소, 1982.

디이터 람핑, 장영태 옮김, 『서정시 : 이론과 역사』, 문학과 지성사, 1994.

류준필, 「안민영의 〈매화사〉론」, 『한국고전시가작품론』 2, 집문당, 1992.

박경주, 「시가문학 연구동향」, 『국문학연구1997』, 1997.

박수천, 「지리산의 사찰 제영 한시」, 『한국한시연구』 7, 한국한시학회, 1999.

박연호, 「19세기 오륜가사 연구」, 『19세기 시가문학의 탐구』, 집문당, 1995.

박영민, 『한국한시와 여성인식의 구도』, 소명출판, 2003.

박완식, 「어부사 연구」, 우석대학교 박사학위논문, 1996.

박은숙, 『16세기 호남 한시 연구』, 월인, 2004.

방종현, 『송강가사』, 정음사, 1948.

서수생, 「회고와 전망」, 『고려시대의 언어와 문학』, 형설출판사, 1975.

성균관대학교 국문학과, 『안동문화권 학술조사보고서』, 성균관대학교 국문학과, 1967.

성기옥, 「공무도하가연구」, 서울대학교 박사학위논문, 1989.

성범중, 『척약재 김구용의 문학세계』, 울산대학교 출판부, 1997.

_____·박경신, 『한수와 그의 한시』, 국학자료원, 2004.

송정숙, 「어부가계 시가연구」, 부산대학교 박사학위논문, 1990.

슈타이거, 오현일·이유영 공역, 『시학의 근본개념』, 삼중당, 1978.

신경림 외, 『송강문학연구』, 국학자료원, 1993.

심경호, 『조선시대 한문학과 시경론』, 일지사, 1999.

심재완, 「회고와 전망」, 『조선전기의 언어와 문학』, 형설출판사, 1976.

_____, 「경민편과 송강가사」, 『시조의 문헌적 연구』, 세종문화사, 1972.

_____, 『역대시조전서』, 세종문화사, 1972.

안대회, 『18세기 한국한시사 연구』, 소명출판, 1999.

양태순, 『고려가요의 음악적 연구』, 이회, 1997.

양희철, 「향가·여요 연구의 회고와 전망」, 국어국문학회 편, 『국어국문학 40년』, 집문당, 1992.

여운필, 「이집의 시세계」, 『한국한시작가연구』 2집, 1996.

_____·성범중·최재남, 『역주 목은시고』 1~12, 월인, 2000~2007.

원용문, 『윤선도문학연구』, 국학자료원, 1989.

육민수, 「가사 〈오륜가〉의 담론 양상」, 『한국시가연구』 9집, 한국시가학회, 2001.

윤성근, 「훈민시조연구」, 『한메김영기선생고희기념논문집』, 형설출판사, 1971.

윤영옥, 「어부사연구」, 『민족문화논총』 2·3집, 1986.

이규호, 「정석가식 표현과 시간의식」, 『한국고전시학론』, 새문사, 1985.

이동환, 「조선 후기 한시에 있어서 민요 취향의 대두」, 『한국한문학연구』 3·4집, 한국한문학연구회, 1979.

이우성, 「고려말 이조초의 어부가」, 『성대논문집』 9집, 1964.

이재수, 『윤고산연구』, 학우사, 1958.

이종건, 『면앙정 송순 연구』, 개문사, 1982.

이종묵, 「관동별곡을 읽는 재미」, 『한국고전시가작품론』, 집문당, 1992.

_____, 『해동강서시파연구』, 태학사, 1995.

이형대, 「고전시가 연구동향」, 『민족문학사연구』 제8호, 1995.

_____, 『한국 고전시가와 인물형상의 동아시아적 변전』, 소명출판, 2002.

이혜순 외, 『조선중기의 유산기 문학』, 집문당, 1997.

임동권, 『한국민요집』 1-7, 집문당, 1961~1992.

임주탁, 「고전시가 분야 연구동향」, 『국문학연구』 10호, 2003.

장덕순 외, 『구비문학개설』, 일조각, 1971.

_____, 「중원문화권과 구비전승」, 『한국문학의 연원과 현장』, 집문당, 1993.

정운채, 「시가문학 연구동향」, 『국문학연구2000』, 2000.

정운채, 「윤선도의 시조와 한시의 대비적 연구」, 서울대학교 박사학위논문, 1993.

정익섭, 『개고 호남가단연구』, 민문고, 1989.

정인숙, 「2003년도 시가문학 연구동향」, 『국문학연구』 12호, 2004.

정재호, 「속미인곡의 내용분석」, 『한국가사문학론』, 집문당, 1982.

정한기, 「2004년도 시가문학 연구동향」, 『국문학연구』 14호, 2005.

_____, 「영남지역 〈모심는소리〉의 애정 노랫말에 나타난 정서와 그 의미」, 『한국
       민요학』 31, 한국민요학회, 2011.

_____, 「조선후기 〈모내기노래〉 관련 한시에 나타난 작자의식」, 『한국민요학』
       26, 한국민요학회, 2009.

정흥모, 「1991년도 고전시가 연구동향」, 『민족문학사연구』 제2호, 1992.

조규익, 「시조·가사 연구 60년 개관」, 국어국문학회 편, 『국어국문학 40년』, 집문
       당, 1992.

조동일, 「회고와 전망」, 『조선후기의 언어와 문학』, 형설출판사, 1978.

_____, 「산수시의 경치, 흥취, 주제」, 『국어국문학』 98, 국어국문학회, 1987.

_____, 『경북민요』, 형설출판사, 1977.

_____, 『지방문학사』, 서울대학교 출판부, 2003.

조세형, 「2005년도 시가문학 분야 연구동향」, 국문학회 발표 요지, 2006.

_____, 「〈동짓달 기나긴 밤…〉의 시공인식」, 『한국고전시가작품론』, 집문당, 1992.

_____, 「송강가사의 대화전개방식연구」, 『국문학연구』 95집, 서울대학교 대학원
       국문학연구회, 1990.

조윤제, 『국문학사』, 동방문화사, 1949.

_____, 『조선시가사강』, 동광당서점, 1937.

조태흠, 「훈민시조연구」, 부산대학교 박사학위논문, 1989.

조해숙, 「2001년도 시가문학 분야 연구동향」, 『국문학연구』 8호, 2002.

조흥욱, 「시가문학 연구동향」, 『국문학연구1998』, 1998.

최규수, 「훈민형 시가에서 말하기 방식의 특징과 효 윤리의 의미」, 『고전시가 엮어
       읽기』 하, 태학사, 2003.

_____, 『송강 정철 시가의 수용사적 탐색』, 월인, 2002.

최동원, 『고시조논고』, 삼영사, 1990.

최석기 외, 『선인들의 지리산 유람록』, 돌베개, 2000.

_____, 「부사 성여신의 지리산유람과 선취경향」, 『한국한시연구』 7, 한국한시학
       회, 1999.

최재남, 「시가문학 연구동향」, 『국문학연구1999』, 1999.

_____, 「고전시가 연구사」, 『한국의 학술연구 인문사회과학편』 제2집, 대한민국 학술원, 2001.

_____, 「낙동강의 문학적 형상화와 지역성」, 『가라문화』 8집, 경남대 가라문화연 구소, 1990.

_____, 「시적 구성의 관습성과 형상화의 보편성」, 『천봉이능우박사칠순기념논총』, 1990.

_____, 「〈향촌십일가〉의 성격과 김정국의 고양생활」, 『사림의 향촌생활과 시가문 학』, 국학자료원, 1997.

_____, 「문집 소재 조선후기 민요자료 정리 및 분류」, 『배달말』 38집, 배달말학회, 2006.

_____, 「분강가단의 풍류와 후대의 수용」, 『서정시가의 인식과 미학』, 보고사, 2003.

_____, 「선구 쌍계사와 한시」, 『한국한시연구』 4, 한국한시학회, 1996.

_____, 「시조 종결의 발화상황과 화자의 태도」, 『고전문학연구』 4, 1988.

_____, 「시조의 인식 기반과 미의식의 특성」, 『국문학연구』 7호, 국문학회, 2002.

_____, 「어득강의 〈쌍계팔영〉과 그 차운시」, 『지역문학연구』 창간호, 경남지역문 학회, 1997.

_____, 「어득강의 삶과 시의 특성에 대한 일고」, 『한국한시연구』 11집, 한국한시 학회, 2003.

_____, 「조선후기 민요의 실상과 한시의 민풍 수용」, 『장르교섭과 고전시가』, 월 인, 1999.

_____, 「주세붕의 목민관 생활과 〈오륜가〉」, 『사림의 향촌생활과 시가문학』, 국 학자료원, 1997.

_____, 「창원지역의 민요와 설화」, 『경남문학의 원류와 자장』, 경남대학교 출판 부, 2003.

_____, 『경남문학의 원류와 자장』, 경남대학교 출판부, 2003.

_____, 『서정시가의 인식과 미학』, 보고사, 2003.

_____, 『사림의 향촌생활과 시가문학』, 국학자료원, 1997.

_____ · 정한기 · 성기각, 『문집소재 조선후기 민요자료 정리와 분류』, 보고사, 2008.

최진원, 『국문학과 자연』, 성균관대학교 출판부, 1977.

최현재, 「교훈시조의 전통과 박인로의 〈오륜가〉」, 『한국시가연구』 14집, 한국시가
　　　학회, 2003.
충북대학교 박물관, 『중원문화권유적분포도색인』, 충북대학교, 1981.
홍재휴, 『윤선도연구』, 새문사, 1991.
황위주, 「조선후기 악부시 연구」, 고려대학교 박사학위논문, 1989.

『광양군의 문화유적』, 순천대학교 박물관, 1993.
『구례군사』, 구례군사편찬위원회, 1987.
『구례향토문화사료집』 2집, 구례문화원, 1991.
『구례향토문화사료집』 3집 – 구례문헌집1 – , 구례문화원, 1992.
『하동군지』 상·하, 하동군지편찬위원회, 1996.

Cameron. S., *Lyric Time : Dickinson and the Limits of Genre*, The Johns
　　　Hopkins University Press, 1981.
Don Fowler, 「The Didactic Plot」, (ed) M. Depew and D. Obbink, 『Matrices
　　　of Genre Authors, Canons, and Society』, Harvard University press,
　　　2000.
Stamelman. R., *Lost beyond Telling : Representations of Death and Absence
　　　in Modern French Poetry*, Cornell University Press, 1990.
Wilhelm Dilthey, 「Poetry and Lived Experience」, (ed) R. A. Makkrell and
　　　F. Rodi, 『Poetry and Experience』, Princeton University press, 1997.

찾아보기

ㄱ

가객(歌客) 21

가사(歌詞) 374

가사 연구 390

『가사집(歌詞集)(上)』 371

가시(歌詩) 29

가요(歌謠) 29, 364

가자(歌者) 21

감동(感動) 80

감화(感化) 80

강맹경(姜孟卿) 81

〈강월곡(江月曲)〉 51

강준흠(姜浚欽) 136, 159

강호가도(江湖歌道) 177

〈강호별곡〉 373

강희맹(姜希孟) 24, 147, 166

경기체가 386

경락번화 35

『경민편(警民編)』 54, 84, 273, 275, 290

〈계림팔관(鷄林八觀)〉 308

고대가요 383

고려가요 385

〈고산구곡가〉 23

『고시가연구』 378

고조(古調) 141

「고풍기부로돈유소민문(告豊基父老敎諭 小民文)」 84

공감 39

과농(課農) 138

〈관동별곡〉 248, 253

〈관수설(觀水說)〉 261

관수정(觀水亭) 215

광양(光陽) 325, 331

교화(敎化) 80

교훈가사 100

구례(求禮) 325, 331

구봉령(具鳳齡) 69

『국조시산(國朝詩刪)』 22

권문해 315, 316

권호문(權好文) 47, 68

기묘사화 46

기속악부(紀俗樂府) 122

〈기행록〉 211

김굉필(金宏弼) 47

김구(金絿) 28, 46, 58

김구용(金九容) 183, 190, 192
김극성(金克成) 329
김대행 351
김득신 20
김만중 23
김삼불(金三不) 355
김성일 315, 318
김성탁 334
김안국(金安國) 46, 47, 147
김응조 322
김익(金熤) 248
김인섭(金麟燮) 330
김장생(金長生) 278
김정국(金正國) 24, 46, 53, 147, 166, 273
김종직(金宗直) 261, 305, 306
김창흡(金昌翕) 147
김태준(金台俊) 150, 371

ㄴ

낙시조 21
남유(南遊) 324, 327
내면 18
내면화 38
노래 18
노진(盧禛) 89
『논어(論語)』 260
농구(農謳) 151
님 249

ㄷ

단구(短句) 402

답창(答唱) 167
『대동운부군옥(大東韻府群玉)』 316
「대동풍요서(大東風謠序)」 149
〈도미아(悼尾兒)〉 300
〈도산십이곡〉 313
「도산십이곡발(陶山十二曲跋)」 15, 30
〈독락팔곡〉 69
〈동도악부(東都樂府)〉 307
〈동도잡영(東都雜詠)〉 307
『동문선(東文選)』 22
〈동사〉 296, 298
『동인지문(東人之文)』 22
〈동주도원 절구 16수(東州道院十六絕)〉 310

ㅁ

〈매화가〉 373
〈매화사〉 170
『맹자(孟子)』 259
면앙정(俛仰亭) 64, 231
〈면앙정가〉 67, 238
면앙정가단 233
목부(牧夫) 177
〈무이도가(武夷棹歌)〉 23
문화공간 217, 231
문화권 325
물관(物觀) 28, 38
민농(憫農) 58
민사평(閔思平) 24, 146, 192
민요 144

ㅂ

박상 230

박우 230

박치복(朴致馥) 330

방아타령 114

「방옹시여서(放翁詩餘序)」 19

보길도 296

〈보허자(步虛子)〉 19

복구(複句) 402

분강(汾江) 184, 296, 309

분강가단 203

〈분천강호가〉 88

ㅅ

〈사미인곡〉 248, 253

〈소상팔경〉 374

삭대엽 21

산수(山水) 271

〈산유화여가〉 152

〈산중신곡〉 299

『삼국유사』 399

〈상대별곡〉 33, 72

상실(喪失) 271

상저가(相杵歌) 114

〈새타령〉 372

〈생일가〉 60, 87

『서경』 15

〈서섬강도(書蟾江圖)〉 343

서울 45

서정시 32, 144

서정적 인식 42

「선농구(選農謳)」 147, 166

섬진강 324, 342

성산가단 233

『성호사설(星湖僿說)』 311

성혼(成渾) 277

소격대 21

〈소상팔경〉 372

소악부(小樂府) 24

소옹(邵雍) 39

소용 21

『소학』 48, 54, 91

〈소흘음잡절(蘇忽音雜絶)〉 153

「속호야가(續呼耶歌)」 57, 147, 166

송(頌) 15

송순(宋純) 47, 64, 203, 230, 232

송흠(宋欽) 203, 205, 235

『수서시(壽瑞詩)』 81

슈타이거 172

시 18

시가(詩歌) 29

시가사 393

시가일도(詩歌一道) 24

『시경(詩經)』 15, 148

시성(時聲) 141

시조 387

시조 기원 362

『시조학논총』 378

신가(神歌) 362

신명균(申明均) 371

신완(申玩) 31

신유한(申維翰) 153

신재홍 397, 413

신흠(申欽) 19, 31

심상풍송(尋常諷誦) 273
쌍계사 326
〈쌍계팔영(雙磎八詠)〉 310

ㅇ

아(雅) 15
악장 386
안민영(安玟英) 170
안배(按排) 151
안자산(安自山) 362
〈앙가〉 126, 138
〈앙가구절(秧歌九絕)〉 122
〈앙가오장(秧歌五章)〉 140
〈야심사(夜深詞)〉 71
〈어가자(漁歌子)〉 185
어득강(魚得江) 203, 306, 310, 329
〈어부가〉 60, 178, 179, 295
〈어부단가〉 40, 71
〈어부사시사〉 179, 293, 299, 300
어부(漁父) 177, 294
여강(驪江) 178, 180
〈여민락(與民樂)〉 19
『역대조선문학정화(상)』 357
영남사림(嶺南士林) 305
영조 148
완락재 314
〈용가〉 106, 114, 120
〈용가구절(春歌九絕)〉 102
울림 18
「월명사도솔가(月明師兜率歌)」 18, 30
〈유두류록(遊頭流錄)〉 261
유배 체험 32

〈유산가〉 373
유호인 305, 307
유희춘(柳希春) 261
윤동야(尹東野) 102, 122
윤선도(尹善道) 179, 293
의미화 78
이규보 22
이담명(李聃命) 90
이동급(李東汲) 330
이색 180, 190, 192, 195
이석형(李石亨) 56, 166
이선(李選) 278
이숙량(李叔樑) 88
이야응[呼應] 57, 166
이영차[呼耶] 57, 166
이이(李珥) 22, 277
이익 311
이인로(李仁老) 341
이정구(李廷龜) 343
이제현(李齊賢) 24, 146
이중환(李重煥) 305
이진상(李震相) 330
이집(李集) 183, 190, 193
이학규(李學逵) 140
이현보(李賢輔) 40, 46, 60, 81, 179, 203, 295, 306, 309
이현일(李玄逸) 322, 330, 333
이황(李滉) 15, 179, 306, 311
이후원 277, 282
이휘일(李徽逸) 309
이희승 352, 371
인륜 80

임유후 20

ㅈ

『잡가』 239, 390
장르 연구 77, 98
장지화(張志和) 185
장현광 320
전광현(田光鉉) 353
점찬(點竄) 151
정경세 321
〈정과정(鄭瓜亭)〉 51
정구 315, 319
정두경 20
정래동(丁來東) 362
정본 391
정석가식 표현 253
〈정언묘선〉 22
정여창 335
정온 321
정철(鄭澈) 94, 248, 272
정충신(鄭忠信) 344
정치 249
〈조산농가(造山農歌)〉 136, 159, 167
조수삼(趙秀三) 330
조식(曺植) 306, 311, 314, 333
조위 306, 308
조위한(趙緯韓) 329
조찬한(趙纘韓) 329
종남회집(終南會集) 61
주세붕 84
주제 연구 77, 98
중한님 21

지리산 324
『지지당유고』 218
진시(眞詩) 23

ㅊ

〈찬기파랑가〉 18
채시(采詩) 146
천기(天機) 23
천성 80
천운대(天雲臺) 314
『청구풍아(靑丘風雅)』 22
〈청야음(淸夜吟)〉 40
청학동 341
체험시 46, 77
초가(樵歌) 151
초창(初唱) 167
최광한(崔光瀚) 51
최성대(崔成大) 152, 153
추본거리(推本擧理) 273
〈추사〉 298
〈춘사〉 296, 298
충담소산(沖澹蕭散) 23
충신연주지사(忠臣戀主之詞) 267

ㅌ

〈탄시사(歎時詞)〉 31
탕춘대 21
『택리지(擇里誌)』 305
〈토끼화상〉 371

ㅍ

〈파연곡〉 300

『파한집』 341
편락 21
풍(風) 15, 148
풍류 314
필운대 21

ㅎ

하동(河東) 325, 331
〈하사〉 298
하수일(河受一) 41
『한국시가연구』 378
〈한거십팔곡〉 69
〈한림별곡〉 33, 72
한미청적(閒美淸適) 23
『한서(漢書)』 146
한수(韓脩) 194
『해동가요』 355
『해동가요(박씨본)』 355
해석 392
향가 384
『향가의 미학』 397, 413

『향가의 해석』 397
향촌 45
향촌문화공간 243
〈향촌십일가(鄕村十一歌)〉 57
향촌회집 35
허균 23
호남가단 233
호산한적(湖山閑適) 48
「호야가(呼耶歌)」 56, 166
호응(呼應) 152
호응창(呼應唱) 107, 166
홍대용(洪大容) 23, 149
홍만종 20
홍석기 20
『화랑세기』 398, 411
〈화전별곡〉 28, 33, 58
황준량 315
효 77, 97
후정화 21
〈훈민가〉 94, 272, 275, 282, 290
훈민시조 100

최재남 崔載南

이화여자대학교 국어국문학과 교수(현)
『사림의 향촌생활과 시가문학』(국학자료원, 1997).
『장르교섭과 고전시가』(월인, 1999, 공저).
『서정시가의 인식과 미학』(보고사, 2003).
『조선후기 시가와 여성』(월인, 2005, 공저).
『체험서정시의 내면화 양상연구』(보고사, 2012) 외 다수.

노래와 시의 울림과 그 내면
- 한국 고전시가의 존재 양상과 그 지향 -

2015년 4월 30일 초판 1쇄 펴냄
2016년 9월 2일 초판 2쇄 펴냄

지은이 최재남
펴낸이 김흥국
펴낸곳 도서출판 보고사

책임편집 이순민
표지디자인 오동준

등록 1990년 12월 13일 제6-0429호
주소 경기도 파주시 회동길 337-15 보고사 2층
전화 031-955-9797(대표), 02-922-5120~1(편집), 02-922-2246(영업)
팩스 02-922-6990
메일 kanapub3@naver.com / bogosabooks@naver.com
http://www.bogosabooks.co.kr

ISBN 979-11-5516-358-0 93810
ⓒ 최재남, 2015

정가 23,000원

이 도서의 국립중앙도서관 출판예정도서목록(CIP)은 서지정보유통지원시스템 홈페이지
(http://seoji.nl.go.kr)와 국가자료공동목록시스템(http://www.nl.go.kr/kolisnet)에서
이용하실 수 있습니다.(CIP제어번호 : CIP2015010974)